collezione SUR

[36]

Karen Russell
L'Antidoto

titolo originale: *The Antidote*
traduzione di Veronica La Peccerella

Edizioni SUR
viale della Piramide Cestia, 1/c • 00153 Roma
tel. 06.83982098
info@edizionisur.it • www.edizionisur.it

I edizione: ottobre 2025
ISBN 978-88-6998-468-6

Composizione tipografica degli interni:
Adobe Caslon Pro (Carol Twombly, 1990)

Ma io mi ricordo di te prima che diventassi
una storia. A volte sento una spina nel piede

quando non c'è alcuna spina. Mi dicono,
non senza gentilezza, che non dovrei immaginare nulla qui.

Ma io sono convinta che tu sia ancora vivo.

Marie Howe, da «Gretel, from a sudden clearing»

Karen Russell

L'Antidoto

traduzione di Veronica La Peccerella

SUR

Prologo

Deposito 69818060-1-77
Il primo ricordo di Harp Oletsky

Non ci volevi venire in questo posto, eppure eccoti qui. Papà ti prende per le spalle e ti guida verso il punto dove hanno ammassato le lepri. Sono centinaia, e ti fissano da dietro il fil di ferro legato intorno ai pali della recinzione. Ti sembra di guardarti allo specchio. Neanche loro vogliono averci niente a che fare, con questa storia. Gli uomini hanno iniziato a lavorare all'alba per radunarle nel recinto. La città ha fatto fronte comune per risolvere il problema delle lepri selvatiche, che brucano i pascoli e i campi coltivati, che mangiano il grano dorato che tuo padre trasforma in soldi. Peggio delle locuste, dice papà. Per ogni pelle, un centesimo di ricompensa. Ecco tanti corpi sudati, color rapa, e una sensazione di festa nell'aria, come un penny sfregato tra due dita, come un occhio iniettato di sangue. Un odore che ti fa pensare alla stanza dove nascono i bambini. Quando cerchi di voltarti e scappare, papà ti afferra. Ci sono il signor O'Malley, il signor Waldowko, il signor Zalewski, la signora Haage. Altri nomi non te li ricordi. Un centinaio di braccia si abbattono nel recinto che brulica di lepri: il luogo dove non c'è scampo. Ora c'è solo la follia. E poi il terrore: dei bastoni, dei manici d'ascia e dei martelli, di essere calpestato. «Papà! Aiuto! Basta!» Le lepri ti passano sopra i piedi. «Sta' calmo, Harp...» Papà è arrabbiato. Ti rovescia sulla testa il tuo stesso nome come fosse acqua bollente. Le lepri sono arrabbiate. Le lepri gridano e muoiono, le mazze picchiano, senza sosta. «Se non vuoi aiutarci, fatti da parte, ragazzo...» Oggi compi sei anni. Dopo cena la tua famiglia farà una festa. Quando sei partito per venire in paese la torta si stava raffreddando. Se ci ripensi ti viene da vomitare. Dalle lepri sembrano colare ciliegie. Le pelli grigie si spaccano, scivolano sotto le suole e le mazze di legno. Papà ti mostra cosa colpire: i crani e le spine dorsali delle lepri urlanti. È il modo più veloce per farle stare zitte. *C'è un altro modo*, grida una voce dentro di te. Soffocala. Guardi papà che prende il ritmo e inizia a uccidere insieme agli altri uomini.

Incroci lo sguardo di tua sorella più piccola dietro le sue dita pulite aperte a ventaglio. Lada è seduta sulle ginocchia della mamma. Tre bambine che conosci guardano da fuori il recinto. A loro è consentito strillare e coprirsi il viso. Vorresti essere una femmina anche tu. Le mazze e le assi di legno continuano a picchiare. Lo stomaco ti si gonfia e poi si appiattisce. Stai strillando insieme alle lepri. Il tuo desiderio di compleanno è di arrivare alla fine di questo suono. Finalmente scende il silenzio. Le braccia degli uomini si posano lungo i fianchi come attrezzi in un capanno. Le donne appendono per le lunghe orecchie le lepri morte, le mettono ad asciugare. Ogni zampa che ancora si contraeva si è fermata. Dentro di te, le urla continuano. Continuano e continuano e continuano. Papà ti trova con gli occhi nascosti dietro le mani e le lacrime dentro i palmi. «Non possiamo lasciare che le lepri invadano l'intera prateria. Non piace a nessuno fare questa cosa, figliolo». È una bugia. A molti era piaciuto. Chiudi gli occhi insieme alle lepri morte, perché non vuoi vedere quali facce sorridono. «Ecco», dice papà. «Ce n'è una ancora viva. Non puoi avere il cuore tenero, Harp».

Tuo padre ti mette il bastone tra le mani. E da allora hai sempre paura.

Prima parte

Crollo

La strega della prateria

Si può perdere tutto in un istante. Un patrimonio, una famiglia, il sole. Nella mia vita ho dovuto imparare questa lezione due volte. La prima, ero una quindicenne in fuga dalla Casa per madri nubili. La seconda, ero una strega della prateria incatenata alla branda di una prigione fatta di blocchi di calcestruzzo. «La tua seconda casa», amava dire lo sceriffo. Ufficialmente, nel suo West non esisto; eppure, è un crimine farmi visita.

La Domenica Nera, prima che chiunque la chiamasse così, mi svegliai in prigione con un suono simile a quello di un treno merci che mi attraversava come fossi un tunnel. Un ululato spaccatimpani che sembrava scuotere le pareti di pietra. Sulla branda, il mio corpo tremava come un guscio vuoto. Le dita si conficcarono nel materasso. In quei primi momenti di buio ci fu solo la paura di volare via. Cos'era successo mentre dormivo? Mi sentivo come se un coltello mi avesse raschiato il midollo dalle ossa. Un elemento vitale dentro di me si era liquefatto e poi prosciugato, e al suo posto c'era questa nuova assenza di peso. Una leggerezza sbagliata, una coltre di bianco che mi saliva lungo la spina dorsale e mi affiorava alla bocca. La parola che mi venne in mente fu *bancarotta*. All'inizio non capii che la voce che gridava in cerca di aiuto era la mia. Mi aggrappai con forza a quel suono, in preda al panico: non potevo permettermi di perdere un'altra àncora. Le mie membra intorpidite cominciarono a svegliarsi, con un formicolio che le ricuciva al cervello. Non fu un ricongiungimento felice. Dieci ditini bianchi spuntavano come funghi dall'orlo di una sudicia coperta verde, agitandosi verso di me dal limite del mio campo visivo. Una lanterna a cherosene nel corridoio emetteva un debole bagliore smeraldo, oltre il quale la cella sprofondava nell'ombra. Nemmeno il dolore era mio: andava e veniva come il vento. Poi mi crivellò la pelle e inghiottì il mondo.

O forse quando mi svegliai il turbine nero si era già scatenato. Un calore opprimente riempiva la prigione, insieme a sferzanti scie di polvere. Mi resi conto che sarei potuta restare sepolta lì prima di riuscire a ricordare chi fossi. I minuti e le ore persero ogni significato; mi rannicchiai sulla branda e mi preparai a essere trascinata via da un ciclone. Alla fine il vento cominciò a indebolirsi. La luce si aprì un varco nel cielo in tumulto: dalla piccola finestra della cella osservai una linea pallida che si schiariva e si allargava. Un disco verdastro era sospeso sopra il muro di nubi e mi ci volle un'eternità per riconoscere il sole. Dopotutto non era mezzanotte, ma mezzogiorno inoltrato.

Iniziai a ricordare qualcosa in più sul territorio al di là delle sbarre, la prateria senza confini. Mi tornò in mente il nome della città in cui lavoravo: Uz, Nebraska, a sud-est delle Sandhills e a ovest del fiume Platte. Da quattro anni vivevamo la peggiore siccità mai sperimentata dai nuovi arrivati nelle Grandi Pianure. Altre forme di vita tenevano diari più antichi. Bastava estrarre un campione dal tronco perché i pioppi raccontassero una storia millenaria, scritta negli anelli ondulati del legno, ma nessun politico si curava di leggerla. I membri del Congresso sono allenati a pensare in base ai cicli elettorali, non a quelli planetari. Seguono gli alti e bassi del mercato e dimenticano come leggere i cerchi degli alberi. A Uz da mesi c'erano cali di tensione sulla rete elettrica. Piaghe portate da mandibole e mascelle. Le cavallette sbattevano sulle cabine dei trattori in nuvole sibilanti. Migliaia di lepri si aggiravano per le pianure, divorando tutto ciò che era verde. Erano arrivati, solo Dio sapeva da dove, scarafaggi volanti con gusci indaco a forma di clessidra che prima del 1931 nessuno aveva mai visto sulle Alte Pianure. La sabbia rossa dell'Oklahoma, la terra nera del Kansas e quella grigio tortora delle pianure orientali del Colorado avevano formato sopra Uz un soffitto di polvere attraversato da lampi di calore.

Lo sceriffo e la sua famiglia vivevano in una casa di mattoni a due piani che si affacciava sulla prigione, con componenti e progetto acquistati da un catalogo di vendite per corrispondenza. Si trovava sul lato libero della proprietà, a meno di cinquecento metri dalle sbarre della mia finestra quadrata da mezzo metro scarso. Man mano che le raffiche di polvere invadevano la cella, le cose all'esterno diventavano sempre meno reali. La casa dello sceriffo si ridusse a uno schizzo a carboncino. Cancellata, ridisegnata e poi scomparsa alla vista. Il cielo stava davvero cadendo.

Alla fine mi costrinsi a urlare per chiedere aiuto. Fu terrificante liberare così tanto fiato in una volta sola: mi salì alla testa una sensazione di leggerezza. Nessuno rispose. Da quanto tempo ero intrappolata lì? La cella era di due metri per due e mezzo, arredata solo con una branda e un secchio di latta mezzo pieno di piscio del precedente detenuto. O forse era il mio. Sembrava che fossi l'unica detenuta rimasta lì dentro. Ma mi sbagliavo. Qualcosa mi atterrò sul petto con delicatezza, poi si lanciò verso il davanzale della finestra della cella: un enorme gatto arruffato, con il pelo di un color carota stranamente luminoso. Le orecchie erano inclinate in avanti, le unghie tese sul davanzale. I suoi occhi dorati mi guardavano sereni. Se l'animale avvertì un richiamo, io non riuscii a percepirlo. Ma un attimo dopo sgusciò fra le sbarre e balzò agilmente nel turbine.

Proprio mentre saltava, la riconobbi: era la gatta dello sceriffo, una soriana flatulenta che spesso, quando ero in carcere, dormiva sul mio petto. Lo sceriffo, per stupidità o per pigrizia, non le aveva dato nessun nome, nemmeno Gatto. Un ricordo si risvegliò con un vagito: una volta lo sceriffo aveva annegato una delle cucciolate della gatta in un catino a pochi passi dalla mia cella. Cinque voci di esserini appena nati mi si riversarono dentro, artigliando le mie pareti morbide chiuse tra quelle mura. Sentii di nuovo il tonfo del sacco che affondava. L'acqua era strabordata, gocciolando lungo il corridoio, mentre il loro silenzio si era fatto più profondo, fino a diventare definitivo. Lo sceriffo aveva rinchiuso la gatta in un armadio vicino, imprigionandoci entrambe nel ruolo di testimoni impotenti. Le grida di rabbia dell'animale si erano mescolate con quelle sempre più fievoli dei suoi figli. Le ultime voci del mondo non avrebbero potuto avere un suono più disperato.

Un uomo stupido può comunque essere un genio della tortura. Lo sceriffo si era accovacciato davanti alla Cella 8, sorridendomi oltre le sbarre mentre versava del latte fresco in una ciotola per la madre dei gattini morti. «Quanto chiasso, eh? Ma vedrai che questa brutta faccenda te la scordi in un attimo. Una strega potente come te...»

Il lavoro che facevo riaffiorò ancor prima del mio nome. *Sì, sono l'Antidoto*, appresi e ricordai. *Sono una strega della prateria*. Si spalancò una porta sulla mia vita. Ora rivedevo la mia stanza in affitto nella pensione. Il manifesto rivolto verso la strada, alla finestra del secondo piano, scritto a mano per me dal calligrafo in caratteri dorati: L'ANTIDOTO DI UZ! SI ACCETTANO DEPOSITI. Pubblicizzavo i miei servizi bancari come una panacea per ogni disturbo, dal bruciore di stomaco agli incubi. Alcuni miei clienti, ricordai, avevano inventato una filastrocca su di me, ricalcando il testo del mio poster:

«L'antidoto al mal d'amore! L'antidoto alle notti insonni! L'antidoto al sudore! L'antidoto ai rimorsi e ai malanni! L'antidoto al gonfiore! L'antidoto ai sogni e agli inganni! L'antidoto al pudore!»

Quasi tutti nelle Grandi Pianure sapevano di noi, anche coloro che negavano la nostra esistenza. Alcuni ci chiamavano le Casseforti. Le streghe della prateria. Adesso ricordavo cosa facevo per guadagnarmi il pane, quello che facevo da quando ero molto più giovane. Assorbire e immagazzinare i ricordi dei miei clienti. Ero la banca dei segreti degli uziani. Peccati e crimini, prime e ultime volte, notti di orrore indicibile e mattine azzurre come la rugiada... O qualunque altra cosa i miei clienti avessero trasferito dai loro corpi al mio. Queste erano solo ipotesi. Durante i versamenti, infatti, io scomparivo in un vasto nulla. Il corpo di una strega della prateria è una stanza in affitto. Una cassaforte dove conservare le cose che la gente non sopporta di sapere, o non accetta di dimenticare.

Mezza città di Uz aveva depositato qualcosa da me, e anche quelli che mi condannavano come truffatrice e ricattatrice sapevano che ricevevo nella Stanza 11. I clienti mi pagavano per conservare una porzione della loro vita. Un ricordo che gli appariva troppo pesante per portarselo nel futuro, o troppo prezioso per rievocarlo ogni giorno. Quando sussurravano una storia nel corno verde, i ricordi gli uscivano dal corpo per entrare nel mio. Era uno scambio indolore. Nulla di ciò che i clienti mi avevano detto mi aveva mai turbata, perché non ero sveglia e non li sentivo. Avvolta nel bozzolo blu della trance, potevo dilatarmi fino ad assorbire qualsiasi cosa. Non tornavo vigile finché il versamento non era stato completato. «Non so nulla di ciò che contengo», rassicuravo i miei clienti, «come una cassetta di sicurezza non sa nulla dei suoi gioielli. O un barattolo di sottaceti dei cetriolini che ci galleggiano dentro». *E una soffitta non sa nulla dei suoi fantasmi*. I loro morti erano vivi dentro di me, in paziente attesa di essere rievocati. Il peso di quei depositi era una zavorra. Dopo un versamento, spesso avvertivo un forte dolore alla gabbia toracica o al bacino, a volte un senso di lucentezza mi guizzava nel petto come un banco di pesci rossi, e allora sapevo che lo scambio aveva avuto successo. I nuovi clienti mi sorridevano imbarazzati e aggiungevano: «Chissà cosa le ho appena detto, signora? Mi è passato di mente!»

Ora capivo perché il mio corpo mi dava una spaventosa sensazione di leggerezza, perché continuava a girarmi per la testa la parola *bancarotta*. Mi era accaduto qualcosa che non sapevo di dover temere.

Quindici anni di depositi, in qualche modo, mi erano stati portati via mentre dormivo. Estratti dalla mia carne, come la rugiada da una foglia. Dov'erano finiti? Fuori dal mio corpo, dentro la tromba d'aria? Erano ancora intatti da qualche parte? O si erano dispersi con la polvere? A ogni respiro profondo imparavo a conoscere meglio la forma e l'entità di ciò che avevo perso. Mi sdraiai su un fianco e mi tirai su la camicia da notte di tela, troppo corta per una donna della mia altezza, che era stata ricavata da un sacco dei FRUTTETI GROVER, e aveva una stampa di pesche color sabbia che sembravano raggrinzire e maturare a ogni respiro. Mi tastai la pancia con i pugni, come se le migliaia di segreti che avevo custodito potessero essere semplicemente fuori posto.

Volendo essere chiari: non avevo dimenticato quei segreti, perché non li avevo mai davvero saputi. O forse non è del tutto vero. Li conoscevo come conoscevo te, Figlio mio, prima che nascessi. Erano annidati dentro di me, come la pressione e il peso. I ricordi sono cose vive. Quando se ne conservano tanti, come nel mio caso, le ossa cominciano a scricchiolare. Ora temevo di poter evaporare io stessa.

Come poi si scoprì, non ero l'unica. I contadini di tutta la pianura stavano perdendo l'intero raccolto proprio in quel momento. Le famiglie si nascondevano nelle cantine mentre le nuvole si ingrossavano di terra nera. Il cielo divenne un ventre gorgogliante. Gli abitanti di Uz che erano stati sorpresi nei campi quando l'oscurità aveva eclissato il sole credettero di essere diventati ciechi.

Molti di questi stessi contadini e allevatori avevano anche perso, senza saperlo, ampi tratti del proprio passato. I giorni e le notti che avevo tenuto al sicuro mentre si dedicavano alla loro vita. I clienti più fedeli, che avevano effettuato depositi fin da quando ero arrivata a Uz, sarebbero presto venuti a conoscenza del mio crollo: come avrei potuto evitarlo? Sarebbero venuti a prelevare e io non avrei avuto nulla da restituire. Mi era rimasta solo una manciata di ricordi della mia vita solitaria.

Ho sempre tenuto un registro scrupoloso. Potrei dirvi chi mi ha fatto visita il 12 luglio 1927 e la durata della seduta. Potrei dirvi fino all'ultimo centesimo quanti soldi ho guadagnato nella contea di Uz tra il 1920 e il 1935. Ma cosa importava se a un cliente avevo fatto pagare due dollari e a un altro duecento? Nessuno dei numeri che avevo segnato sul mio registro valeva qualcosa rispetto all'enormità di ciò che avevo appena perso. Sentivo spasmi al ventre e un dolore lacerante.

La Domenica Nera, prima che i giornali le dessero un nome e la consegnassero alla storia, polverizzò la regione ora nota come «Great Dust Bowl». Come molti dei miei vicini, mi svegliai in mezzo alle rovine. Al centro della tempesta, credevo che il peggio fosse passato. Ma mi sbagliavo. La polvere aveva un'altra lezione da insegnarmi: finché ancora si respira, c'è sempre qualcosa da perdere.

Casa. Casa. Ho strattonato quella parola finché ho tirato fuori un mondo. Incatenata alla branda, con la polvere che mi infiammava le narici, ho sorriso nel buio. Credevo di aver perso tutto, ma in fondo non era così. Mi ricordo di Te. Allora la speranza mi è cresciuta dentro. Inarrestabile, come un tempo crescevi Tu. Immaginavo foglie verdi che si intrecciavano intorno alla mia cassa toracica, legandomi al tuo ricordo. I tre chili del tuo corpo scivoloso e la forza del tuo vagito. Ho rievocato mentalmente ogni calcio e ogni torsione. Ho riaccolto a casa persino il dolore di averti perduto. Era il peso di cui avevo bisogno per alzarmi e piantare i piedi sul pavimento della cella. Finché esisterà la possibilità di riunirci, Figlio mio, ti prometto che continuerò a vivere.

La notte in cui sei nato, una delle infermiere della Casa per madri nubili di Milford ha rischiato il posto per consentirmi di tenerti in braccio. *Mettiti comoda*, mi ha detto, *e lascialo bere. Lui sa cosa fare, tesoro. Lo vedi? È un istinto naturale*. Non avevo mai incontrato una creatura così affamata, così desiderosa di vivere. Non immaginavo che il mio corpo potesse soddisfare i bisogni di un altro essere in modo così completo. Tu hai strillato e io ho capito con meraviglia che era me che stavi chiamando. Ero la risposta alla tua domanda. L'antidoto alla tua angoscia, alla tua paura, alla tua fame divorante, alla tua sete di vita. Ho fissato i tuoi occhi fieri e scuri, che erano nati già aperti. Siamo rimasti a fluttuare insieme nel dormiveglia, in un sogno di latte, calore e amore. Poi è arrivato il lasso di tempo che mi è stato sottratto: adesso credo di essere stata drogata. *Ci dispiace, ma ha perso il bambino*, mi ha detto un'altra infermiera al risveglio. La sensazione del latte che mi saliva dal seno per inondarti la bocca era appena un ricordo quando un medico che non avevo mai visto prima mi ha consegnato il tuo certificato di morte. Quei mostri con i loro sorrisi tristi mi hanno mentito. Sapevo che eri vivo.

Lo sei ancora?

Asphodel Oletsky

Sai, se sincronizzi il respiro con la cosa che ti tiene il fiato sul collo, poi smetti quasi di sentirla.

La mattina del 14 aprile ero l'unica ragazza sul campo in mezzo alla Prateria. Mi piace giocare due contro due con Valeria, Pazi e Nell quando riescono a sgattaiolare via, ma quel pomeriggio ero sola. La mattina mi ero rifiutata di andare a messa con lo zio, per il nostro rito domenicale. Appena arrivata a Uz, avevo frequentato la chiesa polacca con lui per ben tre mesi. Molti di quei parrocchiani bacchettoni si erano sentiti in dovere di dirmi che se mia madre non fosse fuggita con quel pervertito, quell'imbroglione – mio padre, un uomo di cui non sapevo nulla – non sarebbe mai stata uccisa.

«Lada era un fiorellino così timido. Una ragazza così dolce, prima di scappare con quel mascalzone», mi aveva detto una vecchina polacca che puzzava di borace e di cocktail all'uva. «Sarebbe viva, se solo fosse rimasta a Uz...»

«Be', *buscia*», l'aveva interrotta mio zio. «È vero. Ma se fosse rimasta con noi, sua figlia non sarebbe mai nata. È l'assassino che dobbiamo incolpare per il suo crimine, capito? Non mia sorella». Per un istante provai amore puro per mio zio; poi il volto mi si accese per la vergogna. Cosa ci facevo qui, a respirare? A consumare l'aria che era destinata a lei? Nelle settimane successive pregai intensamente per l'anima di mia madre, appoggiata sugli inginocchiatoi di legno giallo e ondulato che qualcuno si era procurato gambizzando una foresta. Chi l'avrebbe mai detto che la preghiera può riempirti di schegge? Non potevo continuare. Andare a messa a Sant'Agnieszka era come condividere un mal di testa con cinquanta sconosciuti. Le campane! Il fumo sacro! Come un doposbornia senza la sbornia. Troppi occhi che mi fissavano con superiorità e compassione. L'unico sguardo che mi faceva piacere incontrare era quello della Veronica nella Sesta stazione della Via Crucis, con quegli occhi d'onice freddi, capaci, senza pupille. Veronica è stata una compagna di squadra fantastica per Gesù, e gli ha pulito la faccia dal sangue e dalla sporcizia. Dopo essere entrata in squadra, anche io ho scoperto il mio modo di praticare una religione: sotto il cielo infuocato, con la mia palla da basket. Preferisco saltare che inginocchiarmi. Prego il Dio che ama vincere.

«Magari domenica prossima», aveva mormorato zio Harp, prendendomi la mano dal finestrino sul lato del guidatore prima di rilasciare la frizione. Mi aveva gridato che la mia anima era in pericolo, poi aveva fatto retromarcia lungo il sentiero sabbioso per le mucche verso la strada principale, con il terreno cotto sotto gli pneumatici che sputacchiava polvere gialla. Era esattamente quello che aveva fatto il *suo* Dio, a pensarci bene: scomparire in quella lontananza che lo zio chiamava paradiso, lasciando a noi poveri bifolchi il compito di raccogliere le ceneri. Zio Harp pregava per la pioggia ogni mattina e poi usava la ramazza per disseppellire la veranda. All'inizio della nostra ultima stagione di pallacanestro, la madre di Dagmara aveva regalato a ogni giocatrice una mascherina della Croce Rossa tinta con i colori della nostra squadra.

Quando sono arrivata a Uz, la tosse mi svegliava ogni notte. Mi drizzavo a sedere nel letto con la faccia tra le mani e per un lungo momento pensavo che mia madre fosse ancora viva. Che fossimo ancora nella casa gialla di Hubbell. Poi mi ricordavo: lei era stata uccisa e io ero finita a vivere con quel suo fratello dai capelli grigi. Ogni volta che mi sveglio qui, entro ed esco dallo stesso tunnel di fatti. Apro gli occhi sui terreni incolti, aggrovigliata nelle lenzuola di cotone azzurre della mia defunta madre, nel letto della mia defunta madre, un brutto sogno che va avanti da quasi due anni senza interruzioni.

I poliziotti della nostra cittadina non avevano trovato il colpevole della sua morte, ma erano riusciti a rintracciare il fratello ancora in vita. Mi spedirono a Uz il 4 agosto 1933, nel bel mezzo dell'estate più calda mai registrata. C'erano quaranta gradi il pomeriggio in cui arrivò il mio treno. Mio zio sembrava pensare che quel caldo da record non fosse una coincidenza. Non che desse propriamente la colpa a me, ma mi vedeva come l'ennesimo colpo di sfortuna.

Non avevo aspettative quando scesi sulla banchina della stazione ferroviaria di Uz, cercando questo zio a me sconosciuto. Quando lo trovai, la nebbia della speranza si addensò in una delusione che aveva esattamente l'altezza e la forma di Harp Oletsky. Quel bietolone mezzo rosicchiato dai topi prese la mia borsa e mi scostò i capelli dal viso come se stesse aprendo un sipario, un gesto che mi fece venire voglia di azzannarlo. «Be', non le somigli affatto!», mi disse. «Tua madre era una bambina molto bella».

La delusione è stata la prima cosa che abbiamo condiviso. Mi sono resa conto che Harp Oletsky non aveva idea di chi fosse mia madre. Quando diceva «Lada Oletsky», immaginava una sorellina. La versione più giovane di mia mamma che io ricordi aveva ventisette anni, un rossetto color rubino che metteva la sera e delle lentiggini color del sole. Harp Oletsky non conosceva le qualità migliori di mia madre, né le altre: l'incapacità di giudicare il carattere degli uomini; l'amore per la polka e per qualsiasi tipo di festa; la fatica che faceva per tenersi un lavoro e del denaro; il dono di resuscitare gli uccelli malati e le piante sfiorite; le risate che scrosciavano come pioggia in casa nostra, lavando via la tristezza appiccicosa dai muri; l'abitudine di tirare fuori la punta della lingua quando leggeva o cuciva. Fin dall'inizio avevo capito che sarei stata sola con lei. Sarei stata l'unica a portare la sua bara. Anche da morta, ha ancora bisogno delle mie cure. Speravo che Harp Oletsky mi avrebbe aiutato a ricordarla, perché la sua vera voce mi stava sfuggendo, e assomigliava sempre di più a una mia goffa imitazione da ventriloquo. Ma questo sconosciuto sapeva solo raccontare sciocche storielle su una bambina.

Quando la speranza si accende, illumina solo la propria stupidità – diceva sempre la mamma dopo che un nuovo lavoro o un nuovo uomo l'avevano delusa. Mentre fissavo il volto rugoso di mio zio, mi sentivo in imbarazzo per le mie speranze. Mai una volta era venuto a cercare sua sorella, anche se diceva che gli si era spezzato il cuore quando era scappata. «Be', non è andata lontano», gli feci notare. La cittadina in cui avevamo vissuto, al confine con il Kansas, distava tre ore di treno da Uz.

«Lada non voleva che la trovassimo», rispose in tono brusco. «Posso farti vedere le sue lettere».

Il primo giorno a Uz, lo zio mi offrì una visita guidata in casa Oletsky. Mi condusse davanti a uno sbiadito ritratto di famiglia appeso in salotto. «Questa era Lada». Mi indicò una bambina sfocata con un'espressione timida, che stringeva un annaffiatoio di latta. Congelata lì per sempre, senza poter mai essere liberata, tra i miei nonni color crema e i suoi due fratelli che non sorridevano.

«Voi polacchi sembrate tutti disorientati o stitici», dissi a mio zio.

«Sei polacca anche tu, Dell».

Mi seguì per tutta la casa, dicendo ben poco. Sentivo i suoi occhi che mi martellavano come due picchi. Mi portò al piano di sopra e aprì la porta della camera della mamma da bambina: la mia stanza, adesso. «Ok, Dell», disse alla fine. «Capisco che non è come te l'eri immaginata. Dimmi cosa manca. Cosa servirebbe per farti sentire a casa qui?»

«Le mie ossa sottoterra», gli dissi. «E anche in quel caso, sarei solo di passaggio».

La Domenica Nera, prima ancora di sapere che era la Domenica Nera, presi la palla e tornai fuori nella fornace. Erano tre settimane che ogni giorno c'erano più di trenta gradi. Il furgone dello zio si allontanava stagliandosi all'orizzonte, con due fasci di luce che illuminavano il minerale scintillante all'interno della polvere. Ormai non era insolito vedere macchine che viaggiavano con i fari accesi a mezzogiorno.

Avrei voluto un passaggio fino in città, ma non abbastanza da chiederlo. Mi feci più di sei chilometri a piedi sulle colline un tempo erbose. L'estate prima il torrente si era prosciugato. Mancava mezzo metro di terra. Ogni volta che si alzava il vento, ne veniva via dell'altra. Chi aveva un conto in banca si preoccupava a morte che i suoi soldi prendessero il volo, ma mio zio diceva che l'oro era poca cosa rispetto a ciò che le Alte Pianure avevano perso durante la siccità: la terra. «È in quei quindici centimetri di terriccio che succede tutto, Dell. Tutto il cibo che tu abbia mai mangiato dipende da quei quindici centimetri».

Dopo che la terra è scomparsa, resta solo lo strato di argilla. Un suolo così secco che ci si può far rimbalzare una palla da basket.

Giocare a pallacanestro era tutta la mia vita. Era la ragione per cui mi alzavo dal letto e continuavo a respirare. La Domenica Nera ero sola, e facevo finta che il coach mi stesse guardando. Correvo per il campo mentre la polvere mi raschiava i polpacci, sbagliando un tiro dopo l'altro, e strillavo ogni volta che una folata m'investiva. Già solo muovermi mi costava fatica. Respirare con la mascherina. Spingere la palla controvento richiedeva una forza enorme. La struttura del canestro tremava: *quasi, quasi*. La palla ripeteva *giù, giù, giù* rimbalzando a terra.

Giocavamo in un campo segreto un chilometro e mezzo a ovest del centro, sul cemento che l'allenatore aveva colato sulla prateria con le proprie mani. Un terreno abbandonato, troppo sabbioso per ricavarne un profitto. «Nessuno sborserà mai un centesimo per vedere delle ragazze giocare», mi aveva detto una volta Dottie Iscoe. «Il basket femminile è un fenomeno da baraccone». Dottie Iscoe evidentemente non conosceva Babe Didrikson e le Barnstorming Reds, o i tornei AAU con i loro premi in denaro e le borse di studio universitarie. Ognuna di noi si aggrappava alla speranza di essere una promessa del basket, selezionata dai reclutatori e mandata a giocare per soldi veri. Ma era l'amore a spingerci là fuori in qualsiasi stagione. Un amore folle che ci faceva lanciare contro la polvere, che scagliava i nostri corpi nell'inferno che il coach insisteva a chiamare allenamento di primavera. «Chi ha bisogno di una squadra avversaria, ragazze», gridava il coach da bordocampo, «quando potete giocare contro questo vento?» Per evitare il caldo, era meglio uscire più tardi. Quando era possibile – non tutte le ragazze potevano allontanarsi così facilmente dalla famiglia – alcune di noi si incontravano per allenarsi al chiaro di luna. Ci sentivamo in testa la voce burbera del coach, che dirigeva i nostri gesti. Agli allenamenti pomeridiani, quando era obbligatorio partecipare, tutta la squadra si riuniva e attendeva le istruzioni del coach. Lui fischiava e criticava ogni cosa facessi, la sua voce era una passata di rastrello e in segreto sanguinavo. Era una sensazione meravigliosa. Lui non mi voleva bene. Non gli stava granché simpatica nessuna di noi. Non si prendeva mai la briga di chiamarci per nome durante gli allenamenti e le partite. Ci chiamava con i numeri cuciti sulle maglie. Eravamo come un problema matematico che doveva risolvere. Voleva la stessa cosa che volevo io, cioè vincere.

Il coach si metteva sotto il canestro a sbraitare insulti contro di noi, lasciando la sua auto verde sgargiante parcheggiata a bordocampo con i fari accesi. Orientava le luci in modo che potessimo vedere il canestro. Ci allenavamo quasi alla cieca, correndo in mezzo a corolle di polvere che turbinavano. I pantaloncini rosa ci si gonfiavano sopra le ginocchia, fluttuando tra i due fasci di luce mentre correvamo, e rivedevo la scena anche nei miei sogni notturni, dove mi esercitavo ancora, sempre. Scattando da un lato all'altro del campo. Il coach suonava tre volte il clacson per ogni tiro mandato a segno e faceva lampeggiare i fari su di noi. La pallacanestro mi aveva trasformata in qualcosa di molto più grande di una ragazza. Tutte le gambe sul campo appartenevano a un unico animale inarrestabile.

Il paesaggio qui è così piatto che è facile perdere l'orientamento. Quando il sole comincia a calare, anche i veterani delle pianure consultano la bussola. Ho sentito dire che sembra di essere naufraghi in mezzo al mare. Non ho mai visto l'oceano, ma so cosa significa vivere senza punti di riferimento. Mi voltai per trovare la strada. Quando guardai a sud-est, vidi una barra nera che fluttuava a mezz'aria. Non era uno spettacolo così insolito. La polvere giocava brutti scherzi ai nostri occhi. A volte sembrava che all'orizzonte comparisse il profilo di una città, che poi ripiombava giù. Mio zio diceva che accadeva anche prima della siccità. Mi aveva portato a vedere le «Mirage Flats» nelle Sandhills, dove la luce e le dune erbose creavano nella mente umana illusioni di ogni tipo. Una di queste era che la terra sabbiosa su cui vivevamo potesse dare buoni frutti. La sala riunioni della Grange Hall è abbellita da ritratti di questi miraggi antiquati. Un'intera parete è ricoperta dai manifesti delle ferrovie pensati per persone come i miei nonni, che pubblicizzavano Uz, Nebraska, come un «Eden americano»: IL GRANO SI ACCUMULA COME ORO NEL SUD DEL NEBRASKA! LA PIOGGIA SEGUE L'ARATRO!

Guardare la prateria assetata mi faceva sentire sola e importante. Il paese aveva bisogno di me. Aveva bisogno delle mie compagne di squadra, le guerriere che giocavano nella Settima Regione della Lega Femminile di Basket delle scuole superiori delle pianure occidentali. Il nome della nostra squadra, purtroppo, derivava dal nostro sponsor: Uz Uova & Pollame. Ci mancavano tre partite per diventare campionesse della Settima Regione per il secondo anno consecutivo. Gli agricoltori e gli allevatori pativano una stagione di sconfitte, ma la Uz Uova & Pollame continuava a vincere. Nei primi mesi del 1935 c'era poca gente a vedere le nostre partite, però i punteggi venivano riportati dai giornali locali e sapevo che avevano una loro importanza, sicuramente più di quanto lasciasse intendere la palestra quasi vuota. Ero convinta che quando vincevamo, davamo una spinta a tutti gli abitanti della nostra città in sfacelo.

In quella stagione ero la playmaker titolare della Uova & Pollame, grazie al mio talento naturale in quel ruolo e anche perché non avevo nient'altro da fare che giocare. Le altre avevano case a cui volevano tornare, acqua da pompare e galline da nutrire, madri che le rimproveravano e che le baciavano, padri che gridavano di darsi una mossa, un esercito di fratelli e sorelle minori a cui cambiare il pannolino, far fare il ruttino e rimboccare le coperte. L'amore le sfiniva. Io non avevo altro che il basket per bruciare le mie riserve di rabbia. Avevo bisogno di avversarie che me la tirassero fuori. Il giorno della partita era la più grande liberazione, l'unico giorno della settimana in cui sentivo qualcosa di simile alla pace. L'allenatore mi diceva cosa fare e il tabellone mi diceva cosa provare. I piedi mi si staccavano da terra, la palla mi si staccava dalle dita e in quell'istante capivo se ero andata a segno. *Dritto e dentro il canestro*. Giocavo sotto la luna, durante i mesi estivi, quando tutte le ragazze della mia età davano una mano con il raccolto. Zio Harp non si aspettava aiuto da me. Aveva rinunciato a chiedermi di fare granché (anche se spesso lasciava la porta della sua camera da letto aperta, in modo che potessi sentirlo pregare ad alta voce per la mia salvezza). Non c'era nessuno che mi impedisse di fare quello che volevo. Mia madre, uccisa, stava morendo una seconda volta – sfilacciandosi e sbiadendo dentro di me – la terra ci stava attaccando dal cielo e l'unica certezza in cui ancora trovavo conforto era che ogni condizione meteorologica è provvisoria. Il tempo può cambiare in un istante.

La nuvola nera, notai, aveva iniziato a muoversi verso l'interno. Correva verso di me, verso di *noi*. La polvere cominciò a sollevarsi come un sipario. Il vento si librava sulla prateria come un demone, senza che nulla potesse spezzare il suo alto grido di follia. Ma perfino in quel momento sentivo di dover continuare a palleggiare. La palla era l'unica cosa che mi inchiodava alla Terra. Tum! Tum! Tum! Tenevo gli occhi sulle mani e scattavo su e giù per il campo mentre il vento cercava di rubarmi la palla.

Un furgone Dodge percorreva la strada, lento e squadrato. Passarono altri cinque minuti prima che apparisse il volto spaurito di mio zio, un sassolino marrone dietro il parabrezza.

«Pensavo di tornare a piedi».

«Sei impazzita? Sta per arrivare una tempesta. Sali».

Harp Oletsky, il contadino delle terre aride

La Domenica Nera era iniziata come uno squarcio nel cielo occidentale, che si era allargato sempre di più, spargendo terra invece che sangue. A volte immagino la gioia dei giornalisti di New York mentre battevano a macchina nel loro linguaggio raffinato la storia del giorno peggiore delle nostre vite. Mentre regolavano i margini e ficcavano la nostra tragedia in una colonna striminzita, proprio come il vecchio Marvin delle pompe funebri infilava un cadavere alto in un vestito stretto.

VITTIME DELLA POLVERE IN NEBRASKA
PREGANO PER LA PIOGGIA!
NELLE SANDHILLS SI INVOCA IL MESSIA

Poveri contadini ignoranti! È questo che pensano i giornalisti?

Poveri sprovveduti, che hanno puntato tutto sul grano.

Immaginate se ogni fantasma si alzasse per scagliare la terra della propria tomba contro i vivi. Questo è il suono che abbiamo sentito domenica pomeriggio. Alle tre del pomeriggio il sole è stato ucciso a sangue freddo, sotto gli occhi di ogni donna e bambino. È sprofondato in una nuvola nera. Sepolto vivo, a un'altitudine sconvolgente, dalla tempesta di polvere più grande di sempre.

Ma alle due e un quarto il cielo era ancora azzurro e mi sentivo quasi allegro. Tornando a casa dalla messa, ho incrociato Ed Leedskalin e mi sono fermato a chiacchierare con lui. Era piegato sul ciglio della strada a raccogliere cardi. Estirpava la pianta quando era ancora verde e giovane, prima che si formassero le spine. Molti allevatori di Uz sostentavano il loro bestiame denutrito con i cardi, ma Ed mi ha detto che li bolliva con strutto e sale e li usava per placare la fame dei suoi quattro figli. Mi spezzava il cuore immaginare un pasto a base di cardi. Sembrava una scena uscita direttamente dal film apocalittico di quel tizio.

Di quella pertica di yankee che, un paio di mesi prima, si era presentato alla Grange Hall per farci una lezione sul nostro ruolo nella catastrofe. Era uno dei ragazzi delle agenzie del New Deal di Roosevelt, spedito a riformarci. Pensavamo fosse un universitario, perché aveva uno di quegli accenti inamidati che non si capisce da dove vengano. Era arrivato a Uz direttamente dal suo bel convegno sul terriccio. Diceva che avevano partecipato scienziati da tutto il mondo. Palestina, Ceylon! Luoghi in cui i coloni avevano dissodato la terra. Luoghi in cui c'erano state delle tempeste di polvere. «L'America non è l'unico paese ad avere a che fare con l'erosione del suolo!», aveva gridato dal podio. Aveva una brutta scottatura e i capelli giallo canarino. Mi ero chiesto come avesse fatto quel ragazzo a ottenere un impiego nell'amministrazione federale a vent'anni, e se fosse cresciuto in una famiglia di agricoltori.

Il giovanotto ci aveva rimproverato di aver estirpato tutte le erbe autoctone, esponendo il terreno alle intemperie. Voleva che piantassimo colture di copertura, piante perenni. Per lasciare più radici vive nel terreno. Aveva fatto proiettare un film in anteprima: *L'aratro che distrusse le pianure*. Il regista aveva trasformato gli agricoltori nei cattivi della storia, o almeno così mi sembrava. Lo eravamo anche noi? «Cos'è questa massa di scemenze?», aveva gridato il mio amico Otto. Altri erano stati più volgari. Mentre scorrevano i titoli di coda, il ragazzo aveva abbassato il tono, come se volesse imitare la voce da tenore del film: «Dovete cambiare il modo di coltivare questa terra. Migliaia di anni di fertilità sono racchiusi nei quindici centimetri dello strato superficiale del suolo. Voi ne state perdendo tonnellate ogni minuto».

«Come facciamo a recuperarle?», avevo chiesto.

«Non si può, gliel'assicuro», aveva risposto l'esperto con la faccia da bambino. «Ci vogliono cinquecento anni per costruire un centimetro di terriccio. Bisogna proteggere ciò che è rimasto». Poi gli era venuto il singhiozzo sul podio e non era più riuscito a ricomporsi. La presentazione del ragazzo ci aveva irritato, ma quello che aveva detto non era esattamente una novità. Più aravamo la terra, meno acqua avevamo. La spugna della natura era sparita. Avevamo ridotto il terreno in polvere. Avevamo strappato ogni ancoraggio. Ora stava volando via tutto.

Infiorescenze, foglie, steli. Case, alberi, cuori.

L'aprile più secco nella storia del Servizio Meteorologico. Il più ventoso a memoria d'uomo.

Il 14 aprile era iniziato senza alcuna avvisaglia, e poi alle tre del pomeriggio, neanche mezz'ora dopo che avevo salutato Ed e mi ero rimesso in viaggio, la mezzanotte ha travolto il sole. Era più buia e fragorosa di qualsiasi altra notte senza luna. La terra si è sollevata per ammutinarsi contro il contadino. Se uno non l'ha vissuto non potrà mai capirlo. Per miracolo, sono riuscito a raggiungere Dell prima che il muro di polvere ci ricoprisse. «Fa il rumore di mille tornado», ha detto mia nipote. Mi sono compiaciuto della paura che trapelava dalla sua voce? In effetti, sì. Avevo rischiato la vita per andare a salvarla. La figlia di Lada era arrivata a Uz con un sorrisetto attaccato alla faccia. Non era un vero e proprio sorriso. Più che altro era un nodo scorsoio. Confesso che sono stato contento di vederlo sciogliersi. Mi ha dimostrato che mia nipote era una bambina, dopotutto. Dell non si era mai unita a me nella preghiera, e ho provato un impeto di gratitudine verso quella nipote testarda quando si è unita a me nel terrore. Ci era voluto l'Armageddon per farle rilassare la mandibola. Sterzando per evitare il muro di polvere siamo finiti contromano nella corsia opposta.

Di colpo la ragazza respirava insieme a me, non era più sola nella sua oscurità. Avvertivamo l'espansione della tempesta. La meraviglia, se così si può chiamare. Un mulino a vento nella proprietà di Sender ha preso fuoco mentre sfrecciavamo lì davanti, facendo guizzare fiamme scarlatte sotto le nuvole arrabbiate. La terra pioveva sul parabrezza, il sangue mi rombava nelle orecchie, finché nella mia mente non c'è stato più nessun confine tra i suoni interni ed esterni. L'orizzonte piatto si è alzato e si è allungato in una grande bocca che inghiottiva ogni cosa e correva verso di noi, rotonda e aperta.

«Non puoi andare più veloce?», mi ha urlato Dell. «Non voglio che nel mio necrologio si legga che sono rimasta sepolta viva mentre viaggiavo sul sedile del passeggero».

«Pensi che la tua morte finirebbe sui giornali?»

Portavo gli occhialoni da guida e avevo avuto l'accortezza di bagnare uno straccio con l'acqua del radiatore. La ragazza si è premuta lo straccio contro il viso, e finalmente è stata zitta.

Siamo riusciti a tornare a casa per miracolo, con solo pochi metri di visibilità e la terra che picchiava sulla cabina del camion. Uno schermo nero avanzava in direzione nord-est, preceduto da migliaia di uccelli in volo. Non riuscivo a sentirne nemmeno uno, per quanto urlava il vento. Ma è uno spettacolo che mi rimarrà impresso per sempre. Le onde di terra che si infrangevano sulla prateria. La volta del cielo che esalava fino all'ultimo dei suoi uccelli.

Lo spaventapasseri

Io non sono stato annientato. Qualunque cosa «io» fossi.

La strega della prateria

«Hai avuto fortuna», disse la moglie dello sceriffo quando mi trovò viva.

Devo ringraziare la gatta per il mio salvataggio. Dottie Iscoe aveva portato la figlia di mezzo, Gladys, a cercare il soriano sotto le finestre della prigione. Le grida della bambina si alzavano come uccelli, mentre la lingua della madre fendeva l'aria spessa come la pala di un becchino. «Gaatto!»

Credo che nessuna delle due si aspettasse che fossi io a rispondere.

La signora Sceriffo percorse il corridoio tossendo, fino ad arrivare alla mia cella. Portava con sé una lanterna, nonostante fosse poco utile: a Uz si scherzava sul fatto che ci voleva la luce elettrica per capire se la lampada a cherosene era ancora accesa. Dottie aveva una bandana rossa legata sulla bocca, gli occhi piccoli ingranditi da un paio di occhialoni da automobilista che si fermava continuamente a pulire mentre brancolava lungo le pareti.

«Jed! Red! Prendete il mazzo di chiavi per la serratura!»

Jed e Red sono i figli, due ragazzi con la faccia di pietra. Nei giorni buoni, trovo divertente il contrasto tra le espressioni vuote dei due fratelli e i loro ciuffi di capelli rossi. Ma forse li giudico male, Figlio mio. Per quanto ne so, i fratelli Iscoe potrebbero essere geni in letargo.

«Sono viva!», gli gridai, in modo poco convincente. «Aiuto!»

In fondo al corridoio, Dottie cacciò uno strillo. Fece un salto indietro come se avesse pestato un topo. Il grosso figlio emise un guaito di terrore. Per la prima volta da quando mi ero svegliata con quell'orribile sensazione di leggerezza, riuscii a ridere. Era meraviglioso ridere di nuovo, era come riuscire a ricordare come si sbattono le palpebre e si deglutisce. Da ore giacevo rigida sotto la polvere, serrando i denti sabbiosi, con la paura di lasciar uscire un respiro e finire per pesare ancora meno.

Sentii una chiave mordere il ferro. La porta della cella si aprì, sollevando la polvere da dove si era raggomitolata lungo le pareti, come grassi serpenti marroni. Risi ancora più forte, perché il paradosso non mi sfuggiva: le stesse persone che mi avevano intrappolato erano venute a liberarmi. E a dirmi che ero stata fortunata.

Sai, Figlio mio, le donne come Dottie Iscoe insistono spesso sul fatto che le persone come me dovrebbero provare gratitudine nei loro confronti. Come se fossimo fortunate a essere vive in un mondo sotto il loro controllo. Chiedi a qualsiasi sasso o fiore se si sente grato di stare al mondo. Tua madre non ha molti consigli da darti, ma posso dirti quando è il caso di diffidare. *Dovresti solo ringraziare* è una frase che i potenti brandiscono come una clava. L'ho sentita di continuo nella Casa per madri nubili.

Dottie si inginocchiò sopra di me sulla branda, tra i colpi di tosse di entrambe. Mi liberò le braccia e mi rimise in piedi. «Ti sei dimenticata come si cammina?», grugnì. In effetti, era proprio così. Mi sentivo come la buccia di una pannocchia, come una bambola senza imbottitura. Ci spostammo con cautela lungo lo stretto corridoio dove lo strato di polvere era così spesso da incresparsi. Jed e Red ci aspettavano all'ingresso. Jed sollevò sua madre per la vita, mentre Red mi prese sotto le ascelle. I ragazzi ci fecero girare su noi stesse, tutti ossequiosi, e ci misero giù alla luce del giorno.

Mentre me ne stavo lì a fissare il giardino sepolto, il mio sguardo vacillò.

Le ossa cave, la leggerezza da uccello...

Quella spaventosa leggerezza...

Bancarotta.

La parola si alzò dentro di me come il vento e si impigliò alla condizione in cui mi trovavo.

Seguii i figli di Dottie trascinando i piedi, combattendo l'impulso di tornare in cella. Avevo l'impressione che la prossima folata di vento mi avrebbe sollevato come una busta di carta o sbattuto contro le pietre.

«Come ve la siete cavata tu e i ragazzi?», chiesi a Dottie. La mia voce suonava flebile e lontana.

«Meglio di tanti altri. Oggi sul *Register* c'erano tre pagine di necrologi. Vick ha telefonato dall'ospedale di Kearney, dice che domani saranno il doppio...»

Lo sceriffo era partito prima dell'alba, non appena il vento si era calmato, mi disse Dottie. Lui e Cam Yernhoff avevano passato la mattinata a scavare per tirare fuori la gente lungo la statale. Aveva tralasciato di dirle che ero nella cella, mi disse irritata. «Mi hai fatto prendere un colpo».

Lo sceriffo Iscoe compila un registro dei detenuti per lo stato del Nebraska, nel quale sono sicura che il mio nome non è mai apparso. A differenza di me, lui non è disciplinato quando si tratta di tenere un registro.

Appresi dalla signora Sceriffo che la tempesta aveva assalito città e villaggi dal Texas occidentale al Dakota. Lepri fulminate vicino a Kearney. Un campo di angurie esplose. Automobili in panne sulla Statale 20 abbandonate dai guidatori, due dei quali erano crollati a non più di un centinaio di metri dalla strada, rimanendo sepolti sotto cumuli di polvere alti un metro e mezzo. Non volevo sentire altro e lo dissi, ma questo servì solo a far sì che la signora Sceriffo mi riversasse addosso quegli orrori con maggior gusto. A Uz la chiamano la pettegola del paese. Ma Dottie è un uccello spazzino. Se ne sta appollaiata sulla linea telefonica condivisa e colleziona storie dell'orrore. Ha un archivio di scheletri che può competere con il mio.

«Gesundheit», disse Dottie mentre io starnutivo frammenti della sua proprietà atomizzata. L'aria ci raschiava la gola e le narici. Stavamo inalando campi e ranch in polvere. Ci stavamo strozzando con i raccolti dei nostri vicini. Il pulviscolo tingeva il cielo di un rosso velato. Dall'altra parte del cortile, i pali della recinzione del giardino di Dottie spuntavano dalla sabbia chiara; il terreno del giardino era una nuova spiaggia. Si vedeva dove il vento aveva lasciato il suo autografo. La polvere arrivava quasi al terzo gradino della veranda degli Iscoe. Rotoli di sterpi erano rimasti impigliati al filo spinato intorno alla prigione. Pennacchi di verde si nascondevano tra i cespugli di cardo secchi. Un pony giallo con la faccia da badile ci si aggirava in mezzo, muovendo le labbra come una fedele in chiesa.

La casa dello sceriffo sembrava un pezzo di osso che qualcuno aveva dissotterrato dalla sabbia. Dalle finestre sigillate con la gomma mi fissavano due facce spettrali, e scoprii con sollievo di riconoscerle. Luyenne e Bettle, le Iscoe più piccole, di tre e quattro anni. Erano così nuove sulla Terra che non potevano sapere quanto il mondo fosse sbagliato quel giorno. Mi chiesi a che età avrebbero capito a cosa erano scampate, quaggiù. Mi chiesi se avrebbero mai compreso che il loro papà era malvagio. Forse l'amore avrebbe evitato che lo capissero. O avrebbe oscurato quella consapevolezza come un'eclissi.

Era la peggiore tempesta di polvere che avesse colpito le pianure meridionali a memoria d'uomo, mi disse Dottie, con una certa soddisfazione. La Croce Rossa si era installata a McCook e a Hastings per curare diciotto neonati e dodici anziani affetti da polmonite da polvere. Una dozzina di fienili e di case coloniche erano stati scoperchiati dal ciclone nero. Metà degli edifici della contea erano talmente danneggiati che non valeva la pena ripararli. Il suo tono felice mi confuse finché non capii che stava festeggiando la buona sorte che aveva avuto la sua famiglia rispetto a tutti i vicini colpiti.

«Avete avuto fortuna», dissi.

«Gaatto...», Gladys Iscoe continuava a chiamare l'animale. Le sue grida preoccupate avevano un ritmo così cadenzato che la madre sembrava aver smesso di sentirle, nello stesso modo in cui una musica ascoltata dal vivo può passare in secondo piano rispetto ai propri pensieri più drammatici. «Gaatto...»

Prima che Dottie potesse fermarmi, mi inginocchiai e presi la ragazzina per mano. Parole crudeli mi inondarono la bocca: *Che la gatta possa sfuggire per sempre alla tua famiglia e non tornare mai più. Che la gatta possa arrivare sana e salva nella terra del latte, dei topi e del miele.* Tuttavia il gelo negli occhi scuri della bambina mi impedì di pronunciarle ad alta voce. Gladys Iscoe aveva dieci o undici anni: era troppo giovane per emanare già quel senso di morte.

«Fatti coraggio, Gladys», sussurrai. «Il tuo gatto salterà fuori».

Lei mi guardò solennemente e mi strizzò la mano.

Dottie mi fissava da sopra la testa della figlia. Entrambe cercavamo di schermare gli occhi dai minuscoli coltelli nascosti nell'aria. Al posto del buco nel cielo che ci aveva urlato contro per ore, adesso c'era una foschia gialla e opaca. Dottie abbassò lo sguardo per prima, tossendo contro la manica.

«Avrai voglia di tornare in città, signora Strega. Da qui al mulino a vento è il Sahara, ma la strada principale è quasi libera. Red può darti un passaggio».

Mi rifiutai di provare gratitudine verso Dottie. Ma sentii un brivido di sorpresa azzurro chiaro. La gentilezza ha una sua specifica corrente elettrica. Non me l'aspetto quasi mai.

Lei mi toccò il polso dove erano state le manette e consegnò al figlio le chiavi dell'auto del padre.

***

Red Iscoe guidava in modo terribile. Dopo aver passato venti minuti a piantare le ruote dello sceriffo dentro le dune, e poi a fare retromarcia sbattendo contro le recinzioni semisepolte, mi chiese con imbarazzo di sostituirlo al volante. Per fortuna la Ford non andò in panne. Cumuli di polvere erano ammassati su entrambi i lati della strada come tetri mucchi di neve. Lungo la via che portava in città correvano chilometri di cardi grigi infilzati nella terra e di steccati divelti. I filari di grano in crescita erano rimasti schiacciati e sepolti. A nord-ovest, i campi devastati di Miguel Herrera si scrollavano guardandoci cupamente. Una dozzina di alberelli frangivento appena piantati giacevano storditi qua e là lungo la strada. Forse Herrera sarebbe stato sollevato nel trovare quegli alberi distrutti. Un sacco di persone a Uz e nelle campagne circostanti avevano piantato cinture di riparo per ottenere gli assegni del programma di aiuti di Roosevelt, il cosiddetto New Deal. Gli uomini parlavano apertamente della loro intenzione di tagliare gli alberelli appena piantati non appena fossero arrivati i soldi del governo. «Li faccio sparire più in fretta di quanto li ho piantati», si era vantato uno dei miei fedeli clienti, Wade Immey. Il New Deal si scontrava con le vecchie abitudini.

Io e Red sgombrammo la strada trascinando via gli alberi per le radici, incrociando gli sguardi sopra le maschere antipolvere. Era strano avere quel momento di intimità con il figlio del mio nemico. Il ragazzo degli Iscoe che mi spianava la strada per raggiungere Uz.

Finalmente vedemmo gli angoli retti della città sbucare dalla luce torbida. Un assembramento di edifici dall'aria spaventata e cospiratoria, che davano le spalle all'immenso cielo della prateria. «Uz è solo uno slargo sulla strada», ho sentito dire una volta a un operaio che si lamentava con un amico. I fari di Red illuminarono le vetrine in frantumi dell'Osteria Smallfry; un'insegna marcia di assi di pino; Easter's, il negozio di sementi e mangime; la Banca della Prateria, con le imposte serrate. Ogni vetrina era coperta da diverse dita di polvere nera.

Oltrepassate queste rispettabili attività, dove la strada principale finiva di colpo in un tratto senza nome che conduceva come una passerella direttamente a un mare di sabbia senza alberi, si trovava la mia finestra con vista sul disastro. Vivevo al secondo piano di uno degli edifici più alti di Uz, che ospitava un saloon e un affittacamere per zitelle, come me, o per ambulanti: venditori, predicatori, forse assassini – anche se finora non ne avevo mai incontrato uno – lavoratori stagionali, maghi della pioggia, ubriachi che avevano perso le chiavi e la strada di casa.

Il saloon – il Country Jentleman – si trovava al piano terra e serviva «liquori non inebrianti» a una dozzina di alcolisti incalliti. Due anni dopo il proibizionismo, Uz rimaneva fedele alla sua reputazione di contea senz'alcol, di luogo di decoro e virtù. Le etichette continuavano a riportare la dicitura «non inebriante» e quelle salubri bottiglie blu continuavano a nascondere il whisky. Spesso il più ubriaco di tutti si metteva a suonare uno Steinway malconcio che trasformava ogni nota in una supplica per un accordatore. Secondo Rasmussen, il pianoforte proveniva da una nave pirata nella quale era nascosta una sirena. Il mio padrone di casa era uno svedese insolitamente allegro, che un tempo faceva parte del circo svedese, i «Rolla Rolla Rasmussens», che si esibisce ancora a Gordon; credo che quel ramo paillettato della sua famiglia gli avesse fatto venire un debole per le streghe. Mi aveva permesso di affiggere il mio manifesto nella vetrina del Country Jentleman e quando eravamo a tu per tu andavamo piuttosto d'accordo. Faceva pagare ai contadini bianchi una tariffa da locanda: quindici centesimi per un letto nel dormitorio comune, venticinque centesimi per una stanza privata. Gli uomini sposati che viaggiavano con le loro mogli avevano uno sconto. Io pagavo il doppio di tutti gli altri ospiti, a eccezione di Charles Evans, un fattore che si era trasferito qui dall'insediamento nero di Audacious. Rasmussen chiedeva al signor Evans un dollaro a notte, lo stesso prezzo della suite presidenziale all'Hotel Wheatgrower di Kimball. Più eri povero e più tutto diventava costoso. Se poi avevi la pelle nera, i bianchi di Uz ti facevano pagare più del dovuto senza vergogna, e dormivano sonni tranquilli pensando di averti fatto una cortesia accettando di servirti. Quando mi ero lamentata dell'affitto, Rasmussen mi aveva detto che avrei dovuto essergli grata. «Pensa al rischio che corro, lasciando che una Cassaforte svolga la sua attività sopra il Jentleman!» In realtà, dovevo aver triplicato le sue entrate; i miei clienti spesso bevevano una o due caraffe di quel liquore non inebriante mentre aspettavano il loro turno al piano di sotto. Guardai Red Iscoe che trangugiava acqua dalla borraccia malconcia dello sceriffo, con il pomo d'Adamo che sobbalzava, mentre sulla strada sterrata ci avvicinavamo alla città. La sua faccia era una versione addolcita di quella del padre.

Senza preavviso, il tempo si rimise in riga, e un ricordo terribile mi tornò alla mente: ora sapevo perché lo sceriffo mi aveva trascinata in prigione nel cuore della notte. La sera di sabato, prima della tempesta della Domenica Nera, lo sceriffo mi aveva costretta a ricevere un deposito dal medico ubriacone che dirigeva il manicomio statale di Hastings. Un tipo dalla lingua lunga, con gli occhiali che gli scivolavano giù dalla faccia mentre barcollava davanti al mio cornetto acustico. Vick l'aveva tirato fuori dalla gabbia degli ubriachi e l'aveva trascinato fino alla Cella 8. Avevo riconosciuto il viso rubicondo del dottore. Era finito su tutti i giornali quando aveva testimoniato nel processo contro «l'assassino della zampa di lepre». Il dottore, sbarbato e sobrio, era salito sul banco dei testimoni e aveva detto alla giuria che Clemson Louis Dew, un vagabondo magro e tremante di diciassette anni, aveva un «difetto mentale» che lo aveva portato a uccidere sette donne in quattro diverse contee del Nebraska. Quale testimonianza aveva farfugliato questo medico nel mio corno due sere fa? Era in piedi sopra di me a singhiozzare incontrollabilmente, e quello era stato l'ultimo suono che avevo sentito prima di perdere i sensi («Mi – hic! – scusi! – hic – Signora – hic! – Strega!»).

Lo sceriffo non mi paga mai per i depositi di questi sconosciuti. Si presenta alla pensione senza preavviso e mi trascina nella Cella 8. Una volta ho visto sua moglie che puliva il sangue da un muro con una spugna e ho pensato: *Io per Victor Iscoe sono questo.* Ha bisogno che io assorba i ricordi pericolosi della gente come una spugna. *Vedila come una tassa*, mi ha detto una volta. *Una tassa sulla stregoneria.* Alcune di queste persone che lo sceriffo porta nella mia cella sono state formalmente arrestate. La maggior parte no. Ho ricevuto depositi notturni da due fratelli filippini con gli occhi tumefatti, da un bracciante irlandese con il grembiule macchiato di sangue, da due agitatissime donne polacche che trasalivano ogni volta che lo sceriffo parlava. *Potete ringraziare la strega per averci risparmiato un mare di guai*, amava scherzare lui con queste persone spaventate, spingendole verso il mio cornetto acustico nella penombra della cella. *Voi non dovete lasciare la città e io non devo uccidere nessuno.*

Di colpo ricordai la vertigine della trance, nella notte precedente la Domenica Nera: la sensazione di mollare la presa sul mio nome e cadere all'indietro da una grande altezza, dissolvendomi in ondate di vuoto. Quando avevo ripreso conoscenza, il dottore ubriaco sorrideva appena sopra di me, il suo viso peloso fluttuava sopra il corno, gli occhi azzurri e cristallini scintillavano come ciotole sullo scolapiatti. «Grazie, signora strega», disse. «Mi sento come un raggio di sole, così leggero… che dono meraviglioso!» Lo sceriffo ci osservava dall'angolo in cui aveva sorvegliato il versamento. Aveva il volto rigido come un manico di scopa, ma notai che stava rilassando le spalle. Dagli occhi luminosi e vuoti del medico e dal dolore che avvertivo nel petto, capii che il versamento era riuscito. «Il suo segreto è al sicuro con me», gli avevo promesso. Una garanzia che offro in modo meccanico a ogni cliente, come si offre un fazzoletto a un naso che cola. «E resta un segreto anche *per* me». Dov'era finito?

La vertiginosa sensazione di leggerezza non mi aveva abbandonato. La crosta di rassegnazione che ci si stava formando intorno era ancora più spaventosa. Con lo sguardo fisso fuori dal parabrezza, verso le staccionate e gli alberelli abbattuti, cercai di immaginare dove, in quale altro mondo o regno, fossero stati trasferiti i ricordi che avevo un tempo. Forse il vuoto nel cielo me li aveva strappati da dentro. Forse quei grandi venti che spazzavano via tutto li avevano trascinati tra le nuvole. Ma la polvere alla fine si deposita sulla terra, non è vero? La rugiada si solleva dalle foglie e ritorna come pioggia. Perché i ricordi dei miei clienti non sarebbero dovuti riaffiorare tutti in me all'improvviso, così come erano scomparsi? Questa era la mia preghiera. I campi erano disseminati di carcasse, nere come pozze d'inchiostro. Passammo davanti al grano in rovina dei Bakowski, al fienile semisepolto di Iverson. Delle galline leghorn vagavano sulla strada, con la stessa aria stordita che dovevo avere io.

Alla radio, io e Red ascoltammo le tristi notizie provenienti dalle contee e dagli stati vicini. Centinaia di agricoltori avevano perso l'intero raccolto dell'anno a causa della polvere. Tra questi c'erano sicuramente alcuni dei miei clienti. Cosa avrei fatto quando uno di loro sarebbe venuto a ritirare il suo passato e avrebbe trovato solo un fruscio vuoto?

Tre uomini stavano ripulendo la strada principale e ci fecero segno di proseguire con le loro pale. Mentre passavamo il signor Grigalunas mi rivolse un brusco cenno di saluto. Era mio cliente fin dagli anni del boom, e sentii una fitta allo stomaco. Aveva intuito dalla mia faccia che ero in bancarotta?

Ora si intravedeva la lingua penzoloni di Main Street, con

i binari del treno che si incurvavano nella polvere come denti sepolti. Potevo percorrere a piedi il resto della strada fino al Country Jentleman, e avrei dovuto farlo.

Invece, mi portai al viso uno straccio asciutto.

«Sai cosa mi fa tuo padre nella Cella 8, Red?»

«Ti porta dentro per interrogarti. Immagino che ti faccia delle domande».

«Come te lo immagini? Noi due seduti sulla branda a chiacchierare?»

«Non deve essere un lavoro facile», disse. «Ottenere una risposta sincera da una come te». Aveva funzionato; lo sentivo nella sua voce. Nel ragazzo si era radicato un sospetto. Stavo piantando il seme della mia vendetta contro suo padre.

«Ti dirò qualcosa che ti perseguiterà per il resto dei tuoi giorni, Red. Che tu voglia crederci o meno, sentirai il suono della verità e...»

Il suo volto di pietra si spaccò. «Smettila...»

Non mi fermai. Alzai la voce sopra le sue proteste. Elencai ogni crudeltà che avevo subito per mano dello sceriffo, ogni suo atto raccapricciante e spregevole. Osservai la lotta sul volto del ragazzo. Le sue sopracciglia e le sue labbra si erano indurite in un ghigno, ma le mie parole lo stavano raggiungendo, facendo prendere colore alla sua pelle arrossata. Non poteva respingere la mia storia come falsa. I dettagli più minuti avevano fatto breccia nelle sue difese. Qualcosa di inconfutabilmente piccolo come il neo bianco sulla schiena del padre, i gattini che aveva annegato chiusi in un sacco di farina.

Quando finii, Red stava singhiozzando.

Mentre guardavo il ragazzo che piangeva con il viso tra le mani, mi invase la vergogna. Mi venne voglia di rimuovere la scheggia che gli avevo appena conficcato in corpo.

«Non ti preoccupare», dissi. «Posso riprendermi tutto. Vieni di sopra con me e lasciamelo in deposito...»

Nella nostra prateria senza alberi gli uccelli migratori invernali si perdono, e a volte volano in tondo finché non cadono come sassi per la stanchezza. Non avendo altro posto dove riposare, Red alla fine appoggiò la testa sulla mia spalla. Sollevai una mano per accarezzargli i capelli sudati. Avevo un bisogno irrefrenabile di chiudere gli occhi e addormentarmi accanto a lui. Volevo sognare il paradiso di un tempo, quando ero ancora una giovane donna, gravida di Te.

«Mio padre non è come dici».

«Red», dissi. «E se ti rispondessi che sono tutte bugie? Pura invenzione».

«Scendi dalla mia macchina».

Non è quasi mai la verità in sé che le persone non riescono ad accettare. È l'effetto che gli fa scoprirla.

Rimasi in strada a guardare Red Iscoe che scompariva sulla sua Ford, muovendosi come una formica lungo la curva della strada. Figlio mio, faccio fatica a credere che oggi Tu sia più grande di Red: un uomo di ventisei anni. Prego che Tu sia finito con persone che ti vogliono bene. Se chiami qualcuno «papà» o «babbo», prego che non sia affatto come Vick Iscoe.

Mi chiedo spesso se sarei stata una buona madre per Te. Voglio che Tu mi conosca, tesoro, ma vorrei anche che Tu mi amassi. Temo che riuscire a raggiungere uno dei due obiettivi significhi fallire nell'altro. Tuttavia, farò del mio meglio per essere onesta con Te. La verità è che ho ferito Red Iscoe per rabbia nei confronti di suo padre. E temo, nel mio mestiere, di aver fatto cose anche peggiori.

* * *

Nella pensione trovai un centimetro di polvere sul pavimento e le mie scarpe rosse piene di quella roba. Tazze e vasi si erano trasformati in clessidre. La nuora di Rasmussen doveva essere entrata nella mia stanza, perché c'erano lenzuola umide incollate alle finestre e sul tavolo coperto di polvere si vedevano impronte di dita. La superficie dello specchio era incrostata e da dietro quel velo mi guardava il mio viso sconvolto. L'età che ho mi spaventa sempre: le rughe che mi segnano gli occhi, i capelli bianchi che cominciano a spuntarmi nella treccia. Avevo quindici anni quando sono fuggita dalla Casa per madri nubili di Milford, e chissà perché quello è ancora il volto che mi aspetto di vedere nello specchio. Mi ero preparata a essere tua madre, e poi mi sono svegliata con le cinghie di cuoio e le bugie del dottore. Mi sgorgavano lacrime di latte. Il mio corpo non gli credeva. Il mio corpo sapeva che eri vivo.

Mi allontanai dallo specchio polveroso e passai un quarto d'ora a lucidare il mio cornetto acustico. Il corno è il mio canale, l'unico oggetto a cui abbia mai tenuto. È un regalo della mia insegnante, Kettle. Un prezioso oggetto d'antiquariato che aveva ricevuto come compenso da una vedova di San Francisco. È dipinto di una tonalità tra il blu e lo smeraldo, il colore più bello del West. «È incantato, ma con discrezione», mi aveva detto Kettle con un sorriso. «Ora sarai una vera strega della prateria».

Ogni Cassaforte che ho conosciuto ha il suo canale. Lo Scrigno di Gordon riceve i depositi tramite una vecchia tromba ammaccata e tempestata di zaffiri. Una giovane Cassaforte che conosco, che vive lungo il fiume Elkhorn, usa un corno di cervo cavo. Ma in caso di vera emergenza, una strega può accontentarsi di qualsiasi tubo, cornetto o tazza di latta disponibile. Mi balenò un vecchio ricordo: sì, una volta avevo ricevuto un deposito da una madre in travaglio usando il fetoscopio del medico. La donna stava morendo di parto, con un'emorragia inarrestabile mentre spingeva fuori il suo bambino podalico. Aveva usato il fiato che le rimaneva per fare un deposito. Voleva lasciare a suo figlio un ricordo d'amore, depositarlo in me prima di morire perché glielo custodissi. In un'altra notte terribile, avevo accettato un deposito da un'altra fuggiasca come me sul retro di un vagone merci, le sue mani sottili e scure intorno al mio orecchio in fiamme. Qualsiasi cosa avessi promesso di proteggere all'interno del mio corpo, ormai l'ho persa.

La prima cosa che feci fu togliere la polvere dal corno. A ogni passata del panno, mi sembrava di riesumarlo dall'oscurità, come una zanna dalla fossa dei dinosauri di Chadron. Quando fu di nuovo pulito, mi sentii sollevata. Al chiaro di luna sembrava un'enorme conchiglia in cui riecheggiava il verde di un fondale sottomarino. Una volta, un cliente che veniva dall'università mi ha detto che ci sono frammenti di conchiglie preistoriche sepolti in tutte le Pianure, i fossili di un oceano scomparso. Sono stata felice di saperlo. Giuro che certe notti riesco a sentirne lo sciabordio.

La nuora di Rasmussen aveva usato vecchi giornali come isolanti, infilandoli nelle fessure dei muri e tappezzandoci le finestre. Ne aveva lasciata una pila sul comodino, accanto ai frammenti di un vaso di ceramica che doveva essere caduto dal davanzale durante la tempesta. Fu là che la vidi, tra i cocci: una zampa di lepre. Gli artigli si arricciavano verso il soffitto, come se stesse implorando qualcosa. Un brivido mi corse lungo la gamba. Che brutto tiro. L'aveva lasciata lo sceriffo, per prendersi gioco di me? O qualcuno aveva pensato di farmi uno scherzo? Ripensai agli uomini che mi avevano fatto visita la settimana precedente. Poi, simile a una macchia sfocata che sfreccia nell'erba irta, arrivò una nuova paura.

Andai dalla scrivania alla finestra e scostai il giornale che la copriva, come se potessi trovare lì a fissarmi chi aveva lasciato la zampa. La strada era quasi vuota. Due uomini spalavano la polvere tra i fasci di luce verdastri dei fari di un camion. La bile mi inondò la bocca e mi strinsi nelle braccia mentre camminavo. Chiusi il pugno intorno ai piccoli artigli, che sembrarono stringermi a loro volta. Il sole era tramontato e la luce della luna filtrava attraverso la polvere spessa sul vetro della finestra. Mi tolsi l'abito di tela di sacco della Cella 8. Nuda, sentendomi mezza matta, strisciai sul materasso e mi sdraiai. Mi appoggiai il portafortuna grigio e peloso sul petto, facendolo andare su e giù con i miei respiri. *Qualcosa vuole essere ricordato.*

* * *

Figlio mio, non so quale parte del mondo chiami casa. Se vivi vicino allo stato del Nebraska, probabilmente avrai sentito parlare dell'assassino della zampa di lepre.

È stata una notizia che ha fatto scalpore qui nella contea di Uz: un assassino che terrorizzava il Nebraska sud-occidentale. I giornali hanno diffuso a macchia d'olio la paura locale. Quel macabro oggetto di scena, il portafortuna insanguinato, catturava l'immaginazione di tutti. Per una strega della prateria, era molto positivo per gli affari. Nei mesi in cui si credette che «l'assassino della zampa di lepre» fosse a piede libero, accettai decine di depositi da nuovi clienti.

Nell'estate del 1933, mentre Uz si preparava a un altro raccolto disastroso, i corpi di due donne furono rinvenuti tra le colline sabbiose a ovest di Thedford. Quando vennero identificate, si scoprì che studiavano per diventare infermiere e che erano cresciute insieme a Uz. Olga Kucera e Nina Rose stavano tornando a Lincoln dopo le vacanze di primavera. Erano state viste per l'ultima volta alla stazione ferroviaria. Qualcuno aveva lasciato una zampa di lepre sul luogo del delitto, «con l'argentea pelliccia imbrattata del loro sangue».

I giornalisti erano andati a nozze con quel dettaglio. Due brutali omicidi, nessun sospetto. Un indizio che sembrava uno scherzo crudele. Nel periodo tra il raccolto e la semina, nel Nebraska meridionale scomparvero altre tre donne. All'inizio del 1934, la sera tutti sprangavano la propria casa come se fosse una banca. Se si vedeva una donna correre per Main Street al tramonto, senza che nessuno la inseguisse, era chiaro da cosa stava scappando: la minaccia era ovunque. Come la polvere. Come l'esca secca nell'aria, pronta a bruciare. Oltre a terrorizzare tutti nel raggio di cinque contee, gli omicidi e le sparizioni furono una pubblicità terribile per la città di Uz, timorata di Dio. La gente cominciò a lamentarsi con rabbia dello sceriffo Iscoe, «lo sbirro che non sapeva prendere neanche un raffreddore». I mesi passarono senza una goccia di umidità e l'aria soffocante divenne inseparabile dalla paura che avvolgeva il Nebraska occidentale. A metà marzo, il corpo strangolato di Allene Adams, l'assistente del farmacista, fu scoperto dietro il silo del grano con una zampa di lepre bagnata di sangue sul petto. Lo sceriffo informò i giornalisti che venivano a Uz che adesso stava dando la caccia a un omicida seriale.

La domenica di Pasqua, lo sceriffo trovò il corpo di Minnie Guzik abbandonato dietro la baraccopoli, a cinque isolati dalla stazione ferroviaria. Minnie era la moglie di un importante allevatore, e suo nonno era uno dei fondatori della città. Si diffuse la voce che l'assassino avesse lasciato ancora una volta la sua firma: la zampa grigia arricciata e macchiata del sangue della vittima. In tutta Uz si diffuse il panico.

In meno di dodici ore, lo sceriffo Iscoe aveva effettuato un arresto.

Lo sceriffo aveva preso Clemson Louis Dew nell'accampamento di vagabondi dietro il deposito ferroviario. Un ragazzo bianco dell'Indiana, che viaggiava saltando sui treni, seguendo il raccolto – mele a Yakima, barbabietole da zucchero a Grand Island – e poi facendo lavori saltuari tra una stagione e l'altra. Secondo l'articolo di giornale pubblicato dopo il suo arresto, si trovava a Uz da tre settimane, abbastanza per guadagnarsi una reputazione come violinista intorno al falò. «Quel ragazzo suonava come un angelo», aveva detto alla *Gazette* uno dei senzatetto accampati a Uz. «Anche chi era troppo triste per muovere un dito tutto il giorno, si alzava per ballare quando suonava lui. Era così che conoscevamo Clemson: per la sua musica. Era l'*unica cosa* che sapevamo di lui».

Nel paragrafo successivo, il giornalista registrava la prima impressione che lo sceriffo aveva avuto di Dew:

«Poche ore dopo l'omicidio, il giovane assassino stava suonando il violino alla luce del falò, con in faccia un sorriso privo di qualunque rimorso...»

«Sai cos'è questa?», diceva di aver chiesto lo sceriffo Iscoe a Clemson Louis Dew quella sera, tenendo in mano una zampa di lepre insanguinata.

Il ragazzo aveva commesso l'errore di rispondergli onestamente e di identificare la piccola amputazione: «Sì, signore», aveva risposto Clemson. «È una zampa di lepre».

Quella sera stessa, a porte chiuse, Clemson aveva confessato l'omicidio di Minnie Guzik e di altre sei donne: cinque a Uz e due nella vicina contea di Hayes. (Posso immaginare cosa abbia passato il ragazzo quella notte; io ci sono stata, chiusa in quelle stanze con Vick. Sotto la paura, c'è una solitudine senza fondo.) Lo sceriffo Iscoe era uscito dalla stanza degli interrogatori ed era andato dritto alla Grange Hall, interrompendo la riunione mensile per informare tutti che Uz era finalmente al sicuro: aveva arrestato l'assassino della zampa di lepre.

Qualcuno credeva davvero che quel ragazzo gentile fosse uno spietato assassino?

Ci furono giornalisti che presero il treno addirittura da Chicago per assistere al processo.

D: Era lui l'uomo? R: Be'...
D: Era lui l'uomo? R: Allora...
D: Era lui l'uomo? R: Non voglio dire...

Chi erano le altre tre donne che il giovane aveva confessato di aver ucciso? Luz Arrow, una messicana madre di tre figli che abitava alla periferia di Uz; Enesta Risingsun, una donna sulla settantina che stava passando da Hubbell per andare a trovare la nipote; e Lada Oletsky, che secondo la *Gazette* era «una madre nubile che al momento della sua morte viveva nella contea di Hayes». Questi omicidi erano casi irrisolti quando lo sceriffo arrestò Clemson, crimini che si erano verificati nei mesi precedenti all'uccisione di Olga e Nina, ma senza provocare lo stesso panico. Luz era sposata con un prestatore su pegno dal temperamento irascibile, Al Arrow. Al aveva una pessima reputazione e molti a Uz credevano che fosse stato lui a uccidere Luz, anche se non gli era stata mossa alcuna accusa. Dopo il ritrovamento del corpo della donna, Al Arrow l'aveva fatta seppellire senza neppure una cerimonia e si era trasferito a Gordon con la nuova moglie.

L'omicidio di Enesta Risingsun, per quanto ne so, non fu oggetto di indagini e non fu riportato dai giornali. Alcuni avevano ipotizzato che la donna avesse rubato i soldi per il biglietto del treno.

Mi dispiace dirlo, ma un'indiana che viaggia da sola, cosa pensava che sarebbe successo?

Al Arrow è un ratto bastardo. Ma se è stato lui, forse aveva un motivo.

Dottie mi ha detto che Luz stava per mollarlo...

È terribile quello che è successo, ma Jed dice che Lada Oletsky era una donna dissoluta e lo sapevano tutti...

Ascoltavo gli uomini di Uz che ciarlavano di questi omicidi seduti sugli sgabelli del Jentleman. Il ritmo delle loro conversazioni era familiare come il canto delle rane sul Platte. Molti a Uz erano sconvolti dal fatto che questi primi omicidi fossero avvenuti dietro casa loro, ma sembravano preoccuparsi soprattutto della reputazione rovinata della città. Quelle donne non meritavano di morire, nessuno lo stava insinuando: se lo ripetevano a vicenda. Era un peccato che fossero morte.

Quando i corpi di Olga e Nina erano stati ritrovati con sopra la zampa contorta, tutta Uz aveva partecipato alle ricerche. Avevo l'impressione che per la maggior parte dei miei concittadini quelle studentesse bianche fossero «più morte» delle altre. Se gli omicidi di Enesta Risingsun, Luz Arrow e Lada Oletsky erano stati un peccato, questi nuovi delitti erano una tragedia. Un'emergenza. Mi premuravo di chiudere la porta a doppia mandata; una strega della prateria è sempre «meno morta» di una donna di città, un fatto della vita noto sia agli assassini che ai poliziotti.

Al processo, Clemson Louis Dew indossava un paio di occhiali da lettura economici troppo grandi per il suo viso stretto, con un pezzo di spago verde annodato sul ponte, e un abito squadrato color melanzana donato dalle Suore della Carità che lo faceva sembrare un bambino mascherato da adulto. Alcuni uziani storsero il naso. Un giovane dall'aspetto così gracile avrebbe potuto sopraffare sette donne? Sulla *Gazette* aveva un'espressione speranzosa e sbigottita: un sorriso timido e obbediente che rivelava a chiunque fosse abbastanza interessato da guardarlo bene che non capiva nulla di ciò che gli stava accadendo.

Mi faceva male guardare la fotografia che ritraeva il sorriso di Clemson. Prima che mia nonna morisse, anche io ero molto docile e desiderosa di compiacere. Molto «a modo». Da brava ragazza, ero convinta che comportandomi bene avrei fatto una buona riuscita. Al banco degli imputati, scriveva un giornalista, «Clemson Louis Dew era pronto ad annuire ancor prima che l'avvocato facesse una domanda». Come poteva una simile abitudine procurare a qualcuno un verdetto di colpevolezza? Eppure, chissà perché, fu così. Al Jentleman si diceva che Clemson fosse «lento di comprendonio», ma questo sembrava solo consolidare la teoria generale che Dew fosse davvero l'assassino della zampa di lepre. Lo sceriffo radunò altri vagabondi dai campi, alcuni dei quali appena tirati fuori dalla cella degli ubriachi, e questi testimoniarono che il giovane vagabondo aveva qualche rotella fuori posto, «un'ingenuità inquietante». I giornali riportarono la riflessione di un testimone: «La stupidità e la malvagità vanno di pari passo, no?»

Dopo tanti anni trascorsi a origliare, so bene come una stessa serie di fatti possa far orientare le persone verso un'idea o l'altra. Dopo il processo, c'era quasi unanimità sulla questione della colpevolezza di Dew. Una convinzione che sembrava avvolgere ogni nuovo elemento. I giornalisti che definirono il verdetto di colpevolezza «un trionfo della Signora Giustizia» citavano la gentilezza di Clemson come prova del suo squilibrio mentale.

La stampa, naturalmente, voleva sapere: «Sono state trovate zampe di lepre anche sui corpi di Lada Oletsky, Enesta Risingsun e Luz Arrow?»

«Al momento non possiamo escludere che una o più zampe di lepre siano state, a un certo punto, nelle vicinanze dei corpi di queste vittime», suggerì un procuratore calvo e sudato, sfregandosi la testa lucida come per richiamare il genio dalla sua lampada. Nessuna prova tangibile collegava l'imputato a nessuno degli omicidi. Tuttavia, il verdetto di colpevolezza fu prontamente emesso e Clemson Louis Dew fu condannato a morte.

Magari alcuni dormiranno sonni più tranquilli dopo la sua condanna, ma io non sono tra questi.

Le zampe delle lepri, a quanto ho appreso dalle chiacchiere al Jentleman, sono attualmente esposte nel penitenziario di Lincoln. Un negozio nel centro di Uz offre delle riproduzioni. Dopo l'udienza di condanna, lo sceriffo ha affisso un manifesto gongolante che recitava: «La prossima volta sarai più fortunato», con sotto l'immagine di una zampa di lepre. Figlio mio, ho visto persone in apparenza gentili fare cose orribili. E ne ho fatte io stessa. È possibile che questo giovane vagabondo abbia ucciso sette donne nelle contee vicine e abbia decorato ognuno dei loro corpi con una zampa? Il triste ricordo della sfortuna di una lepre? Non posso confutarlo.

Ma so anche che quest'anno lo sceriffo si candida per essere rieletto. E so che Vick e il suo vice dalla faccia di bronzo avrebbero arrestato Clemson Louis Dew anche solo per aver respirato l'aria della notte.

* * *

Sono rimasta a galleggiare sul materasso, guardando la zampa di lepre che si alzava e si abbassava sul mio petto come un metronomo. Avevo paura di chiudere gli occhi, Figlio mio. Paura di perdere i miei ricordi di Te. Quando il cielo ha cominciato a schiarirsi sopra le guglie dei silos di grano, ero ancora sveglia. Ovunque lasciassi vagare la mente trovavo nubi nere ad attendermi. Avevo causato la mia bancarotta, in qualche modo? Avevo preso troppi nuovi clienti per sopravvivere agli anni di magra? Assorbendo depositi sei giorni alla settimana fino a rischiare il collasso come un sacco di grano troppo pieno? Avevo visto gli agricoltori fare su e giù con i trattori anche di notte per recuperare i raccolti persi, lottando contro un debito invisibile. Capivo cosa li tormentava. Anche io mi sentivo braccata.

Sono l'unica Cassaforte che ha perso tutto nella tempesta? Ho immaginato un imbuto nero che attraversava la prateria, ululando sui corpi di altre streghe, strappandogli un turbine di depositi e gettandoli dentro il muro di polvere. Una nuova paura mi si è aperta sotto l'ombelico ed è sprofondata su sé stessa, rivelando strati su strati di nero terrore: e se altre streghe della prateria si fossero svegliate con lo stesso vuoto durante la tempesta? Guardavo la piccola virgola grigia della zampa di lepre alzarsi e abbassarsi sul mio petto, cercando di capire l'entità di una simile perdita. Che cosa avrebbe significato se ogni strega della prateria sopravvissuta alla Domenica Nera fosse andata in bancarotta? Si poteva rimediare a un tale crollo? Non avevo risposte, né idee, ma solo il gemito di quel senso di leggerezza che ancora risuonava nel mio corpo.

Mi è tornata in mente una frase che aveva fatto da didascalia a un articolo di giornale sul Martedì Nero di Wall Street:

Gli uomini d'affari, nel tentativo di salvare sé stessi, non hanno fatto altro che distruggere il loro sistema; nel tentativo di evitare il peggio, hanno reso il peggio inevitabile.

La fotografia era ciò che ricordavo meglio. Un centinaio di cappelli eleganti, placidi come nuvole, sopra le facce sconvolte degli uomini.

Quando il mercato è crollato nel 1929, miliardi di dollari

sono svaniti in poche ore. Poi sono arrivati gli anni della siccità e la terra è volata via. La polvere che oscura il sole a mezzogiorno. Forse è questa la prossima calamità: il tracollo della memoria.

Se così fosse, sono sicura che ci sarà una corsa alle streghe, proprio come c'è stata una corsa alle banche. Ci daranno la caccia, Figlio mio. Dovremo «rendere conto»: così diranno i nostri clienti quando cercheranno di strapparci di bocca i loro depositi. Per quanto ne so, tutto questo sta già accadendo in altre città del West che sono state inghiottite dalla bufera nera.

O forse mi sbaglio e sono sola con il mio disastro.

Ho aspettato due giorni per inviare un telegramma a Cherry Le Foy, la mia amica e collega strega della prateria, nota ai suoi clienti come Madame Quicksand. Cherry, per quanto ne so, lavora ancora nella sua capanna sul fiume Republican, nel Nebraska sud-occidentale. Uz è stata colpita duramente dalla Domenica Nera, ma forse le Casseforti che si trovavano alla periferia della tempesta ne sono uscite indenni. Forse per Cherry, nella contea di Hayes, è ancora tutto normale.

Per fortuna non sono una di quelle spie della Marina che decrittano messaggi cifrati. Fino alla Domenica Nera, tua madre eccelleva nel mantenere i segreti, Figlio mio, ma mi manca l'immaginazione per i codici e gli indovinelli. Nel telegramma che le ho inviato, ho scritto: LA MIA FALDA ACQUIFERA È SECCA. Nessuna Cassaforte che si fosse svegliata in bancarotta dopo la tempesta della Domenica Nera avrebbe potuto fraintendere le mie parole. Cherry le avrebbe trovate prive di senso, oppure avrebbe capito al volo. Il suono pesante delle dita della dattilografa mi rimbombava nelle orecchie.

La notte scorsa quel suono mi è tornato in sogno, sempre più forte, finché non ho aperto gli occhi di scatto sul cuscino. Qualcuno bussava alla porta, imprecando contro di me da dietro il legno. Dalla maniglia pendeva il cartello «Chiuso al pubblico», ma le parole non hanno mai impedito a certi clienti di tentare di svegliarmi a suon di pugni. Nessuno ha mai sfondato la porta, ma molti ci hanno provato.

«Apri, stronza lavativa! Non è il momento di prendersi una vacanza...»

Erano le due del mattino e il saloon al pianterreno era in pieno fermento. Ho riconosciuto la voce ispessita dal liquore di Grayson, uno dei miei migliori clienti. La sua rabbia aveva quella punta di euforia che conosco bene: il fremito prima di un'esplosione. Alla fine se n'è andato. Ma io ero troppo scossa per dormire. Forse non dormirò mai più, Figlio mio. Ho studiato gli orari dei treni e ho pensato di scappare. Se non fosse per Te, farei piani di fuga più cupi. Per quanto tempo riuscirò a nascondere il mio fallimento a questi pugni che mi martellano la porta?

Asphodel Oletsky

«Due novelli sposi di Olaf sono scesi dall'auto e sono morti soffocati a cinquecento metri dal municipio...»

«No! Dottie, che cosa orribile!»

Dopo la Domenica Nera, la linea telefonica condivisa brulicava di storie dell'orrore. La linea ci collega ad altre dieci famiglie, tra cui gli Iscoe. Dottie Iscoe è meglio della radio, quando si tratta di drammi.

«Uno degli operai mandati a spalare la strada ha notato il bouquet della sposa che spuntava dalla polvere. Ha visto quelle gardenie e ha pensato: *Che razza di fiore può crescere qui...*»

«Oh, Signore! Fa venire i brividi...»

«Attacca quel telefono e fatti gli affari tuoi, ficcanaso», ha gridato mio zio dalla cucina. «Non avrei mai dovuto farmi collegare alla linea».

«Il giorno del giudizio è affare di tutti, zio!», ho detto. Più che altro per punzecchiarlo. Sono d'accordo sul fatto che le persone abbiano il diritto di avere conversazioni private. Origliare era uno dei miei passatempi preferiti nelle bettole in cui andavo con la mamma. È un brutto vizio, e sta peggiorando. Passare troppo tempo ad ascoltare è come ingozzarsi di caramelle da quattro soldi.

«Undici uova, oggi!», mi ha gridato mio zio da dietro la zanzariera della veranda. «Mai così tante dallo scorso maggio!» Questa è l'idea di pettegolezzo a casa Oletsky. «Vieni a darmi una mano...»

Ho fatto finta di non aver sentito; quel giorno non potevo permettermi di scollegarmi dalla linea. Ascoltavo le chiacchiere dei nostri vicini da quasi un'ora, aspettando che qualcuno parlasse dell'esecuzione di Clemson Louis Dew. Era stata programmata per lunedì, «un minuto dopo la mezzanotte» del 15 aprile, secondo l'invito del direttore del carcere: nel bel mezzo della tempesta della Domenica Nera. La batteria della radio era scarica e non potevamo andare in centro a comprare un giornale, ammesso che qualcuno ancora lo stampasse e lo vendesse. La linea condivisa era la mia unica speranza di sapere qualcosa sulla sedia elettrica di Dew. Non volevo avere nulla a che fare con il morboso entusiasmo che girava in città, ma volevo liberarmi dalle mie domande. Prima della Domenica Nera, la gente di Uz aveva fatto il conto alla rovescia per settimane, trattando l'esecuzione dell'«assassino della zampa di lepre» come una festa. Persino il coach aveva cercato di celebrarla («Oletsky, presto il tabellone segnerà uno zero accanto al nome di quel farabutto»). Mi ero sottratta al suo sorriso e a ogni conversazione sulla data di morte di Dew.

Ma ora quella data era trascorsa, e io volevo disperatamente sentire come era andata. Per sapere che era tutto finito. Avevo bisogno di fatti concreti. Così avrei avuto una scatola di spilli per far scoppiare le visioni infuocate che continuavano a gonfiarmisi in testa, dandomi il tormento. E in effetti, pochi minuti dopo il signor Albertson ha preso la linea e ha iniziato a parlare dell'«assassino della zampa di lepre». Che non era morto. La folgorazione – ho scoperto – non era riuscita a ucciderlo.

Fuori dalla finestra sentivo mio zio brontolare mentre faceva la prova della candela alle uova. Un'imprecazione mi ha lasciato intendere che ne aveva rotta una. Non ho mai conosciuto un uomo che imprechi così educatamente. *Riattacca*, ho sentito nella mia testa, con la voce ferma di mia madre. *Non ascoltare questi uomini. Le loro parole sono come veleno.* E vorrei aver ascoltato lei, non le voci che gracchiavano sulla linea condivisa. Invece, mi sono incollata il lobo dell'orecchio al cranio con la conchetta d'argento del ricevitore.

«Qualcosa è andato storto con la sedia. Credo che la polvere abbia interferito con i cavi...»

«L'ho appena letto!»

«L'assassino della zampa di lepre è ancora vivo!»

«Il direttore ha dato la colpa a quel tornado nero. Per poco non prendeva fuoco tutto il penitenziario».

«La sedia è bruciata?»

«No, solo il sacco sulla testa del ragazzo. Urlava e si dimenava contro le cinghie e alla fine lo hanno liberato. Le fiamme hanno fatto un salto di due metri sopra il casco. Tutta la stanza si è riempita di fumo...»

«Dew ha una brutta balbuzie, vero? Te lo immagini mentre urla in quel sacco? *N-N-Non sono morto!*»

Un uomo è scoppiato in una risata isterica. L'altro ha atteso pazientemente che finisse.

«Non ci credo che l'hanno lasciato vivo».

«Devono aggiustare la sedia. La mandano ad Amarillo per le riparazioni».

«Che assurdità, eh? Noi del Nebraska che chiediamo al Texas di darci una mano con il barbecue...»

Una risata soffocata mi è rimbombata nell'orecchio sinistro. Un rantolo e un colpo di tosse. Fuori dalla zanzariera della finestra, sentivo mio zio canticchiare mentre lavorava. Avevo le guance bagnate.

«E adesso? Se ne sta seduto in gabbia, in attesa di friggere?»

«L'esecuzione è "rinviata a data da destinarsi". Un ritardo dovuto alla polvere. Potrebbe trattarsi di un paio di settimane, o di un paio di mesi: di sedia ne hanno solo una».

«Insomma la zampa di lepre gli ha portato fortuna».

«Sfortuna, secondo me. Perché tirarla per le lunghe? Un plotone d'esecuzione, una corda al collo, un mattone in testa: trova un modo per finire quello che hai iniziato, direttore...»

«Morire due volte mi sembra troppo crudele. Persino gli animali li uccidiamo con più pietà!»

«Dew è un pluriomicida! Qui non si tratta di porre fine alle sofferenze di un maiale. Ha ucciso sette donne e probabilmente anche di più! Sta avendo la sua giusta ricompensa, e questa è la ciliegina sulla torta...»

Zio Harp si è avvicinato e mi ha strappato il ricevitore dall'orecchio. Da quanto tempo stava lì a fissarmi? Le immagini mi avevano prodotto un cortocircuito dietro le palpebre. Pensavo a mia madre. Quanto doveva aver sofferto nei minuti prima di morire. L'unica persona abbastanza vicina per aiutarla era stato il suo assassino. Non riesco a immaginare una solitudine peggiore di quella.

* * *

Eravamo stati invitati ad assistere all'esecuzione. A febbraio, lo sceriffo era venuto a consegnarci personalmente una lettera del direttore del carcere. «Buone notizie, Oletsky!» Si presentò sulla veranda avvolto da un velo di polvere ramata. L'assassino di mia madre, disse con eccitazione infantile, sarebbe stato giustiziato il 15 aprile 1935. Due giorni prima, il governatore aveva firmato la condanna a morte di Clemson Louis Dew. Lo sceriffo Iscoe mi consegnò l'invito all'esecuzione. «Leggi pure, tesoro». Mi sorrise, come se mi stesse dando il permesso di scartare una caramella. L'inclinazione della parola «*elettrica*» nella calligrafia allungata del direttore mi sconvolse; mi si annebbiò la vista e riconsegnai la lettera senza finire di leggerla. Mio zio mi sostenne mentre tossivo bile nella manica della sua camicia, con lo sceriffo che ci osservava impaziente dall'altra parte del tavolo. Lo zio voltò l'invito sul lato bianco. «Vorrei che l'assassino di Lada non fosse mai nato», disse allo sceriffo. «Ma non desidero vedere un uomo folgorato a morte». Quando sentì il tono di mio zio, lo sceriffo sembrò offeso. Passò dal rosa al rosso al viola, proprio lì al tavolo, come se avesse trascorso ore a preparare e glassare una torta per noi, solo per vederci rifiutare di sollevare la forchetta. «Molti hanno già detto di sì. I Kucera. I Rose. Il marito e la sorella di Minnie. Se cambiate idea prima di aprile, vi do io un passaggio fino a Lincoln. Ho intenzione di essere in prima fila per vedere quel mostro andarsene al Creatore».

«Sta pensando alla stampa», mi aveva detto lo zio dopo che lo sceriffo se n'era andato. «Vuole che nelle fotografie compaiano le famiglie delle vittime. Lo sceriffo può anche far finta che sia una festa, se vuole, ma io e te lo sappiamo che non è così».

Quando mi sono collegata alla linea, credevo che sarei guarita dai miei incubi scoprendo la verità su come funzionava la sedia elettrica. Ma ora le mie visioni stavano diventando ancora più terribili: vedevo lingue di fuoco, sentivo Clemson gridare aiuto. Non riuscivo a trattenermi dall'immaginare la sua sofferenza e il suo terrore. Non provavo alcun sollievo. «Clemson Louis Dew è ancora vivo», ho detto a mio zio. Gli ho descritto in poche parole quello che avevo sentito. In bocca avevo un sapore amaro. Era rinchiuso in isolamento, in attesa di morire una seconda volta. Il ragazzo taciturno del campo nomadi che era stato condannato per sette omicidi. Il giovane violinista con gli occhiali rotti e un sorriso ebete, che aveva confessato di aver ucciso mia madre.

* * *

«Pensi che sia stato quel ragazzo a uccidere la mamma?», ho chiesto a mio zio dopo che mi aveva fatto scollegare dalla linea condivisa. Lui è rimasto a guardare fuori dalla finestra per un minuto intero, come se la risposta fluttuasse da qualche parte sopra il cappello dello spaventapasseri. «Be', ha confessato», ha detto alla fine. «Non lo so, Dell».

Poi lo zio ha fatto una cosa insolita. Si è alzato, è andato in veranda ed è tornato con la mia palla da basket. «Facciamo due tiri». Il tramonto era già passato da un pezzo e lui ancora mi seguiva in tondo sulla terra che scricchiolava, sotto il canestro che aveva inchiodato per me alla porta del fienile. La polvere dava alla falce di luna un colore rossastro, e il grano dei campi si agitava intorno a noi. La temperatura continuava a scendere e di lì a poco dentro i guanti le mani hanno iniziato a bruciarmi. Mentre correvo i miei muscoli stridevano come gli ingranaggi di un macchinario, e mi dimenticavo di tutto tranne che della distanza tra le mie mani e il cesto rotondo. Il fuoco dorato che divora ogni altra sensazione mi si è diffuso nel petto, mettendomi le ali ai piedi. Ho fatto un tiro in sospensione dopo l'altro. Lo zio aveva gli occhi azzurri e cristallini velati dal sudore, faceva i suoi tiri alla cieca. Non parlavamo più. Non pensavamo più. La palla volava tra le nostre mani e per un'ora mi sono sentita più vicina a mio zio che a chiunque altro. Non abbiamo smesso di giocare finché non è uscito il Grande Carro. Lo zio ha sbagliato l'ultimo tiro e ha imprecato in polacco con una furia che ci ha sorpreso entrambi. Io ridevo di lui e lui di me, finché le nostre risate si sono unite in una specie di ululato.

Quando mia madre fu uccisa, tutti finsero di essere tristi. I vicini che fino ad allora ci avevano prese in giro mi abbracciarono, piangendo tra i miei capelli. «Non potete permettervi un fazzoletto?», brontolavo. Sentii parlare parecchio delle misteriose vie del Signore. Le donne di chiesa mi lanciavano contro i versetti della Bibbia con la stessa frenesia con cui gettavano gigli e zolle di terra sulle tombe aperte, desiderose di sigillare quel buco. Sembrava volessero seppellire anche me. Così sarebbe stato tutto più ordinato. Nelle ore e nelle settimane successive alla sua morte, la gente attraversò la strada per abbracciarmi e porgermi le proprie condoglianze, piazzandomele davanti come una pietanza portata a una festa. Un mese dopo, quelle stesse persone attraversavano la strada per evitarmi, come fossi un'ascia di guerra che se ne andava in giro per la città. Un promemoria del fatto che c'era ancora un assassino a piede libero.

Sapevo che, se mia madre fosse stata sposata, il suo omicidio sarebbe stato una tragedia. Se fosse stata una persona ricca, la sua morte avrebbe contato di più. Invece mia madre era una patetica ubriacona che non aveva neanche i soldi per la spesa. Alcuni sembravano tristi per il fatto che fosse stata uccisa, ma nessuno, a parte me, sembrava arrabbiato o sorpreso.

Due giorni dopo il ritrovamento del suo corpo nel fosso, avevo passato ore alla stazione di polizia a descrivere gli ex amanti, gli ex datori di lavoro e i compagni di sbronze di mia madre. Joe Lacy, il cordiale e inutile sceriffo della contea di Hayes, non sembrava particolarmente interessato a seguire le piste che gli avevo indicato. Se la cavò molto meglio a rintracciare mio zio. Dopo l'arresto di Clemson Louis Dew, i giornali avevano riportato una dichiarazione di Joe Lacy: «Sono grato allo sceriffo Iscoe per aver consegnato questo diabolico assassino alla giustizia».

La scorsa primavera, lo sceriffo mi aveva chiamata a testimoniare nel processo contro l'assassino della zampa di lepre. Cercava di convincermi a tirar fuori un ricordo che non avevo. «Non lo riconosci questo brutto delinquente?» Clemson Louis Dew aveva un ciuffo ribelle e i denti storti che spuntavano da una faccia pallida. Sorrideva così forte da strabuzzare gli occhi. Sembrava terrorizzato. In un'altra situazione sarebbe stata un'immagine buffa. Qualcuno che gli voleva bene avrebbe potuto prenderlo in giro: «Cos'hai dentro quelle guance, Clemson, ci conservi le noci per l'inverno? Hai visto un fantasma dietro il fotografo?» Ma mi resi conto che non c'era nessuno che potesse guardare così quell'immagine. Lo sceriffo ci aveva detto che era un vagabondo «senza parenti né affetti». *Hai ucciso mia madre?*, avevo chiesto al giovane volto della fotografia. «Questo ragazzo non lo conosco», avevo detto allo sceriffo irritato. «Sei sicura? Ho sentito che tua madre di conoscenze maschili ne aveva parecchie». Mi aveva fatto l'occhiolino, uno spettacolo terribile. «I bar e le camere da letto sono posti bui, non è vero?»

Io e mio zio abbiamo parlato a malapena dell'esecuzione fallita. Siamo entrati in casa inzuppati di sudore e puzzando di cuoio. «Mi hai sfinito», ha grugnito lui, lanciandomi la palla. Quella sera abbiamo deciso di saltare la cena. Quando ho smesso di muovermi, di correre e di tirare, sono stata di nuovo nei guai. La testa mi si è riempita delle risate di quegli uomini, insieme alle immagini della stanza invasa dal fumo. Le fiamme che saltavano due metri sopra il casco. La parodia stridula del signor Albertson che urlava come fosse Dew da dentro il sacco: *N-N-Non sono morto!* Le scene si sono susseguite nella mia testa finché non è venuta voglia anche a me di mettermi a gridare. Ho cominciato a raccontarlo a mio zio.

«Smetti di origliare, Dell. Non abbiamo certo bisogno di altro materiale per gli incubi, da queste parti».

Zio Harp ha iniziato a sbattere le palpebre come un maiale sorpreso dalla pioggia. Si è fatto rosso in viso e il sudore gli scendeva copioso sulle guance. Mi sono chiesta che età avesse mia madre nella sua testa in quel momento, se fosse una bambina viva di sette anni o un cadavere in un fosso a Hubbell. Ho visto che lo zio avrebbe voluto aiutarmi a uscire dal buco in cui continuavo a cadere. Ho visto anche che i suoi deboli occhi grigi non erano in grado di evocare nemmeno un raggio di sole e che le sue vecchie orecchie riuscivano a malapena ad avvertire la mia voce nella stessa stanza.

Così, ancora una volta, ho imparato a tenere la bocca chiusa.

Qualunque cosa stia accadendo qui, devo vedermela da sola.

Harp Oletsky, il contadino delle terre aride

Uz è un buon nome per una città come la nostra. Quando le quattordici famiglie fondatrici vennero a stabilire un nuovo insediamento, presero in prestito quel nome dal Libro di Giobbe: la Terra di Uz. A volte viene tradotto come Terra del Consiglio.

«Sembra un gruppo di simpaticoni», disse mia nipote.

«Quei polacchi avevano attraversato un oceano e poi mezzo continente per sfuggire alle persecuzioni», le raccontai. «Guarda come viene premiata la pazienza di Giobbe. I tuoi nonni hanno lasciato tutto ciò che amavano e conoscevano. Hanno perso ogni cosa quando sono arrivati in Nebraska. Per questo si sono rivisti nella sua storia».

C'era nella terra di Uz un uomo chiamato Giobbe: uomo integro e retto, temeva Dio ed era alieno dal male.

È impossibile insegnare qualcosa a mia nipote. Mi aveva interrotto, storcendo il naso.

«Uz è il suono di uno starnuto, zio».

«Basta così. Se vuoi essere blasfema, vattene sotto il tetto di qualcun altro».

Quando tornai dai campi al tramonto, trovai la mia Bibbia aperta sul tavolo della cucina, con Giobbe 42,12 cerchiato a matita e questo commento: *Non c'è niente di meglio di mille asine, come prova d'amore da parte del Signore!* Mia nipote scoppiò in una risata isterica.

«Pensi che sia una barzelletta?», le chiesi. «Guarda fuori dalla finestra, ragazza. Guarda in quale capitolo e versetto stiamo vivendo...»

È una storia spaventosa, naturalmente. Un mistero come la macchia d'inchiostro dei corvi che si riversa su questo inspiegabile cielo blu. Giobbe viene sottoposto a una prova dietro l'altra, e poi accusa Dio, che gli risponde, ed è una voce che parla dal turbine. Il Signore dona a Giobbe una visione sacra che nella Bibbia viene solo accennata. Una visione di meraviglie che perlopiù non vengono descritte.

Alla fine, il Signore benedice Giobbe raddoppiando la sua precedente prosperità. È questo che ha ispirato i miei genitori e gli altri che sono venuti a reclamare le terre del Kinkaid Act. La patria di Giobbe rappresentava uno specchio di ciò che avevano perso per diventare americani e una promessa per il loro futuro, se solo fossero riusciti a resistere alla siccità e alle locuste, ai raccolti distrutti e ai crolli del mercato:

> Il Signore benedisse la nuova condizione di Giobbe più della prima.
> Dopo tutto questo, Giobbe visse ancora centoquarant'anni e vide figli e nipoti di quattro generazioni.
> Poi Giobbe morì, vecchio e sazio di giorni.

Sazio di giorni. Questa frase mi ha sempre colpito. Fin da bambino, sentivo una sensazione di pesantezza quando papà la leggeva. Una specie di premonizione della vecchiaia. Gli anziani di Uz mi sembravano aridi come la terra, rugosi e fragili. Eppure, ascoltando quella frase, capivo che in qualche regione segreta i loro fiumi scorrevano, gonfi di giorni. Presto il tempo della loro vita avrebbe tracimato dagli argini. La morte mi faceva meno paura se la vedevo in questo modo. Quando ero bambino, la maestra ci disse che ogni goccia d'acqua che sia mai stata al mondo è ancora qui. La sua affermazione mi sembrava non meno incredibile della vita eterna che ci veniva promessa la domenica mattina.

Ora siamo sazi di mesi di polvere, anni di sole. Siamo entrati nel quarto anno di siccità e fallimenti. A Uz è in corso un grande esodo. La gente sta lasciando la terra, sempre più in fretta. Li chiamano «Okies», ma non si tratta solo dell'Oklahoma: anche il Nebraska ha perso intere città a causa della siccità e della polvere. Da quando il mercato è crollato, Uz ha perso un centinaio di abitanti. Il coro della Grange Hall è meno popolato e diventa sempre più rauco a ogni riunione mensile.

Ero già pieno di debiti fino al collo quando era arrivato il rappresentante della Deere con le sue promesse altisonanti, offrendosi di farmi credito. «Una volta provato uno Spider, non tornerai più indietro...» Mio padre usava un aratro a versoio e mi aveva cresciuto in mezzo ai cavalli. Avevo dei dubbi sugli Spider. Un'armata fumosa e scintillante di macchine alimentate a diesel. Ma non potevo permettermi di assumere un aiuto. Riuscivo a malapena a mantenere i miei cavalli. E questo nuovo trattore poteva arare mezzo ettaro in venti minuti! A differenza dei miei cavalli, uno Spider non avrebbe mai sofferto il freddo, il caldo o la stanchezza. A differenza dei braccianti, scherzava il venditore, una macchina va alimentata solo se lavora. Nella sala riunioni, il venditore con le orecchie a sventola fece la sua proposta a centinaia di persone. Disse che Uz era molto fortunata: eravamo stati selezionati come «comunità di prova» per il prototipo Spider. Cinquanta di noi si iscrissero quella mattina. E dove ci ha portato «il trattore del futuro»? Compro il carburante a credito. Sto ancora lavorando per ripagare quella macchina affamata.

Il vento scaraventava rotoli di sterpi contro la recinzione, l'abbatteva, un palo dopo l'altro, e al mattino non si vedeva più una linea di confine tra la casa e tutto il resto. La terra di Otto si riversava sulla mia quando il vento soffiava da sud-est. La mia terra finiva su quella di Otto quando il vento cambiava direzione. Si scoprì che le linee che avevamo tracciato con tanta cura intorno alle nostre proprietà esistevano solo sulla carta. La faccenda aveva un che di esaltante, lo ammetto. Ogni cosa si rimescolava con le altre, come la polvere.

Ero in mano alla banca, come quasi tutti gli abitanti della contea di Uz. Lavoravo sedici ore al giorno, scommettendo contro il clima: nel 1922 ottenni un raccolto di quasi ottanta staia per ettaro; nel 1926 la grandine distrusse tutto. Poi la pioggia sparì e non tornò più. In pratica, lavoravo per ripagare il prestito contratto per comprare lo Spider, le cui giunture si stavano già arrugginendo al sole. Nel 1934, vivevo ormai con quello che avanzava dei frutti del mio lavoro. Se lo fai abbastanza a lungo, inizi a sentirti come un cane che cerca di dissetarsi con il proprio sudore. Paghi alla banca il privilegio di lavorare la tua terra. È questa la trappola. Si accende un prestito o si apre una linea di credito. I soldi che hai investito nelle sementi finiscono per cuocere nella terra. Ti ritrovi a spaccarti la schiena per non farti sommergere dai debiti, grondando sudore a mezzanotte. In tutta la pianura si potevano vedere i fari di quelle macchine demoniache per le quali avevamo ipotecato le nostre fattorie, che illuminavano la strada verso l'attuale disastro.

Il senno di poi non è mai uno specchio lusinghiero. Non per me, in ogni caso: mi mostra solo quanto sono stupido. Non so cosa avrei potuto fare diversamente. O, per dirla in un altro modo, so che avrei potuto fare *qualcosa* di diverso. Ma a quanto pare non ho mai il tempo di capire cosa. Questa partita era già iniziata prima che io nascessi. Si poteva vincere o perdere, ma le regole erano già decise. Lo aveva detto anche il venditore e alla fine quasi tutti alla Grange

Hall ci eravamo cascati. Che scelta avevamo? A volte me lo chiedo, mentre metto l'imbuto nel serbatoio del prototipo della Deere.

L'anno scorso ero un uomo a rendimento zero. Come quasi tutti gli altri uziani. Tuttavia, ho continuato a sperare che la mia fortuna potesse cambiare. La Domenica Nera pensavo di essere arrivato al capolinea. Durante la folle corsa attraverso quella bufera di terra, mentre guidavo quel povero Dodge guercio in mezzo alla tempesta, incapace di vedere la strada, avevo pregato senza sosta. Il vento faceva cadere i cartelli stradali come tessere del domino. Strappava il grano dalla terra più in fretta di qualsiasi macchina. Mi cavava la vista dagli occhi. I fari non facevano che peggiorare la situazione, perché il loro bagliore rimbalzava sulla polvere nell'aria. È stata mia nipote a scorgere il profilo dell'edificio e a gridare: «Zio Harp, fermati! Siamo a casa!»

E anche nel bel mezzo del mio terrore, sono stato felice di sentire che la chiamava così. Casa.

Solo quando ho usato un fiammifero per accendere le lampade all'interno, ho cominciato a sentirmi a disagio. Il sollievo che mi aspettavo di provare non è mai arrivato. La paura che avevo accusato sulla strada, sterzando di qua e di là per sfuggire all'uragano nero, quella paura aveva un senso per me. La nube di terra, il fulmine verde, persino le zolle scosse come un tappeto: ognuna delle cose che aveva cercato di ucciderci aveva senso, nel suo modo terribile. Nulla di ciò che vedevo all'interno del soggiorno ne aveva.

All'indomani della Domenica Nera sono emerse strane storie. C'era una casa abbandonata piena di mille conigli neri a Slick, una città fantasma del petrolio, in Oklahoma. Era stata intravista in mezzo alla polvere una creatura che sembrava un rinoceronte, sulla nuova autostrada tra Oshkosh e Broadwater. Una ragazzina di Valentine, affetta da tubercolosi ossea, era stata curata da una gru che era discesa dalla coltre di polvere e si era posata sulle sue spalle. Mi è venuto un groppo in gola ascoltando la favola della bambina malata. Naturalmente eravamo tutti alla ricerca di miracoli.

Ecco un miracolo di cui non si è mai sentito parlare, che persino la mia nipotina ficcanaso sembrava aver scambiato per semplice fortuna. Quella sera, mentre correvamo verso casa, non siamo scivolati, non siamo caduti e non ci siamo persi. Avevo gli occhi chiusi per difendermi dagli artigli del vento, ma in qualche modo sono riuscito ad afferrare la maniglia della porta. Una volta dentro, ho sentito mia nipote tirare un lungo sospiro. L'aria mi ha riempito i polmoni e poi è uscita: potevo respirare di nuovo senza fatica. Il fiammifero ha preso fuoco al primo colpo. Quando ho acceso la lanterna a cherosene, la sua fiamma azzurra ha rivelato il mio volto stupito nello specchio dell'ingresso. La superficie era del tutto pulita.

Non c'era neanche un granello di polvere da nessuna parte.

Lo spaventapasseri

«Io... Io... Io... Io... Io...»

Un balbettio, un urto. Tutti i nomi mi sfuggono. Il mio nome, proiettato verso il cielo. Il cognome, abbandonato. Erba della prateria alta fino alla vita che si accartoccia in anni di polvere. Una svolta sbagliata nel lungo viaggio verso casa. Lucciole che si ammucchiano sul parabrezza e rimbalzano a migliaia sul cofano blu. Una schiuma di terra, e luce che sfrigola al suo interno. Una sagoma al posto di guida. Un corpo che si schianta contro il vetro. Nessuna mano sul volante. Nessuno seduto da nessuna parte.

Questo è il mio unico ricordo.

Guardo un uomo che cammina verso di me attraverso un campo vuoto.

Non sono io. Questo mi schiarisce le idee.

«Oh Signore», dice una voce che non conosco. Una voce che non emetto io. «Come ha fatto uno spaventapasseri a uscire intatto da quella tempesta di polvere?»

La strega della prateria

Sono passati tre giorni. Red non è tornato con suo padre per uccidermi.

Probabilmente gli Iscoe erano troppo indaffarati. Le scosse di assestamento dopo l'uragano della Domenica Nera continuavano a moltiplicarsi. I cadaveri ritrovati erano decine. Un edificio su tre nella zona di Uz era stato distrutto in modo irreparabile. La gente stava ammassando materassi, sedie a dondolo e vecchi tesori di famiglia dimenticati. Nella notte, lunghe carovane di famiglie si allontanavano, in fuga dai debiti e dai raccolti rovinati. Ho guardato un furgone che percorreva lento la desolata Main Street. Legata al pianale c'era una torre pericolosamente sbilanciata di telai, culle e cassettiere. Il predellino grigio ammaccato dava al furgone l'aspetto di una balena con una pinna avvizzita.

Dopo una settimana di attesa, non sono riuscita a sopportare di rimanere nascosta un minuto di più. Ho deciso che era arrivato il momento di andare da Cherry. Fred Raffles – uno dei miei clienti più poveri – mi ha prestato malvolentieri Angel, la sua amata cavalla Appaloosa. L'aspetto di Angel fa pensare a un incrocio tra un pegaso e un dalmata, così come il suo modo di muoversi: quando solleva gli zoccoli dalla polvere sembra spiegare delle ali invisibili. Ho sempre fatto uno sconto a Fred Raffles, perché mi è simpatico e perché amo i suoi cavalli. Mi ha guardata andar via mordicchiandosi il labbro.

In treno, il viaggio per raggiungere Cherry sarebbe durato meno di un'ora, ma avevo paura di rimanere bloccata nel vagone passeggeri con qualche cliente. A cavallo, potevo sempre lasciare la strada principale e sparire. Mi sono svegliata prima dell'alba e mi sono vestita da uomo con una salopette di jeans e un cappello di paglia. A mezzogiorno c'erano già trenta gradi e la temperatura continuava a salire. Il sudore mi appiccicava la camicia alle ascelle e scuriva i fianchi del cavallo. La nostra ombra di centauro è svanita dalla strada. Per entrare nella contea di Sheridan abbiamo percorso una passerella d'asfalto rovente, superando diverse fattorie immerse in un silenzio inquietante. I falchi volteggiavano sopra le nostre teste, e sono stati i nostri unici compagni per i successivi quindici chilometri tra le erbacce secche che sibilavano come serpenti.

Cherry avrebbe avuto una zuppa calda e un letto morbido da offrirmi. Sapone per fare il bagno nel fiume, un asciugamano pulito e un cambio di vestiti. Se anche avesse perso ogni deposito, mi avrebbe salutato con la sua risata ispessita dalle sigarette. Mi avrebbe ancorata, e io avrei fatto lo stesso con lei, come quando eravamo giovani e viaggiavamo sui treni da Omaha a Chadron.

Ci eravamo incontrate che eravamo solo due adolescenti, in fuga sulla linea che portava a Beatrice. Avevamo la stessa insegnante, Kettle. All'inizio ero gelosa di Cherry Le Foy. Lei aveva un talento naturale. Capiva le lezioni di Kettle senza sforzo, mentre io avevo bisogno di ripetere un'istruzione cento volte, prima che cominciasse ad avere un senso per il mio corpo. *Una dopo l'altra, le stelle sfarfallano e poi si spengono*, diceva Kettle con il suo tono assonnato. Questa affermazione aveva davvero un significato per Cherry, mentre io mi ero fatta venire il mal di testa per mesi, cercando di spegnere le stelle nella mia mente. Non riuscivo a svenire a comando e, quando finalmente ce la facevo, non mi risvegliavo se Kettle non mi scuoteva fino a farmi tornare nella stanza. Cherry aveva iniziato a entrare e uscire dalla trance quasi all'istante. «Be', ho lavorato in un bordello», mi disse. «Sto solo perfezionando un trucco che ho imparato a letto. Ho passato anni a "spegnermi" e a tornare in me come se niente fosse. Kettle mi sta solo insegnando il vocabolario. Lo sapevo già fare, solo che non sapevo di doverla chiamare stregoneria. Ci riuscirai. Ci vuole giusto un po' di pratica».

Ero invidiosa anche del nome scelto da Cherry: «Madame Quicksand» suonava come la star di uno spettacolo di burlesque di alto livello. «Che ne dite di "La Fossa"?», chiesi a Cherry e Kettle una volta, mentre andavamo a prendere i depositi degli operai di uno scavo a Royal. Scoppiarono a ridere come se fosse una battuta; risi anch'io, mortificata. Tutti i nomi buoni erano già stati presi. Mangiaspade era stato rivendicato da una giovane e intraprendente Cassaforte nella contea di Antelope; Fort Knox operava in un ranch su strada a Gordon. Per mesi, fui solo l'apprendista di Kettle. Poi una sera, mentre lavoravamo al luna park del Summer Moon Circus, vidi un manifesto che pubblicizzava la Panacea di Pauline. Una «medicina» arancione acceso, dentro quella che sembrava una boccetta di profumo in cristallo molato, proposta a una folla speranzosa e incuriosita come «L'Antidoto a Tutto ciò che vi Affligge!» Un brivido mi corse lungo le gambe. *Ecco cosa posso fare per le persone*, pensai. *Ecco quale è il mio nuovo scopo. Prenderò tutto ciò che non sopportano di sapere. I ricordi che li spingono a inseguire sogni impossibili, che li fanno ammalare di rimpianto e di dolore. Tutto ciò che sperano di conservare per il futuro. Qualsiasi carico che sbilanci il carro. I giorni e le notti che non riescono ad assorbire nella loro vita. Tutto ciò che desiderano dimenticare per un mattino o per un decennio. Posso conservare qualsiasi cosa per chiunque. Latte, miele, acqua piovana, veleno, sangue. Orrore, felicità, sofferenza, rimpianto: versate tutto dentro di me. Sono la bottiglia vuota. Sono un nuovo tipo di antidoto a tutto ciò che vi affligge.*

«Cherry, "L'Antidoto" come ti suona?», le avevo chiesto.

Lei mi aveva sorriso. «Mi piace. È una promessa: grossa e stupida».

Fremevo ancora per l'apprensione all'idea di come avrebbe potuto essere la mia vita, aiutando tante persone con il mio nuovo potere.

«Tu sei l'Antidoto! Puoi sistemare tutto». Mi sorrise, con gli occhi scuri che riflettevano due ruote panoramiche luminose. «Un po' come la morte è l'antidoto alla vita».

Quella notte, per la prima volta, feci un sogno che poi divenne ricorrente e che ancora mi tormenta: sono seduta al mio banco al luna park, sotto la scritta L'ANTIDOTO fatta di lampadine rosa e verdi, e fisso due ruote panoramiche. Su una, ogni posto a sedere è pieno, mentre sul suo doppio ogni carrello dondolante è vuoto.

Cherry era sboccata, divertente e bravissima a nascondere la ferita, quale che fosse, che l'aveva trasformata in un'apprendista Cassaforte. Le sue grida di dolore si trasformavano in esplosioni di risate, prima ancora di arrivarti all'orecchio. Per i primi tre mesi di viaggio insieme, ero stata così invidiosa di Cherry che mi faceva male condividere con lei una fiaschetta, una panchina alla stazione, un sorriso della nostra guida. Ci volle mezzo anno di lavoro fianco a fianco prima che passassimo da rivali ad amiche. Non sento Kettle da otto anni, ma io e Cherry ci facciamo visita una volta a stagione. Per me, lei è la cosa più vicina a una sorella di sangue.

A vent'anni lavoravamo insieme sulla linea ferroviaria, viaggiando lungo il corridoio nord-occidentale. Cherry indossava pantaloni da uomo, guanti di lana e un cappello per coprirsi il viso. La sua pelle era di due toni più scura della mia, il che in certe città, dopo il tramonto, poteva significare una condanna a morte. Viaggiavamo insieme per sicurezza. «Il mio fratellino», mi diceva Cherry prendendomi in giro. Lei è alta un metro e ottanta senza scarpe. Comprai un paio di salopette da un altro vagabondo che non poteva avere più di dodici o tredici anni, ed era appena tornato dal raccolto a Spokane, Washington; per un mese mi rimase addosso l'odore di mele. «Mi pagavano un penny a cassetta», si lamentava, «e non so come, alla fine della settimana gli dovevo due quarti di dollaro!» Io e Cherry ci presentammo come fratelli in una sala da biliardo di Superior, in Nebraska, e sopportammo alcune delle battute più oscene che abbia mai sentito sulla nostra presunta madre. Eravamo due vagabondi che se ne andavano insieme verso i frutteti della California, oppure due giovani soldati che si erano incontrati nella caserma di Fort Omaha. Spesso dovevo impedire a Cherry di divertirsi a inventare storie ancora più assurde, mettendo in pericolo la nostra vita. Le bugie non mi venivano naturali. Potevo nascondere la verità, ma non riuscivo a inventare con la disinvoltura che aveva lei.

Come fa una donna a diventare una strega? Non lo so, Figlio mio. Ho le mie teorie, ma nutro dei dubbi su tutte. Posso dirti cosa è successo a me: mi sei stato strappato dalle braccia. Il dolore per averti perso era l'unica cosa che mi rimaneva, e mi ci sono aggrappata. Non volevo dimenticare nemmeno un minuto del breve tempo che abbiamo trascorso insieme. Il mio corpo mi ha tradito, tornando furtivamente al suo peso e alla sua forma originaria con il passare delle settimane. Quando sono arrivata ad Alliance, già non avevo più latte. Sei mesi dopo la mia fuga mi ero ormai trasformata nell'assistente sedicenne di Kettle. Nessuno avrebbe mai immaginato che un tempo avevo portato a termine una gravidanza. Ma lo spazio che avevi lasciato in me rimaneva aperto. Ogni giorno che passava, sembrava farsi più ampio e profondo. Ogni strega che ho incontrato ha vissuto uno shock da cui non si è mai ripresa, una perdita che si protrae, come la mia con Te. Scruto qualunque folla alla ricerca di un volto che possa essere il tuo. Vedo la tua assenza ovunque. Quindi, Figlio mio, ora puoi capire che in qualche modo sei stato Tu a farmi nascere. Quando sei sparito dalle mie braccia, sono diventata una strega della prateria.

Perché io? Perché noi? Cherry mi prende in giro vedendo che mi ci lambicco il cervello. Dice che è la domanda sbagliata. «Un puro colpo di fortuna, Ant. È come quando un osso si salda pure se è storto. È questo che ti ha reso una strega». Cherry ha una visione meccanica di ciò che è successo dentro di noi. Siamo sopravvissute a un'esplosione che ha aperto una porta. Nella maggioranza delle persone, la porta torna a essere un muro. Il tempo la guarisce. Il tempo la sigilla. Per noi, non c'è più una porta. C'è un'apertura permanente, uno spazio vuoto. *Spazio in affitto*.

È stata Kettle a insegnarci come usare queste nostre ferite aperte per trarne profitto.

Una volta, e solo una volta, ho commesso l'errore di parlare di Te a un amante, Figlio mio. È stato quando ero ancora una giovane Cassaforte ed ero meno abituata alla solitudine. A volte invitavo un cliente nel mio letto. Quest'uomo in particolare aveva gli occhi davvero gentili, luminosi come il cedro rosso. Gli ho detto che ero una madre, ma che non sapevo dove vivesse mio figlio, che mi era stato strappato dalle braccia quando era appena nato. Lui ha fischiato e ha scosso la testa, stampandosi in faccia un'espressione triste. «Accidenti. Scommetto che chi l'ha preso ci fa un sacco di soldi, vendendo bambini». Con mio orrore, ho sentito che dentro di lui una porta si chiudeva e si assestava sui cardini. Il tuo rapimento per lui aveva *senso*. Glielo dava il denaro. Si è sforzato di contrarre il viso in una smorfia di compassione poco convincente, ma era indignato? Era sorpreso? No, «tutto tornava».

Perché il denaro dovrebbe rendere comprensibile il male? Eppure fa proprio questo. L'avidità, la violenza, la crudeltà: il denaro può spiegarle. Il denaro può far sembrare ragionevole anche l'atto più atroce. Un'opportunità commerciale, un calcolo necessario. La genialità del male è quella di travestirsi da buonsenso. La «scelta ragionevole».

La capanna di Cherry è nascosta da quattro alberi di pioppo accanto a un antico mulino a vento con le pale di lamiera. È un regalo di un cliente facoltoso, completo di copriletto in ciniglia e della più bella testiera in ciliegio che abbia mai sostenuto una strega addormentata. Ho spronato Angel ad andare avanti, sognando solo di dormire. Il sonno è un sollievo e una liberazione, e le cose che vedo e faccio nei sogni vengono quasi sempre scremate dalla luce del mattino.

Siamo arrivati alla capanna un'ora prima che calasse la notte. Le pale del mulino a vento ruotavano intorno al tramonto. Azzurro metallico, rosa e oro infuocati. Il vento era di una dolcezza quasi incredibile quella sera. Mi sembrava strano usare lo stesso nome sia per l'alito caldo che scivolava attraverso la foresta, sia per la forza annientatrice delle tempeste di polvere.

Ho bussato cinque volte alla porta prima di provare a girare la maniglia. Dentro era spoglio e silenzioso, ogni superficie era stata ripulita da qualsiasi traccia della presenza di Cherry Le Foy. Dal letto in legno di ciliegio erano state tolte le lenzuola. L'armadio e la dispensa erano vuoti. Non c'era alcun indizio che qualcuno avesse vissuto lì in tempi recenti. Nessuna prova che la capanna avesse ospitato decine di clienti di Madame Quicksand. Niente carta, niente inchiostro, nessun biglietto. Dalla finestra vedevo Angel che fissava qualcosa di invisibile tra gli alberi, con le orecchie appiattite.

Una sensazione inquietante si è trasferita dai quattro alberi lì fuori fino al mio corpo. Mentre ero seduta sul letto di Cherry in attesa del suo ritorno, dalle foglie dei pioppi è colato via tutto il verde. Quando ho guardato di nuovo fuori, l'oro setacciato del tramonto si era fatto blu. I pioppi erano solo sagome, con i rami che proiettavano ombre intorno ad Angel. Il cavallo se ne stava rigido nel bosco sempre più buio, fissandomi attraverso il vetro. «Cherry?», ho chiamato, quando ormai mi era chiaro che la mia unica amica al mondo se n'era andata. Mia nonna è morta trent'anni fa. Le mie amiche della Casa per madri nubili sono tutte disperse ai quattro venti. Kettle è sparita dalla nostra vita. Il barista del Country Jentleman è gentile con me, ma rimaniamo sostanzialmente due estranei, malgrado quindici anni di convenevoli. Se sparissi come Cherry, i miei clienti piangerebbero solo la perdita dei loro tesori. Tu sei il mio amore più grande, Figlio mio. Ma forse non sai che esisto. Se Cherry è scomparsa, chi può aiutarmi ora?

Asphodel Oletsky

Non sono una guidatrice esperta. Ma questo non mi impedisce di prendere in prestito le chiavi del Dodge verde e ansante di mio zio. Una settimana dopo la Domenica Nera, quando le strade erano di nuovo quasi sgombre e l'aria non ti raschiava la gola quando andava giù, ho preso il furgone per andare a incontrare Valeria Ramos nel cimitero di pezzi di ricambio dietro casa sua. La luna bassa e rossastra mi ha seguito tra dune e buche, fino al vecchio ponte che attraversava il letto secco del fiume. Il ponte sembrava una pietra tombale per l'acqua scomparsa, che sentivo ancora scorrere nella mia mente. A est dei binari del treno vedevo il tetto spiovente dell'ordinata veranda dei Ramos, la loro piramide scintillante di carcasse di macchine. Val mi aspettava nella cabina di un trattore scassato. Aveva portato una fiaschetta di whisky che ci ha scaldato e ci ha istupidite, sedute com'eravamo in mezzo a quei rottami arrugginiti che vibravano sotto tutta quella luna. Mi piaceva stare là fuori. Faceva paura, ma in senso buono: con le vecchie fauci delle trebbiatrici che ci sorridevano e nessuno sveglio per chilometri e chilometri di notte. Mi sembrava di essere in cima allo scheletro di un dinosauro a guardare le stelle.

Secondo me alla madre di Val non vado a genio, anche se Valeria dice che è solo una mia impressione. A volte sua madre usciva per mettersi in veranda a braccia conserte, a guardarci giocare a basket. I signori Ramos e i loro figli maschi dormivano all'interno della casa buia, che sembrava così piccola vista da dentro la cabina. Ero contenta di starmene sola con la loro figlia nel trattore morto.

Avrei potuto vivere il resto dei miei giorni giocando felicemente a basket con Valeria. Fare un tiro dopo l'altro. Bloccare gli avversari. Val gioca come centro. È anche il mio centro, la mia migliore amica in squadra. È più alta dei suoi fratelli e cresce a vista d'occhio, ha sempre bisogno di nuovi vestiti e nuove scarpe da ginnastica. La scorsa stagione, Thelma ha cercato di soprannominarla «pianta di fagioli». Val si è vendicata tirandole la palla in faccia. Nessuno sapeva chi difendere. È questo il difficile, quando si fa parte di una squadra unita come la nostra: quando scoppia una lite, nessuno vuole schierarsi.

Nel silenzio della cabina Val mi si è avvicinata, allungando una mano per prendere la fiaschetta. È più alta di me di una testa, ma se mi metto in ginocchio sopra il sedile siamo alla stessa altezza. Non devo allungare il collo per guardare la mia migliore amica come se fossi uno gnomo. Gli occhi marroni di Val in realtà hanno un colore violaceo venato d'oro, ma si vede solo quando siamo una di fronte all'altra al chiaro di luna. La fiaschetta era appoggiata tra noi sul sedile. Val ha iniziato a prendermi in giro per i miei errori in campo: per tutta la settimana avevo mancato dei tiri sottomano facili, avevo sbagliato i passaggi. Nelle sue battute trapelava la paura, chiara come il tuorlo di un uovo. Eravamo entrambe preoccupate di perdere, e mi ha sorpreso scoprire che la mia amica era anche preoccupata per me.

«Ho sognato di nuovo il fosso», le ho detto, lo sguardo fisso oltre il parabrezza incrinato del trattore, su quel punto in cui terra e cielo diventavano un unico lenzuolo nero. Mia madre era lì sotto e mi chiamava. «Il fatto che debba dormire nel suo letto non aiuta», ho aggiunto. Tenevo le dita strette intorno al volante, mi facevano sentire meno ubriaca.

«Perché non vai dall'Antidoto? Ho dei soldi, se ne hai bisogno», mi ha proposto Valeria. «Se mai c'è stato un motivo valido per andare da una Cassaforte, è questo...»

Valeria aveva fatto visita all'Antidoto due volte, mi ha detto, anche se non aveva idea del perché.

«Ecco quanto funziona bene la sua magia, Dell. Dormirai come una bambina appena nata».

«Le bambine appena nate si svegliano ogni due ore, urlando».

Mi ha dato un pugno sul braccio. «Giocherai meglio. Ci aspetta una partita importante...»

Se fossi andata da una strega della prateria, ho detto a Valeria, la curiosità avrebbe avuto la meglio su di me. Sarei tornata indietro nel giro di un'ora. Persino un cane conosce la forma dell'osso che seppellisce. Non sapere mi sembrava una tortura. Come si fa a sopportare la suspense?

«Questo lo pensi *adesso*». Val ha sbadigliato. «Ma aspetta di vedere quanto ti sentirai *meglio*».

«Tu hai intenzione di lasciare i tuoi segreti dentro di lei?»

Ho pensato all'innario rosso pieno di ragnatele che avevo trovato dentro lo sgabello del pianoforte. Tutte quelle canzoni polacche ammuffite, che nessun Oletsky aveva cantato per mezzo secolo. Metà delle pagine erano incollate fra loro. Il pensiero delle note intrappolate mi faceva male allo stomaco.

Valeria ha leccato una goccia di liquore di contrabbando dalla fiaschetta e ha fatto una smorfia acida. «Più avanti nella vita. Quando mi sarò sistemata. *Allora* andrò a recuperarli. Non a metà stagione, quando abbiamo un campionato da vincere. In questo momento ho bisogno di mantenermi leggera. Come te, capitano».

Le è venuto il singhiozzo e si è coperta la bocca con la mano, prima di passarmi la fiaschetta.

«Lascia che ti presti i soldi. Non fare l'orgogliosa».

«Perché dovrei pagare una strega? Tu ascolti i miei segreti gratis». La mia risata mi ha spaventato un po', così sciropposa e lontana. Ho disteso le ginocchia e sono scivolata più in basso sul sedile, guardando le stelle sopra il campo spoglio che si increspavano come acqua.

Val ha scosso i riccioli e si è allungata sul sedile accanto a me. I capelli neri sfioravano il pavimento. La voce sembrava sonnolenta, molto vicina a addormentarsi. Mi sono chiesta se sarei stata abbastanza forte da riportarla in braccio dentro casa. Forse potevamo dormire qui fuori, sotto la luna. Aveva la testa appoggiata sul mio grembo e io non sapevo cosa fare con le mani. Mi sembrava strano continuare a stringere il volante arrugginito. Mi sono messa a braccia conserte, osservandola mentre mi guardava.

«Forse anche tu sei una strega, Oletsky».

Era come se Valeria mi avesse letto nel pensiero. Per l'imbarazzo, ho mentito:

«Niente affatto».

«Come fai a saperlo? Fino alla terza media non avevi mai giocato a pallacanestro, e ora sei la nostra punta di diamante. Se fossi una strega, pensa a quanti soldi faresti. Più di Babe Didrikson, questo è certo».

La cosa mi ha sorpreso. La signora che si fa chiamare l'Antidoto vive in una stanza in affitto sopra il Jentleman. Non credevo che le Casseforti fossero donne ricche.

«Pensi che le streghe della prateria facciano soldi a palate? Non ho mai sentito dire che vivessero in qualche villa, e nemmeno in una casa normale».

«Be', nessuno vuole una strega della prateria come vicina di casa, ma sono le uniche che continuano a lavorare nonostante la Depressione. Così dice mio padre. Ho sentito gli operai delle ferrovie lamentarsi di quanto si fa pagare l'Antidoto:

cinque dollari per un deposito di mezz'ora! E lei dice che gli fa una tariffa speciale».

Ho fischiato. «Così è facile che arrivi a guadagnare cento dollari a settimana».

Valeria si è messa a ridere e ha spalancato gli occhi, forse per imitarmi.

«Lo vedi? Fatti due conti, Oletsky. Potresti decidere di essere una strega, dopotutto».

Entrambe abbiamo riso, ma sotto l'allegria di Val ho sentito ribollire qualcosa di simile alla paura, la sua genuina incertezza su chi o cosa fossi davvero. Sono avvampata in viso. Perché mi rendeva così felice il fatto che Val mi ritenesse una strega? Lei ha sbadigliato e si è raggomitolata sul sedile. Le ho massaggiato la nuca, cercando di capire se le piaceva, o se voleva che smettessi. «Saggio consiglio», ho mormorato. «Preferisco essere una strega della prateria che una contadina, questo è certo».

Valeria guardava oltre me, verso la luna sospesa nel cielo. Si è stiracchiata e poi si è stretta contro il mio fianco, sbadigliando con tutto il corpo. Il mio, di corpo, si è irrigidito per la sorpresa e la felicità. Le nostre dita si sono intrecciate sul sedile, domanda e risposta. Non lo ammetterei mai, né a Val né a nessun altro, ma spesso mi imbarazzo quando stringo la mano alle persone; una volta il coach mi ha preso in giro: «Oletsky ha le mani di un boscaiolo». Ma il palmo di Val era come il mio, un guanto pieno di vesciche. Il suo pollice descriveva dei cerchi intorno alla mia nocca ammaccata. Mi sentivo elettrizzata, non più intontita; Val, nel frattempo, ha russato sulla mia spalla e si è svegliata con un sussulto. Abbiamo guardato a lungo le stelle, tenendo sul mio ginocchio le mani strette in un solo pugno: mi faceva pensare a un sasso su un fondale, che appariva prima scuro e poi chiaro via via che l'acqua gli scorreva intorno. Quando ho chiuso gli occhi, vedevo ancora il cielo notturno. Sentivo sulla coscia il calore del nostro pugno, che divideva un fiume di stelle. Chi di noi aveva spostato lì le mani intrecciate? Potevamo restare sedute così per sempre? Chiedendolo ad alta voce avrei rotto l'incantesimo. Ho tenuto stretto il mio desiderio nel palmo di Val. *Resti?* Era così bello respirare insieme nella cabina, desiderando solo altri respiri.

«È tardi, Oletsky». Val ha sbadigliato e si è raddrizzata. «Ci vediamo agli allenamenti».

«Ci vediamo», ho risposto. Ci siamo staccate, le sue dita si sono sciolte dalle mie mentre saltava giù dal trattore. Ha attraversato barcollando il campo illuminato dalla luna ed è sparita nel blocco d'ombra della sua veranda. Ho sentito una scossa, come se fossi stata tagliata a metà, e il nostro sudore freddo sulla pelle. *Torni?*

* * *

Quando ho visto Valeria all'allenamento del martedì, non le ho detto che avevo passato la notte nel suo trattore. Non ho detto niente a nessuno. Ho lanciato la palla a Pazi e ho iniziato a correre. Avevo una notizia terribile da condividere, ma adesso volevo solo allenarmi. Non volevo che ci rilassassimo prima di affrontare le Aquile di Gordon. Le Quaglie di Gordon, le chiamava Val. Avevamo bisogno di esercitarci. Se avessimo vinto la prossima partita, saremmo passate alle semifinali.

Quando avremmo vinto. *Quando* avremmo vinto.

Nel ripetermelo dovevo stare attenta. Un *se* continuava a tentare di intromettersi per disfare il mio *quando*.

La nostra ultima partita in trasferta era stata una delle serate più felici della mia vita. Il coach ci aveva accompagnato in treno a Kimball. Alloggiavamo in un motel pagato dal nostro sponsor, Uz Uova & Pollame. Avevamo ordinato hamburger e latte alla tavola calda e ci eravamo accomodate sui sedili di similpelle di fronte all'enorme vetrata mentre fuori, sotto i lampioni elettrici, volteggiava la neve. «Un buon veterinario questa mucca potrebbe ancora salvarla», aveva detto Valeria a bassa voce, imitando il coach, e io avevo riso così tanto che mi era venuto il singhiozzo. Al mattino affrontammo le temibili Crociate di Kimball. All'intervallo le mani mi si stavano spellando a fiocchi. Avrei voluto che quella sensazione di bruciore ai palmi non finisse mai. A pochi secondi dalla fine dei tempi supplementari, feci tre palleggi, superai il mio difensore e segnai il canestro della vittoria. Pensavo che sarei morta di felicità.

In altre parti dell'America, le squadre di basket femminile giocano partite metodiche e a basso punteggio. Passaggio-rimbalzo-passaggio: difensori e attaccanti sono confinati in una delle tre sezioni del campo, prigionieri delle zone assegnate. Le giocatrici hanno a disposizione due palleggi, poi devono passare. Non possono toccare la giocatrice avversaria. Non possono bloccare i tiri. Nella Settima Regione non avevamo questi divieti. Giocavamo sei contro sei, a tutto campo. Nella nostra zona rurale del Nebraska il «basket femminile» si era evoluto in uno sport bellicoso. La sua velocità e la sua violenza avrebbero stupito il dottor Naismith.

Quel pomeriggio solo nove di noi si erano presentate all'allenamento. Avevamo iniziato la stagione con diciassette elementi. Le giocatrici erano cadute come mosche per tutto l'anno. L'ultima a consegnare la maglia era stata Bea Gratz: la sua famiglia stava tornando a «casa» dai parenti della madre, nell'Ohio orientale. «Tre raccolti falliti e il posto da cui sei partito ricomincia a sembrarti casa tua», mi aveva detto la madre di Bea, «ma mi sa che voi Oletsky non potete tornare in Polonia, vero?» Avevo cercato di pensare a una risposta. *Dormo nella camera da letto d'infanzia della mia defunta madre. Ogni mattina mi sveglio e non so dove sono. Poi lo ricordo e mi chiedo:* Dov'è mia madre? *Poi ricordo altre cose e vorrei essere morta. Poi esco e gioco a basket.* Mi si erano chiusi gli occhi. «Non tutti sanno come tornare a casa, signora Gratz». Rispettavo Bea, altrimenti avrei potuto dire qualcos'altro.

È un peccato che quest'anno non cresca nulla. Riesco quasi a immaginare il nostro campo da gioco segreto in un altro tipo di aprile, tutto profumato e verde. Quando vivevo nella casa gialla di Hubbell, aprile aveva l'odore dell'inizio del mondo. Anche a Uz può sembrare un paradiso, nelle rare sere in cui il cielo è limpido e la polvere non impasta i polmoni. Il cielo era striato di nuvole marroni, mi facevano pensare agli armadilli schiacciati dai camion sulla strada per la città. Il vento si stava già alzando. Ci eravamo abituate ad allenarci in queste condizioni, con la polvere che ci accecava e cancellava le linee che tracciavamo con il gesso sul campo. Sembrava amore, giocare insieme contro le intemperie: fare esercizi con trentotto gradi, mettersi le mascherine sul naso, sputare terra e sangue. Ho preso il passaggio di Sofia con gli occhi socchiusi, con un salto mi sono infilata nello spazio tra Thelma e Pazi proprio mentre si chiudeva, ho tirato la palla verso il tabellone. È scivolata nella retina ed è rotolata fino alle mie scarpe da ginnastica. La palla mi è più fedele di qualsiasi persona o animale. È anche più prevedibile. Il mio piccolo sole.

Il fischio del coach ci ha spaccato le orecchie. «Bel lavoro, Oletsky», ha detto mentre mi fermavo a bere un sorso d'acqua dalla borraccia della squadra. Il coach non aveva una bella cera. La sua voce oggi era solo un sibilo, come se la sua mente avesse una perdita da qualche parte. Una smorfia gli distorceva il viso lungo e bello in un ferro di cavallo mezzo sciolto.

«Dov'è Balbina? Oletsky, tu lo sai?»

Ho scosso la testa.

Il coach sembrava irritato.

«Va bene. Dov'è Maria Elena?»

«Sta guardando i gemelli, coach».

«E Lulu?»

«Sta stirando per il signor Kimberly».

«Dov'è Abby? Abby Ohrn?», ha chiesto lui.

Diverse giocatrici hanno guardato verso di me. Ho la fama di quella che sa sempre le cose per prima. Passo troppo tempo sulla linea condivisa del telefono, a origliare.

«Abby Ohrn è morta, coach», ho detto. «Due sere fa».

Valeria mi ha lanciato un'occhiata. Non ne avevo parlato con lei, né con nessun altro. Una metà delle mie compagne di squadra ha abbassato gli occhi a terra e le altre mi hanno guardato come se fossi stata io a uccidere Abby. Non è che volessi tenere segreta la sua morte, aspettavo solo il momento giusto per condividere questa notizia dolorosa. Il morale era già a terra. La polvere stava cercando di asfissiarci. Ora questi sentimenti negativi avrebbero soffocato tutta la gioia e ci avrebbero rallentato. Era così terribile da parte mia voler portare a termine un maledetto allenamento?

Avevo fatto del mio meglio per piangere per Abby quando avevo sentito la notizia. L'avevo saputo dalla linea condivisa. La sua morte mi balenava in mente a tratti, ma per qualche ragione non riuscivo ad avvicinarmi all'idea o a entrarci fino in fondo. Mi sembrava incredibile, anche se mi sforzavo di crederci. Quell'anno erano scomparsi tanti ragazzi da Uz, che avevano preso armi e bagagli e si erano trasferiti altrove. Nella mia mente, lei era solo sparita insieme agli altri. Abby assomiglia a una gru, con quel collo e quelle gambe lunghe. È aggraziata come un uccello, persino con la testa nascosta tra le braccia sul banco di scuola. Abby è timida, non risponde mai alle domande dell'insegnante. A volte pranziamo insieme senza scambiarci una parola. Quando qualcuno le fa un fallo, è altrettanto taciturna. Poi attacca ferocemente, silenziosa come una leonessa, e si vendica. Ora è morta. Continuo a dimenticarlo. Non è più la nostra attaccante. Non è più Abby.

«È stata la polvere a ucciderla. La silicosi. Soffriva di asma fin da quando era piccola. Hanno cercato di portarla all'ospedale di Hastings, ma le strade erano messe male».

«È morta *per strada*? Sul sedile di una macchina?»

«È morta nel sonno», ho mentito. «Prima che potessero partire. Molto serena».

Thelma piangeva in silenzio dietro i pugni chiusi. Dagmara si è soffiata il naso nella maschera antipolvere. Valeria si è infilata in bocca una terza gomma da masticare verde. Io ho iniziato a palleggiare, incidendo un motivo nel silenzio pesante.

«Smettila, Oletsky», ha sbottato il coach. «Anch'io ho un annuncio da fare».

Mi sembrava che persino l'erba fosse scattata sull'attenti. Sul ramo di un salice solitario, un corvo che stava pulendo le piume del compagno si è voltato a fissarlo.

«La Uz Uova & Pollame ha interrotto la sua sponsorizzazione. Miss Irene è andata in bancarotta».

«Oh! No!»

Tutte noi vogliamo bene a Miss Irene. Era una notizia spiacevole da ricevere, anche se nessuna sembrava sorpresa. Era la regina locale del pollame che aveva sostenuto la squadra in tre anni di siccità. Veniva a tutte le partite, in casa e in trasferta. Aveva molte metafore sulle uova per il gioco del basket, e alcune erano anche utili. Era vero, ad esempio, che per fare una frittata bisognava rompere un bel po' di uova. Quando Pazi si era slogata la caviglia e aveva giocato lo stesso, facendoci vincere il campionato regionale, Miss Irene aveva regalato a ognuna di noi una dozzina di deliziosi biscotti con le gocce di cioccolato.

Il coach ci guardava ancora accigliato. «C'è dell'altro, signorine», ha detto.

E ancora una volta non avevo previsto quanto le cose potessero peggiorare da un minuto all'altro.

«Purtroppo non posso continuare ad allenarvi per questa stagione». Una pausa per leccarsi le labbra. «Questo sarà il nostro ultimo allenamento. Vado via da Uz, ragazze».

«No», ha detto Nell, con un lampo negli occhi ramati. Si è rivolta al coach con lo stesso tono pacato che le avevo sentito usare con i cani e i cavalli più timorosi. Ha trasformato la sua furia in una serena padronanza di sé: «Non può essere».

Un sorriso mi agitava le labbra. Un sorriso che non riuscivo a reprimere. La risata mi ribolliva dentro come acqua bollente. Come l'effervescenza delle notti d'estate a Hubbell, quando la mamma era ubriaca e parlava a voce altissima con gli estranei. Non avevo mai sentito nessuna ragazza rivolgersi al coach in quel modo.

Durante le nostre partite, il coach veniva spesso lodato da altri bianchi perché allenava Nell, e lei era sempre abbastanza vicina da sentirli. Succedeva a ogni partita che giocavamo, in casa e in trasferta. Definivano l'allenatore «un uomo illuminato» per aver fatto ciò che ogni bambino di cinque anni fa naturalmente. Nessuno aveva dovuto insegnarci a giocare insieme.

La nostra squadra era insolita nella Lega delle Pianure occidentali perché il coach permetteva a qualsiasi ragazza di Uz di provare a giocare. Anche a quelle che non frequentavano la scuola superiore. Thelma si è ritirata lo scorso dicembre per aiutare sua madre con i fratelli più piccoli e gioca ancora con noi.

«Nell. Continua ad allenarti, tesoro. Vedrai che quest'estate ti alzerai un sacco e a quel punto sarai davvero inarrestabile nel...»

«Resta», ha detto Nell. «Mancano due partite alla fine del campionato».

Il coach ha dato un colpo di tosse che, sotto i nostri occhi, si è trasformato in un vero e proprio attacco.

Il vento ha cambiato direzione, spingendo tutte a muoversi. Mi ha fatto pensare a quando le galline di mio zio si aprivano a ventaglio per correre dietro ai semi sparsi, seguendo il movimento del suo pugno. Notai che, senza neanche rendercene conto, stavamo stringendo il cerchio intorno al coach.

«Me ne vado da Uz domattina», ha detto. «Torno a casa, in Ohio, dove c'è ancora acqua. Vorrei uscire da tutta questa situazione senza rimetterci le penne».

«Resta», ho detto io. «Resta, coach», sono intervenute tutte.

Abbiamo chiesto, implorato: «Resta con noi. Allenaci».

«Per favore...?»

Era la cosa più vicina a cantare che avessimo mai fatto.

Tutte le ragazze fissavano il coach con gli stessi occhi feriti. Lui ha alzato una mano mentre indietreggiava: un saluto, credo, anche se a me sembrava che l'avesse sollevata per difendersi. Aveva un'espressione sconcertata, come se anche lui fosse rimasto sbigottito dal suo annuncio. Ho sentito sapore di sangue e mi sono accorta di essermi morsa la lingua.

«Sono orgoglioso di essere stato il vostro coach, ragazze. Gli addii non sono il mio forte...»

Ha dato a ogni testa una pacca ruvida mentre si faceva largo nel groviglio dei nostri corpi, lanciando elogi con una nota di panico nella voce.

«Prova più spesso a tirare, Valeria...»

«Non aver paura di fare a botte con le ragazze più grandi, Pazi...»

«Continua così, Oletsky», ha detto, soffermandosi a grattarmi la testa. «Hai un vero talento». Era così bello sentirselo dire. Odiavo che mi piacesse così tanto sentirlo. Il coach stava già scomparendo alla vista. Si muoveva come un ubriaco che si barcamena tra le sedie del bar, annaspando verso l'uscita.

In lontananza, dietro la recinzione scintillante dove la prateria diventava il ranch dei Johnson, si vedevano le sagome nere dei cavalli al crepuscolo. Solo le bocche si muovevano, masticando gli ultimi steli di foraggio prima del tramonto. Abbiamo guardato il coach salire in macchina e percorrere il sentiero sabbioso che conduceva alla strada principale e a una qualche nuova vita che lo aspettava dopo Uz.

Nessuno ha parlato per un tempo che mi è sembrato lunghissimo. Mi sono stretta la palla al petto e ho lasciato che il vento mi strofinasse gli occhi. Si intravedevano ancora i fari della sua auto, che viaggiavano paralleli al campo segreto. Qualcuno ha acceso una lampada color tulipano, che ha fatto a pugni con la luce più stabile della torcia di qualcun altro. La notte sembrava scendere in grossi pezzi frastagliati intorno a noi. La polvere ha oscurato la pancia di rana della luna, che sbucava tremolante da dietro quelle fitte nubi lasciando filtrare sul campo una pallida luce grigia. Dietro di me sentivo Val che cercava di accendere un fuoco. Quando la temperatura era scesa di diversi gradi, e sembrava che fossero passati mille anni dall'annuncio del coach, finalmente Sofia ha parlato. E quello che ha detto è stato: «Io sto mollando».

Era un modo strano di dirlo.

«Ah sì? Avvisaci quando hai finito di mollare. Ti aspettiamo».

«Ho detto che mollo».

«No», ho risposto, cercando di imitare il tono autorevole di Nell. «Abbiamo bisogno di te».

«Anch'io mollo», ha detto Daniela.

Le abbiamo guardate mentre tornavano insieme verso la strada principale. Eravamo in sette: Valeria, Pazi, Dagmara, Thelma, Ellda, Nell e io. Abbastanza per formare una squadra con una sola riserva.

«Ok», ho detto. «Mettiamolo ai voti. Chi vuole continuare a giocare alzi la mano».

Abbiamo scelto di completare la stagione.

E di rispettare il programma stabilito degli allenamenti.

Solo Ellda si è opposta, agitando il braccio sottile.

«Come facciamo a viaggiare senza il coach? Una squadra di ragazze senza accompagnatore? La nostra ultima partita è stata a sei ore di macchina da Uz. Pensate a tutti i pericoli!»

Ellda era in minoranza.

«Ci serve un nuovo nome», ha detto Pazi. «Non possiamo più essere Uz Uova & Pollame, no?»

«Non c'è niente di meno minaccioso di un uovo», ha detto Dagmara. «La gente le rompe, le uova. Le strapazza».

«Le uova sono potenti, stupide. Le uova sono il futuro delle galline!»

La piccola Ellda era indignata con noi. Sua madre allevava polli da carne e galline ovaiole.

«Chi dovremmo essere?»

Le ragazze hanno avanzato le loro proposte:

«Le Linci?»

«Le Porcospine?»

«Le Rose della prateria?»

Valeria ha fissato Ellda. «Le Minacce».

Le Minacce. Solo Ellda ha votato contro.

E per quanto riguardava il nuovo coach? Dovevamo chiedere al nostro insegnante Jan Castle? A uno dei fratelli di Valeria? Ognuna ha scritto un nome e abbiamo messo i foglietti nel cappello di Dagmara. Valeria ha contato i voti: «Uno per Carlos Ramos. Due per Jan. Quattro per Asphodel».

«Congratulazioni. Sei tu, Oletsky. Sei la nostra giocatrice-capitana».

«Ah». Ho sentito la fronte corrugarsi. «Io? Perché proprio io?»

«Perché...», ha detto Val quasi con rabbia, come se fosse imbarazzata dalla mia domanda, «perché, Oletsky, siete solo tu e tuo zio e non hai nient'altro da fare».

«Perché non ci permetterai di perdere», ha aggiunto Nell. «Non lo farai, per il tuo stesso bene».

«Grazie», ho risposto. Cosa avrei dovuto dire? Non conoscevo il galateo per questo strano momento. *Per il tuo stesso bene...* Bruciava, perché Nell aveva ragione. Non volevo più perdere. La settimana scorsa avevamo perso Abby per sempre. Nell'ultima ora avevamo perso il coach, Sofia e Daniela.

«Non perderemo nessun altro», ho detto. «Resteremo unite. Noi siamo le Minacce. Siamo la squadra vincente».

Ho guardato da un volto all'altro e ho sentito un lampo che mi colpiva al rallentatore, una comprensione a scoppio ritardato del nostro nuovo status. Dentro di me, quel fulmine ha appiccato un incendio. Ho lasciato andare un respiro pesante, e con esso la speranza che il coach facesse inversione e tornasse indietro. Il coach non c'era più. Adesso ero io il coach.

«Abbiamo ancora un quarto d'ora di luce. Finiamo l'allenamento con un esercizio bello tirato».

Il coach iniziava ogni esercitazione allo stesso modo, gridando: «Pronte, partenza, via come un fulmine!» Ho fatto del mio meglio per imitarlo, sentendomi un po' sciocca. Una volta che abbiamo iniziato a muoverci come una squadra, tutto è venuto più naturale. Abbiamo formato due righe e fatto passaggi all'altezza del petto, scambiandoci dieci volte la palla con la compagna e allontanandoci di un metro, poi altri dieci e allargando la distanza. Nessuna ha sbagliato. A coppie, abbiamo raggiunto la linea e ripetuto l'esercizio.

Dentro di me ha iniziato a diffondersi una sensazione di felicità: ero il *capitano* delle *Minacce*. Mi avevano eletta le mie compagne di squadra. Le mie amiche. Quando ho guardato a ovest, i cavalli erano spariti; Johnson doveva averli portati dentro per la notte. Il rosso del sole si era allungato da un capo all'altro dell'orizzonte. Avrei voluto che mia madre sapesse cosa stava succedendo. Avrei voluto che mia madre, sobria e sveglia, fosse qui, viva e vegeta, di nuovo nel suo corpo, a guardarmi vincere. Il senso di trionfo è sfumato in un senso di solitudine, proprio mentre il sole scompariva alla vista e il blu si spandeva come un canto sopra le pianure.

Alla fine dell'allenamento, Thelma ha iniziato a lamentarsi ad alta voce di quanto sembrassimo cretine con le maglie della Uova & Pollame. Personalmente, le avevo sempre adorate, con quei bordi scarlatti sul morbido cotone grigio.

«Accidenti», ha detto Val, facendomi indietreggiare con il suo passaggio. «Basta con queste uniformi delle uova, capitano. Sembriamo una squadra di nullità».

«Ok, certo», ho annuito. «Ci servono nuove uniformi. Abbiamo anche bisogno di soldi, qualcuna di voi ne ha?»

I vestiti erano l'ultima delle nostre preoccupazioni. Dovevamo prepararci per una stagione corsara. Dovevamo trovare un modo per andare alla partita in trasferta. Non avevamo mezzi di trasporto, né soldi per i motel e il cibo.

«Forse potremmo chiedere a un nuovo sponsor...»

«Non ci serve uno sponsor», ho detto. «Possiamo finanziarci da sole».

Tutte e sei le mie compagne di squadra mi hanno guardata scettiche.

«Saremo noi lo sponsor. Possiamo amministrarci, organizzarci e accompagnarci da sole. Lo sponsor delle Minacce sono le Minacce».

Ho un piano, ma non posso condividerlo con loro. Conosco un modo per procurarmi dei soldi veri in fretta, molto più in fretta di quanto il grano ci metta a spuntare e a fiorire. Mi rivolgerò all'Antidoto. Valeria aveva ragione: potrei essere una strega anch'io. O magari potrei diventarlo.

Harp Oletsky, il contadino delle terre aride

Due giorni dopo la bufera nera, è venuto a cena il mio amico e vicino più prossimo: Otto Goerentz. La Domenica Nera gli aveva ucciso due pecore da agnello e mandato in cortocircuito lo Spider. Otto aveva visto le cime delle sue piante diventare rosse, bruciate dall'elettricità nell'aria.

«Un po' del grano nel mio campo a nord era ancora vivo», mi ha detto. «Ho provato a salvarlo facendo delle creste alte di terra intorno alle piante, per proteggerle, ma ti giuro: prima ancora di finire con quel campo, ce n'erano già altri tre che il vento si stava portando via...»

La sabbia gli era entrata in cucina, mi ha detto. Aveva trovato una spiaggia nella dispensa. I suoi figli vivevano di scatolette.

Non sono bravo a cucinare. Confesso che speravo in un piccolo aiuto in quel campo. A quanto pare, Asphodel non è capace neanche di bollire una patata. Dio solo sa come se la passavano lei e Lada a Hubbell. Un'orfana e uno scapolo formano una coppia interessante, in cucina. La maggior parte delle sere mangiamo peggio che alla mensa dei volontari del

Genio Civile, servendoci due o tre porzioni stoppacciose di cosce di pollo stufate e zuppa di piselli verde moccio.

Ho detto a Otto che lui e Bettina potevano usare i miei fornelli quando volevano. Dal suo *no, grazie* imbarazzato ho capito che non avevano più nulla da cucinare.

«Otto, c'è del tacchino nella ghiacciaia. Prendilo, prima che mi si rovini. Ho lo stomaco sottosopra e mia nipote storce il naso quando cucino...»

Ho cominciato a raccogliere mazzetti di carote e cipollotti, una confezione di crackers, il latte della settimana scorsa, sette uova. C'era un odore strano. Intorno alle carote si arricciavano viticci di marciume. La vergogna mi premeva sul cuore ma non ho lasciato che mi impedisse di porgere lo scatolone a Otto, e lui non ha lasciato che gli impedisse di accettarlo per i suoi figli. Avrei potuto trovarmi al suo posto. Quando abbiamo portato il cibo al furgone di Otto, respiravamo entrambi più affannosamente di quanto non dovrebbe richiedere uno sforzo del genere.

«Grazie, Oletsky».

«Mi stai facendo un favore. Odio vedere il cibo andare sprecato».

Ci siamo piegati e ci siamo raddrizzati, caricando lo scatolone sul camion. Una volta finito, lui si è girato verso di me con un sorrisetto rigido, sghembo. Mi sono costretto a sorridergli, vedendo che lui si sforzava così tanto di sorridere a me... come un uomo che si sistema un papillon.

«Ho sentito del casino che hanno fatto all'esecuzione di quell'assassino, la settimana scorsa. C'è qualcosa che questa polvere non riesca a rovinare? Be', si vede che il buon Dio ha voluto punirlo due volte...»

Mi sono mordicchiato il labbro fino a farlo sanguinare.

«Finiranno presto il lavoro», ha detto lui, fraintendendo il mio silenzio.

«Non so che dirti, Otto. Mia sorella resta comunque morta, così come tutte le altre».

«*È una gioia per il giusto che sia fatta giustizia, mentre è un terrore per i malfattori...*»

Otto ha borbottato il versetto, sembrando a disagio. Nessuno dei due aveva la gioia nel cuore, questo era evidente. Il suo sorriso si è trasformato in una smorfia e ho pensato che entrambi stessimo immaginando le fiamme che si alzavano dalla testa del ragazzo su quella sedia.

Gioia per il giusto. Terrore per i malfattori. A me veniva solo il voltastomaco. Questo faceva di me un malfattore? L'inferno in terra esiste, nessuno ha bisogno della fede per saperlo. È lì che avevamo mandato Dew. Non mi dà alcuna gioia immaginare gente che brucia, né qui né altrove.

Otto stava prendendo le chiavi quando l'ho afferrato per il lungo braccio.

«Posso farti vedere una cosa, prima che te ne vai?»

Volevo che la vedesse:

La cosa meravigliosa.

La cosa gioiosa.

La cosa terrificante. La cosa che non posso spiegare.

Mi sono avviato trascinando Otto per il braccio, come un cane che tira il guinzaglio.

«Siamo in ritardo a un appuntamento con la regina?», ha brontolato lui, trottando per tenere il passo. Fissava senza interesse il miracolo di fronte a sé. Gli occhi spalancati e vuoti come una dispensa.

«Harp. Confesso che non so cosa dovrei guardare».

«Guarda di nuovo. Guarda meglio».

Ho preso Otto per le spalle, facendolo ruotare come un periscopio. Le punte dei suoi scarponi si sono girate verso il fantoccio. Dal catalogo Sears si può comprare una testa con il viso cucito a macchina. Il nostro spaventapasseri è stato fatto a mano da mia madre, Ania, che ha recuperato un paio di mutandoni di nostro padre, li ha imbottiti di paglia, ha rivestito quella massa morbida con la tela di iuta e l'ha cucita. Otto ha strizzato le palpebre verso gli occhietti a bottone dello spaventapasseri. Le sue labbra premute sono diventate ancora più sottili del sorriso di filo del fantoccio. Allora ho perso le staffe: come osava fingere che tutto questo fosse normale?

«Non manca nemmeno un po' di imbottitura. Non ha addosso un granello di polvere. Dimmi, come fa uno spaventapasseri a uscire tutto intero dal peggior schiacciasassi della storia?»

Non volevo mettermi al centro dell'attenzione. Avevo solo bisogno che qualcuno vedesse quello che vedevo io.

Otto ha fatto una risata forzata. «Con tutto il rispetto per la tua fortuna, amico mio, non sono sicuro che questo sia un miracolo».

«Ah no?», ho sbottato. *Miracolo* era una parola che io stesso avrei deriso, giusto un sabato prima. Ma mentre attraversavamo il terreno incolto verso il campo adiacente, Otto ha fischiato. «Questo *sì* che è un miracolo».

Il mio campo di grano luccicava come un lago poco profondo nella luce del pomeriggio. Il verde si estendeva dal fienile fino alla strada, e i filari si muovevano sotto il vento asciutto. La gente di città pensa che il colore dell'acqua sia il blu, ma gli agricoltori sanno che non è così. Il luogo in cui l'acqua va e cresce sono le piante, ed è il verde il colore che l'acqua indossa per tutta la primavera.

«Congratulazioni, amico mio. Sarai l'unico coltivatore di grano in tre contee a fare un buon raccolto quest'anno». Mi ha commosso sentire che parlava con il cuore. Otto non mi stava prendendo in giro. Stava soffrendo, ma era felice per me.

I semi che avevo piantato in ottobre non erano mai spuntati. Lo scorso autunno non aveva quasi piovuto. Eppure, in qualche modo, il mio grano invernale aveva rotto la dormienza. Il mio raccolto stava verdeggiando durante il mese più caldo e secco mai registrato. Volevo che Otto mi dicesse come era possibile.

«Forse hai una falda acquifera qui sotto», ha risposto lui con la sua parlata lenta. «Una sorgente sotterranea...»

«Otto, se è così, questa è la prima volta che ne sento parlare».

Certe spiegazioni gli uomini se le offrono a vicenda come si fa con una galletta, che serve a riprendersi quando si è sul punto di sbronzarsi. *Sorgente sotterranea*. Nessuno dei due ci credeva.

Otto mi ha stuzzicato una costola con un gomito appuntito. «Non muori mica se sorridi, Harp. La maggior parte di noi sarebbe felice di vedere che la sorte ha invertito la rotta. Forse la maledizione della famiglia Oletsky sta svanendo».

«Forse sì». Sentivo la fronte corrugarsi. «Magari la nostra maledizione è stata spazzata via insieme a tutta questa polvere».

Otto ha iniziato a canticchiare una canzone patriottica. «Salpiamo l'ancora, ragazzi miei...»

Odio quella dannata canzone. Mi fa pensare ai ragazzi che non sono mai tornati dalla guerra. Mi fa pensare a mio fratello Frank.

«Oh, Harp». Otto mi guardava divertito. «Fatti una risata. Non sei abituato a veder girare le cose per il verso giusto».

Siamo rimasti in silenzio a guardare lo spaventapasseri che ondeggiava appena sulla sua struttura.

«Perché deve essere sempre tutto *giusto* o *sbagliato*? Forse è soltanto un caso strano».

Al suono della voce di Dell, ho sobbalzato con un grido. Mia nipote pensa che sia divertente avvicinarsi di soppiatto. Non sarà così divertente quando avrò un infarto e le toccheranno le spese del funerale. È passata sotto le mie braccia alzate, facendo schioccare quella schifezza di gomma da masticare. Otto stava ancora ridendo della mia reazione.

«Chi te l'ha chiesto?» Mia nipote è come un gatto di stalla che vive della mia generosità. Si aggira con fare furtivo, pretendendo di sapere tutto e offrendo pochissimo in cambio.

«Quei dolciumi li hai comprati con i miei soldi?»

Mi ha risposto con un'altra bolla rosa. Vorrei che mia sorella avesse insegnato a sua figlia le buone maniere. Masticare una gomma è rozzo e poco femminile, probabilmente per questo piace a mia nipote. Lei ha aspirato il colore come se stesse facendo un trucco magico, poi si è rivolta a Otto.

«Zio Harp mi dà sempre addosso perché sono *dissoluta*. Mi tratta come se fossi chissà quale sgualdrina della Bibbia se dopo l'allenamento di basket mi compro una gazzosa».

«La compra con i miei soldi, ne beve due sorsi e la butta. Tu come la prenderesti, Otto?»

Lui ha spostato uno sguardo allarmato dal mio viso al suo.

«Be', Asphodel», ha detto. «Mi sa che dopo una tempesta come quella si ha diritto a un po' di dissolutezza. Voi e lo spaventapasseri siete sopravvissuti alla Domenica Nera».

Otto mi ha fatto l'occhiolino, e ho capito che stava cercando di tirarmi dentro allo scherzo. Non voleva occuparsi del miracolo della porta accanto, e chi poteva biasimarlo? La vita ordinaria era diventata impossibile da comprendere.

«È bello vedere che voi Oletsky avete superato questa tempesta senza perdere colpi».

«Zio ti ha detto che crede ci sia stato un intervento divino?» Dell ha alzato gli occhi al cielo. «O Padre celeste, grazie per aver salvato lo spaventapasseri dalla perdizione. Grazie per aver risparmiato tutti i cani e i cavalli e Monsieur Combs, il gallo più stupido del mondo, dalla bufera nera. È chiaro che siamo il tuo popolo eletto...»

Prima dell'arrivo di Dell mi consideravo una persona accomodante. Ma lei ha fatto scoppiare un altro palloncino e io ho stretto i pugni lungo i fianchi. C'è voluta mia nipote di quindici anni per farmi conoscere una rabbia così antica, che sembra molto più vecchia e forte di me.

«Basta così», ho detto. «Non dovresti prenderti gioco del Dio che ti ha salvata...»

Ho dischiuso i pugni. Mi sono pentito di quello che avevo detto. Sapevo che entrambi stavamo pensando a Lada, che era morta in un fosso tutta sola. Se Dio poteva salvare noi, perché non lei? «La volontà di Dio è un mistero!», mi dice irritato il sacerdote, lisciandosi le pieghe della veste viola. Ma io continuo a rivolgergli la stessa domanda. Non riesco a smettere.

Asphodel si è voltata bruscamente e ha tagliato in diagonale verso la casa. Furiosa con me, o con il Dio in cui dice di non credere. L'abbiamo guardata sferrare un pugno contro lo spaventapasseri nel passargli accanto.

«Dell è molto umorale. Ho paura che non mi ci abituerò mai».

«È una banderuola», ha detto Otto. «Come sua madre».

Questo mi ha sorpreso. Non ricordo affatto mia sorella in quel modo. Dell è bassa, robusta e sempre pronta ad arrabbiarsi, mentre mia sorella era bella e aggraziata come un fiore di lillà, sempre sorridente, sempre intenta a cantare alle sue bambole. Ma suppongo che una sorella che scappa di casa abbia anche un forte temperamento.

Otto mi ha messo una mano sulla spalla e ha indicato il sole rosso e velato a nord-ovest.

«Harp, la fortuna guida in porto anche navi senza pilota». Si è fermato e ha guardato lo spaventapasseri e poi me come se si aspettasse un applauso. Otto ha studiato agraria per due anni al college, ma ha sempre voluto fare l'attore.

«E *questo* adesso che diavolo *significa*?»

«Harp Oletsky. Hai il più bel campo di grano in tre contee. Tieniti stretti i tuoi assi e non farne un dramma».

***

Dio ha inventato mille orologi, e il grano invernale è uno dei più belli. Nel giro di poche settimane, il verde della prima infanzia diventa il rosso-oro intenso di un raccolto maturo. All'inizio è appena un baluginare di piccoli germogli, solo un accenno di verde in realtà, invisibile dal tetto della fattoria ma evidente a chiunque si metta in ginocchio. Se si schiaccia un chicco di grano in aprile, dovrebbe emettere un liquido trasparente; entro maggio quella linfa risulta lattiginosa, poi pastosa. Presto il chicco diviene troppo duro per essere spaccato con un'unghia. Allora vuol dire che il grano è pronto. Otto aveva ragione. Se la mia strana fortuna regge, potrei essere l'unico agricoltore del Nebraska a mietere un raccolto di grano abbondante in giugno.

Poco prima del tramonto, mentre camminavo tra i filari, mi sono inginocchiato e ho strappato da terra un ciuffo di germogli, con tutte le radici. «A quale acqua state attingendo?», ho chiesto agli steli muti e tremanti. «Cosa vi tiene in vita?»

* * *

Da ragazzo ero certo che la mia famiglia fosse maledetta.

Ora che ho vissuto per quasi mezzo secolo, so quanto siano comuni le tragedie più clamorose. Ma per molti anni ho pensato che la mia famiglia fosse speciale. Molto prima dell'omicidio di Lada, avevo imparato che era possibile subire l'impensabile.

Svegliarsi nello stesso letto di sempre e andare avanti.

Quando si era registrato per la leva, Frank si era descritto come «un maschio di corporatura sostanziosa». Lo prendevamo tutti in giro per quella parola, *sostanziosa*, perché Frank era secco come un rastrello da fieno. Una volta mobilitato, mio fratello si arruolò nella Compagnia D del 136° Fanteria e partì per la Francia come soldato semplice. Ero sia invidioso che sollevato, quando ottenni l'esenzione per rimanere a Uz e aiutare con il raccolto. Sul lato del silo del grano quell'anno era stata dipinta la scritta IL GRANO VINCE LA GUERRA!, con le spighe mature sull'attenti sotto una bandiera americana. L'esercito cercava reclute sui giornali in inglese con la promessa di terreni fertili gratuiti. I veterani avrebbero avuto la precedenza dal General Land Office, e Frank aveva deciso di stabilirsi in Wyoming al suo ritorno. Sognava di stabilirsi in un posto con l'acqua. Il Wyoming gli sembrava l'Eden. «Sono stufo di cercare di coltivare il grano su terreni che non lo vogliono», ci diceva.

Frank tornò a casa nel 1919 con una medaglia che la mamma gli appese al collo per farla vedere a tutti i nostri vicini, dichiarando: «Il mio Franciszek è un eroe!»

Si uccise otto mesi dopo.

Non riuscivo a capire. Una mattina Frank stava raccogliendo il fieno, o rompendo il ghiaccio per far abbeverare il bestiame. La mattina dopo era morto.

La storia che raccontammo a tutti a Sant'Agnieszka fu che era partito un colpo mentre puliva il fucile. I miei genitori decisero di crederci, per poter immaginare Frank in paradiso. Sarebbe stato saggio credere a questa bugia, ma io non ci riuscivo. Mi rifiutavo di dimenticare che Frank si era puntato la canna alla tempia.

Mio fratello era sopravvissuto ai combattimenti, ma nella sua testa non si erano mai conclusi. Magari dormiva nel suo vecchio letto, ma non era tornato «tutto intero», come dicevano con sollievo i vicini. L'esercito per lui aveva trasformato ogni cosa in una guerra. Non era finita una volta che era tornato a casa.

Quando Frank morì, pensai di non poterlo sopportare, di non poter reggere un altro minuto di quel dolore lancinante. Ero furioso con lui per averci abbandonato in quel modo, senza un addio. Cercavo di immaginare un dolore più grande di quello che aveva lasciato a nostra madre, che aveva dovuto ripulire le pareti. Eppure alla fine lo sopportammo. Persino nostro padre, che non riusciva a piangere e per anni passò le serate peggiori a urlare contro di me, Lada e la mamma, con gli occhi grigi che mulinavano dietro gli occhiali come quaglie colpite da uno sparo. Persino la mamma, che al funerale aveva pregato Dio di farle raggiungere suo figlio in cielo.

È stato un sollievo arrivare al punto di rottura? Frankie ha provato un momento di pace, prima di premere il grilletto? Vorrei poterglielo chiedere. Lui era meno elastico di me. Mio fratello aveva integrità. Quello che gli insegnanti chiamavano un carattere forte. Frank è andato in pezzi. Mentre io mi sono piegato, allontanandomi tantissimo dal ragazzo che ero.

Tuttavia, non dimenticherò la vera storia di come è morto mio fratello. Non pagherò una strega della prateria per togliermi dalla testa Frank. Lui respira ancora dentro di me. Non voglio perderlo un'altra volta.

In vita mia ho fatto visita a una Cassaforte solo una volta, quando ero ancora un ragazzino, e quello che ricordo meglio è il viaggio di ritorno a Uz con papà: quanto mi sentivo leggero, tanto da aggrapparmi al pomolo della sella con tutte le mie forze. Quell'esperienza è bastata a convincermi che non avrei mai più fatto un deposito a nessuna strega. A tutt'oggi non ho idea di dove si trovasse quella Cassaforte: ricordo che cavalcammo per ore fuori da Uz, a un certo punto guadammo un torrente freddo e fangoso. Non so perché papà mi portò da una Cassaforte, né cosa affidai a quella sconosciuta. Lui bruciò la mia ricevuta di deposito non appena tornammo a casa, mescolando le ceneri alla brace. La verità è che adesso avrei il terrore di ritirare il deposito, anche se riuscissi a localizzare la Cassaforte. Chi vorrebbe riunirsi a un fantasma di cui si è dimenticato il nome?

Mia sorella se n'era andata da Uz e mio fratello era sottoterra. L'estate successiva al suicidio di Frankie, il silenzio in casa nostra sembrava urlarci contro: *Non posso sopportarlo. Non posso andare avanti. Deve trattarsi di un errore*, pensavo. Doveva essere la maledizione della famiglia Oletsky. Il dolore che provavo mi sembrava soprannaturale. Non riuscivo a spiegarlo in altro modo.

Quando ho perso Lada una seconda volta, il dolore non è stato meno straziante. L'unica differenza è che ora sono più vecchio e conosco molte persone che sono sopravvissute a una sofferenza simile, se non peggiore. A quarantacinque anni ho ormai visto coi miei occhi i tormenti straordinari che la gente ordinaria deve sopportare. Carina Reinholt ha perso le sue due gemelle nella stessa settimana; Paulson Nilley ha avuto uno sciocco incidente con la sua trebbiatrice nuova di zecca che gli è costato la gamba destra; Otto ha seppellito la sua prima moglie a vent'anni. I miei vicini non sono maledetti da Dio. Sono come me: vivi.

Lo spaventapasseri

L'uomo che non sono io viene qui ogni giorno a guardare il terreno con cipiglio. Mormora tra sé e sé. Sa il mio nome?

È uno strano lavoro di investigazione, rimettere insieme i pezzi dell'Universo.

I miei nuovi occhi allungano lo sguardo, ma solo fino a un certo punto. L'erba corre fino all'orizzonte grigio. Osservo una pianta che si impiglia nel filo spinato. Sembra una mente svuotata dai pensieri. Come la mia.

Le piante continuano a raccogliersi sul filo finché non si rovescia. Il loro nome mi entra dentro: *rotolacampo*. Altri nomi rotolano nella mia coscienza. *Salsola. Erba delle streghe.*

I nomi sono ricordi. I nomi tornano a me come doni.

Che cosa sono io?

Perché sono qui?

Ci sono semplicemente rimasto impigliato, per caso, come un rotolo di sterpi?

La strega della prateria

Ho passato la notte nella capanna vuota e sono partita per Uz un'ora prima dell'alba. Mi sentivo in colpa per non aver cercato più a fondo Cherry, che forse era viva da qualche parte e in difficoltà. Sapevo che il peggio poteva già essere accaduto. Avevo paura per entrambe.

Quando sono tornata al Country Jentleman, il sole era basso nel cielo. Salire l'ultima rampa di scale è stato come scalare la vetta di Scottsbluff, una mano dopo l'altra su una distesa di rocce ondulate che sembrava infinita. L'unica cosa che volevo era crollare sul mio letto. Finalmente ho raggiunto il secondo piano. Poi ho guardato nella luce tremolante del corridoio e l'ho vista.

Sul tappeto davanti alla mia porta era seduta una ragazza che si succhiava una ciocca di capelli sporchi.

Appena abbiamo incrociato lo sguardo una corrente mi è salita lungo la schiena. La ragazza aveva gli stessi occhi dorati delle lepri che vedo dappertutto a Uz, sdraiate sotto le siepi scheletriche. Immaginate questo paradosso irrequieto – una lepre a riposo – e avrete un'idea della giovane che ho trovato rannicchiata fuori dalla mia porta. Era poco vestita, con un paio di braghette da maschio e una maglia da basket. Al collo aveva una collana di piccoli denti aguzzi. Gli occhi furbi, in un viso che conservava la rotondità infantile, le davano l'aspetto di una bambina centenaria. Mi sono domandata cosa ci facesse lì da sola.

«Chi sei?»

«Asphodel Oletsky».

«Signorina Oletsky, stasera non ricevo clienti».

«Non sono una cliente. Non si ricorda di me?»

Un'altra scarica di corrente tra noi.

«No», ho detto. In un attimo di smarrimento mi sono chiesta se avessi soggiornato con lei alla Casa per madri nubili ma, ovviamente, quella ragazza all'epoca non era ancora nata. Alla sua età, avevo mai avuto un aspetto così selvaggio?

«Sabato l'ho aiutata con il suo cavallo. Al mercato in centro».

«Ah, allora eri più pulita. E vestita come una ragazza».

«Sono venuta qui direttamente dagli allenamenti di basket».

Ho indicato la sua collana.

«Scommetto che quel sorriso spaventa le tue rivali».

«L'idea è quella».

«Sono i molari di un'antilope o di una lepre?»

«Entrambe. Li ho raccolti nelle dune intorno alla fattoria di mio zio».

«La scuola ha chiuso, vero? Ma voi vi allenate ancora?»

«Il nostro coach è stato una delle vittime della polvere. Ci ha mollato. Ma la squadra vuole continuare a giocare. Mi hanno eletto capitano».

«Capitano. Un lavoro importante. Dovresti andare a casa a riposare».

Mi ha seguito in camera, sfrontata come un gatto di strada. Aveva la curiosità di uno scassinatore: toccava tutto quello che le capitava a tiro. Ha afferrato un orologio e lo ha scosso.

«Sono stanca, ragazza. Grazie per avermi aiutato con il cavallo. Torna un'altra volta, quando sarai pronta a fare un deposito».

«Voglio un lavoro», ha detto, e io ho riso di gusto.

«Se non sbaglio ne hai già uno, capitano».

«Mio zio mi ha detto che cos'è lei».

«Non è un segreto».

«Credo di essere qualcosa di simile. Una Cassaforte».

Ho fissato i suoi occhi fulvi nel buio. Una ferita l'ammantava come un fodero, questo era evidente. Era *davvero* qualcosa di simile a me? Forse, dovevo ammetterlo.

Si era avvicinata al mio cornetto acustico e lo stava fissando con un'aria strana. Il tipo di cupa fascinazione che raramente ho visto su un volto così giovane.

«Ho fatto un sogno su quest'affare», ha detto. «Un incubo».

«Questo dimostra solo che hai visto le mie pubblicità».

Si è piazzata sulla mia sedia con lo schienale dritto e mi ha fissata come un'allieva in attesa di una lezione. «Non ricordo di averti invitata a sederti», ho detto.

«Voglio imparare a essere una strega della prateria», ha risposto. «Mi faccia diventare la sua apprendista».

Al piano di sotto, nel saloon, è esplosa una risata che mi ha fatto sobbalzare. Una luna arancione bruciacchiata si affacciava dalla finestra. Di notte non potevo vedere la polvere con la stessa facilità, ma sapevo che c'era per come deformava la luce. Ora la ragazza sembrava essere ovunque, riflessa nel vetro della finestra e nello specchio, seduta davanti a me sulla mia sedia.

Le streghe della prateria volano in un cielo interiore così vasto e vuoto che è un miracolo se riusciamo a tornare alla nostra mente vigile. Se avessi voluto una pupilla, avrei insegnato a questa giovane intrusa come liberarsi dal giogo del suo nome e della sua storia. Come fermare il pensiero. Come intorpidire i sentimenti. Come chiudere i sensi tutti insieme, nel modo in cui si chiudono le palpebre. «Devi trovare il tuo percorso di discesa nella trance», mi aveva detto Kettle quando avevo l'età di questa ragazza. «E poi devi trovare il tuo percorso per tornare cosciente, regolandoti in base al silenzio del cliente. È la pratica che crea il percorso. Il tuo corpo imparerà quando, per la tua mente, sarà sicuro tornare».

Se avessi voluto un'apprendista, avrei detto a questa ragazza di immaginare ali nere di corvo che la ghermivano, e l'avrei osservata fino a quando non avrei visto una coltre di vuoto scendere come neve sui suoi occhi. Poi le avrei insegnato a usare il ritmo del suo respiro per accelerare il processo.

«Esci», ho detto aprendo la porta. «O chiamo lo sceriffo».

Si è alzata e ha corso il più lontano possibile dalla porta, incuneandosi in un angolo della stanza. L'ho presa per le spalle e ho cercato di spingerla nel corridoio; lei si è liberata ed è tornata nel suo angolino. I suoi occhi erano ben svegli nel buio. Ero spaventata, Figlio mio. Ho pensato che quella ragazza dovesse essere mezza matta.

«Vai a casa prima che lo sceriffo ti ci porti di peso».

«Mi lasci restare. Lasci che le spieghi perché dovrebbe assumermi».

«Non voglio un'apprendista».

Mi trotterellava dietro come un cagnolino. Mugugnando, sono andata a sedermi sul letto. L'indomani avrei individuato la persona che ne aveva la tutela. Mi sentivo ribollire la cattiveria nelle giunture, nei piccoli calderoni delle nocche. Rischiavo davvero di prenderla a schiaffi.

«Sta bene, signora? Arriva dal saloon? Posso prepararle un tè al limone e un impacco di verbena. Lo facevo per mia madre. La sua cura miracolosa per i postumi della sbornia...»

Dentro di me si è diffuso di nuovo quel senso di leggerezza e davanti agli occhi hanno iniziato a pulsarmi dei puntini. Una voce che mi richiamava dal futuro, la mia voce venata di allarme, mi diceva di seguire il mio istinto e di sbattere fuori quella ragazza testarda. Ma la semplice stanchezza ha avuto la meglio su di me. E forse mi dispiaceva per lei. O magari ho rivisto qualcosa di me stessa, e anche di Cherry, e di tutte le streghe del West, in quel corpo bruno e muscoloso, nei capelli sporchi e nella sua determinazione a ottenere ciò che voleva quella sera, a dimostrarmi che aveva dell'autentica magia dentro di sé.

La ragazza mi ha detto che aveva quindici anni ed era cresciuta a Hubbell, in Nebraska, al confine con il Kansas. Due estati prima sua madre era stata uccisa. Ora capivo. Secondo l'accusa, il giudice, la giuria e praticamente tutti gli abitanti della contea di Uz, l'assassino della zampa di lepre aveva tolto la vita a sua madre. Aveva anche trasformato questa bambina senza madre in una strega? Per il suo bene, speravo di no.

«Fino all'alba però tieni la bocca chiusa», le ho detto brusca.

I misteri abbondano in questa vita, Figlio mio. Alla fine, l'ho lasciata restare.

Asphodel Oletsky, l'apprendista della strega della prateria

Il petto dell'Antidoto si alzava e si abbassava, sollevando una trapunta dall'aspetto allegro e curato, con un ricamo viola a forma di ruota della fortuna. Un baratto con un cliente, ho scommesso tra me e me. Potevo indovinare quali oggetti le erano stati dati in pagamento: la radio Zenith, il tappeto blu lago, una teiera a fischio che mi sembrava di aver già visto nella cucina della signora Wirshing. Oggetti con una vivacità logora e ammaccata che risaltava nella stanza spoglia.

Mi ha sorpreso il modo in cui viveva l'Antidoto. Forse mi aspettavo qualcosa di più simile a un bordello che a un monastero. Se mi avesse detto che si era trasferita il giorno prima, le avrei creduto. Sulla parete di fondo, il cornetto acustico dipinto pendeva come una grossa lacrima dal suo gancio. La luce colpiva il ricevitore metallico e spargeva arcobaleni ai quattro angoli, dove sembravano graffiare l'intonaco scrostato.

L'Antidoto mi aveva detto di non svegliarla prima dell'alba. Nonostante quello che mio zio pensa di me, mantengo la parola data. Mi sono seduta sul davanzale, studiando la strega.

Ha un viso lungo ed equino, di un colore arancione bruciato sulle gote. Rughe intorno alla bocca e agli occhi. È più vecchia di quanto avessi pensato nella tromba delle scale. In qualsiasi casa mi trovi, io mi sveglio per prima. Con la mamma dormivamo nello stesso letto, sempre che non ci fosse un fidanzato in visita. La domenica mi svegliavo ore prima di lei. Leggevo romanzi o facevo un cruciverba più o meno fino alle dieci. Mi piaceva il rituale di sedermi accanto a lei e guardare i suoi respiri che sollevavano la coperta, la sua bocca aperta e le braccia spalancate come una bambina. Mi piaceva il suo respiro profumato di trifoglio nei giorni feriali e il sorriso che affiorava lentamente quando si svegliava e mi trovava seduta accanto a lei. Nella casa gialla di Hubbell ci scambiavamo spesso i ruoli. Facevamo a turno a essere madre e figlia.

Alla fine l'orologio ha rintoccato sette volte e il sole ha dipinto le tende di rosa pesca. Mi sono alzata e stiracchiata, con tutti i muscoli che cantavano di sollievo, e ho attraversato la stanza per svegliare la strega.

«Buongiorno», ho detto.

Un occhio si è aperto con riluttanza.

«*Tu* sei ancora qui».

«Lei *pensa* di essere delusa di vedermi», le ho detto. «Ma aspetti di assaggiare la mia colazione».

Era un bluff. Sono una pessima cuoca. Mia madre trangugiava in fretta le uova che le cucinavo per non sentire il sapore di bruciato. Il caffè caldo e il pane tostato intinto nel tuorlo d'uovo la riportavano in vita dopo una notte di divertimento tossico con sconosciuti che, all'alba, mi presentava come amici.

Nella piccola dispensa della strega della prateria c'erano un sacchetto di cipolle fuligginose e delle patate con i germogli. Un litro di latte e mezza pagnotta di pane di segale. Ho tagliato due fette spesse, ho rovistato in cerca di burro e marmellata. Era più fornita della maggior parte delle famiglie dei miei amici, alcuni dei quali si erano ridotti a mangiare «insalata di tarassaco». A Uz tutti parlavano dell'imminente mattanza delle lepri e della carne che si sarebbero portati a casa. Mentre il tè era in infusione, ho preso un barattolo senza etichetta dallo scaffale in fondo. Erano occhi di tritone? Brodo infernale? Sapeva di salsa di mele.

«Ti prendi simili libertà ovunque tu vada, signorina Oletsky?»

«Le sto preparando la colazione. Ora lavoro per lei, ricorda?»

«È così che trovi un impiego di solito? Facendo irruzione e prendendo in ostaggio il tuo datore di lavoro?»

«È troppo potente per essere mio ostaggio», ho detto. «Se così non fosse, non vorrei mai lavorare per lei».

Era un sorriso? Mi guardava strizzando le palpebre, un miglioramento: almeno ero riuscita a varcare le porte dei suoi occhi scuri. «Sono troppo stanca per buttarti fuori», ha ammesso.

«Come devo chiamarla, capo?»

«Sai leggere?»

Ha indicato il poster con la cornice dorata sulla parete in fondo, sopra la sedia: L'ANTIDOTO scritto in caratteri da circo, sottolineato da un tralcio di boccioli di rosa vermiglio e albicocca e viticci verdi. Sembrava un incrocio tra il cartellone pubblicitario di P.T. Barnum e l'illustrazione dell'Eden nella mia Bibbia per bambini. Subito sotto c'era una grande sedia a dondolo, con la seduta rivestita di un raffinato raso verde.

«*L'Antidoto*. Non è un po' formale? Come la chiamano i suoi amici?»

Il sorriso non sembrava venire naturale alla mia mentore. Ho immaginato un ago da cucito che si tuffava e riemergeva per fissare il volto della strega.

«Non siamo amiche».

«No, direi di no».

Ho apprezzato la chiarezza dell'Antidoto. Un'amicizia va ratificata da entrambe le parti. Molte persone a Uz si rifiutano di capirlo. Il mio povero zio, ad esempio, crede di essere amico di tutti.

«E io come devo chiamare *te*?»

«Asphodel Oletsky».

«Asphodel Oletsky, non darei il mio vero nome a un estraneo con tanta leggerezza. Può essere un errore fatale in questo mestiere».

Ero così felice. Il mio piano aveva già cominciato a dare i suoi frutti. Mi parlava come un'insegnante. Il suo tono arrabbiato mi ricordava il coach. Le Minacce avevano ancora due partite da giocare e non avevano soldi per pagare le divise, la benzina, il trasporto o l'alloggio. Avevo visto gli uziani in fila davanti alla porta dell'Antidoto. Non avevamo ancora discusso del mio stipendio, ma avevo intenzione di chiedere una percentuale sui suoi profitti. Poi sarei diventata anch'io una strega della prateria e non ci saremmo più dovute preoccupare dei soldi.

«Hai scelto un periodo tremendo per seguire la tua nuova vocazione, signorina Oletsky».

«Sì, be'...» Ho sbattuto tre tuorli formando un unico grosso sole e li ho versati nella padella. «È un periodo tremendo per qualunque cosa».

«Ecco», ho detto, porgendo alla strega della prateria il suo tè. La fetta di limone ci galleggiava dentro come una piccola luna in ostaggio. Siamo rimaste sedute in silenzio per un quarto d'ora, a fissare gli uziani che attraversavano Main Street. All'improvviso, qualcosa è cambiato; mi sono ricordata di mia madre che di notte si scioglieva i capelli, scrollando la crocchia sulle spalle nude. Il tempo ci è calato addosso, e ho sentito che ci rilassavamo l'una nella presenza dell'altra.

«Quindi pensi di essere una strega della prateria. Sarà il caso di verificare questa ipotesi?»

Ho continuato a respirare a un ritmo regolare. Non volevo che il mio nuovo capo sentisse quanto ero spaventata.

«Che fa, mi butta nel Platte per vedere se galleggio?»

«Voglio vedere se riesci a ricevere un deposito».

Ha tirato giù il cornetto acustico dal gancio. Il cuore ha iniziato a battermi all'impazzata, come fa prima di una palla contesa. Il raschio del corno che veniva staccato dal muro mi è sembrato un segnale che aspettavo fin dalla mia prima notte a Uz. Ero convinta che sarei riuscita a fare quello che mi chiedeva. Ero pronta a cadere in trance.

Fammi entrare, coach. Fammi sprofondare.

Il corno era più leggero di quanto mi aspettassi. Il suo colore mi ha fatto pensare ai draghi alati della giostra di Kearney, alle loro scaglie che passavano dal verde al blu a ogni giro.

«Quindi lei parla da questa parte e io ascolto? Tutto qui?» La strega ha scosso la testa. Si è chinata su di me e mi ha sistemato i capelli dietro l'orecchio sinistro, facendomi arrossire: quanti giorni erano passati dall'ultima volta che mi ero fatta un bagno?

«No. Tu sprofondi in trance. Poi io parlo nell'imboccatura...» L'Antidoto ha premuto il ricevitore metallico contro il mio orecchio sinistro. Ha sistemato l'imbuto contro lo schienale del sedile, dove due ganci con passanti di tela lo tenevano fermo.

«Aggancia sempre prima il corno, ragazza. Prima che qui dentro inizino a sfarfallare le luci...» Mi ha battuto un dito sulla fronte. «Lascia andare la testa in avanti, se ci riesci. Quando io ero agli inizi, mi ritrovavo sempre con la testa ciondoloni di qua o di là...»

Mi ha sorriso e mi sono resa conto di una cosa meravigliosa: per quanto avesse insistito sul fatto che voleva che me ne andassi, una parte più grande di lei voleva che restassi.

«Devo chiudere gli occhi?»

«Lascia che il tuo corpo faccia quello che vuole. Questa è una verifica, ricordi? Un esame diagnostico».

Il volto dell'Antidoto, illuminato dal sole, si librava sopra il bordo scanalato del corno. Le vedevo i peli scuri agli angoli delle labbra, le sentivo nell'alito l'odore del tè al limone. Era così che si faceva? Si potevano perdere i sensi con la pura forza di volontà? Usando la voce del coach, ho provato vari comandi: *Silenzio. Zitta. Smetti di pensare. Resta sulla palla.*

«Pronta?» L'Antidoto ha strappato un foglietto dal nastro sulla parete. Con la sua voce gutturale, ha recitato la data al contrario.

Ho chiuso gli occhi più forte. Sentivo ancora la strega muoversi nella stanza. Ricordavo il numero. Era un bene o un male? Una cosa bella del basket è che tutti giocano secondo le stesse regole. L'esame è pubblico. Le regole sono chiare. Non ti ritrovi mai a chiederti se un punto l'hai segnato davvero.

«La trance è come un sonno lucido, ragazza. Dove ti sei rifugiata mentalmente, quando il tuo corpo soffriva di più? Quando hai sentito un dolore devastante? Ricorda cosa hai fatto per sopravvivere. E fallo di nuovo».

La sua voce mi rimbombava dentro, così forte che ho sussultato. Era previsto che fossi cosciente? In caso contrario, non stavo passando l'esame. Perché non ero in trance. Ero da un'altra parte, a Hubbell, nel ricordo del funerale di mia madre.

* * *

Il fatto che mia madre sia morta è un concetto che non riesco ad afferrare a lungo. Posso averne nozione solo per alcuni minuti, prima che scivoli via di nuovo. Quando dico che non riesco ad afferrarlo, intendo proprio letteralmente. Ho una mano morta che rimane abbandonata sul fianco. La gente mi raccontava quello che era successo a mia madre e io li fissavo, osservando le parole che gli uscivano di bocca. Trascorsi i giorni successivi al suo omicidio in penombra, dall'alba al tramonto. «Dolcezza, parlami», mi disse una signora della chiesa. I corvi si dispersero come per un'esplosione senza suono. Al cimitero, guardai la terra cadere su una cassa larga e lunga come una persona. *Bara*: la parola mi tornò in mente da quel luogo dove le parole si nascondono quando non le trovi. Pensai alla Pasqua in cui avevamo cercato di preparare una torta che non lievitava mai e poi passato la glassa su quel relitto di cioccolato, ridendo così forte che dovevamo raccogliere le briciole scure che ci sfuggivano di bocca. Misero i pezzi che trovarono di mia madre in una scatola, la chiusero con i chiodi e mi spedirono lontano da lei. Il medico legale mi diede l'unica fotografia che ho della mamma, una stampa del suo corpo nel fosso.

* * *

«Cinque, tre, nove, uno...»

Ho chiuso gli occhi e ho fatto del mio meglio per entrare in trance. Nonostante i miei sforzi per scomparire, sentivo ogni parola che diceva la strega:

«Va bene, ragazza. Questo è il mio deposito. Quando avevo undici anni, mia nonna Onofria mi portò alla matinée da dieci centesimi all'Orpheum per il mio compleanno. Non capivo molte delle battute, ma era così bello insieme a quella folla di estranei ben vestiti. Nei miei ricordi l'intero teatro tremava, le pareti e tutto il resto. Risi così tanto che il ginger ale mi uscì dal naso. Dopo prendemmo il tram e nel centro di Omaha vidi qualcosa che sembrava un frutteto di clementine luminose. Tante piccole luci elettrificate. Chiesi a mia nonna se potevo sceglierne una, lei rise e disse che no, erano per tutti, ma potevo portarmele a casa con la mente. Potevo ricordarle. Questo conclude il mio deposito».

La sua voce si è ritirata dal mio cranio.

«Ho superato l'esame?»

«Sei entrata in trance? Hai sentito quello che ti ho detto?»

«Non è un granché come storia», ho risposto. «Ma sì, me la ricordo».

«Anch'io», ha detto lei. «Santo cielo, sento ancora il ginger che mi frizza nel naso. Il frutteto di luci». Ha sorriso al muro, o a qualcuno che non riuscivo a vedere, forse la nonna della sua storia.

«Sai, a Omaha non ci sono più tornata. Non racconto quasi mai le storie che mi riguardano, ragazza. È un bel trucco magico. Duplicare un ricordo in un estraneo».

«Significa che non ho superato l'esame?»

«Se è così che vuoi vederla. Qualcun altro potrebbe dire che l'hai scampata bella».

«Anche se non sono ancora una Cassaforte, so che potrei diventarlo».

Lei ha rimesso il cornetto acustico sul suo gancio con una fermezza che mi ha fatto infuriare.

«Continua a dedicarti alla pallacanestro. Nessuno aspira a diventare una Cassaforte, ragazza».

Nessuno aspira nemmeno a essere povero. Nessuno aspira a essere un fardello che passa di mano in mano, da Hubbell a Uz. Nessuno può scegliere con cosa iniziare, e pochi hanno voce in capitolo su dove andare dopo. Volevo capire se il buco che avevo nel cuore valeva qualcosa.

«Devo solo continuare a esercitarmi. Scommetto che neanche lei era tanto brava quando ha iniziato. Se mi dà delle lezioni, vedrà che ci riesco prima di quanto pensa».

«Non è come la pallacanestro. Puoi esercitarti mille ore, ma se non sei una Cassaforte, non c'è modo di diventarlo».

«Per quanto ne sa lei, signora».

Ma quanto ne sapeva *in effetti*?

Questa donna che passava molte delle sue ore di veglia in trance?

«Mia madre è morta», ho detto. «Mi ha lasciato un buco dentro. Dal suo funerale sono diventata una strega della prateria, se non lo ero già prima».

Ho disegnato un ampio cerchio intorno al mio ombelico.

«Lo sento quando gioco a basket. È il motivo per cui posso correre più veloce di tutte e saltare più in alto. È il motivo per cui posso andare al tappeto e riprendermi più in fretta di chiunque altro».

Un colpo alla porta ci ha fatto sobbalzare entrambe.

«Apri, o chiamo lo sceriffo!»

Per un attimo l'Antidoto mi è sembrata mia madre, con gli occhi vitrei e lucidi come quelli di un animale braccato, la voce innaturalmente bassa. Mi sono ricordata di una volta che la mamma si era rifiutata di aprire la porta a un visitatore imprevisto in piena notte, gridando le sue minacce che non avevano dietro nessuna forza, minacce come preghiere disperate.

«Entra nel ripostiglio», ha sibilato la strega. «Non fiatare. Se tossisci, starnutisci o muovi un muscolo, mi farai ammazzare...»

Il ripostiglio della strega era più ampio di quanto sembrasse dall'esterno. Mi sono appoggiata ai suoi cappotti e ai suoi vestiti, appiattendomi il più possibile. L'oscurità era densa di odori: rafano, detersivo, naftalina e la nota dolce del cuoio.

«Signor Boyet», l'ho sentita dire in un baritono maestoso, mentre la porta strillava sui cardini. «Che piacere inaspettato».

Harp Oletsky, il contadino delle terre aride

Questi cieli limpidi mi fanno più paura di qualsiasi tempesta.

Oggi il cielo è asciutto e grigio come il gesso. Il grano cresce alto e le spighe spuntano più in fretta di quanto mi sembri possibile. Il mercurio nel termometro del fienile sfiora i trentotto gradi. Non avrei mai immaginato di sudare così tanto in aprile.

La figlia di Lada non è tornata dalla partita, ieri sera. Dopo aver camminato avanti e indietro per il corridoio alle due del mattino, ho finalmente bussato alla sua porta. Avevo bisogno di un altro paio di occhi, e invece ho trovato un letto vuoto. Ero solo nella fattoria, quando quella strana luce è tornata.

Soltanto Dio e lo spaventapasseri, a quattrocento metri di distanza, potevano sentire le mie preghiere.

«Guarisci i miei occhi, Dio. Aiutami a vedere solo ciò che esiste davvero».

Nel campo che ho lasciato a maggese si sta sviluppando qualcosa. Lo vedo nel cuore della notte, quando mi ritrovo in pigiama alla finestra della mia camera da letto. Dal terreno arido si irradia un bagliore. Si solleva come un unico manto vibrante di steli luminosi – protesi dal terreno scuro e sabbioso verso la luna nuova – e arde di un colore per il quale non ho un nome. Una tonalità che ai miei occhi in lacrime sembra appena arrivata nel nostro mondo. Mi ricorda troppi colori tutti insieme. Pelle di serpente al sole. Arcobaleni oleosi. Conchiglie di madreperla. Chicchi di mais nero blu. Sangue che esce dal dito tagliato di un bambino. Ali che si scrollano di dosso l'acqua. È tutte queste cose e nessuna. Persino le stelle sembrano opache come rocce, al di sopra di questa luce ardente, questo bagliore che sfugge a ognuna delle frecce che la mia povera mente scaglia nella sua direzione.

Non lombrico *Non cipolla* *Non agata*
Non campanula
Non girasole *Non cometa*
Non pioggia nel fosso *Non alba*
Non mais blu
Non quercia nera *Non grano verde*
Non mercurio *Non rosso sangue*
Non grigio coniglio
Non pietra di luna
Non zoccolo *Non vento nell'erba*
Non ghiacciolo

Dietro questo schermo tremolante si muovono delle ombre. Si delineano in forme a cui posso quasi dare un nome, scene che riesco quasi a decifrare, ma che poi si disfano di nuovo. Sagome che danzano oltre il velo di luce. La scorsa notte sono stato per due ore alla finestra della camera da letto, a guardare quel colore straordinario, temendo di fare un solo passo, avanti o indietro.

È un segno di Dio? Sto perdendo la vista? Ho avuto un colpo di calore?

Alle quattro del mattino ho annodato il cordone della tenda e ho chiuso gli occhi, aspettando che il sole mi restituisse la ragione. Non volevo spaventare mia nipote. Domani sera, mi sono ripromesso, pregherò Otto di venire. Cercherò il consiglio di un uomo ragionevole. Qualcuno che sappia distinguere un miraggio da un presagio, una benedizione da una maledizione.

Ma il domani è arrivato e non oso chiedere al mio amico di vegliare con me stanotte. Di aspettare insieme finché la luce non riappare, o finché non sarà chiaro che ho perso il senno. Ho smesso di credere alle maledizioni, no? Forse Otto ha ragione e, semplicemente, non sono in grado di accettare la buona sorte. Forse la risposta è dormire e prendere un'aspirina. Qualunque cosa stia succedendo, non credo sia solo una tregua dal maltempo.

Da sette notti a questa parte, osservo la strana luce che erompe dal sottosuolo e fiorisce sul mio terreno incolto. È iniziato la notte dopo la tempesta della Domenica Nera. La prima volta ho pensato che la polvere mi avesse rovinato gli occhi già deboli. Ora non so bene cos'è che vedo. O cos'è che ha scelto proprio me per farsi vedere. Qualunque cosa sia ciò che continua a rischiarare il terreno incolto, persiste dentro di me ben oltre l'alba. La luce del giorno non ne estingue il ricordo. Quelle fiammelle continuano a crescere e a risplendere nella mia mente anche quando mi inginocchio sotto il sole, a estirpare le erbacce. La polvere copre il cielo a ovest, ma qui l'aria è piacevole da respirare. Dolce, persino.

Che sta succedendo a questa terra, e a me? Mentre lavoro, inspiro ed espiro quasi senza pensarci. È solo quando mi fermo che si insinua la paura.

Lo spaventapasseri sorride con le labbra cucite. Forse non dirò niente a Otto e a Dell. Forse questo segreto ha scelto me perché lo mantenga.

Lo spaventapasseri

Primavera. La parola mi torna in mente come un fulmine a ciel sereno. Che regalo da ricevere, e inaspettato. Una delle parole più belle di questa lingua.

È primavera a Uz, in Nebraska. Il cielo è rumoroso, caldo e secco. Sibila giorno e notte. Non piove. Ma qualcosa cresce dentro di me. Sotto la superficie di questa mente. Sotto il pensiero. Sotto il mondo blu, qualcosa sta germogliando. E vuole erompere e fiorire.

Nel campo della mia consapevolezza. Nel campo in cui sono piantato.

L'uomo lo chiama terreno incolto. Ma si sbaglia.

Un seme è una strana, piccola bara. Se lo seppellisci, qualcosa prende vita.

La storia dell'Antidoto

Prima parte

La ragazza mi ha chiesto come ero diventata una strega. Le ho detto che era successo qualcosa che mi aveva resa senza fondo. Non ho mai raccontato a nessuno tutta la storia di quello che ci è accaduto alla Casa per madri nubili. Né a Kettle, né a Cherry. Vorrei che Tu lo sapessi, Figlio mio. È la nostra storia.

Ho saputo che in altri posti erano più gentili con le ragazze. Avevamo tutte sentito parlare del «Ritz»: il Willows Sanitarium di Kansas City, nel Missouri, dove le ragazze delle famiglie importanti soggiornavano in stanze private, con il riscaldamento, in una villa a due piani. Quando arrivavano, c'era una limousine ad attenderle alla stazione ferroviaria. Venivano trattate come ospiti invece che come detenute. Le ragazze del Willows ricevevano fedi nuziali in oro rosa da indossare durante le gite in città. Se eri ricca, non eri mai una puttana. Eri stata *sedotta*. Avevi commesso un errore. Andavi al Ritz per espiare la tua colpa. Dopo aver partorito, tornavi a casa da sola. Il tuo errore avrebbe vissuto altrove – con una nuova madre e un nuovo cognome – lontano dagli sguardi indiscreti di chi conosceva la tua ricca famiglia in quanto parte dell'aristocrazia locale.

La Casa per madri nubili di Milford non era il Ritz. La parola *casa* sembrava una beffa, quando eravamo stese sulle nostre rigide brande. Nell'atrio c'era una carta da parati verde felce, ma al piano di sopra, nel nostro dormitorio, morivamo dalla voglia di un po' di colore. Ho sentito dire che adesso le ragazze hanno persino la sauna, ma durante i miei mesi invernali lì, passai settimane senza farmi il bagno. Il tè annacquato che ci servivano sapeva di pioggia. Niente di troppo forte. Nessuna scossa di piacere che potesse disturbare un feto nel grembo materno. Il caffè era proibito, così come le sigarette, le riviste e i libri immorali. La cosa aveva prodotto un vivace mercato nero gestito da Suzette. Lei era la figlia caduta in disgrazia di una famiglia mennonita, anche se tutte immaginavamo che ci fosse una storia ancora più oscura dietro le voci che circolavano a Milford. Suzette era un'«incorreggibile»: così era catalogata nei loro archivi. Una recidiva. Ero rinchiusa in soffitta quando la sterilizzarono... ma ora sto correndo troppo.

Alla Casa di Milford, ogni donna incinta veniva condannata a un periodo di reclusione di dodici mesi, che doveva scontare per intero, indipendentemente dalla data di nascita del bambino. Se non aveva soldi per prendersi cura del figlio, il neonato veniva collocato in un orfanotrofio statale, in attesa di adozione. Una ragazza povera che avevo conosciuto a Little Italy partorì la domenica di Pasqua; il suo bambino fu mandato all'orfanotrofio il venerdì successivo, ma lei fu costretta a rimanere alla Casa fino a Natale, e teneva il conto delle settimane che mancavano alla liberazione facendosi dei segni rossi sulla parte posteriore di un braccio. Un'altra madre abortì la notte del suo arrivo, ma era ancora detenuta nella Casa quando me ne andai.

«Qui sapremo ripristinare la vostra virtù, ragazze», ci assicurava la direttrice. Malvina Dent era la figlia di un famoso predicatore battista e di un'assistente sociale. Ci incoraggiava a chiamarla madre, ma lo facevano solo le più giovani e le più spaventate.

Melody, una prostituta di Beatrice, mi disse di non assecondare Malvina. «Come diavolo fa a pensare che la vorremmo come madre? Credimi, siamo regine di virtù in confronto a quella signora». Melody aveva una voce rauca e gioiosa che mi faceva pensare ai tizzoni di una brace, grigi e luminosi allo stesso tempo.

«È facile voler bene ai bambini», ci diceva Edna, l'infermiera del turno di notte. «Siete *voi* cagne a renderci il lavoro difficile».

La Casa era gestita da persone determinate a redimerci. Malvina Dent era un'ipocrita particolarmente sfacciata. Gestiva la sua Casa grazie al lavoro di povere donne single e cantava gli inni con noi la domenica mattina. La sua dedizione alla nostra «riforma morale» era implacabile. Magari qualcuna ne avrà anche tratto beneficio. Spesso ci venivano presentate giovani madri paffute che avevano trovato lavoro come governanti a Lincoln, che era a trentadue chilometri e a mondi interi di distanza. Un giovedì sera ci radunarono nel salone per incontrare una donna filippina magra e seria, che ci fu presentata come Crystal Anne. Aveva dato il suo bambino in adozione al pastore e a sua moglie, che gestivano la fabbrica di mobili a Papillion. Quella sera non ci disse una parola, ma rimase accanto a Malvina con gli occhi acquosi e imperscrutabili, annuendo ogni volta che la direttrice la guardava. In seguito venni a sapere che non parlava inglese.

Una targa di ottone nel salotto, tutta segnata da graffi, riportava la missione della Casa: OLTRE AL RICOVERO E ALLA SALVAGUARDIA, L'OBIETTIVO DI CODESTO ISTITUTO SARÀ DI FACILITARE LE ADOZIONI PER LE MADRI NUBILI, AL FINE DI CONTRIBUIRE ALLO SRADICAMENTO DELLA PROSTITUZIONE E AL RISCATTO DELLE DONNE PERDUTE. *Facilitare le adozioni*. Quando arrivai, lessi questa frase senza comprenderla. Accanto alla targa era appeso il ritratto di una donna bianca dai capelli scuri, con folte sopracciglia simili a bruchi e occhi meravigliosamente gentili. Era Frances P. Clark, la filantropa di Omaha che aveva convinto il parlamento del Nebraska a finanziare una Casa per madri nubili e che, in seguito, aveva spinto gli stessi senatori ad aumentare l'età del consenso in quello stato da dodici a quindici anni. Mi chiedevo spesso cosa avrebbe pensato Frances della nostra vita in quel luogo solitario, se i suoi occhi benevoli avessero potuto guardare fuori dal ritratto. Ero una delle ragazze che aveva immaginato di aiutare, le «ragazze pentite che si sono imbattute nella sventura»?

In effetti, pensavo, con la sventura qualche incontro ce l'avevo avuto. Quando arrivai a Milford, avevo quindici anni ed ero incinta di tre mesi. Nonna Onofria era morta di cancro alle ossa nell'inverno del 1907 e io ero stata affidata in custodia a una tutrice. Odiavo l'espressione «in custodia», persino nelle prime settimane, quando lei ancora si divertiva a recitare la parte della madre. Quella parola mi faceva pensare all'angelo nell'atrio della nostra cattedrale, con il sorriso ottuso e la vernice scrostata e ingiallita. Avrei preferito ripararmi sotto le sue ali brutte e amichevoli, piuttosto che sotto il tetto della Tutrice. Avrei voluto essere fatta anch'io di pietra. L'anima di mia nonna era andata in paradiso e io ero completamente sola. Come molte di noi, non avevo una casa che mi aspettasse fuori dalla Casa.

Le ragazze non usavano mai il loro vero nome. Nell'istituto ci chiamavano tutte *ragazze*, mai *donne*, nemmeno la reclusa più anziana, Ruby, che aveva le rughe intorno agli occhi e si diceva avesse trentanove anni. Il primo giorno ci venivano dati nomi falsi: per proteggerci, dicevano. «Non c'è alcun bisogno che si sappia» è uno dei motti di istituti simili. Il nome che diedero a me era Anne Fayeweather, che mi faceva pensare a una bambola di legno con le treccine bionde.

Ci distribuirono dei test del QI, i cui punteggi furono archiviati e mai rivelati. L'esaminatore ci rassicurò, con il suo gorgoglio paternalistico, che la devianza sessuale non era sempre prova di malvagità. Potrebbe anche essere, disse, un segno di debolezza mentale.

Quella notte, Stencil scalciò via le lenzuola e distese a V le sue lunghe gambe candide, facendo l'amore con l'aria a un ritmo frenetico. «Oh, signore mie, aiutatemi! Sto avendo un attacco di debolezza mentale! Uno più uno fa tre? Oh, aiutatemi, sono troppo debole di mente per capire l'aritmetica del sesso!»

Ridevamo ogni volta che Stencil metteva in scena le loro teorie su di noi.

O quantomeno, alcune lo facevano. Altre non riuscivano più neanche a ridere.

Sveglia alle 5.00 del mattino: lettura delle Scritture, canti e preghiera.

Turno di lavoro dalle 6.30 alle 17.30: nessuna di noi «donne perdute» era caduta così in basso da essere esentata dal lavoro nella fattoria, nei campi, in cucina e in lavanderia.

Cappella ogni sera alle 20.00, luci spente entro le 21.00.

Il comune di Milford aveva donato sedici ettari di terra in cui confinarci. I nostri soggiorni erano finanziati dallo stato, ma quel tempo non era libero né gratuito. Passavamo le ore più fredde della giornata al chiuso, imparando le attività domestiche e fingendo di leggere la Bibbia. Le mie dita andavano verso i gigli del campo in Matteo 6,28, come se stessero tornando a casa. Quelli erano i versetti preferiti di nonna Onofria. Volevo essere un giglio, che cresce invece di lavorare. Un'insegnante della scuola pubblica ci faceva lezione due sere a settimana, ma la maggior parte di noi sbadigliava su quei banchi duri, perché i nostri corpi ci distraevano così tanto con i loro dolori che era difficile dare un senso alla strana sfilata di lettere e numeri.

«La formazione di sani principi morali». «Il valore di una buona istruzione». «Gli effetti benefici della maternità sull'anima e sul corpo». Erano così tante le storie che avevo accettato senza discutere fino alla morte di mia nonna. Valori verso i quali avevo nutrito una fede incondizionata sin da bambina. Diventai un po' più critica allora, assistendo a quelle lezioni serali sulla mia stessa malvagità.

Il giovedì ascoltavamo relatori rispettabili e ragazze ribelli che si erano ravvedute, madri nubili che avevano dormito in quelle brande prima di noi, ora donne caste e lavoratrici docili:

«Una ragazza ignorante e inesperta, un'orfana senza alcun privilegio, era diventata madre a sedici anni. Riottosa e intrattabile prima della nascita del bambino, in seguito è diventata estremamente mite. Era molto affezionata a suo figlio. Dopo il solito periodo di permanenza nella Casa, ha ottenuto un impiego presso una famiglia, dove è rimasta fino a quando il bambino non ha avuto più di un anno. In seguito, ha affidato il piccolo a una vedova di Lincoln e ha iniziato a lavorare come governante in una casa signorile. Il bambino ora ha sei anni. Questa madre guadagna quattro dollari alla settimana come domestica e ha un conto in banca. Va a trovare il figlio una volta al mese. È migliorata moltissimo e presto si sposerà».

Molte delle donne che uscivano da Milford diventavano domestiche per famiglie benestanti, lasciando i propri figli alle cure di qualcun altro. «Quando sei una domestica devi fargli tutto tu, da soli sanno giusto masticare», mi avvertì Melody. Non volevo pagare per tenere mio figlio altrove mentre mi prendevo cura del bambino di una ricca signora. Decisi che avrei lavorato come cassiera all'emporio, come aveva fatto mia nonna. Stavo già tramando, capisci? Stavo sognando dei modi per tenerti con me.

Nell'anno prima del mio arrivo, la Casa registrò cinquantanove nascite – di cui quarantasette adozioni e due neonati mandati all'orfanotrofio – e dodici nati morti. Be', io non mi fido di nessuna delle loro statistiche. A una mia amica, Geneva, fu dato un certificato di morte da firmare mentre era ancora sul letto da parto, con il sangue fresco che le impregnava l'asciugamano tra le cosce e la placenta ancora dentro.

Non volevo che Tu diventassi un numero nel loro libro nero.

«L'anno scorso», annunciò la direttrice dal podio, «tra le sessantadue madri non ci sono stati decessi. Otto bambini sono morti prima di un mese, due prima dei sei mesi. Un record straordinario! Perché le statistiche ci mostrano che il tasso di mortalità tra i figli illegittimi è *molto più alto* di quello dei legittimi...»

Diverse ragazze, come Melody, erano «casi volontari», anche se spesso, quando si veniva a conoscenza della situazione di una volontaria, si capiva che non aveva avuto voce in capitolo. Chi mai sceglierebbe di partorire in questo modo, come una bestia umiliata e tenuta nascosta?

Non tutti approvavano la missione della Casa. Spesso sul prato davanti all'ingresso c'erano manifestanti che sventolavano cartelli e urlavano:

«Io non pago le tasse per sfamare i marmocchi di queste puttane...»

Ad allontanarli veniva mandato il guardiano, José Luis. Era un enorme spagnolo con un lucido manganello di cedro che in passato una delle ragazze rinchiuse aveva soprannominato Cordero per la sua gentilezza; il soprannome era rimasto, e tutte lo chiamavamo così. Dalla finestra del dormitorio spesso vedevo José Luis sul prato che si spartiva un pacchetto di sigarette con la folla ormai pacificata. Ci veniva insegnato a essere riconoscenti per ogni respiro che facevamo dietro quelle porte chiuse, per ogni sorso amaro di tè al limone e per ogni mano premuta sul nostro ventre, e che ci piacesse o meno quel tocco, che fosse o meno una pressione desiderata, dovevamo dire la parola magica: «Grazie».

Grazie, dottore. Grazie, madre. Grazie, padre. Grazie, sconosciuto.

Solo dopo il coprifuoco la Casa adempiva al suo mandato, passando da prigione a rifugio. La notte era quel tratto buio di tempo in cui eravamo senza sorveglianza e libere di esistere al di fuori degli occhi a fessura di Malvina Dent e del personale della Casa. Con le nostre ampie camicie da notte, a volte riuscivamo a orchestrare un'insurrezione di risate. Portavamo insieme i nostri pesanti fardelli di speranza e paura. Amavo quelle donne e amavo i loro futuri figli. Se devo gratitudine a qualcuno, è alle altre madri. E a Te, il piccolo sconosciuto che cresceva e diventava sempre più forte dentro di me. Mi hai salvato la vita in quel triste posto.

L'amore a prima vista mi è sempre sembrato un'illusione. Eppure ti ho amato prima ancora di vedere il tuo volto. Amore *prima della vista*: sembra ancora più folle.

Stencil era già una detenuta veterana quando sono arrivata, e aveva bisogno di ridere quanto noialtre avevamo bisogno di respirare; mi disse che il suo corpo – la silhouette incinta da caricatura – era una barzelletta che faceva sempre più ridere. Era una gigante irlandese, alta quasi un metro e ottanta senza scarpe, magra come un fuso ovunque, tranne che sul rigonfiamento della pancia. «Pensavo che in tutto questo almeno mi sarebbero cresciute le tette!», si lamentava. Stencil non era mia amica, all'inizio. Anzi, la nostra antipatia era reciproca. Lei pensava che fossi presuntuosa, e io che fosse una pazza egoista. Era capace di mettere nei guai venti di noi solo per il piacere di assecondare il suo bizzarro umorismo. Quelle prime impressioni ci misero poche settimane a disfarsi... L'antipatia non poteva sopravvivere a lungo nel dormitorio affollato, dove gemevamo insieme nella stessa oscurità, con i bambini che ci si rivoltavano nella pancia.

Nei primi sette mesi, ogni reclusa lavorava nell'orto accanto alla lontana statale. Vedevo le sagome indistinte nelle automobili che passavano sferragliando lungo la strada, e mi sconvolgeva rendermi conto che per loro anche io ero una sagoma, un lampo di colore che si dissolveva, un sassolino che rimbalzava sul vetro. Anche da vicino, non dovevamo sembrare del tutto reali a quegli automobilisti. Ai loro occhi dovevamo risultare patetiche. O, *peggio ancora*, pittoresche. Una fila di donne incinte inginocchiate tra fagioli, piselli e zucche. Avevamo facce rotonde da pesca e da prugna, facce da patata dolce o bianca, eravamo ragazze yankee, italiane, nere, irlandesi, tedesche, russe, boeme, messicane, filippine, ceche e persino nate in mare, ed eravamo arrivate da tutto lo stato perché ci coltivassero in questo appezzamento recintato.

Sentii il tuo primo calcio a gennaio. Dopo di allora, non fui più così sola.

Andai di corsa a dirlo all'infermiera del turno di notte che, tra uno sbadiglio e l'altro, rispose: «Pensi di essere diversa da una scrofa con un maialino? Vai a letto, Anne Fayeweather, o sarò io a prenderti a calci».

Quattro settimane. Cinque. Fu una corsa lenta per incontrare il tuo sguardo.

***

Il mio nome completo è Antonina Teresa Rossi. La nonna mi chiamava Nedda, mentre per i compagni di scuola ero Toni. Per il padre di mio figlio ero Sciocchina, Lulù e Amore. Sono nata il 21 dicembre 1892, nel villaggio di Prizzi, un nome che conosco grazie al manifesto di bordo incorniciato nel nostro salotto. Mio padre aveva un negozio di barbiere nella Little

Italy di Omaha, dietro la Cattedrale di Santa Filomena e la Bank of Sicily. In realtà sono siciliana, non italiana. I coloni nati in America – che non ci vogliono nei loro quartieri – ci ammassano tutti insieme. Napoletani, siciliani, calabresi, lombardi, veneti: tutti indistintamente italiani. «NIENTE GUAGLIONI», recitava il cartello nel negozio dei Rutland su Broad Street, che non voleva servirci. In città stavano arrivando fiumi di emigranti, reclutati dalla Union Pacific e dalle aziende di imballaggio.

I nostri vicini, i Muhley, erano una famiglia di neri della Virginia, parte di una grande ondata di immigrati neri provenienti dagli stati del Sud. Un'ondata parallela aveva spinto la mia famiglia mediterranea in Nebraska. Ero piccolissima quando partimmo, non avevo neanche un anno, eppure per compiacere mia nonna fingevo di avere nostalgia di Prizzi. Le giuravo di ricordare come mi aveva cullato tra le braccia sul ponte della grande nave, mentre il nostro paesino rimpiccioliva fino a diventare un galleggiante grigio da pescatore, per poi scomparire per sempre. *Il nostro paesino*: era così che lei chiamava Prizzi. All'età di cinque anni sapevo che era una menzogna; la Sicilia era casa sua, non mia. Voleva che avessi nostalgia di un mondo che non conoscevo, e ho sempre sentito di deluderla con la mia felicità. Io ero una cittadina del Nebraska. Ero americana. Non avevo nostalgia di nulla. Avevo almeno un centinaio di cugini che non avevo mai incontrato e per i quali non provavo altro che un malsano senso di superiorità, e poi quel genere di compassione che è un'eco tardiva della superbia.

Ogni anno in più che trascorrevo a Omaha – assorbendo l'atteggiamento degli yankee verso gli italiani e i siciliani – crescevano insieme la mia vergogna e la mia superbia. Mi dicevano che gli americani erano superiori a chiunque fosse nato altrove. Dai discorsi degli adulti dedussi che ero scampata a un destino terribile in Sicilia, dove tutti erano poveri e affamati. Lo eravamo anche noi, ma mi hanno cresciuta a pane e storie, la storia della mia fortuna: ero una cittadina americana, vivevo nel paese più ricco del mondo, dove avrei imparato l'inglese, lavorato sodo, fatto un buon matrimonio e migliorato la mia condizione grazie al grande sacrificio dei miei genitori.

Ero una bambina silenziosa con gli estranei e chiacchierona con gli amici. Per essere una futura Cassaforte, non ero una buona ascoltatrice. Nutrivo una lealtà animalesca verso mia nonna. Mio fratello maggiore e mio padre morirono in un incendio nella sua bottega da barbiere in Seventh Street quando avevo tre anni. Mia madre era già morta, ed era sepolta a Prizzi. Ho sempre voluto saperne di più sulla mamma, vedere una sua fotografia, ma il solo pensiero di lei faceva star male mia nonna, così ho imparato a evitare l'argomento. Credo che se avessi potuto conoscere mia madre, ora capirei meglio me stessa.

Anche Tu avresti amato la nonna, come tutti. Mia nonna: il rosmarino bagnato dalla pioggia mentre grossi pomodori ribollivano come magma nel pentolone. Le mie mani paffute che aiutavano le sue, forti e callose, a raccogliere le erbe aromatiche sul davanzale. Suonava melodie ragtime sul pianoforte scheggiato. («Un pianoforte è una macchina diversa da tutte le altre, Nedda mia», diceva, «perché ciò che produce non ha valore al di là del piacere che porta alla gente». «Chi l'ha detta questa frase, nonna?» «Io! Sono stata io! Ma se qualcuno te lo chiede, puoi dire che è stato un re o un presidente».) Russava come un uomo e dormiva come un sasso nel letto che condividevamo. Una volta, in un pomeriggio freddo, si mise una cuffia da doccia su cui avevo disegnato dei pallini grossolani e passò un'ora in cortile insieme a me (avevo cinque anni e avevo voluto fingere che fossimo dei funghi). Un'altra volta ci dipingemmo i baffi a vicenda e andammo insieme alla Bank of Sicily dicendo che eravamo due principi e che dovevamo depositare il nostro tesoro, facendo ridere tutti gli impiegati.

Aveva i capelli corvini, capelli da fiaba. È stata bellissima fino al giorno della sua morte. Ogni anno, anche quando il cancro aveva iniziato a divorarla, veniva invitata a sfilare alla parata del Columbus Day. Era così devota che spesso ero gelosa della statuetta di Gesù bambino sopra la mensola, così come altre bambine della mia età provavano risentimento per i loro fratellini e sorelline. Mia nonna recitava il rosario per la pace nel mondo ogni mattina, e se la interrompevo mi tirava un cuscino e mi diceva di andare a giocare agli aliossi con Bobby Muhley.

Bobby era il figlio di mezzo dei nostri vicini di colore e il mio migliore amico. I nostri padri erano stati buoni amici e, dopo l'incendio, spesso i Muhley mi tenevano d'occhio mentre mia nonna lavorava. Questo tipo di mescolanza era molto comune a South Omaha. «Sembrate due cuccioli che giocano con un piumino», diceva la madre di Bobby. Quando mia nonna morì di cancro alle ossa nel 1907, impacchettai il ricordo della nostra amicizia e lo portai via con me.

La donna a cui venni affidata dopo la morte della nonna aveva un figlio gentile e occhialuto, Giancarlo, che mi ricordava Bobby Muhley. A scuola era due anni avanti, molto studioso e serio, ma quando eravamo soli a casa scherzava e rideva con me. Era sopravvissuto alla poliomielite e camminava con un bastone, e il ritmo lento con cui lo batteva sui gradini salendo le scale mi faceva accelerare il cuore. La sua gentilezza mi aiutava ad andare avanti. Ma doveva aver saltato una generazione, perché sua madre era una delle persone più crudeli che abbia mai conosciuto.

Era una nostra vicina, la segretaria della parrocchia di Santa Filomena. Per me era un'estranea, una persona che avevo visto tra i banchi della chiesa ma che conoscevo a malapena. Non ho idea di come fu deciso che sarei andata a vivere con lei, ma so che non fu una sua idea. Forse fu padre Alfredo a dirle di accogliermi; incoraggiava sempre i parrocchiani a pensare alla carità terrena come a un investimento in tesori celesti. Forse la convinse che una figlia adottiva sarebbe stata una specie di buono di risparmio, con rendimenti eterni. Se davvero andò così, la Tutrice si spazientì subito per i miei termini di scadenza. «Un'altra bocca da sfamare e un altro corpo da vestire! Perché Dio ti ha mandata da me? Di che vivremo, Toni?» Se qualche frase sembrava una domanda, era solo l'ennesima istruzione su cosa pensare e provare, ma pronunciata con un tono ascendente.

Una volta, quando la Tutrice iniziò a inveirmi contro, gettai su me stessa una sorta di incantesimo. Fissavo, dietro di lei, la quercia nera che allungava i suoi forti rami verso di me.

Sii come quell'albero.

Rimani oscura. Diventa vuota.

Il mio vero io si rannicchiò dietro il labirinto delle ossa, sbirciando fuori attraverso gli occhi. Da una cavità nella quercia mi osservava uno scoiattolo. Non interruppi quello scambio di sguardi da animale ad animale. Mentre le parole fluttuavano tutto intorno al mio corpo, io non battevo ciglio. La furia della Tutrice s'impennò come se avessi gettato benzina sul fuoco. Continuavo a tenere a freno la lingua. *Ho trovato qualcosa*, pensavo. *Questo è un potere.*

Mi schiaffeggiò, e la cosa non fece che confermare la mia sensazione di aver scoperto un trucco magico. Un modo per ritirarmi fuori dalla sua portata. Sentivo il colore diffondersi sul viso. Dentro di me sorridevo. Fuori, la mia faccia rimase indomita e immobile come la quercia.

La Tutrice mi dava gli avanzi. Diceva di avere a malapena abbastanza da cucinare per i suoi figli veri. Giancarlo mi passava di nascosto il cibo dal suo piatto, e una volta mi tenne da parte il miglior taglio del suo pranzo di compleanno: scaloppine di vitello. Lui si ricordava della Sicilia, e diceva che avrebbe dato il mignolo per degli spaghetti alle vongole. Per le capesante con una spruzzata di limone. Per il pesce spada fresco in crosta di sale. Di notte aveva nostalgia del Mediterraneo. Mi parlava di onde che inghiottivano le onde e con un dito sudato disegnava un oceano sulla mia schiena nuda.

Io e Giancarlo ci facevamo compagnia sul tetto di casa, ed ero felice di essere sotto le stelle. Ero abbastanza forte da tirarlo fuori dalla finestra, agganciando le braccia sotto le sue. L'amore mi dava dei poteri. Non avevo mai provato così tante cose insieme: il desiderio di essere travolta e stretta forte, riempita e cancellata. Ero stata espulsa dalla mia infanzia da un giorno all'altro e avevo perso l'unica persona che era tutto per me. La nonna avrebbe disapprovato la mia semi-nudità su un tetto di Little Sicily, ma le sarebbe piaciuto Giancarlo. Mi scriveva canzoni, strimpellando la chitarra di suo padre con la stessa foga che riconoscevo in lui quando facevamo l'amore. (Povera chitarra! A volte lanciavo sguardi di solidarietà al buco sconcertato al centro.)

Io e Giancarlo facemmo l'amore per tutta l'estate, e un paio di volte riuscii a svignarmela solo per un pelo, svegliandomi di soprassalto accanto a lui poco prima dell'alba e attraversando di corsa il lungo corridoio. Dormivo su un materasso che pizzicava, nella dispensa, dove spesso lui veniva a trovarmi.

Dopo la morte della nonna, non credevo più che qualcosa potesse avere importanza. Le braccia di Giancarlo intorno alla vita mi riportarono a me stessa. All'inizio facevo sesso con lui per guadagnarmi un posto nel suo letto. Non ci passavo mai l'intera nottata ma dopo, per un'ora, me ne stavo con la testa sul suo petto, premuta contro il solido calore del suo lungo corpo. La goffa brutalità del sesso era il prezzo che pagavo per la tenerezza che seguiva. Poi una notte di luglio, con mio grande stupore, qualcosa scattò: lui fece scivolare le mani sotto i miei fianchi e mi fece montare sopra di lui, in un lampo di audace ispirazione, e io rimasi senza fiato per le ondate di calore che si sollevarono dentro di me, avanzando e ripiegando come risacca. Lui mi coprì la bocca con la mano, preso dal panico per i suoni che stavo emettendo. A quel punto la sensazione della resa mi era molto familiare: avevo imparato a rilassarmi quando venivo attaccata, a fingermi morta finché la minaccia non si allontanava. Ma non mi ero mai arresa a un piacere così devastante. Quando finì, mi venne voglia di cadere sui cuscini e dormire per cento anni. Giancarlo, con mia grande sorpresa, era chino su di me, con lo sguardo preoccupato. «Ti è piaciuto?», mi chiese speranzoso, e quando riuscii a parlare gli risi in faccia. «Tu che dici?» La sua gentilezza spesso mi rendeva crudele, il che ora mi sembra imperdonabile. Lo amavo. Vivevo nel timore che l'incantesimo si spezzasse. Non sapevo come accettare un amore del genere. Ancora non lo so.

Non lasciarmi, era quello che sentivo. Ma quello che dissi ad alta voce deve avergli dato l'impressione opposta: «Togliti di dosso, ti prego. Mi stai schiacciando, Giancarlo!»

In ottobre mi scoprii un umore nuovo, più lunatico, e un desiderio irrefrenabile di pane. Mangiai un'intera torta a doppia sfoglia che avevo preparato mentre la Tutrice e la sua famiglia erano in visita a un cugino malato. Poi feci una omelette con quattro uova che salai finché non ebbe il sapore dell'oceano. Un pettirosso mi osservava dal davanzale, muovendo la testa lucida mentre mi leccavo il sale dalle mani. Quando tornò, la Tutrice mi trovò nella dispensa, ginocchioni, che davo di stomaco. Capì che ero incinta prima di me. Mi raccontò una bugia per convincermi ad andare con lei in tribunale. Pensavo che avesse bisogno di un testimone per autenticare dei documenti bancari. In piedi accanto a lei, sorridendo nella mia confusione, ascoltai mentre annunciava in aula che ero incinta. Non si fermò qui. Disse che ero una puttana ingrata, una piccola strega, e che rimpiangeva il giorno in cui aveva accettato di offrirmi rifugio.

Dietro sua richiesta, il giudice Hoffmann mi condannò a un anno di reclusione a Milford. Sai, Figlio mio, che in Nebraska è un reato avere un bambino fuori dal matrimonio? Non capisco come possa essere di competenza del governo determinare se un figlio sia legittimo o illegittimo.

«Non desidera contribuire a crescere suo nipote, signora Bianchi?», le aveva chiesto il giudice Hoffmann con tono mite, gli occhi di un azzurro così cristallino che sembravano quasi bianchi. Rotolavano come palline tra le pareti intonacate dell'aula, spostandosi molto lentamente dal viso angosciato e truccato della Tutrice alla mia pancia appena spuntata. La nostra situazione sembrava divertirlo.

«Mio figlio non è il padre. Per quanto ne so, potrebbe avere venti fidanzati. Mi rifiuto di mantenere questa ragazza e il suo bambino mentre i miei figli soffrono la fame. Date questa croce a qualcun altro, Vostro Onore».

Non dissi una parola. Avrei voluto che mi lasciasse la possibilità di dare io stessa la notizia a Giancarlo. Ero ancora stordita dalla scoperta di essere incinta di un bambino, il nostro bambino.

Alla Casa, tutte spettegolavano nella stessa stanza. «Chi è il padre?» era una domanda comune nel nostro dormitorio, come puoi immaginare. Ho imparato a mantenere segreta la mia storia d'amore. Era una storia fortunata, una fortuna che non avevo fatto nulla per meritare, e non volevo causare dolore a nessuna condividendola. Il concepimento del bambino era avvenuto su un tetto verso la fine dell'estate, mentre cavalcavo il mio ragazzo che gemeva sotto di me, persa nella trance del piacere. Volevo il bambino e amavo suo padre. La felicità fa sentire le persone minacciate, non è diversa dall'orrore.

Seconda parte

Le falsarie

Cleo Allfrey, la fotografa dell'AR

RENDICONTO DI VIAGGIO DI CLEO ALLFREY
PER LA SEZIONE STORICA DELL'AGENZIA FEDERALE
PER IL REINSEDIAMENTO

15 aprile 1935: Partenza da Washington, D.C.
15 aprile 1935: Arrivo a Johnstown, Pennsylvania

17 aprile 1935: Partenza da Johnstown, Pennsylvania
18 aprile 1935: Arrivo a Blairsville, Pennsylvania

18 aprile 1935: Partenza da Blairsville, Pennsylvania
19 aprile 1935: Arrivo a Chicago, Illinois

19 aprile 1935: Partenza da Chicago, Illinois
21 aprile 1935: Arrivo a Omaha, Nebraska

21 aprile 1935: Partenza da Omaha, Nebraska
21 aprile 1935: Arrivo a Kearney, Nebraska

22 aprile 1935: Partenza da Kearney, Nebraska
22 aprile 1935: Arrivo a Uz, Nebraska

* * *

Gentile signorina Allfrey,

sono lieto di sapere che è arrivata in Nebraska. Eravamo in pensiero per lei, temendo che fosse stata trattenuta o che fosse finita in un fosso chissà dove.

Se non le costa troppi ulteriori sforzi, potrebbe scattare qualche foto della vita e delle attività quotidiane in una fattoria? Ci mostri, ad esempio, come si coltiva la terra arida a ovest del centesimo meridiano. Penso che il dottor Tugwell apprezzerebbe molto fotografie di questo tipo da utilizzare come materiale illustrativo per alcuni progetti del Ministero dell'Agricoltura.

In allegato c'è un assegno. La prego di non lasciarsi scoraggiare dall'importo. Il nostro budget è in pessime condizioni. Purtroppo, si tratta di un progetto costoso e al momento non posso inviare altro.

Cordiali saluti,
Roy E. Stryker

* * *

MEMO: A TUTTI I FOTOGRAFI DELLA AR

Roy E. Stryker
Note generali per le foto necessarie all'Archivio

PICCOLE CITTÀ

- Negozi
  - *Esterni*
    - automobili, cavalli e
    - calessi (pali per legare i cavalli)
  - *Interni*
    - merci sugli scaffali
    - persone che fanno acquisti
    - persone che escono dal negozio con la spesa
    - vetrine con attrezzi e macchinari per l'agricoltura

- Chiese
  - *di domenica, se possibile*
- Cinema
- Uomini che oziano sotto gli alberi
- Partite di baseball locali
- Giocatori
- Spettatori
- «Il terreno abbandonato»
- Strada principale
- «Giorno di udienza in tribunale»
- Bambini che giocano (cani)

AMBIENTE RURALE
- Case
- Fienili
  - *tipologie rappresentative*
- Recinzioni
  - *tutti i tipi: metallo*
  - *pietra*

PRIMAVERA
- Terreno adatto per la semina, l'aratura e l'erpicatura
- Semina
- Alberi in boccio e in fiore
- Terreno appena arato (al mattino presto o nel tardo pomeriggio)
  - *mostrare la* «consistenza». *Dare la sensazione di una «buona terra» nella foto.*
- Vestiti stesi ad asciugare
- Vetrine dei negozi: abiti primaverili
- Attrezzatura da giardino
- Negozi di sementi: «piante e arbusti in vendita»

CLIMA
- Abbiamo bisogno di altre foto per avere un'idea del «clima»: pioggia, nebbia, neve, vento. Qualche foto *molto riuscita* delle nuvole sarà ritenuta conforme.

GENERALE
- La campagna: mostrare fotograficamente, se possibile, la natura del territorio.

Scrivete per farmi sapere dove vi trovate, i progressi che state facendo e quando prevedete di rientrare.

Cordiali saluti,
Roy E. Stryker

* * *

Cara Allfrey,
dove sono i negativi delle foto del Nebraska? Stiamo esaurendo le stampe di questo materiale. Riesci a mandarcele o dovremo aspettare il tuo ritorno?

So che sei stanca di sentirmelo dire, ma ti chiedo di insistere per far sviluppare le tue foto perché nessuno sa quanto tempo resisteremo qui. Raccogli tutto il materiale che puoi nel minor tempo possibile, fatta salva la qualità del lavoro – e qui parla il burocrate. So che voi anime artistiche odiate sentirmi sproloquiare sulla produzione di quantità.

Ti scusi per l'aspetto «spettrale» del tuo recente lavoro. Rothstein ed Evans hanno lavorato in piena estate e hanno prodotto negativi che non mostrano il minimo segno di deterioramento. Sei sicura che non sia lo *sviluppo*, piuttosto che il caldo?

Saluti,
Roy E. Stryker

* * *

Caro Roy,
noterai che due delle cinque scatole che ti sto inviando sono contrassegnate UZ, NEBRASKA. Ho deciso di rimanere in questa cittadina per continuare a documentare un evento inspiegabile.

Cordiali saluti,
C. Allfrey

La strega della prateria

Il martellare diventava sempre più forte, facendo tremare la porta sugli stipiti. Non avevo intenzione di mettere in pericolo la ragazza, Figlio mio. Una volta che si è nascosta nel ripostiglio, mi sono incollata in faccia un sorriso. Con le mani tremanti, ho aperto la porta su John Boyet, tutt'altro che sorridente.

«Salve, Boyet. Come stanno Atha e le bambine?»

«Guardi lei stessa». Ha indicato la finestra. «Stanno aspettando fuori in quel catorcio carico di tutto ciò che la banca non ha messo all'asta». Ho fatto come aveva ordinato, consapevole di avere gli occhi di Dell puntati sulla schiena. Il furgone dei Boyet era parcheggiato all'ombra del solitario pioppo tremulo rimasto in Main Street. Con quel telaio scrostato dalla ruggine, sembrava un lebbroso. Sul sedile del passeggero, la signora Boyet era intenta a fissare qualcosa, forse solo il proprio grembo vuoto. Le figlie bionde sedevano svogliate in mezzo ai mobili, in attesa del ritorno del padre. Adesso avevo molta paura. Boyet era stato un cliente fedele per quindici anni, e veniva a trovarmi una o due volte al mese.

«Stiamo partendo per Sacramento e non me ne andrò senza i miei depositi. So che mi sta evitando».

Boyet pareva invecchiato di una decina d'anni dall'ultima volta che l'avevo visto, e aveva perso almeno dieci chili. Le sue guance un tempo amichevoli erano ridotte a una smorfia scheletrica. Ho finto di lucidare il cornetto acustico con lentezza, fissando il riflesso dei miei occhi spaventati sulla sua superficie a lamelle. *Non guardare*, ho ordinato mentalmente a John Boyet. Le scarpe da ginnastica bianche e sporche della ragazza facevano capolino da sotto lo sportello del ripostiglio. Era da secoli che volevo aggiustarne il cardine inferiore. Dopo un decennio che non era più allineato, adesso il battente si stava aprendo lentamente...

Dell lo ha afferrato con le dita, tenendolo chiuso. Ho visto le sue nocche spuntare nella fessura tra lo sportello e il muro. Boyet ha cominciato a girarmi intorno. Agitava le braccia con rabbia, come se cercasse di suscitare qualche suono nella stanza silenziosa. Per un momento ho chiuso gli occhi e l'ho visto come un direttore d'orchestra solitario, abbandonato dai suoi musicisti.

«Quel dannato affare è già più lucido di un coprimozzo. Le mie figlie stanno aspettando al caldo. Sbrighiamoci».

Aveva una manciata di ricevute di deposito ingiallite.

Quindici anni di visite, che risalivano ai miei primi giorni a Uz.

Non avevo nulla da restituire a quest'uomo magro e affamato.

Per la prima volta, ho incontrato gli occhi di John Boyet. Ho visto il mio terrore amplificato. Nessuno che abbia trascorso anche solo un'ora senza il proprio deposito è del tutto sicuro di rivolerlo indietro. La schiena si curva sotto il peso di ciò che il corpo ricorda. Chiedi a chiunque torni da una guerra, o da un ospedale, o dal pagliaio in cui si è nascosto per il primo bacio. L'oro è più pesante del piombo, Figlio mio. Anche i ricordi più belli possono deformare l'andatura di un uomo, storcergli la spina dorsale. Boyet voleva davvero tornare a farsi carico dei suoi depositi, quali che fossero? Sembrava che ci stesse ripensando.

«Signor Boyet», ho detto, «se non è più convinto, può sempre fissare un appuntamento per l'anno prossimo. Tornare a Uz dalla California...»

«Va bene», ha sospirato lui, «facciamola finita». La sua voce ha risuonato nel timpano: «Due, due, uno, nove...»

Si è seduto di fronte alla mia sedia con l'orecchio sul ricevitore. Io me ne stavo davanti all'imboccatura e cercavo di cadere in trance. *Affonda*, ho ordinato a me stessa. *Scompari*. Sapevo di essere vuota. L'unica via di fuga che potevo immaginare era una trance: scavare un tunnel verso il basso, evadere da quella stanza. Avevo bisogno di sfuggire alla pressione del silenzio che si prolungava, alla mole di Boyet che grugniva sulla sedia accanto a me, al suo respiro che si accorciava a ogni ticchettio dell'orologio. Di solito, a questo punto lasciavo il mio corpo. Kettle mi aveva insegnato a sincronizzare i miei blackout con il flusso d'aria all'interno del cornetto; a tornare cosciente una volta che un segreto si era radicato nel mio corpo. Il risveglio da una trance non era diverso da quello del sonno, ma ci avevo messo più di un anno a sincronizzarlo con la voce di un cliente. A volte, quando ero più giovane, mi riscuotevo troppo presto e sentivo cose che avrei preferito non sapere. Quando succedeva, i miei primi clienti si fermavano a metà del racconto, scioccati nel vedere che ero sveglia. Dicevo: «Il versamento non è riuscito», e gli restituivo i soldi.

Nel caso di un prelievo, il processo si inverte. I clienti leggono le ricevute di deposito al contrario e io rigurgito i loro ricordi. Per tutta la durata del prelievo, sprofondo nella trance. Da quello che mi hanno riferito, parlo con una specie di strano ronzio meccanico, a un'ottava più bassa del mio tono normale. Come se fossi posseduta, ripeto nell'imboccatura verde e riecheggiante, parola per parola, qualunque cosa avessero depositato in origine. Tutto gli ritorna subito in mente, o almeno così dicono i miei clienti. Non solo i fatti, ma anche l'involucro di tempo che li avvolgeva. Una settimana prima della Domenica Nera, quando ero ancora solvibile e potevo contare sulle mie trance, Daisy O'Grady era venuta a ritirare i suoi depositi dal 4 settembre 1929 al 2 aprile 1935. Stava chiudendo il conto, prima di lasciare Uz per sempre. Era il suo primo prelievo da una Cassaforte e l'esperienza l'aveva sconvolta. «Ti si sono rovesciati gli occhi all'indietro e hai iniziato a canticchiarmi delle parole», mi aveva detto Daisy. «Ho sentito una scarica elettrica lungo la schiena e all'improvviso *ho rivissuto tutto*: la mia notte preferita al mondo... la pioggia leggera e la sensazione delle sue dita che mi accarezzavano le labbra, il sapore delle nostre bocche e il sommacco rosso scuro intorno a noi... Oh, e poi...»

Ciò che la stupiva, diceva, era quanto poco avessero a che fare le parole che pronunciavo in quell'imbuto color smeraldo con i mondi che riaffioravano nel suo corpo. «È un po' come succede con la musica», aveva sospirato, stringendosi nelle braccia e dondolando. Mi sembrò di capire cosa intendesse. Ci sono certi inni cattolici che hanno un retrogusto dorato e richiamano le domeniche della mia infanzia. Fischi con una certa tonalità che sprigionano un profumo di fieno e di erba, di una vita di raccolti. Basta qualche strofa di «Rose of No Man's Land» per riportarmi indietro nel tempo, fino alla guerra. E canticchiare una certa ninna nanna mi fa rivivere la nostra prima ora insieme, Figlio mio.

Se non fossi andata in bancarotta, John Boyet avrebbe recitato il numero sulla ricevuta di deposito e sarebbe rimasto ad ascoltare mentre il mio corpo sputava fuori i suoi segreti. Io sarei stata persa in me stessa finché Boyet non mi avesse scosso la spalla, dicendo: «Si svegli, signora. Abbiamo finito».

Ma in questo prelievo non c'era nulla di ordinario. John Boyet batteva il piede con impazienza e io ero lì, imprigionata nel mio corpo, a sentire crescere la sua rabbia, il suo respiro accelerato e nervoso. *Sprofonda. Sprofonda. Fuggi.* Ero furiosa con me stessa. Persino più di Boyet. La magia di un tempo mi aveva abbandonata. Era come se la mia mente venisse respinta da quell'inedita mancanza di peso, da quell'orribile leggerezza. Non c'erano abbastanza tenebre a frapporsi tra di noi.

Ho iniziato a fare piani di fuga. Avrei dovuto sgattaiolare oltre Boyet prima che potesse trascinarmi giù per le scale. Ho sperato che, se mi avesse aggredita, la ragazza sarebbe stata abbastanza intelligente da rimanere nascosta.

Ho sbirciato e ho visto Boyet che mi fissava con impazienza lungo il tubo svasato. Era abbastanza vicino da potermi baciare sulla guancia sinistra o ficcarmi un pugnale nel collo.

«Due, due, uno, nove...», ha riprovato, scandendo con forza, come qualcuno che gira una chiave in un blocco di accensione incastrato. Ho chiuso gli occhi e ho atteso con sempre meno speranza, immaginando un secchio che si tuffava nella gola di un pozzo.

«Maledetta, *ridammeli...*»

Le grosse mani di John Boyet mi hanno stretto il collo.

Con mio orrore, ero sveglia.

Asphodel Oletsky, l'apprendista della strega della prateria

Mi sono accovacciata nel ripostiglio, con gli abiti rigidi della strega che mi sfioravano il viso. Dalle fessure dello sportello ho visto John Boyet che la strozzava. Lei boccheggiava, dimenandosi in modo orribile. Strabuzzando gli occhi in preda al panico, guardava dritto verso di me.

Ma ecco due colpi di fortuna: John Boyet non era un uomo particolarmente brillante e io ho un debole per i pettegolezzi. Avevo passato molto tempo sulla linea condivisa; sapevo fin troppo di questa città. Bastava starsene sotto uno dei nuovi lampioni di Uz a masticare una gomma e si sentiva di straforo qualche notizia scandalosa. I ragazzi chiacchierano, ma anche i contadini, e così tutti gli altri.

Tre anni prima, John Boyet aveva avuto una storia d'amore con Annelise Roethke. Annelise era morta di polmonite la scorsa primavera, e io ero andata al funerale con Thelma e alcune altre ragazze della Uova & Pollame. Per l'intera durata della funzione a Sant'Agnieszka, Thelma mi aveva sussurrato aneddoti all'orecchio, con la necessità impellente di raccontarmi ogni minimo dettaglio della vita di sua zia Annelise, chissà perché. Mi ero sentita utile e inutile allo stesso tempo, come il fazzoletto umido che avrebbe dovuto asciugare gli occhi e il naso di Thelma, ancora arrossati e traboccanti. Non potevo riportare in vita sua zia, ma potevo immaginarmela insieme a lei. Più tardi, sulla linea condivisa, avevo scoperto che il signor Roethke non solo *sapeva* dell'amante di sua moglie, ma affermava di essere *grato* a John Boyet: «Una pratica in meno da sbrigare», pareva avesse gridato trovandoli a letto.

Ancora non so cosa mi abbia spinto a provarci. Forse tutte le ore trascorse a origliare sulla linea condivisa, in attesa che le parole di qualche presenza incorporea si facessero sentire in mezzo al crepitio di sottofondo. Sono rimasta sorpresa dalla mia stessa voce mentre mi usciva di bocca, come se provenisse da un altro posto, un'altra persona. Come se fosse una delle voci che gridavano su quella linea:

«JOHN BOYET», ho tuonato dal ripostiglio. «SONO IL FANTASMA DELLA TUA AMANTE, ANNELISE. ASPETTAVO CHE TU VENISSI A PRENDERMI...»

Traspariva l'angoscia, e posso vantarmi di essere stata convincente come fantasma.

«JOHN BOOOOYEEEET. PORTAMI CON TE IN CALIFORNIA. RICORDI LA NOTTE IN CUI MI HAI DETTO "TI AMO" LA PRIMA VOLTA?»

«Basta!», ha urlato lui, allontanandosi dall'Antidoto e portandosi le mani alle orecchie. «Smettila!»

Con mio stupore, lungo le guance hanno cominciato a scorrergli le lacrime. Si è guardato intorno come se si aspettasse davvero di vedere un fantasma a mezzogiorno.

«Perdonami, mia cara. Non c'è più posto nella mia vita per te. Ho commesso un errore...»

In seguito mi sono resa conto che stavamo ascoltando una replica del loro ultimo confronto. Scuse e giustificazioni, paura balbettante. La contrazione di un muscolo continuava a far scattare l'angolo della bocca di Boyet verso l'orecchio sinistro, come se fosse controllato da un burattinaio con una sola mano.

«Mi sarà sempre caro il ricordo delle nostre notti insieme. Ma non seguirmi!»

E con questo, è fuggito dalla Stanza 11. L'Antidoto guardava nella mia direzione con due occhi che sembravano usciti da un negozio di scherzi di carnevale: non riuscivo a capire se era furiosa o se era senza parole per la gratitudine. Quando Boyet se ne è andato, sono scivolata a terra, trascinando con me gli abiti inamidati della strega. Mi batteva il cuore come quando il coach ci faceva fare gli scatti in velocità, e quando mi sono alzata mi girava la testa.

Abbiamo guardato John Boyet che correva nella striscia di luce grigia sotto la finestra della pensione. Si è precipitato verso il furgone parcheggiato fuori dall'emporio, battendosi una mano dietro la nuca. Si può correre più veloce di un fantasma? Boyet ci stava provando con tutte le sue forze. Mentre il cappello gli volava via è saltato sul furgone blu e lo ha fatto partire con un ruggito e una nuvola di polvere arancione. Accanto a me, l'Antidoto ha tirato un sospiro. Prima ancora che si voltasse, ho avvertito il suo sorriso.

«Sei un vero flagello, signorina Oletsky».

Ha appoggiato la fronte sul vetro e ho visto i segni scuri che Boyet le aveva lasciato intorno al collo. Ho sentito un sorriso spandermisi in faccia. Il cappello dell'uomo era ancora in mezzo alla strada.

«Questa visita Boyet non se la dimentica di sicuro, vero?»

La voce della strega si è riempita di risate, alzandosi di un'ottava. Ho sentito un impeto di gioia, come nel giorno di una partita.

«Mamma», ho riso, «ci è cascato!»

Mamma. Tutta la mia felicità si è rattrappita in un rigido bocciolo di vergogna. Che errore imperdonabile. Non riuscivo a credere di essere stata proprio io a farlo.

«Mi dispiace», ho detto. «Mi sono confusa, solo per un momento».

Le mie scuse erano rivolte a mia madre. Ma sono state intercettate dall'Antidoto.

«Ti posso mettere sul mio libro paga, Asphodel Oletsky. Ma non devi mai più chiamarmi così».

«Oh. Mi creda, capo. Non lo farò più».

La sua felicità si è ritratta all'improvviso, così come era dilagata nella stanza. Mi ha guardata con gli stessi occhi enormi e senza speranza dei bovini che pascolano sulla sabbia, fissando un futuro in cui diventeranno carne e cuoio. «Hai la mia gratitudine, signorina Oletsky. Hai spaventato Boyet e probabilmente mi hai salvato la pelle». Ha battuto un dito sul cornetto, emettendo una strana nota cupa. «Ma come farò la prossima volta che qualcuno chiederà i suoi depositi? I mercati crollano. E lo stesso è capitato anche a me. Non ho nulla da restituire a nessuno».

Poi l'Antidoto mi ha spiegato la situazione, la sua «bancarotta». La Domenica Nera tutti i depositi erano svaniti dal suo corpo, «come se il tornado me li avesse strappati via». Chissà perché, non ho visualizzato l'immagine della nuvola di polvere ululante, ma il pavimento forato e pieno di macchie del mattatoio di Uz. Che fine facevano i litri di sangue che passavano attraverso quelle grate?

«Be', ci deve essere un modo per riavere ciò che ha perso. A volte mi dimentico interi anni passati con mia madre, e mi tornano in mente nei momenti più strani...»

La strega ha avuto un attacco di tosse. Anche dopo che le ho portato un bicchiere pieno d'acqua, la sua voce era ancora un sussurro spinoso.

«No, signorina Oletsky. Non è lo stesso tipo di dimenticanza. Una madre magari la perdi di vista per un giorno, o una settimana, ma poi ti torna in mente. Io non ho la memoria annebbiata. Il mio incidente non è un'eclissi temporanea».

La voce della strega era un rombo regolare, e solo i suoi occhi guizzanti sembravano agitati.

«Come potrei dimenticare ciò che non ho mai saputo?»

Non ha alzato la voce neanche di un decibel. Ma ho sentito la rabbia che pulsava al di sotto.

«C'è un motivo se mi promuovo con il nome di Cassaforte», ha detto. «Dentro di me quei depositi erano come gioielli in una scatola. Per la scatola, rubini o pietre sono la stessa cosa. Prima sentivo un peso, e ora ne sento l'assenza. Non c'è niente che io possa ricordare, non nel senso che intendi tu».

Mi ha raccontato che i clienti si presentavano giorno e notte. La gente voleva riprendersi i propri segreti prima di lasciare Uz. Anche se molti, le ho fatto notare, se ne andavano senza voltarsi. Pensavo al coach che sfrecciava via in una nuvola di polvere.

«Perché non se ne va anche lei? Prende un treno per l'Est, dove nessuno sa che è una strega della prateria...»

Lei si è premuta le nocche sulle guance. Stava cercando di trattenere le parole o di lasciarle uscire?

«No, piccola. Non scapperò di nuovo», ha detto. «Ho vissuto qui per metà della mia vita, aspettando che qualcuno mi trovasse. Ho disseminato indizi per lui in tutto lo stato. Mappe che portano a Uz. Devo essere qui ad accoglierlo, quando arriverà».

Sono rimasta sorpresa. Non avevo mai incontrato nessuno che sembrasse *meno* legato a questo posto della strega, il che la dice lunga in una città che ha solo venticinque anni.

«Chi sta aspettando?» Era una vecchia fiamma? Un'altra Cassaforte? Un cliente?

Lei ha fatto un lungo respiro. Come se avesse dimenticato quanta aria richiede una conversazione, o come quando riempio troppo il serbatoio dello Spider facendo strabordare il carburante. Era chiaro che non mi avrebbe risposto. Ho iniziato ad arrabbiarmi, poi ho notato la ragnatela di rughe intorno ai suoi occhi tristi. L'Antidoto aspetta che questa persona la venga a trovare a Uz da più tempo di quanto io sia in vita.

«Ascolti, non permetterò a nessuno di farle del male», ho detto. Un fiotto di tenerezza mi è uscito nella voce come sangue da una ferita, sorprendendo entrambe.

«Be', grazie, Capitano. Neanch'io voglio vederti soffrire. Hai scelto un pessimo momento per diventare la mia apprendista».

Ha guardato fuori dalla finestra, dove un gruppo di fedeli si stava riversando nel piccolo cimitero dall'altra parte della strada. Un altro bambino era morto di silicosi, dopo essere arrivato troppo tardi alla tenda della Croce Rossa a Hastings.

«Ed è questo che vuoi? Essere la mia apprendista?»

Avevo la sensazione che i piedi mi si stessero per staccare da terra, come prima di affondare la palla nel canestro. Ero destinata ad aiutarla. Lei mi ha allungato il cornetto.

«Non sono riuscita a entrare in trance, con Boyet. Non so se sono ancora in grado di ricevere depositi».

«E io come posso aiutarla?»

«Facciamo un esperimento. Ho bisogno di sapere se ho perso del tutto il mio potere...»

Mi ha passato una ricevuta e si è appoggiata allo schienale della sedia, fissando il cornetto ai ganci che lo tenevano in posizione e appoggiando l'orecchio al ricevitore. La sua postura mi ha fatto pensare a una donna che sta per appisolarsi sul sedile di un treno. Mentre i suoi occhi si chiudevano tremolando, il cuore ha cominciato a battermi più forte.

«Vuole che depositi qualcosa dentro di lei?»

«Voglio che ci provi».

Per poco non mi sono messa a urlare *no*, neanche la strega mi avesse appena chiesto di tagliarmi il mignolo e di consegnarglielo. Non volevo spremere nemmeno una goccia di me stessa in quel cornetto acustico. Ho fatto un respiro profondo e mi sono voltata verso di lei. Mi sono costretta ad attraversare la stanza fino alla sua sedia. Era la mia insegnante, ho ricordato a me stessa. Volevo diventare una strega della prateria e questa era la lezione di oggi.

«Va bene», ho detto. «Mi lasci un minuto per raccogliere le idee».

Ho deciso di raccontarle del catorcio del coach che si allontanava, delle colonne di polvere che si alzavano a singhiozzi e dello chassis ricurvo che lo faceva sembrare un serpente marino che si snodava per tornare all'oceano. Avrei potuto vivere a lungo senza sentire il bisogno di ricordare il modo in cui il coach se ne era andato. Anche in quel momento mi faceva male ripensarci.

«Cinque, tre, nove, uno...», ho recitato i numeri scritti sulla ricevuta dentro il cornetto, con le guance e la fronte in fiamme. «Dopo la tempesta nera, il nostro coach ci ha abbandonate...»

Sentivo che la strega faticava a rilassarsi, lo vedevo dalle narici dilatate e dalla tensione nel collo e nelle spalle. Quando ho iniziato a parlare era completamente sveglia. Mi dava una sensazione stranissima raccontare una storia dentro quel cornetto: non appena pronunciavo una parola, mi dimenticavo subito cosa avevo appena detto. Era come attraversare un fiume e guardando indietro scoprire che il ponte su cui mi trovavo era scomparso. Parlavo a getto continuo senza pensare a quello che dicevo e, dopo aver iniziato, mi sono sentita come un pesce preso all'amo e trascinato via a strattoni. Poi la storia mi ha lasciata andare ed è tutto finito. Ora capivo perché Valeria mi aveva consigliato di fare un deposito. Una meravigliosa spaziosità aveva sostituito... cosa? Non lo sapevo e non m'importava. Il vuoto nella mia testa non aveva forma, avvertivo solo un rombo continuo e piacevole. Mi ha ricordato la mia unica visita dal dentista a Hastings. Mi aveva estratto un dente malato e, nel momento in cui l'aveva rimosso, tutto il dolore era svanito. Mi sono resa conto che avevo una scelta: potevo impazzire cercando di capire cosa avevo appena ceduto all'Antidoto. Potevo leggere la ricevuta al contrario e recuperare il mio deposito. Rimettermi quel dente marcio in bocca. Oppure potevo godermi la libertà. Da qualunque cosa fosse.

L'Antidoto ha aperto gli occhi. «Non sono mai rimasta sveglia durante un trasferimento, prima d'ora. Non sapevo che fosse possibile riceverne uno senza entrare in trance. Ho sentito ogni parola che hai detto, signorina Oletsky. Ma sento anche il peso della tua memoria. Adesso è dentro di me, vero? Che scende e si deposita...»

La strega si è toccata la gola e ha tracciato una linea fino all'ombelico. La sua pesante gonna blu era arricciata intorno a lei, e copriva le gambe della sedia come un paralume. Una fettuccia di pizzo giallo correva lungo l'orlo come un recinto di fulmini. I suoi occhi mi hanno perlustrato il viso. «Mi fa male sapere qualcosa che tu non sai».

Le ho sorriso, e mentre mi alzavo il sangue mi è andato alla testa. Avevo avuto paura di fare il deposito, questo me lo ricordavo. Ma adesso non avevo rimpianti per quel versamento. Mi sentivo così leggera sulla pianta dei piedi.

«Ha funzionato, capo», ho detto. «Ricordo di aver fatto un deposito, e poi più niente».

«Leggi la ricevuta al contrario. Vediamo se riesco a restituirti il ricordo».

Ho sentito un tuffo al cuore: non lo rivolevo indietro. Perché non potevamo continuare a fare pratica con i depositi? Quel peso che mi ero tolta era solo l'inizio. Ho alzato e abbassato le braccia, felice della nuova sensazione di spazio dentro di me, sotto le costole, nella gola e nel petto.

Ma ho fatto quello che mi ha chiesto. Il coach ci ricordava sempre che i migliori giocatori seguono le istruzioni. Ho letto la ricevuta al contrario e ho avvicinato il ricevitore all'orecchio. Poi ho atteso mentre le labbra dell'Antidoto si appoggiavano sopra l'imboccatura. Sentivo lo sciabordio del silenzio che ristagnava nella stanza. Ero la sua apprendista solo da un giorno, e persino io mi sono accorta che qualcosa non andava. L'Antidoto si è messa le mani tra i capelli e ha emesso un suono soffocato dal fondo della gola, come se stesse tossendo per liberarla da un osso. Poi ha alzato il viso, incontrando i miei occhi, e ho visto che era terrorizzata.

«Dell, non riesco comunque a entrare in trance. Il tuo ricordo è rimasto incastrato dentro di me». A occhi aperti, seduta di fronte a me sulla sedia, ha descritto il giorno in cui il coach ci aveva abbandonate. Ha usato alcune frasi che ho riconosciuto come mie, anche se buona parte era farina del suo sacco. Non aveva nulla a che vedere con i prelievi stregati di cui avevo sentito parlare: mi ha raccontato quello che era successo con la sua voce normale, tra buchi e balbettii. Mi ha fatto ripensare alla mamma, certe mattine livide, quando si svegliava ancora ubriaca, senza sapere bene come fosse tornata a casa, con i ricordi della nostra lunga notte in città a malapena impressi nella mente. Non era magia, o almeno non del tipo che speravo di imparare dalla strega. Ma è bastato per far tornare l'auto del coach dentro di me a tutta velocità.

«Basta», ho detto. «È tornato». Ma ho dovuto strizzare gli occhi per vederlo dietro il parabrezza, e così ho capito che lo stavo immaginando, non ricordando. L'Antidoto mi aveva dato un pacchetto di semi di parole e io li stavo usando per far germogliare un'immagine di queste scene che avevo dimenticato. Rimaneva un vuoto tra ciò che avevo saputo una volta e ciò che sapevo di nuovo.

«Non è così che dovrebbe essere un prelievo. Questa era solo una storia raccontata male. Dell, come farò quando arriveranno uomini come Boyet, e non riuscirò a entrare in trance?»

Con la faccia afflitta, la strega ha rimesso il cornetto al suo posto. È rimasta lì, a fissarlo, e ho capito dalle sue spalle che stava piangendo. Le lunghe dita hanno iniziato a impastare il cuoio capelluto, i capelli si sono liberati dal nastro. Fili argentati brillavano come cavi nella massa nera e ruvida.

«Sono finita», ha detto con voce flebile.

«Però può ricevere un deposito. Questo dono ce l'ha ancora».

«Sì. Ma non è che serva a granché. Chi butterebbe delle monete d'oro in un pozzo senza fondo?»

«Nessuno *sa* che lei ha perso i depositi», ho detto al mio capo. «E nessuno deve saperlo».

Non ho mai imbrogliato a basket: niente falli simulati, niente scorrettezze. Ma ho ottime credenziali come bugiarda. Mentivo quasi ogni giorno per mia madre, inventando motivazioni per le sue assenze, per i ritardi e i mancati pagamenti delle cambiali alla drogheria di J.J. Ho convinto col sorriso il figlio di J.J. a farle altro credito. Ho mentito a dottori e insegnanti, convincendoli a non indagare sui miei orari e, durante un breve ma indimenticabile periodo nero in cui abbiamo vissuto con il suo peggior fidanzato, ho detto bugie sui lividi verde mela. Mentivo per nascondere a mia madre la mia infelicità ma anche la mia gioia; inventavo bugie con affetto e con rabbia, con tutto quello che avevo dentro. Non so ancora fare l'orlo a un paio di pantaloni, ma so confezionare una bugia su misura per chiunque.

«Queste persone non se lo ricordano cos'hanno depositato dentro di lei! Potrebbe dirgli *qualsiasi cosa*. S'inventi una storia, quando vengono a ritirare un ricordo».

L'Antidoto mi sbirciava da dietro le lenti da lettura. Ha strizzato gli occhi come per mettere a fuoco qualcosa. È una strega potente, il mio capo, ma mi sono resa conto che passare metà del tempo in stato di trance le aveva bloccato l'immaginazione.

«Sappiamo entrambe cosa sta succedendo da queste parti. Più gente abbandona la propria terra, più questa si inaridisce e si disperde. Manca la copertura del suolo e aumentano le tempeste di polvere, e queste città senza radici profonde scompaiono insieme al terriccio. Perché non piantare nuovi ricordi nei suoi clienti? Qualcosa che li aiuti a resistere alla siccità e alla depressione?»

Più parlavo, più iniziavo a crederci. Questo era esattamente ciò che gli operai del Genio Civile di Roosevelt stavano facendo sui terreni abbandonati a ovest della stazione, ho continuato. Piantare alberelli come frangivento. Seminare colture di copertura. Avremmo potuto fare lo stesso lavoro *dentro le persone*. Non si trattava di mentire per fare del male a qualcuno. No, era come gettargli dentro delle ancore. Per appesantirli, in modo che non volassero via. Avremmo potuto compiere un gesto di eroismo e anche tirarne fuori un buon profitto. Avremmo potuto salvare l'intera città.

«Mi sembra un po' troppo ambizioso, piccola. Mi basterebbe salvare la pelle».

L'Antidoto stava guardando fuori dalla finestra, dove una fila di clienti si era radunata fuori dal Jentleman, chiacchierando e fumando, in attesa che le porte si aprissero. «Possiamo provarci», ha detto alla fine. «Ma non mi aspetto che funzioni».

* * *

Martedì, Wilma Wheeler si è presentata all'appuntamento a mezzogiorno, venendo dritta dalla chiesa con il suo abito di seta verde; io mi sono nascosta nel ripostiglio. «Sono venuta a recuperare quello che le ho raccontato il 3 marzo 1927», ha detto all'Antidoto. «Non so perché, ma non posso lasciare Uz senza quel ricordo».

Cosa aveva depositato la signora Wheeler nel 1927? Avevo le mie congetture, dato quello che avevo saputo dalle chiacchiere dei nostri vicini sulla linea condivisa. Si trattava di Wilma, «la Regina del grano», il cui ultimo raccolto era stato spazzato via dalla polvere, che aveva avuto un successo strepitoso durante il boom del grano un decennio prima, quando sulla carta era stata milionaria. Le sue ricchezze provenivano dall'acquisto degli appezzamenti di due proprietari neri per una frazione del loro valore, dopo che la Banca della Prateria gli aveva pignorato i terreni. Era tutto perfettamente legale. I nostri vicini neri erano stati i primi a perdere le fattorie. Gli addetti ai prestiti avevano respinto le loro richieste. Gli era stata negata la linea di credito che aveva salvato mio zio dal pignoramento. «Un vero peccato», sentivo la gente lamentarsi sulla linea condivisa.

Wilma si è messa una mano sotto il vestito e si è sfilata una banconota da dieci dollari dalla sottoveste.

«Mi piacerebbe dire che è stato bello conoscerla, ma non abbiamo mai avuto occasione di conoscerci sul serio, vero?»

«Nella prossima vita, forse». L'Antidoto ha sorriso a Wilma. «Potrebbe avvicinarmi il cornetto alle labbra?»

La strega si è rivelata un'attrice migliore del previsto. Aveva imparato a memoria il ricordo che avevo scritto per Wilma. Lo ha recitato in un tono monocorde, come se fosse sott'acqua, e andasse alla deriva a chissà quante leghe di distanza, un mormorio che ribolliva così piano da farmi credere che non fosse consapevole di ciò che diceva.

«Due, due, uno, otto...»

Wilma ha avvicinato il cornetto alle labbra dell'Antidoto come una tromba. Sono rimasta a guardare da dentro il ripostiglio, sbalordita, mentre i suoi occhi si rovesciavano all'indietro e la testa le cadeva in avanti. Poi ho visto che le labbra si muovevano. Wilma si è avvicinata all'imbuto verde, appoggiando le ginocchia coperte dalle calze sulle assi del pavimento. La voce dell'Antidoto sembrava più simile a un gorgoglio che a un discorso. Si è riversata nell'imboccatura come un ruscello dopo un acquazzone:

«Quando avevi sedici anni, sei caduta dal fienile e hai avuto la visione di un angelo. Ti ha detto che eri destinata a grandi cose e alla ricchezza, che dovevi farti coraggio e perseverare...»

Confesso che mi sono emozionata nel sentire uscire dalla bocca del mio capo le parole che avevo scritto. La parte sull'angelo era un po' stucchevole? Sembrava il tipo di cosa che Wilma avrebbe potuto depositare in una Cassaforte. Meglio non appannare la luce di una visita angelica ricordandola troppe volte. Ed è facile indovinare cosa vorrebbe credere una persona di sé stessa.

Wilma ha raddrizzato la schiena mentre si alzava, la pesante borsa nera che le dondolava sulla spalla. Ha sorriso all'Antidoto, sollevata. «Quindi era solo *questo*: un angelo che mi ha detto che sono meravigliosa? E io che pensavo: *Wilma! Oggi è il Giorno del Giudizio per te, vecchia mia...*»

Le sue risate scrosciavano come pioggia, portandosi via la paura.

«Santo cielo! Me l'ero completamente dimenticato. Sì, ora lo ricordo con chiarezza. Mi sta tornando tutto in mente. È stato il giorno più bello della mia vita!»

«Bene, signora Wheeler», ha detto l'Antidoto, murata dietro il suo sorriso. «Lei conosce le regole. D'ora in poi il segreto è suo. Non c'è bisogno che io lo sappia. La prego, tenga l'angelo per sé».

Io non ero come l'Antidoto. Non potevo far dimenticare niente a nessuno. Ma potevo inventarmi un ricordo con la stessa facilità con cui lo Zio Sam stampa banconote. Eravamo stati tutti ingannati dagli esami di storia, dall'insegnante burbera, Jan Castle, che sembrava a sua volta un reperto vecchio di quattrocento anni. Eravamo stati truffati dalle mappe topografiche incorniciate nella Grange Hall e dai ritratti in ferrotipo delle Famiglie Fondatrici.

Ho scoperto che il passato non era poi così sacrosanto. Si poteva semplicemente inventarne un altro po'.

***

Giovedì, due ore prima del tramonto, ho incontrato le mie compagne di squadra sul campo segreto. Ero ancora euforica per una settimana di vittorie nel ripostiglio della strega, ancora impegnata a spulciare i pettegolezzi che avevo raccolto dalla linea condivisa e a inventarmi nuove contraffazioni. Mi ci è voluto un vero sforzo per tornare sulla terra e cercare di fare la coach. Al mio fischio, le Minacce rimaste hanno cominciato una serie di esercizi di riscaldamento. Valeria, Pazi, Dagmara,

Thelma, Ellda, Nell e io. Ognuna di noi sembrava appena riemersa da un lago: capelli tirati all'indietro, occhi lucidi. La polvere assorbiva l'umidità da tutto, compresi i nostri corpi. Non giocavamo più al chiuso da quando avevano sospeso le lezioni e sigillato la palestra.

Il sole picchiava forte, interrotto solo dal vento che si intrufolava nella nostra formazione. Giocavamo come una squadra di fantasmi. Mentre correvamo, le altre più che vederle le percepivo. Il campo era quasi invisibile con gli occhi ridotti a fessure, ma riuscivo comunque a fare un taglio a canestro e a trovare Pazi libera per un assist.

Non vedevo l'ora che arrivasse la nostra partita di campionato a Red Willow. Mi sento ancora una straniera in questa città. Ma quando andavamo abbastanza lontano da diventare delle estranee per tutti quelli che incontravamo – a sessanta chilometri, in questo caso – quando vincevamo una partita sul campo avversario, circondate da facce ostili, finalmente potevo voltarmi e credere quasi che mi stesse aspettando: casa.

Non so bene come sia iniziata la lite, o come sia degenerata così in fretta. Durante la pausa per bere avevamo scherzato, in modo abbastanza innocente. Prendevamo in giro Thelma per il suo taglio di capelli da bambola di pezza. Gelosa dei fratelli che avevano il collo esposto e stavano più freschi, si era tagliata i capelli sopra le orecchie, finendo per trasformarli in una parrucca da clown con cinque centimetri di riccioli.

«Sembri un agnello sulla sedia elettrica!», ha detto Val ridendo e spettinandola. Thelma l'ha scacciata. *Ora fanno a botte*, ho pensato. Ma mi sbagliavo. Invece di restituire lo spintone a Thelma, Val mi ha rivolto uno sguardo rammaricato, come se fossi io quella che aveva offeso. Poi tutta la squadra mi ha guardata.

«Capitano, mi dispiace per quello che è successo», ha detto Thelma, la voce roca per l'emozione.

Pensavo si stesse scusando per il taglio di capelli.

«Guarda che ti stanno bene», ho mentito. «E poi ricresceranno».

«La sedia elettrica, a Lincoln, abbiamo saputo che non ha funzionato».

Poi è stata Val a parlare. «Volevamo capire come stavi. Solo che non eravamo sicure di come chiedertelo. Nessuna di noi sapeva come esprimere ciò che provavamo».

«Ciò che proviamo», ha corretto Nell. Stava osservando qualcosa nel cielo dietro di me. Quando mi sono voltata, ho visto uno stormo di uccellini all'orizzonte. Si muovevano insieme, proprio come la nostra difesa.

«La mia famiglia prega che sia fatta giustizia in fretta», ha detto Dagmara. «Ai miei fratelli più piccoli la foto del casco fuso sul giornale ha fatto venire gli incubi».

Dagmara era ancora più alta di Valeria, e quella primavera era troppo magra persino per la sua corporatura esile. A metà partita, il coach le passava di nascosto panini al formaggio e prosciutto. La maschera rossa antipolvere e le gambe magre la facevano sembrare una delle mille gru che riempivano il cielo sopra il Platte. Ora incombeva su di me. Artigli affondati nella polvere, ali ripiegate. Mi osservava con una tremenda curiosità. Volevano che mi arrabbiassi perché Dew era sopravvissuto? Pensavano che potessi sentirmi peggio di quanto già non mi sentissi?

«Almeno il caso è chiuso», ha detto Ellda con la sua voce di porcellana. «Presto sarà fatta giustizia».

Di chi erano queste parole? Venivano dallo sceriffo, dai giornali, dai genitori delle mie compagne di squadra. Ho finto di non sentirle. A me niente sembra chiuso. Niente sembra giusto. Il buco dentro di me continua a ruggire.

«Pregate per Dew», ho detto. «Se sentite il bisogno di pregare. A che mi serve se uno sconosciuto muore sulla sedia elettrica?»

«Pregare per un pluriomicida? Per augurarsi che non fosse mai nato, o...»

«*Thelma*», ha sibilato Val. «Sta' zitta».

Volevo mia madre. Era come un'eco, ormai: ovunque e assente. Valeria ha attraversato la breve distanza tra me e le mie compagne di squadra. Mi ha stretto con un braccio solo. Le altre si sono avvicinate e hanno chiuso il cerchio, come se stessimo facendo il nostro rituale prepartita. Se il pomeriggio fosse finito lì, sarebbe stato un ricordo di felicità incontrastata. Quel momento vibra dentro di me, avvolgendomi. Il Do centrale che abbiamo creato insieme. Ma l'allenamento è andato avanti. Ci siamo separate e siamo tornate al lavoro.

Abbiamo giocato tre contro tre, chi perde esce. Perdere. Vincere. Perdere. Vincere. La polvere tingeva tutto di un arancione rossastro. Ogni avversaria umana era solo un surrogato della polvere, che non teneva il punteggio, non ci conosceva, non ci odiava, non ci amava, non aveva intenzione di escogitare strategie contro di noi. Ma alla fine ci seppelliva tutte. Io continuavo a correre. Palleggio. Passaggio. Altro passaggio. Blocco. Uno-due... a segno, pulito. Il dolore ha cominciato ad accumularsi. Alla seconda ora, lo sentivamo tutte. Labbro spaccato. Coscia sinistra contusa. Spalla indolenzita. Libera. Libera. Libera. Sono saltata fuori dalla mia pelle e sono diventata una cosa sola con loro. Esiste una parola per descrivere quella sensazione di annullamento, di espansione? Chiunque ci avesse guardate, avrebbe visto sette giovani donne inzaccherate che lanciavano una palla sopra delle linee di gesso sbiadite. Solo noi capivamo cosa stavamo facendo. La meravigliosa, terribile posta in gioco di ogni passaggio. Ci stavamo ricucendo in una cosa sola. Mentre calava la notte, siamo riuscite a trasformarci in un animale feroce e ansimante. Le Minacce. Una squadra, plurale.

Ma le cuciture non hanno retto.

Pazi ha rubato la palla a Thelma e ha regalato la vittoria alla sua squadra con un gancio a una mano. Ognuna di noi gliel'ha visto fare un centinaio di volte, anche se chi non la conosce spesso lo tratta come un colpo di fortuna. Persino quando Pazi fa lo stesso tiro «fortunato» quattro volte di seguito. Stasera Thelma, evidentemente ancora irritata dalle nostre prese in giro, ha reagito chiamandola «sporca squaw».

Pazi si porta dietro il coltello ovunque vada. Durante gli intervalli delle partite incide qualsiasi superficie, autografando schienali e assi del pavimento. Quando il coach le aveva urlato di rispettare la proprietà altrui, lei aveva inciso sulla custodia della sua armonica un cuore con le proprie iniziali al centro. Ha fissato Thelma per un lungo momento. Poi ha aperto il borsellino e ha sguainato il coltello.

«Pazi!», ha gridato Val.

Lei ha gettato l'arma a terra.

«Me ne vado», ha detto. «Difendetevi da sole».

L'ho rincorsa e l'ho raggiunta a metà del tragitto verso la strada principale. Si è messa la maschera antipolvere e io ho fatto lo stesso. Non mi ha detto una parola, lo sguardo fisso nel vuoto. Abbiamo camminato in silenzio per più di un chilometro, il vento si è placato e i cespugli appiattiti si sono drizzati. Ora sentivamo il verso stridulo dei cani della prateria, qualche toro in calore in lontananza. Avevamo quasi raggiunto la strada e non avevo idea di come sistemare le cose. Senza preavviso, Pazi si è girata verso di me. «Sai che sono Ponca da parte di madre?»

Ho scosso la testa. Sapevo che, a guardarla, Pazi sembrava europea per certi versi, indiana per altri. Avevo appreso dalla linea condivisa che era cresciuta senza madre. Suo padre era un fornaio tedesco.

«Mia nonna è stata strappata alla sua famiglia. È stata cresciuta da una famiglia cristiana sul fiume Loup. Le mie zie, gli zii e i cugini vivono in Oklahoma. Nella riserva dei Ponca. Un giorno li troverò».

Ho annuito. «Thelma non diceva sul serio. Era mortificata».

«Dovreste esserlo tutte», ha detto Pazi.

Senza che ce ne accorgessimo, il resto della squadra ci aveva seguito. Restavano a distanza, forse credendo erroneamente che io stessi sistemando le cose. Mettere a posto un osso sarebbe stato più facile. Non avevo idea di come riparare il danno causato da Thelma. Era più profondo delle parole. Ma ciò che circonda una ferita è sano: lo avevo imparato dal coach. E guarire è ciò che un corpo in salute fa d'istinto.

Quando Pazi si è accorta che ci avevano seguite, sembrava furiosa.

«Mi dispiace, Pazi», ha detto Thelma, tirandola per la manica.

«Fa' qualcosa, invece di parlare e basta», ha risposto lei, con la voce rotta da una desolazione che ho riconosciuto, pur senza conoscerla. Ho sentito montarmi dentro una rabbia acuta, insieme a una tristezza senza limiti. Io non ero Pazi e lei non era me. Riconoscevo il tono della sua rabbia e del suo dolore, ma non sapevo nulla della sua origine.

Thelma aveva gli occhi rossi e teneva qualcosa stretto al petto: il coltello di Pazi. Lo ha posato su una roccia accanto a una lucertola sbalordita. Nell ha lanciato a Thelma il pallone da basket, che lei ha fatto rotolare accanto al coltello. Ellda aveva un mazzo di fiori di campo che ha lasciato cadere quando ha visto l'espressione di Pazi.

«Mi dispiace», ha ripetuto Thelma.

Ma Pazi ha alzato il mento verso il cielo.

«Buon Dio», ha detto Nell indicando il tramonto. «Guardate gli uccelli».

Nessuna frase che avessi potuto inventare sarebbe riuscita a riavvicinarci altrettanto. Venivano da ovest. Erano piccoli, in uno stormo fitto. Con i becchi minuti e affilati, sembravano una nevicata di frecce. Una pioggia di antiche armi. Liberati dalla faretra lontana del silo del grano, si tuffavano nel frutteto inaridito. Quegli uccelli ci hanno mozzato il fiato all'unisono. Ci hanno sorvolate come un ciclone vivente, per poi disperdersi in un'iridescenza nebulosa e svanire uno alla volta, come stelle all'alba. Mentre ce ne stavamo a bocca aperta nella prateria, sotto una luna nascente, le nostre mani si sono cercate. Ho sentito la tensione dissolversi, le spalle rilassarsi e gli occhi lasciare andare le lacrime.

«È un segno», ha sussurrato Ellda. «È un segno, coach?»

Volevamo tutte che quegli uccelli simili a stelle fossero un presagio di vittoria. Ma credo che ognuna di noi covasse anche un desiderio segreto. Qualche interpretazione personale. Per me, l'improvvisa sparizione di migliaia di uccelli significava che presto sarei diventata una vera strega. Forse significava che Valeria si stava innamorando di me (lo stormo che volteggiava mi aveva lasciato stordita; perché non poteva essere un buon auspicio?). Ho studiato Val, chiedendomi che significato avrebbe voluto dargli lei.

«Significa...» Ho cercato di imitare la voce rauca e rassicurante del coach. Ho fissato i volti sollevati, in attesa e dubbiosi delle mie compagne di squadra. «Significa che se vinciamo il torneo, la polvere smetterà di soffiare per sempre».

Ellda e Nell sembravano scettiche. Pazi si è voltata avviandosi per seguire gli uccelli che scomparivano, con gli occhi fissi sulla luna. «Dovremmo giocare come se fosse vero», ha detto Valeria, intervenendo per aiutarmi, come faceva in campo. Ho annuito, sentendo il peso del cielo sulle spalle. Era una pressione utile. Chiunque avesse guardato dagli spalti avrebbe visto sette ragazze di Uz giocare una partita. Ma noi Minacce sapevamo che c'era il futuro in gioco, non solo il nostro, ma il destino di tutto ciò che è blu e verde, di tutto ciò che è vivo.

Pazi è tornata indietro fino al nostro cerchio e si è messa a staccare i fili d'erba morta dalla palla. Guardandola in faccia, ho capito che non era d'accordo con la mia interpretazione del significato degli uccelli.

«Va bene, continuo a giocare con la squadra. Ma appena metto insieme abbastanza soldi, parto per l'Oklahoma».

È balzata al centro, ha afferrato la palla e si è messa a correre.

***

Tra noi, ci chiamiamo le Falsarie.

Be', io ci chiamo così e il mio capo non fa obiezioni.

Dopo quella prima bugia, io e l'Antidoto siamo diventate sempre più abili a smerciare i miei falsi alla gente. Ed è una cosa buona, perché nelle settimane successive alla Domenica Nera, in città è scoppiato il panico. Tutti si sono precipitati dall'Antidoto. Non perché pensavano che fosse in bancarotta, ma perché stavano fuggendo dalla città di Uz in rovina. In un solo giorno, diciannove persone si sono prenotate per un appuntamento, ansiose di ritirare i loro depositi e andarsene. La strega sarebbe stata smascherata, forse addirittura uccisa, se io non fossi stata lì a inventare nuovi ricordi per i suoi clienti.

In Nebraska, il termine gergale per indicare le banconote false era *lievito madre*. A me piace pensare al nostro lavoro così: come se preparassimo un impasto, che poi lievita dentro le persone.

Queste sono state le tre settimane più felici della mia vita, un periodo di lavoro intenso, ma anche di creatività, in cui mi sono sentita utile. Sapevo che era meglio non parlarne con nessuno, anche se le mie compagne di squadra hanno notato subito un cambiamento in me. «Che è successo al Capitano?», mi prendeva in giro Ellda. «Chi le ha zuccherato l'acqua? O magari è *innamorata*?»

«Oletsky ama solo vincere», ha detto Valeria, bloccando il mio tiro. Ho notato nello specchio dello zio che ho le guance più piene. Vado a letto esausta, salutando a stento, e mi sveglio di buonumore dopo una notte senza sogni.

Ora ho due vite. Passo da un addestramento all'altro, facendo la spola tra il ripostiglio dell'Antidoto e il campo segreto ai margini di Uz. Le Minacce hanno schiacciato le Aquile di Gordon in casa, 32-4. Abbiamo una partita in trasferta a Red Willow alla fine del mese che deciderà il campionato della Settima Regione. L'Antidoto può anticiparmi lo stipendio del mese prossimo; sta facendo soldi a palate. Così la squadra potrà permettersi la benzina e una notte al motel.

Quando qualcuno viene a fare un versamento, mi nascondo nel ripostiglio. Mi porto dietro il taccuino. Il mio compito è spiare i clienti della strega e annotare i segreti che le sussurrano nel cornetto. Dopo il crollo che ha subito, non si fida più del proprio corpo. I miei appunti sono una specie di assicurazione. «Dobbiamo conservare i loro segreti alla vecchia maniera, piccola», mi ha detto, «usando alberi morti».

DEPOSITI, 2 MAGGIO
REGISTRATI DA A. OLETSKY

Avevo paura che O'Neal mi avrebbe dato del codardo. E così ho preso la trivella e gliel'ho sventolata contro, giuro su Dio che volevo solo spaventarlo...

Sono qui per depositare la prima volta che ho bevuto una soda alla fragola. Una montagna di ghiaccio e sotto una granita rosa e granulosa, un sapore simile a quello che immaginavo avesse un bacio. Le bollicine mi sono andate al cervello e ho sentito Dio, e Dio mi ha detto: Bertie, ordina un'altra soda alla fragola. Voglio che il ricordo di quella prima bibita non svanisca mai. Quando sarò vecchio e avrò tutti i miei sensi annebbiati, voglio assaggiare di nuovo la mia dodicesima estate...

Ero lì quando le sono saltati addosso. Non ho partecipato ma non ho nemmeno cercato di fermarli. Portami via da quel dannato campo non sopporto di sentirla urlare eravamo tutti ragazzini quando è successo trentanove anni fa e sono stufo di risentirla supplicarci di smettere fallo smettere toglimelo dalla testa certe notti il suono diventa così forte che non riesco a pensare...

È stata la notte più bella della mia vita, pattinare sul ghiaccio al chiaro di luna con Theo vicino alle ombre degli alci...

Ho lavato la lingerie della sua amante insieme ai vestiti dei miei figli e l'ho appesa ad asciugare in modo che tutti la vedessero...

E non credo nemmeno che quello che sto facendo sia sbagliato. Non riesco a trattenermi. Solo che non voglio più pensarci.

All'inizio, non mi sembrava che valesse la pena di fare questa trascrizione. Ho proposto di inventare nuovi ricordi anche per questi clienti, quando fossero tornati a fare un prelievo. Perché non dirgli una bugia – qualcosa che potevo inventare all'occorrenza – e risparmiarci la fatica di registrare queste confessioni?

L'Antidoto ha un senso morale altalenante. A volte è così acuto da essere fastidioso, altre volte manca del tutto, come la luce elettrica nel Country Jentleman.

«Scrivi quello che dicono. Registra il più possibile. Non voglio mentire se posso evitarlo, piccola», mi ha detto.

Sono stata così cortese da non riderle in faccia. Cosa pensava che stessimo facendo nella Stanza 11?

«Se ti fai scoprire mentre sei lì dentro», mi ha detto, «racconterò ai clienti che ti sei intrufolata lì a mia insaputa. Mi metterò a gridare e dirò che non ti ho mai vista prima in vita mia».

Fare la segretaria in un ripostiglio è più difficile di quanto si possa pensare. Il mio corpo ha degli spasmi, come una mano che si chiude per un crampo, la polvere mi solletica il naso. Alcuni di questi contadini, che sono capaci di starsene seduti all'incrocio tra la Main e la Second per ore, parlano così in fretta nel cornetto che riesco a cogliere solo una parola o due. Comprate un quarto d'ora in più del tempo del mio capo, avrei voluto dirgli. Datevi la possibilità di respirare.

DEPOSITI, 3 MAGGIO
—A. OLETSKY

La morte di Pollina è il momento attorno al quale ruota tutta la mia vita. È un dolore così intenso, che non riesco ad avvicinarmi a un'altra persona...

Poi i denti del giudizio le hanno procurato un'infezione che l'ha quasi uccisa. Ora sta meglio, ma non abbiamo soldi e so che non è giusto, ma io do la colpa a lei. A volte la vedo stesa in quel letto con gli occhi rovesciati e la odio perché ha più esigenze degli altri miei cinque figli messi insieme...

Mi picchiarono con dei bastoni e mi fecero un occhio nero. Mi picchiarono ancora di più quando arrivarono le guardie, perché volevano farsi valere, credo...

E anche se mi hanno sentito, non si sono fermati...

Una coccinella mi si è posata sul dito, e proprio a quella stessa ora...

Abbiamo ballato la tarantella!

...è successo e continua a succedere...

mi ha quasi spezzato il cuore

Dopo un po' i depositi si confondevano fra loro, mentre arrivavano a cascata uno dopo l'altro, costanti come pioggia. Tre di fila erano raccapriccianti segreti di famiglia. Due erano come mazzi di fiori che la gente voleva conservare sotto vetro (un primo bacio, un ultimo valzer). L'ultimo deposito della giornata era il ricordo ansimante di Dick Schroeder su un premio che aveva vinto e che si era rotto durante il viaggio di ritorno.

Quando ho mostrato al mio capo quello che ero riuscita a scrivere, ho visto la rabbia balenare sul suo viso. L'Antidoto mi ha piazzato il taccuino davanti al naso, come se non sapessi già che schifo di lavoro avevo fatto.

«Per te è leggibile?»

«Quasi tutto».

Ero una bugiarda nata, ma adesso stavo imparando a tenere un registro della verità. Non c'è nessuna magia nera in quello che faccio nel ripostiglio. Sono la segretaria nascosta. Con una penna blu dalla punta sottile, scarabocchio più in fretta possibile, inventandomi un mio sistema di abbreviazioni, disegnando quando le parole arrivano troppo in fretta. Dopo, passo ore a trascrivere con cura ogni nuovo deposito sul quaderno a righe, con nomi, date e numeri delle ricevute. È una buona cosa per gli uziani che la strega stia cercando di tenere dei registri onesti per loro, per proteggerli da un altro crollo. Sono fortunati che non sia una ricattatrice, come invece sostengono certi pettegoli. Nel giro di due giorni abbiamo accumulato anni di fango sui nostri vicini. Nella mia prima settimana di lavoro come segretaria della strega della prateria, ho scoperto più cose di quante avrei mai voluto saperne sulla gente della contea di Uz.

Harp Oletsky, il Maestro della Grange

Eccoci alla Grange Hall, dove è felice l'incontro.
I nostri amici e compagni in dolce armonia;
E i patroni, gioiosi, si fanno intorno
Per trovare con noi concordia e sintonia!
Abbasso il rancore e l'odio che allontanano.
Evviva la pace e il conforto che qui ci chiamano.

—Inno della Grange Hall, 1877

«Dannazione, Harp, sembri una porta che cigola. Posso offrirti un po' d'acqua?»

«Qualcosa di un po' più forte, Grayson, se ce l'hai».

Il grosso coltivatore di patate gallese, con quella faccia da coniglio, si è messo le mani sulle orecchie, facendo una smorfia.

«Qualsiasi cosa pur di oliare quei cardini!»

Un tempo la Grange era nota come l'Ordine dei Patroni dell'Agricoltura. Prima della Guerra civile, prima che chiunque in questa sala riunioni venisse al mondo, a Grand Island era stata istituita la Nebraska State Grange. Noi Oletsky ne siamo stati membri fin dai nostri primi giorni in America. Quando le Famiglie Fondatrici arrivarono a Uz, il primo edificio che iniziarono a costruire fu la Grange Hall. Quando ero giovane, l'associazione resistette ai grandi monopolisti e vinse, lottando contro le ferrovie per ottenere prezzi equi, acquistando sementi e attrezzature come cooperativa. Ma il nostro potere contrattuale è stato schiacciato dalla depressione. Continuavamo a perdere membri. Tre settimane dopo la Domenica Nera, il nostro coro era terribilmente ridotto.

Eravamo stati chiamati a votare in un'elezione di emergenza, ben sei mesi prima del previsto. L'ex Maestro dell'associazione aveva visto i suoi campi ridotti in coriandoli. Aveva venduto la sua terra bruciata e si era trasferito nell'Oregon orientale, dove il cugino di sua moglie aveva un ranch. Durante la nostra ultima riunione, ci aveva presentato un Piano di Azione Collettiva per trattenere i terreni spazzati dal vento. Poi aveva preso il volo anche lui.

È un miracolo che io sia riuscito ad arrivare alla Grange Hall senza schiantarmi contro una duna di sabbia. Per la terza notte di fila non ho chiuso occhio. Sono stato di nuovo alla finestra, a guardare quel colore innominabile alzarsi sibilando e luccicando dal mio terreno incolto. *Non linfa. Non selce. Non gelo.* Conosco fin troppo bene il bianco osso delle gelate invernali. Il giallo pesto del grano cotto dalla siccità. Sono i colori con cui dipingerei la storia della mia vita. Ma non questa mirabile tonalità. Sto imparando che la meraviglia non è una stanza comoda da abitare. Non per queste vecchie ossa. Poco prima dell'alba, sono tornato a letto e mi sono tirato su la coperta fino alle orecchie come un bambino. Dall'altro lato della parete sentivo il russare roco della ragazza. Quando dorme, mia nipote sembra un trattore che gira al minimo. Ho acceso la lampada a cherosene e sono rimasto sdraiato in una scatola di luce artificiale, irrigidito dal terrore sul materasso. Non ho più guardato fuori, ma non riuscivo comunque a dormire.

Mi rendo conto che sarebbe esilarante, se non stesse succedendo a me.

All'alba, l'intera vicenda mi è sembrata ridicola. Lo spaventapasseri era piantato nel campo di grano, le braccia di paglia spalancate come sempre ad abbracciare un'altra giornata azzurra e limpida. Il mio vecchio bastardino, Squint, stava saltellando lì intorno, forse a caccia di topi. Una leggera brezza increspava l'argento nascosto nelle foglie dei pioppi tra la fattoria e il fienile. Accanto al campo di grano verde, il terreno incolto era coperto da una bassa stoppia di trifoglio, da girasoli dritti come sentinelle, da erbacce sparse. Ogni foglia, ogni sfumatura, sapevo come chiamarla. È stato un grande sollievo. Alle nove del mattino, ancora intontito e con addosso la mia seconda camicia migliore, ho preso il furgone e sono andato alla Grange Hall.

Alcuni di noi sono sempre in ritardo e sempre pronti a scusarsi mentre arrivano di corsa. Quando sei in ritardo, anche la tua ombra diventa un fastidio. Lo so perché sono un tipo mattiniero, e i nidi degli uccelli mattinieri vengono continuamente disturbati dai nuovi arrivi. Io tengo la mia ombra ben nascosta sotto di me, senza disturbare nessuno.

«Oh ciao, Harp! Non ti avevo visto».

Ho attraversato la sala affollata, annuendo alle facce che mi notavano. Lavorando la terra ore e ore al giorno, si finisce per sembrare fratelli e sorelle. Martellati dal sole che ci appiattisce. Che ci fa strizzare gli occhi incidendoci gli stessi solchi sulla fronte, gli stessi segni sui nasi spellati. Ci rimescolavamo con lentezza sul grande pavimento spoglio della sala, lamentandoci di quel destino universale che è il clima.

Ci sono due fazioni, ovviamente: *Dio ci ha abbandonati* contro *Noi lo abbiamo abbandonato*. Questo alla Grange è un tema molto dibattuto. È difficile catalogare i tradimenti che ha subìto la nostra regione: sono così numerosi. La mano della Provvidenza mi sembra il pugno di un bambino che si agita e lancia i giocattoli sul tavolo. Mille trattori bianco-osso sono sparsi come astragali scintillanti sulle pianure. Le case di legno stanno tornando a essere esca secca per il fuoco, le vecchie case costruite di zolle o di torba sono ridotte in poltiglia.

Tutte le banche nel raggio di cento chilometri da Uz hanno chiuso. La Banca dell'Alleanza, la Banca della Prateria. Sparite. Crollate. Kaputt. Anche se circola la storia di un direttore di filiale di Kearney che è scappato in Brasile, e sono sicuro che i capi dei capi mangiano ancora bene a Washington. Ho ascoltato le voci dei miei vicini che rimbalzavano senza posa, cercando di individuare qualcuno da incolpare. I capri espiatori a portata di pugni stanno diventando sempre più rari.

«Certo, gli assegni di Roosevelt aiutano. Ma ci serve la pioggia».

«Anche se piove, cosa impedisce che vada come nel '31? Che succede se produciamo più di quanto il mercato possa consumare...»

Mi sono ricordato dei silos carichi di grano invenduto. Ho chiuso gli occhi e ho visto un serpente verde pieno di grano dorato che si contorceva.

I discorsi degli altri mi scorrevano intorno:

«Nell'allevamento di polli a Loup City i comunisti stanno scioperando. Di sicuro ne avrai sentito parlare...»

«Abbiamo accumulato undicimila dollari di debiti per i macchinari, ok? Ora questo tizio del governo ha la *faccia tosta* di dirci che possiamo ricavare duemila dollari per il terreno, ma neanche un centesimo per gli edifici...»

«È dai tempi di Calvin Coolidge che le cose non vanno bene».

«Adams non coltiva *mai* a strisce, quel bastardo scansafatiche. Mi ha rovinato il raccolto due volte. E poi, la domenica, manda quel suo genero strabico a farmi la predica sull'angolazione dei *miei* solchi...»

Il burbero Eric Rasmussen è salito sul podio, con gli occhi grigi e allungati che lampeggiavano. Ha presentato l'ordine del giorno: «Elezioni di emergenza per contrastare l'erosione del terreno». Ha letto lentamente per noi – dato che molti dei presenti non sanno leggere – un bollettino della Grange Nazionale sulla conservazione del suolo.

Poi Eric è andato fuori tema, lamentandosi a gran voce della recente ressa dalla Cassaforte della città. Aveva visto la fila fuori dal Jentleman.

«Quella che si fa chiamare L'Antidoto, nota a molti di voi...»

Accanto a me ho sentito dei sibili. Fischi di libidine e di disgusto. È incredibile come la semplice aria possa diventare oscena o dolce a seconda di chi la emette. Qualcuno ha gridato e ha detto: «E *tu* come fai a saperlo, Rasmussen?»

«Ci sono persone fuori dalla sua porta giorno e notte. Recuperano quello che hanno depositato e se ne vanno. I Kaminski, spariti. I Parker, pignorati. I Leone, sfrattati con il trattore».

«Tanto meglio. Parker era un pessimo contadino. Sono anni che mi becco la sua polvere».

«Be', mi mancherà Ludwig. Sono sorpreso di sentire che era un suo cliente!»

«Chi *non lo è*, di questi tempi?»

«Sì, ma tutto con moderazione. Al massimo una volta all'anno e scegliendo con cura cosa raccontarle. Alcuni di questi pazzi ci vanno due volte a settimana!»

«Tutti quelli che conosco che hanno fatto un deposito hanno triplicato la loro produttività! Se qualcuno riesce ancora a dormire la notte, è solo grazie a lei...»

«Ti fa pagare quando depositi, e pure quando ritiri. Non mi va giù che quella stronza faccia soldi a palate mentre noi aspettiamo gli assegni del governo per poter mangiare».

Sono rimasto in silenzio ad ascoltare le voci acute degli altri. Un pettirosso, molto piccolo, stava cercando di entrare dal finestrone, disorientato dal proprio riflesso nel vetro. Alzando il mento, vedevo i cumuli di polvere lasciati dalla recente tempesta sulle travi trasversali del soffitto. Le capriate erano scure e lucide come la pelle di un castoro. Avrei voluto avere le ali. Mi sarebbe piaciuto trovare un trespolo tra le ombre più alte. Poi mi sono accorto che i miei vicini stavano parlando della mia strana fortuna.

«Ho sentito che per Harp Oletsky il tempo è sempre bello in questi giorni», ha detto O'Fallon con voce pungente, avvicinandosi per darmi una pacca sulla spalla.

«Tre tempeste di fila e chissà come non ti hanno torto un

capello e nemmeno un filo di grano. Avrai qualcuno in cielo che ti protegge!»

«Che fortuna», ho concordato.

«La fortuna dei polacchi! Chi l'avrebbe mai detto? Non ho mai visto un polacco cavarsela bene nemmeno con un panino al prosciutto, figuriamoci con l'agricoltura a secco. Mi ricordo che tuo padre piantò quella cortina frangivento solo per beccarsi i soldi del governo, e subito dopo quei cazzo di alberi li tirò via tutti quanti, dico bene? E poi, puff, Tommy si ritrovò con un raccolto eccezionale proprio nell'anno in cui il grano valeva solo dieci centesimi a staio. Te lo ricordi, Harp? Tuo padre non riusciva proprio ad azzeccarne una, eh?»

«Me lo ricordo», ho detto.

«Avrai trovato dell'acqua nascosta nel sottosuolo! È quello che ci ha detto Goerentz. Una falda acquifera, eh? E come ci sei arrivato, con la trivella?»

«Non saprei», ho detto. «Il mio pozzo si è prosciugato nel '32, proprio come il tuo, Alf. L'ultima tempesta di sabbia mi ha risparmiato, tutto qui».

«Svelaci il tuo segreto, Harp», ha detto Alf Olafson con un sorriso. Ha iniziato a piantarmi il gomito nella gabbia toracica. Mi stava fissando con il suo ciuffo di capelli neri e radi e gli occhi affamati da bambino, come se mi volesse raccogliere la fortuna dal corpo a cucchiaiate e spalmarla su un toast dorato.

«Dovrai chiedere al vento», ho detto, con lo sguardo appuntato sul pettirosso. Stava ancora picchiettando contro la finestra, anche se nessuno sembrava accorgersene. Quanto tempo ci sarebbe voluto prima che riuscisse a entrare o cadesse morto a terra?

«È il segreto del vento, Alf. Io come faccio a sapere dove soffierà la prossima volta?»

Dietro il podio, sulla parete di fondo, un poster recitava: RIMANETE A CASA, NON VENDETE.

La gente continuava ad avvicinarsi per chiedermi cosa stessi facendo per tenere lontana la polvere, come irrigavo, come tracciavo i solchi e che fertilizzanti usavo. Non riuscivo a convincerli che ne sapevo quanto loro, probabilmente meno, su cosa tenesse in vita il mio grano.

Proprio quando avevo bisogno di aiuto si è avvicinata Urna Buczek, ondeggiando nella sua tuta con stampe a narcisi. Questa è la sua uniforme per tutte le stagioni, sei giorni su sette. Eravamo a scuola insieme, mille anni fa.

«Harp Oletsky! Sembri un ragazzo di vent'anni! Hai ficcato la testa in un calamaio?»

La Grange ha sempre accolto membri di sesso femminile. Sono diventato rosso per l'intensità dello sguardo di Urna. Lei è una delle funzionarie della nostra associazione. Era partita da sola da Brema per stabilirsi qui nel 1915: una giovane vedova formosa e indomita.

«Mi stai prendendo in giro, Urna?»

«È *proprio* da te scambiare un complimento per una battuta. Che persona umile. Rispolvera lo specchio e da' un'occhiata: giuro su Dio, ti stanno ricrescendo i capelli!»

Poteva davvero essere così? Anche il mio aspetto stava migliorando? Mi sono passato una mano tra i capelli, sentendoli, forse, un po' più folti.

Dopo la pausa pranzo nel cortile – tutti tossivano nell'aria sempre più densa, il sapore di salsiccia che tornava su – siamo tornati dentro a scegliere il nostro nuovo Maestro della Grange.

Leon Leedskalin, il nostro segretario, è salito sul podio e ha annunciato che era il momento di nominare i candidati. Ho tirato fuori la matita da dietro l'orecchio e ho mordicchiato la gomma. Ho scritto il nome più ovvio, Daniel Ulin, un veterano dell'associazione, un uomo timorato di Dio e padre di sette ragazzi con la testa grossa, un'indole buona e la sua stessa mascella prominente. Ulin ha fatto una piccola fortuna prima della crisi. Come agricoltore, è rispettato da tutti. Mentre si contavano i voti Urna è venuta a sedersi accanto a me, dandomi una pacca sulla mano.

All'inizio non ho capito cosa stava succedendo. Rasmussen ha iniziato a scrivere il mio nome sulla lavagna a grandi lettere maiuscole. Ho sentito un tuffo al cuore, ormai certo di essere il bersaglio dell'ennesimo scherzo.

«C'è un errore», ho mormorato. «Non mi sono candidato per nessuna carica».

«Ohhhhh-letsky!», ha singhiozzato qualcuno, spezzando il mio nome. La gente ha riso e si è unita al coro, e io ho ascoltato con orrore mentre il suono riecheggiava tra le travi della sala riunioni.

«OOOOOOH...» La platea ha fatto un respiro profondo prima di urlare il resto. «LETSKY!»

«OOOOOOH...»

«Per favore, amici, mi piace scherzare come a chiunque altro...»

Sebastian Alexander ha versato i fogli fuori dall'urna e ha iniziato a contarli. Ho vinto a mani basse. Non è stato unanime solo perché ho ricevuto un voto contrario: il mio.

Oletsky 45 / Ulin 1

«Congratulazioni, Maestro Oletsky», ha detto Daniel Ulin, sorridendo con gli scintillanti occhi da cerbiatto. «Se qualcuno può impedire che questa città venga spazzata via dalla faccia della terra...»

Mi sentivo svenire e sono tornato a sedermi di scatto mentre gli applausi mi riempivano i timpani.

Mi ronzava la testa e mi si stava annebbiando la vista.

Avevo vinto?

I miei amici mi stavano dando pacche sulle spalle. Otto mi ha passato un sigaro del magazzino di Kearney.

Sulla parete sud-occidentale della Grange Hall di Uz è appesa una serie di mappe che illustrano l'evoluzione del Nebraska, il percorso da territorio non organizzato fino ai giorni nostri. Ho visto le linee che si scioglievano e si staccavano dalla mappa incorniciata della nostra contea. Prima il nome NEBRASKA ha iniziato a gocciolare inchiostro, perline nere che rotolavano lungo la N, la B e la K come se i caratteri fossero ghiaccioli all'inizio della primavera. Poi la figura del Seminatore sul Campidoglio si è trasformata in quella di un Mietitore. Un mantello nero gli copriva il viso mentre agitava allegramente la falce verso di me. Adesso ero quasi felice, perché avevo una spiegazione per quello che mi stava succedendo: stavo perdendo il senno. Dopotutto ero ancora un perdente...

«Vuoi un bicchiere d'acqua, Harp?»

«Grazie, Urna».

Le sue labbra erano tinte di bacche di ginepro, e sembravano piccole, umide e vive. Da vicino, Urna è bellissima. Si è grattata la nuca e all'improvviso i capelli argentati le sono caduti sulle spalle, come se avesse tolto la spoletta a una bomba a mano.

«Senti, a casa ho dei panini freschi, cime di rapa e pasticcio di maiale, ma non ho nessuno con cui mangiarli. Ti andrebbe un po' di compagnia stasera?»

Non mi avrebbe potuto stupire di più nemmeno se mi avesse infilato un coltello tra le costole. E quello che è successo dopo mi ha fatto venire la pelle d'oca:

«Sì», ho detto. «Mi piacerebbe molto passare una serata con te, Urna».

La sconosciuta ha scelto quel momento per annunciarsi. Era rimasta in piedi, immobile come una statua, in fondo alla sala. Ho sentito un trambusto alle mie spalle e girandomi l'ho vista camminare lentamente verso il centro della stanza... verso di me, mi sono reso conto. Una donna nera alta, con un berretto verde di maglia – una specie di fotografa – che nessuno tra la folla sembrava conoscere. Ignorava i nostri sguardi e preparava una macchina fotografica dal corpo squadrato, in cima a un treppiede, con l'occhio di vetro che fissava serenamente i membri dell'associazione, che a loro volta lo fissavano a bocca aperta. La donna ha montato una lampadina su un piatto d'argento: sembrava una pallina di gelato con dentro un fulmine. «Quello è il flash», ha detto Otto, poco prima che scattasse.

«Buon pomeriggio», ha esclamato la donna tra il nostro stupore. «Mi chiamo Cleo Allfrey e sono qui per fotografare la vostra Grange Hall per conto dell'Agenzia federale per il Reinsediamento».

Sono rimasti tutti sorpresi, ma alcuni si sono sforzati di nasconderlo. La donna sfoggiava un sorriso diffidente sotto il berretto vivace, mentre si spazzolava la polvere gialla accumulata nelle pieghe dei pantaloni. Mi sono chiesto se nel posto da cui proveniva fosse di moda che le donne si vestissero come gli uomini. Di certo era un posto parecchio lontano da Uz. Il silenzio nella sala è sembrato farsi più assordante e il suo sorriso è scomparso. La fotografa del governo aveva un viso magro e grandi occhi color carbone. La sua curiosità mi è sembrata gentile, molto diversa dagli sguardi avidi degli speculatori immobiliari, degli affaristi chiacchieroni, dei politici in campagna elettorale e di tutti gli altri venditori a tempo pieno che passano per questa sala. È stato un piacere incrociare il suo sguardo.

Non ho visto una fede al dito della fotografa. La *signorina* Cleo Allfrey, allora. Sembrava piuttosto giovane per viaggiare da sola. Sono rimasto stupito nell'apprendere che lo Zio Sam stava assumendo donne nere e nubili per scattare foto per l'Agenzia per il Reinsediamento.

Quando la colonia interamente nera di Audacious ha iniziato a perdere residenti, Uz ha assorbito tre delle sue famiglie. I Miller e i Gleason erano membri della Grange. Eravamo orgogliosi che nel nostro gruppo ci fosse integrazione. Ma i proprietari neri hanno iniziato a perdere le loro terre già dieci anni prima che le stesse banche iniziassero a pignorare i beni dei contadini e degli allevatori bianchi. Ho provato un impeto di vergogna, pensando ai soldi che avevo preso dal Ministero dell'Agricoltura per lasciare i terreni a riposo. Mi sono chiesto come potesse apparire il nostro gruppo agli occhi della signorina Allfrey. Un mare di volti pallidi la fissava. La maggior parte non sorridevano, molti erano timidi, alcuni impauriti, diversi arrossivano di rabbia mentre lei caricava la pellicola nella macchina fotografica, la puntava verso di loro e scattava.

«Questo è il nostro nuovo Maestro della Grange», ha detto Urna, frapponendosi per togliermi i pelucchi dal colletto. Tra di noi è volata una scintilla, o forse solo dentro di me. Forse me lo sono immaginato. In ogni caso, mi sono sentito arrossire come un bambino. Mi sono girato e ho teso la mano alla signorina Allfrey.

«Salve», ha detto la fotografa. «Ci siamo già incontrati? Il suo viso mi è molto familiare».

Sembrava che mi stesse studiando. Ero teso, consapevole di un'aspettativa che non potevo soddisfare. Un classico. Si potrebbe pensare che mi ci sia rassegnato, ma non mi piacerà mai la sensazione di deludere una donna.

«Mah, temo si sbagli», ho farfugliato. «Nessuno mi fotografa da quando arrivavo a malapena alle ginocchia del mio babbo...»

Lei è scoppiata a ridere, mettendo fine alla pausa imbarazzante, ha afferrato la mano che io avevo lasciato sospesa a mezz'aria e l'ha stretta su e giù mentre lanciava un'occhiata obliqua al pubblico intorno a noi.

«Certo. Mi perdoni. Sarà una semplice somiglianza...»

Grayson sorrideva alla signorina Allfrey mostrando tutte le zanne. Si è infilato in mezzo a noi e ha puntato il lungo muso verso di lei dalla sua altezza di quasi due metri.

«Mio padre tagliava una mela e la usava come orologio. La metteva sul bancone e la guardava diventare marrone e acida. Mi sa che è quello che sta succedendo in questo paese. Diventa sempre più marrone... sempre più scuro e cattivo...»

Conoscevo Grayson, quel vecchio vampiro. Amava tenere banco. Avrebbe continuato a parlare finché non avesse ottenuto qualche reazione.

Alcuni credono nei poltergeist, negli spiriti maligni. Posso assicurare, a chiunque alzi un sopracciglio scettico, che i poltergeist esistono e che sono gli uomini a crearli. Un'energia serpeggiante e instabile trasudava dalle persone intorno a me, che se ne stavano appostate, o a dondolare o a tossire in un pugno, guardando la sconosciuta con la sua macchina fotografica nera e squadrata. Ho sentito ciò che nessuno diceva: perché lo Zio Sam ha mandato una donna nera a farci il ritratto? Mi sembrava di essere un marinaio che tiene d'occhio una tempesta che si addensa sul mare. La nostra sorpresa poteva prendere qualsiasi direzione. Fin da ragazzo sono stato vigile, ho cercato di non farmi trascinare dal vento che fa girare la banderuola. Grayson avrebbe voluto imbrigliare e cavalcare le onde di energia fino a trasformarla in violenza. In quel momento ho avuto un'epifania indesiderata: probabilmente Grayson era l'ultimo a saperlo.

Il figlio di Mike e Matya si è avvicinato alla fotografa e le ha tirato la manica. «A me non mi piacciono le mele, sono l'unico dei miei fratelli che non tocca una mela nemmeno dentro una torta. Tu vieni dalla città? Ce l'hai delle caramelle? Mio cugino dice che c'è un negozio a Lincoln che vende solo bonbon e...»

«Mikey!», ha detto sua madre, allontanandolo a suon di scappellotti. Ho sentito qualcosa di simile a un grande sospiro attraversare la stanza. Le spalle si sono rilassate e i volti rasserenati. Quello sciocco ragazzino aveva calmato le acque, in qualche modo.

«Potrebbe essere così gentile da uscire dall'inquadratura?», ha chiesto la fotografa a Grayson. «Vorrei fare un ritratto a quest'uomo. Il vostro nuovo Maestro della Grange. Non ho capito il suo nome, signore...»

Il flash si è acceso. Ho chiuso gli occhi, il mio sorriso si è spento.

«Harp Oletsky. Benvenuta a Uz, signorina Allfrey».

Lo spaventapasseri

Ecco il mio inizio, penso ogni mattina.

Devo significare qualcosa, altrimenti che ci faccio ancora qui?

Provo a credere che a spaventare la polvere sia io, la sentinella che sta di guardia alla terra di questo contadino per tenere il cielo sgombro. Se fosse vero, se avessi uno scopo, potrei sopportare questa paralisi. Potrei attendere speranzoso. Eppure non riesco a spaventare neanche un uccello. I corvi pensano che sia un buffone. Per tutta la notte si posano sulle mie spalle. Si pavoneggiano nella luce alta che cresce qui.

A mezzogiorno, un coniglio ha attraversato di corsa il trifoglio e le stoppie: *Coniglio! Coniglio! Coniglio!* Un'altra giornata memorabile qui sul terreno incolto.

Lepre dalla coda nera. Il nome le rimbalzava dietro. Un'altra forma è apparsa a est, muovendosi verso di noi. *Meteora.* No, non andava bene. *Poiana codarossa.* Si è come schiantata contro il coniglio. La collisione li ha trasformati. Adesso erano un'unica creatura, che si è alzata in volo e se ne è andata. Ho osservato le zampe posteriori del coniglio dimenarsi nell'aria, scalciando il cielo blu. Prego che qualcosa mi afferri e mi liberi da questa balla di fieno.

Ieri il contadino ha mangiato un panino con formaggio e pomodoro sul suo trattore. Ho osservato il vecchio masticare, e i sapori hanno inondato la mia memoria. Sole e acqua in una sacca rossa e tonda. Cheddar e senape in grani. Lievito che trasforma l'impasto in pane. L'oceano verde e salato del sottaceto. Mangiare l'estate. Mangiare l'inverno. Mangiare l'autunno. Una volta avevo una lingua. Labbra secche da leccare. Un portapranzo giallo con il coperchio ammaccato. Ricordavo una voce graffiante – di chi? – che mi diceva: «I pomodori venivano anche chiamati pomi d'amore, tesoro».

Pomi d'amore. Tesoro.

Significavo qualcosa, per qualcuno.

Cleo Allfrey, la fotografa dell'AR

Cara signorina Allfrey,
quest'ultimo lotto è inutilizzabile. Lei ha parlato di un'«anomalia» dell'obiettivo Graflex. Non dia la colpa alla macchina fotografica per i suoi errori da dilettante. Non dia la colpa ai tecnici del mio laboratorio per aver «rovinato» i suoi negativi scadenti. Sono costretto a usare la perforatrice su tutti i paesaggi sfocati che ha scattato in Nebraska.

Roy E. Stryker

* * *

Cara signorina Allfrey,
apprezzo la natura ambiziosa dei suoi lavori più recenti. Il ritratto che ha scattato nella scuola rurale integrata mi ha colpito molto. Le scene delle due città che si riuniscono per un picnic, i palloncini e l'esultanza, i bambini bianchi e neri intorno al campo da baseball. La mia preferita è la foto di gruppo delle cinque bambine nere e bianche in piedi, fianco

a fianco, con le manine che scompaiono nei guanti di pelle delle loro madri. Apprezzo molto queste scene di armonia interrazziale e di semplice gioia. È chiaro che nel Nebraska rurale esiste una vera amicizia che va oltre le cosiddette barriere etniche.

Tuttavia, la realtà è che queste scene interrazziali turbano molti democratici del Sud al Congresso. Lo stesso Congresso che controlla i cordoni della borsa per il New Deal di Roosevelt. L'intero nostro progetto si basa sul loro sostegno.

In futuro, per favore, valuti bene chi inquadrare.

Le fotografie degli agricoltori bianchi avranno molte più possibilità di circolare.

Cordiali saluti,
Roy

* * *

Sono io l'occhio che è andato fuori fuoco...

Quando mi ha assunto, Roy Stryker non sapeva che mi sarei ammutinata. E nemmeno io. Quando ho firmato il contratto con l'Agenzia per il Reinsediamento, avrei fatto qualsiasi cosa per compiacere i miei capi a Washington. Ero determinata a scattare il tipo di foto che Roy Stryker voleva per la Sezione Storica. Le sue istruzioni facevano sembrare la nostra missione una caccia al tesoro. Allo stesso tempo, però, Roy sottolineava che il progetto era della massima importanza. Dovevamo difendere il New Deal di Roosevelt davanti al Senato e ai contribuenti.

RACCONTA LA STORIA DELL'EROSIONE UMANA, ALLFREY...

Anche se è dall'altra parte del continente, negli uffici di Washington, la voce di Roy Stryker ce l'ho sempre in testa.

Ammiro quell'uomo. Gli sono riconoscente per l'opportunità che mi ha dato. Eppure mi rendo conto che non lo sopporto. Non abbiamo sempre avuto un rapporto così conflittuale. So che Roy è convinto di proteggermi, a modo suo. E di proteggere sé stesso, naturalmente.

Le fotografie sostituiscono i ricordi, mi disse al nostro primo incontro. «Deve sforzarsi di diventare parte dell'ambiente. Di essere una presenza discreta. I nostri metodi sono semplici, in questo caso. Deve sempre evitare la tentazione di usare trucchi e manipolazioni per ottenere un'immagine più spettacolare, signorina Allfrey. La vita reale le offrirà un sacco di scene drammatiche da fotografare, se sarà paziente...»

Roy disse che questi espedienti e abbellimenti minavano la nostra missione. Stavamo raccogliendo documenti. Dati oggettivi. Le fotografie erano una memoria pubblica, «un ricco patrimonio di ricordi» per ogni americano presente e futuro. La gente a volte si lamentava del fatto che le immagini dell'AR fossero separate dal loro contesto storico, dalla realtà circostante. (È vero. Non si può mettere tutto in un'inquadratura!)

Naturalmente, le immagini vengono anche private di un altro contesto: quello del corpo. Per questo le fotografie spaventavano mia madre. C'erano volti sospesi a mezz'aria sulla parete della mia camera da letto, lontanissimi nel tempo e nello spazio dalle persone in carne e ossa che avevano posato per me nello studio fotografico. Mia madre sembrava convinta di fare un torto ai soggetti, vedendoli così come li avevo ritratti. Mi disse che una fotografia era un «ricordo sbagliato». «Ma tutti ricordano male, mamma», le risposi. Un ricordo non riproduce mai in pieno ciò che è accaduto. A modo suo, lei è comunque orgogliosa di me. Ma i miei ritratti, in particolare, sembrano turbarla. Come se avessi fatto qualcosa di indecente, trasformando in icone delle «persone vere». Non riesce a spiegarmelo, ma credo dipenda dalla consapevolezza che molte delle persone nelle mie foto continuano a esistere altrove, in qualche città lontana. Ridono, ruttano, pisciano, mangiano, baciano, urlano, invecchiano. Mia madre si domanda ad alta voce se una persona sia morta e finita sottoterra mentre i suoi occhi brillano nel mio portfolio. Quelle palpebre sbattono ancora o si sono fermate? *Lui è ancora vivo e vegeto, Cleo? Lei è in buona salute?*, mi chiede ogni volta che le mostro le mie stampe, come se fossi in contatto epistolare con tutti quelli che ho fotografato. I minatori italiani di Vollum. I contadini neri in sciopero a Lancaster. Lei stessa, con un abito viola a collo alto dai bottoni dorati. Mia madre incrocia il proprio sguardo di sbieco, e poi mi lancia un'occhiata inquieta.

Nel suo ufficio di Washington, Roy mi presentò al direttore di *Fortune*. Era un uomo bianco sulla cinquantina, con le sopracciglia sottili come quelle di un pesce persico. Diede un'occhiata al mio portfolio e disse: «Lei può anche ritenersi un'artista, signorina Allfrey, ma io non devo necessariamente essere d'accordo. Una fotografia è solo un manufatto prodotto meccanicamente».

Si fermò davanti a un'immagine della luna, scattata da dietro i montanti di alcune attrezzature minerarie arrugginite. A mio avviso, era la migliore fotografia che avessi mai scattato.

Foto: *Luna piena del raccolto a Vollum, Pennsylvania.*
Didascalia: *Il senso di tutti i secoli catturato nella luna.*

«Quindi si considera anche una poetessa», intervenne Roy. «Vediamo se sa mettere nelle esposizioni la stessa cura che riserva alle didascalie, signorina Allfrey».

Mentre me ne stavo lì in attesa del suo verdetto, appoggiò sulla scrivania il provino, con il lato positivo rivolto verso il basso. Poi perforò il negativo, uccidendo la mia luna.

In seguito ho saputo che aveva fatto la stessa cosa a Mydans, Evans, Lange e Shahn. Ma all'inizio mi era sembrato così personale. A seconda di quanto non gli piaceva il materiale che gli sottoponevo, poteva perforare i bordi oppure attaccare i soggetti umani, annientando i volti.

«Ci vede del potenziale?», gli avevo chiesto, incapace di mantenere un tono neutro.

«Vedo del potenziale in *lei*, signorina Allfrey. Dobbiamo lavorare insieme per svilupparlo».

Non sopportavo di pensare ai negativi forati, abbandonati da qualche parte nell'anti-archivio. Decisi che avrei scattato delle fotografie indiscutibilmente straordinarie, così il mio capo non avrebbe potuto rifiutarle.

Durante i miei tre giorni di permanenza a Washington, mi portai la macchina fotografica ovunque andassi. Si dice che i fotografi si nascondano dietro le loro macchine: io ci vivo, dietro la mia. Prendo vita. Il mio obiettivo mi protegge dagli occhi ostili in cui c'è il mio riflesso. Se potessi tirarlo fuori da lì, come un gioielliere solleva una teca di vetro, mi salverei. Quando il direttore di un ristorante mi fece sedere nella sala gelida dietro la cucina, con la rabbia che gli colorava le guance come quelle di un sassofonista, sollevai la macchina fotografica e gli feci un ritratto.

All'unico ricevimento dell'Agenzia a cui partecipai, conobbi Dorothea Lange. Eravamo le uniche due donne presenti. C'erano altri due ospiti di colore, tra cui il responsabile del laboratorio che avevo conosciuto durante l'incontro del venerdì. Mi aveva avvertita: «Washington è la città più razzista in cui abbia mai vissuto», e nulla nei miei tre giorni di visita aveva smentito la sua affermazione.

«Manda a Roy qualcosa che vada bene per il suo archivio», mi consigliò Lange a bassa voce vicino alle begonie in vaso. I piccoli volti imporporati dei fiori erano rivolti all'esterno, ridenti, verso gli uomini pallidi in abito scuro. «Ma scatta le fotografie che vuoi scattare tu».

* * *

Roy mi disse che stavamo facendo la storia. Stavamo «facendo conoscere l'America agli americani». Stavamo anche pubblicizzando i programmi del New Deal di Roosevelt, compreso il nostro. Sapevamo che tipo di facce contavano di più al Congresso. I bisognosi che scatenavano valanghe di compassione erano bianchi. Il sostegno ai programmi di assistenza era direttamente proporzionale alla disperazione che gli elettori percepivano tra i poveri delle zone rurali. Le foto di questi «Okies» venivano riprodotte su riviste e giornali di tutto il mondo. La gente rimaneva a bocca aperta quando vedeva quanto poco avessero queste famiglie in rovina. I diseredati bianchi vivevano in condizioni orribili e «indegne».

Le baracche non sono abitazioni adatte a nessun essere umano. Eppure sapevo che gli spettatori bianchi non sussultavano davanti alle immagini dei braccianti neri che vivevano in condizioni ancora più squallide. Impossibilitati a ottenere dai proprietari terrieri i sussidi del Ministero dell'Agricoltura. Esclusi dalla nuova legge sulla previdenza sociale. I volti bianchi nei campi di raccolta dei piselli e sui cassoni dei camion: erano questi a suscitare indignazione. Era questa l'ingiustizia che sembrava degna di nota. La fame dei bianchi era un'emergenza nazionale. I senzatetto bianchi erano una tragedia. I bianchi che si spostavano di nuovo verso ovest, non più con la speranza di trovare oro o terra, ma in cerca di cibo, di lavoro, di un posto migliore dove passare la notte rispetto al campo del giorno prima. Molti americani rimasero inorriditi da queste immagini, e votarono per un presidente che prometteva aiuto all'uomo comune, «l'uomo dimenticato» alla base della piramide economica. Anch'io ero rimasta colpita dalla disperazione che avevo trovato ad attendermi nelle comunità agricole del Nebraska: lo scrissi al mio capo. E provavo grande compassione per le persone sofferenti che incontravo e fotografavo. Ma chi altro era stato dimenticato?

Roy mi disse che aveva rifiutato le mie foto dei braccianti neri in sciopero non per ragioni artistiche, ma pragmatiche. La Sezione Storica, disse, non poteva rischiare di essere coinvolta nella crociata per la giustizia razziale.

«...la realtà è...»

«...scattare foto a tutti ma porre l'accento su...»

La realtà.

Seduta sul copriletto macchiato, ho esaminato di nuovo il telegramma di Stryker. Sentivo risate fragorose venire dal saloon al piano di sotto, il Country Jentleman. Anche nel pieno della mia furia, provavo una vergogna infantile per aver deluso i miei datori di lavoro del Ministero. Per non essere riuscita, ancora una volta, a portare a termine l'incarico. Roy era scontento di me, eppure aveva creduto nel mio potenziale. La sua delusione mi faceva sentire come una bambina, piccola e impaurita. Volevo diventare qualcuno. Volevo che mia madre vedesse il mio lavoro sul giornale. Non volevo che ci fosse il mio ritratto, quel tipo di fama non mi è mai interessata. Ma volevo che le persone guardassero le mie fotografie. Volevo che gli altri vedessero dove ero stata e cosa avevo visto, dalla mia prospettiva.

* * *

Quando ho iniziato a lavorare per l'Agenzia per il Reinsediamento, la foto di Arthur Rothstein intitolata *In fuga da una tempesta di polvere* era già stata riprodotta un centinaio di volte sui giornali di tutto il paese. Nessuna delle foto che ho scattato io per l'AR è stata ancora pubblicata. Ho fatto presente a Roy questa disparità in uno dei miei telegrammi.

«E di chi è la colpa?», mi ha risposto il capo.

Ci avevano mandato a raccogliere prove per sostenere una tesi. Per convincere l'America che la siccità era reale e che la Depressione aveva lasciato la gente in condizioni disperate. Scattavamo «con uno scopo sociale», come diceva Roy. Il nostro compito era «cogliere i residui di vigore nazionale ancora presenti».

Arthur Rothstein era il primo fotografo assunto da Roy, e

lavorava in giro per il paese sin dall'inizio del progetto documentaristico. Aveva sei anni meno di me, un ventunenne col viso da bambino e senza una formazione artistica. Mi chiedevo se Arthur fosse rimasto sorpreso dalla sua fortuna quanto lo ero stata io.

Ero invidiosa. Ma ero anche una sua ammiratrice, e non a malincuore: adoravo le sue foto. In una, un uomo di colore con lo stesso volto spigoloso e solenne di mio padre guardava impassibile l'obiettivo di Rothstein; in un'altra, un timido bimbo bianco guardava a bocca aperta dalla veranda di una capanna sugli Appalachi, che sembrava sul punto di staccarsi dalle fondamenta. Durante la mia prima visita alla sede della Sezione Storica di Washington le sue opere mi commossero fino alle lacrime, una perdita di controllo che Roy ebbe il garbo di ignorare. Mi colpiva moltissimo il modo in cui Rothstein vedeva le persone. Le sue fotografie trasmettevano rispetto: nell'inquadratura dei soggetti e nella paziente intensità della messa a fuoco. Tifavo per Arthur, che non avevo ancora incontrato, ma mi sentivo anche in competizione con lui. Se questa era l'asticella per il mio capo, volevo superarla.

Ero troppo timida per chiedere a Stryker se avesse mostrato il mio portfolio agli altri fotografi, ma sognavo che lo facesse vedere a un nuovo assunto.

Queste sono le fotografie della nostra stimata Cleo Allfrey, sicuramente lei conosce il suo lavoro: è formidabile come sia riuscita a dialogare con il sole del West e le piccole città del Nebraska...

Sì, il ritratto di Allfrey è diventato un'icona dell'era della Dust Bowl ed è tra le immagini più riprodotte del ventesimo secolo...

Ora, per *me*, come sicuramente per Roy Stryker, era ovvio che l'immagine di Arthur fosse una drammatizzazione. Realizzata dopo una tempesta di polvere, o prima ancora che arrivasse, perché era stata chiaramente scattata in un momento di vento debole e alta visibilità. Una composizione semplice e potente. L'uomo e i suoi figli erano stati posizionati ad arte. O se stavano davvero correndo, li inseguiva qualcosa di diverso

dalla polvere. La mia ipotesi è che Arthur Rothstein, con il suo genio per la narrazione, abbia dato qualche suggerimento a questi personaggi. È una fotografia incredibile. Mostra quello che *si potrebbe* vedere se una macchina fotografica riuscisse a penetrare nel cuore di una bufera di polvere nera. Se ci fosse abbastanza luce perché la macchina fotografica la registri. Se i forti venti non rendessero quasi impossibile perfino il normale uso degli occhi.

«Deve averli messi in posa», gli dissi. «E meno male che l'ha fatto. Che foto ha realizzato. Rothstein è un vero artista».

Quando condivisi i miei pensieri con Roy, non volevo sembrare insolente. Né stavo insinuando che Arthur Rothstein fosse un bugiardo o un falsario. No, al contrario. Aveva riorganizzato la realtà per portare alla luce una verità che altrimenti sarebbe rimasta sconosciuta.

Mentre parlavo, le sopracciglia da ragazzino di Roy Stryker si abbassarono. I suoi occhi si ritirarono dietro gli occhiali, unendosi in un unico ardente nodo di giudizio su un qualche orizzonte distante dentro di lui. *Questo sarà il volto furioso che vedono i suoi studenti della Columbia University quando sono troppo ottusi per capire un concetto fondamentale*, pensai. *Annuisci, sorridi e da' ragione a questo tizio che ti ha offerto la tua occasione d'oro, Cleo!* Risentii la voce di mia madre. *Ringrazia e chiudi il becco!* Per le mie sorelle è sempre stato facile seguire questo consiglio, ma per me è praticamente impossibile. «Quando Cleo decide di aprire bocca e inizia a parlare di qualcosa», diceva mia madre alzando gli occhi al cielo, ma anche vantandosi, «è come se fosse su dei pattini senza freni!»

«Rothstein è un fotografo documentario», disse Roy. «Non dimentichi la sua missione, signorina Allfrey. La realtà non ha bisogno di abbellimenti. L'obiettivo della Sezione Storica è documentare l'uomo nel suo ambiente, non fare propaganda. Non allestisca le sue foto. Non usi oggetti di scena. Nessun espediente. Riceverà delle indicazioni per guidare il suo occhio».

Ci eravamo lasciati così, a un passo da un diverbio.

A volte noi fotografi dobbiamo riorganizzare la realtà per rendere visibile l'invisibile. Non conosco nessun artista che non ricrei il mondo che vede. E anche i fotografi documentari sono artisti, a prescindere da come Roy Stryker e Rexford Tugwell ci vendano al Congresso.

La strega della prateria

Sono sempre in ascolto per sentire se arriva un intruso, Figlio mio. Se hai passato la maggior parte della tua vita in allerta, «rilassarsi» fa paura. Una veglia nervosa su un cuscino scomodo. Mentire mi sfinisce, e vivo nel terrore di essere scoperta. Ma preferisco fare la falsaria con Dell, rispetto a queste notti solitarie. È strano pensare che un mese fa non la conoscevo neanche; ora siamo *amiche per la pelle*, come dice lei. Di giorno, io e la ragazza lavoriamo senza sosta. Le ultime tre settimane sono state le più impegnative da quando vivo a Uz. Decine di vecchi clienti se ne vanno in giro con i nostri ricordi contraffatti del passato. Decine di nuovi clienti hanno fatto dei depositi, abbastanza da sentire una pressione sorda quando mi giro sul fianco sinistro. Ho paura di chiudere gli occhi, ho paura di perdere quel poco che ho accumulato dopo la bancarotta. Alle due del mattino ero ancora sveglia sopra le coperte quando ho sentito i colpi martellanti. La maniglia girava a vuoto con furia mentre aprivo la porta allo sceriffo.

«Buonasera, Ant. Ho pensato di venirti a trovare nel tuo ufficio. In prigione siamo al completo».

«Quante volte ti ho detto di non chiamarmi così, sceriffo?»

«È un vezzeggiativo». Ha oliato il suo sorriso, stringendo all'indentro le labbra umide e poi rilassandole, come un muscolo. Poco importa quanto lo pronunci con voce suadente, io immagino il suo stivale che mi schiaccia il torace.

«Vi conoscete già? Percy, Ant».

Un giovane irlandese, un ragazzo in realtà, è entrato dietro di lui trascinando i piedi. Il nuovo vice dello sceriffo. Le lentiggini gli coprivano tutto il viso e il collo come una cotta di maglia. Era rosso, compresa la peluria ispida sulle guance e le ciglia, e aveva la faccia da bambino. Stava cercando di non piangere.

Non c'era modo di sapere quanto sarebbe durata una notte con lo sceriffo. Di solito mi portava nella Cella 8 per assorbire i ricordi di qualcuno. Preferiva la privacy della prigione alla Stanza 11. Mi chiedevo perché avesse deciso che questo particolare versamento non poteva aspettare un altro quarto d'ora.

«Giuro che non parlerò, Vick...»

«Il whisky rende loquaci! Su, perché correre il rischio?»

Lo sceriffo partiva dal presupposto che ogni promessa fosse una futura bugia e agiva di conseguenza. Si è voltato verso di me, sfoggiando il suo sorriso con i dentoni larghi. Quello che lo rende simpatico a tanti elettori.

«Voglio che il giovane Percy possa sedersi al bancone di un bar e bersi un bicchierino o tre senza preoccupazioni».

Non volevo raccogliere la confessione del vice e lui non voleva renderla, ma lo sceriffo incombeva su di noi con la mano sopra la pistola nella fondina. Ho ricevuto così tante confessioni forzate da uomini atterriti come Percy, durante i miei soggiorni nella Cella 8. Cosa mi hanno detto? Solo Vick lo sa. Lo sceriffo ha staccato il cornetto acustico dal muro. Con lo stesso atteggiamento disinvolto e autoritario con cui tocca tutto e tutti, ha puntato l'imbuto verso il mio cranio.

«Percy, butta tutto qui dentro», ha ordinato lo sceriffo. Poi ha sorriso, facendo cenno al vice di avvicinarsi. «Mettiamo fine alle voci prima che inizino, va bene? Devo evitare che qualcuno si agiti. Non possiamo permettere che gli elettori rovinino la pace che abbiamo faticato tanto a salvaguardare...»

«Sei pronta, Ant?» Vick mi ha infilato il pollice sotto la mascella, accarezzandomi il lato sinistro del collo con le altre quattro dita. Ho trattenuto il respiro e ho risentito il pianto dei gattini nel sacco di farina. Gli occhi arrossati di Percy gridavano *no*.

«So mantenere un segreto, sceriffo. Non ho bisogno di sputare il rospo a una strega...»

Lo sceriffo Iscoe lo ha ignorato.

«Ecco la tua ricevuta, Percy. Leggi questi numeri da sinistra a destra...»

Il ragazzo è sprofondato sulla sedia, fissando l'imbuto color smeraldo come se avesse paura che potesse mangiarlo in un sol boccone.

«Come fai a sapere che *lei* non parlerà?»

«Ho condotto i miei esperimenti, fidati. Hai intenzione di cantare, Ant?»

Ho scosso la testa. «Non ascolterò nemmeno».

Percy ha parlato con voce tremante per un quarto d'ora, descrivendo la loro serata nei più vividi e raccapriccianti dettagli. Ma dietro le mie palpebre è balenata la visione di Percy a otto o nove anni, che sognava di indossare il distintivo da sceriffo. Aveva il tono di un ragazzino tradito, e stizzito. Si era messo in testa di rendere questo mondo più sicuro e aveva finito per rimanere incastrato con Victor Iscoe. La voce gli si spezzava ogni tre parole e sentivo che era la paura ad averla corrosa.

Vick ha fatto alzare Percy non appena ha smesso di parlare. Ha staccato dalle dita del suo vice la ricevuta color del sidro, rollandola come una sigaretta e infilandosela dietro l'orecchio sinistro.

«Ottimo lavoro, Percy. Questa te la tengo io».

Vick ha aperto la porta e ha spinto il vice, stordito e confuso, nel corridoio. Lo abbiamo sentito scendere rumorosamente le scale e sparire nella notte.

«Bene, Ant! Stasera si fa il bis...»

Devo averlo guardato con aria sorpresa, perché è scoppiato a ridere con rabbia e ha detto: «Perché solo Percy deve dormire sonni tranquilli? Io sono quello che si merita più di tutti una vacanza, in questa maledetta città...»

Il suo tono mellifluo mi ricordava gli ubriachi dopo l'ultimo giro, che sventolano il portafoglio vuoto al barista nello spettacolo di marionette più triste del mondo. Basta un attimo per trasformare l'autocommiserazione in aggressività. Ho contratto gli addominali e mi sono aggrappata alla parte inferiore della sedia per non scappare.

Lo sceriffo mi ha usata per molti scopi, ma non aveva mai depositato i propri ricordi. Ormai ero abituata a ricevere depositi da persone spaventate come Percy. Da Vick era la prima volta. Ho visto lo sceriffo perdere il controllo in mille occasioni, ma mai in questo modo. I suoi segreti se li tiene ben stretti. Sapere è potere: per quanto stupido sia, Vick sembra averlo capito.

«Credimi, non ne farò un'abitudine. Un tutore della legge deve avere le idee chiare. Ma non posso permettermi di perdere altro sonno in questo momento, Ant. Quel che è fatto è fatto... e deve rimanere tale. Domattina terrò un discorso al municipio, seguito da ore e ore di strette di mano. Dovrò baciare bambini, fare promesse. Non posso certo mantenere l'aplomb con questa, questa...» Con le mani si è descritto dei grandi cerchi intorno al petto. «*Tutta questa roba* che si smuove. Tiramela fuori».

Ha afferrato l'imbuto verde del mio cornetto come se fosse un volante, allungandosi su di me con uno strano sorriso.

«L'ho segnato sul calendario. Il giorno dopo le elezioni verrò a ritirarlo. A quel punto, saperlo non sarà più un problema. Dopo che avrò vinto».

Ho sentito un sacco di gente fare promesse del genere, Figlio mio. Sono rimasta in silenzio e ho annuito. Avrei voluto solo entrare in trance, ma la mia nuova leggerezza non me lo permetteva. Ho chiuso gli occhi e ho immaginato le stelle che si spegnevano. Ho implorato il cielo notturno di aprirsi dentro di me, in modo da poter uscire dalla stanza. Alla mia sinistra, la sedia gemeva sotto il peso di Vick. Mi terrorizzava l'idea che per tutta la durata di questo trasferimento sarei dovuta rimanere nella mia pelle.

Lo sceriffo si è proteso in avanti sulle ginocchia divaricate, gracchiando nell'imboccatura. I suoi radi capelli neri odoravano di falò. Ho lasciato ciondolare la testa contro il ricevitore, fingendo di essere incosciente, con le palpebre che tremavano, il respiro rallentato. Ma sono rimasta sveglia a ogni singola parola dello sceriffo Iscoe. La sua voce riecheggiava nell'imbuto, turbinando dentro di me. Non si è trattato di «ascoltare». Sono stata risucchiata nel suo ricordo: premuta contro le orbite degli occhi di Vick, costretta dentro le ossa del suo viso. Mentre parlava nel cornetto, sentivo il vento che gli sferzava i peli delle braccia, il sudore sulla fronte, l'odore del dopobarba che si mescolava con l'ozono della prateria. Ormai sono abituata a sollevare Vick dai suoi problemi. Questa volta ho rivissuto la notte in questione. Non insieme allo sceriffo Iscoe, Figlio mio, ma *nei suoi panni*.

***

IL DEPOSITO DELLO SCERIFFO ISCOE

Era quasi mezzanotte quando Vick Iscoe e il suo vice raggiunsero la cima della collina. L'arrampicata gli fece apprezzare la salita regolare delle scale dell'affittacamere, la prudenza del parapetto intagliato a mano, un lungo braccio di quercia per sostenere un uomo traballante... Vick stava rimpiangendo gli angoli retti di quelle scale nel preciso momento in cui perse l'equilibrio e cominciò a scivolare giù dalla duna di sabbia verso la Chevrolet parcheggiata, con i fari che brillavano coraggiosamente nell'oscurità ininterrotta della prateria spazzata dal vento.

Vick si aggrappò alle zolle di terra secca che si staccavano mentre scivolava sempre più veloce... graffiandosi la pancia rosa fino a farla sanguinare, urlando a un'ottava che lo sorprese. Su tutta la collina color camoscio illuminata dalla luna, i fiori selvatici aprirono gli occhi. Vide le bocche di leone viola che avevano perso i loro colori diurni, piccoli calici di mezzanotte. Adesso da dove veniva *quella* voce? Quelle *voci*? Sentì dei gattini che gridavano tra i suoi timpani. Un sacco stretto dentro di lui scoppiò, riversando fuori miagolii rabbiosi. Poi tutto finì, e Vick imprecò con il suo solito baritono, ritrovando la voce burbera.

Perché i morti non stavano zitti?

Miracolosamente, quel chiacchierone del suo nuovo vice riuscì in qualche modo a tenere la bocca chiusa. Non chiese nemmeno: «Tutto bene, sceriffo?», ma attese paziente con la donna morta mentre Vick si rialzava a fatica sulle ginocchia.

Imprecando mentre risaliva la duna a est, Vick sprofondò più volte, e a un certo punto le sue gambe scomparvero fino agli stinchi in un piccolo cratere. Lui e Percy furono presto costretti ad avanzare carponi. La sua torcia cercava il punto giusto per interrare il corpo.

Vick pensava cupamente alla sua campagna per la rielezione. Mancava poco, si votava il primo martedì di giugno, e il suo avversario era un ragazzino viziato di bell'aspetto, Ernie Whitson, un ex tenente dell'esercito di Fort Niobrara che aveva lavorato per Doc Middleton nell'angolo più a nordovest dello stato. Stava spendendo molto in manifesti elettorali. Era entrato in scena l'anno prima, accusando Vick di far ristagnare i casi aperti. Che soddisfazione, quando ogni giornale del Nebraska aveva pubblicato – sopra alla faccia sorridente dello sceriffo Iscoe – un titolo che gridava a Whitson e a tutti i detrattori di Vick: ASSICURATO ALLA GIUSTIZIA L'ASSASSINO DELLA ZAMPA DI LEPRE.

Gli omicidi irrisolti erano nocivi per il benessere della città, lo sapeva, e pessimi per gli affari. Mantenere l'ordine pubblico non era sufficiente per vincere le elezioni. Bisognava farsi un po' di campagna elettorale.

Cosa pensava Percival Gander, il vice con la faccia da bambino, di questa avventura notturna? Il ragazzo era spaventato a morte e stupidamente leale. Due buone qualità.

Se un ascoltatore si fosse sintonizzato su quella stazione proprio in quel momento, ritrovandosi nel bel mezzo del radiodramma senza il contesto necessario, gli sarebbe sembrato tutto sbagliato: due agenti di polizia che strisciano sulla sabbia, ansimando nell'oscurità rovente del Nebraska sud-occidentale, spostando prove a chilometri di distanza dalla scena del crimine. Insieme, trasportavano Mink Petrusev su per la collina, i talloni nudi e screpolati della donna puntati verso la luna.

Questo nuovo vice era un tipo lento. La paura aveva avuto la meglio su di lui e adesso non riusciva a stare zitto: «Che succede se ci beccano a manomettere... ehm... le prove? Finisco in galera?»

Percy non aveva obiettato quando Vick gli aveva spiegato cosa doveva fare, si era solo dondolato sulle punte dei piedi, leccandosi le labbra secche e sbattendo in fretta le palpebre, come se sperasse che i suoi occhi alla fine si sarebbero posati su una realtà diversa. Vick gli aveva chiesto con il sospiro frustrato di un padre se preferisse rischiare la galera o farsi ammazzare sul posto. I genitori devono sopportare tante domande insensate dei figli, e lo stesso vale per gli sceriffi e i loro vice. Quel ragazzo aveva già vomitato una volta *all'interno* della volante parcheggiata, il che aveva fatto infuriare Vick: *Percy, non potevi aprire quella maledetta portiera?*

Semplice sfortuna: una grandinata in aprile, due vitelli gemelli nati morti, una perdita nel serbatoio a dieci chilometri dalla pompa di benzina.

Un incubo: ecco com'era stato per Vick quando il nuovo vice lo aveva chiamato sulla linea condivisa per dirgli, sussurrando senza ragione: *Capo, è meglio che venga qui...*

Questo, adesso, come avrebbe fatto a spiegarlo? La vittima era una donna russa dai capelli argentati, che Vick riconobbe come la moglie di George Petrusev, un uomo che aveva ricattato per anni, finché era morto di cancro alle ossa la primavera precedente. Il vecchio George era un fuoriclasse del poker e un mediocre coltivatore di barbabietole. Mink era una vedova senza figli sulla cinquantina, che viveva da sola alla periferia meridionale di Uz. Cosa ci faceva dietro la stazione? Stava tagliando da lì per arrivare alla strada sterrata? Non è mai saggio entrare nelle proprietà altrui senza un'arma. Mink non aveva nessuna protezione, nemmeno un temperino.

Vick scosse il soprabito della donna e trovò una cambiale della Cooperativa per cinque dollari di lino e granoturco, un ferrotipo sbiadito di due bimbe con le codine (forse nipoti, sperava lontane) e un rosario di corniola con i grani rosso vivo. Come se il suo sangue si fosse trasformato in gemme. Ce n'era così tanto. Vick si asciugò il sudore dalla fronte. Era possibile che nessuno si accorgesse della sua scomparsa? Questa era la preghiera di Vick. (Chi è che ascolta una preghiera del genere e la esaudisce? Lui sperava di non incontrarlo mai.) Si mise in tasca il rosario, per Dottie.

Aveva creduto anche solo per un momento alla colpevolezza di Clemson Louis Dew?

Questa era la domanda sbagliata.

La realtà era una storia che Vick stava raccontando a sé stesso. Il futuro era suo. E per ottenerlo, avrebbe plasmato il passato in qualunque modo fosse necessario.

Mink Petrusev, che aveva le dita lunghe ed eleganti da pianista e gli occhi azzurri e fissi, era stata scoperta da Percy in un cespuglio di artemisia tre chilometri a sud della stazione. Il nuovo vice era stato chiamato per dei vagabondi che rubavano uova di gallina, e invece aveva trovato un corpo seminudo in una pozza di sangue ed erba impastata. Vick aveva avuto un tuffo al cuore alla vista del sangue fresco sui vestiti di Mink, che impregnava il cotone verde scolorito dal sole. E questa adesso come la risolveva? Victor Iscoe era un eroe per tutti, e Dew era chiuso in una cella. Ora la sua posizione a Uz era di nuovo in bilico. Tutto il suo duro lavoro, la sua ingegnosità, per niente. In un attimo di confusione o per abitudine, aveva preso dal baule uno dei piccoli portafortuna. Aveva una mezza dozzina di zampe di lepre nascoste lì dentro, in una scatola di latta.

Ma questa volta non avrebbe funzionato: Clemson Louis Dew stava aspettando la sua seconda esecuzione e tutti credevano che la città fosse di nuovo al sicuro.

Vick si grattò la testa, nervoso. Usare le zampe di lepre per collegare i casi ancora aperti era stato un colpo di genio. Risolvere sette omicidi in una volta sola? Era stato il momento migliore della sua carriera di sceriffo. Ma quella mano l'aveva già giocata. Non aveva idea di cosa fare stavolta. Il tempismo non poteva essere peggiore. Fissando gli occhi senza vita di Mink, Vick sentì un'ondata di rabbia. Un *boom* e poi un *crac*. A Uz sembrava che le cose andassero sempre così. Poteva costargli l'elezione, la sua immagine appena ripulita. La paura dei giornalisti gli chiuse la gola. Sapeva cosa faceva vendere i giornali. Sapeva esattamente come i suoi nemici avrebbero usato questa nuova vittima per metterlo alle corde. ISCOE L'INETTO ARRESTA UN INNOCENTE! L'ASSASSINO TORNA A TORMENTARE LA CITTÀ DI UZ! I dubbi che molti avevano represso sulla colpevolezza di Dew ora sarebbero riaffiorati. Vick avrebbe cosparso il corpo di Mink di cherosene e acceso un fiammifero lì su due piedi, se non fosse stato per il rischio di essere scoperti dall'allevatore di polli preoccupato. L'avevano ammazzata i vagabondi ladri di uova? L'aveva uccisa l'allevatore di polli? Qualche mostro a piede libero?

La sua pelle era ancora calda, il sangue delle ferite sulle braccia era rosso macelleria. «Ti sei difesa bene, Mink», disse

Vick con approvazione. «Andrà meglio la prossima volta, tesoro». A quanto pareva, Mink era stata uccisa tra la telefonata alla stazione di polizia e l'arrivo del vice. Vick non aveva alcun interesse ad aprire un'indagine così a ridosso delle elezioni.

«Dovremmo trovare il contadino che ha fatto la telefonata, signore?»

«No. Finché non avremo il nostro uomo. Metà dei barboni della baraccopoli hanno messo le mani in un pollaio, Percy. Ti consiglio di sbatterne uno dentro e di presentare un rapporto in cui si dice che il ladro di uova è stato arrestato».

«Se Dew è dietro le sbarre, chi ha ucciso Mink?», gridò lo stupido vice, molleggiandosi su un piede come se cercasse di liberarsi da un pensiero. «Sceriffo, posso chiamare il medico legale...»

«Dai, Percy, torna qui».

Vick toccò il colletto bagnato della camicetta di Mink. Niente pulisce meglio del fuoco, come amava dire Dottie. Gli stava montando dentro una brutta sensazione.

Poi arrivò la pugnalata della paranoia. Si rivide davanti il viso compiaciuto e gonfio di Ernie Whitson. «Forse Whitson ha incaricato qualcuno. Oppure ha ucciso Mink con le sue mani. Niente lo renderebbe più felice che rovinarmi la reputazione...»

Gli occhi del vice sembravano uova sode. «Sceriffo, non credo che il signor Whitson ucciderebbe qualcuno solo per vincere le elezioni».

«Non *vuoi* crederci, Percy. Fidati, nulla è impossibile per un uomo che vuole qualcosa con tutto sé stesso...»

Si rigirò la zampa di lepre nel palmo della mano. Era più piccola dell'ultima. Vick le aveva comprate all'emporio di Gordon. Dieci per dieci dollari. Erano state tutte ricavate dalla zampa posteriore sinistra, gli aveva detto il negoziante. Si potevano comprare queste porcherie ovunque si trovassero dei giocatori d'azzardo. A Vick non importava abbastanza da chiedere il motivo della superstizione.

Quegli amuleti non funzionavano molto bene, pensò con rabbia. La sfortuna era tornata a perseguitarlo. Quando le allieve infermiere erano state uccise, aveva capito che lo aspettavano tempi duri. La loro sfortuna lo aveva contagiato. La gente aveva bisogno di qualcuno da incolpare e, in mancanza di un assassino, all'improvviso tutti puntavano il dito contro lo sceriffo locale. A Vick non sfuggiva il paradosso: era abituato ad acciuffare un capro espiatorio e riportare l'ordine. Questa volta era lui che era stato incastrato da un caso irrisolto. Se solo le allieve infermiere non fossero state così bianche, così giovani! Se avesse avuto un po' di tempo per organizzarsi, prima che i giornalisti venissero a sollevare quel polverone sulla zampa di lepre. Avrebbe potuto trovare un modo per spegnere la miccia prima che esplodesse nei titoli dei giornali. Se le ragazze assassinate fossero state, invece di Nina Rose e Olga Kucera, delle donne senza prospettive o senza parenti in città. Quelle due erano una tragedia che vendeva bene: avevano tutta la vita davanti. Ma di donne ne sparivano in continuazione. Era un dato di fatto in tutto il maledetto mondo. Una giovane donna di colore di cui Vick non ricordava il nome era scomparsa da un accampamento di pescatori sul fiume Republican appena due settimane prima degli omicidi di Nina e Olga, e nessuno a Uz ne aveva fatto un caso. Quante puttane erano sparite negli ultimi tempi da quel bordello sulla strada solitaria tra Uz e Thedford? Lui stesso ne aveva conosciute alcune. Il problema era che *queste*, di donne scomparse, erano mogli e figlie di membri della Grange. Di persone perbene. In un paio di casi, persone potenti. Quando Allene e Minnie erano state uccise a un mese di distanza l'una dall'altra l'anno prima, sarebbe stato naturale farsi prendere dal panico, ma Vick aveva mantenuto la calma. Lui sapeva trasformare le crisi in opportunità. Piazzare le zampe di lepre sui loro cadaveri era stata una delle sue idee più audaci. Alto rischio, alto rendimento. Decine di giornalisti si erano riversati a Uz per raccontare la sensazionale serie di omicidi e poi erano rimasti per documentare come lo sceriffo di campagna aveva messo fine alla violenza. Aveva portato la pace alle famiglie delle vittime e alla città di Uz. E adesso? Tutto il suo duro lavoro stava per essere vanificato.

«Possiamo indagare sull'omicidio di Mink in privato, nel nostro tempo libero. Non ho intenzione di far sprofondare Uz nel panico. In città la situazione è già abbastanza precaria, no?»

«Sceriffo...»

«L'assassino della zampa di lepre è stato assicurato alla giustizia, Percival. Non so chi abbia ucciso Mink, ma non lascerò che la sua morte distrugga Uz».

«Sceriffo? Crede che l'uomo o gli uomini che hanno ucciso Mink Petrusev... abbiano ucciso anche qualcuna delle altre?»

Vick riusciva ancora a controllare la rabbia. Ma mentre il sole tramontava dietro le dune di sabbia erbose, sentì che il controllo lo stava perdendo. Diede un calcio a due polli che si erano avvicinati, zampettando impettiti.

«Credi che Dew sia stato condannato ingiustamente?»

Il giovanissimo vice annuì piano, gli occhietti che guizzavano su quell'alveare appiccicoso che aveva al posto della faccia. Aveva pianto, si disse Vick con disgusto. Pianto, e probabilmente anche fantasticato di vedere il proprio nome nei titoli dei giornali. Carri allegorici e medaglie d'oro. Che serata deludente per tutti quanti.

«Ti dirò come la penso io su questa cosa, Percy. Vediamo se ti aiuta a dormire un po' meglio. Anche se Clemson Louis Dew non fosse colpevole di aver ucciso sette donne, quel ragazzo è di sicuro colpevole di *qualcosa*. Probabilmente qualcosa di peggio di quello per cui lo abbiamo arrestato!»

Sentiva ancora la pressione del collo sottile del vagabondo che si ritraeva e scivolava via prima che lui riuscisse a bloccarlo. Un uomo innocente scappa dalla legge? Un innocente sviene per il terrore? Mentre Vick gli stringeva la testa in una presa, quel ragazzo con gli occhi da pesce lesso si era pisciato addosso. Ora, in quale altro modo si può interpretare un getto di urina come quello? Era una confessione involontaria. La giuria aveva fatto il suo dovere condannandolo.

«Troveremo l'assassino di Mink, te lo prometto. Ma non ho intenzione di concedere al mio avversario la soddisfazione di darmi dell'incompetente. Pensi davvero che la città sarebbe più sicura con Ernie Whitson a proteggerla?»

«Be'...», disse Percival.

Il ragazzo stentava a capire che la sua scoperta non sarebbe stata celebrata da nessuno.

«Non dovrei chiamare il medico legale, sceriffo?», chiese di nuovo, con meno speranza.

«Quello che devi fare è mettere subito la signora Petrusev nel bagagliaio. Passeremo la notte insieme, noi tre».

Due ore dopo, Vick decise che erano abbastanza lontani dalla strada. La fattoria più vicina era a undici chilometri di distanza. Un albero solitario spuntava dal terreno – un pioppo con una cicatrice lungo il tronco – e Vick l'interpretò come un segno che doveva fermarsi. Mink Petrusev giaceva sulla sabbia tra i due uomini, con il sangue rosso che si asciugava in macchie nere. Vick osservò i colori che svanivano dai suoi stivali color cognac e dalla sabbia ramata, tutto si fondeva in un blu uniforme. La notte seppelliva il significato delle cose. La notte era ormai da tempo sua complice.

Non si sarebbe mai notata la cicatrice sul pioppo se non guardandola alla luce del giorno, pensò Vick. Era più la memoria che la vista a farla riemergere dall'oscurità. Con un po' di fortuna, presto il nome di Mink sarebbe svanito. Il fatto stesso che era vissuta.

Avrebbe dovuto trovarlo consolante, come aveva sempre fatto in passato. Perché non stasera? Un brutto presentimento si abbatté su di lui come un'onda, mozzandogli il fiato. Scosse la testa per liberarsene. Sputò nella salvia profumata. Mink osservava dall'ombra sottile del pioppo solitario. A Vick non interessava chiedersi cosa fosse a causargli quel malessere: a che serviva indagare? *Il cibo rancido lo sputi e basta*, pensò. *Non continui a masticarlo.*

Il cipiglio di Percival si fece più profondo, non perché stesse riflettendo, ma perché si stava arrendendo alla realtà. La sua espressione cambiò molto gradualmente. Era come guardare il tacco di uno stivale che affonda nel fango, un fatto terribile che si faceva strada nella sua coscienza. Alla fine sussultò e la luce abbandonò i suoi occhi.

«Oh», disse. «Adesso mi ucciderà, sceriffo?»

Abbassò lo sguardo sulle proprie scarpe. Sembrava un ragazzino timido che pregava di non essere scelto per la recita scolastica.

Non sparate sul pianista e non seppellite il becchino! «Tesoro, non posso sbarazzarmi di questa ragazzona da solo».

Più si arrabbiava, più i vezzeggiativi di Vick si facevano teneri. Un'eco di suo padre, Victor senior, la cui voce diventava più bassa e melliflua quanto più era ubriaco e cattivo: «Ahhhh tesoro, tesoro, tesoro», mormorava sbattendo la testolina del figlio contro la parete in fondo alla cantina. Le punizioni venivano inflitte lì sotto, pratica che Vick aveva portato avanti con i suoi figli: la terra battuta non trema come il legno, e assorbe generosamente tutti i suoni. È colpa mia, colpa mia, colpa mia, aveva creduto il piccolo Vick all'epoca. Un senso di colpa che aveva superato l'anno in cui era diventato più alto e più forte di suo padre, e aveva iniziato a reagire.

«Nessuno ti ucciderà, dolcezza», promise Vick al suo vice. «Non mi hai dato alcun motivo per farlo...»

Nel buio aveva iniziato a risuonare qualcosa di non umano, una musica stridula che sembrava delineare le dune in una tenue luce argentata. Un animale nuovo, con un richiamo sconosciuto. Unito a un coro di altre bestie senza nome.

Vick passò a Percy la pala.

Mentre la sabbia volava, Vick cominciò a pensare all'espressione *nel bel mezzo del nulla*. Sembrava implicare che il nulla non avesse periferie: ci si trovava sempre proprio nel mezzo, no? Inevitabilmente. Quando si arrivava ai *confini* del nulla, si era di nuovo *da qualche parte*. Alla periferia di qualcosa. Il vero nulla era un pozzo di solitudine abbandonato nel mezzo del vuoto. Era così che si sentiva quando si svegliava accanto a Dottie e per un istante eterno non riusciva a ricordare il proprio nome.

«Torniamo a casa», disse il vice. «Possiamo riportare la signora Petrusev dove l'abbiamo trovata e chiamare il medico legale. Giuro che non dirò ad anima viva di questa piccola deviazione. E nessuno verrà impiccato per un errore».

«Ah, giovane Percival, ora hai rovinato tutto. Per tutta questa folle serata ho continuato a chiedermi: il ragazzo è affidabile? Adesso ho la risposta, no?»

La luna li osservava imbronciata da dietro una cortina di polvere rossastra. Il lamento sembrava avvicinarsi ai due da tutte le direzioni, ma senza fretta, come una trappola che si chiude al rallentatore. Le grida acuminate si avvicinavano. Se le nuvole avessero inghiottito la luna, Vick avrebbe avuto la conferma che l'intero cosmo era contro di lui. Come aveva sempre sospettato. Tutto ciò che aveva costruito, lo aveva dovuto fare da solo. Sbatté la pala sulla testa di Mink e il ragazzo sussultò: «Capo! Perché l'ha fatto?»

Vick si era disabituato a *quella* domanda da parecchio tempo. Le persone inventavano le risposte a posteriori, ed erano sempre egoistiche. Fissò l'oggetto informe sotto di lui che un tempo era stato il cranio di una donna. Per la seconda volta si sentì montare dentro la rabbia, e usò quel carburante per finire di scavare la fossa. Consegnò il cherosene a Percy e osservò il ragazzo armeggiare con la sua scatola di fiammiferi.

«Ha sentito quel latrato? Sono lupi?»

«Non ce ne sono più in Nebraska. L'ultimo è stato ucciso nel 1913. Al mio vecchio piaceva raccontare questa storia perché era stato un suo cugino a premere il grilletto e a indossare la pelle alla messa di Natale».

Vick si appoggiò al pioppo e accese una sigaretta. L'odore

era terribile, ma il calore del fuoco era piacevole sulle mani e sul viso. Gettò la zampa di lepre tra le fiamme, guardandola roteare sopra l'artemisia e atterrare su Mink. Non era immune alle vecchie superstizioni.

«Percy! Di' qualche parola sul corpo».

«Che Dio ti benedica e ti protegga», mormorò il ragazzo, mentre Vick dava fondo al cherosene.

«Mantieni segreta la tua morte, Mink, se sai cosa è meglio per te. George mi deve ancora quaranta dollari. Fagli sapere che non me ne sono dimenticato. Amen».

Era peggio distruggere le prove o inventarle?

Lui e Percy attraversarono il letto poco profondo del torrente e il boschetto di alberi secchi che qualche pazzo aveva cercato di piantare. Mancava ancora un chilometro e mezzo alla strada.

Stordito dalla lunga camminata e dal caldo notturno, Vick si accorse che i suoi pensieri cominciavano a prendere direzioni innaturali. Vide nella sua immaginazione scene placide e terrificanti. Ondate di lepri a tre zampe che brucavano tra le tombe, roteando la zampa posteriore e battendola a terra contro di lui. Sotto gli alberi palpitanti vide i volti delle donne, quelle che erano state tenute così accuratamente nascoste alla vista: Enesta. Luz. Lada. Nina. Olga. Allene. Minnie. Continuavano ad apparire e scomparire, disposte in semicerchio attorno a Mink, che a quel punto si girò su un fianco e si alzò, scrollandosi la sabbia dal vestito, spazzolandosi via le fiamme blu-arancio che aveva nei capelli. *Riprendi il controllo, vecchio pazzo.*

«Percy? Percy, sei ancora qui...?»

Molto oltre la fila di alberi frangivento, vide il suo giovane vice scomparire nella direzione che entrambi speravano portasse alla strada. *Non guardarle*, ordinò a sé stesso. *Non esistono*. Sentiva le donne che lo fissavano, aspettando pazientemente che aprisse gli occhi. Quando si voltò per correre verso gli alberi, Vick gemette. Proprio accanto a lui, Clemson Louis

Dew se ne stava tranquillamente legato a un trono in fiamme. Sollevò il sacco che gli copriva la testa e incrociò lo sguardo di Vick con una franchezza impenetrabile. Dalle orbite vuote del ragazzo usciva un fascio di luce elettrica che trafisse Vick con una chiarezza bruciante, scacciando tutte le ombre dalla sua mente, illuminando una spoglia sala interrogatori di infiniti specchi dove Vick sedeva davanti a Vick. Ciò che vide dopo gli restò conficcato in gola, e non trovò uno sbocco.

«Sceriffo?» Quando Percy gli scosse il braccio, Vick cacciò un grido. «Vuole dell'acqua? O qualcosa di più forte?»

Aveva bisogno della strega. Per questa infestazione, una strega della prateria era davvero l'antidoto. Aveva già pensato di portarla nella cella per ripulire ogni traccia da Percy. Ma perché non avrebbe dovuto godersi anche lui la stessa pace, dopo una notte così travagliata? Il sonno, se fosse arrivato, sarebbe stato un tormento. Non voleva che Clemson lo guardasse, né nella vita reale né nella sua immaginazione, mai più.

Sì, stasera avrebbe affidato all'Antidoto questo sfortunato episodio con Mink e le sue conseguenze. Doveva smaltirlo con il sonno. Era senz'altro una buona strategia, depositarlo dentro di lei fino a dopo le elezioni. Non c'era spazio per l'orrore di quelle donne che pronunciavano il suo nome nel buio, l'orrore di Clemson in fiamme. Il passato aveva ripreso a divampare e doveva gettarlo dentro la strega non appena fossero tornati in città, altrimenti rischiava di bruciare vivo. Anche adesso, sentiva il fuoco che saliva. Lo costrinse a decidere.

«Oh-oh, capo», disse Percy, fermandosi di colpo, con Vick che gli inciampò addosso. «Laggiù ci sono delle ragazzine che fanno le sceme».

Quante erano le probabilità?

Si scoprì che il bel mezzo del nulla d'un tratto era un posto affollato.

Vick sentì una risata furiosa crescergli nel petto. Lui e Percy avevano parcheggiato a più di un chilometro dalla strada, dove finivano i muggiti del bestiame di Anders. Qualcosa aveva portato queste stronzette allo stesso incrocio sperduto di coordinate.

«Oh mio Dio, ci sono un sacco di bambine laggiù!»

Guardarono il gruppo di sei o sette che si passavano un thermos.

«Non sono poi così piccole», disse Vick dopo un po'.

«Se fossero le *mie* figlie...»

«Io non ci voglio proprio pensare alle mie figlie in questo momento. E tu?»

Le ragazze ballavano e ridevano al chiaro di luna, saltavano dalle rocce e rotolavano giù per il pendio sabbioso, facendo la lotta. Vick non scartò la possibilità che quelle figlie di Uz fossero davvero indemoniate. Ora le riconobbe. La squadra del liceo. Avevano vinto il campionato della Settima Regione, l'anno prima era stata una grande notizia per una città sonnolenta come la loro. Le aveva viste correre in campo con quei capelli chiari e scuri che si sollevavano sulle spalle come artigli.

«Se quelle avessero veramente una famiglia, non sarebbero qui fuori da sole a mezzanotte meno un quarto...»

«Be', qualcuna la riconosco. Ce n'è una grassoccia che è la figlia di mezzo di Iverson, c'è quella di colore che lavora alla cassa da Easter, poi la mezzosangue...»

Una ragazza robusta si girò di scatto, fissando nel buio verso Vick, senza vederlo.

Quella ha qualcosa che non va. L'omicidio di sua madre era finito sui giornali e Vick aveva riconosciuto il nome: Lada Oletsky. Aveva sempre avuto un sorriso per lui. Sorrideva a tutti, il che ovviamente toglieva valore alla cosa, ricordò Vick con un lampo di rabbia. Era andato a scuola con Lada e quei suoi fratelli polacchi con la faccia a patata. Aveva avuto una cotta per lei, tanti anni prima.

HUBBELL: TROVATO IL CADAVERE DI UNA MADRE STRANGOLATA IN UN CANALE

Poi era scappata e si era fatta ammazzare in un fosso tre ore a est di Uz. Un posto disgraziato, perché era a circa un chilometro dal punto in cui un assassino aveva scaricato il corpo di Enesta Risingsun. Proprio vicino alla strada d'accesso alla città, l'arteria degli affari, si era lamentato Joe Lacy. Joe non aveva alcuna pista e la gente era pronta ad arrabbiarsi in quei giorni torridi e desolati. Era stata un'idea di Vick aggiungere i loro nomi alla lista delle vittime di Clemson Louis Dew, e sia i pubblici ministeri statali che la polizia della contea di Hayes erano stati di grande aiuto. Vick doveva un favore al suo vecchio amico ed era felice di ripagarlo in un modo che aiutasse entrambe le parti. Nella versione fornita dall'accusa, Lada Oletsky divenne la terza vittima dell'assassino della zampa di lepre. Il caso irrisolto fu chiuso con successo. Alla fine, il fatto che sul petto di Lada non fosse stata trovata alcuna zampa di lepre non aveva turbato i giurati. Spesso le prove scomparivano, inoltre era troppo presto perché qualcuno sapesse già come cercare gli indizi della follia di Clemson Louis Dew e, cosa fondamentale, il ragazzo aveva confessato. Per un attimo, Vick si permise di chiedersi cosa fosse successo la notte in cui Lada era morta. Poi il pensiero svanì, leggero e luminoso come le braci del falò dietro il deposito ferroviario dove aveva incontrato Clemson per la prima volta.

La figlia di Lada Oletsky volteggiava intorno al fuoco, tenendo per mano una ragazza messicana più alta. Andarono a sbattere contro una terza ragazza e si accasciarono a terra fra le risate. Quando una bella donna aveva una figlia brutta, a Vick si spezzava il cuore. Lada era stata una bellezza. Sua figlia era una ragazzina sporca con la faccia da fungo velenoso, piena di brufoli. Era una sgualdrina come sua madre? Vick ipotizzò di sì. E chi l'avrebbe voluta?

«Qualcuno potrebbe dire», mormorò Percy, «che è nostro dovere come agenti di polizia scortarle a casa dalle loro famiglie».

«Solo se tu lo vai a raccontare in giro. Altrimenti nessuno dirà granché».

***

Vick ha finito. Ho aspettato un minuto intero prima di sbattere le palpebre. Poi mi sono alzata, sono scivolata silenziosamente dietro la tenda che nascondeva il mio letto e ho vomitato nel lavandino.

«Ant», ha sussurrato Vick. Sembrava quasi euforico. Alzandosi, ha fatto cadere la sedia. Gli è uscito di bocca un suono che non era una risata. Era una semplice reazione fisica, lo sapevo. Come il flusso di bollicine in una bottiglia di gassosa. Tuttavia, un brivido mi è salito lungo la gamba. «È così che fai sentire la gente? Dannazione. Non posso credere a quante notti sono rimasto lì in piedi ad ascoltare, continuando a portarmi dietro la mia carriola di macigni! Non posso credere di aver aspettato così tanto per sentirmi così bene...»

Mi si è avventato contro e mi ha baciato il collo, poi me l'ha morso. Gli ho detto che avevo le mestruazioni, il che era vero. Quando questo non gli ha impedito di aprirmi il vestito, ho infilato una mano sotto la gonna e un dito dentro di me, tirando fuori un globo di sangue rosso-nero, che gli ha fatto tremare le labbra per il disgusto. Troppo pigro per picchiarmi con quel caldo soffocante, si è rimesso le mani in tasca.

Aveva il passo scattante mentre scompariva giù per le scale; dalla mia finestra polverosa l'ho guardato spuntare in strada, dirigendosi spavaldo verso la berlina nera che aveva trasportato decine di noi alla prigione della contea, dietro casa dello sceriffo. Il ricordo che mi aveva lasciato pesava dolorosamente dentro di me. Quanti depositi avrò ricevuto su ordine di Vick? Decine, forse centinaia. Con un brivido l'ho immaginato versare nel mio cornetto il sangue di Mink, a litri. Quanti cadaveri aveva già fatto sparire nel mio corpo?

Ora conoscevo il nome di almeno una di queste persone: Mink Petrusev. Ho visto la collina dove l'avevano trascinata come se ce l'avessi avuta davanti. Ho incrociato gli occhi ciechi di Asphodel la notte del delitto, inconsapevole che sarebbe diventata un fantasma che vagava per sempre nella nebbia della memoria di Vick Iscoe. La sua storia mi ha agguantata e, benché quell'immagine mi facesse venire i conati, sapevo che non avrei mai dimenticato il corpo di Mink Petrusev che si irrigidiva tra le artemisie, vicino alle galline impettite di un allevatore di pollame. Le lacrime non vogliono scendere, Figlio mio, ma sento che si stanno accumulando dietro i miei occhi. Ho pregato, come Tu sai, di essere liberata da quella terribile sensazione di assenza di peso. Perché mi venisse restituita la zavorra perduta. Per sentirmi di nuovo ancorata alla terra. Riempita fino all'orlo, invece di fluttuare nel mio stesso corpo. Qualche diavolo sta rispondendo alle mie preghiere nel modo più crudele. Ho passato una vita a ingoiare le spade di questo mondo, ma ora me le sento affondate dentro fino all'elsa, con tutti i lati della lama. Ricordo ogni cosa.

I mostri si travestono da esseri umani e se ne vanno in giro a raccontare storie ammalianti, e a crederci. Molti non imparano mai a vedere chi sono veramente, i denti nascosti dietro i loro sorrisi. Anche io sono un mostro, Figlio mio. Lo sono da molto tempo. Ora me ne rendo conto. Sono una complice dello sceriffo.

Asphodel Oletsky, la giocatrice-capitana delle Minacce

Una tempesta di polvere locale ha soffiato da est, ovest e sud-est fino alle nove e un quarto. Dopodiché, il sole ha mantenuto il colore inquietante di un penny sott'acqua, un rame tenue che baluginava dal letto fangoso di un fiume. Quando ho imboccato la Statale 6, avevo così tanta polvere sulle mani che mi sembrava di indossare i guanti. Thelma voleva fermarsi e sciacquarsi gli occhi che le prudevano, ma le ho detto che doveva tenere duro e resistere. Avevamo un campionato da vincere.

Il catafalco su cui viaggiavamo ci era stato prestato dal viscido corteggiatore di Ellda, il pastore Robbins, un ministro sposato che gestiva un campo estivo battista, un uomo che, eravamo tutte d'accordo, non batteva le palpebre quanto avrebbe dovuto e aveva una stretta di mano appiccicosa.

«Lui non può venire alle nostre partite, Ellda», ho detto. «Non piace a nessuna».

«Dannazione, Oletsky. Mi sono procurata un pulmino gratis. Ti pare il modo di ringraziarmi?»

Il pulmino era un leviatano rosso a tre porte che lasciava scie scure di olio ovunque si fermasse. Val lo aveva soprannominato Piscialletto. Aveva nove posti, l'avviamento a manovella e gli occhi annebbiati: dei fari anneriti che dovevo pulire continuamente. Il soprannome di Val era rimasto, anche dopo che il resto di noi aveva votato per chiamarlo Pegaso.

Avevamo lasciato il bucato a mollo. Avevamo lasciato biglietti per genitori e sorelle minori, spiegazioni per i nostri letti vuoti che fungevano anche da profezie: TORNEREMO DOMENICA SERA DOPO AVER VINTO A RED WILLOW.

Ero il capitano, quindi guidare il pulmino era compito mio. Ai pedali impolverati ci arrivavo a malapena. Avevo deciso di non dire alle altre che avevo sempre guidato solo il Dodge di mio zio. Erano tutte cresciute guidando trebbiatrici a vapore, camion per il fieno e trattori diesel. Valeria sedeva dietro di me e mi dava istruzioni sottovoce.

Ci siamo fermate per pranzare in un boschetto di noci. Il contadino è uscito per offrire a ciascuna di noi un mestolo di acqua acidula. Aveva un sapore diverso dalla nostra acqua, anche se nessuna sapeva spiegare bene come mai. Prima del crollo, ci ha raccontato, spediva trentasei vagoni di noci a una fabbrica di biscotti in Illinois; l'anno scorso non era riuscito a riempirne nemmeno cinque. Evidentemente era il suo modo di rifiutare la nostra silenziosa richiesta di assaggiare le noci pecan mature. Per favore, per favore, per favore, imploravano i nostri occhi affamati, e la sua storia aveva risposto per lui. Però l'ombra l'ha condivisa generosamente. La frescura del verde a mezzogiorno era una tregua di un lusso sfrenato.

Quattrocento ettari di alberi disposti nella coreografia più armoniosa che avessi mai visto. Nelle pianure meridionali, un abete solitario era abbastanza famoso da dare il nome a un'intera città: Lone Fir.

«Con chi giocate stasera, ragazze?»

«Con le Principesse della Ferramenta Perkins».

«Non ci sarà nessuno dei vostri a guardarvi dalle tribune?»

«Non ci saranno nemmeno le tribune». Per qualche motivo, la battuta ha fatto ridere tutti.

«In bocca al lupo», ha detto lui con malinconia. «Mi ricordo quando la vita era un gioco».

* * *

Sulla Statale 6 abbiamo superato un camioncino blu vuoto che si era schiantato contro il muretto di un canale di scolo. La portiera del conducente penzolava dai cardini.

«Non è un presagio», ho promesso alla mia squadra.

Stringevo quel volante in una morsa mortale. Il vento soffiava, e si faceva sempre più forte. Ho guidato per otto chilometri a passo d'uomo, anche se di un uomo alto. Buche, crateri, avvallamenti sabbiosi e dislivelli improvvisi. Valeria mi ha tenuto una mano sulla spalla finché non le è venuto il mal d'auto e si è dovuta spostare sul retro.

Verso l'una le raffiche sono diventate più intense. Dietro al sedile del conducente sentivo le mie compagne di squadra tamburellare le nocche sui vetri. Il pulmino sembrava una bocca che batte i denti. In un quarto d'ora il cielo limpido è scomparso dietro una crosta vorticosa, il sole brillava più fioco della luna. Sul retro del Piscialletto si stava preparando un ammutinamento:

«Qui c'è il capitano Achab che non vuole arrivare tardi a una partita che di sicuro verrà annullata per la bufera», ha gridato Nell sopra il vento.

«Non basta dover giocare in un posacenere?», ha strillato Thelma. «Ora Oletsky vuole farci rischiare la vita per essere puntuale?»

Le parole taglienti di Pazi mi hanno trafitta: «Non crederai mica alla tua stessa profezia, vero? Non controlliamo il clima, Dell. Che si vinca o si perda, la polvere non si fermerà...»

«Questa partita *non conta nulla*!» La piccola Ellda si è allungata in avanti per farsi sentire, afferrandomi una spalla. «Dobbiamo accostare e metterci al riparo...»

Fra gli alberi scheletrici veniva giù un fiume di polvere. Ho pestato il pedale del freno. Ho dovuto abbassarmi sul sedile per raggiungerlo. Quando il pulmino ha sobbalzato, si sono zittite tutte.

«È importante», ho detto. «Non ci arrenderemo ora, a una partita dalla vittoria del campionato. Siamo imbattute e questa non la perderemo per rinuncia...»

Ero troppo stanca per fare un discorso. Ho fissato l'orizzonte a ferro di cavallo che sembrava venirci addosso. So dai libri della biblioteca di Hubbell che nell'oltretomba ci sono dei cani. Ho immaginato un cane gigante e irsuto che attraversava a salti la prateria e spingeva fuori strada il nostro pulmino. Il bagliore dei fari si indeboliva di minuto in minuto, con la polvere che ticchettava contro il parabrezza. Riuscivo a malapena a decifrare le forme vaghe che mi si paravano davanti agli occhi. Il pedale dell'acceleratore era a filo con il tappetino. Tenevo le dita strette sul volante e ho scoperto che, anche se le mie compagne di squadra urlavano che era troppo tardi, avevo superato quel leggendario punto di non ritorno, quello slargo sulla strada in cui è ancora possibile fare inversione, mentre il cielo si sta oscurando. La statale qui era così stretta tra sabbia e sterpaglie che potevamo solo sfrecciare in avanti, o frenare e aspettare che la parete di polvere raggiungesse il culmine e coprisse il cielo. Nello specchietto laterale, ho guardato ipnotizzata la nuvola che si alzava a formare una muraglia rombante. In pochi secondi ci saremmo finite dentro.

Harp Oletsky, il Maestro della Grange

«Harp, hai paura di me?»

Fuori ho sentito il rumore del camion del ghiaccio. Mi sono reso conto che erano quasi le quattro del mattino. Io e Urna eravamo rimasti svegli a parlare per metà della nottata.

«Ho paura», ho ammesso. «Ma non di te».

«È da un po' che voglio conoscerti meglio», ha detto lei. «Penso che dovremmo festeggiare la tua vittoria stasera, Harp Oletsky...» Senza preavviso si è alzata e mi ha tirato su dal divano. L'ho seguita mentre spegneva le lanterne a forma di fiore lungo il corridoio. La casa profumava di limone ed era piena di mobili, tappeti e ninnoli. Sembrava molto più piccola e accogliente di casa nostra. Urna mi ha condotto oltre la porta della sua camera e poi ha lasciato che mi dirigessi verso il letto a baldacchino. Mi sono seduto sul materasso e ho nascosto il viso tra le mani. Non capivo questa grazia. Avevo accettato il mio destino di vecchio contadino scapolo, sul lato della collina rivolto verso il tramonto. Dio stava rispondendo a una preghiera che non osavo pronunciare, ormai da anni. Mi è risalito in gola un sapore di tabacco corrosivo. Caffè nero a stomaco vuoto. Lei si è tolta il vestito con un motivo di rose stampato sull'orlo. Non era uno spettacolino per me: tutto ciò che faceva Urna, compreso il modo in cui spegneva le lanterne con due dita, era rapido e pratico. Ho fissato i suoi piedi che camminavano verso di me, le calze così sottili da lasciar intravedere le vene blu mare che le correvano lungo le gambe. Si è arrotolata le calze fino alle caviglie e se l'è scrollate di dosso, e sono rimasto colpito da quanto mi sembrava estranea, adesso che era nuda accanto a me, mentre non più di cinque minuti prima mi ero sentito vicino a lei come non mi era mai successo con nessuno. La bella Urna, una donna che conosco da trent'anni e di cui a quanto pare non so nulla, mi ha slacciato i pantaloni e li ha tirati giù fino alle caviglie, guidandomi dentro di sé con la stessa disinvoltura con cui si mette in tasca una banconota.

«Harp, Harp... Tesoro, cosa c'è che non va?», ha detto, passandomi le dita sulla nuca, dove i capelli mi crescono ancora folti come la pelliccia di una lontra di fiume. In quel momento sono quasi scoppiato a ridere: non avevo idea di che aspetto avessi, mi spiego? Non riuscivo a immaginare cosa vedesse Urna.

«Vuoi provare sdraiato?», ha detto con un tono in cui non mi si era mai rivolto nessuno, nemmeno nella mia immaginazione.

Ho annuito.

Era tutta la vita che desideravo sentire parole del genere. Urna mi ha infilato una mano sotto la camicia e le unghie erano come pioggia sulla schiena. Nessuno mi aveva mai toccato in quei punti. Almeno da quando mia madre mi faceva il bagno da bambino... anche se non mi pare il caso di raccontarlo in giro.

Se sembra troppo bello per essere vero, non è vero...

Ma Urna ha premuto le labbra sulle mie, ed erano calde e vere.

Come lo erano le dita che mi stavano sbottonando la camicia.

«Posso...»

Un altro uomo ha preso il mio posto. Ha fatto scorrere le mani lungo il corpo nudo della mia vicina. Si è inginocchiato davanti a lei e le ha spostato i fianchi in avanti sul letto, accarezzandole i capezzoli con la lingua, aprendole le gambe e scivolandoci in mezzo. Gli occhi scuri di Urna si sono spalancati sul cuscino e questo nuovo uomo ha sostenuto il suo sguardo. Dentro di me qualcuno è uscito dal suo nascondiglio, e ringrazio il cielo, perché il vecchio e timido Harp Oletsky avrebbe spezzato l'incantesimo.

***

Mentre Urna dormiva, mi sono allontanato in punta di piedi e mi sono fatto un panino con formaggio e mele. Ho osservato la mia ombra gonfiarsi sulla carta da parati rosso papavero. A quell'ora tarda, la grande finestra rettangolare si apriva sulla pura lontananza: all'orizzonte c'era un solo mulino a vento, e non si vedeva neanche uno Spider. Dalla sbarra di ottone pendevano tende di tulle. Era strano trovarsi nella cucina di una donna. Tutto era pulito e lucido. Prugne scure impilate in una raffinata ciotola di porcellana. Una piccola scheggiatura sul bordo, che mi ha fatto sentire più a casa. Anch'io ho una scheggiatura sull'incisivo. La cucciola di collie continuava a strattonarmi i risvolti dei pantaloni, cercando di sfilarmeli dalla gamba. Avevo un bel ricordo di questo stesso tiro alla fune con il mio vecchio bastardino, Squint. Negli ultimi tempi, io e lui non abbiamo più l'energia per giocare molto, ed è stato gentile da parte della cucciola ricordarmi come ci si sente. Non ha smesso di mugolare finché non l'ho presa in braccio, strofinandole le nocche dietro le orecchie. Com'era possibile tutto questo? Nello specchio del salotto, ho visto che Urna mi aveva morso, lasciandomi sul collo dei fiori viola.

Sono scoppiato a ridere, facendo agitare la cagnolina che avevo in braccio. Era una sensazione che mi metteva a disagio. Una parte di me avrebbe voluto rintanarsi nella vecchia buca della mia infelicità. L'esito che ha più senso per me è il fallimento. Dalla nascita alla morte, di male in peggio. *Dalla polvere veniamo e alla polvere ritorneremo*, diceva mia madre, unendo le mani alle mie in preghiera. Quest'idea ha mai consolato qualcuno? Quando avevo quattro anni mi terrorizzava.

I miei genitori persero la loro patria e due dei tre figli, e non riuscirono nemmeno a coprire le spese della loro grande scommessa americana. A differenza dei miei genitori, che furono cacciati dalla Polonia e arrivarono in Nebraska pieni di speranza, io non ho mai pensato che il domani sarebbe stato migliore dell'oggi.

Quando ero piccolo, dicevo: «Papà, insegnami la tua lingua. Insegnami il polacco». E lui rispondeva: «No. Sei americano. Puoi insegnare tu a me come parlano loro». Non riusciva mai a capire i tempi verbali inglesi. Una volta mi disse brontolando: «Nella lingua degli yankee, non faccio altro che dire *oggi, oggi, oggi!*»

Un minuto prima di addormentarsi, Urna si era girata verso di me e mi aveva baciato la spalla. «Buonanotte, Harp. Ci vediamo domani».

Domani. La promessa mi tintinnava nelle orecchie.

Ho messo giù la cucciola e l'ho guardata correre nella stanza buia di Urna. L'ho seguita verso il morbido e strano letto che non era il mio, e con grande sollievo sono sprofondato nel materasso. La cagnolina mi ha leccato il viso e Urna ha trovato la mia mano nel sonno. Non passavo una notte lontano da casa Oletsky dall'estate in cui, a diciannove anni, avevo lavorato con mio padre nelle Sandhills. Non dormivo in un letto con un'altra persona da quando ero molto piccolo e mio fratello Frank era vivo. E mai con una donna.

Urna si è girata su un fianco gemendo dolcemente, riscaldandomi la spina dorsale. Ho sentito una grande pace sonnolenta entrare nel mio corpo, un inizio felice. Dal materasso è sembrato addirittura che si alzasse un sospiro di benvenuto. Avevo appena trascorso uno dei giorni più belli della mia vita e, con mia grande sorpresa, ne aspettavo altri. *Domani, domani, domani.* Ho visto il grano dorato nel mio campo, adagiato contro le strisce di terreno incolto. Carichi di grano, diretti in tutte le parti del mondo. Ho sentito che, per la prima volta nella storia della nostra famiglia, stavo parlando americano.

***

Sono tornato a casa alle dieci di mattina, tra i muggiti lamentosi dei miei animali trascurati. Dopo aver fatto il giro di galline e mucche, ho lavorato fino alle due e un quarto per sistemare il filtro del carburante intasato dello Spider. Rientrando per cena ho scoperto che la casa era vuota. Il letto di Lada – mi sono corretto: il letto di Dell – era stato rifatto con cura. Sul cuscino c'era un biglietto, con le lettere blu impresse sulla carta bianca con la stessa precisione di un ricamo su una federa. La calligrafia di Asphodel è molto più pulita di quanto mi aspettassi dall'aria selvatica di mia nipote. Lei e Lada hanno la stessa grafia, persino le *y* a coda di pesce. Ecco Lada, di nuovo viva nell'inchiostro blu che si inclinava, sfuggente come acqua. È stata una pugnalata al cuore.

Ho una partita in trasferta a Red Willow, torno domenica.

Tua nipote, ancora imbattuta,
Asphodel Oletsky

Lo spaventapasseri ondeggiava appena nei campi senza vento. L'ho ignorato. Non mi interessa la stramberia di quello spaventapasseri, la sua persistenza. Mi interessa preservare la mia sanità mentale. «Sono innamorato di Urna», ho detto, soppesando le parole nell'aria. Come si fa a sapere la risposta giusta, quando si fanno i conti con l'amore? È un'altra lezione che sento di aver perso, visto che tutti gli altri sembrano saperlo benissimo. X + Y = Amore. Qualcosa di semplice da calcolare, se solo avessi imparato la formula. Devo tornare al tempo in cui ci mettevamo ancora a legare e trebbiare il grano da soli. Un tempo in cui ero certo che mi sarei sposato, perché era quello che facevano tutti i ragazzi. Poi, con il passare degli anni, mi sono sentito via via meno sicuro. Quando ne ho compiuti trenta, la mia convinzione è cambiata. Da quel momento sono stato altrettanto certo che sarei rimasto scapolo per sempre. Ho chiuso gli occhi e ho cercato di ricordare l'odore della casa di Urna, il profumo di limone. Le sue mani ruvide e la pelle morbida sotto le lenzuola. Ci stavamo facendo i conti tutti e due con l'amore? O ero da solo in un sogno sciocco?

Camminando tra i solchi, ho visto che dal terreno cominciavano a spuntare i primi nodi gonfi. Mi sono inginocchiato e con la lama del rasoio ho diviso gli steli, ed erano cavi, proprio come previsto. La foglia a bandiera sarebbe emersa dal verticillo entro le prossime tre settimane, salvo qualche disastro.

Mi sono chiesto da chi mi sarei fatto aiutare per il raccolto. In passato, io e Otto abbiamo sempre diviso le spese per assumere una squadra. Ci alternavamo alla guida della mietitrebbia, mentre sua moglie dava da mangiare a tutti. A giugno potrei pagare i vicini per aiutarmi, ho pensato. Ma il pensiero di pagare degli amici per raccogliere il mio grano dopo che hanno perso tutto mi ha fatto venire il voltastomaco.

Buona o cattiva che sia, una sorte estrema rende molto soli. Un mese fa non lo sapevo. Ora mi sento come se fossi stato rinchiuso in una sorta di bolla, isolato dalla polvere e da tutti quelli che soffrono. Se potessi estendere il mio incantesimo protettivo ai miei vicini, sarebbe una vera benedizione. Al momento mi sento come una formica intrappolata sotto un vetro. Il mio isolamento è totale. Nessuno mi ha evitato o mi ha cacciato dalla città. Tuttavia, sono stato estromesso da Uz.

Voglio liberarmi da questa cornice invisibile che mi ha separato dal destino degli altri. Prima della Domenica Nera avevamo tutti sofferto i colpi dello stesso maltempo, e volevo condividere la sorte dei miei amici.

In alto, il cielo azzurro sembrava rigido come carta su un muro. Mi sono inginocchiato tra i pungenti steli verdi. Dall'altra parte del filo, sul lato di proprietà di Otto, cinque chilometri di terra arata erano stati spazzati via dalla polvere. Lo stesso vale per tutta Uz.

«Sia fatta la Tua volontà», ho pregato, «ma potresti gentilmente abbandonarmi di nuovo?»

Lo spaventapasseri

La ragazza dice di odiare questo posto. Ma i suoi occhi si fanno rotondi dal piacere ogni volta che vede tornare il piccolo branco. Stasera è arrivato di nuovo, correndo lungo la linea rossa dell'orizzonte. Si è aperto a ventaglio mentre la sera blu lo inseguiva. E poi gli animali hanno iniziato a saltare a mezz'aria. Come... Come...

Popcorn! Ecco un ricordo che torna. Il burro che si scioglie. Il sale che cade. Denti gialli che esplodono in nuvole. Popopopopopop! Raffiche di spari in miniatura, da casa delle bambole. Odore dolce e bruciato.

Il branco balza fuori dal tramonto. Come chicchi di mais che scoppiano in una padella.

Antilopi, è così che il contadino chiama queste creature. Dentro di me prendono forma delle corna a spirale. *Antilope*. Il muro bianco si sgretola e si apre uno spazio. I nomi sono incantesimi. I nomi evocano cieli e animali. Dentro lo specchio di questa mente, ho iniziato a esercitare un nuovo potere. Tirar fuori delle nuove forme da quelle che riesco a richiamare grazie al fischio acuto di un nome. Trasformare dei nomi in creazioni innominate, in scene fluide. Ieri ho sognato un'antilope con due ali enormi. Era verde e viola come uno storno, lucente e muscolosa. Sbattendo le ali su e giù spingeva la polvere verso terra. Mi ha portato in una radura, il punto più lontano da questo terreno incolto che riuscissi a concepire, per quel poco che ricordo. Una distanza molto breve.

Il branco reale è più sorprendente di qualsiasi cosa io possa immaginare. È uno splendore vedere gli animali scomparire, riapparire. La felicità mi scuote come il vento, mi sembra di correre insieme a loro. La bellezza delle creature mi confonde le idee su dove mi trovo e cosa sono. Non è il paradiso questa prigione. Questo corpo di paglia. Ma se è l'inferno e io sono uno stoppino per il fuoco eterno, perché mai provo tanta gioia?

Questo branco è così a sud. Così lontano dal suo normale territorio. Come faccio a saperlo? È qualcosa che ho sentito dire al contadino? Lui mormora tra sé mentre mi passa accanto. Prega, guardando a terra. *Guardami*, imploro la curva della sua schiena. Cosa darei per poter fare cenno di sì con la testa a una qualunque domanda. Per voltarmi e trovare un volto gentile che mi conosca.

Cleo Allfrey, la fotografa dell'AR

Non ho mai avuto in programma di tradire la missione della Sezione Storica. Sono venuta in questa cosiddetta Dust Bowl per trovare ciò che Roy Stryker mi aveva mandata a vedere.

Due giorni dopo il mio arrivo in Nebraska, la mia macchina fotografica Contax è stata rubata dalla stanza del motel a Lincoln, insieme al rullino su cui stavo scattando. Avrei preferito che il ladro mi avesse rubato l'auto. Ero devastata. La nuova macchina fotografica, la Graflex, l'ho trovata il pomeriggio successivo in un piccolo banco dei pegni vicino a Dannebrog. Mi ha sconcertato vederla lì, insieme a una spilla di rubini piena di ragnatele e a un servizio da tè giocattolo; mi ha causato un déjà-vu così forte che mi è venuto il mal di mare. Avevo già visto quella macchina fotografica da qualche parte? Cosa ci faceva una Graflex nuova di zecca in un banco dei pegni dimenticato da Dio sulla Statale 6? Il vento soffiava forte dalle undici del mattino, e i pochi alberi si stagliavano spettrali fuori dalla vetrina impolverata del negozio. La Graflex, immacolata nella sua custodia, sembrava non essere mai stata utilizzata. Mi ha turbata trovare esattamente ciò di cui avevo un disperato bisogno in un posto così improbabile. «Chi ha impegnato questa macchina fotografica?», ho chiesto alla negoziante, una donna sull'ottantina con una parrucca rossa che se ne stava seduta su un vecchio banco di chiesa, muovendosi solo per voltare le pagine dell'*Omaha World-Herald*. Si è tirata su come una mummia, tra le strisce di luce proiettate dalle veneziane di legno. Era danese, come avevo intuito dal delizioso profumo di mele al forno e dalla bandiera alla finestra. «Perché ha l'aria di non essere mai stata toccata». Avevo avuto l'idea folle che forse Lange o Rothstein fossero passati da Dannebrog. Non riuscivo a immaginare in quale altro modo uno strumento così raffinato fosse finito in quella teca di cimeli di famiglia e curiosità.

«Crede che mi ricordi di ogni anima persa che passa di qua?», mi ha risposto seccamente lei, senza alzare lo sguardo. Stava leggendo i necrologi con l'avidità di un tifoso. E proprio lì, al centro del giornale, c'era una pubblicità della Graflex, con il suo leggendario mirino a pozzetto: «*dove vedi l'immagine*».

Bando alle incertezze! C'è una Graflex per ogni tasca e ogni scopo!

«Per altri venti dollari, ci aggiungo la scatola di cianfrusaglie che hanno impegnato insieme a quella macchina fotografica», ha offerto la donna, aprendo un baule di attrezzatura smontata. Mentre la guardavo ha iniziato a battermi forte il cuore: una testa d'ingranditore, becher per mescolare le sostanze chimiche, base e binario corto, pellicola in lastre da 6 x 9 e i relativi chassis...

«Quindici», ho detto, cercando di reprimere un tono stridulo nella voce. Non potevo credere alla mia fortuna. Le ho dato sessantacinque dollari, nemmeno la metà di quanto sarebbero costati la macchina e il resto dell'attrezzatura su un catalogo. Era un quarto della mia indennità di viaggio, ma per me ne valeva la pena. *Mamma*, avevo scritto su una cartolina che avevo spedito da Hastings: *Non crederai a cosa mi ha appena comprato lo Zio Sam: la macchina fotografica dei miei sogni!*

Le ho spiegato il mio lavoro, cosa stavo facendo in Nebraska, e la signora mi ha suggerito di andare col mio nuovo acquisto a fotografare un sito archeologico, un'ora a sud sulla Statale 11. Gli uomini del posto erano stati impiegati in uno scavo di grande importanza storica, mi ha assicurato la donna. Qualcosa che merita di essere visto, ha detto. Avevano dissotterrato cimeli indiani di ogni tipo. «*Archeologia*». Ha riso. «Una macabra caccia al tesoro, se vuole il mio parere. Tutti quei cocci e quei teschi impolverati! Ma so che gli uomini sono felici di avere un lavoro».

L'ho ringraziata per il consiglio. La negoziante ha sorriso. Mi sono resa conto che era in posa, anche se non avevo aperto la macchina fotografica. La parrucca rossa sormontava il viso pallido come la ciliegina su un gelato alla vaniglia.

«Dannebrog è qui dal 1871. Questo negozio è della mia famiglia da sessant'anni. Il Territorio del Nebraska era una terra di nessuno quando se ne sono fatti assegnare un pezzo. Un mare di erba alta che si estendeva all'infinito. Nient'altro che indiani e bisonti...»

Ho comprato un atlante stradale che era su una mensola accanto alla vetrina, e l'ho ringraziata per l'ospitalità. Solo più tardi, in macchina, mi sono tornati in mente stralci del suo discorso, disturbandomi. *Oggi mi sono fermata e ho scoperto la cit-*

tà primitiva di Dannebrog. Ci ho trovato te, su quel manufatto danese che è la tua sedia.

***

Il vento si è alzato, costringendomi a rallentare fino a passo d'uomo sulla strada avvolta dalla polvere. Ai lati, oltre la recinzione di filo spinato, scorrevano ranch che ospitavano prati spelacchiati e animali malaticci, magri come quelli che vide Giuseppe nei suoi sogni premonitori. Qua e là, i bovini tristi si avvicinavano alla recinzione, incorniciando l'orizzonte tra le loro lunghe corna ricurve. Era come guardare il cielo arancione con un telemetro naturale. Se un rombo di tuono potesse solidificarsi in un paesaggio, sarebbe questo: asfalto che sfrigola sulla prateria riarsa.

La mia nuova macchina fotografica mette alla prova la mia concentrazione e la mia pazienza. Non ha *niente* di automatico. Ogni scatto richiede almeno dodici decisioni diverse. Si apre verso l'esterno come una fisarmonica e mi sembra di imparare a suonare un nuovo strumento. Mi ci è voluta un'eternità per impostare la messa a fuoco all'infinito. Ho faticato a regolare la velocità dell'otturatore e poi ho esposto per sbaglio il mio scatto migliore maneggiando goffamente il portapellicola. Questa Graflex ha tre mirini: ottico, a telaio e a vetro smerigliato. Impazzisco ad alternare le inquadrature della stessa scena, cercando di comporre un paesaggio. Dopo qualche giorno di sperimentazione, ho imparato ad amare il mondo capovolto che appare nel vetro smerigliato per la messa a fuoco. Ci vedo cose che mi sfuggono quando guardo il soggetto direttamente.

Vicino a Webster, a Guide Rock, ho trovato una dozzina di giovani sudati che scavavano una profonda buca nel terreno e un uomo con un cappello di paglia che si muoveva tra di loro, con grandi occhi seri che brillavano dietro gli occhiali con la montatura nera.

Mi sono presentata come una fotografa del governo.

È rimasto di stucco, poi ha sorriso con più impegno.

Mi sono appuntata il suo nome e la sua qualifica per la didascalia: Asa T. Hill, direttore del museo e degli scavi archeologici per la Società storica dello Stato del Nebraska.

Mentre la sua squadra si fermava a guardare, io fissavo attraverso il vetro smerigliato il buco che si allargava nel terreno. Ho inquadrato e messo a fuoco, ho inserito la pellicola e scattato. Poi mi sono trovata in difficoltà con il vetrino scuro: mi sentivo i loro occhi addosso.

«È venuta bene?»

«Non lo saprò finché non avrò le stampe dal laboratorio del Ministero».

«So come si sente», mi ha detto Hill, commiserandomi. «All'inizio si capisce a stento cosa si ha per le mani. Molti mi chiedono come ho trovato il sito di Pike-Zebulon. È stata fortuna o istinto? È stata la mia conoscenza, ovviamente, applicata al paesaggio». Mi ha fatto l'occhiolino, picchiettandosi la tempia. «Ma la fortuna c'entra molto! Immagino sia lo stesso nella sua professione, signor Allfrey».

Non ho rettificato. Avevo raccolto i capelli nel berretto, indossavo una camicia di mio fratello Elwin (stava meglio a me) e un paio di grossi pantaloni da uomo. In quelle contee rurali Roy mi aveva consigliato di indossare abiti da donna e una fede al dito. Ma Roy non c'era.

«Be', la faccenda rischiava di essere consegnata all'oblio! Se non fosse che io mi ero trasferito a Hastings e ne sapevo abbastanza da capire cosa avevo davanti agli occhi, quando il figlio di George DeWitt mi ha fatto visitare il sito. La prima volta che suo padre aveva arato il loro appezzamento nel 1872, il terreno era letteralmente coperto di reperti della vita indiana. Mazze, asce, randelli da guerra. Dai miei studi sapevo che questa era quasi certamente la vera ubicazione del villaggio Pawnee, risalente a quando erano una comunità di diecimila persone. George ha trovato una sella spagnola, posso mostrargliela se vuole fare una foto...»

L'ho seguito, origliando la sua conversazione con altri due visitatori.

«Dissotterrare i corpi degli indiani la domenica è un po' come giocare a golf, per me...» Asa ha ridacchiato, guidandoli intorno alla buca che si allargava.

«Ho faticato molto a convincere gli antropologi che avevo trovato testimonianze di agricoltura preistorica da queste parti». Il sole luccicava sulle lenti dei suoi occhiali. «Tutti mi dicevano che nessun indiano agricoltore aveva mai vissuto a ovest dei villaggi Pawnee nella contea di Nance...»

Da Asa ho appreso che il popolo Pawnee aveva vissuto in Nebraska tra i fiumi Platte e Republican per centinaia e centinaia di anni.

«Che fine hanno fatto?», ho chiesto, fissando la buca dove le pale degli uomini brillavano di un verde brillante sotto il sole cocente.

«Ora vivono in Oklahoma. Sputando polvere come tutti noi. Gli ultimi Pawnee vennero trasferiti nel Territorio Indiano nel 1876».

Il Territorio Indiano. Non ho detto nulla, ho solo scattato una foto del territorio sotto i miei piedi, dove gli uomini stavano catalogando le loro scoperte di stoviglie indiane e dissotterrando il pavimento di una capanna indiana. Mentalmente mi sono fatta due conti: un tempo la proprietà di DeWitt confinava con i Pawnee. Il governo aveva preso la loro terra e l'aveva data a George.

«È stato un vero peccato», ha detto il signor Hill. «Ma i trattati li hanno firmati».

Ero in piedi all'ombra della tenda dell'acqua, a disagio. Intorno a me, una mezza dozzina di uomini bruciati dal sole stavano bevendo a grandi sorsate. Li ho fotografati. Asa T. Hill era in piedi accanto a me, a intrattenere i suoi ospiti. Teneva in mano un teschio umano e faceva il ventriloquo.

«Ahimè, povero Yorick...»

«Lo conoscevi bene, Orazio?» Mi sono sforzata di nascondere il mio disgusto dietro la barriera di un sorriso. Cosa c'entra la scienza con questo? Ho immaginato di scrivere: *Roy, ecco i negativi del saccheggio della tomba di un uomo.*

Asa T. Hill ha ricambiato il sorriso, deliziato dalla mia interpretazione. «Vedo che il giovanotto conosce Shakespeare!» Intorno a noi, la squadra aveva smesso di lavorare per tendere l'orecchio, appoggiandosi alle pale. Ho visto le espressioni degli uomini cambiare, in fretta come il sole che svaniva. Nuvole senza pioggia si accumulavano come carbone sulla campagna arida. Ho scattato qualche foto controvoglia.

«Niente di tutto questo verrà bene in foto, l'avverto».

«Cosa? Ha già finito?»

Asa mi guardava con gli occhi sgranati e traditi, come se fossi un bambino in visita a cui aveva offerto un cono gelato, solo per vedersi spalmare il regalo in faccia.

«Non vuole sprecare la sua preziosa pellicola con noi?»

Mi sono resa conto di aver violato la sua idea di come dovesse svolgersi la mia visita: non ero estremamente grata. Non ero disonesta. Non ho trasformato il mio volto in uno specchio lusinghiero di quell'uomo e del suo lavoro. L'ago del tachimetro ha sfiorato i cento mentre mi allontanavo a tutta velocità.

Ho guidato per quattro ore fino a una delle nuove colonie agricole. Non era la mia idea di soggetto da fotografare, ma Stryker voleva delle foto delle cooperative del New Deal. Le case avevano solo pochi mesi, quindi mancavano palesemente di un passato. Proiettavano ombre sottili, così come le dieci famiglie che le abitavano, scelte da un comitato locale tra centinaia di candidature: boemi, slavi, tedeschi e irlandesi. Per questa particolare cooperativa non erano state selezionate famiglie nere e quando ne ho chiesto il motivo mi è stato risposto con un silenzio diffidente, che ho ricambiato. Quei complessi di fattorie erano un audace esperimento del New Deal: spostare i contadini poveri dalle terre degradate a quelle più fertili. «Fuori dai sussidi e dentro l'orto», come ha spiegato un giovane bianco con gli incisivi separati, mettendosi in posa con una carriola di carote sporche. Una lepre mi osservava da dietro il filo spinato, roteando la zampa posteriore come un orologio che si carica da solo. Ho scattato i ritratti dei contadini. Nell'Est, molte delle presunte nuove utopie sono città da cui i neri devono andarsene dopo il tramonto. Nella cooperativa rurale non mi sentivo in pericolo, ma non ci tenevo a verificare se avevo ragione. Io e la macchina fotografica ce ne siamo andate molto prima del tramonto.

In testa sento la voce del mio capo che mi prende in giro: «Sei sicura di non preferire un incarico in città, Allfrey?»

Da lì, ho deciso di fare un giro in macchina per alcune delle fattorie sparse nella prateria di erba bassa. Parte del piacere di lavorare per il governo è la libertà di lavorare da sola, senza supervisione, per settimane. Due centesimi e mezzo ogni due chilometri, quattro dollari di spese al giorno. Ero alle prese con la caccia al tesoro per il nuovo elenco di richieste per l'Archivio:

> 1. Scatti che diano l'idea di grandi spazi e di una campagna pianeggiante (pensa alle due cassette della posta di Lange). Casa; fienile e mulino a vento all'orizzonte; molto cielo. (AUMENTEREBBE L'INTERESSE SE IN PRIMO PIANO CI FOSSERO IL SERBATOIO DELL'ACQUA O LA TORRE DI SEGNALAZIONE.)

Mi sono ritrovata a procedere a scossoni lungo una strada secondaria, con il vento che mi inseguiva, la polvere che si depositava sul parabrezza e offuscava la luce. Una vera sfortuna per un fotografo. Ho parcheggiato e sono salita sul tetto della Ford. C'erano solo sabbia e ciuffi d'erba a perdita d'occhio, e nessuna terra coltivata nelle vicinanze. Ero a quattordici chilometri da Uz, la città più vicina sul mio atlante, ma avrebbero potuto essere quaranta. Con mia grande gioia, ho trovato qualcosa che mi diceva che voleva essere fotografato: un pioppo nero che era stato diviso in due da un fulmine o da un colpo d'ascia, ma che sembrava, in qualche modo, continuare a crescere. La parola che mi è venuta in mente è *Doppelgänger*. Era un albero molto sfortunato, perché colpito da un fulmine, e allo stesso tempo era benedetto dalla sorte, perché era sopravvissuto e si era moltiplicato. Ciascuna metà era come un'immagine speculare dell'altra, i rami che tremavano di identica allegria nel vento forte. A volte gli alberi del West hanno un aspetto molto nodoso e solenne, ma questo sembrava ridere tra sé e sé.

Ho scattato un altro ritratto all'arbusto coriaceo, poi sono risalita in fretta sulla Ford, con i peli che mi si rizzavano sulla nuca. Mi è sembrato di sentire un serpente a sonagli dietro di me e ho controllato due volte la macchina. Nella mia mente continuavano a rimbalzare le immagini del mio viaggio: la lapide della Ragazza del Bisonte Bianco a Neligh, l'albero con due facce. Ho guidato lungo la via di campagna senza nome fino a raggiungere la statale, chiedendomi se avessi appena realizzato un ritratto iconico della Dust Bowl. Mi chiedevo se i miei negativi sarebbero stati accettabili per Stryker, se li avrebbe giudicati adatti a essere «munizioni cariche», come diceva Dorothea Lange, per i programmi del New Deal.

Nel tragitto verso Uz, sono rimasta sorpresa da un tratto di colore vivido. I campi verdeggianti erano un'anomalia in quella parte del paese. Il verde significava acqua. Il cielo blu poteva trarre in inganno, ma il verde non mentiva, ed era diventato sinonimo di «umidità». Ho pensato di fermarmi e scattare qualche foto al grano giovane, il primo che vedessi da quando ero arrivata nelle pianure. Ma la luce era già bassa e mi girava la testa per la fame. Ormai ero in viaggio da tredici giorni, e avevo attraversato tutto lo stato del Nebraska. Ho deciso che avrei avuto più fortuna nel fotografare il grano verde il giorno seguente, dopo aver visitato la Grange della contea di Uz. Nel retrovisore, il campo tremolava dietro di me come un miraggio. Mi sono chiesta se sarebbe stato ancora lì quando sarei tornata. Mi è venuto il dubbio che il verde fosse un'allucinazione causata dalle vertigini. L'occhio rosso del sole mi osservava mentre correvo verso la città per trovare un posto dove lavarmi, mangiare e trascorrere un'altra notte solitaria.

Sulla Statale 10 c'erano due mucche color melassa e un vitello che gemeva, e mi hanno fatto sbandare fuori strada. Proprio al tramonto, mi sono accorta che erano ore che non vedevo i rassicuranti angeli dei pali del telegrafo. *Dove sono?* Un cartello sbiadito mi ha risposto: BENVENUTI A UZ.

Nella mia cartella avevo delle didascalie campione tratte dal «materiale migliore inviato finora» dagli altri ricercatori e fotografi al soldo di Roy. Le mie didascalie erano troppo lunghe, mi aveva detto. «Un'immagine *vale* più di mille parole, Cleo. Non giustifica una didascalia di mille parole...» Anche se era d'accordo sul fatto che qualche citazione ben scelta qua e là fosse molto utile per dare voce a un volto, come nel ritratto di Ward Pearson:

Didascalia generale n. 87
Data: 30 marzo
Luogo: Cora, Nebraska
Oggetto: Vendita forzata
Vendita di una proprietà agricola da parte dello sceriffo.
Polizza Prudential intestata a Ward ed Elzbieta Pearson: 4169,85 dollari.

Lo sceriffo Galore accetta offerte alle dieci del mattino davanti alla porta del tribunale. Non si presenta nessuno del posto. L'unica offerta viene da un giovane rappresentante della banca di Peoria, Illinois. La compagnia di assicurazioni acquisisce l'intero titolo dei Pearson.
«Andranno avanti senza di noi, come se non fossimo mai esistiti» —Ward Pearson.

Le persone sono diffidenti nei confronti della mia macchina fotografica, e a ragione. Ogni flash ti pianta un paletto nel cuore. Ti inchioda a un punto preciso, con quell'espressione triste o distrutta. L'oceano increspato dei pensieri e sentimenti umani che corrugano un viso, nel corso di una vita intera, non può essere catturato dalla macchina fotografica. «Ho sempre un'espressione così arrabbiata?», mi aveva chiesto una cantante lirica tedesca a Lincoln, fissando il provino che avevo stampato in fretta nel suo seminterrato, in cambio di un alloggio gratuito. Suo marito aveva guaito: «Quel vecchio somaro triste non mi assomiglia per niente!» In effetti gli avevo teso un'imboscata. Avevo aspettato che il sole cocente colpisse i suoi baffi incolti e gli facesse socchiudere gli occhi. Avevo bisogno di volti segnati dal dolore e dalle difficoltà della Grande Depressione. Non volevo la foto di una persona bella e felice. Inviai i loro ritratti a Washington piena di speranza.

Uz era un posto brutto e poco invitante, anche se ho cercato di vederlo attraverso gli occhi di Roy Stryker, come un soggetto degno dell'Archivio: una pittoresca cittadina rurale. Gli edifici avevano l'aspetto monocromatico delle lapidi, la vernice era stata consumata dal sole, dalla polvere e dal vento. Il volto sorridente sul cartellone di fronte al saloon mi sembrava familiare, anche se forse viaggiando per tutto lo stato avevo semplicemente visto in più di una città un'altra versione della stessa persona. Un uomo bianco abbronzato con un distintivo d'oro appuntato sulla camicia e un sorriso da uomo di spettacolo. UN VOTO PER LO SCERIFFO ISCOE È UN VOTO PER LA GIUSTIZIA! Ho sistemato il treppiede dall'altro lato della strada e ho scattato una foto con il grandangolo. A Stryker piacevano le immagini della politica rurale.

Non avevo programmato di rimanere a Uz per più di una notte. L'unico alloggio che sono riuscita a trovare era una stanza in affitto sopra un saloon chiamato Country Jentleman. Era rumoroso e affollato e il proprietario mi ha fatto pagare troppo. Ma non c'erano altri alberghi o motel a Uz, e il sole era basso nel cielo. Mentre aspettavo la chiave della mia stanza, ho ordinato una bibita al bar. Mi è stato rifiutato il servizio troppe volte per poterle contare. Sono stata insultata e trattata con condiscendenza in ristoranti di lusso di Washington così come nelle taverne dei pescatori sul fiume Platte. Mi è stato ordinato di uscire, e di rientrare dalla «porta dei neri». È stato un sollievo quando il barista del Country Jentleman ha preso i soldi senza dire una parola e mi ha consegnato la mia Coca-Cola. Una ragazza bianca di quindici o sedici anni con il naso da carlino era seduta sullo sgabello accanto a me.

«Non è un po' presto per cominciare?»

«È solo acqua». Ho notato che con i piedi non toccava terra, i lacci delle scarpe da ginnastica Converse penzolavano a mezz'aria. Aveva un odore di sedano verde, pulito e terroso, come il sudore del mattino. Nel visetto rotondo da bimba aveva gli occhi di una donna centenaria. Per qualche motivo, mi ricordava la fame intelligente e bonaria negli occhi scintillanti dei maiali denutriti.

«Stai marinando la scuola? Oppure il lavoro?»

«Sto aspettando che il mio capo apra. Ha un ufficio al piano di sopra. È lei...»

Ha indicato un poster che sembrava la pubblicità sul giornale di un farmaco miracoloso: L'ANTIDOTO DI UZ.

La strega della prateria

Ieri sera ho colto gli ultimi frammenti di una conversazione attorno a un tavolo da poker al Country Jentleman: degli allevatori ubriachi si stavano chiedendo se lo sceriffo Iscoe fosse un buon tutore della legge. Mi sono chiesta cosa intendesse ognuno di loro per *buono*.

«Con il ragazzo vagabondo è stato fortunato».

«Dew non era un "ragazzo", maledizione. Era un mostro».

Sono rimasta paralizzata sulla sedia. *È vivo.* Almeno per ora, nel penitenziario di Lincoln. Ho chiuso gli occhi e ho rivisto il volto smunto del ragazzo mentre veniva trascinato via dal falò dell'accampamento, i binari d'argento che si allontanavano nel buio ondulato, gli uomini e le donne della baraccopoli che si disperdevano alla vista dell'auto dello sceriffo, la luce della torcia che rimbalzava sulle fibbie arrugginite delle bretelle del ragazzo.

Non immagino le cose con la vividezza della giovane Oletsky. Ma ho fatto del mio meglio per immaginare la madre di

Clemson: una sagoma da qualche parte nell'Est, crivellata di buchi. Sa dove si trova suo figlio, oggi?

Al tavolo c'era una voce fuori dal coro, quella di Charles Evans.

«Vi sentite davvero più al sicuro con quel ragazzino svitato dietro le sbarre?»

Ha scosso la testa verso gli altri, con l'espressione di un negoziante che ha beccato i commessi a rubare soldi dalla cassa.

«Non insultiamo la nostra intelligenza per fare un complimento allo sceriffo Iscoe. Nessuno di voi crede che sia stato quell'anatroccolo smarrito. Che diamine, il processo contro di lui è durato un giorno in tutto. Nessuna prova concreta. Nessuna trascrizione della sua confessione». La risata di Charles suonava come pugni che martellavano i tasti di un organo.

Intorno al tavolo, i contadini e gli allevatori sembravano infastiditi.

«Questo giro lo offri tu, Charlie», ha brontolato uno di loro.

Il piano di Vick sta funzionando, Figlio mio. Lo sceriffo vuole che tutti in città parlino dell'assassino della zampa di lepre. Durante l'ultima tornata elettorale, ha promesso di cacciare dalla città «vagabondi e malfattori». Scrive editoriali feroci che difendono le idee degli uziani su Uz. Per quasi tutta la sua carriera, le promesse sono state sufficienti. Ma questa volta ha un rivale, quel chiacchierone di Ernie Whitson. Per queste elezioni, Vick sta sfruttando al massimo l'arresto dell'assassino della zampa di lepre.

Il posto di sceriffo in una contea di campagna potrebbe non sembrare un incarico molto ambito. Ma restare sveglia durante i depositi è stata un'esperienza istruttiva. Ho imparato molto su dove scorre il potere e su come agisce.

«Tu voterai per Iscoe?»

«Probabilmente...»

Non li ho interrotti per condividere la mia opinione. Bruciavo di vergogna, ma sono rimasta seduta tra le fiamme senza dire nulla. Molti di quegli uomini erano clienti di vecchia data. Cosa sarebbe successo se, durante la loro discussione, avessi urlato: «So che lo sceriffo è un mostro e un bugiardo. So che ha incastrato Dew per quegli omicidi». Anche se mi avessero creduto, dubito che avrebbero accolto con favore la notizia che adesso resto sveglia ad ascoltare i loro segreti.

Ogni giorno scopro qualcosa di incriminante. Su di me, senza dubbio. Su Iscoe. Sui miei clienti pieni di sensi di colpa. Uno dopo l'altro, i giurati che hanno emesso il verdetto di colpevolezza per il signor Dew hanno iniziato a presentarsi fuori dalla Stanza 11. Dopo il pasticcio della sedia elettrica, cinque dei dodici hanno preso appuntamento. Sembra che si stiano consigliando a vicenda di venire da me.

Un meccanico boemo con un tic all'occhio sinistro...

Un bracciante norvegese di diciannove anni...

Un coltivatore gallese di meloni con nove dita (per via di una vecchia storia che non ha aggiunto al suo deposito)...

Un farmacista scandinavo che non dormiva da quando aveva sentito il verdetto...

Un allevatore polacco che ha affermato di preferire i suoi manzi alle persone, e di non avere alcun desiderio di prolungare un processo mentre a casa aveva degli animali malati...

Si chiamava Reggie Nowak, e nel suo deposito ha ammesso in un sussurro di aver esitato quando il capo dei giurati aveva insistito per un verdetto di colpevolezza. «Rimpiangevo ogni giorno di essere stato scelto...» Si sentiva costretto a partecipare a una pantomima crudele. «Su *qualcuno* il sipario doveva calare». Reggie non voleva tornare a casa in un ranch sperduto con quattro figlie giovani e un assassino a piede libero. «C'è qualcosa che non va in quel ragazzo», insisteva il primo giurato. «Guardate quegli occhioni fissi! Guardate quel *sorriso*! Le ha uccise senza nemmeno sapere come si chiamavano!» Reggie si era lasciato convincere.

Solo che adesso non ne era più tanto sicuro. L'esecuzione gli aveva causato degli incubi. Giravano voci su altre donne scomparse nelle contee vicine. Reggie era più spaventato di quanto non fosse prima dell'arresto di Dew. «Il mio amico dice che dopo aver fatto questo deposito, la testa smetterà di giocarmi brutti scherzi. Sono tre settimane che non chiudo occhio. Tendo l'orecchio per sentire se c'è un assassino alla nostra porta. Faccio questi sogni con le lepri: hanno le orecchie accartocciate e il cranio sfondato, sono ridotte a brandelli insanguinati, ma corrono ancora...»

Peter Haage, il farmacista, mi ha detto che non ha mai creduto che Dew fosse colpevole. Era stato intimidito dal primo giurato, che a suo dire aveva «un certo ascendente» su di lui. Voleva depositare il momento in cui aveva abbandonato la sua posizione originale. «Ero l'unico dei dodici a lottare per salvare la vita di quel ragazzo, e ho ceduto. La prego, signorina, mi tolga di dosso questo peso...»

Il giurato numero sette, il coltivatore di meloni, ha chiesto di depositare una canzone.

«Due settimane prima che lo sceriffo lo arrestasse, ho sentito Clemson Louis Dew suonare il violino nella baraccopoli. Stavo tornando a casa dalla stazione proprio al tramonto. Dew era un ragazzo con le orecchie a sventola e un aspetto strano. Troppo timido per guardare negli occhi le persone. Quando ha iniziato a suonare, la sua postura è cambiata completamente. L'archetto si muoveva come se stesse cucendo tutto insieme: le stelle, il fuoco e gli sconosciuti come me. Ricordo che lo guardavo suonare e pensavo che somigliava a mia madre quando cuciva. Il suo viso aveva la stessa concentrazione. Be', vorrei depositare la melodia che ha suonato quella notte. Posso farlo? Metterle una musica dentro? Mi ronza in testa da mesi. In questi giorni sto lavorando al tetto di un fienile e ho paura di cadere e spaccarmi le ossa! Mi chiedo quando programmeranno la seconda esecuzione. Mi chiedo se il direttore del carcere darà un violino a Dew. Mi chiedo se abbiamo fatto la cosa sbagliata. Sono esausto di tutte queste domande...»

Ho detto al giurato numero sette che non avevo idea se avrebbe funzionato o meno, ma che potevamo provare.

«Che Dio la benedica, strega!», ha guaito. Nell'imbuto, è partito con la sua interpretazione stonata della canzone di Clemson. Ho premuto la lingua contro il palato per non urlare. Ora la melodia mi scorre dentro. L'agricoltore sembrava più alto di trenta centimetri quando se n'è andato, dieci anni più giovane. «Non ricordo cosa sono venuto a depositare», ha detto con un sorriso, massaggiandosi la parte bassa della schiena. «Ma che liberazione!»

La gente parla di ricordi che entrano ed escono dalla testa. Ma il mio lavoro mi porta a chiedermi se le nostre mappe non siano sbagliate. Mi sembra che la sede della memoria sia molto più in basso, Figlio mio. I miei clienti spesso si massaggiano il punto in cui la spina dorsale incontra il coccige. Altri incrociano le mani sull'ombelico formando una ragnatela. Le persone che vengono da me ricordano con le mani e con i piedi. Ricordano con ogni battito del cuore. Il passato gli circola nel sangue. Le persone desiderano con tutto il corpo e allo stesso modo ricordano.

Ora che sono sveglia, so che la mia attività si basa su una menzogna. Non c'è un modo sicuro per rimuovere dei capitoli dal libro della propria vita. Non si può aspettare di avere più tempo, più soldi, più sicurezza, meno dolore per ricordare il passato. Spero che Tu non abbia mai aperto un conto con una come me.

* * *

«Ehilà, Ant. Ti dispiace se io e il mio amico entriamo?»

L'uomo era bianco come un cencio. Era talmente ubriaco che doveva reggersi allo sceriffo, cosa che Iscoe tollerava con una smorfia. No, in effetti non era sbronzo... forse era malato? Mi ha rivolto uno sguardo di lucida agonia. Ho riconosciuto il povero Al Kriska, che mi è sempre stato simpatico. Se Vick me lo aveva portato dopo mezzanotte, doveva trattarsi di brutte notizie.

«Stavo bevendo qualcosa con il tuo fedele cliente al piano di sotto e mi ha confidato una cosa davvero sconvolgente. Dice di aver ritirato un bel ricordo la scorsa settimana».

«Non mi sembra una tragedia», ho detto, cercando di mascherare il nervosismo.

«Be', so per certo che quel ricordo era *del tutto inventato*».

Un sorriso e un cipiglio hanno deformato il volto dello sceriffo, come se due mani stessero strizzando uno straccio. La sua pelle si è prima raggrinzita e poi spianata. Ho deglutito il panico che montava.

«Che cos'era, Al? Ero in trance, come sai. Sono sicura che possiamo risolvere la cosa...»

«Non sono affari tuoi», ha risposto Al Kriska, con le guance rosse come pomodori di serra.

«Non essere timido, Kriska. La farsa è finita. Lei ti ha mentito, e lo sa».

Vick continuava a fissarmi, camminando su e giù davanti alla mia sedia.

«Ora, Kriska ha sentito dire che è scomparsa un'altra donna. Che l'assassino della zampa di lepre è ancora in circolazione. Stava già pensando di lasciare Uz e questo gli ha tolto ogni dubbio. Vuole ritirare tutto. Tagliare la corda, come tanti altri uziani...»

Al Kriska ha annuito come una bambola a molla, muovendo solo il collo sottile.

«L'ho incontrato di sotto stasera. Stava canticchiando quella melodia infernale che sento ovunque in questi giorni. Ora, io sono un detective. Sono incuriosito da questo mistero. Come mai Al Kriska è così felice, senza aver nemmeno toccato la sua prima birra? Mi dice che ha fatto un prelievo da te. Ha un gran sorriso da ebete sulla faccia. Dice che ha intenzione di lasciare Uz per San Francisco. Ha comprato delle *scarpe da ballo...*»

Lo sceriffo ha dato una gomitata ad Alexander Kriska, che in quel momento non stava affatto sorridendo.

«Accidenti, la strega si è divertita un sacco con te!»

Kriska ha fatto una smorfia. Mi ha lanciato uno sguardo ferito e rabbioso.

«Mi hai detto che ho ballato con Fred e Adele Astaire all'Orpheum Theater».

Questa contraffazione era una trovata della ragazza. La sua compagna di squadra Dagmara Kriska aveva raccontato a Dell che suo padre, che aveva i piedi piatti, un tempo sognava di diventare un ballerino.

«Me lo ricordo così bene. Mi hanno tirato fuori dalla folla e portato sul palco. C'erano delle belle ragazze che lanciavano rose e monete ai miei piedi».

«Questa è una grossa balla, Ant! Perché sai, io me la ricordo la volta che Fred e Adele ballarono all'Orpheum. Mia madre era presente. Era il 1908».

«Undici anni prima che la mia famiglia arrivasse a Omaha, strega». La voce di Kriska vibrava di rabbia, o umiliazione, o forse dolore per aver dovuto smantellare il felice ricordo che gli avevamo donato? Mi sono chiesta cosa avesse effettivamente sepolto in me.

«Mi hai mentito».

«Non sono una bugiarda», ho mentito. «Mi ha letto i numeri sulla ricevuta. Le ho restituito quello che aveva depositato. Non posso inventare, signor Kriska. Ho semplicemente restituito quello che mi ha dato. Il mio corpo rimane nella stanza, ma la mia mente si svuota».

Senza dire una parola, Kriska si è alzato. Con un'aria molto triste, ha iniziato a battere i piedi e a trascinarli. Prima uno e poi l'altro. Si muoveva come un cavallo appena ferrato, cercando di sentire i piedi e il pavimento, senza alcun ritmo che riuscissi a distinguere. Si è rimesso a sedere e mi è sembrato di vedergli in faccia un piccolo, triste sorriso di trionfo.

«Non era vero», ha detto. «Non sono mai stato un ballerino. Ridammi il mio vero passato».

Vick è scattato come una vipera. Mi ha preso per il polso,

trascinandomi in piedi. La sua velocità mi ha sorpreso. Negli ultimi tempi è smunto, ha la pancia flaccida e i capelli grigi sopra le orecchie. Lui non riesco a immaginarlo che balla.

«Aspettami di sotto. Ti farò riavere il deposito, Al».

Alexander Kriska si è rialzato sui suoi piedi piatti ed è andato verso la porta barcollando. Mi ha rivolto uno sguardo da animale ferito. Era preoccupato per come sarebbe andato questo «interrogatorio»? O dentro la testa stava inseguendo le farfalle? Mi piaceva da morire la storia che aveva inventato la ragazza per il signor Kriska. La serata più bella della sua vita, a undici anni! Centinaia di persone che applaudivano fragorosamente per il suo tip tap. Sembrava un'invenzione innocua, persino gentile. Il suo volto mi ha insegnato il contrario.

Abbiamo ascoltato i passi pesanti e irregolari di Kriska che scendevano le scale. Solo dopo che si era allontanato abbastanza da non essere più udibile, Vick ha iniziato l'interrogatorio.

«Cosa ti ha detto veramente, Ant?»

Ho scosso la testa. «Sceriffo, non ne ho la più pallida idea».

Vick ha chiuso la porta a chiave. Si è avvicinato al muro e ha staccato il cornetto dal gancio. Ha sbirciato all'interno, come per cercare prove della contraffazione. Storie scritte su bigliettini appiccicati al metallo. Macchie di sangue riverniciate.

«Non so perché Kriska abbia depositato una bugia. Ma io gliel'ho solo restituita, è forse un crimine?»

«Hai cambiato il tuo modus operandi, Ant. Ho capito i tuoi giochetti».

«Mi stai dando della truffatrice?»

Si è seduto e ha avvicinato la sedia a tal punto che i nostri lunghi nasi si sono quasi toccati.

«Non mi dai alcun credito, Ant. Sono un detective. Sono attento. I tuoi clienti vengono al piano di sotto sorridendo come scemi, raccontando a tutti le loro nobili gesta e le loro storie d'amore. Ma io so benissimo che sono tutte stronzate. Sorridono come pazienti lobotomizzati e parlano a raffica delle cose incredibili che si sono appena ricordati. Non ti aspettavi di essere scoperta? Pensavi che tutti a Uz avrebbero creduto di essere santi ed eroi?»

La sua espressione vacillava tra il divertito e il furioso.

«Non so di cosa stai parlando, Vick».

«Ricordati che sono un cliente anch'io, Ant, e ho tutto l'interesse ad assicurarmi che ogni parola che passa attraverso quel tuo telefono di latta sia precisa».

Ho bluffato, ma poi mi sono fatta prendere dal panico. Senza la mia assistente, non avevo strategie, né storie per rassicurarlo.

«Fa' un prelievo adesso... e vedrai. La mia bocca si muove da sola, nessuno la accompagna. La mia mente è lontana».

Lui ha tirato fuori a forza una risata. «Per come la vedo io, adesso sei *tu* ad aver bisogno che io mantenga il tuo segreto. E ho bisogno di un favore».

Un favore.

Mi sono alzata e mi sono diretta verso la porta, ma Vick mi ha afferrato per le braccia e mi ha costretto a tornare sulla mia branda. Chiedere aiuto nella Stanza 11 di sabato sera è inutile, Figlio mio. Il suono si perde nel frastuono generale che arriva dalla giostra del saloon. «Whooo-oooo-oooo!», faceva il grido da uccelli dei giocatori d'azzardo al piano terra.

«Ant, la gente crede davvero alle bugie che gli racconti! *Hai vinto la gara di ortografia. Sei sopravvissuto a una sparatoria. Ti sei riconciliato con un fratello*. Qualunque cosa sussurri in questo aggeggio per loro diventa *reale*. Non è diverso dal resto dei loro ricordi».

Mentre lo ascoltavo, sentivo un autentico timore reverenziale nella voce dello sceriffo. Per la prima volta da quando ci conoscevamo, sentivo rispetto. Era il mio potere che rispettava, non me. Lo desiderava.

«Sapevo che potevi *cancellare* i ricordi delle persone, sei stata molto utile per ripulire alcuni brutti pasticci. Ma sei più di una semplice spugna sporca, Ant. Sei un *pennello da pittore*».

«Cosa vuoi, Vick?»

«In questo momento, si parla molto male di me. L'opinione della massa. L'avevamo stabilizzata con la condanna di Dew, e ora sta oscillando di nuovo».

«E cosa si dice?»

«D'un tratto un paio di persone stanno mettendo in dubbio la testimonianza che hanno reso. Cominciano a ricordare piccoli dettagli qua e là. Erbacce che spuntano tra le crepe». Ha unito le dita a guglia. «C'è questa donna, Mink Petrusev. Un suo lontano cugino è venuto a trovarla la settimana scorsa e ne ha denunciato la scomparsa. Avrei preferito che se ne restasse lontano. Il cugino è un chiacchierone, a quanto pare. All'improvviso mezza città sembra pensare che un assassino sia ancora a piede libero».

«Ah sì? Non lo sapevo».

Clemson, perdonami. Madre di Clemson, perdonami. Mink, perdonami.

Ma perché dovrebbero? Mink mi fissava da dietro una parete di fiamme rosse, il portafortuna da quattro soldi di Vick le si scioglieva sul petto. Davvero lo sceriffo non ricordava di aver bruciato il corpo di Mink? Il suo ricordo si contorceva dentro di me. Avevo sempre pensato che Vick mi usasse per nascondere le prove. Ma non avevo mai guardato negli occhi una donna che avevamo cancellato. Non avevo mai tenuto nascosto un segreto dello sceriffo a lui stesso.

«C'è il mio rivale dietro a tutto questo. Ernie Whitson si è candidato a sceriffo. Avrai sicuramente visto il suo cartellone pubblicitario. Paga gli ubriaconi per sparlare di me. Dice a tutti che ho preso l'uomo sbagliato, che l'assassino è ancora a piede libero!»

Lo sceriffo si è messo a ridere.

«Te l'immagini, Ant? Delle voci maligne che si diffondono come l'influenza e ti rovinano la reputazione? Scommetto di sì. Be', ho una strategia migliore di quella di Whitson. Sarai *tu* la mia arma segreta».

La faccia di Vick incombeva su di me. Ha strappato un fiore viola di astro dal vaso sul tavolo e ha iniziato a staccarne i petali, lasciandoli cadere nell'imboccatura del cornetto.

«CREAMI UN ALIBI DI FERRO», ha ruggito lo sceriffo.

«Di cosa stai parlando?»

«Possiamo esercitarci su Al Kriska».

«Esercitarci a fare *cosa*?»

«A dipingere».

Mi ci è voluto un attimo per capire cosa mi stava proponendo Vick.

«Tornerà qui insieme a me per effettuare il suo *vero* prelievo. Gli ricorderai che sono uno sceriffo *leggendario*. Magari puoi inventarti un ricordo del giorno in cui ha incontrato Mink al binario, mentre lasciava la città? Inizieremo con Al, poi ti porterò il cugino chiacchierone di Mink, il suo vicino e così via...»

Se non avessi avuto tanta paura, la faccia di Vick mi avrebbe fatto ridere. Sembrava un ragazzino in preda al panico che aveva rotto un uovo marcio e stava cercando di far uscire la puzza dalla finestra.

Vick è un falsario. Mi sono resa conto che eravamo stati soci. Da molto tempo prima che lo capissi veramente. Ho chiuso gli occhi e l'ho visto: lo sceriffo che piazzava una zampa di lepre insanguinata sullo sterno di Minnie, e un'altra sulla clavicola di Allene, usando il portafortuna per riannodare i fili della sua trama, prendendo in giro tutti: «L'assassino della zampa di lepre colpisce ancora!»

Lo sceriffo Iscoe si era messo nei panni dell'eroe di una storia sensazionale, che si stava disintegrando davanti ai suoi occhi. «Non posso permettere che la gente pensi che nella contea di Uz le donne stanno continuando a scomparire. Sono sicuro che capisci perché ho bisogno del tuo aiuto. Il panico non serve a nessuno, giusto?»

Mi sono stretta il corno al petto. Sentivo che in qualche modo avevo tradito anche lui, il mio magico congegno di latta, il mio condotto. Tua madre ha fatto un gran male con questo strumento, Figlio mio. Sto appena iniziando a capire il mio ruolo, e quanto vada in profondità.

«Non ci sto».

Ho preso al volo un petalo che cadeva e l'ho stretto nel pugno.

Lo stelo scioccato guardava le assi scrostate del pavimento.

Potevo cancellare una donna dalla memoria di una città?

L'avevo già fatto? Chi altro avevo nascosto per lui?

«Ci starai eccome. Tornerò domani, con Al, e aiuteremo la gente di Uz a ricordare che questa città è un luogo sicuro e tranquillo. E che ho assicurato un mostro alla giustizia». Mi ha fatto l'occhiolino. «Poi, se vuoi aggiungere qualcosa di scandaloso su Ernie Whitson, tipo che ha amoreggiato con delle ragazzine, tanto meglio».

Ho guardato il fiore viola dell'astro e poi le unghie rotte e bordate di rosso di Vick.

«Domani», ho ripetuto. Mi è balenato in mente l'orario dei treni. Iscoe ha molti compari alla stazione. Mi sono chiesta se fare l'autostop fino a Kearney e prendere il treno lì. La ragazza avrebbe potuto darmi un passaggio fuori città, se fossi riuscita a raggiungerla. *Ma per andare dove?*, mi sono chiesta nella voce beffarda di Malvina. *Che altro si può inventare una fuggitiva con i capelli bianchi, una strega fallita?*

Non so dove sei, Figlio mio, quindi non so dove scappare. Se lo sapessi, avrei abbandonato questa città maledetta molto tempo fa.

«E se la voce fosse vera? Se l'assassino fosse ancora in circolazione? Mentre tu cerchi di non perdere la reputazione potrebbe morire un'altra donna. Cosa intendi fare allora, sceriffo, quando compariranno altri cadaveri?»

«Chiunque sia stato, lo prenderò. La prossima volta. Prenderò tutti gli assassini che ci sono in giro. Ma non posso farlo se non vinco le elezioni. Abbiamo perduto un terzo della popolazione da quando è iniziata questa siccità, non sopravviveremo a un'altra ondata di panico. Un buon leader fornisce una soluzione al problema della paura».

«Anche se potessi...»

«Che tenerezza. Qualcuno chiami Meachum al giornale! Ho un titolo per lui: LA STREGA DELLA PRATERIA SCOPRE I SANI PRINCIPI».

«Non posso estirpare una donna dalla mente di suo cugino come se fosse un fiore».

Anche se, naturalmente, posso eccome, e l'ho già fatto. Che ne è stato di loro, di quelle che ho custodito e poi perso? Ho immaginato i petali che volteggiavano nella polvere della Domenica Nera, strappati dai loro steli.

«Devo ricordarti cosa succede alle streghe della prateria che scappano?»

Vick è un bravo attore. Quando ha finto di tagliarmi la gola con un dito, mi sono sentita urlare nel futuro, mentre venivo pestata dai miei clienti, gorgogliando sangue e sabbia.

Non ci sono necrologi delle streghe della prateria, perché non dovremmo neanche esistere. Siamo macchie sulla reputazione delle città che ci sostentano. Le città che noi sostentiamo.

«Ah, ho dimenticato di dirti che l'altro giorno io e Red abbiamo fatto una bella chiacchierata su di te».

Lo sceriffo mi ha sistemato i capelli dietro l'orecchio, come se gli avessi ricordato che anche lui è un padre. «Sembrava scombussolato, cosa insolita per Red. Ha detto che lo hai riempito di storie su di me. Ha borbottato qualcosa sulle mie "malefatte". Le mie "relazioni clandestine". All'inizio ero infastidito, ovviamente. Ora ti capisco meglio. Sei una falsaria: lo hai imbottito di calunnie. Volevi mettere il ragazzo contro di me, vero?»

«Mi pento di averlo fatto», ho detto. «Volevo ferirlo con la verità, e ha funzionato...»

«Funzionato!» Vick ha riso fragorosamente. «A chi pensi che sia fedele mio figlio, eh? Non ti crede».

Lo sceriffo ha iniziato a giocherellare con la fibbia della cintura. Mi è sembrato che la sua voce si separasse dal corpo: era calda e premurosa anche se la sua ombra mi copriva il viso. Durante i miei soggiorni nella Cella 8, Vick mi ha detto molte volte che mi ama. Sussurri caldi insinuati nell'orecchio. A chi sono rivolti? Qualcuno che vede dietro le palpebre socchiuse, con il sudore che cola dalle sue guance alle mie. Una donna nella sua immaginazione di cui la mia carne è un surrogato.

Vick aveva ancora addosso l'alito secco della terra, lo emanava insieme al sudore, il suo puzzo acre mal celato dagli aromi forti della tavola calda: pancetta fritta e caffè, torta di ciliegie e fumo di pipa. In testa sentivo miagolarmi dei gattini, sbattuti sott'acqua da Vick e tenuti in una sospensione da morti viventi nel lavandino.

Prima di andarsene, lo sceriffo si è chinato e mi ha colpito l'orecchio nudo con il palmo della mano. Ho gridato e ho fatto una smorfia, e lui si è inginocchiato sul pavimento e ha sussurrato nel buco dolorante: *Ti amo, ti amo, ti amo*, respirandomi sul collo, spostando di colpo la mia sedia verso di sé, tirandomi giù e inginocchiandosi sopra di me, armeggiando con la fibbia della cintura e mormorando *ti amo, ti amo, ti amo*, fino a quando la distanza tra ciò che la sua bocca diceva e ciò che le mani facevano è diventata così enorme che ancora una volta ho sentito la mia sanità mentale andare in frantumi sulle assi scricchiolanti.

***

Verso le tre del mattino, lo sceriffo Vick Iscoe si è vestito, si è richiuso la cintura e se n'è andato senza dire una parola, sbattendosi la porta alle spalle. Avrà creduto di avermi sconfitta. Pensava che fossi troppo intelligente per provare a scappare.

Mink Petrusev, sdraiata su una duna di sabbia nella mia mente, mi guardava con i suoi occhi silenziosi e intelligenti.

Ha mosso le labbra blu. «Aiutami», ha detto. La voce penetrante, rauca per la polvere, ha provato a superare il vento mugghiante che avevo nelle orecchie per farsi capire.

Non si può avere la meglio in una discussione con una donna morta che ti appare in testa. Ho comunque difeso la mia causa. Che diritto aveva di dirmi se giocare d'azzardo con la mia vita? Una donna morta, che non aveva nulla da perdere, che mi diceva di rischiare tutto ciò che mi era rimasto.

Per quanto ne so, Tu in questo momento potresti essere su un treno per Uz. Seguendo la scia di molliche di pane che ho lasciato per farmi trovare. La cuoca della Casa per madri nubili ti sta tenendo d'occhio. Anche le Casseforti nelle città intorno a Milford. L'impiegato della contea a Beatrice riceve un pagamento annuale da parte mia. Si tiene ancora stretti i tuoi documenti di nascita e di morte della Casa per madri nubili: «Il piccolo Rossi». Se dovessi tornare a cercare la tua vera madre, hanno istruzioni di darti una mia lettera e una mappa per Uz. Quante sono le possibilità che ci ritroveremo? Diventa sempre meno probabile ogni anno che passa. Lo so, Figlio. Non sei più il mio bambino. Sei un uomo adulto, di cui riesco a malapena a immaginare la vita.

Ma *improbabile* non è impossibile.

Improbabile è una porta socchiusa.

La storia dell'Antidoto
Seconda parte

«Oh, santa Frances!» Stencil si inginocchiò davanti al ritratto di Frances P. Clark, dopo essersi messa in testa i mutandoni come una cuffia, facendomi ridere fino a star male. «Ciò che tu desideri per me, io non lo voglio!»

Stencil giurò di non avere rimpianti per come aveva vissuto: si era divertita a fare sesso prima di essere affidata allo stato, «e lo farò di nuovo appena torno a piede libero». In un impeto di rabbia, l'infermiera Elaine, che stava origliando, le chiese se si considerasse una figlia di Dio o semplicemente «un ricettacolo di sperma».

«Una ciotola di impasto per fare i bambini, ecco cosa sono». Stencil se ne andava in giro con la pancia in fuori e l'andatura da ubriaca che ogni ragazza sembrava acquisire negli ultimi mesi di gravidanza.

Anche quando scherzava, le sue battute erano ispirate dalle opinioni peggiori che il mondo esterno aveva di noi. Ma dovevamo pur ridere in quel posto. Ci faceva male la schiena e non riuscivamo a trattenere il cibo, oppure mangiavamo senza riuscire a riempire il vuoto che avevamo dentro. Passavo giornate intere piegata in due a lavorare nell'orto e in cucina, e di notte mi sembrava che il diavolo in persona stesse strimpellando una chitarra rossa sui miei tendini infiammati.

Quando lavoravamo nei campi, mentre avevamo il corpo occupato, i discorsi seri venivano fuori più liberamente. Lì ho sentito le storie di concepimento più tremende: stupri da parte di familiari, sacerdoti, datori di lavoro. «Dio deve essere un uomo, altrimenti come potrebbe sopportare tutto questo?», mi disse Nathalee, una ragazza franco-canadese che in una mattina uggiosa mi aveva sussurrato che lei e il suo bambino avevano lo stesso padre. «Toni, se dici una sola parola di quello che ti ho raccontato, ti ammazzo con le mie stesse mani. E adesso chi mi vorrà più toccare?»

«Qualcuno lo farà», dissi con voce apatica. Avrei dovuto metterci più gentilezza, Figlio mio. Tremavo nell'oscurità del Nebraska, aspettando che Tu dessi un calcio e mi liberassi dalla paura che fossi morto nella notte. Ora, in effetti, sto rivelando il segreto di Nathalee. Potresti pensare male di me per aver tradito la sua fiducia. Ma lei morì di parto, insieme al suo bambino, alle Idi di marzo del 1908, e non credo che le darebbe fastidio avere qualcuno che ancora la piange.

* * *

I cadaveri dei neonati venivano portati tre chilometri a sud-ovest della Casa e sepolti nel cimitero di Blue Mound. Per quanto ne so, non si tenevano funzioni religiose.

* * *

L'amore non mancava mai nella Casa. Ma trovavo difficile accettare l'affetto delle infermiere, in particolare di Edna, con i suoi monili sacri e il pesante cipiglio. Nell'incavo della sua gola si contorceva un piccolo Signore crocifisso. Quando la luce lo colpiva nel modo giusto, disegnava arcobaleni sul muro. Magari Edna non mi ha mai giudicato con la severità che immaginavo. Tuttavia, non mi piaceva incontrare gli occhi lacrimosi di chi aspirava a salvarci. L'amore lo sentivo arrivare dai palmi delle altre recluse, mentre ci massaggiavamo a vicenda le caviglie gonfie e le spalle doloranti. Ci assicuravamo che quella che stava peggio tra noi si sedesse più vicina al fuoco. Davamo amore e lo ricevevamo. I nostri bambini scalciavano, tiravano pugni e facevano la ruota nei pancioni, e noi ridevamo, piangevamo e russavamo nella sinfonia segreta del nostro dormitorio. Facevamo gare di pomiciate e tornei di poker. Condividevamo tutte le soluzioni che riuscivamo a trovare al problema del tempo: la via crucis della nostra condanna a un anno, in attesa di incontrare i nostri bambini, in attesa di liberarci dell'attesa.

All'inizio non ero abituata a vedere così tante donne che di notte gorgogliavano, tossivano, ridacchiavano, scorreggiavano e gemevano accanto a me. «Di chi sono questi calzini?», chiedeva sempre qualcuna a gran voce. «Chi ha usato il mio spazzolino da denti? Chi ha riempito il dormitorio di questa puzza di borscht?»

«Melody, ladruncola che non sei altro, quelle che porti sono le mie mutande?»

«Per riuscire a mettermi le *tue* mutande, Stencil, dovrei morire di fame...»

Quelle prime settimane mi sembrava di trovarmi sotto una cascata, un suono travolgente e poderoso. A poco a poco si ridusse a un rumore di fondo e allora riuscii di nuovo a pensare. Per dare un ordine al mio mondo, usai i superlativi. Stencil era la più alta, la più cattiva, la più spiritosa. Melody era quella che cantava – e baciava – meglio. Io ero la più taciturna e la più incompresa, o almeno così credevo, finché non conobbi la «ragazza nuova».

Se qualcuno avesse sbirciato dalle finestre del dormitorio, avrebbe visto venti pance che respiravano sotto le coperte di lana blu, come un banco di pesci gatto che risalgono il fiume per deporre le uova.

E poi una notte d'inverno, ci siamo svegliate e abbiamo scoperto di essere in ventuno.

«La ragazza nuova non si chiama veramente Marguerite», mi disse Melody. «Solo che il nome vero non dobbiamo saperlo. È indiana, ma è stata cresciuta da una signora bianca. Una famosa, dice Opal. Una *suffragista...*»

Restammo a guardarci negli occhi. Mi resi conto che nessuna delle due sapeva come immaginarla.

«Ma non è che le serva a tanto, una madre famosa. È comunque prigioniera qui con noi». Scosse la testa. «Anzi no, scusa, come dicono ai contribuenti del Nebraska? Non siamo prigioniere, ma "ragazze pentite"...»

«*Ha patito più peccati di quanti non ne abbia commessi...*»

«È una citazione da Thomas Hardy». Melody sembrava orgogliosa di esserselo ricordato. «Stava parlando di Tess. Era una madre nubile, come noi!»

Aveva ragione su Tess. Ma mi ero portata avanti di due settimane sul nostro corso. E sapevo una cosa preoccupante. Hardy la frase l'aveva presa dal *Re Lear* di Shakespeare. E Lear stava parlando di sé stesso, non di sua figlia. Evidentemente è così che si vedono i padri e i re, come chi *ha patito più peccati di quanti non ne abbia commessi*.

***

Zintkála Nuni era stata registrata alla Casa con il nome di Marguerite E. Fox, «un'indiana di Beatrice». Altrove era conosciuta come Marguerite Elizabeth Colby. Nel nostro dormitorio, dove Malvina non poteva sentirci, la chiamavamo Zintka.

Zintkála Nuni era famosa, secondo le infermiere. Fuori dalle mura della Casa, era conosciuta da molti come «l'Uccello Perduto di Wounded Knee». I giornali dell'Est la soprannominarono «l'infante eroina». Era sopravvissuta non solo al massacro di centinaia di uomini, donne e bambini Lakota da parte dei soldati statunitensi a Wounded Knee Creek, ma anche a una bufera di neve di tre giorni che aveva fermato i treni dal South Dakota ad Abilene, in Texas. Facevano quaranta gradi sotto zero la mattina in cui la squadra addetta alla sepoltura sentì una neonata piangere in mezzo ai cadaveri. La dissotterrarono da un cumulo di neve, disidratata e ipotermica, che urlava per non morire. Il corpo di sua madre si era congelato in un terrapieno a più di cinque chilometri da Wounded Knee Creek. I soldati l'avevano inseguita fino a lì. Era stata sua madre a salvarla, riparandola dalla bufera. Miracolosamente, il ghiaccio non aveva soffocato la bambina coprendole le narici. La piccola divenne famosa da un giorno all'altro, e se ne parlò in tutti gli stati dell'Unione. In un articolo sul *Beatrice Express Daily*, si citava il generale Leonard Colby mentre rifletteva sui Lakota sopravvissuti al massacro, dalle cui braccia aveva sottratto la piccola:

«Una cosa singolare, nel prendere in custodia la neonata, fu la straordinaria riluttanza con cui gli indiani accettarono di separarsene. Ognuno [...] sosteneva di esserne il padre o la madre, e tutti dimostravano una sollecitudine affettuosa verso il suo benessere».

Prima della Casa, non avevo mai sentito parlare di questo generale, ma durante il periodo trascorso lì raccolsi molte testimonianze contraddittorie su di lui. Il generale era un eroe della Guerra civile e comandante della Guardia Nazionale del Nebraska. Era un noto truffatore, donnaiolo e imbroglione. Era un'anima generosa che aveva adottato un'orfana indiana. Era un rapitore e un depravato. Posso dirti quello che credo io, Figlio mio. Leonard Colby era un criminale, e la vastità dei suoi misfatti è ancora sconosciuta.

Il generale Colby era arrivato a Rushville diversi giorni dopo la bufera di neve. Aveva insistito nel dire ai Lakota sopravvissuti che sua nonna «era una Seneca purosangue». Poi portò carri carichi di razioni a Pine Ridge e minacciò di negare il cibo a ogni bocca malata e debole se non gli avessero consegnato la bambina. Tramite un interprete, sostenne che lui e sua moglie Clara, che era sterile, si sarebbero presi cura di Uccello Perduto. Con il suo amico Buffalo Bill si vantò che la bambina fosse il suo «trofeo di guerra». Una «reliquia vivente».

Le voci nel nostro dormitorio si diffondevano più in fretta del tracoma. L'infermiera Elaine, con un tono di malsana fascinazione, ci disse che la madre di Zintka era stata uccisa mentre fuggiva con la figlia di quattro mesi. Più tardi, sulla branda, stavo male al pensiero di come una donna reale diventi solo un corpo, e poi una storia. Al pensiero del numero di vittime nel libro nero della direttrice.

«Il generale l'ha salvata», ci spiegò la direttrice in salotto. «Proveniva da una razza selvaggia, ma lui decise di amarla come una figlia. La mandò da Clara Colby affinché venisse cresciuta in una casa civile».

Fu Zintka stessa a stravolgere la mia percezione delle cose. «Sono stata rapita alla mia gente. Ma l'estate scorsa ho trovato la strada per tornare da loro. E quando uscirò da questo posto, li ritroverò».

***

Eravamo in veranda a mangiare le ultime prugnole della stagione, ascoltando una musica che non aveva una fonte visibile. Sembrava provenire dai rami tremanti e dalle lucciole. Il tramonto era oscurato da una tempesta che si stava formando su Milford, e l'aria si gonfiava d'acqua. «Questa è una *fermata*», mi spiegò Zintka, indicando il nulla che si stendeva tra i tronchi degli alberi: le colonne di oscurità.

«Una fermata?»

«È un termine musicale. Da quando sono qui ci penso spesso. Significa "una pausa pregnante"».

Zintkála era un'eccellente pianista e sapeva anche leggere la musica. Io suonavo a orecchio e mi chiedevo come sarebbe stato guardare il pentagramma, con tutte quelle grosse gocce di pioggia impigliate sui fili sottili, e sentire una canzone nella testa.

«Ah, giusto. Lo sapevo, credo...» Allargai le mani davanti al viso, creando con le dita una rete nel buio. Mi sentivo un po' ubriaca per il sedativo che mi avevano dato, la lingua gonfia in bocca. Stavo ricominciando ad avere gli incubi. Le altre ragazze si lamentavano che le svegliavo. Il sonno era prezioso: ce ne veniva rubato così tanto dalle campanelle della sveglia all'alba e dai calci dei bambini che portavamo dentro. L'anno prima c'era stata una petizione per spostare Delores sul divano, perché russava. Avevo chiesto il sedativo perché avevo paura di rovinare le mie amicizie mentre dormivo.

Zintkála si accarezzava la pancia, lo sguardo perso nella pioggia.

«Mi dispiace per il fatto di Malvina», sbottai. «Per quello che ha detto sugli indiani».

«Ti dispiace per quello che ha detto *lei*? Perché?»

Spazzò via dei residui di falene blu e nere dal vetro della lanterna e mi sembrò che stesse spazzando via le mie scuse. Arrossii nell'oscurità. Allora fu come se ci fosse una *fermata* interminabile.

«Mi dispiace di essere rimasta lì come una statua». Feci una pausa. «Avevo paura».

Lei sollevò la luce e studiò il mio viso, come se si accorgesse solo ora che ero seduta accanto a lei.

«Chi sei?»

«Antonina Rossi», dissi, sorprendendo anche me stessa: nessuno, lì, conosceva il mio vero nome.

«Sei la ragazza che ci sveglia con le sue urla».

«E tu sei la ragazza che ha cercato di scappare dal collegio».

«No. Io sono quella che è riuscita a scappare».

L'ultimo posto in cui aveva vissuto con un minimo di gioia era Portland, nell'Oregon. Si era trasferita in una casa vittoriana sgangherata con Clara Colby, la moglie divorziata del generale. Zintka parlava di Clara con orgoglio, amore e rabbia. Un concentrato vischioso di sentimenti tenuti insieme soltanto da un tono irritato. In una parola: *madre*.

Venni a sapere che Clara Colby godeva di un prestigio internazionale: era una «leonessa», un'orgogliosa intellettuale e suffragista. Era una cara amica di Susan B. Anthony ed Elizabeth Cady Stanton. Ma ogni volta che scoprivo qualcosa di nuovo su Clara, il quadro diventava sempre più confuso. Aveva scritto brutte poesie in rima sulla «trovatella di Wounded Knee». Aveva citato Zintka in discorsi tenuti in pubblico a migliaia di chilometri di distanza dalla bambina affidata alle sue cure. Era spesso altrove, anche quando dividevano la stessa stanza, a fare da madre a un movimento.

«Mi ha aiutata a trovare lavoro in una tavola calda. A Portland avevo dei soldi tutti miei», mi disse Zintka. «Era facile prendere un tram per andare a Oaks. Me la svignavo praticamente ogni sera». Mi mostrò una cartolina di un parco divertimenti con gazebo punteggiati di fiori e un porticato di legno. Grandi nuvole gonfie aleggiavano sopra l'ampio fiume e la gente passeggiava sotto un cartello che recitava LA RUOTA DELLA GIOIA. Zintka indicò una famosa giostra con unicorni dai denti a coniglio e leoni giallo senape che trasportavano i bambini su due assi: su e giù, in tondo.

«Capisco. Funziona come la vita, allora», dissi, cercando di sorridere.

Era lì, al pianoforte di Oaks, che aveva imparato le canzoni da saloon che ci suonava alla Casa. Era lì che andava a pattinare, volando sotto un organo che dall'alto dominava la pista, tenendosi per mano con i ragazzi che le piacevano.

«A Chemawa sono quasi morta di solitudine. Sono scappata, ma la polizia mi ha riportata indietro».

Le dissi che non sapevo cosa significasse Chemawa e lei mi rispose: «Beata te». Zintka mi raccontò dei suoi anni trascorsi in vari collegi. Alcune scuole l'avevano espulsa per il suo «spirito indomito». Altre volte era scappata.

Due anni prima della detenzione a Milford, era stata una studentessa del collegio indiano Chemawa, a un'ora di treno da Portland. Era fuggita durante le onde d'urto del terremoto di San Francisco del 1906, che raggiunsero anche Salem, nell'Oregon. Era stata riportata indietro dalla polizia, con addosso gli «stracci sgargianti di una cowgirl», secondo un giovane agente scandalizzato. Era scappata una seconda volta saltando da una finestra aperta con la direttrice del Chemawa che la inseguiva invano, urlando.

Mentre mimava la scena con la direttrice, iniziò a ridere e io le andai dietro. Prima con esitazione e poi senza freni. Le mie lacrime sembravano gelatina, perché erano mescolate con il farmaco per il tracoma. Anche lei aveva la stessa malattia. Così come tutte le altre detenute della Casa, a quanto pareva. Smise di ridere prima di me, così di colpo che mi spaventai e quasi caddi dal dondolo. «Cosa c'è che non va?»

Questo la fece di nuovo scoppiare a ridere. Sbatté le palpebre lentamente, con gli occhi irritati a furia di sfregarseli.

Cosa c'è che non va? Si alzò di scatto e se non mi fossi aggrappata al bracciolo sarei caduta dal sedile.

Vedemmo un'improvvisa raffica di grandine spazzare i campi e sentimmo crepitare i rami lontani della quercia. Avvertii un formicolio alle narici per il cambiamento nell'aria. La pioggia mi colpì il viso, uno schiaffo dopo l'altro, mentre il vento soffiava da est. Mi aspettavo che l'infermiera del turno di notte venisse a ordinarci di rientrare, ma forse il tempo aveva convinto il personale, già stanco, a ignorare le nostre sagome sul dondolo.

I tuoni risuonavano come bombe e noi scoppiavamo a ridere insieme, scioccate.

Quella sera, tra un boato e l'altro, Zintka mi raccontò del generale. L'uomo che l'aveva portata via dalla sua gente. Il suo cosiddetto padre. Dopo l'ennesima espulsione dal collegio, Clara Colby, esasperata, l'aveva mandata a vivere con il generale e la sua amante, l'ex tata di Zintka.

«Dormivo sotto la veranda dei vicini. Sgattaiolavo fuori con la mia coperta e al mattino lei mi dava il pane imburrato e il caffè».

«Il generale ti lasciava dormire fuori? Lontano da casa sua?»

«Diceva che non valevo nemmeno la fatica di attaccare il carro».

«Si aspetta che torni?», le chiesi dopo una lunga pausa. Stavo pensando a Nathalee. «Hai altri parenti?»

«Ho un'altra famiglia. Ho vissuto con loro la scorsa primavera ed estate, a Pine Ridge».

Ma quando la pressai con nuove domande, lei tacque. Diedi un calcio a un grosso chicco di grandine e lo vidi scivolare sugli scalini della veranda. Mi seccava aver trasformato la nostra conversazione in un interrogatorio.

«Mia madre non sa che sono qui», disse dopo un silenzio così lungo che avevo rinunciato a riprendere il filo del discorso. «Continuo ad aspettare che venga a salvarmi, ovunque sia questo posto...»

«Milford», dissi allarmata. «Milford, in Nebraska». Non sapeva dove si trovava? Nessuno gliel'aveva detto? Per qualche motivo pensai al manifesto di bordo appeso nel salotto della mia famiglia a Omaha, e al viaggio che non riuscivo a ricordare.

Fissammo i campi fino alla torre dell'acqua in lontananza. Lentamente, iniziammo a muoverci allo stesso ritmo, dandoci la spinta con le gambe sul dondolo. Il tuono rimbombava come la voce di Dio, avrei detto in un periodo precedente della mia vita, ma la parola *Dio* aveva finito per sembrarmi una piccola statuetta vuota usata dalla direttrice per costringerci alla sottomissione. Il suo dio dell'odio e della punizione non aveva alcuna somiglianza con il Dio dell'Amore che avevo conosciuto di notte. Pregai quel Grande Amore mentre sentivo il bambino scalciare dentro di me e la panca di frassino nero cantare sui cardini, sostenendo il nostro peso nel buio. Mi chiedevo in cosa credesse Zintka.

«Devo chiamarti Zintkála Nuni? O Marguerite? O...?»

Anche con l'aiuto della lanterna, non riuscivo a leggere la sua espressione. Ma ora il silenzio della nostra *fermata* sembrava più cordiale, e io mi sentivo più coraggiosa al suo fianco, abbastanza da rischiare un altro quarto d'ora di libertà nel buio.

Caricavamo con più forza le gambe, spingendo il dondolo sempre più in alto, così in alto che pensavo che saremmo potute volare via. Per un attimo immaginai le onde di un terremoto che ci raggiungevano, aprendo i cancelli della Casa, catapultandoci in una vita sconosciuta. Chi saremmo potute diventare se fossimo scappate? Quanto ci saremmo potute allontanare da questa prigione? Poi sentii il tuo calcio. I miei pensieri si fermarono. Mi ero spaventata da sola contemplando le possibilità che avevo appena visto a mezz'aria. Con la stessa improvvisa intensità mi invase una grande paura di essere punita. Diedi la buonanotte a Zintka e mi precipitai dentro.

* * *

Io e Zintka diventammo, se non proprio amiche, almeno amichevoli. Mi dava lezioni di pianoforte e io rubavo pacchetti di fiammiferi per lei. A volte mi svegliavo alle quattro del mattino e la vedevo accendere un fiammifero al buio. Circolava una brutta tosse, ed eravamo tutte terribilmente congestionate. «Di notte sembra di essere in una segheria», si lamentò Melody durante il turno di lavoro. «Non so come fate a dormire. Io e Zintka siamo sempre sveglie, vero?»

«Non sempre», replicò lei con un sorriso sincero. «Non la domenica mattina in chiesa».

Ridemmo tutte. Proprio la settimana prima, il pastore ci aveva fatto notare che molte donne perdute sembravano «pregare con gli occhi chiusi».

Due settimane dopo la nostra prima conversazione sul dondolo, Zintka si sedette accanto a me mentre leggevo una lettera di Giancarlo. Mi chiedeva di sposarlo. Zintka voleva sapere perché avevo la faccia di qualcuno che aveva appena succhiato un limone. Non le dissi che lui era una vittima della polio e che camminava con un bastone. In quegli anni non dissi mai, nemmeno a me stessa: *Ho paura che sia un peso. Sto per avere un bambino e non credo di potermi prendere cura anche di te, Giancarlo.* Zintka si rallegrò quando le dissi che avevo intenzione di crescere mio figlio da sola. «Toni, finché sei disposta a lavorare vedrai che un modo per dargli da mangiare lo trovi». Mi disse che aveva fatto molti lavori nei suoi diciassette anni di vita.

L'anno prima, quando ne aveva sedici ed era in fuga dal collegio di Chemawa, senza soldi, senza bagagli, solo con i vestiti che indossava, aveva fatto l'autostop da Salem, nell'Oregon, fino alla tendopoli di Lemmon, nel South Dakota. Aveva finito i soldi quando era ormai a meno di venti chilometri dalla riserva di Standing Rock.

* * *

Figlio mio, ho passato così tanti anni a portarmi dietro i ricordi degli altri, senza sapere nulla di loro. Ho inghiottito vite intere e le ho perse. È un miracolo che io riesca ancora a rammentare una minima parte del passato. Voglio condividere con Te quel poco che so e che ricordo. Altrimenti noi «donne perdute» ci ridurremo a oggetti di pietà, a curiosità viventi. I falsari come me continueranno a cancellarci dalla scena. Il segreto di Nathalee, le battute di Stencil, il coraggio di Zintka. Ti prego, portaci con Te. Ti prego, continua a conoscerci, Figlio mio.

* * *

Zintka si era fermata in uno dei quattro saloon di Lemmon per chiedere indicazioni. In ogni mano callosa luccicava un bicchiere di liquore. Il whisky costava cinque centesimi a cicchetto. Zintka lo aveva scoperto quando «Indian Pete» Culbertson le aveva offerto un giro. Un bugiardo nato, Pete Culbertson! Un figlio della Norvegia, che ora affermava di essere un indiano. Aveva gli occhi azzurri come il cristallo e i capelli tinti con il caffè. «Sono stato rapito ai miei genitori quando ero ancora un bambino e cresciuto dalla nazione Lakota». Come il suo amico e rivale, Buffalo Bill, vendeva una leggenda senza senso con un buon margine di profitto: uno spettacolo sul selvaggio West che promuoveva spudoratamente la fantasia come storia. Il tendone principale di Indian Pete poteva contenere 10.000 persone. Attirava folle di nuovi coloni in Nebraska e nel Dakota. La moglie di Pete di solito interpretava una cowgirl, ma era rimasta incinta e non poteva esibirsi. Così per quel ruolo fu assunta Zintka.

C'erano domatori di cavalli e acrobati, cowboy da rodeo e pistoleri. Il numero più popolare delle due ore di spettacolo era una finta battaglia in cui degli «indiani sul sentiero di guerra» attaccavano una diligenza. Per tornare a casa dalla sua gente, Zintka aveva accettato l'offerta di Pete l'indiano e aveva trascorso gli otto mesi successivi recitando la parte di una cowgirl nel suo spettacolo sul selvaggio West.

Ero certa che se avessi fatto un'altra domanda avrebbe smesso di parlarne. Così ascoltai il dolce fluire dei suoi ricordi mentre Tu facevi le capriole dentro di me.

Con i soldi che aveva risparmiato, era riuscita a raggiungere la riserva di Standing Rock. Le era stata presentata un'altra bambina sopravvissuta al massacro di Wounded Knee, una ragazza il cui nome Lakota, tradotto, significava Ne esce viva. «Mia sorella gemella», disse Zintka. «Era così che ci chiamavamo l'un l'altra». L'aveva aiutata a raggiungere la riserva di Pine Ridge, al confine tra Nebraska e South Dakota. Lì Zintka aveva visitato la fossa comune dove era stato sepolto il corpo di sua madre insieme a centinaia di altri uomini, donne e bambini Lakota. Di queste esperienze, Zintka non mi disse quasi nulla, se non: «Devo tornare a casa».

Le raccontai la nostra storia, Figlio mio, mentre Tu battevi il tamburo dentro di me. Ricordo di aver fatto una pausa per nascondermi dalla luce di una lanterna che passava. Ricordo come i lampi ci rendevano visibili l'una all'altra per brevissimi istanti, e il buon odore della pioggia. Ricordo la frustrazione che provai per la timidezza del mio discorso, per tutto quello che mi era ridisceso in gola prima che riuscissi a pronunciare una sola parola vera sulla mia vita precedente.

A Omaha ero andata a cavallo solo un paio di volte, e chiesi a Zintka come si fosse sentita a cavalcare nello spettacolo di vaudeville, davanti a migliaia di sconosciuti. Per quanto mi riguardava, anche alzare la mano in classe mi metteva a disagio. Gli occhi di Zintka si illuminarono. Aveva fatto i numeri in piedi, disse. Volteggi e figure in cui si lasciava scivolare di lato.

«In... piedi?»

«Sì! Sopra la sella di un cavallo al galoppo».

Una volta, alla Fiera di Stato di Omaha, avevo visto un uomo adulto cadere dal suo Appaloosa e rimanere paralizzato a vita. «Non avevi paura?»

«Ero bravissima. Riuscivo a saltare giù dal cavallo e atterrare in piedi. Sapevo correre e saltare di nuovo in sella mentre lui andava a tutta velocità».

Quella che Zintka mi stava raccontando non era una storia tragica, ma trionfante, o forse era entrambe le cose e nessuna delle due: era un grande intreccio di tempi e toni, era la sua stessa vita che forzava i limiti di ciò che si poteva raccontare come storia. Avvertivo la sua energia, il suo desiderio di vita, che trovavano voce.

La mia immaginazione poteva portarmi solo fino a un certo punto. Riesco ancora a sentire le grida dei mandriani e dei contadini nella tenda del circo, l'odore della birra versata, delle sigarette spente. Riesco a immaginare Zintka in piedi sulla sella, che salta e atterra con una capriola. Ma la verità è che non so assolutamente nulla di che effetto facesse essere la donna conosciuta con il nome di Uccello Perduto.

Sapevo però cosa si provava a guardare negli occhi qualcuno che pensava di conoscerti, che ti aveva già assegnato un ruolo nel copione che aveva in mente. Alla Casa ti potevano assegnare il ruolo di *Donna redenta*, ma eri anche, inevitabilmente, pronta per la parte di *Senza speranza*. Potevi essere scelta per il ruolo di una puttana, un'imbecille o un oggetto di pietà, di chi *ha patito più peccati di quanti non ne abbia commessi*.

Cercai goffamente la mano di Zintka. Lei mi lanciò uno sguardo cauto e quella diffidenza crebbe in modo insopportabile tra di noi, ma nessuna delle due si ritrasse. Ci volle un grande sforzo per rimanere lì insieme, con le mani che si toccavano sul tavolo. Resistemmo entrambe per la durata di un soffio di pioggia tra i tuoni, che era davvero il massimo che potevo sopportare, in quel momento, in quel luogo, prima di sottrarmi al dolore di quel tentativo, alla vergogna che mi attraversava.

* * *

Sono cresciuta a Omaha, eppure non sapevo quasi nulla della gente di lì. Non sapevo nulla dei Pawnee, dei Ponca, degli Otoe e dei Missouria, dei Lakota, dei Dakota, degli Iowa, o di nessuna delle tante popolazioni che vivevano qui molto tempo prima che la mia famiglia diventasse americana.

Non sapevo – nessuno me l'aveva mai detto – che ero un soldato in una guerra. Noi nuovi arrivati nelle Grandi Pianure fummo invitati qui dal governo degli Stati Uniti per presidiare il territorio. L'Homestead Act, il Dawes Act, facevano tutti parte di un piano di battaglia. Col tempo, bambini dalla pelle chiara sarebbero cresciuti in questo West senza conservare alcun ricordo di una casa precedente, senza sapere di essere le figlie e i figli di un esercito invasore, americani di seconda, terza, quarta e quinta generazione. Schierati per consegnare le terre dei nativi nelle mani dei bianchi. Per rendere produttive le foreste e le pianure. Per trasformare il suolo in denaro.

Se qualcuno avesse presentato la storia della nostra vita nel West in questo modo, avrei difeso me e mia nonna con le unghie e con i denti. Eravamo venuti in questo paese per lavorare sodo e vivere con dignità. Chi avrebbe potuto biasimare mio padre per aver voluto una casa, un impiego, la possibilità di prendersi cura della sua famiglia? Quando eravamo arrivati non possedevamo nulla. All'età di tredici anni lavoravo nove ore al giorno in una lavanderia. Chi avrebbe mai osato insinuare che avessimo qualcosa a che fare con l'omicidio degli indiani o il furto delle loro terre? Se non avessi incontrato Zintka, non avrei sentito alcun peso, non più di quanto una molecola d'acqua si senta responsabile di un'inondazione.

Ma ascoltando Zintka suonare il pianoforte, capii una cosa. Le note convergevano e diventavano suoni nuovi. Il suo piede destro premeva e rilasciava il pedale, inondando il futuro con il passato. Le nostre vite erano intrecciate nella stessa canzone. Molto prima di diventare prigioniere della Casa, avevamo plasmato l'esistenza l'una dell'altra.

Non volevo essere inclusa nel «noi» con Malvina, l'infermiera Elaine e le altre fanatiche della Casa di Milford. Odiavo la mia nuova consapevolezza. La mia ombra sul suolo del Nebraska rappresentava il più grande successo di mio padre, diceva mia nonna, con la voce rotta dall'orgoglio e da quel tipo di sollievo che mi faceva sentire immediatamente superiore a tutti quelli che avevamo lasciato in Sicilia, persino mia madre morta. Ma ero un'arma in una guerra. Lo sono tuttora. Adesso lo capisco, Figlio mio.

* * *

Il disgelo primaverile sembrava aver attivato un cambiamento in tutte noi. La domenica di Pasqua, la direttrice ci aveva sorprese dandoci il permesso di decorare il salone e organizzare una caccia alle uova. Nel dormitorio soffiava una sorta di vento pagano, scatenato da quel piccolo accenno di festa. Secondo il dottore mancavano meno di due mesi all'incontro con il mio bambino. Molte delle ragazze con cui avevo stretto amicizia stavano per esplodere, come diceva Stencil. In tutti i sensi, eravamo al limite. Stencil aveva portato di nascosto una bottiglia di brandy nel dormitorio e si faceva pagare un nichelino a sorso.

«Dai, non bere quella roba! Fa male al bambino».

«Un sorso non ha mai fatto male a nessuno...»

«Un sorso può fare molto! Come pensi che sia rimasta incinta?»

Alla fine, io, Melody, Stencil e Zintka ci ritrovammo a bere da sole quando si spensero le luci, soffocando le risate nella lavanderia al piano di sotto, che profumava di liscivia. Non ricordo più chi ebbe l'idea di svignarsela, forse Stencil. O forse fui io. Avevo imparato che, quando c'era Stencil, si poteva tirare fuori il proprio desiderio più profondo come uno scherzo, e guardarlo trasformarsi in un piano. «Un ultimo festino, signore! Prima che tutte queste farfalle che ho nello stomaco mi facciano partorire un bambino...» Melody disse che non era sicura di voler rischiare l'ira di Malvina, e Stencil iniziò a prenderla in giro, con quel suo modo furbo che ti faceva ridere, e allentare il controllo su te stessa.

Zintka era pronta a rilanciare.

«Non riesco a respirare qui dentro», disse. «Voglio andare a pattinare».

Pensavo che ci stesse prendendo in giro. Chi aveva mai sentito parlare di quattro madri in fuga sui pattini? Ma proprio quel giovedì, dopo la lezione, Zintka ci mostrò una scatola di pattini che si era procurata convincendo il figlio del droghiere a inserirla di nascosto tra le consegne della settimana, etichettandola come rape svedesi.

«Come ci sei riuscita?», gridò Melody.

«Volere è potere».

Uscimmo di nascosto dopo mezzanotte dalla finestra del seminterrato, uno spazio angusto per tutte tranne che per Stencil.

Mi muovevo goffamente dietro le altre, terrorizzata all'idea che potessero scoprirci e mandarci in soffitta, la punizione più severa. «Ci sono cose che valgono il rischio», disse Stencil guardandomi dritta negli occhi. «Se vuoi morire poco a poco lì dentro, fai pure».

Alla fine, a convincermi era stata la vista dei lacci nuovi dei pattini. Erano mesi che non toccavo un oggetto così colorato. Quella notte, la falce di luna sembrava appuntita come il fuso dell'arcolaio di una favola. I campi stavano tornando in vita, tra i filari brulicavano i lombrichi.

Percorremmo un chilometro e mezzo prima di scoppiare a ridere. Ero ubriaca dell'aria notturna. Aprile profumava di inizio del mondo, umido e verde. Le nostre ombre si allungavano in forme bizzarre sotto la luna, lunghe come dita invisibili che puntavano verso il bosco. Zintka disse che conosceva un posto dove potevamo pattinare: una pista segreta.

E infatti, a mezzo chilometro dalla strada principale che portava a Milford, ci guidò verso un fienile abbandonato. Il tetto era mezzo crollato, sopra le porte c'era un grosso nido arruffato come le sopracciglia severe del pastore. (Alla Casa avevo imparato a riconoscere la disapprovazione ovunque.) «Entrate, entrate», disse Zintka, felice. C'era un odore non sgradevole di legno marcio e decenni di pioggia. Un'ombra guizzò e scomparve dentro una fessura nel muro, qualcosa di alato che si dileguò nel bosco circostante. Il grande buco al centro del tetto sembrava un cannocchiale per la luna. Una luce argentea inondava il fienile, illuminando le larghe assi del pavimento in legno. La nostra pista di pattinaggio. Disegnai il mio nome nella polvere: TONI E IL SUO PANCIONE SONO STATI QUI. Non avevo ancora pensato a un nome. Sembrava meglio aspettare. I nomi sono gli incantesimi protettivi che le madri lanciano sui loro figli, e io avevo bisogno di sapere chi stavo mettendo in fasce.

«Allacciatevi i pattini, puttanelle!», urlò Stencil.

Adoravi pattinare: è stata una delle prime cose che ho scoperto di Te. Quella notte scalciavi come una lepre selvatica sotto le mie costole.

Melody ridacchiò, sembrava ubriaca quanto mi sentivo io. Avevamo dato fondo al liquore di Stencil. Si potrebbe pensare che questo avrebbe reso quattro donne incinte ancora più sgraziate. Mi crederesti se ti dicessi che volavamo? Era un rischio sciocco. Era un rischio necessario, che avevamo scelto di correre. Solcare il pavimento di legno non era affatto come incidere le nostre iniziali sulle pareti del dormitorio. La paura che ci assaliva alla Casa non aveva nulla a che fare con questa gioia di volare in cerchio.

Le scarpe con le rotelle, dissi, erano la tecnologia più incredibile dell'umanità.

«Aspetta di provare i pattini da ghiaccio. Scarpe con dei coltelli sulle suole».

Icaro avrebbe dovuto farsi un giro su una pista di pattinaggio: gli sarebbe andata molto meglio. Volare in cerchio sul pavimento di legno, al riparo dal sole fatale. Pattinavamo tutte e quattro in linea, come un'unica graziosa ala. Piacere, piacere, piacere, che girava sempre più veloce. Due cuori che acceleravano all'interno di ciascuno dei nostri enormi corpi. Inciampai due volte ma non caddi mai. Melody andò a sbattere contro un muro e si raddrizzò. Zintka, quando mi passò accanto, aveva gli occhi chiusi.

Secondo nonna, quando avevo visto per la prima volta delle stelle elettrificate durante il giro in tram per il centro di Omaha, ero scoppiata a piangere. Da lontano sembravano un centinaio di clementine luminose che crescevano sul palo di legno. La stessa cosa mi successe nel fienile abbandonato. Guardai in alto dal buco nel tetto e vidi la Via Lattea. Era ancora lì, a illuminare il nostro cammino.

Non ricordo chi fu la prima a proporre di scappare. «Non abbiamo soldi», dissi, odiandomi per essere stata la Voce della

Ragione, la Voce del Dubbio, la Voce della Paura e del Ripensamento. Cosa volevo più della mia libertà? La sicurezza, purtroppo. La sicurezza per Te. Ti sentivo agitarti dentro di me, forse per qualche malessere, e mentre ci toglievamo i pattini e allacciavamo gli stivaletti, la mia paura sembrò oscurare le stelle.

«Torniamo indietro», dissi. «Voglio tornare indietro. Se ci prendono ci sbattono in soffitta».

Stencil si era voltata verso la città e aveva iniziato a camminare.

«Io torno», dissi, un po' meno convinta. Melody, con il pancione che sporgeva sotto il cappotto di lana leggero, venne a mettersi accanto a me. Mi sentivo in un vicolo cieco. Se fossi tornata alla Casa, avrei scelto la prigione. Se avessi seguito Stencil e Zintka, avrei rischiato sia la mia vita che quella del bambino. Quale delle due opzioni era più rischiosa? La luna con la sua faccia di bronzo non dava alcuna indicazione su dove potesse portare quella nuova svolta.

Alla fine, il quesito si dimostrò irrilevante, insieme all'intero piano. «Eccole», sentii ansimare la voce di un uomo. «Eccole, Mack...»

Allora scappammo tutte. Alla cieca, ridicole con i nostri nuovi corpi sbilanciati, senza la grazia dei pattini, con la propulsione del terrore animale. Fu così che ebbi la mia risposta. Non volevo tornare alla Casa per madri nubili. Avevo capito, troppo tardi, quanto desideravo la libertà e cosa avrei rischiato per ottenerla. Di recente il terreno si era disgelato e poi ricongelato, e io scivolai e mi rialzai cinque o sei volte prima che delle mani mi calassero sulle spalle. Tu sbattesti contro la mia gabbia toracica e io gridai, mentre venivo trascinata lungo la strada da un uomo che non riconoscevo.

«Mack! Questa stronza continua a *sputarmi* addosso!» Qualcosa di appuntito mi colpì alla nuca e mi sentii male dalla paura che avevo per Te.

Alla fine ci confiscarono i pattini. Tornammo a casa in silenzio in due auto separate, perché eravamo troppo grosse per entrare in una sola.

***

La lezione che la Casa di Milford aveva impresso nei nostri cuori, che avevamo imparato meglio di qualsiasi versetto della Bibbia, era che se avevi ancora fiato nei polmoni, non avevi davvero toccato il fondo. Potevano falsificare il rapporto per far sembrare che fossi morta nel sonno, o di febbre puerperale. Potevano scrivere quello che volevano su quei moduli e nessuno sarebbe mai andato a scoprire la verità. Potevano lasciarti chiusa in una cella al buio per ore o giorni, e portarti via la sanità mentale, la memoria, la voce.

Noi quattro ricevemmo punizioni minori la notte in cui uscimmo di nascosto per andare a pattinare. Per due settimane ognuna di noi dovette fare turni di lavoro extra. Non ci fu permesso di fare passeggiate nei dintorni. Provai un sollievo tanto forte da sentirmi male: avevo avuto così paura che ci mandassero in soffitta.

L'idea esercitava su di me una pressione costante: la possibilità di essere spedita in quel luogo solitario, legata in una camicia di forza. Mi hanno detto che il mantello rosso del matador spinge il toro a caricare. La camicia di forza di pelle rossa faceva l'opposto: il rumore delle fibbie di metallo mi incuteva terrore. Ogni volta che lo sentivo, mi bloccavo contro il muro. Ogni volta che questa punizione toccava a una di noi, fissavo il pavimento. Ero consapevole delle ragazze alla mia sinistra e alla mia destra e sentivo, senza alzare lo sguardo, che trattenevano il respiro, protendendo la pancia come se fosse uno scudo. Non ero la preferita di nessuno, ma tenevo la bocca chiusa, il che mi metteva in una posizione migliore con la direttrice rispetto a molte altre. Avevo davvero paura che le loro punizioni potessero danneggiare Te, il mio bambino. Ho perso tutto comunque. Ma a quindici anni non capivo che la scelta tra non fare nulla e fare qualcosa era una scelta che condividevo con tutte le altre ragazze.

Invece mi sentivo disperatamente sola, mentre guardavo il fuoco luccicare sul cuoio rosso e opaco della camicia di forza. Ogni volta che costringevano un'altra donna al suo interno, mi dicevo che avevo le mani legate. Forse anche Malvina si raccontava questa bugia. *Sii come quell'albero. Rimani oscura. Diventa vuota.*

Immagino si possa dire che alla Casa per madri nubili ho ricevuto un'educazione morale, anche se le lezioni del giovedì le passavo a sbadigliare. Non superai la prova più importante. Ma imparai la risposta alla domanda che scuoteva le nostre file ogni volta che una di noi veniva legata nella camicia di forza e portata in soffitta.

D: Qual è il male che governa questo mondo?
R: *Meglio a te che a me.*

* * *

Un giorno, alla fine di aprile, tornai dal turno di lavoro e scoprii che Zintka era stata portata in soffitta. Il clima primaverile aveva subito un cambiamento improvviso e il 22 aprile la temperatura aveva raggiunto i ventinove gradi. La mattina seguente, venimmo a sapere che Zintka aveva partorito un bambino nato morto.

* * *

Quando tornò al dormitorio, non volle più parlarci. Provavo un senso di vergogna così forte che mi dava le vertigini. Una volta cercai di sedermi accanto a lei durante il vespro, ma lei si alzò e si spostò in fondo alla sala. Col passare del tempo, la mia vergogna divenne una linea di fuoco e mi ci rannicchiai dietro. Nei corridoi bui passavamo una accanto all'altra senza fare una piega, trattandoci da estranee. Come ha fatto Zintka a superare quelle lunghe notti e quei giorni crudeli? Chi è diventata fuori dalle mura della Casa? Anche adesso, Figlio mio, nel silenzio della mia mente, faccio fatica a incrociare il suo sguardo.

Asphodel Oletsky, la giocatrice-capitana delle Minacce

La tempesta si è aperta come una bocca e ha inghiottito pali del telefono, staccionate, corvi neri come incudini, alberi, il nostro pulmino. Con un urlo, ho sterzato bruscamente a sinistra, facendo derapare il pulmino fino a metterlo perpendicolare alla strada. Il camion davanti a noi si è ribaltato due volte e in qualche modo è atterrato sulle ruote. Un animale non identificato stava urlando nell'oscurità dietro di me. Per un tempo infinito siamo stati tutti persi nella stessa nuvola di polvere che turbinava. È entrata nel pulmino e mi ha graffiato la pelle; mi ha riempito la bocca di una pasta granulosa. Ero sicura che saremmo morte. Non mi veniva in mente nessuna idea per salvarci. *Aiutaci*, *aiutaci*, *aiutaci*, pregavo. Un ramo spezzato ha colpito il parabrezza; qualcuno dietro di me ha urlato. Mi sono resa conto che stavo rivolgendo la preghiera a mia madre, come se fosse un'operatrice telefonica che poteva inoltrare la mia chiamata a Dio o alla tempesta stessa. Mi sono tirata la maglia sul viso. La mia preghiera era stata esaudita? Il vento ha iniziato a spostare quella grande parete di nuvole verso sud-est. Nel giro di un quarto d'ora riuscivo di nuovo a vedere fuori dal parabrezza, il sole splendeva debolmente come la luna attraverso uno schermo rossastro.

Io e Valeria abbiamo liberato le ruote con la pala di suo padre. Il sudore ci colava sul viso e, nonostante gli occhiali protettivi, era come cercare di vedere attraverso una colata di fango. Abbiamo passato un'ora a togliere la polvere e abbiamo riempito il radiatore tre volte, poi finalmente il motore ha ripreso a funzionare. Il Pegaso è entrato a Red Willow a passo d'uomo. Lungo la strada ho rischiato di schiantarmi contro quello che si è rivelato essere il retro di un chiosco di frutta, con il tetto schiacciato e sepolto sotto una montagna di terra. LE MELE DI EVA È CHIUSO, diceva un cartello superfluo.

Alle quattro di pomeriggio, nel buio più totale, siamo arrivate in città.

Sembrava che tutti avessero il passo malfermo. Un postino con la borsa delle lettere a tracolla si è avvicinato barcollando e strofinandosi gli occhi. «È la fine del mondo, ragazze!», ha detto con un sorriso disorientato. «Risparmiatevi i francobolli e lanciate direttamente le lettere in quel vento terribile!» Ellda gli ha rivolto un sorriso educato mentre la tiravo via dalla sua traiettoria. Abbiamo preso una stanza al motel La Principessa sul Pisello: eravamo le uniche ospiti. La hall aveva un telefono nero a disco, pareti dipinte a calce senza carta da parati e tende a quadri così vecchie che se ne stavano appese sbilenche. La radio era accesa, a metà del notiziario della sera: «...una delle peggiori tempeste di sabbia che abbiamo avuto in questa stagione, gravi perdite di bestiame, tre vittime sulla Statale 6...»

«Nessun accompagnatore?», ha chiesto l'impiegato dal doppio mento, contando i nostri dollari. Ci guardava in modo strano. Dietro di lui, sulla parete, c'era un poster di Clark Gable, e il confronto non era lusinghiero.

«È sul retro», ho detto, prendendo la chiave dal gancio. Ci siamo fatte le scale di corsa e abbiamo trovato la porta aperta.

La stanza puzzava di sigarette e pelo di cane. Una sola camera per tutte e sette. «È perfetta», ha detto Thelma con aria determinata. «Io dormo con Oletsky», ha detto Valeria, e il cuore ha iniziato a battermi così forte che mi ha sorpreso che nessuna si girasse a guardarmi. Ha gettato le nostre borse in alto sul letto a castello. Non mangiavamo niente da mezzogiorno e il sole stava tramontando dietro gli edifici del centro. Abbiamo vagato lungo la strada principale della nuova città, affamate e stordite dopo ore passate sul pulmino. Dei cani randagi hanno iniziato a seguirci, perché Ellda e Pazi continuavano a fermarsi per accarezzargli la pancia.

«Smettetela!», ho sibilato. «Sembriamo delle campagnole!»

Ma Valeria, che parla agli animali come se fossero dignitari in visita da un pianeta superiore, sembrava imbarazzata dalla mia reazione. «Non badate alla mia amica», ha detto, chinandosi per grattargli le orecchie luride. «È ancora scossa dal viaggio».

In tutto il centro c'era la corrente elettrica. Invisibili spettri hanno risalito i pali per poi accendersi di colpo sopra le nostre teste. «Lampioni», ha sussurrato Nell con riverenza.

Non conoscevamo Red Willow. Valeria si portava dietro il mestolo di suo padre come se fosse una mazza. *Siamo troppe per poterci eliminare tutte*, ho pensato. Il sette è un numero fortunato. Chi ha mai sentito parlare della scomparsa di un'intera squadra di donne? Ma le uniche figure appostate sulla strada principale erano le bambole a grandezza naturale nelle vetrine dei negozi, con foulard rossi e pellicce di volpe bianca. I manichini erano vestiti meglio di qualsiasi ragazza uziana. Percalle, tessuti goffrati, dimity, organza.

«Il mio vestito migliore è di cotone», ha detto Dagmara.

Vedevamo, sovrapposto alle vetrine, il riflesso dei nostri abiti logori.

«Mamma i vestiti me li fa con i sacchi del mangime per polli».

«Io neanche ce l'ho, un vestito».

Ci siamo messe in riga nella fredda luce blu della sera elettrificata per imitare i manichini. Ho cercato di assumere un'espressione vuota e altezzosa allo stesso tempo.

La tavola calda che abbiamo scelto aveva una macchina che tagliava le carote a rondelle dentellate. Ne siamo rimaste tutte colpite. Mentre aspettavamo il piatto del giorno, abbiamo tirato fuori dell'imbottitura cotonosa dai divanetti verdi strappati. Sembrava più appetitosa di quello che alla fine ci ha servito la cameriera dagli occhi tristi: barbabietole e prosciutto in un intingolo rosso. Thelma ha scherzato dicendo che era dello stesso colore dei suoi capelli, battendoci sul tempo. La malinconica lampada verde sulla tovaglia a scacchi bianchi e neri odorava di cherosene vecchio e mosche bruciate. Abbiamo impilato le carote tagliate a macchina come fiches da poker, per vedere chi riusciva a fare la torre più alta prima che crollasse.

«Mi sembra di mangiare i soldi degli elfi», si è lamentata Pazi.

«Non monopolizzare il sale, Oletsky», ha sbottato Nell. «Anche a tavola fai le stesse cose che fai in campo».

«Come diavolo facciamo a pagare?»

Ho tirato fuori una banconota da venti dollari dal calzino sinistro e non ho ottenuto la reazione che mi aspettavo.

«È ancora valida se la sua puzza può uccidere?»

«Avrei preferito un "grazie"».

«Puoi comprarci una cioccolata calda? Il menù dice che con un cent in più ci sono i marshmallow», ha chiesto Ellda con la sua vocetta da bambina, facendo una smorfia in previsione di un no. Ellda è feroce in campo, blocca i tiri con entusiasmo, rimprovera gli arbitri, prende le avversarie a gomitate nello stomaco, ma fuori dal campo sembra un angioletto di cristallo.

Nessuna mi ha chiesto *come* mi fossi procurata i soldi. Di questo sono stata grata alle mie compagne. «Volete una cioccolata *calda*?», ci ha chiesto la cameriera. «Ma state scherzando?» Il termostato sulla parete segnava trentacinque gradi. Ce l'ha preparata lo stesso. «Attente a non scottarvi la lingua», ha detto scuotendo la testa. L'abbiamo fatto tutte. Ecco una tecnica che non avevamo mai acquisito: aspettare che la cioccolata si raffreddasse prima di berla. Ho speso altri tre dollari in patatine fritte e coppe di gelato, e ho capito quanto sarebbe stato facile continuare a spendere tutta la sera, con la stessa naturalezza e facilità con cui si preme il pedale dell'acceleratore fino a toccare il tappetino. Avevo quasi duecento dollari, messi da parte grazie al mio lavoro con l'Antidoto. Presto avrei avuto abbastanza soldi per lasciare la camera da letto di mia madre e trasferirmi alla pensione.

Di ritorno alla Principessa sul Pisello, ho ascoltato le mie compagne russare e sbavare, mentre io me ne stavo a sbattere le palpebre fissando il soffitto, e a inseguire pensieri rumorosi sulla sconfitta e la vittoria. Mi chiedevo se lo zio avesse già visto il mio biglietto. Avrebbe sicuramente disapprovato il fatto che sette ragazze dormissero da sole in un motel. *Quando lo zio scoprirà che sono una Cassaforte, probabilmente mi caccerà di casa. Dovrei invitare l'Antidoto a cena una sera, solo per vedere la faccia di zio Harp*. «Valeria?», ho detto, dando un colpetto al corpo meravigliosamente solido accanto a me. Non dormivo accanto a qualcuno da due anni, da quando ero arrivata a Uz. Il silenzio si è aperto come un abbraccio e mi ha cullata, e alla fine credo di essermi assopita, perché mi sono svegliata con una luce pungente che si riversava sulle pareti intonacate male, ed era già il giorno della partita.

* * *

«Oh-oh», ha detto Nell. «Queste ragazze di Red Willow sono grosse come case».

Erano davvero enormi rispetto alle Minacce. Giocatrici alte come sequoie, la cui infanzia sembrava ormai lontana secoli. Le Principesse della Ferramenta Perkins non erano ciò che ci aspettavamo dal loro nome. La loro coach, Oramelle, era anche una giocatrice, una ragazza tedesca che un uomo avrebbe potuto descrivere nervosamente come «robusta», un camino di mattoni alto un metro e ottanta che sembrava in grado di sollevare un manzo e lanciarlo nel canestro.

«Eravamo sicure che avreste rinunciato, Uova e Pollame».

Ho raccolto tutta la mia autorità di giocatrice-capitana.

«Non ci chiamiamo più così. Ora siamo le Minacce».

«È uguale, vi romperemo comunque come uova», ha detto Oramelle, mordendosi il labbro. Ho intuito che stava riformulando alcuni dei suoi insulti legati alle galline.

Sotto le nostre parole, ho sentito un profondo rispetto. Eccoci faccia a faccia, nonostante tutto. Avevamo rischiato di essere travolte dalla stessa tempesta. Eravamo venute lì per sconfiggere la polvere ora e per sempre. Eravamo venute per vincere. Volevamo tutte la stessa cosa e solo metà di noi avrebbe potuto ottenerla.

Ci siamo strette la mano e ci siamo separate per parlare un'ultima volta fra compagne di squadra. Il mio discorso di incoraggiamento alle Minacce è iniziato in tono ottimista, in modo simile a come avrebbe fatto il coach prima della battaglia per il campionato della Settima Regione. Ho guardato ogni giocatrice negli occhi. Ho detto che ero sicura che quella partita avrebbe completato la nostra serie di vittorie. Nel basket si parte tutte alla pari. Si può usare la propria disperazione come carburante. Anche senza un centesimo in tasca, si può esercitare un potere reale, diventare campionesse. Ci siamo guadagnate la vittoria, ho detto alle Minacce, con una stagione di duro lavoro nelle circostanze più difficili. Quanti sacrifici abbiamo fatto per arrivare qui, ho detto. Il coach ci ha mollate, il sole si è fatto buio, il cielo ha cercato di seppellirci, ma noi non ci siamo mai arrese. Potevamo essere orgogliose a prescindere, ma la buona notizia era che eravamo destinate a vincere. *Pensate a quegli splendidi uccelli che abbiamo visto*, ho detto. Non ho ricordato alle altre che il giorno prima avevo rischiato di sacrificarci tutte durante il viaggio quasi mortale verso Red Willow. Non volevo ripensarci neanche io.

Una partita di sabato a Uz non attira alcun tipo di pubblico. Perlopiù ci facciamo il tifo da sole. Ma queste panche erano piene di fan delle Principesse della Ferramenta Perkins: fratelli e sorelle, madri e padri, zii e zie con striscioni, SUSIE NEI NOSTRI CUORI!, ADELANTE, BUENA!, CAROL DISTRUGGILE. Per me le partite in casa e quelle in trasferta sono ugualmente solitarie, ma vedevo che le altre Minacce stavano accusando il colpo di tutto quell'affetto. La solitudine non funziona come carburante. L'ho messa da parte e ho cercato una sensazione più utile: invidia, rabbia, disprezzo. Quelle si possono pompare nel corpo. Lo zio dice che vivo sopra un giacimento di rabbia. Fa sempre comodo, nel giorno della partita.

Man mano che continuavo, il mio discorso di incoraggiamento ha preso una piega violenta. «Guardate queste ragazze *ricche*...», ho detto alle mie compagne di squadra. «Queste maledette *principesse*...» Anche se la maggior parte di loro non era più ricca di me, e alcune sembravano anche messe peggio, con le divise logore e i denti storti. «Tornano a casa nei loro castelli. Hanno un sacco di soldi e niente di cui preoccuparsi. Insegniamogli come si perde. Come si subisce un'umiliazione. Mostriamogli cosa si prova a essere schiacciate...»

Le mie parole non stavano avendo effetto su tutte: Ellda si era infilata il pugno in bocca, e sembrava una bambina. Pazi stava intagliando le nostre iniziali dentro un grande cuore sulla panca di cedro, ignorandomi completamente. Nell fissava fuori dalla finestra, come se aspettasse che il vento si calmasse. Ma le altre Minacce annuivano. Val mi ha strizzato l'occhio e ha alzato il pugno. I riccioli rossi di Thelma brillavano quando è scattata in avanti. Dagmara ha sorriso mostrando gli incisivi. Come me, erano assetate di sangue. Non eravamo state tutte schiacciate, in modi diversi, dalla vita quotidiana a Uz? Puoi vendicarti di chiunque, questo mi ha insegnato il basket. Sugli spalti, le mamme delle Principesse erano in piedi: rosse in viso, lanciavano baci e facevano il tifo per le loro figlie giganti. Mia madre giaceva in un fosso da qualche parte nel profondo del mio petto, senza poter girare la testa per guardarmi vincere. *Mi vendicherò anche delle vostre mamme*, ho pensato.

«Le Minacce ottengono sempre ciò che vogliono...»

«Davvero?» Pazi mi ha lanciato un'occhiata di traverso. «Non è che stai parlando di te stessa, Dell?»

Ho riso con rabbia. «Be', io sono una Minaccia, no? È l'ultima partita della stagione. Distruggiamole».

Abbiamo formato un cerchio e unito le mani una sopra l'altra:

«Pronte, partenza, via come un fulmine!»

L'arbitro ha fischiato e ha lanciato la palla sopra me e Oramelle. Lei era molto più alta, quindi non ho neanche provato a prenderla. Ho fatto invece un salto indietro e ho deviato il suo passaggio per l'attaccante delle Principesse. Ho tirato la palla a Nell, che l'ha passata a Pazi, che l'ha fatta volare nel canestro. Un uomo accigliato con la testa simile a una pallina da golf ha aggiornato il punteggio: MINACCE 2, PRINCIPESSE 0.

L'arbitro era la sorella allampanata di qualcuno, un'ex giocatrice che ci seguiva con il fischietto silenzioso che le batteva sullo sterno. Nella Settima Regione è raro che vengano fischiati i falli. Ci voleva mezzo litro di sangue prima che un arbitro intervenisse.

Nel primo quarto abbiamo spinto forte. Valeria sa saltare più in alto di chiunque: le spilungone di Red Willow non riuscivano a starle dietro nei rimbalzi. Nell ed Ellda continuavano a far girare la palla sul campo con una genialità folle che nessuna Principessa riusciva a prevedere. Pazi si è liberata della ragazza che la marcava ed è scivolata sotto il canestro. Thelma ha infilato la palla tra due difensori e Pazi è andata a segno con un appoggio morbido. Ho visto un'ombra passare sui volti degli spettatori: alcuni continuavano a tifare rumorosamente, ma molti se ne restavano seduti in silenzio sotto la tettoia di palloncini gialli.

Oramelle mi è venuta addosso, infilzandomi con un gomito appuntito. Niente fallo. Allora ho colto l'occasione per ricambiare, colpendola sul fianco sinistro. È caduta a terra tenendosi un ginocchio coperto di sottili peli biondi, che dalla mia prospettiva sembrava la testa lanuginosa di un neonato. Il segnapunti con la testa a pallina da golf si è rivelato essere il padre di Oramelle. È corso da lei. Ho lanciato un'occhiata all'arbitro sonnambulo, che mi ha guardata con occhi vitrei. Era disonorevole, nella Settima Regione e probabilmente ovunque, finire con il sedere per terra. Non avrebbe messo ulteriormente in imbarazzo Oramelle chiamando fallo. Il fischietto silenzioso mi ha fatto l'occhiolino e io ho ricambiato.

La nostra squadra è diventata un'unica creatura, che si contraeva e avanzava, tagliando e intrecciandosi, muovendosi in una danza senza altra guida che la palla color del sole. *Swish! Swish! Clang! Thud!* Due giocatrici si sono date una craniata e hanno lanciato un urlo. Io ho sbattuto con l'anca sinistra contro un osso duro. All'intervallo, il tabellone segnava 18 per le MINACCE, 6 per le PRINCIPESSE. Nel terzo quarto, rendendomi conto del nostro vantaggio, ho detto alle mie giocatrici di continuare a spingere sull'acceleratore.

«Minacce, non abbiate paura di usare le maniere forti! L'arbitro non fischierà nulla, nemmeno un omicidio: queste ragazze sono troppo orgogliose e troppo in imbarazzo, preferiscono salvare la faccia piuttosto che protestare...»

Oramelle era seduta in panchina con un impacco sul ginocchio viola. Valeria ha vinto la palla a due e l'ha passata subito a Pazi; io sono scattata verso l'area, il mio posto preferito al mondo, e mi sono girata appena in tempo per vedere la palla disegnare un arco sopra le teste di quattro Principesse e finirmi tra le mani. L'ho fatta rimbalzare sul tabellone scheggiato e mentre cadeva nel canestro ho fatto un piccolo ciao con la mano a Oramelle. Valeria ha approfittato di un passaggio impreciso tra due Principesse, scivolando sulla pancia per deviarlo verso Dagmara, che si è piegata in avanti, calma come una regina, e ha lanciato la palla in diagonale verso Pazi, sulla linea di fondo. Pazi ha dato una spallata alla sua marcatrice, poi – con un ampio gesto ad arco – ha fatto un gancio sopra l'altissima pivot delle Principesse. Ho sentito il pubblico trattenere il fiato. Pazi ha tenuto il braccio piegato sopra la testa come una ballerina fino a quando non ha sentito il fruscio del canestro. Nell'ultimo istante dell'ultimo quarto, con la punta delle dita ho trovato il cuoio ruvido nell'aria, tra due imponenti difensori, e l'ho deviato verso la piccola Ellda. Lei ha segnato dalla linea del tiro libero. Alla fine, con aria un po' riluttante, l'arbitro dai capelli arruffati si è portato il fischietto alla bocca. MINACCE 44, PRINCIPESSE 10. La partita era ufficialmente finita; lo era già da tre quarti. Ancora una volta, eravamo le campionesse della Settima Regione.

Sugli spalti si è diffuso un gemito sommesso. Mi sono voltata verso quel suono, con il cuore che batteva all'impazzata. «ABBIAMO VINTO!», ho urlato. «VIVA LE CAMPIONESSE, LE MINACCE DI UZ!» Un uomo con un papillon mi ha guardata e ha fatto una smorfia, scuotendo la testa, come se fossi un'ubriaca che urlava nel vicolo fuori dal Jentleman. Metà della gente se n'era andata; i ritardatari stavano arrotolando gli striscioni ed entrando in campo per abbracciare le figlie. Sentivo le mie compagne di squadra intorno a me che guardavano questi abbracci, le lacrime di frustrazione assorbite dalle guance delle madri, i sussurri di incoraggiamento delle famiglie numerose che adoravano queste Principesse alte, puzzolenti, sudate, sanguinanti e sconfitte. Che erano ancora imbattute, mi sono concessa di pensare per un attimo. Che in realtà erano le vincitrici nella vita, circondate com'erano da tanto amore.

Le nostre squadre si sono avvicinate lentamente, stringendosi la mano.

La panchina dove prima era seduta Oramelle era vuota.

«Dov'è il vostro capitano?», ho chiesto alla playmaker che mi stringeva la mano con la sua zampa d'orso. Aveva un viso gentile e rotondo, il fisico di una lottatrice, e due polpacci grossi come palle da bowling. *Non mi sembra abbastanza abbattuta*, ho pensato. Volevo infierire. «L'ha presa troppo male per stringerci la mano?»

«Mio padre l'ha portata dal medico», ha risposto lei, sudata e con il viso rosso. Mi ha guardata con disgusto e ha sussurrato: «L'hai fatto apposta, stronza. Oramelle fa le pulizie. Sta in ginocchio a lavare i pavimenti. Se il medico le mette il gesso, perderà il lavoro».

Ho abbassato lo sguardo sulle scarpe da ginnastica, sentendomi uno schifo. Il pavimento mi sembrava più lontano di un attimo prima. «Il segnapunti... non era suo padre?»

«È *mio* padre. Voleva annullare la partita, ma Oramelle lo ha pregato di farci finire la stagione. Quindi la prossima volta che passi da queste parti, ringraziala per il trofeo». Ha riso, con il viso rotondo e luminoso, ma gli occhi pieni di odio per me. «Magari potresti firmarle il gesso, campionessa. Sono sicura che ti ricorderà per sempre».

Una delle attaccanti delle Principesse mi ha sorpreso a guardarla da dietro le spalle di sua madre. Qualunque cosa abbia visto sul mio volto le ha fatto stringere ancora di più il suo abbraccio, aggrappandosi alla manica verde del vestito della donna. *Si sta vendicando*, ho pensato. Ma lei non mi guardava più. Stava uscendo dalla palestra con i genitori. In un angolo, il custode fischiettava una melodia jazz e cancellava i nostri nomi dal tabellone.

* * *

La sera dopo la vittoria abbiamo acceso un falò nella fitta boscaglia dietro il motel. Valeria ha tirato fuori una fiaschetta di liquore fatto in casa e una bottiglia di vino di ciliegie selvatiche quasi rancido, che però non aveva un sapore diverso da «quello buono» che aveva portato il mese prima. Abbiamo brindato al viaggio inaugurale del Pegaso, il nostro primo viaggio in pulmino, al quale eravamo sopravvissute per un pelo. «Per me sarà sempre Piscialletto», ha detto Val, che aveva protestato quando lo avevamo ribattezzato. Val era una fanatica della verità. O forse temeva che non l'avremmo riparato, adesso che aveva un nome più carino. Avevo parcheggiato il Pegaso sotto i pioppi fuori dal motel e vedevo arcobaleni ondulati di olio che si allargavano intorno alle ruote.

Abbiamo fatto un secondo brindisi a Ellda. Suo padre era un uomo colto, laureato in teologia in un prestigioso college cristiano della Virginia. Il pastore Robbins era un suo buon amico: le due famiglie andavano spesso in vacanza insieme. «Alla salute di Ellda, il cui sacrificio ci ha aiutato ad arrivare a Red Willow», ho detto, offrendole il primo sorso dalla fiaschetta della squadra. Nella luce del tramonto aveva le guance in fiamme. «Senza di te, non saremmo le nuove campionesse delle pianure occidentali!»

«Settima Regione», ha aggiunto Pazi.

«Forza, Minacce», ha detto Ellda, mandando giù il liquoraccio.

«Perché dobbiamo trattare Ellda come un'eroina?», ha brontolato Dagmara. «Non è che per avere il pulmino ha dovuto combattere nelle trincee francesi. Sarà stata questione di tre minuti».

Thelma ha mimato il gesto di leccare un cono gelato e lei e Dagmara sono scoppiate a ridere. Dagmara era il nostro difensore più debole ma con l'ego più grande, e la infastidiva vedere un'altra Minaccia sotto i riflettori.

Con mia sorpresa, è intervenuta Valeria.

«Ellda è un'eroina. Lo avete guardato *bene* il pastore Robbins? È grosso come la ruota di un carro. Ha le narici così grandi che ci si potrebbe fare una missione speleologica. Ellda si è rimboccata le maniche e si è tappata il naso. Ha fatto quello che era necessario per farci avere questo pulmino».

«Non mi sono tappata il naso», ha detto Ellda. «Non avrebbe funzionato». Si è seduta un po' più dritta, arrossendo per le nostre lodi. Sopra il falò, avvolto dal fumo blu del legno, il suo viso mi appariva sfocato e sempre meno familiare. Il liquore che stavamo bevendo bruciava andando giù e sembrava rimescolarmi le viscere. Per un attimo ho avuto la sensazione che i pensieri mi scivolassero di nuovo verso il fosso.

«Vuole passare una notte con me», ha ammesso. «Continuo a rimandare».

«Sta' attenta, Ellda».

«Non vorrai mica rimanere incinta di un ministro sposato».

«Hai fatto bene a usare la bocca», ha detto Thelma. «Così si calma e non c'è pericolo che nasca un bambino».

Mi avevano preso fuoco le guance. Non riuscivo a guardare nessuna negli occhi.

«Ellda? Non sei obbligata a continuare a vederlo...»

«Oh, non importa», ha detto con la stessa allegria forzata che avevo già notato durante gli allenamenti. «So che non sono brava nei salti, nei rimbalzi e che sono lenta in campo. Ma questa era una cosa che potevo fare, capitano Oletsky, per noi».

Non stava usando il titolo per prendermi in giro. Ellda mi ammirava davvero. Il cuore mi è balzato in gola. Con la nausea, mi sono allontanata dalle altre e mi sono rifugiata in un boschetto di pioppi dove pensavo di essere invisibile. Una mano sulla spalla mi ha fatta urlare.

«Zitta, scema. Sono solo io».

«Val...»

Ci siamo baciate in fretta nell'ombra. Questa volta è stata lei ad accorciare le distanze. Baciava come giocava, con maestria e spontaneità. Io continuavo a scusarmi, ansimando e armeggiando sotto i nostri vestiti.

«Non vorrei aver costretto Ellda a farlo».

«Non l'hai costretta. È questo che vuoi che ti dica?»

«Mi dispiace che l'abbia fatto per me».

«No, non è vero». La risata di Val aveva qualcosa di tagliente. «Avresti preferito non sapere cosa ha dovuto fare. Ma sei contenta di avere quel pulmino».

Mi sentivo uno schifo perché sapevo che era vero. Volevo vincere più di ogni altra cosa. Più di quanto volessi sapere cosa avevano passato le altre per farmi vincere. Non riuscivo a smettere di immaginare la piccola Ellda in ginocchio davanti a quel gigante sorridente. *Non mentire, capitano. Sei contenta che l'abbia fatto.* Valeria aveva ragione? Non avrei fatto anch'io quello che aveva fatto Ellda, per aiutare le Minacce? Quel pensiero mi ha fatto sentire un po' meglio. Va bene, aveva usato la bocca su Robbins. Aveva fatto su e giù con la testa cinque o sei volte e aveva ingoiato un sapore amaro. E allora? Era davvero così diverso dalle centinaia di altri modi in cui noi Minacce sacrificavamo i nostri corpi per vincere? Era forse peggio che farsi accecare dalla sabbia durante gli allenamenti, o slogarsi le caviglie e prendere gomitate allo stomaco? Ognuna di noi sopportava quei colpi per la squadra. Ma immaginare la piccola Ellda inginocchiata mi innervosiva. Volevo cancellarmi dalla mente la sua faccia a cuore e il suo sorriso. I capelli appiccicosi e sporchi e il suo desiderio di non apparire lagnosa, di aiutare la squadra: cose che le ragazze sono addestrate a fare fin dalla nascita. *Ciò che è fatto è fatto, Ellda.* Quel pensiero era come un nodo che dovevo continuare a stringere.

Ho sentito dei passi dietro il paravento di cespugli e mi sono immobilizzata tra le braccia di Val. Lei ha riso di me, accarezzandomi il collo come se fossi il suo cavallo spaventato.

«Non c'è nessuno tranne noi, Oletsky. Non c'è una squadra su cui fare colpo».

Il cuore ha continuato a battermi forte anche dopo che i passi si sono smorzati. Quasi tutte le ragazze erano andate a letto, ma Nell e Dagmara stavano ancora guardando le stelle quando ci eravamo allontanate dal falò. Mi chiedevo cosa avrebbero detto se avessero visto me e Val dondolare abbracciate nel buio come due sposini. Mi chiedevo chi altro avrebbe potuto vederci.

«Il mondo sta finendo. Che cosa hai da perdere?»

«Tutto», ho detto.

«Ultimamente sembra questa la posta in gioco, eh?»

Sentivo le vertigini in tutto il corpo per via dell'alcol. Ho pensato che, se fossi rimasta immobile, Valeria mi avrebbe baciata di nuovo. Vedendo che non lo faceva, mi sono alzata in punta di piedi e ho premuto le labbra contro la sua bocca calda. Stavo sbagliando? Lei mi ha afferrata per la vita e mi ha attirata a sé, come facevano i ragazzi più coraggiosi al ballo della scuola. Le nostre mani andavano dove volevano. Senza nessun accompagnatore. Ho guardato con stupore le mie dita mentre sfilavano la maglietta alla mia migliore amica e scivolavano sulla pelle nuda della sua schiena. Abbiamo continuato a baciarci e a toccarci, slacciando bottoni e gancetti. Mi tremavano le gambe a forza di stare in punta di piedi. Val ha riso e ha detto che forse la danza classica non faceva per me, poi mi ha tirata delicatamente con sé sull'erba. Ho ascoltato quei sospiri che sembravano porte che si spalancavano. Nel suo corpo, nel mio. I suoni che emettevo mi imbarazzavano, ma non abbastanza da costringermi a staccarmi da Valeria. Il calore è salito e si è diffuso, riportando alla mente mia madre morta, che fissava la luna con gli occhi ciechi, e poi che aspettava di essere ritrovata sotto il sole inutile e crudele. I titoli dei giornali mi hanno invaso la mente. DONNA DEL NEBRASKA TROVATA STRANGOLATA IN UN CANALE DI SCOLO...

Mi sono sentita raggelare. Valeria si è puntellata su un gomito per studiare il mio viso al chiaro di luna. Il cielo nero si increspava come acqua tra gli alberi e la città, e la luna piena nuotava nel fiume con la sua cuffia bianca. Non avrei mai più dato per scontata la luce, me lo ero ripromessa nel terrificante viaggio verso Red Willow, né ogni respiro che non bruciasse i polmoni. Ma avevo già infranto quelle promesse mille volte da quando ero scesa dal pulmino e il tempo era migliorato.

«Stai ancora pensando alla partita?»

«No», ho risposto, asciugandomi il naso sulla maglia. *Non è un gesto particolarmente romantico, Oletsky*, ho pensato. E nemmeno la mia risposta.

«Sto pensando a mia madre».

«Ah». Val ha fischiato tra i denti e si è alzata. Il suo viso ha iniziato a ricomporsi. Era arrabbiata o in imbarazzo: non ne sono sicura, ripensandoci. Poi ha abbassato gli occhi e ha incrociato il mio sguardo, e ho visto le sue labbra sollevarsi in una mezzaluna. Non era proprio un sorriso. Sembrava più che volesse dire qualcosa. Mi ha aiutata ad alzarmi.

«Che tipo era?»

«A volte era come se fosse lei la figlia. Era la mia migliore amica. Amava la musica, qualsiasi tipo di musica...»

Siamo tornate verso il motel silenzioso. Alla luce dei lampioni, gli occhi di Val sembravano violette bagnate. Mi sono resa conto che era sul punto di piangere insieme a me. Per come lo faceva Valeria, persino questo sembrava un gesto atletico. Mi ha messo le braccia intorno alle spalle tremanti, sincronizzando il respiro con il mio.

«Mia madre cantava malissimo e lo sapeva. Ma cantava sempre. Vorrei avere una registrazione della sua voce. Sto cominciando a dimenticarla. Aveva degli sbalzi di umore che certe volte mi facevano paura. Ora mi mancano anche quelli peggiori. Il suo buonumore contagiava tutti. Faceva risaltare i colori di ogni cosa: persino i chiodi nel muro cominciavano a brillare quando la mamma era felice. Riusciva a far ridere chiunque. Una volta è stata cacciata da un funerale per aver fatto pisciare sotto dal ridere il diacono...»

«Perché ti ha dato un nome così ricercato?», ha chiesto Val arricciando il naso. «Asphodel».

«L'asfodelo è un fiore famoso. Deriva da un mito greco». Ho sentito che stavo prendendo un tono arrogante e mi è venuto da ridere. «È anche una pianta comune. Simile all'erba cipollina».

Valeria ha riso con me e mi ha baciato il collo sudato. «Ok. *Ora* comincia ad avere senso...»

«Amava i libri. Si faceva una decina di chilometri a piedi con me per andare in biblioteca, con qualsiasi tempo. Amava i fiori». Ho fatto una pausa. «Amava anche me. E io l'amavo più di chiunque altro. Anche se non sempre ce lo dimostravamo».

La brezza cullava la fila di pioppi fuori dal motel come una verde ninna nanna. Era difficile credere che quello fosse lo stesso vento che aveva cercato di ucciderci per strada.

«Valeria, posso confidarti un segreto?»

«Certo».

«L'Antidoto è il mio capo. Dalla Domenica Nera lavoro come sua apprendista. È così che ho messo insieme i soldi».

«Una strega della prateria! Oletsky, diventerai una star del basket, proprio come me. Ci recluterà la squadra di un college». Ridendo, si è avvolta la mia treccia intorno alla spalla. «Potrai praticare le tue arti oscure su di me, in qualche posto molto lontano da Uz».

«Persino Babe Didrikson ha solo pochi anni buoni davanti a sé. Ma una strega della prateria ha sempre di che guadagnarsi da vivere. Le Casseforti non passeranno mai di moda».

«Tu dici?» Val non sembrava molto convinta.

«La gente ha bisogno di aiuto per ricordare. E anche per dimenticare».

«La strega ti lascia usare il suo cornetto acustico?»

«No. Sto risparmiando per comprarne uno tutto mio».

«E puoi accettare depositi?»

«Non ancora. Ma mi esercito ogni giorno. Devi scomparire dentro te stessa. Sto iniziando a capirci qualcosa. Posso mostrarti...»

«No! Resta con me!» La sua voce si è alzata di un'ottava e mi ha presa per le spalle. «Resta nel tuo corpo stanotte, Oletsky». In quell'atrio buio la sua paura mi è sembrata un regalo di San Valentino. Al piano di sopra sentivo le risate e il chiasso delle nostre compagne nella stanza in comune. L'addetta alla reception era andata a casa, lasciando il campanello coperto da un fazzoletto nero. Ho preso dalla ciotola sul banco due manciate di mentine per la squadra mentre Val combatteva con la lampada a olio, cercando di far attecchire la fiamma sullo stoppino. Quando finalmente si è accesa il suo cipiglio si è rilassato. Forse anche il mio, perché Val mi ha fatto una carezza sulla guancia.

«Ti assomigliava, Dell?»

«Oh, no». Le ho sorriso in quell'ovale di luce azzurra. «Mia madre era bellissima».

Harp Oletsky, il Maestro della Grange

Dopo aver riparato il tubo del carburante dello Spider, ho trovato una sconosciuta ad aspettarmi sotto la veranda. Stava armeggiando con una macchina fotografica, che poggiava su lunghi piedi sottili come quelli di un insetto proveniente da un altro pianeta. Di fronte all'occhio vuoto di quell'essere mi sono fermato con un tuffo al cuore.

Mi ci è voluto un attimo per riconoscere la fotografa, e il mio primo pensiero è stato che il governo fosse a conoscenza dello strano incantesimo che aleggiava sulla mia terra, e che volesse documentarlo.

«Salve, signorina Allfrey», ho detto. «Non la aspettavo oggi».

Lei aveva un foulard giallo oro avvolto intorno ai capelli e una tuta da lavoro da uomo.

«Mi scusi per la visita a sorpresa», ha detto. «Non sapevo come contattarla».

Mentre parlava, continuava a sistemare la macchina fotografica con le lunghe dita.

«C'è una bella luce qui fuori. Speravo di poter fotografare i suoi campi di grano. Arrivando in città sono passata davanti alla sua terra e ho deciso di tornare indietro per scattare qualche foto. Ha il raccolto più florido che abbia visto da quando sono in Nebraska».

«Ah, capisco». Mi sono sentito sprofondare. «Preferirei che non lo rendesse pubblico, signorina Allfrey».

«Secondo me sarebbe di ispirazione per molti. Il Ministero dell'Agricoltura l'ha aiutata a mantenere questo terreno?»

Ho annuito. «Gli assegni che ricevo dal governo sono per il grano che *non* coltivo. Apprezzo l'aiuto. Ma è strano essere pagati per un lavoro che non si fa. Sto ancora cercando di capacitarmene. Le faccio vedere...»

Mi ha seguito in mezzo al trifoglio, scacciando gli insetti rumorosi. Quando ci siamo avvicinati al terreno incolto, ha indicato qualcosa e le si è mozzato il fiato. Per un attimo ho avuto la certezza che potesse vedere in pieno giorno ciò che io vedo qui di notte: lo splendore che emana dal terreno. Quel colore indefinibile. Ma era lo spaventapasseri ad averla colpita. È scoppiata a ridere di sé stessa.

«Santo cielo, quel pupazzo mi ha spaventata a morte!»

«È lo spaventapasseri più resistente al mondo...»

«Mi è sembrato di vedere un uomo che ballava in aria».

Il suo sorriso mi ha fatto venire i brividi.

«Sta bene, signor Oletsky?»

Continuavo a guardarmi alle spalle, dove il grano tremava sotto le raffiche di vento forte e secco. Sembrava crescere ogni secondo che passava.

«Da quando sono partita da Omaha, questo è il posto in cui si respira meglio», ha detto la signorina Allfrey, riempiendosi d'aria i polmoni. «Chi avrebbe mai detto che respirare potesse essere un'attività così piacevole?»

Sopra di noi le nuvole si sono diradate, cambiando il colore di tutto ciò che era al di sotto. Nella luce improvvisa, le piantine verdi sembravano d'argento. Era bellissimo, e pian piano mi sono rilassato. Cleo Allfrey non sapeva nulla della mia strana serie di colpi di fortuna. Vedeva solo il terreno fertile e il colore verde che significa luce, vita e acqua. Abbiamo camminato in silenzio lungo i filari. Quasi fluttuando, come farfalle. Amavo l'odore della terra, l'aria che sapeva di funghi e di fresco come in una grotta. Ne ho sollevata un po' con la vanga perché lei potesse vederla, annusarla e toccarla. Era umida come una torta.

«La irriga?»

Ho scosso la testa. «Qualcosa mi sta aiutando», ho detto con una lieve scrollata di spalle.

«Ah. Capisco». Mi ha sorriso. «Un segreto del mestiere. Anche noi fotografi ci teniamo stretti i metodi e le tecniche che preferiamo».

Ho annuito. Era proprio un segreto, anche per me. Il resto della mattinata è trascorso in un silenzio cordiale. La totale concentrazione della fotografa dietro l'obiettivo mi ha messo a mio agio. Abbiamo lavorato in parallelo. La signorina Allfrey ha trascorso il primo pomeriggio preparando gli scatti nel campo di grano e nel terreno incolto. A malincuore, in qualcuno ho accettato di apparire anch'io.

«È un bel modo di lavorare, per chi può permetterselo!», ho scherzato. «Fotografare la gente mentre lavora sul serio...»

Ma capivo che era *davvero* un lavoro. E anche piuttosto inquietante. La fotografa è entrata in una sorta di trance, strizzando gli occhi e inquadrando il cielo con una cornice metallica, per scegliere quali nuvole immortalare. Il suono di ogni scatto mi rendeva felice. Non so molto di fotografia. Il tizio che nel 1909 scattò la nostra foto di famiglia per un dollaro aveva cercato di spiegarla a me e Frankie. È la luce, aveva detto, *tutto qui*. La luce che si scrive sulla carta, risvegliando minuscoli cristalli d'argento. La luce di una stella così lontana che mi faceva male la testa a immaginare il suo viaggio fino all'obiettivo e poi attraverso la lente. La stessa stella, ho pensato, che mi faceva versare litri di sudore lungo la schiena mentre seguivo la signorina Allfrey.

Si è arrampicata sul tetto piatto del capanno per scattare una foto panoramica. L'ho osservata mentre inquadrava la cresta beige delle nuvole, dove il mio cielo blu sfumava nel marrone ruggine. La signorina Allfrey mi ha raccontato di un'estate in cui aveva passato un mese a fotografare l'oceano dal molo di Atlantic City: c'erano linee nette, mi ha detto, dove l'acqua brillante color smeraldo diventava di un salvia più torbido e poi di un blu uniforme. Ha spiegato che il contrasto tra l'acqua bassa del porto e il mare aperto creava delle bellissime stampe in bianco e nero. Mi pareva di capire come vedeva le cose, anche se mi sentivo troppo goffo per esprimere a parole ciò che ho imparato nella fattoria. Per dirle che anche io leggo i toni e le trame dei miei campi per capire cosa succede sotto il suolo. Che la luce in superficie mi aiuta a ipotizzare cosa ci sia in profondità.

Verso l'una, ho chiesto alla signorina Allfrey se voleva entrare con me in casa per un caffè caldo e dei panini al formaggio e pomodoro. Mi ha ringraziato e ha detto che non aveva mai fame mentre lavorava. Quello che da queste parti le serviva più del pane, ha aggiunto, era una *camera oscura*. Un posto dove scoprire cosa aveva catturato la macchina fotografica. «In pratica non mi rendo conto di che cosa ho fatto finché non ricevo le stampe dal laboratorio del governo», ha detto. «È brutto aspettare che me lo rivelino degli sconosciuti da Washington».

Sono rimasto ad ascoltare, mentre la signorina Allfrey preparava la sua richiesta, con quel modo particolare che hanno le persone di costruirsi una rampa di lancio per arrivare al punto: «Il mio capo non vuole che sviluppiamo noi le foto sul campo, vuole che venga inviato tutto a Washington. Gli piace avere il controllo, capisce? Ha paura che la polvere rovini i negativi». Ha fatto una pausa. «Ma qui l'aria è così pulita. E io ho i vassoi, i becher per mescolare i reagenti, una lampada di sicurezza. Tutto ciò che mi serve è in quel baule...»

Ha indicato il punto in cui era parcheggiata la sua Ford, in diagonale, di fronte ai cavalli, che avevano infilato la testa grigia maculata dentro i sacchi di mangime. Come me, erano timidi con gli estranei.

«Mi manca solo un posto buio dove sistemarmi. Una rimessa per gli attrezzi. Uno sgabuzzino profondo...»

Ha lasciato la domanda sospesa tra noi. Stavo per scusarmi, dire che la casa non offriva molto. Avrei preferito che scattasse le sue foto e se ne andasse, davvero, prima che Otto notasse questa inviata del Ministero che fotografava la mia proprietà. Prima che mia nipote tornasse a casa e iniziasse a fare domande imbarazzanti. Prima che, Dio non voglia, Urna passasse di lì e vedesse che avevo un'ospite. Una donna single, con la metà dei miei anni. Ma quando ho aperto bocca, ne è uscito qualcos'altro. «In effetti, ho un posto che fa al caso suo».

Mi sono inginocchiato e ho aperto la botola nel terreno.

Cleo Allfrey, la fotografa dell'AR

Ci sono volute un paio d'ore per allestire tutto, nella dispensa interrata. I fagioli secchi penzolavano dal soffitto come inquietanti lampadari. Le patate erano sepolte nella parte sabbiosa del pavimento. Lì, dove la temperatura era di venti gradi inferiore rispetto alla superficie, le pareti sembravano respirare. Un odore freddo e lunare si mescolava a un denso aroma di tuberi. Mi ha fatto tornare in mente un ricordo di quando giocavo con le mie sorelle vicino al fiume, e avevo annusato un lombrico umido che tenevo nel palmo della mano.

«Un po' rudimentale come camera oscura, a dire il vero». Non riuscivo a capire se il contadino fosse imbarazzato da quello spazio o si fosse pentito di avermelo offerto. «Qui non abbiamo la corrente, ma ho un caricatore eolico per le batterie...»

Harp Oletsky ha continuato a muoversi nella dispensa angusta sbattendo qua e là, mentre liberava un tavolo per i miei vassoi e i reagenti. Si scusava a ogni respiro. Ero sorpresa che mi avesse accolta nella sua proprietà, ma in quella specie di caverna, con uno sconosciuto, mi sentivo più al sicuro di quanto avrei mai immaginato. Mi stava simpatico, anche se lo trovavo un po' fastidioso.

«Grazie per il suo aiuto, signor Oletsky. Posso occuparmene benissimo da sola. Anzi, preferisco così...»

Ho pensato di prendere i flash dall'auto e scattare qualche foto nella dispensa interrata. Laggiù i sottaceti assumevano tonalità oniriche, disposti com'erano sugli scaffali, a galleggiare in una parete di barattoli. Più fissavo quella parete, meno mi era familiare il contenuto sottovetro. La luce di sicurezza rossa tingeva l'aceto di giallo arancio. A una decina di metri dal tavolo, un muro di pietra separava la dispensa interrata dalla cantina della casa colonica. Un tunnel si estendeva dagli scaffali alla botola sul soffitto, dove il terreno, sfuggendo alla luce di sicurezza, diventava di un blu oceano ancora più scuro. Ho visto dei denti sorridere dal soffitto di terra: i rebbi e il manico di cedro di un antico rastrello per patate, appeso a un gancio.

«Mi piacerebbe vedere le foto che ha scattato oggi, quando saranno pronte... Quelle del cielo sopra la mia terra, ha presente?»

Lì sotto era difficile ricordarsi del cielo.

«Certo. Sono ansiosa di vedere come sono venute. Il cielo qui è così limpido. Niente a che vedere con l'arancione fangoso che ho trovato ovunque, finora».

Quando il vecchio contadino ha ripreso a parlare, gli tremava la voce. Sembrava così giovane in quella caverna. Sono rimasta colpita dalla sincerità del suo tremore. La paura, negli uomini, tende a manifestarsi sul viso come preoccupazione o rabbia.

«Signorina Allfrey, è una fortuna che non riesco a spiegarmi. La polvere mi turbina intorno, evitandomi. È dalla Domenica Nera che qui abbiamo sempre il cielo azzurro».

«La fortuna deve sembrare strana da queste parti», ho detto. «Lo capisco. È normale non volerci fare affidamento».

Avvolto nella luce rossa, il contadino batteva incontrollabilmente le palpebre. Aveva il viso del colore di una fragola tagliata.

«Be', sono felice di condividere questa fortuna con lei, signorina Allfrey. È bello trovarle uno scopo. Può usare questa dispensa come camera oscura per tutto il tempo che le serve».

***

La vernalizzazione è un requisito indispensabile per il grano invernale, mi ha detto il contadino. La fase di dormienza non può essere saltata. I semi riposano sotto il terreno innevato, subendo una grande trasformazione. Ci ho ripensato più tardi quella sera, guardando le figure emergere dalla nebbia delle fotografie.

La sua macchina fotografica è la sua arma, signorina Allfrey...

A me sembrava più una vanga. E stava scavando tra zolle di tempo.

Quando ho guardato il minuscolo negativo, mi sono sentita confusa, poi furiosa con me stessa. Avevo paura di aver rovinato la foto dello scavo archeologico. Sulla pellicola sviluppata si vedeva soltanto una nuvola lattiginosa. Ma qualcosa mi ha spinto a immergere il mio fallimento nel bagno di fissaggio una seconda volta, invece di buttarlo via. Questa volta le nuvole si sono diradate. Qualcosa ha cominciato ad apparire. Non era nulla di ciò che avevo visto quel giorno al villaggio Pawnee, dove avevo scattato la foto.

Mentalmente mi sono riproposta di dire a mia sorella Isabelle, a Gray's Ferry, che aveva ragione, che ero stata *davvero* una matta ad andare lì da sola e che, in effetti, avevo perso la ragione da qualche parte tra Omaha e Uz. Era stato un danno alla ghiera della messa a fuoco a causare tutto questo? Avevo usato il tempo di scatto sbagliato? Mi ronzavano in testa gli slogan pubblicitari che decantavano le lodi della mia macchina fotografica: *Niente è troppo veloce per il piano focale della Graflex Speed Graphic! Il vetro smerigliato elimina ogni incertezza!*

Mentre guardavo il negativo sviluppato sull'ingranditore avevo paura di muovermi, persino di respirare. Mi sentivo come se anche io fossi appesa a un filo tremolante, in attesa che dal mio stupore prendesse forma una qualche spiegazione. Cercavo di capire come questa macchina fotografica potesse aver visto qualcosa di così lontano dal mio campo visivo. Avevo scattato la foto martedì; la scena che si apriva davanti a me apparteneva a un secolo precedente. Riconoscevo il paesaggio grazie alla collina di Guide Rock, ma non era quello che avevo visto sul vetro smerigliato.

La foto che avevo scattato al sito degli scavi di Asa T. Hill non mostrava una tomba aperta e profanata. Al suo posto era apparsa una città viva. La scala della fotografia era sbalorditiva, come se fosse stata scattata in mezzo al cielo. Una vista a volo d'uccello da molto più in alto rispetto al punto in cui mi trovavo dietro il treppiede. In primo piano, dei bambini indigeni giocavano dondolandosi su rami argentati. Una capanna di fango in costruzione era piena di donne che prendevano misure e innalzavano travi di pioppo. Qua e là nella prateria sorgevano altre capanne, rotonde come le spalle di una gigantessa. Girasoli, mais, fagioli e zucche scoppiavano di vita nella grande fattoria che si estendeva oltre i bordi dell'inquadratura.

La strega della prateria

Quando l'ultimo ubriaco è uscito dal saloon, proprio mentre i primi uccelli iniziavano a cantare, mi sono alzata dal letto. Ho guardato le mie mani febbrili allacciare gli stivali e mettere in una vecchia valigia i registri, la cassetta dei soldi e vestiti per una settimana. Avevo *deciso* di andare dalla ragazza a chiedere aiuto? L'impressione era più quella di un masso che franava. Ora stava prendendo velocità, trascinandomi verso le scale, facendomi rotolare in strada. Mi sono avvicinata a uno dei miei clienti ubriachi, gli ho tirato fuori le chiavi dalla tasca della giacca e mi sono offerta di guidare il suo furgone mentre lui smaltiva la sbornia sul sedile del passeggero. «Dormici su, Amos», gli ho detto. «Ti porto io a casa».

Mi sono ripromessa che sarebbe stata la mia ultima bugia. Ho parcheggiato a più di un chilometro dall'enorme fienile in legno grezzo di Oletsky, notando con stupore l'altezza e la vitalità del grano che ondeggiava. Amos russava sul sedile del passeggero. Non aveva bisogno dell'aiuto di nessuna strega della prateria: avrebbe dimenticato da solo come era arrivato lì. Gli ho lasciato le chiavi in grembo e ho trascinato la valigia dalla strada principale fino al sentiero per le mucche, arrivando alla veranda silenziosa del contadino. Sentivo i mignoli dei piedi pulsare negli stivali stretti. Era la prima volta che andavo lì; Harp Oletsky non era mai stato un mio cliente e non mi aspettavo un'accoglienza calorosa. Asphodel era sveglia? Sentivo il muggito teso delle mucche, pronte per la mungitura. Il tuorlo rosa del sole si stava appena riversando sulla prateria circostante. Il domani era diventato oggi, il giorno in cui lo sceriffo aveva promesso di tornare. Non volevo avere nulla a che fare con il suo «dipinto». Non avrei contraffatto ricordi per lui. Una sensazione di leggerezza mi ha attraversata dai talloni alle tempie e mi è sembrato che la minima brezza potesse strapparmi da terra. *Ora scoprirò cosa significa rifiutarsi di stare al gioco dello sceriffo Iscoe*, ho pensato. *Ora arriverà il momento di pagare il conto*. Sono crollata sul dondolo sotto la veranda degli Oletsky, guardando fisso a terra per evitare di vomitare. Quando un gallo ha cantato, mi sono abbassata di colpo come se avessi sentito uno sparo. Ogni pochi minuti mi alzavo per provare a bussare. Asphodel era dentro? Il contadino era fuori a lavorare? C'era qualcosa che non andava nel mio piano, ma ero troppo esausta per capire cosa. Mi sono lasciata ricadere sul dondolo e ho stretto tra le braccia la custodia di velluto del cornetto acustico. Aspettando come un gatto che qualcuno mi lasciasse entrare.

Stavo per alzarmi e bussare di nuovo quando ho visto qualcosa di sorprendente. L'erba rada del giardino davanti alla casa ha cominciato a tremare. La terra si è aperta e ne è spuntata la testa di una donna. È uscita dal sottosuolo, con i capelli che le ricadevano sulle spalle e grumi di terra che le scivolavano di dosso come un mantello che si sgretolava. Si è voltata, mi ha vista e abbiamo gridato entrambe. Ho riconosciuto l'oggetto nero e squadrato che si teneva con tutte e due le mani contro il petto, stretto al cuore come un bambino. L'obiettivo della sua macchina fotografica era puntato proprio su di me, il che mi ha fatto stringere più forte il cornetto acustico. Per un attimo la tensione è stata palpabile, come in un faccia a faccia fra pistoleri.

«Che bel tempo oggi», ho detto alla fine. «È spuntata da quella caverna al momento giusto per scattare una foto stupenda!»

Lei è scoppiata a ridere, contagiando anche me. Ha ripreso fiato per prima e, con mia grande sorpresa, ha aperto la scatola nera rivelando una sorta di cordone ombelicale a fisarmonica collegato al singolo occhio della fotocamera, ha regolato varie manopoline e levette, ha caricato la pellicola e ha sfilato la lamina oscurante, quindi si è inarcata all'indietro fino a puntare l'obiettivo verso il cielo. Ha fatto scattare l'otturatore. Ha regolato, ricaricato, scattato. Il cielo sembrava di un blu indistruttibile. Mi sono resa conto di non aver tossito neanche una volta da quando avevo raggiunto il cancello a ovest, dove la strada principale si diramava in un sentiero che portava al terreno di Harp Oletsky. Gli scienziati insistono a dire che il cielo è poroso, sostengono che ci si possa volare dentro, all'infinito, verso stelle remote in galassie lontane. Ma lì dove stavo, non ne ero così sicura. Il cielo sopra la casa degli Oletsky mi faceva sentire come una lucciola intrappolata sotto un vetro.

«Cosa ci fa qui?», mi ha chiesto la fotografa.

«Aspetto», ho risposto. Non era ovvio? Sono così brava in questo, Figlio mio. Aspettare è stata l'attività principale della mia vita.

Lei ha guardato la valigia ai miei piedi.

«Cosa sta aspettando?»

Avrei potuto dire alla fotografa la verità di un minuto prima: aspettavo che Asphodel Oletsky venisse ad aiutarmi a pianificare la mia fuga da Uz. A nascondermi nel cassone del camion di suo zio e portarmi alla stazione ferroviaria di Kearney o Hastings. Ero venuta a casa degli Oletsky con della tintura per capelli, le forbici e un paio di pantaloni da uomo. Che scelta mi restava? Non volevo essere complice di Vick ed ero certa che se avessi rifiutato mi avrebbe uccisa, sempre che prima di lui non mi trovassero i miei clienti truffati. Ma scappare mi sembrava un altro modo di morire. Scappare avrebbe significato rinunciare al sogno di ricongiungerci. L'unica cosa che mi teneva ancorata a questo mondo, Figlio mio. Altri hanno abbandonato la loro terra, io stavo abbandonando la mia speranza. Cancellando la X dalla mappa. Sarei stata una fuggitiva per il resto della mia vita, e allora Tu come avresti fatto a trovarmi?

Questo era il piano finché non ho visto Allfrey sbucare dalla terra. Ero passata proprio sopra la dispensa sotterranea per raggiungere la veranda e non mi ero affatto accorta della presenza di una botola. Ora riuscivo a distinguere chiaramente il contorno dello sportello nel terreno, ma solo perché sapevo dove guardare. La maniglia di ferro brillava come un punteruolo arrugginito. Tra le erbacce gialle era tutto un saltellare di cavallette.

Allfrey mi ha guardata socchiudendo gli occhi da dietro la cornice metallica che sormontava la macchina fotografica.

«Aspetta qualcuno? O preferisce non dirmelo?»

Ho indicato il passaggio segreto che mi aveva appena rivelato.

«Aspettavo che qualcuno aprisse la porta».

Mentre rispondevo, ho sentito un forte vento attraversarmi. Ho chiuso gli occhi e ho visto un pugno aprirsi in un palmo. Una piccola mano che allargava le dita per coprire un'ottava. L'accordo che ho udito era di una bellezza indescrivibile. Dopodiché, ho smesso di aspettare. Ho smesso di fuggire. *Cosa ci fai qui, allora?* Una nuova risposta ha iniziato a formarsi dentro di me.

Asphodel Oletsky, la campionessa della Settima Regione

L'ultimo tratto del viaggio di ritorno è stato terribile. Il vento era calato, ma la polvere continuava a soffocarci e a ricoprire il parabrezza. Indossavamo le maschere all'interno del pulmino, nonostante fosse un forno. Adesso la mia profezia mi sembrava ridicola. Questa volta ero sola al volante; Valeria era seduta dietro con Pazi e Dagmara e di tanto in tanto sentivo scoppiare una nuova risata, come una bomba che mi esplodeva dentro. Ripercorrendo la strada al contrario, non riuscivo a smettere di rivedere certe scene del viaggio di andata: il muro di nuvole che oscurava il sole e inghiottiva la strada, le urla delle mie compagne mentre guidavo verso il cuore della tempesta, fregandomene dei loro avvertimenti, fregandomene del fatto che stavo mettendo a rischio tutte le mie amiche per vincere una partita; Oramelle rannicchiata sulla linea di metà campo, che urlava di dolore; la foto di mia madre nel fosso scattata dal medico legale. Avrei voluto che qualcuno alla palestra di Red Willow ci avesse fotografate, un giornalista della *Gazette* o quella fotografa che avevo incontrato al Jentleman. Non mi sentivo affatto una campionessa.

Una dopo l'altra, ho accompagnato a casa tutte le Minacce. «Pronte, partenza, via come un fulmine!», gridavamo a ogni commiato, ed era difficile non rattristarsi man mano che il nostro coro si assottigliava. L'ultima a scendere è stata Ellda. L'aria calda mi accarezzava il collo. In sottofondo ai miei pensieri c'era un ronzio più debole di un sussurro. Ho premuto il pedale fino a toccare il tappetino e ho sentito il pulmino sussultare. Il mezzo che ci aveva procurato Ellda, con i suoi tre minuti di sforzo. Un ottimo risultato per il suo investimento. «Ellda», le ho detto mentre ci avvicinavamo alla casa a due piani, con sua madre che già correva fuori per accoglierla. «Vieni alla pensione lunedì. Puoi depositare quel ricordo sgradevole dall'Antidoto. Offro io». Mi ha ringraziata sinceramente, il che mi ha fatto sentire ancora più uno schifo. Ci siamo abbracciate per salutarci e ho guidato il Piscialletto vuoto fino a casa di mio zio. Una strana auto era parcheggiata accanto al cancello a ovest.

«Ciao», ho detto ad alta voce prima di entrare, per non spaventare lo zio. «Sono io. Sono tornata». Ho immaginato le mie compagne di squadra che gridavano: *Mamma, sono a casa! Abbiamo vinto!*

Ma lo zio non era in cucina, e allora sono stata io a spaventarmi. Sedute al tavolo c'erano la strega e la fotografa, con un mazzo di carte davanti. Ai piedi dell'Antidoto dormiva il cane baffuto di mio zio, Squint, un bastardino grigio che non entrava mai in casa. La strega teneva la mano libera penzoloni accanto a Squint, grattandogli la testa e lasciando che le leccasse la marmellata di carote dalle dita. Lei la stava mangiando direttamente dal barattolo con un cucchiaino arrugginito; la fotografa l'aveva spalmata sui cracker. Per un minuto intero mi sono chiesta se stessi sognando. Forse il mio corpo era in un fosso sul ciglio della strada, o in ospedale a Red Willow.

L'Antidoto ha alzato lo sguardo verso di me e mi ha rivolto un sorriso in piena regola.

«*Asphodel*». Non avevo mai sentito la voce della strega così dolce e calda. «Ero preoccupata per te. Alla radio hanno detto che c'è stata una terribile tempesta sulla Statale 6...»

«Cosa ci fai qui?» Non avevo intenzione di suonare così arrabbiata. Non riuscivo a dare un senso alle loro facce calme nella cucina dello zio.

La strega ha voltato un due di cuori.

«Sto perdendo a ramino contro Cleo Allfrey».

La risata di Allfrey era bassa e amichevole. «La partita è ancora aperta».

«Ciao... Cleo Allfrey. Tu che ci fai qui?»

«Mi sto prendendo una pausa dalla dispensa interrata. Tuo zio è un uomo gentile. Avevo bisogno di una camera oscura e lui me l'ha trovata».

«*Sottoterra?*»

L'Antidoto ha raccolto le sue carte dal tavolo e le ha disposte a ventaglio. Stava solo giocando, mi sono detta. Ma mi sentivo esclusa.

«Stai... bene?»

Mi ha rivolto un'occhiata e per un attimo è tornata quella di un tempo. Astuta e impaurita. Cent'anni più vecchia di qualunque sua coetanea.

«Mi sto nascondendo, piccola. Per il momento».

Nascondendo. Da chi? Per quale motivo? Cosa era successo mentre ero via?

«E mio zio? Vi ha dato il permesso di stare qui?»

Lui ha scelto proprio quel momento per entrare dalla porta sul retro con un secchio di patate sbucciate. Nel vedermi ha lanciato un grido e il secchio gli è caduto di mano. Le patate sono rotolate dappertutto, fissandoci come occhi bianchi sconvolti; Squint ne ha inseguita una sotto il tavolo. Ho pensato che lo zio avesse subito un'imboscata da Cleo Allfrey e dal mio capo, e che avesse buttato lì un invito di cortesia; le donne lo rendevano nervoso. Adesso che ero arrivata io, ci avrebbe cacciate via tutte? Lo zio mi aveva raccomandato molte volte di non fraternizzare con l'Antidoto di Uz, o con qualsiasi strega della prateria.

«Asphodel...»

Mi sono preparata a una ramanzina, o peggio.

Mio zio mi ha stretta in un abbraccio, ed è stata una sorpresa ancora più strana. Con mio stesso stupore sono rimasta per un attimo lì, avvolta dal buon profumo di luppolo dei suoi campi. Tra noi è passato un senso di sollievo, e ho sentito un po' di imbarazzo per quanto era intenso, lì in mezzo alla cucina. Era così felice che fossi viva! Proprio io, non una qualche nipote da favoletta, una piccola Lada a cui non ero riuscita ad assomigliare.

«Fa quello che vuole», ha detto alle altre da sopra la mia spalla. «Non posso impedirle di andarsene in giro, ma posso festeggiare quando torna sana e salva».

«Sì, sì, sono qui». Mi sono divincolata e mi sono girata verso il tavolo. «Non c'è bisogno di stappare lo champagne». Ho guardato tutti in faccia, aspettando che qualcuno mi svelasse lo scherzo o il segreto: qualunque cosa avessi interrotto con il mio arrivo. La sensazione di sorpresa può essere molto solitaria. Nessuno condivideva la mia. Persino il vecchio Squint stava sbadigliando.

«La signorina Allfrey è una fotografa del governo», ha detto lo zio. «Sta sviluppando la sua pellicola nella dispensa».

Cleo Allfrey ha annuito, come se fosse la cosa più naturale del mondo.

«Poi, stamattina, sono tornato dalla mungitura e sotto la veranda ho trovato la strega».

L'Antidoto non ha detto niente, ha solo tenuto gli occhi fissi sui propri piedi, con le carte disposte davanti a sé. Il viso mi sembrava più magro e i capelli scuri erano sporchi. Da quell'angolazione, i fili grigi sembravano una ragnatela che le copriva il cuoio capelluto. L'abbiamo guardata tutti per un attimo, ed è stato come se la pressione dei nostri sguardi la costringesse a chinare il capo.

«Mi ha detto che lavori per lei, Dell».

«Sono scappata qui», ha detto l'Antidoto, rialzando di scatto la testa. «Dopo una brutta notte con lo sceriffo. Non sapevo dove altro andare».

Ho guardato il viso assonnato e barbuto di mio zio e poi quello segnato dal sole della strega. In qualche modo, mi sembrava di essere più vecchia di loro. Come mi succedeva nella casa gialla, dove ero l'unica persona sobria in circolazione.

«Va bene. Tu ti stai nascondendo nella nostra cucina. La signorina Allfrey sta sviluppando delle foto sottoterra. Il sole tramonta tra un'ora. Zio, devo preparare delle lenzuola?»

Lui è diventato rosso ciliegia. «In effetti mi sa che non abbiamo discusso dei... dettagli».

Il cane continuava a cercare di prendere le patate sotto la stufa. A Squint non importava dove avremmo dormito quella notte.

Cleo Allfrey si è schiarita la voce. «Sto benissimo alla pensione», ha detto. «Anche se, considerati i loro prezzi...»

«Io non posso tornare nella Stanza 11», l'ha interrotta il mio capo. Mi ha guardata negli occhi e ho capito che dovevo rimandare le domande a più tardi. «Ho bisogno del tuo aiuto, piccola. Se non posso restare qui...»

«Sciocchezze», ha esclamato mio zio, ora più sicuro di sé. Anzi, era persino allegro. «C'è posto per entrambe. E tanta pace e tranquillità per tutti».

Per un attimo mi sono convinta che fosse parte dello strano incantesimo in cui era immersa la terra di mio zio, la fase successiva della misteriosa protezione che ci aveva avvolti. Era una visione straordinaria, difficile da spiegare: tre sorrisi sinceri. Sembravano tutti incantati, persino Squint, che scodinzolava.

«Grazie», ha detto la strega.

«Molto gentile», ha detto la fotografa.

«Dia le carte anche a me, signorina Allfrey», ha detto mio zio felice, prendendo una sedia.

Per un quarto d'ora sono rimasta seduta al tavolo, guardando il caffè sparire e le carte girare. La felicità degli altri può sembrare una puntura di ortica quando la guardi da fuori.

«E tu non vuoi giocare, piccola?», mi ha chiesto l'Antidoto. Ho scosso la testa, impaurita da quanta voglia avevo di unirmi a loro.

Lo zio ci ha preparato una minestra di patate in una zuppiera arancione acceso, grande come una vasca da bagno per bambini. Non l'avevo mai vista prima: non avevamo mai avuto ospiti in casa. Mi sentivo tradita da quella zuppiera. Dove era stata per tutta la mia vita? Lo zio ci ha servito una ciotola a testa usando un cucchiaio di legno intagliato a mano, con inciso KĘTRZYN sul manico, un cucchiaio che dubito sia stato usato una sola volta in questo secolo.

«Abbiamo vinto», ho detto. Anzi, forse l'ho urlato. Le parole mi sono uscite di bocca insieme a pezzi di patate bollenti. «Le Minacce sono le campionesse della Settima Regione».

Si sono voltati tutti verso di me. Avevo interrotto zio Harp e Cleo Allfrey mentre parlavano delle maree oceaniche, una discussione che l'Antidoto stava ascoltando con grande interesse.

«Congratulazioni, Dell», ha detto lo zio. «Ora puoi riposarti un po'».

***

Dopo l'ultima mano di carte, Allfrey si è scusata ed è tornata nella dispensa. Abbiamo guardato la sua lanterna rimpicciolirsi e scomparire sottoterra. Mi sono alzata per sparecchiare la tavola e aiutare lo zio a lavare le pentole e le padelle.

«Dell», ha detto lui al lavandino, con gli avambracci ricoperti di schiuma. «Che piacere vederti qui. Mio Dio, è una serata straordinaria sotto ogni punto di vista».

«Smettila», ho detto imbarazzata. «Io do sempre una mano, zio».

«Al massimo allunghi la mano nel piatto di portata, o per prendere le chiavi della mia auto».

Mi sono messa a raschiare via la crema di patate da una ciotola. «Be', adesso sto dando una mano».

Ci siamo messi fianco a fianco, trovando un nuovo ritmo. Era più piacevole di quanto avrei mai potuto immaginare. Quasi tutte le sere mi alzavo da tavola di corsa, prima ancora che lo zio avesse mandato giù il primo boccone. «Grazie per aver aiutato il mio capo. Non è una cattiva persona. Sta cercando di impedire che questa città sparisca nel nulla».

«Qui è molto più al sicuro che in città. Ma promettimi una cosa, Dell: che smetterai di lavorare per lei. Ti guadagnerai da vivere in un altro modo. C'è molto da fare nella fattoria».

«Hai paura che lo sceriffo possa venire qui?», gli ho chiesto. Io ne avevo eccome.

«A essere sincero?», ha detto. «No. Forse dovrei. Ma no. Qui gli ululati del vento si trasformano in sussurri. Ogni tempesta di sabbia si disperde prima di raggiungerci. Confido che saremo al sicuro anche da quel pallone gonfiato».

Ha iniziato ad asciugare le pentole e a rimetterle nei vari cassetti, attirando la mia attenzione su un modo di organizzare le cose a cui non avevo mai fatto caso. Canticchiava una melodia polacca simile a una marcia funebre e si lamentava della mia pigrizia. Era così felice quella sera, in quella casa affollata! Sorrideva guardando le bolle arcobaleno nel lavandino.

«Zio? Forse sono già una strega».

Il suo sorriso si è incurvato come la strada.

«Se è così, Dell», ha detto guardandomi dritto negli occhi, «non esserlo di quel tipo».

* * *

Il nostro incantesimo di semplice felicità e spensieratezza è durato fino alle nove di sera. Mi sono diretta al piano di sopra con le braccia cariche di lenzuola e coperte per le nostre ospiti. Cleo Allfrey era ancora nella camera oscura; non era dato sapere se e quando sarebbe riemersa. L'Antidoto mi ha aiutata a preparare i letti. Nessuno dormiva nella camera dei miei nonni da decenni, e per un attimo mi sono chiesta se l'Antidoto avrebbe potuto fermarsi da noi in pianta stabile.

«Capo? Per quanto tempo hai intenzione di nasconderti? Abbiamo quattro appuntamenti per dei prelievi lunedì».

«Ho smesso», ha detto lei. «Non sono più una Cassaforte. Ieri ho accettato il mio ultimo deposito». Ha scosso il ventaglio di mia nonna e l'ha richiuso con un rumore secco nel buio. «Mi sa che ti licenzio».

«No», ho detto. «No. Abbiamo un lavoro importante da fare».

La sua risata mi ha fatto pensare ai topi di campagna che corrono davanti al trattore. Non riesco a sentirli sopra il rombo del motore, ma li vedo balzare in mezzo al grano.

«Dell», ha detto. «Ti devo delle scuse. Ti ho messa in pericolo. Ho abusato delle tue capacità. Ma ora è finita».

«Stavamo facendo una cosa utile», ho detto. «Non è vero?»

La marea grigia di topi mi è salita lungo la schiena. *Abbiamo bisogno l'una dell'altra, vero?*

«Ti serve solo qualche altro mese per recuperare ciò che hai perso...»

«Ascoltami, piccola. Non abbiamo molto tempo e ho bisogno del tuo aiuto. Non ho idea di come usare le cose che so. Non esiste nessun assassino della zampa di lepre, Dell. Se l'è inventato lo sceriffo. Voleva fare la parte dell'eroe...»

Poi mi ha raccontato tutto quello che lo sceriffo aveva sepolto dentro di lei la notte prima. Lo scambio non somigliava affatto ai normali versamenti del mio capo. Lei mi guardava con gli occhi aperti dall'altra parte del tavolo. La sua voce profonda spesso vacillava o si spezzava per l'emozione. Dimenticava alcuni dettagli e tornava indietro per aggiungerli. Mi stava dicendo la verità. Mentre parlava, ho chiuso gli occhi e ho visto sbocciare un fuoco. Una donna mi fissava da dietro le fiamme che l'avvolgevano, al di sopra di una duna blu, ed era terribilmente sola. Avrei voluto toccarla con la mano. «Come si scrive il suo nome?», le ho chiesto.

M-I-N-K P-E-T-R-U-S-E-V

***

Dopo aver lasciato l'Antidoto, sono andata dritta nella camera da letto di mia madre. Ho rovistato nell'armadio alla ricerca di qualche traccia di lei. Ho trovato: il quaderno di schizzi di Frank; una medaglietta di san Francesco; una pallina da baseball color avorio con la cucitura rossa allentata; una dozzina di insetti mummificati; un mandolino in palissandro che aveva bisogno di nuove corde. Niente che appartenesse a Lada Oletsky. Nessun messaggio per me, nascosto nei quaderni o nelle tasche di vecchi vestiti. Mi sono infilata sotto il letto, tastando il pavimento. Ho rovesciato i cassetti del comò: monete, molle, gomme da matita, le preghiere polacche di mia nonna, un programma dello spettacolo di pattinaggio su ghiaccio del 1911 del liceo di Uz: *Lo schiaccianoci*. Non potevo arrendermi. Con uno sforzo che mi ha fatto gemere e barcollare, ho spostato il letto allontanandolo dalla parete.

Trovato!

Dietro la testiera c'era una cavità. Al suo interno era nascosta una scatola ovale, con un motivo di minuscole foglie e fiori a forma di stella. Il suo portagioie, ho pensato di primo impulso.

Fa' che sia l'anello di mia madre. Qualcosa che posso indossare per sentirla con me...

Ho aperto la scatola. Dentro non c'era nient'altro che un foglietto di carta.

«Asphodel. Dove l'hai trovato?»

Mio zio era in piedi al centro della stanza, in pigiama e con la più triste delle sue facce da cane bastonato. La delusione è più difficile da sopportare della rabbia. Io e Valeria una volta ne avevamo discusso, e lei aveva finito per dimostrare che avevo ragione, arrabbiandosi così tanto da buttarmi a terra mentre facevamo la lotta. Il calore della sua rabbia era stato meraviglioso, così vicino all'amore. La delusione, invece, è fredda.

«Sembri una vecchia gallina bagnata», ho detto a mio zio. «Torna nel tuo pollaio. Qui non c'è niente da vedere».

«Quello è il portapillole di tuo nonno», ha detto lui. «Odiava prendere le medicine. Odiava ogni segno di debolezza. Mio padre aveva un cuore tenero che nascondeva a tutti, persino a noi. Basta guardare dove hai trovato quella scatola...»

«Non c'era niente dentro», ho detto. «Solo un pezzo di carta sbiadita».

Solo alcuni numeri scritti con inchiostro sbavato.

In un attimo ho capito cosa avevo in mano.

«Zio! Ho trovato la ricevuta di un deposito!»

Lui si è riscosso di colpo, strofinandosi gli occhi. Si è avvicinato e mi ha aperto il pugno. Con delicatezza, ma con una forza e una determinazione che non avrei mai sospettato. Ha preso la ricevuta e si è messo a imprecare sottovoce.

«Va' a svegliare l'Antidoto», ha gridato.

Non ce n'era bisogno: l'abbiamo trovata al piano di sotto avvolta in uno degli scialli blu di mia nonna, che ascoltava un brano per violino alla radio con la manopola di finta perla. Era sdraiata sul divano con le caviglie incrociate.

«Fa' pure come se fossi a casa tua», le ho detto.

Mio zio ha sollevato la ricevuta. L'inchiostro era di uno strano colore vinaccia. «T.O.», ha letto. «Le iniziali di mio padre. Tomasz Oletsky». La sua smorfia mi ha fatto pensare all'acqua che si infrange sulle rocce grigie. «Strega, hai perduto anche il deposito del babbo?»

Intontita, come se fosse appena riemersa da un sogno, l'Antidoto si è tirata su. Ha spento la radio. «Questo non è il mio numero di conto», ha detto. «È della Consigliera di Genoa. Un tempo il suo inchiostro viola era famigerato in tutto il Nebraska centrale».

«La Consigliera», ha ripetuto lo zio. «Sì, me la ricordo. Mi ci ha portato mio padre, quando ero molto piccolo», ha detto, lanciandomi uno sguardo colpevole. Non me l'aveva mai raccontato.

«Non sapevo che anche lui fosse un suo cliente. Quel giorno ho fatto un deposito e lui ha bruciato la mia ricevuta».

Si è messo a fissare il fuoco, come se aspettasse una reazione.

Invece, io sono tornata a guardare nella cavità dietro la testiera del letto, incapace di resistere all'impulso di ricontrollare. Come se, mentre eravamo distratti, si fosse potuto materializzare un altro biglietto, appartenente a mia madre. Una scheggia mi si è conficcata nel pollice e mi è venuto da piangere. Ho trovato l'Antidoto in piedi sulla soglia che mi osservava. «Dell. Smettila con questa follia. Non c'è nient'altro lì dentro». L'ho guardata in faccia e il suo dolore è diventato mio. La vergogna per quello che avevamo fatto. Avevamo coperto così tanti buchi nelle ultime quattro settimane. Le cavità nel muro che dicono: *Un tempo qui c'era qualcosa.* A tentoni, in quell'intercapedine, avevo toccato con mano ciò che avevamo portato via ai suoi clienti. La possibilità di chiedersi cosa mancasse. Di andare a cercarlo.

«So dove si trova Genoa», ha detto lentamente mio zio. «È vicinissima al posto dove i miei fecero la prima domanda di prelazione su un terreno. Iniziarono nella colonia polacca di Krakow: una volta nostra madre ci portò a vedere la loro prima fattoria. Ma non so dove trovare questa Cassaforte».

L'Antidoto ha alzato la lanterna tremolante, la paura le irrigidiva i piccoli muscoli del viso. «Harp Oletsky. Posso spiegarti io dove trovare la Consigliera».

La sua voce aveva assunto un tono acuto, di una gentilezza allarmante. Odiavo quella nuova sfumatura. Mi sentivo esclusa dalla loro conversazione e all'improvviso ho avuto voglia di trovarmi nell'angusto spazio della Stanza 11, dove mi sentivo utile e necessaria. *Torna come prima, capo!* I fili della nostra comunicazione segreta si erano spezzati, oppure lei mi stava ignorando. Continuava a bisbigliare a mio zio con voce troppo bassa: «L'ultima volta che l'ho vista, la Consigliera era una donna anziana. Potrebbe essere morta da tempo. Anche se fosse viva, Harp, potrebbe non avere nulla da restituire...»

L'Antidoto diceva che non poteva prevedere quante altre streghe della prateria fossero state colpite dalla tempesta della Domenica Nera; forse il crollo che aveva subito lei era generalizzato. Ho pregato che la Cassaforte di Genoa fosse ancora viva e solvibile e in grado di restituire i segreti del nonno. La data sul foglietto era difficile da leggere: forse nel ricordo del nonno mia madre era ancora una neonata o una bambina. *Mamma, stiamo venendo a cercarti.*

Lo zio stava già stendendo una mappa sul tavolo. L'Antidoto ha tracciato una X su un punto senza nome vicino alla biforcazione del Loup. Ho sentito il battito accelerare all'idea di un tesoro nascosto. Cosa aveva sepolto mio nonno nella donna che viveva sul fiume Loup?

«Chiedile se conosce altre streghe che sono andate in bancarotta. Vedi se sa dirti che fine ha fatto Madame Quicksand».

Zio Harp ha annuito mentre prendeva il cappotto e le chiavi. Una parte di lui era già in auto, già sfrecciava lungo la strada. Ha scritto un elenco di faccende di casa da sbrigare, si è messo in tasca il portafoglio e la mappa... mi stava lasciando lì.

«Portami con te, zio. Ho trovato io la ricevuta! Voglio prelevarlo io il deposito. Potrebbe riguardare la mamma...»

Ha scosso la testa. «Dell, se scopro qualcosa su tua madre ti dirò tutto. Ma prima devo sapere quello che mio padre non ci ha mai detto. E che aveva dimenticato lui stesso».

Ho iniziato a corrergli dietro a tutta velocità, ma l'Antidoto mi ha bloccato il passaggio, le mani come ferro sulle mie spalle. «Questo è un suo diritto, piccola», mi ha sussurrato. «È la sua eredità».

«È anche mia!»

«Se la troverà, la condividerà con te». L'Antidoto mi ha attirato a sé e non ho più avuto la forza di oppormi.

Lo zio ha spalancato la porta sulla notte limpida. Ha puntato un dito rigido verso le stelle bluastre sopra i filari regolari del grano. Oltre la recinzione, intravedevo il rettangolo piatto dei campi polverosi di Otto.

«C'è qualcosa che protegge questa terra. Qualcosa di più della semplice fortuna. Dell, non so se è questo il pezzo mancante del puzzle. Non so neanche se c'è un pezzo mancante. Ho pregato per capire perché questi cieli blu ci hanno protetto mentre tanti altri soffrono. Forse, da qualche parte in questo ricordo depositato, c'è una risposta...»

Harp Oletsky, il Maestro della Grange

La Consigliera era sembrata infastidita ma non sorpresa quando avevo bussato alla porta della sua capanna. Ero arrivato da lei all'alba. Fuori dalla finestra vedevo il suo pony sauro che pascolava vicino al fiume limaccioso. Andava ancora a cavallo alla sua età? Doveva essere vicina al centesimo compleanno. Era senza dubbio la persona più anziana che avessi mai incontrato.

Sprofondando nella sua poltrona, la Cassaforte mi ha fatto cenno di accomodarmi. «Non riconosco il tuo volto, né la tua voce. Chi ti ha mandato da me?»

«È stata l'Antidoto di Uz a dirmi dove trovarla».

«Ah! Quella guagliona magra con il nome altisonante». Ha scrollato la testa, come una nuotatrice che si svuota le orecchie. «È ancora in attività? Tante Casseforti della sua regione non possono più dire lo stesso».

«L'Antidoto è mia amica», ho ammesso. «È nei guai».

«È sempre stata nei guai. Lavorava sui treni con Kettle e la sua banda di scapestrate. Le sue "apprendiste Casseforti". Secondo me non ne valeva la pena: erano solo ladruncole, traditrici e sgualdrine».

«E lei, signora? È ancora in attività?»

Ho srotolato il foglietto e ho sentito la sua attenzione acuirsi.

Ha cacciato un suono stridulo che poteva essere una risata. «Qui a Genoa eravamo proprio ai margini del vostro incubo. Se fossi stata più vicina al Kansas, o a ovest di Kearney, chi lo sa? Avrei potuto ritrovarmi anch'io senza niente!»

A quel punto mi sono accorto che il manicotto sulle sue ginocchia era vivo. Raggomitolato, sembrava dormire, con il ventre lucido che si alzava e si abbassava. Era una lontra? Una donnola? Non ha mai alzato la testa.

«Ce ne sono altre che hanno subito un... una bancarotta? Un crollo?»

«Tutte le Casseforti che conosco, da Black Mesa a McCook, sono finite in bancarotta».

La notizia mi ha turbato. L'Antidoto aveva ragione: lei era parte di un fenomeno più ampio.

«Dio, è un vero peccato. Perché è successo?»

Lei ha fatto una smorfia e ha bevuto un lungo sorso dalla fiaschetta. «Perché? Non è una domanda che mi interessa molto, giovanotto. La gente perde la ragione a forza di chiederselo».

Ha riso, liberando altre vespe invisibili. «La follia fa bene ai miei affari, ovviamente. Soprattutto ora, che la maggior parte della concorrenza è stata spazzata via».

«Ha notizie di...» Ho faticato a ricordare. L'Antidoto mi aveva chiesto di portarle notizie della sua amica scomparsa. «Cherry Le Foy? Ehm, *Madame Quicksand*?»

«Le Foy non si vede da due mesi», ha detto la Consigliera con uno sbadiglio tutto gengive. «Di' alla tua strega di stare in guardia. Che molte Casseforti della zona siano vuote è una voce che comincia a girare. A Kimball, la settimana scorsa, una folla di clienti arrabbiati ha ucciso una giovane strega».

Ha spolverato il suo strumento, un malconcio cornetto acustico blu. Lo ha fissato a delle cinghie di cuoio e mi ha fatto cenno di avvicinarmi al buco del ricevitore. «Siediti», ha brontolato, portandosi l'apparecchio alla bocca. «Parla forte. Il mio udito non è più quello di una volta...»

Prelevare denaro da una banca è una cosa piacevole. Prelevare un ricordo dalla strega mi ha quasi ucciso. Le sue parole mi hanno squarciato come un coltello con una lepre, aprendomi dallo stomaco alla gola. In quella ferita si è riversata la luce dei giorni di mio padre. Ho sentito le costole dilatarsi, nel tentativo di fare spazio alla vita di Tomasz Oletsky.

Il deposito di Tomasz Oletsky

Fu Radzilowski a parlarmi per la prima volta delle terre libere, oltre un anno prima che l'Agente raggiungesse le nostre coste. Radzilowski era il mio cugino più anziano da parte di madre, con una voce simile a quella di un orso dilaniato dalle frecce. Aveva combattuto nella rivolta fallita dei polacchi contro i prussiani nel 1848 e aveva perso una gamba per mano di un segaossa. I suoi racconti raccapriccianti del fronte non mi spaventavano tanto quanto il moncherino raggrinzito della sua coscia pelosa. Era l'unico di noi che aveva combinato qualcosa: era un copista con i pollici neri come il carbone, che parlava quattro lingue e lavorava per un avvocato tedesco a Berlino. Aveva visto l'annuncio sul giornale: FERTILI COME LA TERRA NERA DELL'UCRAINA. APPEZZAMENTI LIBERI IN AMERICA.

CONQUISTATI UNA CASA TUTTA TUA, gridavano i giornali a caratteri cubitali. La promessa ci si stampava sulle dita, la carta era ancora umida. Nessun altro ci aveva mai promesso qualcosa.

Il Cancelliere aveva dichiarato pubblicamente il suo desiderio di espellerci. Aveva intenzione di liberare il suo impero dai polacchi in un modo o nell'altro: con l'esilio forzato o con la «germanizzazione». Queste minacce colorarono la mia giovinezza come inchiostro nell'acqua. Avevo nove anni quando i soldati bruciarono la nostra chiesa. La parola tedesca che descriveva il nostro incubo era *Kulturkampf*. La «questione polacca» aveva una sola soluzione.

Vivevo in un villaggio chiamato Golab, vicino al «ventre della foresta», su terreni dissodati molto tempo prima per coltivare orzo e allevare maiali. I miei genitori ci spiegarono che discendevamo da una tribù di slavi che si era trasferita sulle rive del fiume Vistola seicento anni dopo la nascita, la morte e la resurrezione di Cristo. Un tempo il nostro intero villaggio era stato venduto in blocco con tutti i contadini che vi abitavano, scambiato tra due nobili come dono di nozze. La servitù della gleba era stata abolita da quasi un secolo, ma noi continuavamo a essere schiavi, in tutto tranne che nel nome. Mio padre coltivava gli stessi sei ettari che avevano coltivato i suoi bisnonni per i discendenti del loro padrone. Lavoravamo sedici ore al giorno e spesso mangiavamo cibo marcio insieme al bestiame. Non potevamo scegliere la nostra strada, si lamentava mio padre, proprio come i muli che guidavamo non potevano scegliere la loro. «Abbiamo troppo poco per vivere», diceva spesso, «e troppo per morire di fame».

Polska Ziemia è la Terra dei Campi.

Pole, che per gli yankee significa polacco, è il nome che noi diamo alla *pianura*.

«Voi siete polacchi», insisteva papà, e il nonno diceva ai miei fratelli e alle mie sorelle che avremmo vissuto abbastanza a lungo da veder tornare su tutte le mappe il Regno di Polonia. Morì in una cella, arrestato per aver nascosto il parroco del nostro villaggio, il giovane padre Wojcik, con il labbro leporino che gli deformava la bocca in un sorriso, amato da tutti, e giustiziato dai soldati prussiani tra le nostre grida di protesta. L'anno in cui compii diciassette anni, la Prussia entrò a far parte dell'Impero tedesco. I tedeschi non volevano semplicemente le nostre terre. Volevano inghiottirci completamente, fino a far scomparire anche il ricordo delle nostre ombre.

Polakożerstwo: il divoramento dei polacchi.

Ero un bambino la prima volta in cui compresi che appena varcavo il confine tra Golab Polska e il vicino villaggio tedesco di Taube, diventavo un essere inferiore. Passo dopo passo, il mio valore diminuiva. Il cancelliere imperiale Otto von Bismarck lo disse chiaramente:

> Colpite i polacchi tanto duramente da far loro disperare della vita; nutro una profonda pietà per la loro condizione, ma se vogliamo sopravvivere, non possiamo che sterminarli; anche il lupo non può impedirsi di essere come Dio lo ha creato, ma la gente gli spara se ci riesce.

I miei parenti più anziani erano bambini quando la Polonia era stata smembrata dai tre imperi: russo, tedesco e austriaco. Per me, la loro patria era un luogo immaginario.

«Com'era la Polonia prima delle spartizioni?», chiesi una volta al nonno di mia madre. «Così», rispose lui indicando il campo fuori dalla finestra. «Così», aggiunse indicando con la mano le colline boscose verde scuro che circondavano i nostri terreni ondulati. «Questi alberi sono i figli degli alberi che crescevano qui migliaia di anni fa. Non cambiano insieme ai nostri nomi».

Quando iniziò a diffondersi il concetto di *Lebensraum* ero un ragazzo. Sentii questa parola per la prima volta nella scuola di Taube, dove il nostro insegnante ci spiegò che l'espansione di un impero non era solo naturale, ma anche necessaria, sulla base di principi scientifici. La società tedesca era un organismo e aveva bisogno di un habitat, uno «spazio vitale», per crescere e svilupparsi. Le terre polacche erano il *Lebensraum* del Reich tedesco.

Nella primavera del 1872 mi innamorai della mia vicina, Ania Piotrowska. Eravamo ansiosi di sposarci e di avere dei figli. I gabbiani spinti verso l'interno dai venti del Mar Baltico erano venuti a posarsi sul tetto di paglia della sua casa. Auguri mandati da Dio, diceva Ania, dal Golfo di Danzica. Ogni sei settimane, le barche salpavano trasportando polacchi sull'altro lato dell'Atlantico.

L'Agente era nato a Cracovia, tra le ceneri del grande incendio. Adesso il suo lavoro era reclutare coloni per conto della Burlington and Missouri River Railroad Company. Compagnia ferroviaria che possedeva gli appezzamenti di terreno dispari nelle contee di Howard e Sherman. Nomi che per me non significavano nulla, nomi che faticavo a ripetere. L'inglese suona tutto sbagliato, quando lo parlo io. Come musica composta per un violino ma suonata su un tamburo dholak.

L'Agente ci fece la sua proposta nella piazza del villaggio, mentre un temporale estivo soffiava da sud-ovest. «Queste sono le lacrime delle madri», scherzò l'uomo, asciugandosi la pioggia dal viso. «Perché tanti di voi presto salperanno per l'America».

Come si fa a giudicare l'integrità di un altro uomo? L'Agente indossava abiti eleganti e stivali di cuoio nero con il gambale arrotondato. Il lustrascarpe li aveva fatti brillare come un lago in dicembre. Era un po' sovrappeso e parlava in modo cordiale e tortuoso, non proprio come mi sarei aspettato da un mercante che ci vendeva l'America. Era un mandato divino, diceva, quello di insediare quattrocento famiglie polacche nelle colonie del West. Finalmente saremmo diventati proprietari terrieri e cittadini a pieno titolo.

L'Agente avrebbe ricevuto una commissione di dieci centesimi per ogni acro che avessimo acquistato, una cifra perfettamente giusta, ci assicurò, considerando lo sforzo necessario per popolare una colonia nelle Grandi Pianure americane. Ci paragonò ai polacchi reclutati da Benjamin Franklin per liberarsi dal giogo britannico. Ne avevamo sicuramente sentito parlare, no? Gli eroi della Rivoluzione Americana! Il conte Kazimierz Pulaski! Tadeusz Kościuszko! Le tredici colonie avevano combattuto con lo stesso coraggio con cui noi polacchi avevamo combattuto per la nostra indipendenza. A differenza di noi, disse l'Agente con un sorriso ironico, gli yankee avevano vinto.

Zgermanizować significava che tutti i bambini del Reich dovevano leggere e scrivere in tedesco. Era vietato parlare polacco in pubblico. In Nebraska, disse l'Agente, potevamo parlare la nostra lingua ovunque andassimo. Potevamo pregare e ricevere la comunione. Possedere una fattoria e tramandarla ai nostri figli. A Golab Polska, vivevamo e morivamo secondo i capricci del nostro padrone, che lo scorso febbraio aveva deciso di dimezzare la nostra fornitura di sale e di legna da ardere. Nessuno dei miei antenati aveva mai posseduto nemmeno mezzo ettaro di terra.

La compagnia ferroviaria aveva donato il terreno per una colonia polacca: lotti per una scuola, una cappella, un cimitero. L'Agente giurò ai più scettici tra noi che la compagnia ci avrebbe regalato anche i biglietti del treno. «Vogliono nuovi clienti, capite...»

Ci chinammo sul tavolo dove aveva disseminato mappe e opuscoli. Lui fece girare una foto che ritraeva una famiglia accigliata in piedi davanti a una distesa grigia e infinita di erba e cielo. Non c'era un albero in vista. Nessuno sorrideva. Persino la bambina più piccola sembrava un rospo infelice strappato al suo stagno.

«Ma dove vivono quei poveracci, dentro un organo a canne?», brontolò il tizio accanto a me. Non si vedeva nessun'altra struttura costruita dall'uomo. Nemmeno un angolo retto. Pensammo che l'Agente ci stesse prendendo in giro quando disse che vivevano all'interno della collina su cui erano stati fotografati.

Al termine della presentazione, Ania fu la prima a parlare. I suoi occhi neri ardevano come fiamme. Tra i presenti, era una delle donne più giovani: aveva appena sedici anni. «Noi andremo», disse. «Noi andremo», le feci eco. Non saremmo rimasti a guardare i nostri figli polacchi diventare tedeschi.

Cosa ci portammo dietro? Una spazzola per capelli. Marmellata, formaggio e sardine. Quattro cambi di vestiti, una sella di cuoio, due mantelli invernali. L'abito da sposa di Ania e la Bibbia di famiglia. Un vestito da battesimo per il nostro futuro bambino. Coperte e materassi per quel viaggio inimmaginabile. L'icona in legno di Ania raffigurante la Vergine Maria, Regina della Polonia. Il rosario di arenaria rossa estratta dalle cave delle Góry Świętokrzyskie, le montagne innevate che stavamo lasciando per sempre.

Del viaggio ho pochi ricordi. Nel profondo della mia mente, quell'orrore respira ancora. I minuti che si accumulavano in ore, gli oblò neri come la notte, la paura di perdere Ania a causa della febbre. Il fetore, il buio e la certezza del fallimento, la morte che si aggirava nella stiva e trasformava i nostri amici in cadaveri al mattino. Il mare sembrava deciso a respingerci nella gabbia da cui eravamo appena fuggiti. Eppure, in una luminosa mattina di fine marzo, la sagoma della Statua si stagliò nitida contro le torri della città. Un gabbiano bianco come un fantasma si lisciava le ali sul parapetto del molo, e immaginai che fosse lo stesso uccello del tetto di Ania, che ci dava il benvenuto sull'altra sponda della profezia. Avevamo completato la prima parte del nostro viaggio verso casa. Ania non riusciva a smettere di singhiozzare. Sulla superficie liscia del suo giovane volto infuriava una tempesta. Mi implorò di tornare subito con lei al nostro villaggio. «Non è la febbre che mi ucciderà», mi disse. «È la nostalgia di casa. Voglio mia madre, Tomasz».

«La nostra casa è sempre più vicina», le ricordai. Una chiatta ci portò alla stazione ferroviaria di Hoboken, nel New Jersey. Non avevo mai incontrato un uomo di colore prima di conoscere il facchino Andrew Dawson. Ci chiamò Thomas e Anna e procurò ad Ania dell'olmaria per abbassare la febbre.

Aveva perso sua sorella a causa della febbre, raccontò all'uomo barbuto e con una gamba sola accanto a noi, un polacco di Varsavia che parlava un po' di inglese e che presto divenne l'interprete per tutto il nostro vagone. Guardavamo i passeggeri yankee dalla pelle chiara che fumavano e ridevano mentre Andrew gli lustrava le scarpe; un uomo magro dai capelli rossi in un abito elegante toccò Andrew sulla fronte con la punta di una scarpa, mormorando parole che per noi non significavano nulla, ma con un tono odioso che capivamo fin troppo bene. Ania si alzò per intervenire e fu a sua volta ridicolizzata.

Durante il viaggio via terra, gli yankee ci offesero con una decina di epiteti diversi. Capimmo che ci consideravano inferiori e che facevano molte battute sui polacchi. Avevano un termine spregiativo per chiamarci: *Polack*, ovvero stupido, rozzo, pigro e ubriacone. In America, non importava se venivi da Cracovia, Danzica o dalla Slesia: eri comunque un *Polack*. Mi si spezzò il cuore, perché sembrava che fossimo scappati da un pregiudizio per finire in un altro. Dove potevamo andare per liberarcene?

Ero nato schiavo in tutto tranne che nel nome, la mia lingua era fuorilegge e la mia religione perseguitata. La mia pelle è del colore di una cipolla sporca. In America, questo mi poneva al di sopra di molti. Su un gradino basso della scala sociale, ma più in alto del facchino nero. Sentivo nel corpo quella nuova altezza, quella distanza dal suolo. Sentivo il battito pulsante di un sollievo malsano: *non tocca a me, stavolta no, Andrew Dawson, meglio a te che a me*. La stessa sensazione che provavo a Taube ogni volta che uno dei miei fratelli veniva scelto al posto mio per essere picchiato.

«Shh, shh, shh», diceva la giovane madre accanto a me, cercando di tappare con il capezzolo gonfio la bocca del suo bambino che urlava; aveva smesso di preoccuparsi di nasconderlo. Quando raggiungemmo il fiume Missouri, eravamo tutti stravolti dalla stanchezza. Un passeggero yankee ci raccontò che non molto tempo prima quella terra era appartenuta agli indiani. Poi era stata aperta alla colonizzazione e ondate di cercatori di terra e di oro si erano riversati nell'Ovest. «Che fine hanno fatto gli indiani?», chiesi tramite l'interprete dai capelli rossi. «Di loro non dovete preoccuparvi», ci rassicurò. «New Poznan è vicina a Fort Kearny. I soldati proteggono i bianchi dagli indiani. Mio cugino vive sul fiume Loup dal 1857. Oggi per noi la situazione è molto più sicura».

Noi! Sorrisi a quello yankee cordiale.

Quando arrivammo in Iowa, avevo già iniziato a evitare Andrew. Avevo capito che quell'amicizia era pericolosa. Anche altri passeggeri del vagone dei coloni, emigranti giunti dall'Irlanda, dalla Svezia, dalla Boemia e dalla Norvegia, impararono rapidamente la stessa lezione. Nel giro di tre settimane, il nostro comportamento era del tutto cambiato. Imitavamo gli yankee. Durante l'ultima sosta Ania regalò ad Andrew Dawson la Bibbia di famiglia e io le dissi che era una sciocca: «Pensi che il signor Dawson sia cattolico? Pensi che sappia leggere il polacco?» Lei rise con rabbia e mi rispose: «Cos'altro potevo regalargli, Tomasz? Quell'uomo mi ha salvato la vita».

Fuori da ogni finestrino, su entrambi i lati del treno, trovammo la stessa cosa: un vasto mare di erba alta fino alla vita. «Cercate i girasoli più grossi», aveva detto il nostro Agente. «Le piante più alte: è lì che troverete l'umidità». Non vedevo campi di grano da nessuna parte. Niente che assomigliasse alle scene di prosperità dorata contenute negli opuscoli dell'Agente. Una sera vedemmo due uomini a cavallo che avevano la pelle scura e non assomigliavano affatto agli yankee. L'uomo più alto proseguì, ma il suo compagno più giovane fece voltare il cavallo per guardare il treno che attraversava la prateria. Portava i capelli neri in trecce e indossava pelli conciate piene di decorazioni. Ania alzò una mano mentre il treno si allontanava. «Quelli sono Pawnee», disse l'interprete del nostro vagone, dopo aver chiesto spiegazioni al macchinista yankee per conto nostro. «Indiani. Quando arriveremo alla colonia polacca, quegli uomini saranno i nostri vicini».

Ogni cosa che sentivamo e vedevamo richiedeva una traduzione. Mi faceva male la testa per lo sforzo continuo e perlopiù inutile di capire l'inglese. Passammo davanti a città in costruzione e altre già abbandonate: parte del mio apprendistato consisteva nell'imparare a distinguerle. I segni di vita divennero più facili da interpretare. Le bandiere bianche dei topografi indicavano che una città era appena nata. Il bucato steso sui pendii delle colline segnava i tetti delle case di zolle. Nuvole cavernose promettevano acqua, ma portavano solo ombre. Quando facemmo una sosta per bere, Ania mi prese per mano e ci inoltrammo nella prateria alta, sollevando vortici di farfalle azzurre e gialle.

Il treno rimase fermo per un giorno intero a causa della migrazione dei bisonti. La grande mandria sembrava una montagna che franava verso di noi. Centinaia di animali attraversavano i binari. Erano bestie cornute che superavano di una testa l'uomo più alto del nostro gruppo. I loro zoccoli fragorosi fecero tremare il vagone, l'odore pungente impregnò i nostri cappotti e capelli. Tra sussulti e grida, esprimemmo tutta la nostra meraviglia fino a esaurirla. Poi io e Ania vedemmo i proiettili degli altri passeggeri che dai predellini volavano verso la mandria. Gli uomini che possedevano delle armi da fuoco sparavano ai bisonti, e decine di animali cadevano con il petto squarciato e urla tremende, impossibili da dimenticare.

Porti via da me quelle urla. Porti via il ricordo di quelle grandi creature che barcollavano in tondo.

Le signore si sporgevano dai finestrini aperti e applaudivano. «Ogni bisonte morto è un indiano in meno», spiegò il nostro interprete, che era diventato un esperto a origliare le conversazioni degli yankee. Ogni macchia sfocata in movimento era un bersaglio per gli uomini, e fui sollevato quando finalmente il branco si diradò e la locomotiva riprese a sferragliare.

«È una vergogna, secondo me», disse un polacco dai capelli grigi dell'Alta Slesia. «Non ho mai visto uno spreco simile nella steppa. Cumuli di carcasse».

Ora i bisonti di quelle grandi mandrie sono fantasmi. Dieci anni dopo il nostro arrivo nel 1873, erano quasi estinti. L'ultimo esemplare che ho visto era al Summer Moon Circus nel 1911, dopo che ci eravamo trasferiti nella nostra nuova fattoria nella contea di Uz: un cucciolo in cattività allattato con il biberon da una sirena paffuta e scontrosa. La sirena era seduta su un secchio rovesciato, con la cerniera della coda aperta e il trucco che le colava in arcobaleni sporchi. La madre, disse, era stata venduta separatamente al Wild West Show di Buffalo Bill. Il gemello del piccolo era morto proprio quella mattina.

«Magari potessi lavorare in uno degli spettacoli del Wild West. Ho fatto il provino come Cowgirl e Principessa Indiana. Non mi hanno presa per nessuna delle due parti. Buffalo Bill paga tre volte quello che guadagno qui, e i costumi sono più belli». Sospirò e scrollò la cenere dalla pipa. «Cosa darei per poter liberare le gambe, in estate...»

«Buffalo Bill è un indiano?»

La sirena che teneva in braccio il vitello peloso ci guardò esterrefatta.

«Bill è bianco. Non lo conosci? Chiedi in giro. È un grande amico degli indiani. Per il suo spettacolo itinerante ingaggia indiani veri. E li paga anche.

«Dai, su», brontolò la sirena, cercando di sistemare le labbra del piccolo bisonte intorno alla bottiglia. «Non riesco a fargli bere nemmeno una goccia. Mi sa che è spacciato, come il fratello».

Avevamo deciso di unirci ai polacchi che avevano già richiesto e ottenuto dei terreni sul fiume Loup. Avevamo in tutto otto dollari e l'anello di fidanzamento di Ania. Nel 1873 la colonia polacca di Krakow poteva a malapena essere definita una città. C'era una sola locanda, due scuderie con stalle e mangiatoie, una falegnameria, un negozio di articoli vari, una ferramenta, una macelleria, una modisteria e un saloon. Terra, bestiame, attrezzi, sementi, una casa: di tutte queste cose, avevamo ancora soltanto il desiderio.

Jescze Polska nie zginela!
La Polonia non è ancora perduta!

* * *

Quando arrivammo in Nebraska, scoprii che i nostri vicini più prossimi erano proprio i Pawnee. L'Agente delle ferrovie non ce l'aveva detto quando ci aveva descritto la colonia polacca in Nebraska. Il signore bianco dell'emporio ci rassicurò, dicendoci che non avevamo nulla da temere dagli indiani. «Per uscire dalla riserva hanno bisogno di un permesso. Non vi daranno alcun fastidio. Qui siamo più numerosi di loro».

Al nostro arrivo, i coloni bianchi superavano i Pawnee che vivevano nella riserva in un rapporto di venticinque a uno. La riserva si trovava a tre chilometri dalla nostra proprietà. I Pawnee sono il popolo delle pianure centrali, il cui vasto territorio si estendeva dal Niobrara fino a sud del fiume Arkansas, coprendo due terzi di quello che sulla nostra mappa appariva come il Nebraska e gran parte del Kansas. Quando mia madre era viva, tutta quella terra era appartenuta a loro. Feci domanda per sessanta ettari. Sapevamo di chi era la terra che stavamo prendendo, ma dove altro potevamo andare? Che scelta avevamo?

Allora io e Ania capimmo chiaramente che gli indiani che vivevano accanto a noi erano tenuti prigionieri nella loro terra natale. Quello che era successo ai polacchi in Germania stava succedendo anche qui, e nessun colono alzava un dito per impedirlo. Al contrario. Molti si dichiaravano apertamente favorevoli a costringere i Pawnee a lasciare il Nebraska. «Hanno la terra migliore e la sprecano!», si lamentava il locandiere. I soldati americani non facevano nulla per proteggere i Pawnee o le loro terre, e viceversa lasciavano che i coloni bianchi facessero ciò che volevano nella riserva. Ogni volta che all'emporio incrociavo lo sguardo di una donna Pawnee, pensavo a mia madre che pagava un prezzo esagerato per il pane, ignorando le beffe dei soldati tedeschi. Sì, ma come facevo ad aiutare qualcuno, quando non avevo nulla? Prima dovevo conquistare un po' di potere, ragionavo. Una volta che avessi avuto la mia terra e i miei soldi, allora avrei potuto aiutare gli altri.

Da apprendista della mia nuova patria, cominciai a interessarmi molto ai nomi. Il segretario alla guerra chiamò quel territorio «Nebraska»: un miscuglio anglo-sioux delle parole che indicavano le acque ampie e tranquille del fiume Platte. Ascoltare l'inglese era come stare sotto una cascata. Finivo ogni giornata esausto, per lo sforzo di capire chi avesse fatto cosa a chi altro. Della grammatica mi mancavano completamente le basi. Sentivo il mio nome trasformato, Oletsky, fluttuare a valle in un groviglio di parole pronunciate dal locandiere yankee.

Il tempo è un corso d'acqua. Durante il primo anno, nomi come Fort Kearny e Plum Creek suonavano stranieri alle mie orecchie quanto Nishnabotna e Missouri. Solo man mano che imparavo l'inglese cominciai a riconoscere le parole indiane al suo interno. Dopo dieci mesi vissuti lungo il Loup, mentre giravo intorno a un'ansa del fiume, improvvisamente riuscii a sentire la differenza tra una parola come Omaha e una come Sherman o Lincoln. Sui cartelli e sulle mappe, questi nomi suonavano alle mie orecchie con un timbro diverso: Nemaha, Otoe, Ponca, Cheyenne, Arikaree, Ogallala, Dakota, Kansas, Nebraska. Il promontorio che sovrasta il fiume Platte, che gli yankee di Fremont e Genoa chiamavano Pahuk Hill, aveva un nome Pawnee più antico: Pahuku. Un luogo sacro per i nostri vicini, anche se non ho mai saputo perché. Mi sembrava quasi blasfemo anche solo chiedersi quali fossero le loro credenze pagane. La Confederazione Pawnee era composta da quattro diverse nazioni di lingua caddoan e, vivendo vicino alla riserva, imparai anche questi nomi: Chaui, Kitkehahki, Pitahawirata e Skidi.

Riserva era sicuramente una parola yankee.

Il Republican River – un fiume che credevo fosse stato battezzato in onore della giovane repubblica americana – in realtà prendeva il proprio nome dal rispetto dei primi cartografi francesi per il sistema politico dei Kitkehahki. Il mio errore mi entusiasmò, cambiando il modo in cui guardavo la mappa. Tuttavia, mi chiedevo quanto quei cartografi avessero realmente compreso ciò che osservavano. Ogni giorno trascorso in America mi rivelava quanto poco ne capissi io.

All'emporio, un adolescente Pawnee che indossava abiti da lavoro quasi identici ai miei ci disse che il fiume Republican aveva un nome molto più antico, che non compariva su nessuna delle mappe in vendita per i coloni: Kiraaruta. Il suo inglese era migliore del mio. Gli chiesi dove lo avesse imparato.

«Alla scuola dove ci insegnano a scordare chi siamo. Parliamo la loro lingua, ma non abbiamo dimenticato».

Alcuni bambini Pawnee frequentavano una piccola scuola con convitto a Genoa, la Pawnee Manual Labor School. La direttrice, una donna bianca di New York di nome Elvira Platt,

aveva abbracciato la loro causa. Ai ragazzi venivano insegnate le pratiche del lavoro manuale e dell'agricoltura, mentre le ragazze venivano istruite per diventare domestiche nelle case dei bianchi. Quella donna aveva dedicato la sua vita a «trasformare gli indiani in cittadini pacifici e ben disposti», mi disse alla stazione. «Se si considera la vastità delle terre che abbiamo sottratto ai Pawnee, dargli un'istruzione è il minimo che possiamo fare». Era contrariata dal basso numero di iscrizioni alla scuola. Non riusciva a capire perché i genitori si rifiutassero di mandare i propri figli a studiare le arti civilizzatrici.

Le donne Pawnee erano contadine, anche se non nello stesso modo degli yankee. Coltivavano zucche, fagioli, mais e meloni nello stesso appezzamento, senza dividere il terreno in filari come facevamo noi. Anche se non ho mai capito le credenze dei nostri vicini, sapevo che avevano molti rituali legati alla semina e al raccolto. Usavano zappe ricavate dalle spalle dei bisonti, attrezzi che in qualche modo assomigliavano ai nostri, ma dovevano essere migliori, perché nella nostra nuova casa noi non riuscivamo a far crescere nulla. Birdie Czarnecki ci disse che le donne Pawnee cantavano al mais. Quando feci una battuta al riguardo, mia moglie si infuriò in modo inspiegabile. «Se *tu*, Tomasz, rispettassi i doni di Dio come fanno i nostri vicini, magari riusciresti a far crescere qualcosa», disse.

Sulla strada per Genoa, una volta vedemmo una casa di fango con delle zucche arancioni che spuntavano dal tetto di zolle, una visione che ci fece gridare di sorpresa e piacere. Quelle zucche nel cielo sembravano piccoli soli che sorridevano alla loro stella madre. Provai una fitta di invidia, pensando al nostro orto fallito.

Nonostante il successo dei loro metodi di coltivazione – che affliggeva il funzionario quacchero incaricato di trasformarli in piccoli proprietari terrieri – i nostri vicini Pawnee vivevano in condizioni miserabili che nemmeno i polacchi più poveri dovevano sopportare, poiché le leggi del governo bianco li confinavano nelle riserve e gli proibivano di praticare le attività con cui si erano sempre guadagnati da vivere. La caccia al bisonte era stata dichiarata illegale. Le indennità annuali previste dai trattati non venivano erogate. L'unica cosa che i Pawnee avevano da vendere era il legname. Gli Stati Uniti avevano ripetutamente violato i trattati stipulati con la Confederazione Pawnee, una forma di tradimento a cui sembravano abituati sia i miei vicini bianchi che quelli indiani.

La figlia del locandiere mi raccontò di aver visto con i propri occhi un anziano Pawnee ucciso a colpi di pistola da un bianco che lo aveva incrociato per strada.

«Ha sparato al vecchio per provare la potenza della sua nuova arma».

«Che fine ha fatto l'assassino?»

«Non gli è successo nulla». La donna scosse la testa con un'espressione di rassegnata tristezza. «Il tizio che ha premuto il grilletto vive ancora dalle parti di Columbus. Tutti sanno chi è stato. Non c'è nessun mistero. C'erano dei testimoni».

Un ufficiale di Kearny seduto al tavolo accanto al mio fece una risata amara, o forse imbarazzata. Il nome dell'assassino non venne fuori.

Allenai l'orecchio a cogliere le emozioni nelle voci dei miei vicini. Spesso il tono di chi raccontava mi insegnava più delle parole. Ogni battuta di spirito era una nuova lezione. Ogni storia triste o tragica. Se un colono veniva ucciso, i primi sospettati erano sempre gli indiani. Se duecento donne, bambini e anziani indiani venivano attaccati in un'imboscata una mattina di primavera e massacrati dai soldati dell'esercito degli Stati Uniti, i giornali parlavano di «battaglia».

Molto prima di imparare la lingua del nostro nuovo paese, capii che un uomo bianco a un indiano poteva fare tutto ciò che voleva.

Allora provavo ancora orrore e indignazione. Mi sentivo alleato degli indiani, che subivano le stesse ingiustizie e persecuzioni che noi polacchi avevamo subito sotto il dominio tedesco. Non avevo ancora capito appieno che per gli indiani io ero un uomo bianco.

* * *

Quella del 1874 fu l'estate delle locuste, l'estate della piaga. Tutto ribolliva di insetti. Interi campi erano stati mangiati fino alla radice. Le locuste arrivavano con un boato dal cielo azzurro e limpido e divoravano tutto ciò che incontravano. Manici di aratri, pali di recinti. Nuvole alate che in un'ora consumavano il lavoro di un anno di un'intera famiglia. Le sentivamo masticare e schioccare giorno e notte. Nessuna falce era efficiente come le loro bocche affamate. Vorrei dimenticare la sensazione dei loro corpi schiacciati e viscidi sotto i piedi. Vorrei dimenticare che dovevamo toglierli persino da dentro il latte.

Una volta io e Ania rimanemmo impietriti fuori da un negozio, ad ascoltare un rumore simile a una grandinata. Centinaia di locuste si lanciavano contro le finestre e i muri. Davanti a noi c'era un campo devastato. In meno di tre minuti, le vedemmo distruggere un intero spaventapasseri. Il palo cadde all'indietro nell'erba medica: il peso delle locuste lo aveva rovesciato. Gridai: era il mio viso quello che vidi sul pupazzo, proprio prima che scomparisse alla vista. Le mie labbra cucite.

Ania si mise in punta di piedi per coprirmi gli occhi.

«Sono attratte dall'umidità, Tomasz. Sbrighiamoci a entrare, prima che ci mangino gli occhi».

Non molto tempo dopo esserci trasferiti nella nostra capanna sul fiume, ci ritrovammo a svegliarci tra lampi biforcuti, tuoni estivi e il nostro primo incendio della prateria.

Andammo in città con il nostro vicino Dutko. Il fuoco era una linea rossa che copriva l'intero orizzonte. Troppo lontano perché potessimo sentirne l'odore o percepirlo, ma abbastanza vicino da incuterci paura. Il calore immaginario mi fece allentare il colletto. Si levavano grida dai fienili e dalle case, dalle cime degli alberi, in un terrore del fuoco che univa tutti gli esseri viventi. Partirono degli uomini a cavallo. Li guardammo trascinare aratri per creare linee tagliafuoco nel terreno. L'incendio aveva già bruciato una striscia larga venti chilometri e lunga sei. Stava venendo verso di noi? Accanto a me, il corpo morbido di Ania si irrigidì.

Gli incendi della prateria sono il terrore dei coloni. Ho sentito storie di famiglie bruciate vive nelle loro case di zolle. Il fuoco volteggiava con il vento trasformando le case in tombe. Mucche che muggivano nelle stalle, bruciate vive. Antilocapre che attraversavano le città al galoppo, inseguite dalle fiamme.

Solo il locandiere, un uomo di quasi ottant'anni che era stato uno dei primi a farsi assegnare delle terre nella regione, sembrava imperturbabile. Sbadigliava insieme alle mille stelle.

«Ve lo dico io, novellini, come è fatto un incendio. A cosa serve...»

Poi ci raccontò la storia di un incendio epico appiccato per ordine del generale Robert E. Mitchell, comandante del distretto militare del Nebraska.

«Gli indiani avevano saccheggiato Julesburg, capite, e il generale non poteva lasciare che quei selvaggi la passassero liscia».

Incrociai lo sguardo di Ania. Quante volte, crescendo, avevamo sentito i tedeschi raccontare storie come questa? Bugie che giustificavano l'incendio delle nostre chiese e il pestaggio dei nostri anziani?

«Il generale aspettò una giornata limpida alla fine di gennaio, con un forte vento che soffiava da nord-ovest. Sapeva che il vento sarebbe stato suo alleato. "Proprio il giorno che volevo", disse il generale. "Gli appiccherò un incendio che brucerà per migliaia e migliaia di chilometri". I telegrafi erano roventi per gli ordini. Mitchell ordinò a ogni ranch, fattoria e avamposto lungo il Platte, da Fort Kearny al Colorado, di dare fuoco alla prateria. Soldati e contadini uscirono a cavallo con balle di paglia e scatole di fiammiferi. Era un incendio doloso coordinato! L'ordine fu eseguito alla lettera. Le Pianure furono incendiate per cinquecento chilometri. Quegli indiani magari saranno sopravvissuti ma, come potete immaginare, dopo dovettero vivere tra le ceneri! Ogni cosa a sud del Platte e a ovest di Kearny venne divorata dalle fiamme...»

«Quali indiani stava cercando, Mitchell?», chiese qualcuno con voce spenta, gli occhi fissi sul fuoco.

«Santo cielo, tutti! Tutti i predoni assassini che uccidevano e saccheggiavano lungo la pista dei pionieri».

Il locandiere ci spiegò che gli indiani avevano reagito, appiccando incendi strategici per deviare la direzione delle fiamme accese dai soldati e dai coloni, impedendo così al fuoco di Mitchell di propagarsi. Tuttavia, dopo il rogo da migliaia e migliaia di chilometri, la loro selvaggina ormai non aveva più di che nutrirsi.

Sul nostro orizzonte, nel frattempo, vedevo focolai sparsi che si univano in un inferno di fiamme. La cortina di fuoco sembrava muoversi verso nord, allontanandosi da dove stavamo radunati noi con le nostre lampade. Il cherosene in fiamme emanava un odore oleoso e terribile. Il suo bagliore giallo era inutile quanto la luna a farci capire come si sarebbe comportato il fuoco.

* * *

Kulturkampf
Lebensraum
Blut und Eisen

Mi svegliai da un incubo trovando le locuste che mi strisciavano lungo l'attaccatura dei capelli. Nell'incubo mia madre era un bisonte agonizzante, tormentato dai soldati. Vedevo il suo volto afflitto riflesso negli occhi rossastri dei soldati come in un cammeo. Nell'incubo io ero il suo cucciolo che muggiva, ma ero anche un soldato. Mi ci volle molto tempo per capire che ero sveglio. Ania, che era a letto accanto a me, si alzò a sedere e cominciò a togliermi le locuste di dosso.

«L'agente avrebbe dovuto parlarci delle persone che vivono in queste "terre libere"», dissi.

Ania scoppiò in una risata squillante, che sembrò frullare le ali contro il soffitto basso, riecheggiando all'infinito. La pregai di tornare a dormire. Ogni giorno, via via che scavavo il pozzo, preparavo i letti di semina e piantavo miglio e grano nel terreno degli indiani, mi sentivo il cuore sempre più pesante. Più cose scoprivamo, meno desideravo capire il nostro ruolo in questa storia.

Da luglio a fine settembre le locuste tamburellarono su ogni superficie, producendo un rumore sordo e terribile. Ne mandai giù due con il porridge della colazione. «Croccanti», disse il mio padrone di casa dagli occhi azzurri, sorridendo dietro una maschera di rughe bruciate dal sole; era stato uno dei primi polacchi ad arrivare nella valle del fiume Platte. Sembrava divertito dal nostro orrore. «È per questo che il buon Dio vi ha dato i denti! Sì, riducetele in polvere. Loro farebbero lo stesso con voi se potessero, no? Diventerai un perfetto abitante del Nebraska. Benvenuto a casa, Oletsky».

* * *

Sapevo riconoscere un *Kulturkampf*, quando ne vedevo uno. Persino gli uomini incaricati di aiutare e proteggere il popolo Pawnee sembravano fare più male che bene, da quello che vedevo. Fu proprio il funzionario quacchero a raccontarmi di aver sostenuto la pena di morte nel famigerato caso di Yellow Sun: «il male minore», mi assicurò, «per pacificare la folla». Il governo federale era determinato a processare qualcuno per l'omicidio di un colono bianco di nome McMurty. Il funzionario mi disse di aver visto, nella sua saggezza, la violenza covare tra i coloni arrabbiati. Mi spiegò la sua strategia. Si era rifiutato di versare le indennità annuali previste dai trattati, le indennità dovute al popolo Pawnee dal governo, «fino a quando alcuni membri della tribù non fossero stati arrestati». Quattro uomini, tra cui Yellow Sun – un medico di sessant'anni – furono processati per questo crimine, sacrificandosi affinché migliaia di Pawnee non morissero di fame. Il funzionario mi parlò con franchezza, probabilmente perché non mi temeva affatto. «Stavano innocenti?», chiesi nel mio inglese da straniero, e il funzionario sospirò e rispose che noi polacchi eravamo davvero stupidi come dicevano, e che non vedevo il quadro d'insieme.

Avevano tutti paura degli indiani? Scoprii che non era così. C'erano molti uomini cinici che sapevano come sfruttare la paura dei novellini per il proprio tornaconto. Alcuni mettevano in giro voci, proprio come il generale Mitchell aveva appiccato il fuoco nella prateria.

«Chi se lo dimentica l'uomo da cui prende il nome il Rawhide Creek,[1] a pochi chilometri da dove siamo noi adesso? Il poveretto fu scuoiato vivo dagli indiani e poi fatto a pezzi dalle squaw indemoniate...»

Il funzionario quacchero mi disse che l'incidente non era mai avvenuto, ma era stato inventato per deviare il flusso di nuovi arrivati nella fertile valle del fiume. Una storia che cir-

1. In inglese, *creek* significa «torrente» e *rawhide* «cuoio grezzo». *[n.d.t.]*

cola meno frequentemente, ma che posso confermare, avendo avuto la sfortuna di assistervi personalmente, è quella di un gruppo di coloni bianchi, tra cui molte donne, che lanciarono pietre contro le famiglie Ponca che attraversavano Duncan a marcia forzata, per trasferirsi dalla loro terra natale all'Oklahoma.

Vorrei dimenticare il giorno in cui rimasi immobile sulla strada a guardare le pietre che volavano.

A quel tempo si discuteva molto sul miglior approccio al Problema Indiano. Non tutti erano favorevoli al piano di sterminio di Sherman. Molti volevano le terre dei Pawnee. Altri volevano che tutti gli indiani se ne andassero per sempre. Lontani dagli occhi, lontani dal cuore. Al momento, eravamo vicini di casa e non potevamo evitare lo sguardo dei bambini affamati o il suono della loro tosse rauca. Non potevamo ignorare che per il nostro nuovo governo affamare gli indiani faceva parte della propria strategia militare: l'erogazione delle indennità veniva deliberatamente sospesa nel cuore dell'inverno. Il funzionario quacchero si rifiutava di acquistare o distribuire cibo tra i Pawnee. Mi tornò in mente l'inverno in cui il nobile aveva punito mio padre per un cattivo raccolto dimezzando le nostre razioni, le mie sorelle che piangevano per la fame e il sapore di bile che avevo sentito per giorni e giorni.

Una promessa non mantenuta dal governo sembra qualcosa di molto lontano dalle nostre vite, ma io potevo misurarla con precisione nella magrezza del polso di una bambina Pawnee e dai colpi di tosse catarrosa di sua nonna. Me ne stavo in fila dietro di loro all'emporio e sentivo quella consapevolezza che mi scuoteva dentro. Come faceva a essere colpa mia? Non ero venuto in America per uccidere gli indiani. Avevo messo piede su questa terra solo due anni prima. Io non c'entravo nulla con le violazioni dei trattati. Mi stavo semplicemente facendo gli affari miei, come chiunque altro.

Man mano che il mio inglese migliorava, cominciai anche a imitare le pronunce sbagliate degli yankee. Divenni meno curioso di sapere cosa significassero i nomi indiani che usavano sui cartelli e sulle mappe.

A quanto sembrava, la libertà era un territorio da occupare. Non era la libertà che avevamo immaginato quando eravamo saliti sulla nave. Non potevamo abbassare la guardia. «Ania, Ania...» Sentivo mia moglie allontanarsi da me, rifugiarsi in sé stessa. Per il nostro secondo Natale, andai fino a Lincoln a comprarle una scatola di celluloide rosa cipria, solo perché una volta mi rivolgesse un sorriso. L'inutilità della scatola la rendeva un lusso. Il vero regalo era aver speso dei soldi per un oggetto semplicemente perché era bello. Il mio tempo era il nostro denaro, e ogni ora che passavo lontano dalla fattoria consumava il poco che avevamo. Mi ritrovai a vivere rannicchiato, guardando fuori dalla finestra in attesa del colpo di grazia. Una secca mattina d'autunno, presi l'ascia e mi unii ai miei vicini. Sulle terre dei Pawnee c'era una foresta. Avevamo bisogno di legname per costruire i nostri fienili e le nostre case. Come può testimoniare qualsiasi famiglia che vive in una capanna di zolle nella prateria senza alberi, non c'è risorsa più scarsa. Il locandiere ci aveva assicurato che potevamo prendere tutto il legno che riuscivamo a trasportare. Interi carri, se potevamo permetterci di noleggiare i cavalli.

È possibile vivere in una casa costruita con legname rubato senza considerarsi un ladro. Per anni ho fatto proprio questo.

Sono un cattolico che si è trasferito in Nebraska per vivere secondo gli insegnamenti di Cristo. Ama il prossimo tuo come te stesso. Dagli anche la camicia che hai addosso. Agli indiani abbiamo tolto tutto. Persino i loro figli.

* * *

Gli ultimi membri della Confederazione Pawnee – circondati su tutti i lati da cercatori di terra ostili, soldati dell'esercito e tribunali che non perseguivano i crimini dei coloni bianchi né facevano rispettare i termini dei trattati – ormai privi di qualunque mezzo per rimanere nella loro terra natale, furono costretti a partire per l'Oklahoma. Nel 1876, tutti i nostri vicini Pawnee erano fuggiti dal Nebraska verso il Territorio Indiano. Alla fine il mio orrore si arrugginì. Non avevo fatto nulla, e presto venne ricoperto dall'erba della mia nuova casa.

***

Nella primavera del 1885, mia moglie trovò un lavoro ben retribuito come cuoca nel nuovo collegio di Genoa, città che prendeva il nome dal luogo di nascita di Cristoforo Colombo. Era stata fondata dai mormoni che vivevano senza alcun diritto legale sulle terre assegnate dal trattato ai Pawnee, finché non furono cacciati anche loro. Il mugnaio Janek Gutawolski raccontava che, dieci anni prima, si vedevano le grandi calotte bianche dei carri che solcavano l'erba come navi, in una lunga fila oltre le sponde scoscese del Loup. Quelle rive erano sacre ai Pawnee, e mi erano familiari perché un tempo erano ricoperte da fitti boschi. Poi le ferrovie avevano steso la loro rete d'acciaio e ora avevamo mattoni, legname e vetro, e meno male, perché lungo le rive del fiume erano rimasti pochissimi alberi adatti.

La U.S. Indian Industrial School di Genoa era ospitata nell'ex quartier generale della riserva della Confederazione Pawnee, una struttura in mattoni rossi e legno di pioppo. La frequenza era obbligatoria, per ordine del governo degli Stati Uniti. Grazie alla mia educazione germanizzata a Taube, potevo immaginare cosa succedeva in quelle aule. L'istruzione aveva lo scopo di bruciare i ponti tra i bambini e i loro genitori, tra il passato e il futuro. Quello che gli insegnavano davvero, come mi aveva detto lo studente Pawnee dieci anni prima, era a dimenticare.

La maggior parte dei nuovi allievi parlava Lakota e arrivava a Genoa in treno dalle riserve di Pine Ridge e Rosebud. Alcuni genitori nascondevano i figli quando i cacciatori di bambini andavano a prenderli. Altri ragazzi venivano strappati alle loro case con la fame; i funzionari minacciavano di trattenere le indennità annuali finché i genitori non avessero consegnato i figli perché venissero rieducati. Un barbiere tagliava le trecce ai bambini al loro arrivo. Questi allievi avevano un'età compresa tra i cinque e i diciotto anni. Da dietro i cancelli li si vedeva marciare avanti e indietro per il cortile, in uniforme militare.

* * *

Durante i sette mesi in cui lavorò alla Indian Industrial School di Genoa, Ania scoppiava in pianti violenti e imprevedibili. Da quando eravamo arrivati, le era cresciuto il pancione tre volte, e altrettante aveva perso il bambino. Temevo che mia moglie, giovane e sensibile com'era, non fosse adatta alla vita nella prateria. Nell'autunno del 1886 rimase incinta per la quarta volta. Era pervasa da una paura che non le avevo mai visto prima.

Una notte mia moglie tornò a casa parlando da sola, fermandosi ogni quattro passi per chinarsi, rabbrividire e scoppiare in una risata o mormorare una parola di avvertimento. Io vidi tutto dalla finestra aperta, tenendo alta la lanterna. Quando arrivò alla porta, fece un passo di lato e mi sorrise. Dietro di lei c'era una bambina indiana malata di undici o dodici anni, con un occhio gonfio, rosa bismuto. Quell'inverno il tracoma aveva nuovamente colpito il collegio. «Il dottore non resta mai sobrio abbastanza a lungo da farci capire se è in grado di curare qualcuno», si era lamentata Ania. In autunno ci eravamo presi una forma grave, ma avevamo acquistato delle gocce in farmacia ed eravamo guariti. Un sorriso o un insulto: qualsiasi cosa sarebbe stato meglio dell'espressione che mi rivolse la scolaretta fuggitiva. Cosa era successo per trasformare quella bambina in una statua?

«Oddio, Ania», dissi, con il panico che mi cresceva dentro man mano che capivo il piano di mia moglie. Avevo sposato una sciocca dal cuore buono. «Non possiamo dare rifugio a questa bambina. Ci metterai tutti nei guai. Perderai il lavoro. Possiamo permetterci di vivere senza?»

La bambina faceva la quinta elementare. Era scappata per stare con la sua famiglia. A scuola la chiamavano Ellen. Non volle dirci il suo vero nome. Ania voleva che la portassi in treno alla riserva di Rosebud per ricongiungerla con la madre.

«Dobbiamo aiutarla, Tomasz».

Indicai la pancia di mia moglie. «Torna in te», le ordinai, come se la sua follia fosse un incantesimo che potevo spezzare. «Hai un cuore buono, Ania. Ma la scuola la troverà e la riporterà indietro, e tu perderai il posto».

Gli occhi di mia moglie brillavano vitrei. Parlava come in un sogno, come se non avessi detto nulla. C'era una nuova collaboratrice a scuola, e quello che faceva agli allievi era mostruoso: «La chiamano la Consigliera. Si incontrano con lei e le raccontano le cose che li preoccupano. È dura d'orecchi, quindi le parlano nel cornetto acustico. Tomasz, tutto quello che le raccontano, tutto quello che dicono nel suo strano strumento, gli scompare dalla testa. È malvagio ciò che stiamo facendo in quella scuola».

«A me sembra una gentilezza», dissi. «Un modo per sopravvivere a un lungo inverno lontano dai propri genitori, sì, una cura per la nostalgia di casa. E tu cosa ne pensi, signorina?»

«Mi rifiuto di incontrare la Consigliera», rispose la bambina. Si ritrasse da me, voltandosi verso mia moglie. «Ania, portami a casa a Rosebud, me l'hai promesso».

La rabbia mi fece girare la testa; mi si stavano incrociando gli occhi, fissi sul tessuto teso che copriva l'enorme pancia di mia moglie. Era così stupida da rischiare tutto, quando mancavano pochi mesi al pagamento delle spese di registrazione e a ricevere l'atto di proprietà? A conoscere il nostro, di bambino?

«Cosa possono fare due persone contro la chiesa e lo stato, Ania?»

«Possiamo trovare altre due persone. E poi altre due...»

Ania sentì il tono metallico della mia voce quando le dissi: «Chiudi la bocca». Non avevo potere su niente e nessuno, ma potevo zittire mia moglie.

Vidi l'occhiata che diede alla bambina e capii qualcosa che avrei preferito non sapere: se Ania fosse potuta scappare da questo West e tornare a Taube, l'avrebbe fatto. Mia moglie non voleva più far parte di questa storia insieme a me.

Una polacca incinta nel Nebraska centro-meridionale ha difficoltà a trovare un lavoro retribuito.

«Dovete rimanere alla scuola. Tutte e due. O resteremo sempre affittuari su questa terra».

«Sono venuta qui per pregare Dio», mi urlò Ania. «Tu preghi il denaro. Implori il denaro di concederti la terra. Preghi la terra di concederti il denaro. Ti sei convertito agli dèi di questo paese».

«Che cosa pensavi di fare? Scappare con la bambina?» Alzai la voce e scoppiai in una risata incontrollabile. «Domani tu andrai al lavoro e io pure. Facciamo quello che dobbiamo fare per sopravvivere».

La testa mi martellava. Dentro di me, osservai da dietro una cortina di fuoco la sconosciuta malconcia che avevo accanto. Era il viso di mia moglie, ricordai. Per un attimo avevo dimenticato di amarla.

Chiusi gli occhi e vidi il muro di fiamme avanzare più veloce di una locomotiva. L'incendio della prateria che era corso ad accoglierci fuori dalla locanda, quando ancora eravamo solo dei visitatori. *Troppo lontano per sentirlo, ma abbastanza vicino da temerlo*. Non era più un ricordo. Adesso anche io ero una fiamma nel loro incendio. Come può una singola fiamma ritirarsi da un rogo così vasto?

«Non c'è via di scampo», dissi stancamente. «Non possiamo tornare indietro. È così che va il mondo».

Stavo parlando a tutti e tre. Mentre facevo un passo verso la bambina malata, con l'intenzione di riportarla ai suoi tutori a Genoa, lei mi sorprese. Si voltò e cominciò a correre. Prima che potessi fare tre respiri, era già fuori dalla porta e balzava tra i cumuli di neve.

Se non fosse stata malata, sarebbe riuscita a sfuggirmi. Quell'inverno quasi tutti gli allievi della scuola di Genoa erano risultati positivi alla tubercolosi. Cavalcando lungo l'ampio sentiero accanto al Loup, ormai un canale ghiacciato, sentii un colpo di tosse chiaramente umano. Mi dissi molte cose... ma che importanza ha ormai? La bambina era nascosta dietro un cumulo di neve vicino al fiume gelato.

Smontai da cavallo in un balzo e afferrai la piccola, che urlava e mi graffiava il viso. Con tutta la delicatezza possibile, la tenni ferma e le misi il mio cappotto sulle spalle. La bambina che non era Ellen si voltò e liberò la mano dalla mia presa. Mi fissò con calma e determinazione, con un occhio limpido e l'altro incrostato dal tracoma. Da dove veniva tutto quel coraggio?

«Portami a casa», disse.

Invece lottai per stringerla tra le braccia, lottando anche contro me stesso, contro la mia voce che protestava, il *No!* nella mia testa forte quanto il suo. Piangemmo insieme finché non riuscii a sollevarla in sella, poi viaggiammo sulla mia cavalla scontrosa in un silenzio crepitante, lungo le rive del Loup. Arrivammo alla scuola prima di mezzogiorno con le orecchie e le palpebre congelate. Ricevetti i miei cinque dollari di ricompensa dal direttore riconoscente.

* * *

«Vorrei andare a trovarla», disse Ania nel nostro letto, sveglia alle quattro del mattino. A quell'ora eravamo sia terribilmente vicini che lontani, vivi nei nostri dolori personali e avvinghiati nelle stesse lenzuola sudate. Non avevo bisogno di chiederle a chi stesse pensando.

Due settimane dopo averla riportata al collegio, la ragazzina che chiamavano Ellen fuggì di nuovo. Questa volta nessuno riuscì a trovarla. Ania mi lesse il resoconto della diserzione. Disse che dovevamo andare a cercarla. «E chi te lo impedisce?», le chiesi senza voltarmi. «Vai a Rosebud. Sul treno ti ci metto io stesso...»

Solo quando la sfidai, finalmente sospirò e si addormentò. Adesso era il mio turno di rigirarmi nel letto, il mio turno di essere perseguitato dai fantasmi. Vedevo la montagna di teschi di bisonte che mi guardavano dritto negli occhi mentre venivano macinati per diventare fertilizzante. Vedevo i tanti crimini a cui non mi ero opposto. Di giorno potevo congratularmi con me stesso per non aver fatto come gli altri, ma di notte lo stesso ricordo delle mie mani vuote finiva per accusarmi. Tenevo le braccia annodate fra loro sotto le coperte. La lingua giaceva sotto una pietra pesante.

Nel nostro villaggio natale, un reato commesso di notte comportava una pena più severa: l'oscurità stessa era considerata una sorta di complice, uno strumento del delitto. In America, chiunque scendesse dal treno dei coloni nell'estate delle locuste diventava parte della notte che stava calando. Del lungo silenzio, che reclutava dentro di sé i nostri silenzi individuali.

Una sera, poche settimane dopo aver riportato la bambina fuggitiva a Genoa, trovai l'icona di Ania raffigurante la Vergine, Regina di Polonia, sulla graticola insieme alla legna da ardere. Un piccolo ragno marrone stava passando sopra il suo sguardo pio. Rimasi paralizzato. Non potevo salvare né bruciare quell'oggetto sacro. Se l'avessi riportato sulla parete della nostra camera da letto, Ania l'avrebbe visto e avrebbe capito che ero stato io. Non volevo chiedere a mia moglie quando avesse perso la fede. Era il prezzo da pagare per lavorare al collegio, dove guadagnava dieci dollari in più al mese rispetto a quando faceva la lavandaia.

Vorrei dimenticare l'icona scheggiata di Maria che mi sorrideva serena. Vorrei dimenticare l'espressione di Ania quando disse: «Oggi hanno seppellito un bambino di cinque anni. Non hanno neanche detto alla famiglia che era malato. Nel cimitero non segnano le tombe. Quando gli dico che quello che facciamo è criminale, mi rispondono di andare a parlare con la Consigliera. Tomasz. Se continuo a lavorare alla scuola, impazzisco».

Dissi ad Ania che doveva andare avanti finché riusciva a sopportarlo. Avevamo bisogno di ogni centesimo in quel lungo inverno. Quando sarebbe nato il bambino, le dissi, avrebbe potuto smettere. Nel buio crescente della nostra fattoria silenziosa, sentivo i nostri pensieri rivolgersi ai cari che avevamo perduto.

* * *

Il mio primo incontro con una strega della prateria avvenne sulle rive del fiume Loup. Tre scolari nativi in uniforme militare erano seduti sotto gli alberi di pioppo. Stavano aspettando di essere ricevuti dalla Consigliera. A quel punto avevo già sentito molte voci su queste «Casseforti», donne che grazie a qualche arte occulta erano in grado di conservare i ricordi degli uomini al di fuori dei loro corpi. La sua capanna era situata a un chilometro e mezzo dalla strada; ci passai davanti e sbirciai dalla finestra. Era più giovane di quanto immaginassi, non aveva più di trent'anni, con una cascata di capelli biondi e un vestito di calicò dai colori vivaci. Aveva l'orecchio incollato al ricevitore di uno di quei corni vecchio stile, ricurvo all'estremità come una lumaca blu. Un bambino indiano di sette anni stava dicendo qualcosa, mentre la testa bionda della Consigliera le penzolava sul collo come un narciso su uno stelo spezzato.

Mia moglie mi aveva preparato a ciò cui stavo assistendo. Il cornetto acustico era uno strumento di tortura, non di sollievo. Una goccia dell'Atlantico riproduce in miniatura la salinità dell'oceano. Allo stesso modo, le parole sono sature di mondi, anche nella traduzione balbettante di un evento in una storia. Sentivo il peso del versamento in corso, anche se non riuscivo a coglierne nemmeno una parola. Sentivo la suzione del trasferimento nel mio stesso addome.

Non cercai di impedirle di rubare i ricordi di questi bambini, Consigliera. Fui testimone di un crimine e tirai dritto. Vorrei dimenticare il mio fallimento.

***

Una notte, alla fine di febbraio, Ania perse il bambino. Quando i crampi si attenuarono, si girò su un fianco e bevve dalla bottiglia di acqua calda che si era tenuta stretta contro il ventre, come se potesse bere tutto il pericolo. Le lenzuola appallottolate tra le sue gambe erano rosso porpora, così scure di sangue che non riuscivo a credere che mia moglie fosse viva.

Ania sopravvisse, ma per settimane riuscì a malapena a mangiare, dormire o parlare. Alla fine, ruppe il silenzio e chiese a bassa voce di andare a trovare la Cassaforte che viveva nella capanna vicino al fiume. Aveva paura che, se avesse continuato a tenere dentro di sé quegli «orrori segreti», non avrebbe mai potuto dare alla luce un bambino vivo. «Devo liberarmene, per far sì che il nostro prossimo figlio sopravviva».

Attaccai il carro e la portai senza indugio alla capanna. La Cassaforte aprì la porta in vestaglia, accigliata ma non sorpresa di trovarci lì, sotto la luna bassa. Invitò solo Ania a entrare.

«Posso ascoltare?», chiesi.

«No», risposero le donne all'unisono.

«Aspetta accanto a lui», disse la strega indicando un mulo dall'aria triste che pascolava lungo la riva alla luce tenue della luna, con i baffi aggrovigliati tra i giunchi. Mi misi a masticare tabacco accanto a quell'animale malinconico. Un'ora dopo tornai e trovai mia moglie che sorrideva con l'aria sognante di un neonato, sollevata dal suo fardello.

Ormai del tutto sveglia, la strega della prateria si chinò e avvicinò il suo lungo corno ricurvo al ventre di mia moglie. Ania rimase pietrificata per un attimo, poi si rilassò quando la donna le prese il polso. «Avrai un maschio», disse con un sorriso. «Un maschio dal cuore forte». Si voltò e armeggiò con la serratura di una cassa di legno verde, tirando fuori una piccola arpa di ottone. Suonò una melodia sulle corde. Quando chiusi gli occhi, vidi la radice di un albero che affondava nell'acqua, il fiume limpido che trascinava a valle le foglie estive.

«Prendete questo. Era il giocattolo preferito di mio figlio», disse. «Lo strumento degli angeli».

«Cosa ne sa una strega degli angeli?», sbottai io.

La sua inaspettata gentilezza mi aveva messo in imbarazzo.

«Molto, Tomasz Oletsky. Più di quanto tu creda».

Ci fissò con calma, ed era come se le sue pupille si fossero spalancate. Per un attimo eterno, io e Ania ci ritrovammo a fissare due pozzi gemelli. I corpi muoiono, ma gli occhi umani sono senza fondo. La donna mi porse il foglietto piegato.

«Che facciamo se torniamo a ritirare il nostro deposito e non la troviamo più qui?»

«Ringraziate la vostra buona stella», disse lei. «Dormite sonni tranquilli per il resto della vostra vita». Ci lanciò uno sguardo stanco e cupo, socchiudendo di nuovo le palpebre. «Ma è molto probabile che io ci sia ancora. Potete portare vostro figlio a conoscermi. Mi farebbe molto piacere».

* * *

La paura è un fantasma. Cresce in proporzione a ciò che tutti sappiamo e non diciamo mai. Si alimenta di ciò che facciamo e non ammettiamo neanche alla nostra coscienza. Voglio offrire la mia vita come dimostrazione, perché ho paura ogni giorno. Mi liberi dai miei fantasmi.

* * *

Avevamo perso ogni speranza di avere figli quando, con nostra grande gioia, Ania rimase incinta e diede alla luce un bambino dagli occhi di cerbiatto, il dolce Harp. Due anni dopo fu il turno di Franciszek, che piangeva come un micetto, e poi ci fu la sorpresa della piccola Lada. «L'ultimo vagone del nostro treno merci», scherzava Ania. Un miracolo: tre bambini sani dopo tutte le nostre perdite. La nascita dei nostri figli fu annunciata sul *Gwiazda Zachodu – La Stella del West*. Ogni volta che era incinta, Ania faceva regolarmente visita alla strega. Le sue lacrime si prosciugarono. Cominciò a dormire fino all'alba, rigida come un'asse accanto a me. Per proteggere la nostra felicità distrussi le ricevute dei suoi depositi, terrorizzato che potesse essere tentata, per qualche oscuro capriccio, di recuperare i ricordi che l'avevano fatta ammalare così gravemente e l'avevano condotta così vicino alla follia. Giurai di portare quel peso per entrambi.

* * *

Quando fu approvato il Kinkaid Act, in quattordici vendemmo i nostri appezzamenti e lasciammo Krakow per andare a farci assegnare terreni grandi il doppio di quelli che ci aveva offerto l'Homestead Act. Un anno prima dell'arrivo della diramazione ferroviaria furono costruiti tre campanili. Uz era una comunità timorata di Dio nella prateria di erba bassa. In quei primi anni, Uz non aveva ancora una banca, un ufficio postale o una Cassaforte.

I Pawnee ora vivevano in una riserva in Oklahoma e, a ovest di Uz, i beneficiari della nuova legge stavano colonizzando le terre sottratte ai Lakota, ai Cheyenne e agli Arapaho. Era sempre più facile guardare quell'atto di proprietà incorniciato e appeso al muro.

I coloni, tuttavia, continuavano ad arrivare.

«Sarebbe meglio se ne venissero meno», disse Wojcik una sera al Country Jentleman. Stavamo festeggiando la Giornata dei Fondatori. I quattordici capifamiglia si erano riuniti con le carte da gioco davanti al viso. Bevevamo il whisky che il proprietario chiamava, strizzando l'occhio, «liquore non inebriante».

«Otto famiglie hanno intenzione di stabilirsi qui, a sud della diramazione ferroviaria», mormorò. «Un grande clan eterogeneo, neri e irlandesi».

«I neri possono richiedere la loro terra tanto quanto te».

«Non ho pregiudizi contro nessuno, Oletsky. Sono semplicemente realista. Siamo una cittadina sperduta senza una banca, senza un quartiere commerciale...»

Nessuno aveva bisogno di chiedere a Wojcik di spiegare il nesso. Incrociai lo sguardo del mio amico Caspar Petrusewicz, che mi rivolse un sorriso nauseato e portò alle labbra il bicchiere dorato, come se avessi fatto un brindisi invece di una timida dichiarazione da codardo. Non so bene come venne stilato l'accordo quella notte. So solo che all'alba lo avevo firmato. Tutti accettammo. Ognuno di noi fece lo stesso giuramento: *non affittare, dare in locazione o vendere terreni nella contea di Uz a nessuna persona di razza nera o a loro rappresentanti, a meno che il terreno non fosse situato a più di un chilometro da un residente bianco.*

Tuttavia, i coloni continuavano ad arrivare. Certo, eravamo una comunità accogliente, ma nessuno di noi voleva essere costretto a rinunciare ai buoni pascoli ancora liberi. Giuro che non avevo intenzione di fare del male a nessuno. Era un piano che avevamo architettato una sera mentre Gutawolski distribuiva le carte e ci terrorizzava con le notizie di sua sorella a Valentine, che giurava che il numero dei coloni attirati dal Kinkaid Act era triplicato nell'ultimo mese e che ogni giorno arrivavano altri cercatori di terra nel nostro West.

«Io dico di mettere in giro una voce».

Il whisky brillava in ogni bicchiere, in quattordici paia di occhi. Avevo la testa in fiamme.

«Ogni tanto si sentono ancora i vecchi del posto mormorare di indiani sul sentiero di guerra. Io dico di spargere la voce che i Sioux stanno preparando un attacco contro Uz. Un raid sulla città».

Quando sono nato, ero buono. Avevo un cuore buono. Ma la vita mi ha dato un'educazione violenta. Paglia e incendi dolosi. Terra bruciata. *Blut und Eisen. Lebensraum.*

«Tomasz Oletsky, mi piace il tuo modo di pensare».

Mi ricordai della storia che avevo sentito fuori dalla locanda: gli ordini del generale Mitchell che facevano surriscaldare i fili del telegrafo. Centinaia di coloni a cavallo con torce e micce, e le fiamme che si univano in un unico mare di fuoco.

Il mio piano, pensai, era molto più gentile. Una conflagrazione di voci.

«Andate in tutti gli speakeasy e i mercatini parrocchiali della zona e dite che i Sioux stanno preparando una rivolta contro i bianchi. Dite che tutta la campagna intorno a Uz, da McCook alle Sandhills, si sta riempiendo di indiani ostili. Questo dovrebbe fermare l'ondata di cercatori di terra».

Gli uomini mi diedero pacche sulle spalle. Il mio semplice piano era un colpo di genio, disse Grayson. Ci avrebbe fatto guadagnare un po' di tempo per sistemarci a Uz come si deve. Per mettere radici e assicurarci le terre circostanti ancora non assegnate, tenendole per le nostre famiglie. La mia bugia si sarebbe diffusa e avrebbe formato un muro intorno a noi. Avrebbe allontanato altri cercatori di terra, senza violenza. Una storia poteva farlo. Una voce poteva diventare una sorta di recinzione invisibile intorno a Uz. Gli speculatori terrieri avrebbero investito i loro soldi altrove. Dissi una bugia e la guardai diffondersi. Funzionò meglio di quanto avessi mai immaginato.

Come appresi in seguito da Grayson, la mia bugia fu presa sul serio da molti nuovi arrivati nel sudovest del Nebraska. Uno di loro, un bracciante dal carattere nervoso di nome Timothy Ruskin, sparò alla schiena a un Lakota mentre questi passava davanti ai cancelli del ranch. L'uomo era venuto a sud a trovare una zia e stava tornando a Pine Ridge. Era padre di quattro figli e si chiamava Donald LeBleu. Il suo assassino fu assolto. «Ho visto quell'indiano galoppare verso di me», disse Ruskin, «e ho capito che voleva vendicarsi». Nessuno dei sei testimoni oculari dell'omicidio di LeBleu depose contro Ruskin. A quanto pare aveva preso sul serio la voce che avevo messo in giro sugli «indiani sul sentiero di guerra» nei dintorni di Uz. La prego, strega, mi liberi da questo ricordo. Liberi la mia coscienza da questa voce che ho messo in giro e dalle sue conseguenze involontarie, o *semi*-involontarie. Lasci che il passato resti passato. Mi permetta di andare incontro al domani. Il West è chiamato «terra nullius», una tela bianca. I miei figli se lo meritano. Non voglio tramandare queste storie. Cancelli il sangue dalla mia memoria, così che possano dipingere con il cielo.

***

Dopo aver firmato il giuramento quella notte, raccontai agli altri della strega della prateria che avevo conosciuto. La «Cassaforte» che lavorava a orari strani e viveva alla periferia di Genoa. E non le ho forse portato decine di nuovi clienti?

Stipulammo un secondo patto, quello di dimenticare.

Quindi eccomi qui, e questo è il mio deposito.

***

C'è un'ultima cosa che vorrei lasciarle...

Quattordici anni dopo il nostro arrivo in Nebraska, ricevetti una lettera da mia madre. La data nell'angolo in alto era il 1° dicembre 1886. La lettera era scritta con la grafia inclinata di mio cugino, che spiegava che stava scrivendo sotto dettatura di mia madre, la cui artrite era «notevolmente peggiorata». Mi sentii così vicino a loro, leggendo le parole addolorate della mamma nella grafia rigida e furiosa di mio cugino. Mi sembrava di sentirli litigare come se fossero seduti a tavola di fronte a me («Dio e i suoi angeli hanno l'eternità, ma noi dobbiamo *sbrigarci, Malgorzata*!...»). Vidi le macchie scure sulla carta e sorrisi. Uno stillicidio. Sì, mia madre si era di certo rifiutata di farsi mettere fretta.

È l'ultima lettera che ho ricevuto da lei.

L'ho già bruciata molto tempo fa, ma il pianto di mia madre continua a risuonare dentro di me. Per favore, strega, sposti le sue parole dal mio corpo al suo:

Caro figlio,

in qualche modo siamo stati tutti spazzati via. Anche se insistiamo con i soldati tedeschi, gli spieghiamo che abbiamo sempre vissuto in questa valle, ci chiamano ladri e ribelli. Ci dicono che dobbiamo andarcene, lasciare la nostra casa e ogni tipo di attività per un capriccio del principe Bismarck. Sembrava troppo ridicolo, troppo folle, troppo barbaro. Ma non c'era nessun errore. Chi può ostacolare il principe Bismarck nella sua idea di destino? Riesci a credere che hanno costretto 35.000 persone a lasciare questa provincia? Nessuno è stato risparmiato, né donne né bambini.

Harp Oletsky

Il peso del deposito mi si è assestato nel petto. Seduto nella casa calda della strega, ho iniziato ad ansimare e agitarmi. Ora capivo perché nostro padre aveva fatto questo versamento. Non avrei voluto sapere ciò che sapevo. Ero figlio di un ladro e assassino che amavo. Il dolore del babbo non era più un mistero per me. Era diventato mio.

Terza parte

Non tutto è perduto

Lo spaventapasseri

Adesso nella casa del contadino vivono tre donne. La ragazza, la fotografa e la strega. Le ascolto mentre parlano, inoltrandosi nel campo. Il loro mistero per me è ancora un mistero.

Ogni conversazione è una tempesta di significati. *Acquazzone*. *Tumulto*. Le loro parole mi piovono dentro, estraendo la vita dal bianco che mi avvolge. Ogni parola mi insegna qualcosa che una volta sapevo. *Aula di tribunale*, dice la ragazza, e io ricordo la scatola dove si decide il destino degli uomini. *Macchina fotografica*, dice la fotografa, e io ricordo di aver mantenuto una posa così a lungo che mi si è intorpidita la faccia. Stare in posa per un ritratto è stato un ottimo allenamento per diventare uno spaventapasseri.

Chi altro c'èra nell'inquadratura con me? Era un ritratto di famiglia? Una foto in tribunale? Sono stato condannato alla reclusione all'interno di questo pupazzo? Oppure sono un errore che Nessuno ha intenzione di correggere? La lingua è un muscolo che può fare così tante cose. Se ne avessi una, urlerei le mie domande. L'inferno deve essere una sala d'attesa con una finestra a senso unico. Un'eternità a contemplare l'orizzonte. Nessun collo da girare. Occhi di bottoni. Bocca cucita. Nessuna porta da cui far uscire le mie domande. Niente che mi ascolti o mi risponda.

Cleo Allfrey, la fotografa

Cara Allfrey,
be', congratulazioni per aver disobbedito a tutti gli ordini che ti sono stati dati. I negativi sono arrivati prima delle didascalie: immagino che le date siano uno scherzo, vero? 1701? 2080? Devi aver pensato che fosse un bel pesce d'aprile. Non pubblicherò i tuoi falsi. Le tue contraffazioni causerebbero gravi danni se diventassero di dominio pubblico. La fotografia documentaria è l'antitesi della finzione, ma tu solo questa mi hai spedito da quando sei arrivata in Nebraska.

BASTA CON QUESTI TEMI UTOPISTICI!

In fede,
Roy

***

Lettera di dimissioni

Caro Roy,
lo scherzo è a mie spese. O forse di entrambi.

Mi dimetto dal mio incarico nella Sezione Storica dell'Agenzia per il Reinsediamento. Non ti invierò più i miei negativi. Temo che non li tratterai mai con la serietà che meritano. Non sono «fotografie truccate». O quantomeno, io non capisco dove sia il trucco nella luce che le crea: le chiamo «fotografie quantistiche» solo per suggerire una meccanica che va oltre ciò che si vede a occhio nudo. Non so mai cosa apparirà nel vassoio di sviluppo: l'unica cosa che so con certezza, con questa Graflex, è che qualunque cosa abbia visto con i miei occhi nel momento in cui ho scattato, non appare sui negativi. Come sia possibile, è una domanda da porre agli scienziati. Ti invito a venire a vedere la mia galleria sotterranea. Ho allestito una camera oscura nella dispensa di un contadino. So che non sono stata all'altezza delle tue aspettative. Per quel che vale, Roy, mi dispiace un po' per me. Mia madre, la nonna, le zie, i miei fratelli e sorelle sono tutti in attesa che una delle mie foto appaia su *Time*, *Life* o *Fortune*. I vicini chiedono a mia madre se ho scattato io le foto che vedono sul giornale della domenica. Nessuno le domanda perché ho lasciato Philadelphia. Perché ho accettato questo incarico che mi ha spedita dall'altra parte del paese. I volti che vediamo appesi nei musei, che sorridono o piangono nei film o ci fissano dalle copertine delle riviste, non assomigliano ai nostri. I miei parenti già se lo immaginano che ho dovuto lasciare casa per avere successo. Capiscono perché me ne sono andata.

Mi rendo conto di cosa stai affrontando, Roy, e voglio ringraziarti. Mi hai dato un'opportunità che nessun altro a Washington mi avrebbe offerto. Naturalmente avrei voluto ripagarti della tua fiducia. Volevo realizzare un ritratto famoso come Rothstein, essere inserita nell'Archivio. Ma c'è qualcosa che ha altri piani su di me.

Non riesco a capire come faccia la macchina fotografica a scegliere e restituire queste scene, superando le distese del tempo. Ma so che c'entra qualcosa la terra stessa. Questa terra mi sta insegnando a vederla. Particelle di animali, di vegetali, di suolo e di cielo. Per dirla in termini che forse capirai meglio: la terra sta facendo propaganda per il suo stesso futuro. Forse anch'io troverei tutto questo ridicolo, se non mi trovassi a sviluppare la pellicola con le mie mani. Mentre scrivo questa lettera, la tua voce mi risuona nelle orecchie, dall'altro capo del continente: *Sii ragionevole, Allfrey*. Se la tua voce riesce ad arrivare fin qui, forse la mia macchina fotografica può catturare la luce di soli più antichi, e di quelli futuri.

Come hai sottolineato, posso peccare di vanità, quando si tratta del mio talento nel comporre un'inquadratura. Sono sempre stata ben contenta di prendermi il merito del mio lavoro. Ma quando osservo queste stampe svilupparsi nella dispensa, devo ammettere che il mio ruolo potrebbe non essere così centrale come immaginavo un tempo. Roy, quando scatto con questa macchina fotografica, collaboro con forze che non comprendo. Non sono mai sicura dell'influenza che ho – ammesso che ne abbia – sull'immagine latente che si rivelerà nella camera oscura. Ma non credo nemmeno di essere irrilevante nel processo. Aspetto che siano la luce e la terra a indicarmi dove scattare. Regolo la messa a fuoco, l'apertura, la velocità dell'otturatore. Magari non ho alcun controllo su ciò che vede la Graflex, ma sviluppo le sue visioni. Taglio la pellicola e mescolo i reagenti, elaborando le foto a tentoni nel buio totale della dispensa. In qualche modo penso che le mie decisioni contino, Roy, anche se non riesco a spiegare come. Forse ti sembrerà un residuo delle mie pretese artistiche, o puro egocentrismo, superstizione femminile. In pratica, posso dire che quando sono pigra nel prendere le poche decisioni che mi competono, i negativi della Graflex tendono a essere sovraesposti e sfocati. Quindi mi impegno al massimo in ogni scatto, anche se non ho l'ultima parola su ciò che apparirà sulla pellicola. Nella camera oscura, sto scoprendo le realtà che si nascondono dietro, oltre o accanto agli scatti che ho composto.

Una delle voci sulla tua lista era «pratiche agricole locali». Dopo aver acquistato la Graflex, mi sono fermata a scattare qualche foto dei campi di grano vicino a Dannebrog. Ricordo ciò che ho visto nel vetro smerigliato quel pomeriggio di aprile: un cielo arancione capovolto, recinti solitari attorno a file di grano bruciato. Quando il negativo è diventato nitido nel bagno di fissaggio, sono rimasta sorpresa nel vedere un fitto intreccio di erbe e fiori selvatici attorno al mais maturo. Le donne in primo piano sono contadine Pawnee. I piccoli globi che spuntano tra gli steli di mais sono zucche e meloni. Invece del filo spinato, a sorvegliare il campo c'è una barriera di girasoli. È un paesaggio ben diverso dalle fattorie che vedo oggi passando in auto.

Mi accusi di fotografare «cose che non ci sono».

Ma non è quello che fa questa Graflex, Roy. Questa macchina vede cose che non ci sono *ancora*.

Per quanto riguarda la stampa «Non nato, rinato», inizialmente credevo fosse una fotografia di un secolo precedente nella contea di Uz. La prateria è coperta di erba alta e non si vedono fattorie, recinti o mulini a vento. Ma se osservi più da vicino la stampa, nell'angolo all'estrema sinistra, noterai un gruppo di ragazzi che indossano abiti che non ho mai visto in vita mia. Sembrano brillare alla luce, in un gradiente che va dalla nitidezza alla vaghezza. Come se fossero delle sfocature dovute a un movimento nell'attimo in cui ho scattato. Roy, credo che questa Graflex possa ritrarre i bambini di domani.

Un altro negativo, «Migrazione dei bisonti», sembra abbracciare diversi secoli. Non so se gli animali stiano correndo nel secolo scorso o nel prossimo. Ho realizzato diverse stampe dallo stesso negativo e ognuna è diversa dall'altra. L'erba cresce e poi si secca fino a diventare polvere, quindi sboccia in fiori selvatici simili a un coro di bambini che erompono in un canto. Quando stampo i provini, ho la sensazione che possa succedere di tutto: sulla carta il branco potrebbe moltiplicarsi o scomparire. Nel silenzio della dispensa interrata, riesco quasi a sentire il rumore degli zoccoli che escono dall'inquadratura e poi tornano, descrivendo un grande cerchio. Attraversano estati e inverni. Corrono fragorosamente verso l'estinzione e poi ritornano.

Questa Graflex scruta «il» futuro o «un» futuro? Preferisco la seconda possibilità. Le scene emergono dalla vasca di sviluppo come goccioline su una ragnatela. Alcuni fili della rete sembrano mostrare ciò che è successo, altri ciò che *potrebbe* succedere. I motivi che li collegano sembrano più circolari e delicati che definiti e lineari.

Capisco che ti trovi tra l'incudine e il martello. Il denaro decide tutto per noi. Vuoi aiutare gli agricoltori e finanziare il lavoro della Sezione Storica. Ti serve un ritratto che tocchi il cuore e allenti i cordoni della borsa. Dubito che i membri del Congresso sapranno cosa farsene, di queste immagini in scala di grigi. Come te, anch'io devo valutare costi e benefici. Se il Congresso ti taglia i fondi, ti ritroverai senza lavoro. La Sezione Storica non esisterà più. Ma io continuerò a esistere, così come le mie foto. E lo stesso vale per le persone e la terra.

Viaggiando rischio la vita ogni giorno: ci sono molte città dove i neri non sono benvenuti, anche se ufficialmente sono tutte pronte ad accoglierci. Accetto il rischio, ma non mi rassegnerò mai alle condizioni che lo generano. La Graflex rivela tante scene meravigliose, mondi futuri creati a partire da questo: cieli limpidi, abbondanza condivisa. Ma Roy, ho scattato anche foto di altri mondi, che non ti ho mandato. I miei provini sembrano scacchiere di futuri possibili: paradisi terrestri accanto a paesaggi infernali che fanno sembrare questa Dust Bowl una domenica al parco. Un Nebraska in fiamme e fortificato. Il fiume Platte, nudo e secco. Cieli così soffocati dalla polvere che al di sotto non riesco a immaginare nulla di vivo. Futuri differenti che si svolgono sulla stessa terra. Ciò che scegliamo di fare oggi è molto importante, come dici sempre tu. Ti credo, Roy. Credo che abbiamo una scelta in tutto questo. Ho pensato spesso che dovrebbe esistere una parola che significhi sia «benedizione» che «maledizione». Forse quella parola è «libertà». Forse è «noi».

Cosa ci faceva una macchina fotografica che viaggia nel tempo in un banco dei pegni di Dannebrog? Perché l'ho comprata proprio io? Perché è toccato a me, Roy? Non lo so.

Se apri abbastanza il diaframma, scoprirai di poterne ridere di cuore. Ti assicuro che non ho mai voluto tradire la tua fiducia nel mio potenziale. A essere sincera, una parte di me avrebbe preferito scattare fotografie più convenzionali. Ma non posso guidare l'obiettivo di questa Graflex infestata più di quanto possa farlo tu da Washington. Non ho altra possibilità che scattare le mie foto, mescolare i reagenti e vedere cosa ne viene fuori.

Cordiali saluti,
Cleo Allfrey

***

A casa Oletsky passo la maggior parte del tempo sottoterra. Negli ultimi giorni ho dormito nella fattoria, ho scattato foto nei terreni del contadino e nei dintorni, e ho sviluppato i negativi della Graflex nella camera oscura interrata. Normalmente avrei rifiutato la carità del vecchio, ma dopo aver lasciato il lavoro non ho molta scelta. L'indennità di viaggio l'ho spesa quasi tutta. Non posso permettermi l'affittacamere, soprattutto perché il signor Rasmussen mi fa pagare un dollaro in più rispetto agli ospiti bianchi. Quando ho accettato di partecipare al progetto documentario, non immaginavo che sarei finita in una remota cittadina del Nebraska, a condividere una camera con una strega.

Nella dispensa interrata, ho avvertito qualcosa di magico vedendo affiorare le immagini dal bagno di sviluppo. L'odore metallico dei reagenti si mescolava con quello dolce e pungente delle patate ammucchiate in un angolo. Harp Oletsky le aveva nascoste sotto la paglia per evitare che germogliassero. La luce del giorno avrebbe potuto rovinare tanto le sue patate quanto le mie pose. Stavo stampando le foto che avevo scattato il primo giorno nella contea di Uz. All'epoca speravo ancora di essere inserita nell'Archivio. Solo due settimane fa, ero una dipendente del governo.

La rapidità con cui la mia vita e le mie prospettive erano cambiate mi appariva sorprendente quanto quelle fotografie che sembravano distorcere il tempo.

Eppure, in questa prateria, la vita si rivelava con estrema lentezza: più guardavo dentro il mirino, più sfumature scoprivo. Un paesaggio beige e spento diventava meno monotono man mano che lo studiavo: trame e tonalità intense cominciavano a ricambiare il mio sguardo, cespugli di prugne selvatiche e boccioli di campanule, una vivacità che traboccava dal terreno, e non aveva niente a che vedere con la desolazione che mi avevano mandata a cercare.

Ho acceso la luce bianca, ho agitato il bagno di fissaggio e ho sollevato la stampa per esaminarla. Il misterioso pioppo allungava i rami verso un volto che conoscevo.

Grazie al cartellone e ai manifesti che tappezzavano il centro città, conoscevo già Vick Iscoe. Non avevo mai fatto un ritratto dello sceriffo con la Graflex. Non consapevolmente. Eppure eccolo lì, al centro dell'inquadratura, accanto a quel pioppo con la profonda cicatrice lasciata da un fulmine. Sapevo esattamente dove si trovava lo sceriffo, immobile con la pala sospesa sopra una buca che si allargava. Nelle stampe successive, la buca si è approfondita ancora. Anche se avessi usato lo strumento di schiaritura con un'esposizione di dieci secondi, non sarei riuscita a rimuovere tanto in fretta la terra scura da quell'angolo della stampa. La donna ai suoi piedi poteva semplicemente essere addormentata? La posizione del collo ha risposto alla mia domanda.

La sensazione che mi ha sopraffatto non era orrore, né sorpresa, ma una sorta di stanchezza profonda. Era come se il mio corpo avvertisse la fatica che l'attendeva e affondasse sotto quel peso. Ero troppo stanca per meravigliarmi della scena del crimine rivelata dalla Graflex. Troppo stanca persino per urlare.

La donna morta fissava lo sceriffo senza vederlo. Quella foto non sarebbe diventata famosa a Washington. Sembrava il genere di cosa che si potrebbe trovare nel fascicolo di un medico legale. Avrei voluto sedermi accanto alla donna. Dire una preghiera per lei. Sapere il suo nome.

La scena successiva che è apparsa nel bagno di fissaggio mi ha strappato un grido. Era un'immagine chiara e accusatoria dello sceriffo e di un giovane bianco dai capelli ricci che facevano rotolare il corpo della donna nella buca. La notte inghiottiva lo sfondo, ma i volti erano nitidi. Lo sceriffo sudava copiosamente; sembrava stanco e infastidito. Il viso accartocciato del giovane sembrava sul punto di scoppiare in lacrime. La donna giaceva sul terreno sabbioso in mezzo a loro. Nella terza stampa, ho visto un fuoco fiorire su di lei.

L'esposizione era stata di un ottavo di secondo a f/32, tensione 1½.

In uno dei suoi telegrammi, Roy Stryker aveva suggerito che forse stavo usando una velocità dell'otturatore sbagliata. Un urlo folle mi è salito in gola: *Ottima osservazione, Roy. La prossima volta proverò con mezzo secondo. Forse questo impedirà all'obiettivo di dissotterrare il corpo di una donna dalle stratificazioni del tempo...*

Che didascalia dovrei mettere a questa, Roy?

Sepoltura o esumazione?

Profezia o allucinazione?

Prove sempre più evidenti di... cosa? Della mia follia?

Di un crimine già commesso?

O di uno che possiamo impedire?

Dovevo essermi davvero persa nei miei pensieri, perché quando ho alzato lo sguardo era passata mezz'ora. Avevo continuato a muovermi come una sonnambula: avevo spostato le stampe dal bagno di fissaggio a quello di lavaggio, poi le avevo appese ad asciugare sul filo per i panni penzolante. Il volto grigio della donna si stagliava sulla carta, diventando sempre più nitido. Mi sentivo il battito del cuore nelle orecchie. Era così forte che non mi sono accorta che la botola si stava aprendo; ho sentito dei passi sulla scala e ho lanciato un urlo.

«Allfrey! Sono solo io!»

«Dannazione, Dell. Chiudi quella porta. E prova a bussare la prossima volta. Per fortuna non stavo sviluppando...»

Eravamo immerse in una luce rosso rubino.

La donna morta ha mantenuto la sua posa sulla carta all'emulsione.

Lo sceriffo non poteva fuggire dal negativo in cui era stato catturato.

Ho sentito di nuovo la voce di Stryker, che mi dava un consiglio su cosa guardare:

«*...Il tizio che si nasconde dietro un albero sperando che tu non lo veda è quello su cui dovresti indagare...*»

Cosa c'era da nascondere, mi ero chiesta, in una stagione di siccità, nella distesa aperta della prateria? Ora avevo una risposta.

Dell mi è venuta vicino e mi ha afferrato il braccio.

«Oh Signore. È lei...»

«Riconosci questa donna?»

«È Mink! Mink Petrusev!»

La ragazza si è voltata, come se cercasse qualcuno dietro di sé. Non la biasimo. Queste fotografie mi portano a chiedermi quanto sia possibile essere davvero soli.

«Allfrey... tu eri lì quando hanno fatto questo?»

«Ero *lì*. Ma non... in quel momento».

«Di cosa stai parlando?» Ho sentito che si accigliava senza dovermi voltare. Entrambe eravamo ancora ipnotizzate dal volto della donna. «La macchina fotografica... So che sembra assurdo, ma scatta foto del futuro. E del passato. Non sempre riesco a distinguere le une dalle altre».

La ragazza bianca ha sbadigliato, strofinandosi gli occhi bordati da cerchi scuri come se il gesto potesse accelerare la sua comprensione. Sembrava un cucciolo di orso che si era appena svegliato in quella caverna.

«Non capisco cosa intendi, Allfrey. Vuoi che ti prenda un calendario?»

Non si poteva spiegare a parole. Le ho passato la cartellina con il materiale scattato a Uz. Sfogliando le stampe più recenti si è lasciata sfuggire un gemito. La sua reazione sbalordita mi ha rassicurata.

«Guarda come alcune foto sono sfocate rispetto alle altre. Anche dopo averle tolte dal bagno di fissaggio, continuano a muoversi. Sembrano ancora sott'acqua».

L'ho fatta voltare verso la corda a cui erano appese le stampe. Stavano emergendo nuove scene.

«Pensi di aver fotografato cose che *non sono ancora successe*?»

«Cose che *potrebbero* succedere. Non lo so. Magari fatti accaduti prima del mio arrivo nel luogo che ho scelto per scattare. O che ha scelto me perché lo fotografassi; ultimamente mi sembra più che sia io a seguire le indicazioni di questa prateria». Quando la ragazza mi ha chiesto come fosse possibile, le ho risposto che avrebbe dovuto chiederlo a Einstein e Bohr.

Dell si è spostata lungo il filo con le stampe appese, esaminandole una a una. Ha emesso un suono gutturale che mi ha fatto pensare a un pescatore che lancia la lenza. Erano le fotografie del futuro ad averla affascinata: i bambini che nuotavano nel fiume, i bisonti che migravano.

«Pensi che il futuro sia già scritto, Asphodel? Credi nella predestinazione?»

Mi ha fissata con aria assente. Nella mano sinistra teneva la stampa di una capanna di fango piena di uomini, donne e bambini, dove adesso sorgeva la casa di suo zio.

«Signorina Allfrey? Non capisco cosa sto guardando...»

«Il futuro», ho detto. «*Uno* di quelli possibili. A meno che non sia il passato».

O perlomeno, era questo che volevo credere. Che il destino fosse aperto. Magari a malapena, di certo non all'infinito. Ma ancora da decidere, non fissato. Libero. Volevo credere che le persone potessero cambiare direzione insieme. Se non ci avessi creduto, perché sarei andata a lavorare con i fotografi del New Deal?

«Quindi sei tu a scegliere le date? C'è qualche impostazione sulla macchina fotografica?»

Ho riso. «Ci sono tantissime impostazioni. E sono io a regolarle. Poi la Graflex mi ignora e fa quello che vuole lei. Avevo una missione, Dell. Mi ha mandato qui la Sezione Storica. Ma questa macchina fotografica ha altri piani».

«Uh-huh. E questi piani prevedono un biglietto di sola andata per il manicomio?»

«Senti, tre settimane fa non ci avrei creduto. Ma alcune di queste stampe sembrano risalire a migliaia di anni fa...»

Ho preso dalla scatola l'immagine più antica che la Graflex aveva portato alla luce, sbucciando interi strati del tempo come una cipolla.

«Vedi? L'ho scattata nella tua proprietà. Martedì, in piedi sul sedile del trattore, in mezzo al campo di grano».

Era un oceano. I filari erano scomparsi, sostituiti dalla superficie calma di un mare. Il sole era basso nel cielo a occidente, circondato da un alone grigio brillante. Una grossa pinna fendeva la superficie verde dell'acqua.

«L'hai scattata *qui*? Sei sicura?»

«È l'unica cosa di cui sono sicura, Dell».

«Allfrey, mi dispiace darti questa notizia, ma nessuno ci crederà».

«Tu mi credi?»

«Io...» La paura le ha spezzato la voce e ho avuto la mia risposta. «Vorrei non crederci».

Siamo rimaste spalla a spalla, a fissare la foto dello sceriffo con Mink. Ho provato una tristezza troppo grande per quello scantinato. Aspettavo che Mink aprisse la bocca e mi dicesse cosa fare, ma lei è rimasta rigidamente raggomitolata ai piedi dello sceriffo. Il timer ha suonato, ricordandomi che la luce di sicurezza si stava esaurendo e andava ricaricata.

Il viso astuto della ragazza oggi sembrava più dolce. Ci conoscevamo a malapena, eppure nella dispensa ho sentito che mi stavo avvicinando alla parte più giovane e, insieme, più vecchia di lei. Alla parte ferita. Ho sentito che una crosta si staccava. Lei ha sciolto le braccia che teneva conserte, toccandomi il gomito. È diventata molto silenziosa, e respirava accanto a me nel buio. Mi sono chiesta se la mia personalità fosse così, nella vita di tutti i giorni: una specie di crosta. Sembrava che in tanti ne sviluppassero una, nella propria vita in superficie. Io avevo l'obiettivo della macchina fotografica, e dietro di quello la mia faccia impassibile. Una parete liscia di vetro, metallo e silenzio.

«Come hai fatto a scattare queste foto? Dimmi la verità. Ti prego».

«Ho fotografato un pioppo in pieno giorno. Non c'era nessuno».

«Ma qualcuno ti ha dato l'idea? Perché se è così, è uno scherzo crudele...»

«Non potrei mai fare una cosa simile, né a te né a nessun altro», ho esitato. «Harp mi ha detto di tua madre».

La ragazza ha piantato la mano sinistra sulla parete di terra compatta, premendo tanto che ho visto gonfiarsi le vene sul collo e il braccio. Ha continuato a spingere finché non ha esaurito le forze, poi ha lasciato cadere la mano. Si è avvicinata per esaminare Mink Petrusev.

«Quando mia madre è morta, la gente ha iniziato ad avere paura per sé. Nessuno ha pensato che fosse una tragedia. Nessuno tranne me e mio zio. Non smette mai di mancarmi, Allfrey».

«Pensi che sia stato Dew a ucciderla?»

«No».

Le ombre danzavano sul muro rosso che ci circondava.

«Allora chi?»

«Un suo ex fidanzato. Qualcuno che aveva conosciuto in un bar. Non importa chi. Lei non c'è più».

«Davvero pensi questo?»

La ragazza mi ha guardata con occhi scuri come buchi neri.

«Senti, se il suo assassino è ancora in circolazione là fuori, a fare del male alla gente, spero che muoia, che smetta o che venga catturato. Ma questo non riempirà il vuoto che ho dentro. L'ho capito lavorando con la strega».

«E secondo te chi ha ucciso le altre donne?»

«Un uomo o degli uomini che gli investigatori non hanno ancora preso. E probabilmente non prenderanno mai».

«Non c'era una zampa di lepre sul luogo dell'omicidio di tua madre?»

«No. Il mio capo dice che è stata un'idea dello sceriffo. Ha iniziato a disseminarle dopo. Per far sembrare che ci fosse un solo assassino. Per facilitarsi il lavoro».

«Lei pensa che l'assassino della zampa di lepre sia un'invenzione dello sceriffo?»

«I casi irrisolti danneggiano le sue prospettive elettorali: è questo che pensa. Lo sceriffo ha usato il signor Dew per chiudere quei casi e diventare un eroe. Ha preso la storia della zampa di lepre e l'ha sfruttata...»

«È una bugia piuttosto sofisticata per uno come il vostro sceriffo».

«È l'unica cosa che sa fare. Nascondere che è un pessimo detective. Che è pigro e malvagio».

«Ma come fa a guardarsi allo specchio?»

Dell ha toccato il bordo del foglio bagnato.

«Allfrey?» Vedevo che la ragazza stava cercando le parole giuste. «Io e l'Antidoto... abbiamo messo delle storie in testa alla gente. Proprio come ha fatto Vick».

«Cosa intendi? State diffondendo delle voci? Esagerando i vostri poteri?»

La ragazza sembrava angosciata. Si è morsa appena il labbro, forse pentita di ciò che mi aveva appena detto, forse decidendo quanto altro rivelarmi.

«Le persone che hanno un conto da lei», ha detto, «i clienti della strega. Hanno dei buchi dentro, dove prima c'erano i loro ricordi. L'Antidoto ha perso tutti i depositi. Non ha idea di dove siano finiti. Né di come recuperarli. Perciò quei buchi li stiamo riempiendo noi. Quando i clienti vengono a prelevare, gli diamo un ricordo nuovo. Un ricordo falso».

Sono scoppiata a ridere. Era il mio turno, immagino, di rimanere scioccata da ciò che era possibile in questa vita.

«Nell'Est non abbiamo le Casseforti. Non che io sappia. Cos'è che fate esattamente? Ipnotizzate le persone? Gli fate credere che ogni giorno è una festa?»

La ragazza si è irrigidita per un attimo, poi ha annuito. «Più o meno. Sono sempre stata un'ottima bugiarda. Volevo che mi prendesse come apprendista, pensavo di poter diventare anch'io una strega della prateria».

«E ora lo sei?»

«No. Non che non ci abbia provato».

«Per tuo zio sarà un sollievo».

«Ha scoperto solo adesso che lavoro per lei».

«Sa che hai... rifilato questi falsi alla gente?»

Lei ha scosso la testa.

«Mi dicevo che stavamo facendo una cosa buona. Aiutavamo a stabilizzare la città».

Mi fissava, implorando con gli occhi qualcosa che non volevo darle.

Non avrei offerto a questa giovane bugiarda un'assoluzione, né altro. Perché dovevo essere io a curare la sua vergogna? *Occupatene da sola*, ho pensato. *Non chiedermi di farlo per te. Trova un modo per affrontare i sentimenti più difficili, poi inizia a mettere le cose a posto.*

È questo che ho cercato di dirle, a modo mio.

«Quando lavoravo allo studio fotografico», le ho raccontato, «il mio unico compito era rendere belli i ricchi bianchi dell'alta società di Philadelphia. All'epoca pensavo che fosse una cosa innocua. Solo un lavoro che facevo per pagare l'affitto e la spesa. Usavo un'illuminazione lusinghiera. Ritoccavo le imperfezioni, eliminandole dalla foto. Alla fine, però, ho iniziato a vederla in modo diverso...»

La dispensa si è rimpicciolita intorno a me e mi sono ricordata con un sussulto che eravamo sottoterra. Il timer ha suonato di nuovo. La lampadina rossa sembrava sempre più fioca, come se la luce di sicurezza ne stesse assorbendo il bagliore. La ragazza mi guardava con una smorfia di ansia sul viso. Mi ci è voluto un altro minuto per capire cosa mi stava dicendo e, quando l'ho capito, mi sono sentita così male che non sono riuscita a guardarla negli occhi.

Victor Iscoe non avrebbe mai potuto insabbiare quegli omicidi senza l'aiuto delle mie coinquiline. Chi aveva ricucito un caso aperto prima che qualcuno avesse la possibilità di risolverlo? Chi aveva messo fine agli incubi sui coltelli da macellaio e le zampe di lepre, inghiottendoli per sostituirli con fantasie di una città sonnolenta e tranquilla? Chi aveva sepolto la verità – molto prima che Vick seppellisse questa donna – e aveva permesso allo stato del Nebraska di giustiziare una persona innocente?

È ancora vivo, Cleo. Non ho sentito queste parole nella voce di Stryker. Sono stata io a sussurrarle, decisa. Non era un incarico che volevo, ribaltare una condanna. Una parte più debole di me esitava.

Nella dispensa Dell mi ha ascoltata mentre le ponevo queste domande, e ho visto la vergogna dipingerle il viso alla luce tremolante della lanterna. Ci ha tinte di colori diversi. Le mie mani posate sul tavolo erano viola scuro, la pelle di Dell era color barbabietola sottaceto. Era bello vedere le sue guance scurirsi. Non volevo che smettesse di vergognarsi. La vergogna è una guida, se dopo riesci a indirizzare il suo bagliore bruciante verso un'azione giusta. Non potevamo fermarci finché Clemson Louis Dew non fosse stato un uomo libero.

«Asphodel», ho detto, deglutendo a fatica per trattenere un conato di bile. «Sai quante persone avete già ingannato?»

«Ho tenuto dei registri accurati», ha detto con una punta di orgoglio. «Centoundici, fino a giovedì scorso».

«Avete smesso con questa attività?», le ho chiesto. «O continuate ancora... a fare le falsarie?»

«Abbiamo smesso. Forse troppo tardi».

Non mi guardava negli occhi. «Credo che le contraffazioni stiano facendo impazzire tutti quanti», ha detto. «La gente non ricorda più chi è. Non ha gli strumenti per capire la propria vita. Se tappassi la finestra e ci dipingessi sopra un cielo azzurro, scommetto che impazziresti anche tu».

Ho capito subito cosa intendeva la ragazza. Gli occhi vuoti degli uziani e i sorrisi sonnolenti, quello strano mormorio che proveniva dalla gola. Un suono simile a quello di un macchinario dimenticato acceso. «Sta bene, signore?», avevo chiesto a uno dei clienti della strega che avevo trovato a fissare con sguardo assente la tromba delle scale. Quel giorno c'era molta polvere nell'aria, e tutti indossavano una maschera. Lui aveva smesso all'improvviso di fare quel verso a bocca chiusa e aveva gridato: «Mai stato meglio!»

La mano di Mink sulla terra sabbiosa sembrava tendersi verso di noi. Perché mi ero lasciata coinvolgere in questa storia? Nel copione di Roy Stryker non compariva la voce «donne uccise». E se è per questo nemmeno «sceriffo mostruoso» o «cittadina del West piena di smemorati». O streghe della prateria. O cieli azzurri e campi di grano rigogliosi, risparmiati dalla polvere che uccideva tutto il resto. Per un attimo ho provato un impeto di rabbia verso la Graflex, come se fosse colpa della macchina fotografica se ero rimasta invischiata nel destino di questi sconosciuti. Eravamo in possesso di prove che avrebbero potuto scagionare Clemson Dew prima della sua seconda esecuzione sulla sedia elettrica, e incriminare lo sceriffo Iscoe. Prove che avrebbero riaperto questi casi, senza risolverli. La città avrebbe avuto la possibilità di avviare una vera indagine. Avrei potuto portare le mie fotografie alle autorità. Subito dopo questo pensiero, ho sentito la voce di mia madre che mi rimproverava: «Cleo Allfrey, quale *autorità* vuoi che ti possa aiutare con questo problema?» A chi potevo chiedere aiuto? Di certo non all'ufficio dello sceriffo. Mi faceva male il cervello, come se avessi sbattuto la testa contro un soffitto basso.

«Va bene, Dell», ho detto. «Aiutami a portare queste stampe su per la scala».

Quando avevo spedito a Stryker la prima scatola di negativi, sapevo che stavo mettendo a rischio la mia reputazione e il mio posto di lavoro. Ma non avevo mai scattato una foto che mi costringesse a rischiare la vita.

L'Antidoto

Cleo Allfrey ha disposto a ventaglio le stampe della sua camera oscura, come un croupier a un tavolo da gioco. Ed era proprio questo che mi sembrava il tavolo della cucina di Harp mentre fissavo gli scatti rubati dello sceriffo e di Percy. Immagini di un luogo solitario dove non avevo mai messo piede, ma che ho riconosciuto a prima vista. Ho sentito uno scossone sgradevole, come se stesse ricominciando un incubo. Imprigionata nella coscienza di Vick, avevo scavato una buca in quelle dune a nord-est di Uz. Mink mi fissava senza battere ciglio. Il mio ricordo del ricordo dello sceriffo si fondeva con le fotografie. Mink diventava sempre più nitida nella mia immaginazione, le sue richieste sempre più pressanti.

Erano le due del pomeriggio, il mio terzo giorno a casa Oletsky. Mi sembrava già passata una vita da quando ero nella Stanza 11. Lunedì, Allfrey era andata a Uz per lasciare la sua stanza alla pensione, e mi aveva riferito che il biglietto che avevo affisso alla porta era ancora lì. Speravo che i miei clienti ci credessero (SONO ANDATA A TROVARE UN PARENTE

MALATO, TORNO A GIUGNO). Lo sceriffo non è venuto a cercarmi nella proprietà degli Oletsky. Se dovesse presentarsi, mi nasconderei nella dispensa interrata. Il contadino ha promesso di avvisarmi se vede arrivare un'auto. All'inizio ho provato una gioia che superava qualsiasi altra da quando sei nato Tu, Figlio mio. La sensazione quasi incredibile che fosse tutto al posto giusto. La mattina in cui ho visto quella porta nella terra, la sensazione è sgorgata dal suolo stesso: non dovevo scappare. Potevo restare a Uz e cambiare vita. Ma più restavo nascosta, meno ero sicura della mia decisione. Come avrei fatto a sopravvivere? Cos'altro potevo diventare a quest'età?

Di certo non una fotografa, ho pensato, fissando le immagini crude e accusatorie. Anche Cleo praticava una sorta di stregoneria. Era evidente che la sua macchina fotografica aveva catturato qualcosa: momenti diversi nello stesso luogo. Ora capivo cosa la spingeva a lavorare giorno e notte nella dispensa. Cosa la attirava sottoterra. Aveva una Graflex magica, una macchina infestata, anche se lei diceva di non sapere come definirla.

«L'ha bruciata», ha detto Cleo. «Il vostro sceriffo non vuole che la gente sappia che qui continuano a uccidere delle donne. Questo "assassino della zampa di lepre"...»

«Se l'è inventato», ho detto.

«È una storia incredibile», ha sospirato Harp alla fine, togliendosi gli occhiali da lettura. «Ma è difficile mettere in discussione queste foto...»

«È difficile per *te*», ha detto Cleo. «Gli altri ci liquideranno con estrema facilità».

Harp ha annuito con entusiasmo. «Anche io ho visto cose simili, e a occhio nudo!» Sembrava un ragazzino, e ho avuto paura per lui. A Uz, è raro che l'entusiasmo ingenuo venga ricambiato con la stessa moneta.

«Dell, tu hai visto le stampe stese ad asciugare. Ho altre tre pellicole da sviluppare, giù nella dispensa».

Aiutare il passato a partorire il futuro, rivelando qualcosa che non è ancora accaduto, mi sembrava un travaglio difficile.

Ho provato sollievo al pensiero che quel compito fosse toccato ad Allfrey e non a me. Poi ho visto il volto di Mink che mi fissava, fondendosi con quello che avevo nella mente. Ho incrociato lo sguardo di Dell. Lei ha annuito. «C'è dell'altro», ho detto.

Quando ho finito di raccontare cosa avevano fatto Vick e Percy, ho guardato Dell per vedere se aveva qualcosa da aggiungere. Lei si succhiava le punte dei capelli come una bambina piccola. La sua treccia ondulata era rigida per lo sporco. Figlio mio, mi chiedo se sarei stata una buona madre per Te. Verso quella ragazza provavo irritazione, non mi sentivo affatto amorevole. Era tempo di fare un piano, non di sprofondare in una trance superficiale.

«Quindi lo sapevate entrambe?» Harp ha guardato prima sua nipote e poi me, il viso cadente reso infantile dalla paura e dalla delusione. «Lo sceriffo ti ha raccontato cosa ha fatto, Ant? Perché non hai detto niente?»

«È la domanda sbagliata da fare a una Cassaforte», ha detto Dell. «A chi avrebbe potuto dirlo, zio? Chi le avrebbe creduto?»

La ragazza accorre sempre in mia difesa. Deve essere molto veloce anche sul campo da gioco. Con la stessa rapidità, è passata all'attacco: «Allora, qual è il piano?», ha chiesto. «Vogliamo rimanere nascosti qui per sempre? O facciamo qualcosa?»

«Chiamiamo un avvocato», ha detto Cleo Allfrey. «Tanto per cominciare».

«Tutti gli avvocati che conosco, Vick ce li ha in pugno».

Dell si è alzata, precipitandosi su per le scale; l'abbiamo sentita muoversi rumorosamente. Un attimo dopo è tornata con il registro delle sue trascrizioni, i depositi di fine aprile e inizio maggio. Cose belle e terribili si susseguivano sulla carta, con l'inclinazione della sua scrittura da bambina. «Abbiamo un sacco di fango su un sacco di gente! Alcuni di loro erano giurati nel processo della zampa di lepre».

«Ottimo piano, piccola. Chiamiamoli sulla linea condivisa. Puoi dare tu la notizia. Digli che non se lo ricordano, ma che hanno tradito sette donne assassinate e condannato a morte un ragazzo innocente. Leggi al presidente della giuria il suo deposito. Vediamo come reagisce».

Ci siamo fissate a lungo. La cosa più semplice, pensavo, sarebbe stata ammettere che non c'era nulla da guadagnare mostrando quelle fotografie e restituendo i depositi. Cosa sarebbe cambiato? Era improbabile che ne sarebbe venuto fuori qualcosa di buono. Ed era quasi certo che ne avremmo pagato le conseguenze. Questa era la ninna nanna che mi ero cantata per anni e anni di obbedienza.

Il bollitore blu che era rimasto sul fornello, dimenticato, ha preso a fischiare. Ho sentito salirmi dentro un grido. Ma sembrava che nessun altro se ne fosse accorto, così mi sono alzata di scatto e l'ho tolto dal fornello. Stavo preparando una zuppa di pomodoro e un'insalata di carote per cena, quando Allfrey e Dell sono arrivate dalla dispensa con le stampe di Mink Petrusev. Il lavandino era striato di carote sporche, sotto il mattarello era disteso un impasto umido. Nessuno aveva più voglia di mangiare. Tranne il cane, che scodinzolava accanto al fornello.

«Pensiamoci su», ho proposto. «Il tè mi calma, mi aiuta a vedere il problema con più chiarezza...»

Ho dato al cane un biscotto raffermo e ho servito il tè nero a noialtri bipedi. Ci siamo tutti scottati la lingua nello stesso momento, poi abbiamo imprecato all'unisono, scatenando una risata quasi isterica. Abbiamo riso e riso per il puro piacere di farlo, molto più a lungo di quanto fosse ragionevole, abbastanza da far raffreddare il tè bollente. Com'erano forti le nostre voci in coro.

«Immagino che l'incantesimo di protezione abbia i suoi limiti», ha detto Harp Oletsky, cercando di tenere viva l'ilarità. Ha avuto l'effetto opposto e sul tavolo è calato il silenzio.

«Non tutti sono culo e camicia con lo sceriffo», ha detto Dell alla fine. «O hanno paura di lui. E poi qui c'è il Maestro della Grange! Questo ti dà una certa credibilità...»

«Sì, è vero, eh?» Il contadino sembrava un po' stordito. Continuava a mettere zollette di zucchero nel tè, fissando la loro dissoluzione effervescente come se lì dentro fosse racchiuso il piano da seguire. «Si avvicina la Giornata dei Fondatori. Ci sarà una cerimonia alla Grange Hall. Dovrei tenere un discorso. Ho quello del mio predecessore, che lui ha ricevuto dal *suo* predecessore. È più o meno lo stesso discorso ogni anno. Il martedì successivo si aprono le urne e si va a votare».

Ha mescolato lo zucchero creando un piccolo ciclone.

«Forse potremmo provare qualcosa di nuovo».

Allfrey ha soffiato sul suo tè. «La Giornata dei Fondatori?»

«È il 4 luglio degli uziani», ha detto Dell. «Il compleanno della città. Zio!» Sorrideva in un modo che ho riconosciuto. Senza paura, a voler essere generosi. Non ho mai cresciuto un bambino, quindi non so se è questo che prova una madre quando vede il suo piccolo barcollare in cima alle scale. «Possiamo smascherare lo sceriffo», ha detto Dell con la sua voce da giorno della partita: un ringhio allegro. «Mostriamo queste fotografie a tutta la città. Facciamogli vedere che la condanna di Dew non ha risolto nulla. Che una persona innocente sta per essere giustiziata. Se la gente capisce che i veri assassini sono ancora là fuori, ci darà ascolto. E anche se cercherà di far finta di nulla, almeno saprà...»

Si è voltata verso di me, e all'improvviso nella sua voce c'era un tono di scusa. «Abbiamo molti casi da riaprire. Ci sono tante persone che hanno dentro la testa i nostri falsi».

Harp Oletsky, che Dio lo benedica, aveva già tirato fuori la matita da dietro l'orecchio sinistro. I suoi occhi andavano avanti e indietro tra noi come quelli di un bambino che segue una giostrina di vetro, felice e affascinato dai riflessi vorticosi. «Puoi rallentare un po', che sono vecchio? Dell è proprio come sua madre, va a mille all'ora...»

Mentre io ardevo di vergogna, lei ha raccontato a suo zio della nostra attività di falsarie. Sottovaluto sempre le persone, Figlio mio. Lui non ha reagito come mi aspettavo: mandando via la ragazza e facendomi la predica sulla mia dannazione. Ha annuito una o due volte e ha parlato solo per dire: «Avete fatto bene a chiudere con questa storia».

«Non l'abbiamo fatto», ho detto. «Non ancora». Avevo la sensazione che il nostro vero lavoro fosse appena iniziato. Ho allungato le mani, come se potessero esprimere meglio di me ciò che provavo. La ragazza stava guardando la stampa con le lingue di fuoco che si levavano verso il cielo. Qualcosa sotto il pioppo aveva attirato la sua attenzione.

«È una questione molto più grande di Vick Iscoe», ho detto. «Dovremo restituire tutti i depositi che possiamo».

«Sì», ha detto Dell, ancora ipnotizzata dall'albero spaccato che lo sceriffo aveva rimosso dalla propria mente. Mi dava le vertigini vederlo qua e là nelle fotografie. Conoscevo quel posto grazie al deposito di Vick, anche se non ci avevo mai messo piede. Ho capito che potevamo trovarlo. In quattro avremmo potuto disegnare una mappa.

Quando gioca a ramino, Allfrey è un'esperta nel fare combinazioni. Sapeva come mettere insieme le nostre conoscenze, i nostri talenti. «Una mostra», ha detto nel suo tono fermo e tranquillo. «Ecco cosa ci serve. Il sindaco mi ha invitato a esporre le fotografie che ho scattato nella contea di Uz. Tu terrai il discorso, Harp. E voi due potrete raccontare quello che sapete su Iscoe».

Allora sono stata sul punto di dirgli di Te. Sentivo le parole affiorare sulla lingua: *Non posso rischiare la vita per salvare il figlio di un'altra donna.* Ma a quanto pare posso. Anzi, lo sto facendo. Stiamo rischiando tutto in un solo colpo, ai festeggiamenti per la Giornata dei Fondatori. Abbiamo pochissimo tempo per prepararci.

* * *

In casa del contadino abbiamo formato una bizzarra confraternita femminile. Dell in pratica vive in un tunnel con Allfrey, aiutandola a preparare la sua mostra, che lei lo voglia o meno. Si precipita giù per la scala che porta sottoterra per darle una mano a sviluppare le foto, masticando una gomma, con le ginocchia nude decorate da piccole coroncine d'erba e sangue. Lascia la palla da basket come un'ancora in una piccola buca che ha scavato accanto alla botola della dispensa. «Quella ragazza mi snerva», mi ha detto ieri Allfrey in veranda. «È vero che dà una mano, ma fa troppe domande. A volte mi stanco e la mando fuori». Mi fa piacere potermi lagnare di Dell insieme a lei. Qui alla fattoria mi sento più vicina a far parte di una famiglia di quanto mi sia mai successo da quando viaggiavo con Kettle e Cherry.

Allfrey ha intenzione di coprire le sue stampe con dei teli e di esporle nella Grange Hall. Alcune saranno appese alle pareti, altre appoggiate sui tavoli.

«Perché coprirle?», le ho chiesto. La mia domanda l'ha colta di sorpresa.

«Il tempismo è fondamentale», ha risposto. «Le sveleremo tutte in una volta sola, come il sole che spunta da dietro una nuvola. Non voglio dare alla gente il tempo di farsi venire dei dubbi».

Harp ha trascurato il lavoro nei campi per preparare il suo discorso. Ieri è venuto da me per chiedermi aiuto con l'ortografia, cosa che ho trovato tenera e irritante allo stesso tempo: «Harp, cosa c'è scritto sul foglio lo vedrai solo tu. L'importante è che riesci a leggerlo». Ma lui voleva che le lettere fossero tutte giuste.

Negli ultimi giorni ho messo insieme i segreti da rendere pubblici nella Giornata dei Fondatori. Io e la ragazza abbiamo raccolto le prove più schiaccianti contro Vick e la sua macchinazione. Ci siamo messe in ascolto, per trovare i punti cavi sotto il mormorio di questa città. Una riunione alla Grange Hall, con centinaia di persone presenti, sarà molto diversa dai miei prelievi notturni.

Di noi quattro, solo Allfrey sembra avere la giusta prospettiva su ciò che stiamo cercando di fare. L'entusiasmo di Harp mi preoccupa. Dell sembra pensare che l'intera città ci applaudirà per questo, povera ingenua. Non capisce chi è che stiamo smascherando. Non c'è modo di dire la verità senza prima rivelare che siamo delle bugiarde.

***

«Fermi tutti», ha detto Dell questa mattina, slegando il cordone e sbirciando da dietro le tende. «Sembra che il tempo stia migliorando». Cleo Allfrey e suo zio stavano giocando a domino mentre ascoltavano una replica del discorso alla nazione di Roosevelt. Harp sembra felice di offrirci rifugio qui. Mi chiedo se Cherry sia viva e si stia nascondendo dai suoi clienti, come me. Mi chiedo se abbiamo un futuro nelle Grandi Pianure. Quante Casseforti stanno chiudendo definitivamente? Ci permetteranno di diventare qualcos'altro?

Finora nessuno è venuto a cercarmi qui. Se sopravvivo alla Giornata dei Fondatori, Figlio mio, dovrò trovare un modo per comunicarti la mia nuova posizione.

Sulla linea condivisa, lo sceriffo si fa notare per la sua assenza. Immagino che sia impegnato nella campagna elettorale. Le elezioni sono il martedì della settimana prossima.

Il tempo stringe, ma qui sembra anche dilatarsi, come se noi quattro lo stessimo allungando, ciascuno aggrappato al proprio angolo di una coperta azzurra. Le nostre giornate qui sono piene di una paziente urgenza. La sera mangiamo insieme e discutiamo su cosa dire e fare. Non provavo una felicità così semplice dalla notte in cui fuggimmo da Milford, portando con noi i pattini a rotelle nella foresta rischiarata dalla luna. Credevamo nell'esistenza della pista mentre ci allontanavamo da quella prigione, addentrandoci nel bosco buio. Portavamo con noi un piccolo sogno. Quando varcammo la soglia del fienile e scoppiammo a ridere, Tu ti facesti sentire con un colpo alle costole.

Qui mi sento al sicuro, come non mi succedeva dalla prima infanzia. Tuttavia, non voglio dormire da sola in questo posto nuovo. Continuo ad aspettarmi che lo sceriffo sfondi la porta. Io, Dell e Cleo abbiamo iniziato a dormire su materassi che abbiamo accostato come ciocchi di legno. Nessuna voleva prendere un letto e relegare qualcun'altra sul pavimento, ed è così che siamo finite a russare insieme su questo nido. Quando non riesco a dormire, mi metto sulla sedia a dondolo vicino alla finestra. Mi chiedo se sia così che si sente una madre, in piedi accanto alla culla, ascoltando il respiro regolare degli esseri che ha il compito di proteggere. Mi sento come una madre in questa casa di donne, e mi sento anche una bambina. La casa ci culla. Fuori, il cielo azzurro ha un'immobilità inquietante.

Cleo dice che è cresciuta dividendo una stanza con le sorelle. Dell si è allenata a dormire in una camera piena di giocatrici di basket che russano. Io ricordo il silenzio intessuto di sogni e l'aria affollata della Casa per madri nubili. A Milford, il terrore venne subito sostituito da un registro segreto di felicità: Stencil che raccontava le sue barzellette assurde nel dormitorio mentre noialtre ci sganasciavamo dalle risate, con dolori dappertutto. Zintka che suonava ragtime al pianoforte ogni volta che la direttrice non c'era. Melody che mi insegnava a ballare. La notte in cui volammo in cerchio sotto la luna, completamente libere. Penso spesso alle altre donne che hanno trascorso un anno a Milford e ai loro bambini. Mi chiedo chi dorme nei nostri vecchi letti stasera. Eravamo molto più grandi di qualsiasi storia io possa raccontare, Figlio mio. Più vive persino dei ricordi più belli di tua madre.

Come sarebbe la mia Storia del West? Non parlerebbe di Destino manifesto, ma di Perdita invisibile. L'infinità di ciò che avrebbe potuto essere e non è mai stato consentito. Una Storia di madri senza figli e figli senza madri. Ci sarebbe una foto dell'amore eterno. L'amore che vola con l'istinto di un uccello migratore da una stagione all'altra, alla ricerca dei nostri cari perduti, dei nostri indimenticabili.

Nella mia Storia del West ci sarebbero anche quattro donne incinte che pattinano.

***

La mattina in cui ho visto Cleo Allfrey emergere dalla porta nella terra, ho provato una sensazione peculiare. Non proprio un déjà-vu. È stato quasi come percorrere un sentiero dimenticato, ricalcando vecchie impronte: una sorta di premonizione. Conoscevo quella botola. Ho sentito fortemente che non dovevo scappare, che potevo nascondermi lì e scoprire ciò che ero destinata a diventare. Come posso usare i miei doni, ora che non sono più in attività? A cosa serve questo corpo?

Tua madre è ancora una strega potente, Figlio mio. Vorrei imparare a usare in un modo nuovo il vuoto spazioso che ho dentro. Guarda il mandolino in palissandro nell'angolo di questa camera da letto. La gente tende delle corde di budello sopra un foro, per diffondere musica nell'atmosfera. Forse posso riaccordarmi anch'io e imparare a ricavare musica dal mio vuoto. Nelle Sandhills c'è una sorgente alimentata dalla falda acquifera che erompe dal sottosuolo, la si sente gorgogliare. Voglio suonare una canzone come quella.

A volte, contando le pecore nelle ore più solitarie della notte, ho fatto qualcosa di simile a un sogno a occhi aperti. Vedo lo spaventapasseri scendere dalla sua croce nel campo. Viene verso di me barcollando e danzando. Agita sopra il trifoglio le braccia abbandonate. Sulla lavagna del cielo appaiono dei corvi, che si moltiplicano e gli girano intorno come una corona: un messaggio che è quasi leggibile per me... quasi. Cosa può creare la mente nel grigio dell'alba. Quel momento in cui il mondo sembra uno dei negativi spettrali di Cleo Allfrey. Un attimo prima che i contorni si definiscano, con il sorgere del sole. Vedo qualcosa crescere sul terreno incolto: un'onda radiosa che inizia a spuntare dal suolo e a prendere forma, spigando, maturando e indurendosi in chicchi di luce. Si solleva in un unico velo tremante – teso fin sopra il fienile – che arde di un colore mai visto prima, e pulsa come l'aura intorno alla luna. Le ombre vi si increspano dietro. All'alba, la luce si ritira nel suolo. Come se la terra stesse rimangiandosi un sogno.

La cosa più strana è che non mi ha spaventata.

A colazione, come farebbe qualsiasi ospite sano di mente, bevo il mio caffè e lascio parlare gli altri.

Asphodel Oletsky

È bello sentire ridere al piano di sotto. Il mio burbero zio mi ha sorpresa: adora avere compagnia. «Non è più la *mia* fortuna!», mi ha detto ieri sulle scale, con le pupille lucide come bottoni. «È un dono da condividere. Quello che abbiamo, lo abbiamo per donarlo».

«Bella frase, zio. Potresti ricamarla su un cuscino».

Ieri è venuta a trovarmi Valeria. «Che diavolo sta succedendo qui?», mi ha sussurrato. «È la tua nuova congrega di streghe?» Mi ha fatto piacere sentire una punta di gelosia nelle sue parole.

«Non dirlo a nessuno, nemmeno alle altre Minacce».

Abbiamo giocato per ore. Quando siamo solo noi due, andiamo poco per il sottile. «Fallo!», ho gridato. «È sfondamento, dai!», ha urlato Val, buttandomi a terra, ed entrambe siamo scoppiate a ridere. Abbiamo fatto una gara di tiri liberi e ha vinto Val, segnandone undici di fila. «Regina della linea dei tiri liberi!» Ha fatto la sua danza della vittoria. «Regina per un giorno», le ho gridato, strappandole la palla dalle mani. «Goditelo, sorella. La prossima volta la corona sarà mia». Cleo Allfrey, che stava pompando acqua per la sua camera oscura, si è fermata per ridere *di* noi.

Prima di tornare a casa, Val mi ha chiesto di aiutarla a sistemarsi la frangia. «Mi continua a cadere sugli occhi», ha brontolato. Si è inginocchiata per lasciarlo fare a me e all'improvviso ci siamo ritrovate faccia a faccia, all'altezza degli occhi, mentre io armeggiavo con le sue forcine, continuando a ridere: stavo facendo un pessimo lavoro. Le ho tenuto i capelli in una mano e l'ho baciata. È stato un bacio timido e goffo. Non mi sentivo affatto sicura dei miei movimenti come quando gioco a basket. Lei ha ricambiato il bacio. Le ho fatto scivolare le braccia intorno alla vita e l'ho attirata a me, alzandomi in punta di piedi, e Val ha cominciato a ridere. È scivolata via dalle mie braccia con fin troppa facilità.

«Non è come quando ti sto marcando, ok? E nemmeno come quando cerco di liberarmi. Puoi rilassarti un po', Oletsky».

Ci siamo baciate di nuovo. Questa volta lei si è seduta per terra accanto a me.

«L'avrà capito tuo zio che siamo innamorate?»

Era questo che eravamo? Ho spostato gli occhi di scatto dal suo viso al campo di grano, dove mio zio prendeva le misure tra i filari con un righello dentellato. Un terremoto stava facendo crollare tutti i miei punti di riferimento, le mie convinzioni e aspettative su come sarebbe stata la mia vita. Mi sentivo esplodere il cervello. Il tono di Val era piatto e indifferente, come se stesse solo facendo conversazione per riempire il tempo, ma seguiva con gli occhi ogni movimento del mio viso. Io ho detto: «Ti amo, Val». Nel momento in cui l'ho detto, ho capito che era vero. Lei mi ha sorriso, nonostante il suo sguardo sembrasse impaurito. Sono certa che lo fosse anche il mio.

***

Quella sera, mio zio è venuto a leggermi una parte del suo discorso. Ho capito che tipo di ragazzo doveva essere stato, ai tempi in cui si preparava per gli esami. Quanto avrei voluto che mia madre fosse lì con me per prenderlo in giro. Ricordare qualcuno che hai perso è come bere nebbia. Ti resta la sete. Non volevo vedere un'immagine nella mia testa. Non volevo avere un'immagine mentale di mia madre. Volevo abbracciarla da viva. Farmi abbracciare da lei. Che sciocchezza, desiderare l'impossibile. Ma non so come si fa a desiderare ciò che posso avere.

«Che ne pensi?» Sembrava così ansioso di sentire la mia opinione. Mi ha sorpresa, e mi sono sentita in colpa; ero distratta.

«Che andrà bene, zio. Pronti, partenza, via come un fulmine! Puoi iniziare così: è quello che dico alla mia squadra».

«Non è un gioco, Dell», ha risposto seccato. «Dio, so cosa *devo* dire, solo che non so se riuscirò a esprimerlo...»

Prima di chiudere la porta, mio zio si è voltato e ha lasciato vagare lo sguardo per la stanza con gli occhi lucidi.

«Anch'io dormivo qui. Te l'ho mai detto? Quando eravamo piccoli, dormivamo tutti e tre nello stesso letto. Frank vicino alla finestra. Una mattina d'inverno si è svegliato con un mucchio di neve sul petto».

«Com'era la mamma?»

Il sorriso dello zio è come un timido animale notturno, spaventato dalla propria ombra. Cerca sempre di nascondersi tra le rughe. Ma quando ho pronunciato il nome di mamma, il sorriso è riapparso senza alcuna traccia di diffidenza. Zio Harp sembrava davvero felice. Ha snocciolato aneddoti su aneddoti ed era una gioia ascoltarlo. Ha parlato senza sosta per quasi un'ora. Quando finalmente si è fermato, era accaldato e stanco. Al centro del cielo galleggiava una luna piena e dorata. Era vicina, quasi come le falene che sbattevano contro la finestra. Ho cercato di immaginare un Harp dodicenne con i pattini da ghiaccio che faceva piroette, insieme a Frank e alla sorellina temeraria.

«Lada sapeva fare una L con la lama del pattino», mi ha raccontato. «Di tutti quelli che se ne stavano lì sul ghiaccio, era l'unica che ci riusciva». Il suo sorriso mi ha fatto venire le lacrime agli occhi. Trent'anni dopo, era ancora orgoglioso che sua sorella sapesse firmare il lago.

La notte scorsa non ho sognato la mamma. Invece, ero una lepre che zoppicava in un muro vivente composto da migliaia di sue simili in preda al panico. Dietro di noi camminava lentamente una fila di uomini che, con un clangore di metallo, sparava contro il fiume brulicante di cui facevo parte. Nel sogno riuscivo a malapena a tenere il passo, scivolando a destra e a sinistra dei proiettili che fischiavano e si conficcavano nelle lepri meno fortunate, correndo più veloce che potevo, ma non abbastanza, sapendo che eravamo spacciate, con una certezza che mi attraversava dalle vibrisse alla punta delle unghie. Non potevo rassegnarmi al destino. Dovevo continuare a correre. Il fallimento era garantito. Il fallimento sarebbe stato così facile! Accasciarmi a terra e abbandonarmi alla morte, invece di inseguirne una più tardiva. Farmi sparare, bastonare o calpestare dagli uomini. *Dell, la vita è gentile e crudele, e ci costringe a continuare a vivere il più a lungo possibile.* Sentivo con le lunghe orecchie la voce di mia madre e mi voltavo freneticamente, cercandola; non si vedeva da nessuna parte nella vasta prateria. Ma nel profondo, riuscivo a sentirla. *Respira e corri. Respira e corri.* Anche mentre scappavo per salvarmi la vita, nel corpo di una lepre, avevo il tempo di meravigliarmi che mia madre mi avesse trovato proprio lì, che scorresse dentro di me, intrecciandosi con i miei tendini e le mie ossa, con il coro di voci nella mia testa che in qualche modo non apparteneva mai solo a me, non era solo il mio canto. Mia madre mi entrava urlando nel petto e nelle gambe in fiamme, spingendomi avanti, esortandomi a correre verso il confine tremolante dove le sagome degli alberi si dissolvevano in vaghe ombre. Con il cuore che batteva forte, saltavo per andarmi a riparare in un lontano boschetto di pioppi insieme a migliaia di lepri, maschi, femmine e cuccioli. Ci sparpagliavamo a ventaglio sull'intera prateria, dal fiume Missouri alle Montagne Rocciose. Sopra di noi sventolavano i bastoni. Abbassavo lo sguardo e vedevo che la mia zampa anteriore era ridotta a un moncherino. Ecco perché barcollavo qua e là tra la salvia e l'erba, attraversando cortine di profumo, schiacciando la gramigna e il sole in polvere sollevato dal branco. Correvo su tre zampe, raccogliendomi e balzando in avanti, lasciando una scia di sangue sull'erba pesta. Quelle tre zampe mi hanno riportato alla coscienza, dove sono una ragazza umana di nome Asphodel Oletsky, una bestia bipede, che ansima, sudata, nel letto della madre morta.

Harp Oletsky

Ero fermo davanti alla porta di mia nipote. Mi confortava sapere che lì dentro dormivano tutte profondamente. Fuori dalla finestra, Venere brillava come un puntino luminoso sui campi di grano. Mentre la fissavo cambiava colore, passando dal viola allo zaffiro, al rosso. Scintille simili a gemme raggiungevano i miei occhi attempati dalle profondità dello spazio. Quanto avrà viaggiato, mi chiedevo, la luce che sgorga dal mio terreno incolto?

Il grano ondeggiava, come per salutarmi, sotto la luna piena: non era mai venuto su così bene. Durante la notte sembrava essere cresciuto dall'altezza delle caviglie a quella della vita, da un verde acerbo a un oro intenso. Ho aperto la finestra e mi sono affacciato nell'aria limpida della notte. C'era lo spaventapasseri che danzava nel vento che soffia sempre nel Nebraska occidentale. «Resta fermo», gli ho detto. «Proviamo a passare una notte normale».

Solo di recente ho cominciato a chiedermi se *Perché proprio a me?* fosse la domanda giusta. *Perché?* sembra indicare una direzione migliore. È Allfrey che me lo sta insegnando. A puntare l'obiettivo verso l'esterno. A guardare e ascoltare prima di lasciar emergere una nuova comprensione. Dietro la sua macchina fotografica, lei chiede sempre: *Chi è che vuole essere visto? Cos'è che vuole farsi conoscere?*

«Perché la mia terra è stata risparmiata dalla polvere?», ho chiesto a Dio ieri sera. Ho camminato tra i filari e non ho trovato erbacce, parassiti, piante indebolite dal caldo.

Quando escludo me stesso dalla domanda, vedo una possibilità che non mi era venuta in mente, fino all'arrivo delle mie ospiti. Forse non sto subendo una punizione o ricevendo una ricompensa. Forse questa non è la *mia* benedizione o maledizione. Potrebbe esserci un altro motivo per il cielo limpido e tranquillo. Persino adesso, sotto questa tenda nera, qualcosa si sta sviluppando.

Cleo Allfrey, la fotografa

Mi sono svegliata con la luna piena che splendeva dalle finestre e ho sentito una fitta di panico. Mancano due giorni alla mostra. Sono grata per il bel tempo quando lavoro nella camera oscura, ma di notte la trasparenza del vetro mi spaventa. Ogni superficie di questa casa è priva di polvere. Il vento qui fuori non ulula né fischia. Nella pensione, invece, se puntavo la torcia sulle crepe nei muri vedevo la polvere cadere come farina. Anche la dispensa è in qualche modo isolata dalle intemperie, oltre che dalla luce. Misuro la temperatura quando mescolo, fermo e fisso, ed è sempre ideale, tra i diciannove e i venti gradi. È quasi come se questo posto mi aiutasse: la terra e l'erba che ricoprono la mia camera oscura, il cielo che trattiene il respiro. Mentre lavoro mi pervade un grande senso di urgenza, ma di notte la paura ritorna.

Ieri sono andata in macchina a Kearney, dove nessuno mi conosceva. Mi sentivo come un'aliena in visita su un altro pianeta: nessuno parlava di zampe di lepre o incantesimi di alcun tipo, tutti erano smunti e preoccupati da problemi più banali.

Ho speso gli ultimi dieci dollari dei miei fondi dell'AR per un hamburger con sottaceti extra e un telegramma alla mia famiglia a Gray's Ferry, per dire a tutti che gli voglio bene. E per dare indicazioni. Se dovessi sparire o se venissi uccisa alla Grange, voglio essere sicura che sappiano come trovare la fattoria di Harp Oletsky. I negativi della Graflex sono in scatole etichettate nella dispensa, insieme alla pellicola non sviluppata. È quello che lascio alla mia famiglia, al posto di una ricevuta di deposito.

Perché lo stai facendo, Cleo? Sento la voce severa e affettuosa di mia madre. *Hai già mollato un lavoro prima, perché stavolta non molli?* Qualcuno, tra queste persone, mi aiuterebbe se mi trovassi nei panni di Clemson Louis Dew? In questa terra piena di misteri, uno dei più sconcertanti è il fatto che io sia ancora qui a Uz. Dopo aver inviato il telegramma, sono rimasta seduta in macchina per quasi un'ora, a fissare la statale che riportava verso est. Cosa dovevo a questi sconosciuti? Perché non lasciare qui le mie stampe e andarmene? Poco dopo il tramonto, sono tornata alla fattoria degli Oletsky. Forse anche io ero vittima di un incantesimo.

Ci sono luoghi e persone che vogliono essere visti più a lungo di un attimo.

La Graflex mi sta insegnando a riconoscerli. Spesso, guardando nel vetro della messa a fuoco, avverto una sorta di magnetismo. È come se qualcosa mi guardasse a sua volta, chiedendomi di chiudere il cerchio. Quando ho questa sensazione, scatto. Comporre un'immagine è sempre una collaborazione con altri esseri, con la luce, con l'intero ambiente. So di aver scattato una buona foto quando sento che tutto è al posto giusto, quando percepisco quell'equilibrio che tiene insieme simmetrie e asimmetrie.

Oggi ho guardato un negativo in controluce e mi sono commossa: mille gru volavano basse sopra isole alberate in mezzo ad acque limpide. Eppure, quando ho scattato questa foto due settimane fa, quello che vedevo al di là del vetro era un affluente torbido e poco profondo del Platte. *Mi ricordo di voi*, ho pensato, anche se non avevo mai visto una gru canadese in vita mia. Un ritratto che ho fatto mercoledì scorso, di due maiali che grufolavano intorno agli stipiti di una porta, è diventato un gruppo di bambini felici in abiti strani, immersi fino alle ginocchia nell'erba e nei fiori selvatici. Ho puntato la Graflex sui campi di Oletsky e, quando ho sviluppato il negativo, il fienile e il grano erano scomparsi. Al loro posto c'era una folla che si estendeva fino all'orizzonte. Una sfilata di centinaia di persone di ogni età e colore, che si tenevano a braccetto, alcune a cavallo, altre con uno striscione che recitava PROTEGGIAMO L'ACQUA. Ieri, domani.

Lo spazio vuoto è un'illusione. Ecco cosa mi ha insegnato questa macchina fotografica. Ogni pezzo di terra è pieno di vita. Credo che sia questo che intendono i poeti quando parlano di *pienezza del tempo*.

* * *

Il sonno mi ha abbandonata, e quando il russare della ragazza è divenuto insopportabile mi sono alzata e ho iniziato a camminare per la casa. Di notte era un altro mondo, con il cane che mi seguiva in silenzio e la macchina fotografica in braccio, come una bambina con le coliche. Avevo paura di muovere anche un solo passo senza la Graflex, paura che potesse succederle qualcosa. Nella cucina blu, ho mangiato un pomodoro maturo preso dalla pianta sul davanzale della finestra. Ho scattato una foto dei suoi viticci verdi che ricadevano sul davanzale come le trecce di Raperonzolo. Venere brillava in lontananza. La luna mi ha seguita al piano di sopra, riapparendo di finestra in finestra, mettendosi in posa in troppi punti contemporaneamente.

«Perché non mi lasci dormire?», ho chiesto alla Graflex. Mi domandavo se Roy avesse già ricevuto la mia lettera di dimissioni. Presto negli uffici di Washington sarei diventata un esempio da non seguire, sempre che già non lo fossi. Poi sarei stata dimenticata. Uno dei centinaia di volti forati nell'archivio: Senza titolo, Sconosciuta.

Stavo bisbigliando alla Graflex quando ho sussultato alla vista di Harp Oletsky in cima alle scale. Con una lanterna in mano, camminava avanti e indietro, borbottando tra sé e sé: all'inizio ho pensato che stesse provando il suo discorso. Ha sollevato la lanterna e l'ha fatta oscillare come un pendolo davanti alla finestra, come se stesse salutando qualcuno. O forse stava praticando qualche incantesimo che aveva imparato dalle mie compagne di stanza. Ho salito i gradini con cautela, per non interrompere il suo discorso o il suo incantesimo.

«Allfrey? Da quanto tempo sei sveglia?» Lo ha chiesto con gli occhi fissi fuori dalla finestra e la voce così bassa che quasi non ho risposto, non sapendo quale fosse il galateo da seguire in un incontro del genere.

«Ciao, Harp. Non riuscivo a dormire».

«Con chi stavi parlando?»

«Con la macchina fotografica. E tu?»

«Con lo spaventapasseri».

«Capisco».

«Scusa se ti ho interrotto».

«Figurati. Mi stavo solo rotolando nell'autocommiserazione».

«Sì, succede anche a me a quest'ora. Posso farti una domanda, Cleo? Che colore vedi fuori dalla finestra?»

«Blu notte».

«Niente di più strano?»

«Una limpida notte di stelle. Chilometri di campi illuminati dalla luna. È già abbastanza strano da queste parti».

«Immagino di sì. È solo che... ho visto dei colori strani laggiù, sul terreno incolto».

«Mmh. Non ho il flash. Ma se vuoi, apro la finestra e faccio una foto. Con questa macchina fotografica e l'aiuto della luna, non si sa mai. Sulla pellicola potrebbe venir fuori qualcosa».

«Lo faresti? Grazie».

Mi sono affacciata dalla finestra aperta. L'aria era fresca e profumava di salvia e di qualcosa che non riuscivo a identificare. Mentre cercavo di posizionare la macchina sul davanzale, per poco non sono caduta.

«Attenta, Cleo!», ha gridato Harp.

«Perché la gente pensa che sia utile urlare cose del genere? Stai tranquillo...» Voltandomi, ho visto che era davvero spaventato e mi sono ammorbidita. «Ho solo perso l'equilibrio. Mi succede sempre. Non sono ancora mai caduta».

«Certo», ha detto lui. «Be', fammi sapere cosa viene fuori dalla pellicola».

Era un'esposizione lunga. Mi chiedevo cosa sarebbe apparso nei miei vassoi il giorno dopo.

«Harp, ma chi stavi salutando poco fa? La luna?»

«No», ha detto imbarazzato. «Non era la luna».

Ho chiuso la Graflex. Per un attimo siamo rimasti in silenzio, spalla a spalla, a guardare fuori dalla stessa finestra. Il pupazzo di paglia sembrava fluttuare tra il chiaro di luna e l'ombra. All'inizio non ho notato nulla di strano ma, come al solito, più guardavo, più l'intera scena diventava straordinaria: quel mare argenteo e secco, l'uomo sospeso nell'aria.

«È tardi», ho detto. «È meglio riposarsi un po' prima che lo spaventapasseri inizi a rispondere».

«Buonanotte, signorina Allfrey».

«Buonanotte, Harp».

È tornato in camera sua, ma io sono rimasta alla finestra ancora un po', a osservare quella strana luce che si muoveva.

L'Antidoto

Il nono giorno a casa Oletsky, ho parlato alla ragazza di Te. Eravamo sedute sul davanzale della finestra nella camera da letto di sua madre, a sfogliare le trascrizioni. La Giornata dei Fondatori ormai era alle porte. Non riuscivo a credere a quanti depositi avessi raccolto dalla Domenica Nera. Nel breve tempo trascorso insieme, la ragazza aveva riempito cinque quaderni. L'inchiostro blu correva obliquo sulla carta come pioggia. Vedere i segreti della città nella scrittura infantile di Dell mi diede una fitta al cuore.

«Sono una delinquente, piccola. Non avrei mai dovuto renderti mia complice».

Lei ha sbuffato senza alzare lo sguardo dal quaderno.

«Smettila», ha detto. «Ti ho supplicato io di farmi lavorare per te, ricordi? Pensavo di poterti aiutare, ho sempre tirato fuori mia madre dai guai».

Dell si è strofinata il viso con i pugni. È una sua abitudine, come se cercasse di appianare un'emozione che la tormenta. O di trattenere le lacrime. Di solito lo fa quando pensa che io non la stia guardando.

«E ci sapevo fare». L'espressione malinconica della ragazza mi ha ricordato i bevitori del Jentleman, che rievocano le loro notti peggiori come serate di grande divertimento. «Contraffazione. Lo facevo già da molto prima di incontrarti. Indovinare cosa vuole sentirsi dire un uomo, cosa vorrebbe aver fatto una donna. Mi veniva naturale, capo».

«Non devi più chiamarmi capo. Abbiamo chiuso con quella storia».

«Allora come devo chiamarti?», ha ribattuto Dell. «Non sei più il mio capo, non sei l'Antidoto...» La sua durezza si è dissolta. Mi ha guardata con gli occhioni di un animaletto ferito, la punta della treccia in bocca; per un attimo mi è sembrato di vederla a tre anni.

«Chi sei?»

Fuori dalla finestra aperta, il campo di grano a est oscillava in onde d'oro, toccando il cielo blu sconfinato. Era quasi tempo di raccolto. Ancora un paio di settimane e la mietilegatrice avrebbe iniziato a battere il suo ritmo secco tra i filari. Ho chiuso gli occhi e ho sentito il rumore della pendola nel salone di Milford.

«Mi chiamo Antonina Rossi», ho detto. Mentre parlavo, sentivo che stavo mettendo il tuo corpo caldo e fremente dritto tra le braccia della ragazza. Il tuo peso vivo. Non c'era nulla a mediare il versamento, nessun imbuto lucidato. Ti tenevamo semplicemente in braccio.

«Una volta mi hai chiesto come sono diventata una strega della prateria, Dell. Ora sono pronta a dirtelo, se vuoi ancora saperlo...»

La storia dell'Antidoto
Terza parte

Cinque settimane dopo la nostra serata sui pattini a rotelle, mi ritrovai imbracata in una camicia di forza. Stavamo sistemando i libri nella biblioteca, quando improvvisamente ci ritrovammo coinvolte in un gioco volgare che consisteva nel prendere in giro la nuova arrivata:

«Oooh, occhio, Marcia! Mi fai cadere in tentazione...»

«Sta' zitta, sgualdrina!»

Ci scambiavamo insulti che suonavano come biglietti di San Valentino. I nostri figli erano già amici, diceva Stencil. «La sento ridere, qui dentro», mi diceva massaggiandosi il pancione a forma di cocomero. Era convinta che sarebbe stata una bambina.

Con Stencil non era proprio possibile stare a guardare. Ti tirava dentro gli affari suoi, di solito in senso letterale, prendendoti per i polsi e trascinandoti lungo il corridoio. Quella mattina di pioggia, in biblioteca, mi si avvicinò di soppiatto da dietro e mi sollevò la gonna, ridendo quando la mandai al diavolo.

«Sai, qui non siamo noi le uniche puttane...»

Si sdraiò a pancia in su e si rotolò sul pavimento della biblioteca, sollevando il vestito marrone sulle gambe magre e piene di lividi.

Melody strillò. Fu lei a vedere per prima l'ombra della direttrice.

«Anche i libri sono puttane, che si spalancano per offrirsi a chiunque...»

«Chiudi subito quella bocca».

«Guarda quella troia della Bibbia, lì distesa sul tavolo...»

La direttrice era una donna robusta, sulla cinquantina, ma si avventò su di noi con la velocità data dalla rabbia e dall'umiliazione, e afferrò Stencil per le trecce, tirandola su. Per un attimo spaventoso mi balenò in mente un ricordo che non era mio, ma che affiorò comunque: la corda del patibolo che si tendeva nelle mani di un boia. La paura mi paralizzò di nuovo. Non intervenni. Non quando Malvina la schiaffeggiò e neppure quando la mia amica diede una ginocchiata in petto alla direttrice e rotolò dall'altra parte del tappeto della biblioteca. Stencil aveva profanato Malvina e ora avrebbe pagato.

José Luis sosteneva di odiare questa parte del lavoro. Il suo viso sembrava una tovaglia sgualcita, con gli occhi ridotti a schegge di vetro e chiazze rosso scuro da vino sparse sulle guance. «Aiutatemi», implorò, rivolto al suo pubblico composto da diciotto donne incinte e una Malvina ansimante. Nessuna si mosse. Sospirando rassegnato, si avvicinò all'armadio e tornò con la camicia di forza di cuoio. Attraversai la stanza per aiutare Stencil ad alzarsi, ma lei non mi guardava e non voleva prendermi la mano; sentii una grande vergogna diffondersi dalle dita dei piedi fino all'attaccatura dei capelli. «Mi dispiace», sussurrai, ma quando José Luis si avvicinò a noi con la camicia, mi allontanai da lei una seconda volta.

«Ti prego, Stella Maris, collabora», mugugnò José, col tono della vittima. «Pensa al bambino...» Stencil gli sferrò un pugno da peso massimo. «Ahia! Quello era il mio occhio buono, Stella!»

Cominciai a ridere istericamente, per sfogare il terrore che avevo nel petto. Tutti si voltarono a guardarmi. Nessuno mi aveva mai sentita ridere così forte in un luogo pubblico.

«Trovi divertente la tua amica, Anne Fayeweather? Anche il fuoco eterno ti fa ridere? Lei è irrecuperabile, ma tu potresti ancora salvarti...»

Faticai a riprendere il controllo di me stessa, bocconi sul tappeto, tremando come se fossi posseduta. Mentre anni di sentimenti repressi venivano fuori, fra urla di dolore e risate, sentii le mani di José stringermi le spalle. Stencil era stata liberata. Le infermiere, Edna e Irina, mi si avventarono contro come due cowboy in una gara di rodeo. Ero diventata goffa e non mi fidavo più del mio corpo come quel giorno alla pista di pattinaggio. Quando cercai di scappare, urtai un'altra ragazza e caddi pesantemente su un fianco.

Riconobbi l'espressione severa delle loro labbra. Era la faccia che aveva la nostra vicina quando stava per uccidere un tacchino. «È per il tuo bene, cara», disse Malvina Dent. «Fa più male a me che a te, credimi...»

Mi corse un brivido lungo la schiena. Sentivo nella sua voce triste e rassegnata che ci credeva davvero. Allora cominciai a urlare, gettandomi contro le vetrate del salotto e gli sguardi fissi di tutti i presenti. Nessuna mi aiutò, proprio come io non avevo aiutato nessuna.

Da allora ho trascorso molte notti a riflettere su una cosa: se ci fossimo scagliate tutte insieme contro le infermiere, avremmo potuto facilmente avere la meglio su di loro. C'era un rapporto di cinque a uno. Se avessimo agito in modo coordinato per salvare Zintka dalla soffitta in quella afosa notte di aprile, avremmo potuto liberarla facilmente, e con lei anche noi stesse. Ma ognuna pensò solo a sé.

Infilare in uno spazio angusto una donna incinta che si dibatte non è un'impresa facile. Cercando di divincolarmi, chissà come, mi procurai un occhio nero. La camicia di forza di cuoio rosso era una prigione dentro la prigione. Sai che le facevano su misura per le donne in diversi stadi della gravidanza? Mi sono chiesta spesso chi avesse accettato di realizzarle. Capii che il parto era vicino perché l'unica che mi entrava era la taglia più grande. Era appesa nell'armadio dell'ingresso come un monito, e sembrava un trench per un elefante da circo.

Fui condannata a dieci giorni da sola in soffitta. Sapevo che se fossi morta, o se fosse morto il mio bambino, nessuno tranne le altre detenute l'avrebbe vista come una tragedia. Malvina si sarebbe lamentata delle pratiche in più da sbrigare e avrebbe fatto la vittima. Avevo paura che iniziassero le doglie e nessuno mi sentisse. «Se è la volontà del Signore, non c'è niente da fare», ci aveva detto la direttrice, imperturbabile, dopo la nascita del bambino morto di Zintka. Mentre perdevo e riprendevo conoscenza, la sua voce mi risuonava nelle orecchie come le pesanti campane della cappella:

«In questa Casa ci impegniamo a far sì che le nostre ragazze siano circondate da un'atmosfera così allegra e conviviale che, una volta tornate alle loro case, si scopriranno del tutto estranee alla malvagità e all'ignoranza di un tempo».

In questa Casa ci impegniamo a far sì che le nostre ragazze siano circondate...

La camicia di forza mi prudeva così tanto che impazzivo dal desiderio di grattarmi. Quella prima notte non riuscivo a pensare ad altro che a raschiarmi la pelle, lacerandola come carta velina. Avrei voluto scuoiarmi fino all'osso. La tortura ti priva di ogni desiderio, finché l'unica cosa che riesci a immaginare è la fine del dolore. Se avessi potuto scegliere, quella prima notte avrei implorato Dio, o qualsiasi cosa potesse ascoltarmi, di spegnermi la mente come una candela. Solo il bambino che scalciava dentro di me, l'orologio di un'altra vita che ci aspettava oltre la soffitta, mi spinse a pregare di sopravvivere fino all'alba. Il secondo giorno passò e io trascorsi ogni minuto ripetendo quella preghiera. C'era un solo cuscino sul pavimento della soffitta e delle coperte vecchie che puzzavano del sudore e della pipì di altre madri. Nessun letto sarebbe entrato in quella cella triangolare. Mi trascinai fino alla minuscola finestra e scoprii che era inchiodata.

Lessi le scritte sul muro: *Mamma, non so dove mi trovo. Sylvia è stata qui: un'altra ragazza dal cuore spezzato. Altre ventiquattro settimane in questo inferno.* Qualcuna, o forse più di una, aveva grattato via l'intonaco dal soffitto basso. Qualcun'altra aveva divelto un chiodo dalle assi del pavimento per incidere quelle parole, forse all'inizio del travaglio, forse mentre camminava avanti e indietro nel cuore della notte. Avrei potuto fare lo stesso, se la camicia di forza non mi avesse legato le braccia contro i fianchi.

Era l'infermiera Elaine che veniva a controllarmi due volte al giorno, all'alba e al tramonto, con la testa fulva che spuntava dalla porta come una marmotta accigliata. «Prega con me», la supplicai, sperando di convincerla a liberarmi le braccia. Si avvicinò in punta di piedi e mormorò sbrigativa un Padre Nostro o due, le mani intrecciate alle mie. A poco a poco rilassò le dita, come una corda che si allentava. Sospirò una volta e poi, deviando dal copione, disse: «Non è giusto, vero? Ma non posso farci niente».

«Potresti togliermi la camicia di forza», le suggerii.

«Potrei», ripeté lentamente, come se stesse cercando di convincere un cavallo a uscire dalla stalla. Al suo posto, immagino che anch'io avrei avuto paura. L'infermiera Elaine aveva un lavoro ben pagato, un impiego statale, e a Milford per una donna era difficile trovarne.

«Non lo dirò a nessuno».

«Sarà meglio».

Armeggiò con la larga cintura, imprecando sottovoce ed evitando il mio sguardo, poi fuggì giù per la scala a pioli come se stesse scappando da un incendio. Sentii la sbarra chiudersi dietro di lei. Flettei le dita, gemendo via via che riprendevo sensibilità alle braccia. Zoppicai fino alla minuscola finestra, da dove potevo intravedere uno spicchio di luna gialla. La prigione nella soffitta era proprio sopra la camera da letto della direttrice, e avevo sentito storie di ragazze che avevano gridato aiuto finché Malvina, furiosa e assonnata, non era salita a imbavagliarle. Dentro di me il bambino scalciava così forte che temevo che qualcosa non andasse, ma non osavo chiamare aiuto, terrorizzata dal bavaglio e dalla camicia di forza.

Quella notte dormii su un fianco, con le mani strette sull'ombelico. Dormo ancora così. I miei amanti mi hanno detto che le dita non si allentano mai, nemmeno quando sbavo sul cuscino. Due anni dopo, viaggiando sui treni con Kettle, mi svegliai in un vagone merci gelido con un uomo che cercava di strapparmi il fagotto dalle braccia. Spalancai gli occhi e lui mi urlò in faccia: «Ossignore, pensavo che eri morta! Hai le dita come artigli, signora. Cosa c'è in quella borsa, rubini?»

C'era la copertina del mio piccolo e un paio di scarpine gialle mezze storte che avevo fatto per lui a Milford. Ero diventata una strega della prateria, ma ero ancora sua madre.

* * *

Al terzo giorno in soffitta, mi si ruppero le acque. Nessuno dei racconti delle ragazze avrebbe potuto prepararmi alla gioia che provai. Aprii la bocca sempre di più, in un canto. Ogni spasmo di dolore che mi attraversava era benvenuto, perché lo aspettavo da mesi. Le contrazioni esplodevano come dinamite. Ero una montagna che doveva saltare in aria per lasciar passare la luce, per far uscire il bambino dal mio corpo. Il dolore non è mai una cosa sola, è sempre in movimento. Con mia grande felicità, capivo dai volti del medico e delle due infermiere che le contrazioni non significavano che stavo morendo. Quello era il giorno in cui avrei incontrato mio figlio. Le infermiere continuarono a farmi la predica fino al momento in cui il piccolo iniziò a fare capolino.

«No», dissi, con i pugni alzati davanti al viso. «No, no, no, no. Voglio tenerlo».

«È davvero la scelta migliore per il bambino, cara?»

«È una scelta d'amore?»

Parte della loro strategia era metterci davanti a uno specchio e definirci sporche, ignoranti, incompetenti, peccatrici. Egoiste, perché volevamo crescere i nostri figli. Dal giorno in cui eravamo arrivate a Milford – e in alcuni casi dal giorno in cui eravamo venute al mondo – ci era stato detto che i nostri bambini sarebbero stati «meglio con qualcun altro, qualcuno più adatto a dargli una vita migliore». Alcune di noi desideravano proprio questo. Altre hanno ceduto alla pressione e hanno firmato i documenti. Altre ancora, come me, non hanno mai accettato di dare via i propri figli.

Ci trattavano come malate in preda a una vergogna segreta, corpi che avevano *patito più peccati di quanti non ne avessero commessi*, anime bisognose di redenzione. Ci sono molte storie felici di adozioni, di donne che scelgono di dare i propri bambini a famiglie amorevoli. Ma troppe delle mie amiche alla Casa rinunciarono ai loro figli perché costrette a farlo. Se non hai il potere di dire no, il tuo sì non ha alcun significato.

Il momento più felice della mia vita è stato quando l'infermiera Jonquil mi ha messo sul petto mio figlio, vivo. Nel ricordo, sono un'osservatrice. Vedo dall'alto il mio corpo, più giovane, che allatta un neonato con la folta chioma nera. È solo un ricordo. Non è mai uguale al momento che lo ha generato. Con il passare degli anni mi dice sempre meno. Il profumo è svanito dalla stoffa. L'odore di neonato è perso per sempre. Riesco a evocare gli occhi scuri e stupiti, ma non il sentore del suo minuscolo corpo. Nei sogni, a volte, mi ci avvicino.

Ora mi chiedo se mi avessero drogata. Il sonno arrivò all'improvviso e non si interruppe fino alla tarda mattinata del giorno seguente. Quando mi risvegliai, le tende erano cortine dorate. Fu il panico a riscuotermi. Sentivo la frenesia dei seni pieni che perdevano latte, ma non c'era nessun bambino dentro di me, né addormentato sul mio petto. «Dov'è mio figlio?» Mi dissero, non senza gentilezza, che il bambino era morto mentre dormivo. Dissero che il suo corpo era stato portato al cimitero di Blue Mound.

«No», dissi. Vidi le infermiere scambiarsi una lunga occhiata. «No. Mi state mentendo. Dove l'avete portato? Vi ho detto che volevo tenerlo con me».

Fu in quel momento che diventai una strega.

La luce del sole inondava le finestre dell'ospedale improvvisato. La stanza era silenziosa. Alzai lo sguardo verso il muro di volti, con le loro smorfie teatrali di dolore, pietà e sollecitudine.

«Lo so che è vivo. Riportatelo indietro, ovunque lo abbiate mandato».

Rispetto a quello che è successo dopo, ho molti vuoti di memoria. So che ci furono una lotta con il medico di turno, un lungo ago, un'iniezione e altri banchi di nebbia nella mente. Quando mi svegliai una seconda volta, riuscii a scappare. Quello che ricordo è che ero solo corpo. Nessuno si aspettava che muovessi un muscolo, e fu così che ebbi modo di fuggire. Finsi di addormentarmi e quando sentii l'ultima infermiera andarsene, mi alzai, indossai il cappotto di Jonquil e uscii dalla porta sul retro della sala parto, camminando con il passo più sicuro che potevo verso la strada. Qualcuno mi fischiò da una Ford Model T che passava, ma io continuai a camminare. Mi sentivo ancora distrutta dal lungo travaglio, eppure qualche sedativo stava attenuando il dolore, perché camminai per una decina di chilometri nel buio che calava. Volevo trovare la polizia e far arrestare Malvina. I miei pensieri si ridussero a un gemito, e dopo un altro chilometro il sole era quasi tramontato e riuscivo a vedere solo fino al pioppo successivo, procedendo a zigzag lungo la strada deserta.

Il cielo era diventato verde carciofo, come prima di un tornado. Sentii un cane randagio abbaiare alla luna nascente, a est del pollaio. *Scappa, se vuoi vivere*, disse una voce profonda nella mia testa. Sembrava molto più vecchia di me. Era più antica degli esseri umani, quella voce che proveniva da sotto le pietre. Forse anche gli angeli mi stavano dando consigli, ma con il tornado non riuscivo a sentirli.

Obbedii. Mi misi a correre.

Essere inseguiti da una nuvola è un'esperienza terrificante, come cercare di sfuggire a un incendio boschivo, a un predatore che non può vederti, sentirti o fiutarti, ma che ti divorerebbe senza nemmeno accorgersene. Una fame senza un corpo a contenerla. Una fame che si nutre di qualsiasi cosa incontri sul suo cammino: alberi, dighe, capannoni, silos e interi fienili. Qualcosa mi scivolò lungo la gamba, bagnato e scuro. Mentre correvo la testa mi ronzava così forte che non capivo più da dove venissero i rumori. Anche quando il mugghiare del vento ormai era lontano e il cielo era tornato al suo mormorio blu, io non mi fermai.

Per quanto tempo scappai prima di rendermi conto che nessuno mi stava cercando?

Vedevo l'assenza del mio bambino ovunque. Nei camposanti, tra i vagoni dei treni fermi e le giostre del luna park. Negli spazi grigi tra le tombe e i cavalcavia. Per anni, in seguito, anche i palloncini mi sono apparsi come grembi materni vuoti e annodati – blu, gialli, verdi e rossi – liberi di levarsi nel cielo vuoto. Penso che continuerò a vedere quell'assenza fino alla morte, o fino a quando io e mio figlio non ci ritroveremo.

Quando finalmente raggiunsi la città, scoprii che avevo troppa paura per chiedere aiuto. Vidi il mio riflesso sporco con il cappotto rubato a Jonquil, la gonna macchiata di fango e sangue, e i miei pensieri ricominciarono a girare in tondo. Se fossi andata alla polizia, mi sarei ritrovata di nuovo in soffitta prima del tramonto. Chi mi avrebbe creduto? Perché avrebbero dovuto? La Casa era un'istituzione influente e la gente di Milford preferiva credere che avesse scopi caritatevoli. Molti da quelle parti avevano legami con la Casa e fare luce sui suoi crimini avrebbe voluto dire guardarsi allo specchio. Era evidente perché le indagini fossero malviste.

A Milford, nella Casa per madri nubili, è in corso una guerra. È una lotta per il futuro.

Volevano portarmi via la convinzione che mio figlio fosse ancora vivo. Non rigido e blu, ma vivo e urlante, pronto a dire il proprio nome con il suo primo respiro affannoso. Mi hanno portato via il mio bambino, e so che è successo a molte altre donne. Sta succedendo anche oggi. Non si limitano a portarci via i figli. Distruggono la nostra sanità mentale. Distorcono i nostri ricordi. Mi sono aggrappata a ciò che potevo. Ho dato alla luce un bambino sano. Me lo hanno rubato. Mi aggrappo a ciò che so essere vero.

Asphodel Oletsky

«Io ti credo», ho detto ad Antonina Rossi.

Harp Oletsky

Mentre ci dirigevamo verso la Grange Hall, ho notato che lungo la strada principale il cielo era blu. Quel giorno il blu era di tutti. Ho provato una grande felicità. Per tutto questo tempo avevo avuto un ruolo da svolgere, un destino, come lo definirebbe qualche vecchio trombone. Ma adesso era in atto una storia più grande, e io ne ero soltanto una briciola.

Nelle mie notti di veglia, avevo cominciato a rendermi conto che stavo ponendo le mie domande dalla posizione sbagliata: dal centro del campo. Immaginando, come Giobbe prima di me, di essere al cuore del mistero. Cosa fece il turbine a Giobbe? Lo fece girare su sé stesso perché vedesse l'ampiezza della terra. Foreste e montagne, fiumi e stelle. Balene, coccodrilli, ippopotami, aquile. I depositi delle nevi. Il grembo verde dell'acqua. D'un tratto Giobbe poté sentire la voce di Dio ovunque, non solo nel turbine, ma in tutto il creato. Fu sradicato dalla sofferenza e dalla confusione, dal centro della sua mente, e ripiantato dopo aver accolto un universo dentro di sé.

Quando il turbine lo posò di nuovo a terra, Giobbe era ancora a Uz, ma il suo orizzonte era mutato. Anche il deposito di mio padre mi aveva fatto cambiare prospettiva e mi aveva mostrato dove gettare la mia briciola. La bolla di fortuna aveva un significato diverso per me, ora che le avevamo trovato uno scopo. Allfrey aveva sviluppato le sue immagini inquietanti. Dell e Antonina ne avevano ricostruito i segreti. Con il loro aiuto, avevo scritto il discorso che tenevo in tasca. Era l'inizio di qualcosa. Alla luce che irradiava dal terreno incolto, riuscivo quasi a distinguerne la forma.

Dell mi prende in giro perché sono ingenuo. Mi dice che continuo a ripetere le cose sottovoce «come un bambino che impara l'alfabeto». Ma io non voglio dimenticare di nuovo. Dopo aver ritirato il deposito del babbo, sentivo una vergogna pesante come piombo nelle tasche, che mi trascinava giù. Ma avevo anche recuperato la possibilità di sistemare le cose. Non era troppo tardi.

Avevo provato il mio discorso davanti allo specchio del bagno. Volevo condividere questa nuova consapevolezza con i miei vicini. La storia che avevamo insegnato ai nostri figli e messo in scena con cappelli ridicoli nella recita della Giornata dei Fondatori... quella narrazione stava distruggendo tutto. C'erano dei buchi nella storia di Uz che andavano riempiti, prima che arrivasse un crollo più definitivo. Dovevamo guardare alle vere cause dell'erosione del suolo, del degrado di questa terra. Lo sceriffo Iscoe non era l'unico ad avere le mani sporche di sangue. Avrei mostrato le mie per testimoniarlo e dare inizio a qualcosa.

Quella mattina, la cucina era stata piena di sbadigli e risate assonnate. Ora si sentiva il cambiamento di tono dopo che era stato servito il caffè. La voce selvaggia di mia nipote che gridava invettive contro lo sceriffo. Secondo lei questa Giornata dei Fondatori sarà come una partita in casa. Una grande vittoria per la nostra squadra. Non so cosa stia per succedere, ma non credo ci saranno i coriandoli.

La Giornata dei Fondatori cade sempre la settimana prima delle elezioni. I palloncini sembrano affollare il cielo come uccelli, volando in raffiche di giallo, viola e verde. Quando ero più giovane, la aspettavo per tutto l'anno. La scuola organizzava una recita, che calcava sempre la mano sulle allegorie: qualche povero bambino particolarmente brufoloso veniva scelto per interpretare «il Flagello delle locuste» e doveva indossare ali di carta cerata; un altro, vestito di marrone dalla testa ai piedi, interpretava il ruolo del cattivo: «Interminabile siccità». Per la parte della «Pioggia» sembrava che scegliessero sempre la bambina più graziosa. Un anno è toccato a Lada.

Tutta Uz si riuniva per festeggiare, portando torte, dolci fatti in casa e primizie sottaceto. Quando ero piccolo, arrivavamo su carri addobbati con nastri variopinti e lattine tintinnanti. Sembrava un lungo matrimonio. Ci riunivamo nella sala afosa per sederci sulle panche rigide e applaudire i vecchi membri della Grange che raccontavano le loro storie, poi ci lasciavano scatenare in un caos colorato, a sputare semi di cocomero e colpirci a vicenda con i palloncini. Per tradizione, i discendenti delle Quattordici Famiglie si alternano sul podio per raccontare le stesse poche storie. In qualità di nuovo Maestro della Grange, mi spetta il compito di far partire questa gara di nostalgia con un discorso incoraggiante. Il mio turno è subito prima dello sceriffo. Oggi ricorre il venticinquesimo anniversario della contea di Uz. Al momento della nostra costituzione e delle prime elezioni generali, le sole persone iscritte nei registri facevano parte di quelle quattordici famiglie. La popolazione più numerosa, 636 abitanti, fu registrata nel 1918. Dal 1931 abbiamo perso più di un terzo dei nostri residenti. Quell'anno ha segnato l'inizio della fine del nostro breve periodo di fioritura: proprio quando un raccolto eccezionale di grano ha riempito i silos, il prezzo è crollato. Ventuno centesimi a staio, contro il picco di un dollaro e mezzo del 1930. La guerra era finita, la legge sul prezzo garantito del grano era decaduta e all'improvviso ci siamo ritrovati a lavorare il doppio per la metà della paga. I prezzi continuano a scendere, e decine di città delle nostre dimensioni hanno chiuso i battenti. A meno che non ci sia qualche grande cambiamento, non vedo come Uz possa arrivare al trentesimo anniversario.

«Zio, secondo te lo sceriffo ci sarà?»

«Lo spero proprio», ho detto. «Voglio vedere che faccia farà davanti alle fotografie di Allfrey».

«Pensi che reagirà, che aprirà il fuoco?»

Ho scosso la testa. «Vick è un bullo. Ma in fondo è un codardo. E poi è difficile vincere le elezioni se inizi ad ammazzare il tuo elettorato».

Ora che finalmente stavamo arrivando alla Grange Hall, la paura era scomparsa e d'un tratto non vedevo l'ora di tenere quel discorso. La verità era dalla mia parte e, cosa forse ancora più importante, chiunque poteva capire, guardando la terra spaccata e arida, che il modo in cui avevamo organizzato le cose non stava funzionando per nessuno di noi. La mia felicità cresceva fino a farmi sentire a malapena le voci degli altri. Già questo avrebbe dovuto essere un campanello d'allarme.

«Zio! Attento, hai quasi preso quella buca...»

La polvere sferzava come una coda lo spiazzo dietro la Grange Hall. Ho parcheggiato il Dodge e ho iniziato a scaricare gli scatoloni con Cleo. Diversi miei vicini erano scesi dalle auto poco prima di noi e stavano salutando con la mano i Gutawolski che attraversavano a cavallo la collina dei pioppi. Sentivo la banda che accordava gli strumenti, la sezione dei fiati che scoppiava in una risata fragorosa, un flauto solitario che saliva la scala delle note.

«Guarda Harp Oletsky, tutto in ghingheri per il suo grande discorso!»

Grayson mi ha teso la mano, che ho stretto con riluttanza. Dietro di me, Dell e Antonina stavano aiutando Cleo a portare le stampe nella sala. Avevo lo stomaco in subbuglio per l'eccitazione, come quando da bambino mi arrampicavo sul fienile e guardavo giù. Mancavano cinque minuti all'inizio della cerimonia. Urna, con il suo cappello con i volant, mi ha fatto un cenno secco dalla seconda fila. Mi sono sentito avvampare per la vergogna. Avrei voluto chiamarla, ma poi sono arrivate le mie ospiti. Non sapevo come spiegarle quanto fossi stato impegnato.

«Urna, ti prego, perdonami. Ti devo delle scuse. Ho passato delle settimane strane».

«Lo vedo». Ha guardato Cleo e poi Antonina, e io non riuscivo a pensare a cosa dire. Invece, ho fatto una cosa folle. Le ho preso la mano e le ho baciato una per una le nocche colorite. La sua risata sembrava sorpresa e imbarazzata... ma non solo.

«Urna, vieni a casa mia una sera. Quando vuoi. Ora devo tenere un discorso, ma, ah, se tutto va bene...»

L'audacia del mio invito non è sfuggita a nessuno dei due. Chiedere una seconda possibilità. Dire a Urna di credere che forse tutto sarebbe andato per il meglio. Non solo: fare progetti per il futuro. Mi ha rivolto un sorriso diffidente, portandosi le nocche alle labbra.

Poi qualcuno ha fischiato forte proprio dietro la mia spalla sinistra. Tre ragazze muscolose mi hanno trascinato verso il palco. Dell, e le sue compagne di squadra. Hanno iniziato ad armeggiare con i miei capelli e il colletto della camicia davanti a Dio e a tutti quanti.

«Ok, zio, direi che questo ti sta a pennello».

Mia nipote mi ha sistemato il papillon. Non le ho fatto notare che il suo viso largo sembrava una padella ammaccata. Aveva lunghi graffi sugli stinchi. Un livido gonfio le segnava lo zigomo, circondato da pelle raggrinzita.

«E quando ti sei fatta *questo*, l'arbitro dov'era?», le ho chiesto, toccandole delicatamente il viso, stupito che me lo permettesse. Lei mi ha stretto la spalla, come se fossi una delle sue compagne di squadra.

«Buona fortuna, zio».

Sul podio, mi sentivo stordito. Avevo la sensazione, come sempre quando parlo in pubblico, di trovarmi al centro di un bersaglio. Uomini e donne hanno abbassato i bicchieri di punch e si sono voltati verso di me. Qua e là, in tutta la sala gremita, sentivo bambini che venivano zittiti e sculacciati.

«Benvenuti alla Giornata dei Fondatori, signore e signori. Buon anniversario».

Qualcuno ha starnutito. In lontananza, ho sentito il muggito di una mucca agitata. Ho abbassato lo sguardo sui miei appunti.

«Tra pochi minuti inizieremo il programma, ma prima, in qualità di Maestro della Grange, vorrei presentarvi la signorina Cleo Allfrey, la fotografa inviata da noi dall'Agenzia per il Reinsediamento. Da Washington l'hanno mandata qui per "mostrare l'America agli americani", e la signorina Allfrey condividerà con noi le sue fotografie della contea di Uz. Ci presenterà un nuovo... punto di vista. Ecco, un nuovo modo di vedere noi stessi e questa terra».

Cleo Allfrey

Ho sorriso alla marea di volti bianchi che mi studiavano, chiaramente scettici riguardo all'affermazione del loro Maestro della Grange.

«...di vedere noi stessi e questa terra».

La luce nella sala era lenta e densa come sciroppo. La luce è sempre la prima cosa che noto. Ancor prima delle facce e delle pistole. Scrutando la stanza alla ricerca di pericoli, ho trovato molti motivi per avere paura. Mentre l'attenzione della folla si preparava a spostarsi da me alle mie fotografie, ho visto volti corrugati da un disagio cortese, che ribollivano di rabbia per la mia presenza nella loro Grange Hall, volti vuoti come ceppi. A volte sono quelli i più spaventosi. Lo sceriffo non si vedeva da nessuna parte. Forse stava provando il *suo* discorso, come avevo visto fare a Harp Oletsky quella mattina in bagno. La sua ultima occasione per convincere gli elettori. BUON COMPLEANNO UZ!, diceva uno striscione floscio appeso sopra la ciotola di punch color lava. 25 ANNI E ANCORA IN PIEDI! Una città più giovane di me di due anni.

Ho cercato anche un po' di calore e rifugio nella sala, e ho ricevuto un sorriso da Hester Brophy, una donna nera che si era presentata poco prima insieme alle sue gemelle con le gonne a pois. Era la moglie di un contadino irlandese-canadese.

«Qui il colore conta meno che altrove», mi ha detto con franchezza, «perché abbiamo tutti bisogno gli uni degli altri, e siamo così pochi».

Ho contato sette volti dalla pelle più scura in una sala che ne conteneva duecento. Uz era una città quasi interamente bianca, e l'opuscolo commemorativo lo confermava, celebrando «l'assimilazione razziale avvenuta dalla fondazione della nostra città». Una rubrica all'interno dell'opuscolo suddivideva la popolazione in due categorie: «bianchi americani nativi» e «stranieri». *Bianchi americani nativi.* Nell'opuscolo gli abitanti neri di Uz non erano menzionati.

Harp aveva appena finito di parlare quando il sindaco mi si è avvicinato a grandi passi. Aveva i dentoni sporgenti. Voleva mostrarmi quanto fossi la benvenuta.

«Salve, signorina Allfrey! Siamo lieti di ospitarla oggi, nel venticinquesimo anniversario di Uz. Che fortunata coincidenza, il suo arrivo».

Le dimostrazioni di potere possono assumere molte forme. Magari voleva davvero essere solo un ospite cortese. Forse sbagliavo a interpretare il sorriso di benvenuto del sindaco come un altro modo per mostrarmi i denti affilati.

«Siamo tutti curiosi di vedere le sue fotografie». Ha strizzato l'occhio. Indossava una giacca a quadri e un foulard giallo al collo. Mi ha detto che il suo abbigliamento era ispirato al gallo cedrone. «Sono sicuro che ha realizzato molti ritratti di persone perbene».

Mi sovrastava. Eravamo faccia a faccia. Ora il suo sorriso incombeva su di me come una vanga.

«Grazie per avermi invitata a esporre i miei lavori», ho detto, spostandomi.

Era una giornata mite per Uz, ventisei gradi all'ombra.

Sentivo delle macchie diffondersi sotto le ascelle e ho sfregato la lavanda secca che avevo in tasca. Presto tutti avrebbero visto ciò che la Graflex Speed Graphic voleva che vedessero. Nemmeno io sapevo con certezza cosa stesse succedendo alle fotografie sotto le coperture. Le stampe avevano trattenuto le immagini per un giorno e una notte, ma non escludevo nulla.

Avevo curato questa mostra per gli uziani, ma il materiale non mi sembrava veramente opera mia. A volte, senza volerlo, ne ero stata nemica. Avevo sovraesposto la pellicola, sbagliato la temperatura del bagno di sviluppo, trascurato di agitare correttamente la soluzione nella vaschetta. Troppo caldo, troppo freddo, troppo veloce, troppo lento. Spesso le condizioni ideali mi si rivelano solo col senno di poi, dopo aver tenuto tra le mani una stampa rovinata e aver capito cosa avrei dovuto fare. È davvero difficile realizzare una foto che si avvicini anche solo un po' a quello che uno vede attraverso l'obiettivo. «Nei giorni più fortunati», mi aveva detto Roy Stryker, «la macchina fotografica vedrà oltre le tue intenzioni. Vedrà più di te».

La mia calligrafia sembrava rigida sullo striscione che avevamo appeso sopra le stampe: OPERE INEDITE REALIZZATE DALLA FOTOCAMERA QUANTISTICA, SUPERANDO LE PIANURE DEL TEMPO.

«Cleeeeo All-fry?», ho sentito dire a una donna con la voce strascicata. «E chi sarebbe? È una specie di scherzo?»

«È quella donna di colore che le ha fatte. Una *fotografa del governo*. Siamo io e te a pagarle lo stipendio, Hannah...»

Ho alzato la mano, l'ho abbassata: sipario. Dell e alcune delle sue amiche, ragazze tozze e dinoccolate della squadra di basket, hanno iniziato a svelare le mie fotografie. Sono rimasta in piedi dietro un mare di teste, a osservare gli uziani che contemplavano la mostra. La gente si spintonava, ammassandosi spalla a spalla davanti alla parete di foto. Negli spazi vuoti tra i corpi, vedevo gli occhi di animali e persone del futuro che mi fissavano. Alcuni mi sorridevano, da dietro la finitura che non sembrava mai finita. Era quasi troppo per me, era più di quanto riuscissi a sostenere. Mi ero sentita per tanto tempo sull'orlo della follia, e anche molto sola, rinchiusa com'ero insieme alle immagini che vedevo nella camera oscura. Ascoltare le esclamazioni dei contadini e degli allevatori davanti alle foto mi ha dato un senso di sollievo indescrivibile, qualcosa di simile all'euforia. Se non proprio alla sanità mentale. Ero circondata da echi del mio stesso stupore, e mi sono alzata in punta di piedi, fino alla mia massima altezza, per guardare la luce che dai finestroni accarezzava le mie foto. Ho cominciato a sentirmi sempre meno come un fantasma che infestava una camera oscura e sempre più come un seme che risaliva strati di terra, con fiori e foglie che mi volteggiavano tutto intorno. La meraviglia mi ha invasa dalle piante dei piedi fino alla punta delle dita, e si è riversata nella sala.

Anche se questa reazione era tutt'altro che universale. Persino a quella distanza dalla calca, sentivo il calore aumentare intorno a me in alcuni corpi, diffondersi a destra e a manca. Un uomo corpulento con il viso rosso come una gomma da cancellare sembrava sul punto di svenire, il respiro affannoso e irregolare. Un altro continuava a strofinare la mano sul bordo del suo piatto di vetro, come se dentro di lui un'emozione stesse montando fino a raggiungere un punto critico. Cosa provavano guardando quelle fotografie che viaggiavano nel tempo? Posso solo fare delle ipotesi. Un nonno elegante, a pochi passi da me, si è girato per incrociare il mio sguardo, fissandomi con puro odio. In altri corpi, l'incredulità si è trasformata in risate. Ad alcune donne tremavano le spalle per il pianto. Una bambina bionda accanto a me si teneva le trecce sollevate come ali.

Un brusio crescente si stava diffondendo nella sala. Avevo provato qualcosa di simile durante gli scioperi che avevo fotografato a Vollum. *Il calore è energia*, mi sono detta. La rabbia ha uno scopo. La rabbia può reinventare il mondo, ridisegnarne i confini. Senza la rabbia che mi scorreva nelle vene, sarei potuta sgattaiolare via dalla Grange Hall e scomparire. Sentivo l'atmosfera intorno a me cambiare, il mormorio crescere fino a diventare un rombo sordo. Ho cercato di rimanere ottimista. Avevo paura, ma c'era qualcosa di più grande della mia paura.

Mentre preparavo questa mostra, avevo passato ore a riflettere su ogni fotografia. Volevo contribuire a liberare Clemson Louis Dew. A casa Oletsky era l'imperativo comune. Ma la Graflex mi stava usando in un altro modo: o quantomeno era questa la mia sensazione mentre selezionavo le stampe. Avevo intuito cosa poteva succedere. Avevo scattato decine di fotografie del cielo sopra Uz, nel tentativo di rendere omaggio a uno dei miei eroi, Alfred Stieglitz. I provini sembravano una griglia di piccole finestre sul paradiso e l'inferno che si aprivano qui, in Nebraska. Cieli in fiamme squarciati da esplosioni. Dolci tramonti sulla prateria. Cieli funerei come voragini grigie. Cieli mattutini animati da gru in volo. La Graflex riesumava i ricordi della terra in cui aveva scattato. Sembrava anche produrre visioni del futuro di quei luoghi. I sogni e gli incubi di ciò che vi sarebbe potuto accadere.

Ferma davanti al bagno di fissaggio che avevo preparato, avevo visto comparire scene raccapriccianti. L'occultamento del cadavere di Mink Petrusev era solo una delle tante atrocità catturate dalla Graflex. Alcuni provini mostravano orrori che mi hanno lasciata sotto shock, che hanno distrutto la mia convinzione di essere al di là di ogni sorpresa. Avevo realizzato ritratti sfocati di paesaggi che evocavano la fine del mondo, o quasi. Tendopoli che si estendevano per chilometri intorno a un edificio fortificato. Erba morente accartocciata sotto corpi in agonia. Una terra desolata dove oggi sorge Uz, con cadaveri ammucchiati tra le macerie. Con le stampe che avevo lasciato nella dispensa avrei potuto allestire una seconda mostra. Ma erano quelle le immagini che rivedevo nitide nella mente quando non riuscivo a dormire. E non erano così lontane da ciò che vedevano gli abitanti della città quando si affacciavano alla finestra. Se la polvere pioveva dal cielo, non ci voleva alcuno sforzo per evocare un paesaggio infernale. Volevo mostrare alla gente che non tutto era perduto.

Avevo chiesto consiglio al contadino: dopotutto, lui conosceva bene Uz. Mi aveva mostrato una stampa che ritraeva la sua proprietà, in cui il fienile, il grano e la recinzione erano scomparsi. «Riconoscerei quell'albero ovunque», ha detto con un sorriso, «è una quercia spinosa. Guarda lì. È piena di bambini». Poi, con una risata vera e propria: «Non sembrano parenti, vero? O forse sì? Un futuro senza recinti. Gli faccia vedere questa, signorina Allfrey».

L'ho ringraziato, e lui mi ha sorpresa. «Signorina Allfrey, io conosco il futuro quanto un solco chiuso conosce il raccolto. Ma lei può mostrarci i semi da coltivare. Ciò che può crescere qui, nonostante tutto quello che abbiamo fatto».

Così ho deciso di costruire la mostra attorno alle scene più belle. Le fotografie che mi hanno spinta a riflettere su ciò che credevo possibile in questa vita, su ciò che era vero. Che mi hanno dato modo di comprendere meglio il passato e hanno contraddetto le previsioni più cupe per il mio futuro, per il nostro futuro. È stato quasi impossibile organizzare le decine di stampe in qualcosa di coerente. Volevo che questa città vedesse acque limpide e praterie intatte, persone sane e integre. Alla fine, ciò che ho realizzato non è affatto una documentazione completa di quanto è accaduto su questa terra e di ciò che potrebbe essere un giorno. Ho fatto scelte di parte, in maniera consapevole o meno. Anche, e soprattutto, quando io stessa riuscivo a malapena a credere ai miei occhi.

Sentivo le lacune di ciò che avevo messo insieme, ma volevo comunque condividerlo. E così mi sono ritrovata a curare la mia propaganda per il futuro. *Roy Stryker*, ho pensato, *ora ti capisco meglio.*

Mentre osservavo gli spettatori delle mie foto, ho sentito qualcosa sfiorarmi lo stinco e per poco non ho gridato. Un'enorme gatta soriana era entrata nella Grange Hall. Faceva le fusa, con il suono di un cielo gravido di pioggia. E ne aveva anche l'aspetto, con quella pancia più gonfia di una palla da basket. La gatta rombante si è infilata tra le gambe dei contadini avvicinandosi con passo felpato al centro della sala, le macchie sul pelo che raccontavano una storia terribilmente incompleta. È passata sotto i tavoli, proiettando un'ombra dalle orecchie appuntite, poi si è lanciata dritta verso Antonina.

Antonina Rossi

Le certezze possono essere trasformate. Le convinzioni ribaltate.

Dobbiamo crederci, Figlio mio, altrimenti che ci facciamo qui?

Avevo visto le dodici foto dello sceriffo che bruciava il corpo di Mink sulle dune di sabbia, ma ero all'oscuro quanto i membri della Grange di quali altre visioni del passato e del futuro potessero essere nascoste sotto i teli. A differenza di Dell, non ero mai scesa nella dispensa. Ero troppo timida, o forse troppo guardinga, per chiedere ad Allfrey di mostrarmi le sue stampe. Quando Asphodel e le compagne di squadra hanno tolto le spille dai teli, intorno a me ho sentito parecchia gente trattenere il respiro. Quelle cestiste avevano un certo istinto teatrale: hanno sollevato i panni argentati con un movimento diagonale, come se fossero sipari a misura di topo. Avrei riso, se a un tratto non fossi rimasta stordita dalla paura. L'unica cosa che le fotografie ci chiedevano era di avere il coraggio di guardare. Eppure, per diversi minuti, non sono riuscita a farlo. Piuttosto, mi sono inginocchiata e ho accarezzato la gatta di Gladys Iscoe tra le orecchie. «Ma dove sei stata?» Ero felice di rivedere una vecchia amica.

La ragazza mi ha toccato il gomito. Io e la gatta ci siamo irrigidite.

«Vieni a vedere questa...»

Le «fotografie quantistiche» di Cleo Allfrey mi hanno lasciata senza fiato per la loro bellezza. Quella è stata la prima sorpresa. Mi aspettavo di vedere immagini di sofferenza e malvagità. I linciaggi che non erano stati riportati da nessun giornale. Le fosse comuni e le montagne di teschi. Ma quando mi sono costretta a guardare, la prima immagine che ho visto era una scena tranquilla sul fiume Loup. In una bella giornata primaverile, le foglie erano chiuse come pipistrelli addormentati su alcuni alberi, mentre su altri sembravano bandiere luccicanti. Le donne Pawnee stavano abbeverando i loro cavalli fuori da un enorme capanno. I bambini giocavano sull'erba, e il fiume limpido era popolato da alti canneti e mille nuvole fluttuanti nell'acqua. Queste immagini erano piene di cose ordinarie e straordinarie: sorelle che coltivavano zucche, mais e fagioli, bambini che sbadigliavano, il sole che nuotava lungo il fiume grigio.

L'ultima cosa che mi sarei aspettata di vedere era la gioia. Mi sono resa conto che questo era un vero problema. Una fotografia mostrava un tavolo imbandito sotto un gruppo di pioppi tremuli. Un pranzo comunitario in cui ciascuno aveva portato qualcosa, o almeno così sembrava. Tutto ciò che era sul tavolo mi ricordava i doni della terra: pannocchie di mais arrostite e pagnotte di pane, bacche luccicanti e brocche d'acqua. Chi le stava condividendo? I posti a sedere erano vuoti, in attesa degli ospiti. Allfrey aveva intitolato la foto *Abbondanza*.

Non servivano altre parole. Tutti gli occhi intorno a me erano spalancati. Vedevo cose che sarebbero state impensabili solo un attimo prima. La sorpresa è una buona maestra. La Graflex Speed Graphic aveva immortalato una pienezza che non somigliava affatto ai vecchi tempi del boom di Uz, in cui c'erano carri carichi di grano accanto agli accampamenti di tende e baracche. Gli scatti di Allfrey erano panoramici, ma non mostravano vedute solitarie, fattorie isolate sullo sfondo della prateria morente. Brulicavano di vita.

La felicità, la bellezza e la pace mi rivolgevano la loro accusa, con la stessa forza, seppur dalla direzione opposta. Le stampe ingrandite erano in bianco e nero, ma la mia mente aggiungeva il colore. Ogni volto nell'inquadratura, a prescindere dall'età e dalla razza, sembrava rilassato e ben nutrito. Complessi mosaici di fiori selvatici della prateria esplodevano nell'erba alta, una moltitudine di piante perenni di meravigliosa varietà e resistenza. Il mistero della gentilezza.

Sono state le immagini di bambini che dondolavano dai rami dei salici e saltavano nel fiume a mozzarmi il fiato. Le loro risate risuonavano tra il futuro e il passato, tintinnandomi nelle orecchie.

Dietro di me, ho sentito Cleo respingere le domande ansiose degli spettatori:

«Non capisco. Queste sono fotografie di ciò che è successo? Di ciò che succederà?»

«Non lo so nemmeno io», ha risposto. «Ma vi dirò una cosa: sospetto che abbiamo più scelte di quante pensiamo».

«Allora è solo altra propaganda del New Deal! Fotografie di fantasmi, come quelle truffe degli spiritisti! State solo cercando di spaventare la gente per far prendere più voti a Roosevelt!»

«Siete liberi di trarre le vostre conclusioni. Da parte mia, penso che la macchina fotografica ci stia mostrando le possibilità che potrebbero svilupparsi su questa terra».

Mi aspettavo di vedere orrori. Invece ho visto il sorriso che brillava negli occhi di una famiglia riunita per il primo compleanno di una bambina nera. La torta rotonda decorata con piccoli fiori rosa e gialli. Una scritta ben fatta che diceva *Buon compleanno Ann!* Una sola candela con una scintillante fiamma argentata. La didascalia di Allfrey diceva *Audacious*. Nessuno era in posa. Nessuno sembrava essersi accorto che una fotografia aveva catturato la profondità della loro gioia, da quella che doveva essere – a giudicare dalle lampade da saloon e dai vestiti antiquati – una distanza di settant'anni. Erano liberi di festeggiare la bella ombra del primo anno di vita di Ann. Un'altra stampa mostrava una strana città, sorta fra le colline che ho riconosciuto come le Sandhills a nord di Uz. La stampa era in bianco e nero, ma io ho immaginato ogni sfumatura di blu, dal cobalto del lago all'azzurro del fiore di nebbia. Piante mai viste prima si innalzavano verso il cielo come il fagiolo magico delle fiabe, con foglie più larghe del ponte sul fiume Republican. Giganti che si sollevavano dal suolo. Ogni stelo si ramificava in piattaforme che sostenevano piccole abitazioni. Sì, era una città che si sviluppava in verticale, anelli circolari impilati nel mezzo del cielo, una città flessibile e vivente sulle Pianure, che si ergeva tra le nuvole. Fissando la fotografia cangiante, ero in qualche modo certa che fossero le piante stesse ad averla progettata, in collaborazione con le menti, i cuori e i pollici degli esseri umani.

La donna accanto a me si è messa a piangere. Stava guardando l'immagine ingrandita di una goccia d'acqua su una grande foglia grigia, che si muoveva verso il cielo via via che i suoi occhi la seguivano, attratti dal sole che sorgeva dietro i filari. *Verso la vita*, recitava la didascalia di Allfrey.

Vorrei che avessimo registrato le reazioni degli uziani. Aggirandosi per la mostra di Allfrey producevano una musica folle. Piccoli sussulti, risate terrorizzate. Il grosso maniscalco dalla barba rossa accanto a me ha avuto un attacco di tosse. Alcuni hanno reagito con battute balbettanti e confuse, altri fissavano davanti a sé con sguardo assente, altri ancora sembravano arrossiti e imbarazzati per lo stupore. Dietro di me, le voci incredule di due uomini si stavano facendo più ruvide e beffarde.

I Dudley si accalcavano intorno alla stampa 20 x 25 di una migrazione di bisonti. Centinaia di bestie attraversavano la terra della loro famiglia: era perfettamente riconoscibile dalla quercia centenaria contorta. Loro se ne stavano spalla a spalla, uniti in un silenzio sempre più profondo. Il signore e la signora Dudley lo ruppero per bisticciare: non riuscivano a mettersi d'accordo su ciò che stavano vedendo. Era una foto della terra prima della loro nascita o dopo la loro dipartita.

Ero incantata da due foto che Allfrey aveva montato una accanto all'altra: una stampa della capanna di una famiglia di pionieri, accanto a una capanna di fango dei Pawnee con una quarantina di persone intorno. Fino a quel momento, non mi ero resa conto che una casa di zolle, simbolo dei pionieri, prova del loro coraggio e della loro ingegnosità, era in realtà una copia in formato ridotto dell'architettura dei Pawnee. La capanna di fango aveva un soffitto rotondo con un foro per il fumo, un unico occhio che fissava la luna nascente. Per un breve istante di beatitudine, ho dimenticato me stessa. Quando ho alzato lo sguardo, mi è sembrato quasi di emergere da una trance.

Lo sceriffo Victor Iscoe era in piedi in un angolo della Grange Hall. Non sembrava minimamente interessato alle fotografie di Allfrey. Il suo volto era come il suo distintivo, vuoto e lucido. Mi fissava dritto negli occhi.

La gatta

Non vi aspettavate di rivedermi, vero? Credetemi, non avevo alcuna intenzione di tornare a Uz. Se non avessi sentito le voci dei miei figli che mi chiamavano, sarei saltata sul cassone di un camioncino e mi sarei intrufolata in una storia completamente diversa. Bisogna sempre tenere i piccoli a portata d'orecchio. La casa quadrata, la prigione: pensavo di essermeli lasciati alle spalle, quei posti orribili, invece mi seguivano ovunque.

A volte penso: *come sarebbe la mia vita se non me ne fregasse niente di nessuno?* Dopo un mese da sola, a girare per le città lungo il fiume quasi in secca, mi sono imbattuta in una famiglia che emigrava in Oklahoma. Brava gente, pessimi guidatori. Forse avrei continuato a viaggiare con loro se non avessi assistito a una tragedia: un furgone ha fatto ribaltare una goffa tartaruga di terra, lasciandola a roteare sul guscio. Tutte le tartarughe mi sembrano goffe, anche se so che è ingiusto. Noi gatti dobbiamo sembrare dei fulmini spericolati ai loro occhi. Il furgone ha sterzato, non per evitare la testuggine ma apposta per colpirla come un birillo da bowling. Sono saltata giù dal cassone e sono corsa in suo aiuto. Le sue unghie dure e gialle non riuscivano a trovare un appiglio. Clic! Clic! Clic! Le unghie imploravano aiuto.

Ho urtato il guscio con tutta la mia forza. Ci sono voluti tre tentativi prima di riuscire a rimetterla sulle zampe. Con delicatezza, con l'abilità appresa da mia madre, ho rimosso le spighette di coda di volpe e di avena appiccicate alle sue scaglie. Ho trascorso i sette giorni successivi aiutando quella nuova amica ad attraversare la statale, a superare non meno di sette argini, a percorrere un campo rovente di erba medica appassita e a raggiungere le acque basse di un lago. Un passo ogni secolo. Una pausa ogni dieci passi. «La bontà è una ricompensa in sé», ha detto la tartaruga, sbadigliando e poi scomparendo sott'acqua. Non l'ho uccisa. E questo mi fa sentire bene.

Ci è voluto un po' per tornare qui a Uz, nel Nebraska. A quanto pare, la nostra città non è una destinazione molto popolare. Ma i gatti possono avere dei fantasmi, proprio come le persone. Ho scoperto, con grande dispiacere, che non potevo scappare. Ho un conto in sospeso con l'uomo che ha affogato i miei cuccioli.

La mia amanuense è la ragazza. La nipote del contadino. È un po' troppo compiaciuta di sé. Pensa di essere lei a inventare la mia storia. Guardatela come sorride in prima fila alla Grange Hall, mentre si prende una pausa dalla paura e annota tutto sul suo quaderno verde.

Che idea divertente!, pensa la ragazza tra sé e sé. *Chissà da dove mi è venuta?*

Da me, cretina! Dalla gatta!

Asphodel Oletsky

Mi disorienta sempre vedere le mie compagne di squadra travestite da ragazze normali. Valeria sembrava una suora, con un abito di cotone nero, le calze scure e le scarpe a punta. Era seduta tra i signori Ramos, a poche file dal palco, e leggeva in silenzio l'opuscolo commemorativo. Quasi non la riconoscevo. Thelma teneva i capelli rossi ribelli rinchiusi in un alto chignon. Quando avevo visto Ellda avevo avuto una fitta al cuore. Indossava un vestito a pois e i guanti bianchi. Sembrava che si fosse sciolta delle caramelle sulla faccia. «È molto carina», mi aveva informato Val mentre allestivamo la mostra. «Si è truccata, Dell». Ellda era seduta tra suo padre e il pastore Robbins. Teneva un bicchiere di punch alla frutta fra le mani tremanti. Ci siamo guardate e lei mi ha fatto cenno di allontanarmi; forse non voleva il mio aiuto, o forse pensava che avrei peggiorato le cose. Dagmara era ancora in piedi con lo sguardo rapito davanti alla parete di cieli di Allfrey. Alcuni erano perfettamente limpidi, altri quasi opachi per la polvere: solo a guardarli ti bruciavano i polmoni. Quelle fotografie del cielo erano le meno ancorate al tempo e allo spazio, eppure mi avevano colpito per la loro varietà. La gatta si aggirava tra le file di sedie, con la coda alzata. Solo i bambini sembravano notarla. Quasi tutti gli adulti avevano gli occhi puntati su mio zio, in attesa che desse un senso alla mostra. Vicino a me ho sentito un uomo sussurrare: «Se è uno scherzo, Bert, non mi fa ridere». Pareva che la sala stessa trattenesse il respiro.

Io e Cleo abbiamo percorso cautamente la vecchia rampa che portava al palco di quercia, con quei drappi neri e dorati che fanno somigliare ogni evento all'incoronazione di un calabrone. Tenevo strette le fotografie di Mink Petrusev, dello sceriffo Iscoe e del suo vice, e il sudore stava macchiando la copertura argentata. Il piano era mostrarle dal palco a un segnale di zio Harp.

«Per te non sarà facile, Dell», mi aveva detto. «So che ti piace parlare a ruota libera. Ma oggi devi fare tappezzeria. Stai lì e tieni le foto. Oggi ho molto da dire». Valeria e Thelma mi avrebbero aiutato, girando tra le file con altre stampe e assicurandosi che tutti potessero vederle. Ho dato un'occhiata alla sala: nessun Iscoe. Dov'era lo sceriffo? Ho alzato le spalle, aspettandomi di sentire l'aria calda sul collo e le mani intorno alla gola. Ho atteso il mio segnale.

Harp Oletsky

L'intera sala si è tesa come un corpo. File e file di membri della Grange si sporgevano in avanti, con i pugni sulle ginocchia. Mi è tornato in mente un ricordo: mio padre che lasciava il porto con lo stomaco sottosopra. Mi è salito in gola un sapore aspro e spinoso.

«Tutti abbiamo visto gli annunci dello sceriffo Iscoe», ho esordito. Ho scrutato il mare di volti segnati dal tempo, quasi aspettandomi di vedere mio fratello, mia sorella e i nostri genitori. Le fotografie di Allfrey mi facevano sentire come se fossero ancora tra noi. I morti erano più vicini ai vivi di quanto avessi immaginato. Ma è stata mia nipote a incrociare il mio sguardo, con la foto di Allfrey in mano, in attesa del segnale. Le sue compagne di squadra erano sedute in prima fila, alcune con le loro brutte magliette, altre vestite da ragazze perbene. I miei vicini mi guardavano sbattendo le palpebre, accaldati e infastiditi.

«Il volto del nostro sceriffo è affisso su ogni finestra, dalla stazione fino alla Grange Hall. Ma io, ehm, mi chiedo dove sia stamattina... Speravo di poterlo invitare sul palco per mostrargli alcune foto spontanee realizzate dalla signorina Allfrey...»

Lo sceriffo era seduto tra il pubblico? Tutte le teste si sono girate alla ricerca degli Iscoe. L'angolo dove l'avevo visto un attimo prima era vuoto. Mentre provavo il mio discorso, avevo immaginato di guardare Vick dritto negli occhi. Il suo rivale, Ernie Whitson, era seduto in seconda fila e sembrava l'uomo più felice della Grange Hall. Non c'era bisogno di convincere Ernie che Vick era malvagio e pigro.

«Va' avanti, Harp», ha gridato quel vecchio orso di Luther Hotchkin.

«Giusto. Ok. Vick – lo sceriffo Iscoe – come tutti sapete, sta conducendo una campagna elettorale basata su una certa affermazione, secondo cui un giovane violinista che viveva in un accampamento di vagabondi, senza un impiego né alcun tipo di istruzione – il diciassettenne Clemson Louis Dew – sarebbe l'assassino della zampa di lepre».

Il pubblico ha iniziato a mormorare. Ho guardato mia nipote, poi Urna, Otto e Antonina. Ho cercato di deglutire, ma avevo la bocca secca come i campi aridi dei miei vicini.

«Se non fosse stato per la tempesta di sabbia della Domenica Nera, Dew sarebbe già sepolto sotto due metri di terra a Grasshopper Hill. Sono qui per dirvi che quel ragazzo è innocente. Ha avuto la sfortuna di trovarsi vicino alla stazione a suonare, la sera in cui Vick era alla ricerca di un capro espiatorio. Se esiste davvero un assassino della zampa di lepre, potete stare certi che non è Clemson. Abbiamo le prove...»

Dell ha mostrato la fotografia del corpo di Mink Petrusev sul terreno sabbioso vicino al pioppo spaccato dal fulmine. Lo sceriffo Iscoe e il suo vice, Percival, erano in piedi accanto a lei, con le facce vuote quanto le loro pale.

«La zampa di lepre... è stata un espediente che ha usato lo sceriffo per chiudere una mezza dozzina di casi irrisolti. Accanto ai corpi di Nina Rose e Olga Kucera è stato ritrovato un gingillo, e Vick l'ha trasformato in un macabro totem. Quel dettaglio è finito sui giornali e ha dato al nostro sceriffo un'idea malvagia, una delle poche originali che abbia mai avuto. Ha iniziato a piazzare zampe di lepre su ogni povera donna che veniva rinvenuta morta a Uz e dintorni. Ha attribuito tutti quei casi irrisolti a Clemson Louis Dew. Un vagabondo senza soldi né famiglia, che era solo di passaggio».

La Grange Hall adesso era silenziosa.

«La confessione di Clemson Louis Dew è stata estorta. L'assassino della zampa di lepre non esiste. Se avete dei dubbi al riguardo, vi chiedo di esaminare queste fotografie...»

Dell si è incamminata lentamente tra le file di sedie, mostrando al pubblico la foto dello sceriffo che scavava la fossa, con il corpo di Mink accanto. All'estremità opposta del palco, Cleo Allfrey ne teneva in mano una copia. Un uomo in prima fila è scoppiato in una risata isterica. Un suono simile a quello dell'elio che esce da un palloncino.

Alcune persone si sono unite a lui.

Altre persone si sono unite a *loro*.

«Quanto la paga Ernie Whitson per tutto questo, signora? Mancano pochi giorni alle elezioni e lei infanga il nome di Vick...»

Antonina ha scelto proprio quel momento per salire sul palco, senza curarsi del tempismo. Si è spostata dietro al podio, sotto il fascio di luce che entrava dal finestrone a est. Indossava un abito fuori moda con un pesante colletto di pizzo e calze blu scuro sbiadite, che aveva passato mezza giornata a rammendare. Erano abiti prestati da Ania Oletsky. La spilla pareva una saponetta consumata. «Voglio che prendano sul serio la mia testimonianza», mi aveva detto quando le avevo chiesto perché stesse rovistando nel baule di mia madre defunta. Non so se la strega sia davvero riuscita a convincere qualcuno di essere una donna normale. La sua treccia nera si stava già sciogliendo. Gli occhi scuri sembravano bere tutta la sala. Per un attimo si sono posati su di me; ho sentito il richiamo delle profondità dentro di lei. Ha mosso le labbra senza emettere alcun suono, saggiando le parole prima di pronunciarle.

«Mi chiamo Antonina Rossi. Voi mi conoscete come l'Antidoto. Ufficialmente, non dovrei esistere. Per molti anni ho conservato i vostri ricordi. Sono qui per confermare ciò che Harp Oletsky vi ha appena detto: lo sceriffo ha insabbiato degli omicidi nella contea di Uz e dintorni. Vuole farvi credere che il caso sia chiuso, ma c'è un uomo innocente nel braccio della morte e questi delitti continuano...»

Le risate si sono spente.

Nella stanza ha cominciato ad aleggiare qualcosa di più pericoloso della derisione.

Mi sono messo al suo fianco, fissando nervosamente i membri della Grange. Metà del viso di Antonina era nascosto dalla pila di fogli. Ma mentre continuava a leggere, abbiamo sentito tutti la voce diventare più potente. Ha iniziato con la trascrizione dei depositi dei giurati. È passata al deposito del vice sceriffo novellino, Percival Gander, descrivendo la scena esattamente come appariva nella fotografia della signorina Allfrey. Poi ha denunciato le bugie dello sceriffo e quante volte era stata costretta a ricevere dei versamenti per conto di Vick nella prigione.

Nella Grange Hall si è scatenata la rabbia. Sembrava che la sala fosse piena di fumo, di uno sciame di api. Era incredibile quanto fosse stato rapido il cambiamento. Quanto fosse diversa l'atmosfera.

«Avevi detto che tu non sentivi neanche una parola! Che cancellavi dalla mente quello che ti dicevamo...»

«Bugiarda! Perché diavolo dovremmo crederti adesso?»

«Ma è legale?», ha chiesto qualcuno nervosamente.

«Non lasciate che questa strega infanghi il nome del nostro sceriffo!»

In una fila centrale, ho notato Percival Gander. Sembrava avesse visto un fantasma. E forse in effetti era così: stava fissando il suo volto illuminato dalle fiamme nelle foto di Allfrey. È saltato in piedi e ha alzato una mano, come se fosse ancora uno scolaretto.

«Sì, Percy?»

«Quella notte sono stato dall'Antidoto», ha detto con voce lenta e vischiosa come olio versato. «Con lo sceriffo Iscoe. Questo me lo ricordo bene. Ho trovato una scatola con quelle zampette nel mio bagagliaio e ho avuto un brivido. Ora ha più senso... quello che stavamo facendo, quello che noi...» Come un cane che riemerge da un lago, è stato scosso da un brivido che gli ha attraversato tutto il corpo. «...quello che avevamo fatto».

D'un tratto il giovane Percy sembrava sul punto di vomitare.

«Posso farvele vedere, le zampe di lepre! Non lasciate che diano la colpa a me! È stata tutta un'idea dello sceriffo! Io ho solo eseguito gli ordini...» Percy ha fatto un giro su sé stesso, forse alla ricerca di qualcuno che fosse d'accordo con lui.

Uno dei giurati, Peter Haage, sembrava in preda a una crisi epilettica. Un altro è salito sul palco, con il viso teso e vuoto come un palloncino, e senza preavviso ha tirato indietro una mano e ha schiaffeggiato Antonina. L'ho preso per le spalle: era il mio vecchio amico Elwin McPhee. Mi ha fissato con occhi feriti. «Harp, non permettere a questa stronza di starsene qui a dire bugie su di me!»

Sembrava così convinto della propria innocenza che, per un attimo, anch'io ho dubitato della testimonianza di Antonina. Quando mi sono voltato verso di lei, la sua espressione di terrore è stata una prova sufficiente. Ormai non aveva più prospettive di lavoro a Uz. Stava rischiando la vita. *Oh Signore*, ho pensato, fissando il suo viso segnato e gli occhi tristi da cavallo. Mi ero affezionato molto all'ex strega della prateria. Sapevo cosa stava per dire, e per poco non l'ho fermata.

April McPhee, una donna robusta, madre di sei figli e moglie di Elwin da trent'anni, è salita sul palco per aiutare Antonina a rialzarsi. Ha insultato Elwin a gran voce. «Da quanto tempo conosciamo Vick?», ha chiesto. «Qualcuno di voi sarebbe scioccato se avesse fatto quello di cui lo accusano? Dobbiamo trovare un buon avvocato a quel ragazzo. È lo sceriffo Iscoe che dovrebbe stare in cella!»

Con la sua voce chiara e calma, ha fatto ciò che io non ero riuscito a fare. Ha portato la sala dalla nostra parte. La rapidità con cui è successo mi ha spaventato. Una folla è imprevedibile come un pugno. Avevo sperimentato molte volte la volubilità del sostegno della gente. Ma io avevo sempre fatto parte del pubblico, seguendo l'oscillazione dei miei compagni della Grange. Non mi ero mai trovato da questa parte del podio. Fissando i volti familiari nella sala, ho sentito un grido salirmi in gola. Mi ha fatto alzare in punta di piedi, mentre tutti ripetevano:

«Giustizia per Clemson!»

«Mettiamo dentro Iscoe!»

«Giustizia per Clemson!»

«Mettiamo dentro Iscoe!»

Lo sceriffo era introvabile. Ho lanciato uno sguardo nervoso alle travi del tetto, come se potesse essere nascosto lì, pronto a piombare giù e sgozzarmi. C'era solo un vecchio nido aggrovigliato.

La gente sembrava esaltata dalla propria rabbia. Volevano il sangue di Iscoe. Erano con noi, anche quelli che all'inizio sembravano pronti a impiccare Antonina. Per il momento eravamo un coro. Ma io avevo altro da dire.

Antonina Rossi

Un occhio può rifiutare ciò che vede, proprio come lo stomaco quando ha dei conati di vomito. Una pupilla può contrarsi violentemente e trattenere le lacrime. Quando Harp ha iniziato a parlare, ero pronta al peggio. Ma ci hanno creduto quando abbiamo smascherato lo sceriffo. Il nostro piano stava funzionando.

Harp Oletsky

«I miei genitori ottennero ufficialmente la loro terra qui a Uz nel 1904, trasferendosi a ovest dalla colonia polacca di Krakow. Lo stesso fecero molti dei vostri».

Ho guardato i volti di uomini che conoscevo fin dall'infanzia, che mi incoraggiavano con i loro sorrisi. Henry, il sellaio dalle orecchie grandi, e i suoi figli in seconda fila; la mia figlioccia, la piccola Nancy Goerentz, accanto al mio migliore amico, Otto; Paul Easter, il primo capo che Frank aveva avuto in città. Amici che avevano votato per me affinché oggi potessi infondergli un po' di ispirazione. Ho preferito abbassare lo sguardo sul foglio.

«Conosciamo tutti la storia della fondazione di Uz. I nostri genitori lasciarono Krakow per colonizzare le terre libere concesse dal Kinkaid Act: un intero ettaro! Più terra di quanta molti di loro avessero mai posseduto. A queste Famiglie Fondatrici si unirono rapidamente altri nuovi arrivati dall'Europa, e americani provenienti da sud-est, nord-est e dal Midwest. Due anni dopo la fondazione, la città aveva triplicato le sue dimensioni ed era stata raggiunta dalla ferrovia Union Pacific. Uz venne ufficialmente fondata in questo giorno venticinque anni fa, con 215 residenti. Più o meno lo stesso numero di presenti in sala quest'oggi...»

Un mormorio si è diffuso tra il pubblico. Abbiamo perso così tanti cittadini dall'ultimo anniversario.

«Ma forse non sapete che quelle famiglie originarie fecero una promessa. La chiamarono "il Patto dei Fondatori"».

Ho recitato quell'accordo di esclusione, ripetendo meglio che potevo il deposito del babbo.

Un brontolio sommesso ha riempito la sala mentre i miei vicini assimilavano quelle parole terribili. Ho continuato.

«In seguito fecero un secondo patto, che era quello di dimenticare...»

Senza enfasi, balbettando quando incontravo un ostacolo nella mia stessa comprensione, ho condiviso i ricordi che avevo recuperato da mio padre.

«Capisco perché abbia scelto di cancellare tutto questo dalla sua mente, amici. Non poteva convivere con ciò che aveva fatto per ottenere la terra. Ha tenuto segreto il deposito anche alla famiglia. Era una questione privata. Ma quando migliaia di noi decidono di dimenticare le stesse verità, cosa succede? Guardate cosa sta accadendo alla terra, senza più radici. Noi siamo i figli di quei crimini della memoria, e continuiamo a commetterli».

«*Noi!*», ha gridato qualcuno con una risata beffarda. «Un uomo che dice sciocchezze dovrebbe parlare per sé...»

«Noi polacchi», ho continuato, «noi "popolo delle Pianure", sappiamo cosa significa essere smembrati dagli imperi. Ebbene, la terra su cui è costruita Uz appartiene al popolo Pawnee».

Ho cercato incoraggiamento nelle mie nuove amiche, ma i volti delle donne mi hanno messo ancora più agitazione.

«Mio padre», ho continuato, «che veniva dalla Polonia delle spartizioni, capì il suo nuovo ruolo dal primo giorno in cui mise piede in Nebraska. Si ritrovò a vivere in un incubo: un uomo gentile che era fuggito dalla persecuzione tedesca dei polacchi solo per ritrovarsi soldato di un esercito invasore. Non tutti gli attacchi si svolgono come agguati militari. Non tutti i battaglioni sono composti da uomini addestrati. Il governo degli Stati Uniti mise insieme tante cose diverse. Eserciti di bestiame, schiere di bambini pallidi. Recinzioni che invasero il territorio da costa a costa. Foreste di filo spinato. Chiodi per binari ferroviari conficcati nell'erba della prateria».

Ho parlato di come il Kinkaid Act ci avesse trapiantati nelle aride terre occidentali, mentre i nativi venivano espulsi o costretti a stare nelle riserve, e le loro terre venivano divise, vendute e distribuite ai nuovi arrivati dalla pelle chiara. Di come l'obiettivo fosse quello di trasformare la «terra desolata» in profitto, e le praterie in bistecche, cuoio e grano da esportare. *Di trasformare i territori dei nativi in appezzamenti dei bianchi.* I nostri nonni e genitori erano discesi su quelle terre come neve, e quando arrivò il disgelo primaverile spuntò una generazione di bambini come me, come noi, senza alcun ricordo se non quello della nostra infanzia nella prateria.

«Mio padre sapeva tutto questo», ho detto. «Aveva vissuto una storia simile. Questa consapevolezza lo ha tormentato per anni, chiudendogli gli occhi. Quando poté permetterselo, pagò una Cassaforte per nascondere ciò che aveva visto così chiaramente nel 1873».

Mi si è incrinata la voce nel descrivere la conflagrazione di dicerie iniziata dal babbo, la sua idea per impedire ai coloni di venire a prendere le terre non assegnate a ovest di Uz. Ho spiegato come la cosa avesse portato all'omicidio di un uomo e forse avesse prodotto altre violenze di cui non ero a conoscenza. La culla in cui avevo dormito, ho detto, era stata costruita con legno rubato ai Pawnee. Mio padre aveva abbattuto gli alberi dei suoi vicini indiani, ho raccontato. Poi aveva abbattuto i propri ricordi. Era morto senza sapere ciò che proprio lui – insieme agli altri fondatori della nostra città – aveva deciso di tenere segreto.

Otto mi faceva dei cenni frenetici con le mani. Aveva la stessa espressione di quella volta in cui avevo agganciato per sbaglio un cavo con lo Spider, rischiando la vita. Ho visto mia nipote avvicinarsi a Otto e bloccarlo. *Giù le mani*, gli ha detto a mezza bocca. Non era la frase che avrei scelto in quel momento, ma ha funzionato. Otto ha alzato gli occhi al cielo e ha lasciato cadere le braccia.

«Abbiamo una responsabilità comune», ho detto, «come figli dell'Homestead Act, del Dawes Act e del Kinkaid Act, di riparare questi torti. Se non lo facciamo, la nostra anima si ammalerà come l'aria polverosa che respiriamo».

La sala taceva. *Devo fermarmi qui? Aprire il dibattito?*

«Ho interrogato la mia coscienza», ho detto. «Sarò anche il vostro Maestro della Grange ma, come sapete, ho finito a malapena la scuola. Tuttavia, persino un bambino di cinque anni sa cosa è giusto fare: se rubi qualcosa, lo restituisci».

«Un bambino di cinque anni è molto più intelligente di te!», ha urlato qualcuno. Ho cercato di ignorarlo, anche se ho sentito il calore salirmi al viso.

«Ora, non so esattamente come si possa fare, ma, be', la riserva Pawnee in Oklahoma è a sei ore di macchina a sud di Uz...»

«Tutto ciò che hanno fatto i fondatori era perfettamente legale», ha interrotto il signor Unger. «È triste quello che è successo agli indiani, ma ormai è acqua passata».

«Se restituiamo tutto, non ci resterà più niente!»

«Va bene, Willa, non hai tutti i torti», ho risposto. «E che ne dici di restituire "qualcosa"? Tra "tutto" e "niente" ce ne passa. Volevo aprire il dibattito...»

Dell annuiva con entusiasmo; ho avvertito che doveva essere uno dei modi in cui incoraggiava le sue compagne di squadra. Non posso dire che abbia funzionato.

«Quello che mi ha fatto capire il deposito di mio padre è

che ci sono molte alternative che non abbiamo mai preso in considerazione...» Il foglio mi tremava tra le mani. Continuavo a perdere il filo dei pensieri.

«Ci deve essere un altro modo...»

Asphodel Oletsky

Seduta nella fila centrale accanto a Otto e alla moglie accigliata, osservavo la bocca dello zio che si muoveva. Un ronzio mi è cresciuto dentro la testa fino a diventare intollerabile. Qualunque cosa stesse dicendo mio zio, stava cambiando le facce che avevo intorno. Le spianava, rendendole vuote, pizzicava le guance, assottigliava gli occhi trasformandoli in fessure rabbiose. Rispetto a quando tutti denunciavano allegramente lo sceriffo, la temperatura nella sala sembrava calata di dieci gradi. Mio zio riusciva a percepire quel cambiamento dal palco? Mi sentivo orgogliosa di essere sua nipote. E avevo molta paura.

Harp Oletsky

«Molti di voi hanno visto il documentario di Pare Lorentz, *L'aratro che distrusse le pianure*, quando è stato proiettato all'Aladdin il mese scorso. *Coloni, arate a vostro rischio e pericolo!* So che questa frase ha fatto arrabbiare alcuni di voi...»

«Fa una bella differenza se sei *davvero di queste parti*», ha gridato Beth Lamb dal fondo della sala, tra gli applausi. «E non un sedicente esperto che compone una musichetta strappalacrime per le nostre disgrazie, seduto in qualche stanzino di Tin Pan Alley, all'altro capo del paese!»

«Be', certo. Anche se devo ammettere, Beth, che la colonna sonora mi è piaciuta. Mi raccomando, portatevi i fazzoletti, ahah...»

Mia nipote mi ha lanciato uno sguardo preoccupato.

«Allora, be'... quel film, prodotto dalla stessa agenzia del New Deal che ci ha mandato la signorina Cleo Allfrey, dà più o meno tutta la colpa a noi per la cosiddetta crisi della Dust Bowl. Arando abbiamo estirpato le erbe native della prateria e non è rimasto nulla a trattenere il terreno. Milioni e milioni di ettari, spazzati via dal vento! Le Grandi Pianure sembravano inesauribili. Eppure nel giro di cinquant'anni – ovvero l'intera durata della mia vita, amici – abbiamo perso tutta quella prateria di erba alta e bassa, tutti i sistemi di radici che tenevano fermo il terreno, tutta la fertilità del suolo».

Evidentemente eravamo tornati su un argomento familiare. Adesso mi ascoltavano.

«L'erosione del suolo non è una novità», ho detto. «Era già un problema ai tempi di Jefferson. Qual è stata la sua soluzione? Mandare gli uomini verso ovest. Prendere la terra che apparteneva agli indiani e darla ai coloni come noi. Cosa succede dopo che abbiamo prosciugato un posto? Ci prendiamo altra terra e ricominciamo da capo. Nemmeno noi abbiamo radici che ci tengono ancorati al suolo, vero? Niente di abbastanza forte da tenerci saldi quando il mercato cambia e i soldi scarseggiano. Il mercato azionario, come tutti sapete, non è esattamente in armonia con i cicli della natura».

Sentivo che qualcosa mi stava aiutando. Le mie braccia sembravano rami nodosi, rigidi e saldi. Il foglio di carta non mi tremava più tra le mani.

«Le assegnazioni hanno spartito questa immensa prateria ondulata, calando una griglia sulle Grandi Pianure. Ogni uomo a scavare il proprio solco, per il proprio tornaconto. Ognuno di noi a farsi in quattro per garantire la sicurezza ai figli dei figli, ad affrontare da solo la sorte nel proprio riquadro, con conseguenze disastrose per ogni essere vivente che adesso soffoca nella polvere. Io sono cresciuto nella proprietà degli Oletsky, cercando di strappare qualcosa alla terra. Che scelta avevo io? Nessuna: così mi hanno insegnato fin da piccolo. Che scelta abbiamo *noi*? Questa è un'altra domanda».

Al centro della sala, un ragazzino mi guardava a bocca aperta, con la testa inclinata come un passero color argilla. Mi ha ricordato com'ero da bambino, quando ascoltavo attentamente senza capire granché, oltre al tono delle parole. Quando ho guardato al di là della sua testa, verso il resto del pubblico, è stato come scrutare un campo di stoppie.

«Molti di noi sentono il bisogno di andare avanti. Per sfamare le famiglie, per non affogare nei debiti. Alcuni volevano anche più soldi, più terra, più potere di quanto ne avessimo alla nascita. Lo capisco. Chi ha stabilito le regole del gioco non è certo in questa stanza. O vinciamo secondo quelle regole, o perdiamo. È difficile contraddire l'argomentazione di Pare: i contadini hanno arato troppo la terra e l'hanno esposta al vento. Ma sono stati i mercati che ci hanno spinti a farlo. Questo lo possiamo ammettere, no? Avidità, paura e debiti. Ignoranza della scienza, delle condizioni delle Pianure, di quel "vento forte e sole alto", e delle tecniche agricole giuste. A Washington non ci vedono così? Poveri e ignoranti, sono le parole usate dai professori universitari per dire sporchi e stupidi. Ma ascoltate, amici: quel film inizia a metà della storia».

Silenzio totale: si sentivano solo i grilli. In prima fila, Urna ha tossito in modo piuttosto civettuolo, e mi sono sentito incoraggiato; almeno non avevo perso tutti.

«Per come la vedo io, la storia della Dust Bowl si potrebbe raccontare in un altro modo. Si potrebbe allargare l'obiettivo e dire: questa terra è in rovina perché l'abbiamo rubata a chi sapeva prendersene cura. Prima di sradicare la prateria, abbiamo sradicato gli esseri umani. Con la nostra collaborazione, gli Stati Uniti hanno dichiarato guerra agli indiani, che coltivavano queste terre molto prima del nostro arrivo e – ammettiamolo – con risultati decisamente migliori. La nostra guerra ha creato le condizioni per le nuvole di polvere che inghiottono il sole. Ora siamo noi a essere costretti a lasciare le nostre case, a essere portati via dai trattori, ricoperti di polvere, pignorati. Ma a spianare la strada a questo crollo è stato un grande collasso della memoria».

«*Guerra?*», ha gridato Orren Bledsoe. «Non essere così ingenuo. Qui di guerre ce n'erano a volontà. Gli indiani si facevano lo scalpo a vicenda molto prima che arrivassimo noi...»

«Guardati intorno», ho detto. «Qui c'è chi ha perso i figli per colpa delle tempeste di polvere. In tutta Uz, la gente sta perdendo ciò che ha di più caro, è ridotta a mendicare ai bordi della strada: è una tragedia, non sto dicendo il contrario».

«E allora, cos'è che stai dicendo esattamente, Harp *Oletsky*?», ha chiesto Karol Kaminski, gridando il mio nome come se schioccasse le dita, come se volesse svegliarmi. Ho sentito il panico nella sua voce. Vedeva che stavo andando fuori strada e voleva che mi rimettessi in carreggiata, fuori pericolo.

«Solo che è interessante riflettere su questo: *quale* sfratto è una tragedia, un'emergenza? Chiedete alla signorina Allfrey chi è stata incaricata di fotografare. Chiedete ai suoi capi a Washington quali terre perdute toccano il cuore dell'America. Chi è che fa piangere i legislatori e approvare il bilancio per i nostri aiuti?»

«Parla chiaro, Oletsky. Dove vuoi arrivare?»

Dove volevo arrivare esattamente?

Quello che *avrei voluto* dire era che i cosiddetti Okies, che avevano perso le terre che avevano coltivato per una generazione, forse due, erano destinati al fallimento fin dall'inizio. Se ai Pawnee fosse stato permesso di rimanere sulle loro terre, se Ponca, Omaha, Otoe, Missouria, Lakota, Dakota, Cheyenne, Arapaho e decine di altre tribù non fossero state costrette ad abbandonare le loro case e «trasferite» nelle riserve, forse la Dust Bowl non ci sarebbe mai stata. Di che colore sarebbe il cielo oggi, se il nostro governo avesse rispettato i diritti sanciti dai trattati, invece di consegnare ai nostri genitori questa «terra indiana libera»? La siccità sarebbe arrivata, senza dubbio, ma l'erba avrebbe ancorato le zolle. Un suolo sano avrebbe trattenuto la pioggia nel terreno. Questa polvere non avrebbe sepolto le case fino alle finestre, soffocando cani, mucche e cavalli, facendo diventare il sole paonazzo come un ubriaco.

Quello che *avrei voluto* dire era che adesso, ora che noi coloni veniamo allontanati da questa terra e reinsediati altrove, possiamo vedere chiaramente cosa produce il nostro sistema: un clima apocalittico e una terra profanata.

Quello che *avrei voluto* dire era che scorrendo a volo d'uccello i ricordi di mio padre avevo visto più di quanto lui fosse in grado di vedere: l'aratro che aveva dissodato queste pianure era lo stesso che aveva distrutto la mia famiglia nella Polonia occupata dai tedeschi: l'aratro dell'impero. Quello che sradica e uccide le persone, strappandole alle loro case, che spiana non solo l'erba alta. L'aratro spinto da persone come me. Proprio come il babbo, sono cresciuto credendo che non ci fosse altro modo per sopravvivere su questa terra arida. Potevo immaginare un'alternativa? Fino a quando non è iniziata la mia strana fortuna, non ci avevo mai nemmeno provato.

Ma quello che ho detto è stato: «Vi sembra giusto vivere così?»

La stanza è diventata silenziosa. Anzi, non proprio. Da ogni angolo si levava un brusio. Speravo fosse solo la mia immaginazione. Avevano tutti le labbra serrate. La vibrazione sembrava provenire dal centro della gola.

«È un po' difficile da digerire, Oletsky», ha esclamato Grayson. «Detto proprio dall'unico tra noi a *non* aver visto i propri campi distrutti dalla Domenica Nera».

Una volta, Wynne Jenke, l'organista dolce e svampita della chiesa di Sant'Agnieszka, aveva avuto un attacco di cuore mentre suonava ed era caduta a faccia in giù sulla tastiera. Mi è tornata in mente man mano che un ronzio allarmante riempiva la sala. Un bimbo in braccio alla madre si è tappato le orecchie e ha fatto una smorfia. Non sapevo se quel brusio fosse intenzionale, se i miei vicini mi stessero prendendo in giro o se fosse una sorta di riflesso. Forse le persone che emettevano quel suono stavano comunicando tra loro, come si dice che facciano gli insetti.

«Smettetela, per favore. Ancora pochi minuti e poi faremo una pausa...»

Ho alzato la voce per farmi sentire. Dal podio, per un istante, ho avuto una visione: tutti nel pubblico portavano una zampa di lepre insanguinata appesa al collo. Ne indossavo una anch'io. Mi sono strofinato gli occhi e quando ho guardato di nuovo ho visto i miei amici e vicini, con le camicie infilate nei pantaloni e i graziosi vestiti ben stirati, che mi fissavano con sguardo assente.

«Va bene», ho detto, «ci riprovo. Secondo voi, possiamo continuare così?»

«Zitto, Oletsky».

«Vuoi farmi sentire un criminale? Abbiamo acquisito legalmente il nostro terreno nel 1881 e siamo allevatori a Uz da tre generazioni. Non abbiamo mai imbrogliato nessuno». Il figlio di Waldowko ha scosso la testa, evidentemente disgustato dal mio discorso. Io e suo padre andavamo spesso a pescare il lucioperca vicino a McCook, quando le estati erano ancora come un tempo. I Waldowko erano una delle quattordici Famiglie Fondatrici e tiravano sempre fuori le stesse storie, distribuendole come se fossero carte da gioco. *Quando siamo arrivati qui non c'era nessuno, solo praterie, bisonti e indiani...*

Alcuni uomini nel pubblico erano in piedi e si guardavano l'un l'altro con aria incerta, come se aspettassero un ordine. Non era ancora mezzogiorno. In un angolo, le torte si stavano sciogliendo. Ho visto il ripieno di mele e ciliegie selvatiche che gocciolava sulla tovaglia. Ho visto una gatta con il pelo dritto, brillante come un tizzone ardente, sulla soglia della porta.

«Non ce l'ho con nessuno in questa stanza!», ho gridato. «Io per primo ho molto di cui pentirmi, e sto solo iniziando a capire quanto sia grande la mia parte. Sto dicendo che possiamo iniziare ad assumerci le nostre responsabilità, che possiamo cambiare direzione, insieme, senza aspettare il governo...»

«Hai capito come coltivare il grano e all'improvviso pensi di poterci dire come vivere? Va' al diavolo, vecchio chiacchierone!»

«Fuori quel bolscevico dal palco!», ha gridato Grayson.

«Cacciatelo via!»

Cominciavo a sospettare che non sarei rimasto Maestro della Grange ancora per molto.

«Abbiamo ridotto questo terreno in polvere. Il nostro modo di coltivarlo deve cambiare. Ma anche il nostro modo di vivere, amici miei. I fallimenti individuali causano queste grandi catastrofi che feriscono tutti noi, uccidono tutto, come le tempeste di sabbia».

Ho vacillato appena, fissando la folla. L'atmosfera nella sala sembrava un pugno pronto a colpire. Ho preso in prestito qualche frase da un discorso di Roosevelt al Congresso:

«Vi dico francamente che si tratta di una strada nuova e inesplorata, ma vi dico con altrettanta franchezza che una situazione senza precedenti richiede la sperimentazione di nuovi mezzi per salvare l'agricoltura...»

«Quali nuovi mezzi proponi, Harp?»

«Sì, illuminaci, Oletsky...»

Altre battute hanno iniziato a trasformarsi in minacce. Non riuscivo ad afferrare ogni parola, ma capivo cosa provavano i miei amici.

«Sono cresciuto credendo che con un atto di proprietà in mano, del tuo terreno potevi fare ciò che volevi. Ma la polvere non si ferma al confine fra due campi, vero? Soffia oltre e soffoca il tuo vicino. Quello che faccio io sul mio terreno avrà conseguenze per te. Sicuramente c'è un modo migliore per... Potremmo prendere carta e penna e scambiarci qualche idea?»

Asphodel e due delle sue compagne di squadra giravano tra la folla, mostrando le stampe provenienti dalla camera oscura sotterranea: le fotografie del futuro, i paesaggi con quella strana finitura metallica che non si stabilizzava mai del tutto.

Io ero distratto dalla gatta che sembrava un dirigibile. Con la coda dell'occhio, l'ho vista salire la rampa; un attimo dopo l'ho sentita inarcarsi contro il mio stinco. Cristo santo, quante volte un uomo può perdere e ritrovare la compostezza nel giro di cinque minuti? Quel maledetto felino avrebbe rubato la scena al mio discorso partorendo sul palco?

«Non dovete per forza credere a me. Forse è ancora possibile recuperare ciò che i vostri familiari hanno saputo e visto...»

La gente si stava alzando in piedi e agitava i pugni. Volava via dalla sala come polvere scossa da una coperta.

«Cercate nelle vostre case. Cercate le ricevute di deposito...»

«Smettila di diffamare la nostra gente! Scendi dal tuo piedistallo, Oletsky!»

«A che serve far infuriare tutti con queste foto false?»

«Fa male vedere il futuro», stava dicendo Urna alla sua amica Maureen. «Tanto noi non ci saremo più, no? A che serve tutta questa bellezza?»

Vedevo labbra tirate indietro a scoprire i denti. Ho pensato alla terra che si arriccia davanti all'aratro.

«Cos'è che proponi esattamente? Di restituire i terreni? E poi che succede, idiota? Cosa faremo? Come vivremo?»

Come vivremo?

Era una buona domanda. Se fosse stata formulata in modo sincero, sarebbe stata la migliore della giornata.

«Avete notato che un terzo di questa città ha fatto i bagagli e se n'è andato? Metà di questa sala sta per essere cancellata dalle mappe...»

A quel punto la rabbia si è rivolta contro di me. Con quanta facilità la folla cambia bersaglio! Lo sceriffo Iscoe non era più al centro del mirino: adesso c'ero io.

Le facce dei miei vicini sono diventate bolle che si gonfiavano sulla superficie di una pentola piena. Bolle che scoppiavano urlando. Una sedia è volata verso il palco, cadendo a pochi metri di distanza. Ho riconosciuto l'uomo che l'aveva lanciata: era il mio vecchio compagno di classe Wayne Yeager, un veterano della Grande Guerra che aveva combattuto nello stesso battaglione di mio fratello. Era così furioso che non riusciva a parlare. Le vene blu del collo sembravano redini tirate da un cowboy.

«Va tutto bene, Wayne», ho detto inutilmente. «Per favore, lasciami continuare il discorso...»

«Oletsky», ha urlato alla fine. «Non avrei mai immaginato che fossi un traditore. Tu odi il paese per cui tuo fratello ha dato la vita...»

A quelle parole ho sussultato, e lui ha scosso la testa.

«Wayne, ti chiedo solo di ascoltarmi...»

«Chiudi il becco, Harp!»

Applausi e imprecazioni. Un incubo scandito dalle voci dei miei vicini.

«A chi giova riesumare tutto questo?»

«Bugiardo! Prima diffami il nostro sceriffo e ora vuoi ridurre a una farsa la Giornata dei Fondatori...»

«Oletsky, qui ci sono dei bambini! Bada a come parli!»

I fratelli Edmonson hanno ribaltato il tavolo, buttando a terra le stampe di Allfrey, mentre altri le strappavano dalle pareti. Ho visto i miei vicini alzarsi in piedi, persone con cui ero cresciuto, persone gentili, laboriose, impaurite, umiliate, dimenticate e smemorate, che sembravano credersi vittime di un mio scherzo crudele. Tante persone a cui volevo bene, vestite a festa, hanno iniziato a calpestare le foto in una danza folle, pestando con i tacchi i volti di uomini e animali, i fiumi pieni e il cielo limpido. I bisonti che migravano attraverso il tempo, girando in cerchio intorno alla nostra disgrazia.

Mia nipote... dov'era? Con il panico che mi stringeva il petto, scrutavo la stanza e vedevo solo volti furiosi. Antonina e Cleo erano ancora accanto a me, a guardare in silenzio le foto che venivano strappate. Quattro membri della Grange, che conoscevo da quando ero un soldo di cacio, si erano piazzati davanti all'unica uscita, a bloccare le porte.

«È una falsaria, Doreen, non farti ingannare da queste sciocchezze...»

«I negativi li ha dipinti lei!»

«Sono state le vibrazioni!»

«Bruciature e schiariture. Si vede dove ha manipolato il processo, è piuttosto evidente...»

«Ho seguito il caso Mumler, riconosco i ritocchi fatti nella camera oscura...»

«Fuori si sta rannuvolando...»

«Tesoro, c'è troppa calca, porta via le bambine...»

«Quel codardo di Iscoe è scappato! L'ho visto andare via in macchina...»

«Cos'è questo rumore? Qualcuno ha sparato con un cannone?»

Ho sentito qualcosa passarmi tra le gambe e per poco non ho urlato. Era la gatta. Mi ha guardato con gli occhi dorati che roteavano e potrei giurare davanti a chiunque di aver sentito una voce nella testa, un tenue miagolio che attraversava le assi del pavimento del mio cervello. Diceva: *Scappa, contadino.*

Mi sono chinato per guardarla, stupito. Sembrava che il tempo stesse rallentando, o forse erano i miei occhi ad accelerare; distinguevo i raggi di sole che si riflettevano nelle pupille del gatto, i tubicini trasparenti di ogni baffo. Un secondo dopo ho sentito un rumore secco che mi è rimbombato nel cranio. Un proiettile aveva fatto un buco nel muro dove un attimo prima c'era la mia testa.

Asphodel Oletsky

Pensavo che ci avrebbero ucciso lì, seduta stante. Ancor prima che il proiettile colpisse il muro, ho capito che le nostre vite erano in pericolo. La rabbia ci assaliva da ogni direzione. Diversi uomini hanno preso d'assalto il palco e hanno spinto Antonina contro il muro. Le urla provenienti da altre parti della sala echeggiavano insieme alle loro, mentre la folla che spingeva verso di noi si faceva sempre più fitta: «Rivoglio i miei depositi!» «È rimasta sveglia ad ascoltare tutto...» «Questa stronza non se ne può andar via senza pagare per quello che ha fatto!» Era la classica corsa agli sportelli di una banca.

Il primo uomo a colpirla è stato il padre di Ellda. Ho cercato di intervenire, di mettermi in mezzo. Mi ha guardata con disgusto, furioso perché lo avevo visto picchiare una donna, ed è stato allora che Ellda, Nell, Pazi, Valeria, Thelma e Dagmara hanno attaccato dai lati opposti del palco. Non era uno dei nostri schemi di gioco. Ci siamo fatte strada a calci e gomitate in mezzo agli uomini, separandoli con i nostri corpi. Abbiamo usato la vergogna per tendergli un agguato: eravamo specchi viventi che gli correvano incontro. Avevamo i volti delle ragazze che conoscevano, le figlie di Uz, e quando ci hanno riconosciute alcuni hanno abbassato le braccia. Antonina è stata scaraventata proprio davanti a me per un attimo, abbastanza vicina da potermi dire: «Grazie, piccola». È scivolata via dal palco passando tra Valeria e Pazi. Io sono fuggita nella direzione opposta, attirando gli uomini verso le porte aperte, correndo insieme alle altre Minacce, che si sparpagliavano e poi si riunivano, inseguite da questi signori determinati a ignorare il buon vecchio decoro e a buttare a terra delle ragazze pur di catturare una strega.

Cleo Allfrey era proprio davanti a me, già fuori dalle grandi porte, che correva a perdifiato nella direzione sbagliata, allontanandosi dal furgone. Non potevo biasimarla: non c'era tempo per elaborare una strategia di fuga. Una folla di decine di persone si è riversata fuori dalla Grange Hall dietro di noi, lanciando imprecazioni, pronta a tirare sassi e altri proiettili. Ormai mi ero arresa al mio destino, anche se avevo giurato di continuare a correre. Era come la pesante sensazione di sconfitta che mi travolgeva quando stava per scadere il tempo in una partita ormai persa, quando sentivo il bisogno irrefrenabile di andare avanti comunque. Avremmo lottato per la nostra vita e avremmo perso. Qualcuno mi ha afferrata, bloccandomi le braccia dietro la schiena. Mi sono dimenata, ho scalciato e ho cercato di mordere: ho riconosciuto la voce di Red Iscoe che diceva a suo fratello di avermi presa. C'è mancato tanto così che non fossero i miei ultimi pensieri.

Antonina Rossi

Sono stata abbastanza furba da seguire la gatta. È saltata giù dal palco, non proprio agilmente, dato il carico pendulo che portava in grembo. La mia mente aveva rallentato e mi sembrava di avere tutto il tempo del mondo, anche quando è partito un altro sparo e la folla è esplosa in grida e urla, e un neonato ha iniziato a piangere. Da una finestra aperta, ho visto dei corpi riversarsi fuori dall'edificio e fermarsi di colpo. Uomini e donne con i volti paralizzati dalla paura, bambini con lo sguardo assonnato e sconvolto, come se fossero stati svegliati all'improvviso da un sogno e catapultati in un edificio in fiamme. Era uno spettacolo così curioso che per un attimo ho dimenticato che stavo fuggendo per salvarmi la vita e mi sono fermata a guardare. Mio Dio, cosa stava succedendo? Perché si erano fermati tutti?

La gente guardava verso il cielo. Sembrava che stesse scendendo un angelo.

La gatta, che era già riuscita a infilarsi nella finestra ed era sbucata dall'altra parte, si è voltata verso di me, chiaramente infastidita.

Art Cotter – un gioviale panettiere dai capelli rossi e cliente affezionato che mi portava sempre biscotti alle ciliegie, e scherzava dicendo che non aveva mai incontrato un limone che non potesse trasformare in un dessert – capeggiava un gruppo di miei ex clienti. Mi ha indicata, urlando a squarciagola: «Prendete quella stronza bugiarda. Fermatela, prima che scappi con i nostri depositi...»

Ho capito che stavano arrivando senza dovermi voltare: le loro ombre hanno raggiunto per prime la parete. Mi sono arrampicata su un tavolo e mi sono issata fuori dalla finestra, cadendo goffamente a terra accanto alla gatta e perdendo una delle scarpe di Ania Oletsky. Cleo mi ha tirata su prendendomi per le ascelle e sono andata verso il furgone di Harp correndo e saltellando sul piede nudo e sanguinante. L'abitacolo era vuoto.

Dall'altra parte del parcheggio ho visto Red Iscoe trascinare Dell verso una berlina marrone. Jed era seduto al posto di guida e osservava con quella sua faccia di pietra mentre Red e Dell lottavano. Il vento si è alzato e ci ha dato una sferzata, chiudendoci gli occhi e la bocca. Mi sono precipitata ad aiutarla. «Eccoti qui», ha sbottato Red. «Ora tutti sanno che sei una bugiarda. Hai dei clienti molto scontenti che aspettano di riavere indietro la loro vita, strega...»

Si è sentito un boato così forte da farci sobbalzare tutti. Un lampo verde e giallo ha illuminato i silos. In lontananza, un gallo cantava alle tre di pomeriggio. È calata l'oscurità, dilagando sul terreno, mentre l'ozono ci pizzicava le narici. I fratelli Iscoe fissavano il cielo a bocca aperta.

«Dell», ho sussurrato sotto la pioggia battente. «Sta *piovendo*!»

Gli uomini e le donne che si riversavano fuori dalla Grange Hall si sono fermati in mezzo al terreno vuoto come se avessero sbattuto contro un muro invisibile. L'enorme gatta color del sole si è arrampicata sul cofano e poi sul parabrezza, salendo fino al tetto dell'auto e, con gli artigli protesi, ha spiccato un balzo verso gli occhi rivolti al cielo di Red.

La polvere si stava trasformando in fango ovunque. L'abbiamo vista colare giù dai tetti e dai parabrezza, dai muri di mattoni e dalle tende a strisce. Tutti gli occhi erano puntati sulla coltre di nuvole, ogni mento si sollevava verso la tempesta. Persino i bambini in braccio alle madri allungavano il collo. Le urla di Red non hanno distolto nemmeno uno sguardo dal cielo.

Dell è riuscita a liberarsi e a rotolare fuori dalla portiera del passeggero. Siamo scappate insieme verso il furgone di Harp. Lei armeggiava con le chiavi mentre i fratelli Iscoe le correvano dietro incespicando, una squadra perdente che cercava in ogni modo di riconquistare il vantaggio. Quando mi sono guardata alle spalle, ho visto la gatta arancione rannicchiata sul pianale del Dodge, che si puliva il pelo elettrizzato sulla pancia.

Pioggia! Pioggia! Pioggia! Era la gente a scandire quella parola o era solo nella mia testa? Mi cadeva sui capelli e mi scivolava negli occhi, cambiando la mia percezione della gente che avevo intorno. I vecchi più arcigni che conoscevo stavano ridendo. Mentre il motore partiva rombando, ho visto nello specchietto retrovisore i bambini che tiravano fuori la lingua e correvano in cerchio.

Harp Oletsky

Quando è stato sparato il secondo colpo, ero troppo stordito per muovermi. Qualcuno stava cercando di uccidermi. La gente urlava e spintonava, calpestando chi cadeva. Un palloncino dorato è scoppiato e molti si sono gettati a terra. A quattro zampe, ho raggiunto il bordo del palco e sono sceso con un salto per unirmi alla folla che si accalcava verso le uscite. Una bambina che era stata strappata dalle braccia di chi la proteggeva piangeva da sola al centro della sala, e questa è stata l'ultima cosa che ho visto prima di svenire. Qualcuno o qualcosa mi aveva fatto cadere, e immagino sia stata una fortuna, perché nessuno mi ha notato mentre giacevo a faccia in giù sul pavimento, sotto il tavolo della Giornata dei Fondatori. Quando ho ripreso conoscenza la sala era vuota, a terra c'erano una tovaglia sporca e una ciotola di punch in frantumi, e pezzi di carta lucida ovunque, brandelli di passato e futuro. Avevo un triangolo di alba della prateria attaccato alla scarpa. Mi faceva male la testa e non riuscivo ad aprire l'occhio sinistro. Con un gemito, mi sono girato su un fianco.

Un tuono ha fatto tremare le finestre, ma fuori dal vetro ho assistito a un miracolo.

Nel cortile della Grange Hall, su un tappeto di erba marrone morente, una folla di decine di persone pregava in silenzio. La gente si stava allargando a ventaglio, raccogliendo l'acqua con la lingua protesa. Mi sono alzato e sono uscito per raggiungerli. Le singole gocce si sono trasformate in un manto uniforme, che ricopriva tutto come vernice. L'aria secca è diventata umida sulla pelle. Eravamo uniti sotto la pioggia. Qualcosa mi si è liberato nel petto e mi è sceso lungo le guance. Me ne stavo lì, anonimo, in mezzo alla folla che solo pochi istanti prima mi voleva morto. Ogni volto sembrava sbocciare, dilatarsi sotto l'acqua. Con la stessa rapidità con cui si erano trasformati in estranei dalla faccia truce, ora i miei vicini mutavano di nuovo, i visi stravolti da grida di meraviglia.

La pioggia scendeva incessante. L'acqua che torna a noi dal cielo va sempre verso la vita. Verso le radici. Verso le foglie. La terra assetata la riaccoglieva, riportando la pioggia alle radici. La gente intorno a me è scoppiata in un applauso, tra fragorose risate.

Ora ho visto tutto, ho pensato.

Una folla inferocita, spenta come una candela dalla pioggia.

Cleo Allfrey

Harp Oletsky era fermo sotto la pioggia scrosciante con la testa reclinata all'indietro. Ha sentito Dell suonare il clacson e si è voltato verso di noi, lentamente, con un brutto livido blu pavone sulla tempia sinistra. Dell ha sterzato e ha urlato allo zio di salire. Mi ha pervasa un senso di sollievo, e mi sono resa conto di quanta paura avessi avuto che non saremmo usciti vivi da lì. Avevo raggiunto il furgone poco dopo che si era scatenato il diluvio, stupita di trovare Dell al volante e incredula nel vedere la pioggia che scorreva a rivoli sul parabrezza, mentre ci dirigevamo a tutta velocità verso suo zio. Harp si è avvicinato barcollando al lato del guidatore. «Lasciagli il posto, Dell», ho detto, e con mio grande sollievo lei si è messa sul sedile del passeggero. Harp sembrava stordito, ma preferivo comunque che ci fosse lui al volante. A dire il vero, tutti i volti che incrociavamo sembravano altrettanto confusi. Gli stessi quattro uomini che ci avevano inseguite meno di dieci minuti prima ora se ne stavano a braccetto sotto la pioggia, dondolandosi e cantando. «Sono tuoi clienti?», ho chiesto ad Antonina mentre ci allontanavamo. Lei ha annuito.

Harp guidava con un braccio fuori dal finestrino, il palmo della mano voltato verso la pioggia, piatto come una vela. «Vi devo delle scuse, signore», ha detto. «Non è andata come pensavo».

Salvati dalla pioggia. Tra tutte le cose che non avevamo previsto.

Il fiume si era già ingrossato di diversi centimetri e i pioppi erano zuppi e lucidi. Nuvole incredibilmente cupe e gonfie correvano verso di noi e sembravano quasi convergere sopra Uz, con i due granai che fissavano dritto davanti a sé, quasi cancellati dalla pioggia.

Siamo tornati verso casa Oletsky poco prima che il cielo si facesse buio del tutto. Ero così felice di essere viva, felice che i miei negativi fossero nella dispensa, al riparo dalla folla. Seduta accanto a me, la ragazza fradicia teneva una palla da basket sulle ginocchia, facendola ruotare tra le dita: era ricoperta di fango, uno strato sottile e acquoso che si era trasferito sui palmi di Dell, sul sedile di finta pelle e sulla maniglia della portiera. Un altro miracolo: le sarebbe bastato tenere la palla sotto il cielo per pulirla, una volta arrivati al sicuro. I tergicristalli lavoravano freneticamente, accecati dall'acqua che scorreva a fiotti. Harp Oletsky aveva il naso quasi contro il parabrezza, e sbatteva piano le palpebre cercando la strada. Mi sono resa conto che stavo tenendo la macchina fotografica esattamente come la strega teneva il cornetto acustico e la ragazza la sua palla sporca – la stavo usando per ancorarmi al mio scopo – e ho sorriso. La vita è piena di sorprese. Un mese fa non conoscevo nessuna di queste persone.

Harp ha parcheggiato il furgone e siamo corsi verso la veranda. La gatta è saltata giù dal cassone del Dodge ed è scomparsa nel grano. Gli steli maturi ondeggiavano come un grande oceano della terraferma. Ho seguito le sue orecchie e la coda che ogni tanto spuntavano tra i filari, poi l'ho persa di vista.

È riapparsa al centro del campo: stava usando il sostegno dello spaventapasseri come tiragraffi, con gli artigli che strappavano il tessuto dei pantaloni. Le gambe rinsecchite del pupazzo schizzavano paglia. Giuro che la gatta ha girato la testa e mi ha guardata dritto in faccia, con gli occhi gialli che brillavano nel buio piovoso. Mi ha spaventata a morte.

«Ga-atta...», ho mormorato. «Cosa c'è?» Lei era inarcata come un filo di rame elettrificato contro le gambe svolazzanti dello spaventapasseri. Mi sono sentita rizzare i peli sulla nuca. A confronto con il musetto intelligente del felino, il sorriso sciocco dello spaventapasseri sembrava ancora più smarrito del solito. Un naufrago in mezzo al campo. I lampi che laceravano il cielo nero sembravano sincronizzati con gli artigli del gatto. Nel bagliore intermittente fra i tuoni, ho visto l'auto dello sceriffo. Era parcheggiata in una posizione assurda accanto alla fattoria, con la portiera aperta.

«Va tutto bene», ho sussurrato. A mia madre, a Dio, al vento, alla morte, alla gatta... non so a chi mi rivolgo in momenti come questi. «Qualunque cosa accada ora, va tutto bene. Le foto esistono e la gente le ha viste. Qualcuno ritroverà i miei negativi sottoterra...»

Era vero? Cercai di immaginare un giovane nel futuro che scendeva la scala e sviluppava la mia pellicola. Magicamente intatta, grazie all'incantesimo protettivo in cui ora desideravo credere con tutta me stessa.

I fari di Harp erano ancora accesi e solcavano la pioggia, fino alla veranda. Una pista di luce lungo la quale ci è venuto incontro lo sceriffo, sgranchendosi le braccia dietro la schiena, saltando l'ultimo gradino che sporgeva come un dente troppo grande sopra il terreno eroso, e piombando giù sotto la pioggia battente. Ci ha fatto cenno di seguirlo con la pistola puntata alle nostre teste. Come avevo potuto credere che le mie foto bastassero a convincere qualcuno di qualcosa? Non ero riuscita nemmeno a convincere un uomo a rinfoderare la pistola.

«Non siate timidi», ci ha gridato lo sceriffo. «Entrate, riparatevi dalla tempesta».

Visto che restavamo immobili, lo sceriffo ha continuato ad avanzare. Camminava con i gomiti larghi, sporgenti come i pennoni di un albero maestro. Il grano spazzato dal vento si piegava a destra e a sinistra. Sembrava di assistere a un sogno turbolento della Terra. Alla debole luce dei fari, tutto appariva bluastro.

Dov'era finito l'incantesimo di protezione? Non so cosa mi aspettassi, magari che si aprisse una voragine per inghiottirlo. O che tutta la furia della polvere tornasse per schiacciargli il cranio.

«Fuori dalla mia proprietà, Vick», ha gridato Harp. Si è sfregato gli occhi con i pugni, come un bambino troppo cresciuto, quasi potesse far scomparire lo sceriffo come uno di quei miraggi scintillanti creati dal caldo in mezzo alla strada. Quando Iscoe non si è mosso, Harp si è girato e mi ha lanciato l'anello luccicante delle chiavi. «Tornate tutte nel furgone...»

«Ma che fretta c'è? Siete appena arrivati!» Lo sceriffo ci ha seguito con la pistola, facendo cenno di allontanarci dal Dodge lucidato dalla pioggia, e di avvicinarci alla sua fortezza sulla veranda di Harp.

«Da quanto tempo gestisci un bordello qui?» Lo sceriffo è scoppiato a ridere fragorosamente e mi sono accorta che tremava sotto la pioggia, con la camicia incollata al corpo. Vick Iscoe era molto più vecchio di quanto sembrasse nei manifesti. «Quindi state tutte all'Hotel Oletsky. Che bella sorpresa. Questo mi semplifica molto il lavoro! Considerate le condizioni della strada...»

Per un attimo, gli unici suoni sono stati il rumore della pistola di Iscoe che veniva armata e quello della mia macchina fotografica che veniva aperta.

«Non farlo», abbiamo detto all'unisono.

Lo sceriffo mi è saltato addosso. Ha cercato di strapparmi la Graflex dalle mani, eravamo faccia a faccia sul terreno scivoloso. Con un grugnito sono riuscita a liberarla, inciampando all'indietro contro Harp Oletsky. Lui mi ha presa, mi ha fatta voltare e mi ha spinta in direzione della dispensa interrata. «Scappa», mi ha detto inutilmente. Ho corso a perdifiato. In mezzo all'acqua che scendeva a fiotti, in mezzo agli steli alti che mi schiaffeggiavano le gambe. Perdendo l'orientamento nel campo di grano con la pioggia che arrivava da tutte le parti. Sentivo lo sceriffo che mi inseguiva e forse sarei riuscita a scappare se non fossi scivolata, contorcendomi per proteggere l'obiettivo aperto mentre cadevo. Sono rimasta sdraiata a terra, stordita, con la Graflex sul petto e l'acqua che mi entrava negli occhi e in bocca. «Da queste parti il cielo lo vedi pure se ti si piazza davanti un toro», mi aveva detto un contadino alla Grange Hall. «Se c'è una cosa che abbiamo in abbondanza, in questa prateria, è il cielo. Niente impedisce al cielo di arrivarti dritto in faccia, perlomeno finché non ha cominciato ad alzarsi questa polvere...»

Dietro il triangolo formato dalle gambe divaricate dello sceriffo, ho visto la tempesta che ci aveva circondati. Lui si è chinato e mi ha tolto la macchina fotografica dalle mani con uno strattone. Ho sentito un dolore lancinante al petto, come se mi avesse strappato il cuore. «Ridammela!», ho urlato, con un fulmine che mi faceva da eco pur senza emettere alcun suono. *Ridammela!*

All'inizio ho pensato di essere stata uccisa da un fulmine, di essere rimasta folgorata a terra. Lo sceriffo aveva puntato la pistola contro la mia macchina fotografica e premuto il grilletto. Un boato mi è esploso nelle orecchie e mi ha fatto tremare ogni osso del corpo, insieme alla terra su cui ero caduta. A venti metri da me, la macchina fotografica è esplosa. Vetri e metallo sono piovuti sul campo. Mi sono coperta il viso e ho cercato di strisciare via, pensando di poter scomparire nel grano come aveva fatto la gatta. Lo sceriffo mi ha raggiunta e mi ha tirata su. La lente dell'obiettivo era a terra in mille pezzi. Ne ho visto luccicare qualche scheggia mentre Iscoe mi puntava la pistola alla schiena e mi spingeva verso gli altri.

Antonina Rossi

La pioggia ci sferzava rendendo quasi impossibile vedere qualcosa. Quando un fulmine ha illuminato il campo, ho visto la disperazione sul volto di Cleo Allfrey mentre Vick la spingeva verso di noi sul terreno fangoso. Cercando di evitare i frammenti della sua macchina fotografica rotta, ha aggirato una vecchia buca piena d'acqua.

Lo stivale dello sceriffo invece ci è affondato proprio dentro. Ha perso l'equilibrio e una creatura ha approfittato del momento di debolezza per attaccare, balzando fuori dal grano piegato. Abbiamo visto Vick urlare e tirare calci a... cos'era, una lepre? Una macchia color ruggine, con le lunghe orecchie mozzate. No, dopotutto non era una lepre: era la gatta tigrata incinta, che è fuggita prima che lo stivale di Vick potesse toccarla. Lui non ha riconosciuto la gatta di famiglia. La sua ex prigioniera. E anche se l'ha fatto, non ha comunque abbassato la pistola. Il proiettile ha colpito di striscio l'orecchio della gatta e si è conficcato nel terreno.

«Sei un pessimo tiratore, Vick», ho detto. «Magari lo avessi scoperto prima».

Con nostro grande stupore, la gatta si è fermata e si è messa di nuovo a correre verso di lui. Ha premuto il triangolo insanguinato dell'orecchio contro la gamba di Vick, sporcandogli i pantaloni grigi eleganti che aveva messo per la Giornata dei Fondatori, prima di balzare nel campo di grano. Nonostante il terrore, ero colpita. La gatta aveva lasciato il suo autografo. Sulle fibre dei pantaloni di Vick era rimasto un brandello dell'orecchio fulvo, incollato dal sangue rosso. Ero senza parole davanti alla grazia della sua fuga, con tutto il carico vivente che portava dentro di sé. Il campo di grano si agitava sotto i lampi biforcuti; le spighe dorate battevano contro il terreno.

Con la mano libera lo sceriffo mi ha fatto cenno di avvicinarmi. Ha usato la pistola per tracciare una linea tra Cleo, Dell e Harp. Nel campo incolto, lo spaventapasseri danzava furiosamente sul suo palo. Per un attimo, il volto di tela grezza ha assunto la consistenza traslucida della seta di mais, distesa come un sudario sottile sopra i chicchi lattiginosi. Qualcosa brillava dietro e dentro al pupazzo. Qualcosa di decisamente diverso dalla stoffa e dalla paglia. L'ho visto per un attimo, ma non c'è stato tempo per meravigliarsi. Lo sceriffo era un uomo sconfitto. Avevamo smascherato le sue malefatte e la sua incompetenza; ero certa che quest'ultima fosse la cosa che l'aveva fatto infuriare di più. Ha spalancato le braccia, avanzando lentamente verso di me, come se fossimo a un picnic di famiglia, come se non sentisse il vento e la pioggia. Ora diluviava così forte che il vestito giallo ferro di Ania Oletsky mi aderiva alla pelle, fradicio e pesante come tela, con un profumo d'altri tempi ravvivato dall'acqua.

Dove mi avrebbe colpita il proiettile?

Cosa ne avrebbe fatto Vick del mio corpo?

«Non pensare che non sparerò, Ant. Mi conosci».

Mi sono avvicinata allo sceriffo Iscoe. Sembrava imitare inconsciamente lo spaventapasseri, con le braccia aperte e un sorriso folle sul volto.

Il mio corpo ha ricordato la Casa di Milford. Le infermiere con la camicia di forza rossa aperta, pronte a infilarmi le braccia nelle maniche vuote. La soffitta lì sopra che inghiottiva le nostre urla, le mie e quelle di un centinaio di altre madri. I nostri bambini senza voce che scalciavano come lepri.

Mi è balenato in mente lo sguardo vuoto di Red, la nuvola di lentiggini mi ha ricordato che in realtà era solo un bambino troppo cresciuto. La piccola Gladys con gli occhi infiammati e le caviglie grosse, che andava dietro a una madre convinta che la tristezza altrui fosse immaginaria. *Perdonami, Gladys*, ho pregato mentalmente. *Adesso proverò a uccidere tuo padre. Perdonami, Figlio mio*, ti ho detto con un sorriso, ovunque Tu fossi, mentre il cielo nero riversava litri d'acqua.

«Ecco un'offerta che non puoi rifiutare, Ant. Perché non ricominci da zero? Alla Grange Hall hai combinato un bel pasticcio. Ma hai il potere di sistemare le cose. Prendi il tuo corno acustico, mettiti comoda in prigione e io ti porterò un po' di gente che ha bisogno di scordarsi quello che ha sentito...»

«In troppi hanno visto e sentito. Se fossi in te, Vick, me ne andrei da Uz stanotte».

«Se solo lo avessi seguito tu questo consiglio, eh? A quest'ora potevi essere a metà strada per Garden City. Invece adesso ti resta da dire solo un altro *no*, per ritrovarti con una pallottola in testa. Tutta la città ti vuole morta, Ant. E se ti lascio nelle loro mani, non sarà una cosa rapida. Hanno un sacco di tempo da perdere...»

«Per essere un uomo così pieno di segreti, ti piace proprio chiacchierare».

«Una folla inferocita raramente si accontenta di una sola morte», ha continuato. «Ricordi com'è andata con Kate Bender? Ti daranno la caccia, Ant, e anche a tutte le donne nubili che ti assomigliano. Vorranno ucciderti più di una volta. Mi dispiace per tutte le zitelle alte e coi capelli grigio topo che vivono nel Nebraska occidentale».

«Tutti sanno che Clemson Louis Dew è innocente».

«Pensi che la *tua* testimonianza reggerà in tribunale? Credi che una fotografia truccata sia una prova?»

Sotto quella pioggia non si vedeva quasi nulla. Lo spaventapasseri era mezzo sfocato, una figura spettrale dietro la spalla sinistra di Vick. Lo sceriffo ha mosso la pistola in un lento cerchio, puntandomela al petto, all'orecchio, al viso. Un fulmine ci è caduto così vicino che ho sentito nell'aria un odore dolce e bruciato. La paura mi ha accecata. Gli occhi di Vick. La pancia flaccida di Vick. Il dito di Vick sul grilletto. I denti di Vick.

«Ho sentito che la sedia elettrica è sulla via del ritorno...»

Urlava per farsi sentire sopra il rombo dei tuoni. Stava di nuovo gongolando, sempre più sicuro di aver vinto.

«Sappiamo dove hai nascosto i resti di Mink. Quella notte il tuo giovane vice ha lasciato un deposito, ma scommetto che ricorda molte altre cose. Percy sembrava piuttosto colpito dalla mostra...»

Già immaginavo come sarebbe andata: uomini che scavavano tra le dune dove lo sceriffo aveva trascinato Mink; il giovane vice che giurava in lacrime sul banco dei testimoni; quel negoziante di Gordon che identificava lo sceriffo come l'uomo che aveva comprato una scatola di zampe di lepre; altre bugie che venivano a galla. Il caso chiuso che si riapriva, proprio come la botola della dispensa interrata.

«Perché non scappi, Vick? Approfitta del maltempo. Allontanati da qui. Fatti crescere i baffi, cambia nome».

«Perché dovrei scappare alla vigilia di un'elezione che sono destinato a vincere?»

«Qui hai chiuso. La gente potrà anche negare ciò che ha visto e sentito su di te, ma non lo dimenticherà. Spara pure. Ho chiuso i battenti, Vick. Non me ne starò qui ad aiutare le persone a mettere da parte i propri dubbi...»

«Addio, Ant. Non sarai qui ad aiutare proprio nessuno. Non mi lasci altra scelta».

Lo spaventapasseri

Sono riuscito a fare una cosa davvero piccola, per aiutarla. Un modestissimo contributo al dramma che si stava consumando. Mi sono inclinato verso il vento. Ho sentito una parete cedere, appena appena. Un movimento simile a una goccia di pioggia che scivola lungo una foglia. Con tutta la mia volontà, ho sospinto il cappello in avanti, e la brezza mi ha aiutato. Il cappello è volato via, capovolgendosi nella raffica. Di quanto sono riuscito a spostarlo? Un millimetro? Meno? Un miracolo. È stato sufficiente.

Un cappello non è una scimitarra. È un'arma molto improbabile. Con l'aiuto del vento, lo è diventato. L'ho visto roteare in su spinto da una folata e volare in faccia all'uomo grande e grosso. La tesa di paglia gli ha graffiato l'occhio aperto. *Cornea* è una parola bellissima. Il suono secco della *k* e quello elementare delle vocali. *Cornea*. Il nome mi è tornato in mente quando ho sentito l'uomo urlare coprendosi gli occhi.

Asphodel Oletsky

«Dell contro le Tenebre». Era così che mi prendeva in giro Valeria guardandomi giocare a basket dopo mezzanotte, nel campo segreto. «Pensi che il coach ti farà scendere in campo bendata?» All'epoca avevamo quattordici anni e giocavamo ancora per la Uz Uova & Pollame. La convincevo a sgattaiolare fuori con me dopo il tramonto (non ci voleva molto: un motore acceso, un pallone da basket e l'alcol che avevo trovato nascosto nella dispensa interrata).

Dell contro le Tenebre mi ha sempre fatto sorridere. Se fossi sopravvissuta, avrei dovuto dire a Valeria che mi ero ricordata della sua battuta, mentre correvo verso lo sceriffo sotto il diluvio... Mi sono fiondata in quella direzione, senza vedere quasi nulla, con le orecchie che fischiavano per gli spari. Lo sceriffo brancolava a quattro zampe, imprecando contro il mondo intero, cercando la pistola che luccicava nel campo fangoso, proprio accanto a lui. Gli ho lanciato il pallone da basket contro la testa con tutta la forza che avevo, e Vick è caduto in avanti, urlando più per lo spavento che per il dolore.

Fino al fischio finale puoi sempre ribaltare la situazione: il coach ce lo diceva sempre. Bisogna giocare così. Come se ci credessi davvero, anche quando sei sotto di venti punti. Strizzando gli occhi sotto la pioggia, ho visto la mia occasione. È stato un colpo di fortuna, con un tempismo pazzesco, anche se non più folle di qualsiasi altra cosa mi fosse già capitata. Solo, stavolta la sorte è stata più clemente.

Dalla difesa all'attacco: è la mia mossa preferita. Il cappello dello spaventapasseri si è staccato ed è volato dritto in faccia allo sceriffo Iscoe. Da come urlava, si sarebbe detto che gli avesse cavato un occhio. Con estrema facilità, come se mi fossi chinata a cogliere il fiore da cui ho preso il nome, ho raccolto la sua pistola. Ho posato il dito sul grilletto.

«Lascia che ti accompagni alla macchina, Vick».

Mi ha fissata con uno sguardo di puro terrore. Confesso che quel potere mi ha dato una sensazione piacevole. Gli ho puntato la pistola al petto e ho indicato la strada. Solo quando ho visto Cleo, Ant e mio zio con espressioni quasi identiche mi sono resa conto che non ero stata io a provocare quel cambiamento nello sceriffo. Mi sono voltata per seguire il loro sguardo verso il terreno incolto. Quello che ho visto, quello che abbiamo visto tutti, ha fatto strillare Vick mentre si copriva gli occhi.

«Che follia è questa?», ha gridato con un tono che non gli avevo mai sentito usare. Ha nascosto il viso nell'incavo di un braccio. «Da dove viene?» Ha cominciato a farfugliare qualcosa, indietreggiando a grandi passi per allontanarsi dalle onde di luce emanate dal terreno.

Alla fine non ho avuto bisogno della pistola. Lo sceriffo è corso alla sua auto. Con la coda dell'occhio l'ho visto aprire lo sportello e partire a tutta velocità. La pioggia si è aperta come un tunnel per inghiottirlo, poi si è richiusa subito dietro di lui. Guidava con i fari spenti e un minuto dopo era sparito dalla vista. Il cielo era come l'occhio ferito di Vick: lacrimava violentemente. Era calata la notte e sarebbe stato impossibile vedere qualcosa. Ma potevamo scorgere i volti gli uni degli altri. Siamo rimasti lì insieme per un bel po', sotto la stessa coltre di pioggia, Cleo Allfrey, Antonina Rossi, zio Harp e io. Immersi nella stessa visione meravigliosa e terrificante.

Cleo Allfrey

Non grigio *Non rosa* *Non fiamma*
Non blu *Non neve*
Non fulvo
Non nebbia *Non verde mare*
Non luna *Non pelle di serpente*
Non arcobaleno
Non guscio d'uovo
Non oro *Non argento* *Non onde color ambra di...*

Raggi luminosi. Schizzavano fuori dal terreno, tremolando, intrecciandosi e spandendosi dagli steli accesi, sbocciando e fondendosi in un unico strato ininterrotto. Una luce radiosa danzava sul terreno incolto, come se scivolasse sulla superficie di una bolla. Ma ciò che abbiamo visto insieme era ancora più strano. Avrei voluto avere la macchina fotografica. All'inizio ho pensato che fosse un colore proveniente dallo spazio, ma mi sbagliavo. Qual è la parola giusta per descrivere un colore prima che nasca? Erano tutte le tonalità della terra, fluide, che sfumavano l'una nell'altra e si mescolavano.

Se somigliava a qualcosa, era proprio alla luce nascosta nella mia vasca di sviluppo. Quella che avevo davanti agli occhi era la forma di ciò che doveva ancora venire. *Scatta le fotografie che vuoi scattare tu.* Nella camera oscura sottoterra, avevo lasciato stese ad asciugare una dozzina di praterie che brillavano allo stato embrionale. *Quale si svilupperà?*, mi sono chiesta. *Cosa crescerà su questa terra incolta tra dieci, venti, cinquanta, cinquecento anni?*

Non so per quanto tempo siamo rimasti lì a tremare sotto il diluvio. Laghi interi si sono riversati su di noi. Il tuono estivo, dopo una pausa così lunga, sembrava il rullo dei tamburi dell'apocalisse. La luce senza nome guizzava come un fuoco che non veniva spento dalla pioggia battente, ma alimentato. Qualcosa parlava al mio cuore. Ma io sono una fotografa. Trasferisco la luce sulla pellicola, non nel linguaggio. È inutile cercare di tradurre ciò che abbiamo visto crescere nel terreno incolto. Quale folle tradirebbe così la propria visione?

Antonina Rossi

«Attenta a dove metti i piedi», ha detto Cleo nel mezzo del campo fradicio. Sembrava sotto shock. Eravamo ancora tutti abbagliati dallo spettacolo di luci nel terreno incolto. «Pensi che lo sceriffo tornerà?»

Riuscivo a malapena a sentirla per colpa del vento.

«Non credo. Hai visto che faccia mentre scappava?»

Lei ha scosso la testa. Il linguaggio stava tornando con estrema lentezza. Anche dalla mia mente erano svanite le parole. Dentro di noi qualcosa si era dilatato e ora si stava contraendo; la pioggia continuava a cadere senza sosta. Tutto era di nuovo buio. Ho avuto una visione dello sceriffo che sbandava alla cieca sotto il diluvio e usciva di strada, il corpo accasciato sul volante. Forse lo avremmo trovato così, l'indomani. O magari sarebbe scampato alla tempesta e tornato a Uz. La città lo avrebbe rieletto, sapendo quello che sapeva adesso? Lo avrebbero arrestato e processato? Non sono il tipo di strega che conosce queste risposte. Io e Cleo siamo arrivate per prime sotto la veranda, e abbiamo trovato la gatta insanguinata che si grattava la schiena contro un palo. Forse anche lei aveva assistito al miracolo nel terreno incolto, ma aveva già ritrovato la compostezza.

Cleo si è voltata per guardare Harp e Dell che barcollavano verso di noi.

«Perché qualcuno dovrebbe scappare da un colore simile?», ha chiesto la fotografa.

Mi sono inginocchiata per accarezzare la pancia della gatta, come una strega in un libro di fiabe. «Vick non voleva che il suo riflesso nello specchio cambiasse», ho risposto.

Dell e Harp avevano appena raggiunto la veranda quando abbiamo sentito un fischio inconfondibile. La pioggia spingeva la notte verso di noi. Il cielo aveva una sfumatura verdastra a est. Ai margini del campo di grano è improvvisamente apparso un disco di oscurità; un'altra visita miracolosa, ho pensato all'inizio. Le orecchie mi fischiavano come durante la Domenica Nera. Il suono si è amplificato fino a riempire il mondo. Un tornado piroettava verso di noi su un'unica punta.

«La dispensa!», ha urlato Harp. «Correte!» Mi sono chinata e ho preso la gatta. Ci siamo tenuti tutti per mano per non perderci. Fuori non si sentiva altro che quel rombo senza fondo. Se non fosse stato per la luce di sicurezza a batteria di Allfrey, non so come avremmo fatto a vederci qualcosa, là sotto. Il colore senza nome continuava a danzarmi nella mente. Nessuno di noi sembrava spaventato come avrebbe dovuto, con quel tornado che ci volteggiava sopra la testa. Secondo l'orologio, il rombo si è protratto per dieci minuti. Ma come tutte le Casseforti sanno bene, per misurare la durata di alcuni suoni gli orologi sono inutili.

Harp Oletsky

Lasciate che vi racconti del momento in cui l'incantesimo si è spezzato. Ha piovuto tutta la notte e fino a giorno inoltrato. Il fiume Republican si è trasformato in un mostro di acqua bianca largo sei chilometri, che sferzava con la sua lunga coda le terre dal Colorado orientale fino a Oxford, nel Nebraska. In ventiquattro ore sono caduti sessanta centimetri di pioggia! I ponti si sono rotti e sbriciolati. Centinaia di chilometri di strade sono stati spazzati via. Il fiume scorreva con una forza tale da trascinare con sé automobili e tetti. Le pareti delle case galleggiavano. Gli amici sono diventati cadaveri che riconoscevamo dagli abiti, alla deriva accanto a trattori e bestiame annegato. Si vedevano corpi trasportati dalla corrente attraverso il centro delle città, con i volti timidi che continuavano a guardare sott'acqua anche mentre gridavamo i loro nomi. Le carcasse di cavalli, maiali e vacche erano ammucchiate in mezzo ai tronchi portati dalla corrente, si arenavano sui banchi di sabbia e venivano trascinate via dall'acqua.

Un'ora prima dell'alba, quando i venti ululanti si sono placati, sono salito sulla scala e ho sbirciato fuori dalla botola della dispensa. La mia fattoria era tra quelle distrutte. Il grano era sparito, divelto dal terreno come se un pugno gigante avesse estirpato le erbacce. La bolla che avvolgeva la mia casa e il mio raccolto era scoppiata.

Fissavo il fienile raso al suolo con il più grande sollievo che avessi mai provato: perché respiravo ancora, perché avevo la possibilità di costruire un altro tipo di vita. Ho ringraziato il cielo per averci liberato, in modo che potessimo ricongiungerci al destino comune, sopportando insieme la siccità e la polvere che sfidavano ogni altro essere vivente delle Pianure. Tutto ciò che è solo tuo può diventare una sciagura, anche la fortuna. Questa consapevolezza mi ha colpito con la forza di una rivelazione. Le parole non le rendono giustizia.

Ciò che le Casseforti hanno custodito, per tanti nuovi arrivati in questo West, è stato qualcosa di più dell'orrore. Più dell'immensità delle nostre sofferenze, di perdite tali che riusciamo ad abbracciarle solo con lo sguardo attonito dei nostri animali, con gli occhi dolci e incapaci di comprendere.

Così tanto di ciò che abbiamo conservato in queste Casseforti, in effetti, è felicità. Rotoli di mappe di altri mondi, sogni dimenticati, possibilità impensabili. Possiamo ritrovare i cuori gentili e ridenti che avevamo da bambini. I nostri cuori forti, teneri e generosi. L'ho visto e, come Giobbe prima di me, ho visto più di quanto possa raccontare.

Molte canzoni sono andate perdute. Ma non tutte.

Ho respirato a pieni polmoni la polvere in cima alla scala, affondando le dita nel terreno umido. Giobbe conclude il suo colloquio con Dio in un grande silenzio. Quando sono riemerso dal mio turbine, ho sentito un cinguettio rumoroso e irriverente. Le allodole sfrecciavano tra le rovine della mia casa, sfiorando le ruote del furgone che il tornado aveva ribaltato come un coleottero gigante. I cardellini entravano e uscivano dal fienile senza tetto come stelle indecise. Gli uccelli della prateria cantano in coro ogni mattina, con la pioggia o con il sole, con la siccità o con l'alluvione. Cantano a squarciagola con quei piccoli polmoni e ricompongono il mondo, svegliando tutti per il lavoro che li attende. Ma di rado ci faccio caso. Nel Libro di Giobbe, ciò che Dio rivela nel mezzo del turbine non può essere scritto. Ora, ascoltando il canto degli uccelli, questa omissione mi sembra più sensata. Dio ha già tradotto la risposta in ogni sua creatura. Erano le orecchie di Giobbe che non riuscivano a sintonizzarsi. Il turbine gli ha dato un insegnamento potente, così come il grande silenzio che ha lasciato dietro di sé. Il silenzio di Dio non è poi così silenzioso. Mi sta insegnando ad ascoltare.

Il tornado, come ho saputo in seguito da Otto – che aveva assistito con orrore dalla finestra del suo fienile – aveva attraversato la sua terra e la mia, sfiorando la dispensa dove ci eravamo rifugiati. Allfrey sembrava affranta per aver perso l'occasione di fotografarlo, anche se le ho fatto notare che rischiava di essere l'ultima foto della sua vita. Nessuno di noi si era fatto male, nemmeno la gatta, che aveva partorito i suoi cuccioli alle 4.04 del mattino. L'odore della placenta e del cherosene si mescolava al profumo terroso delle patate e alla puzza chimica dei vassoi di Allfrey. Una vitalità densa, e nuova. Latte e sangue. Tutti abbiamo guardato i gattini lucidi che bevevano avidamente dalla loro mamma esausta. Una cucciolata di sette.

Naturalmente, mia nipote vuole tenerli tutti.

Le ho detto che la decisione spetta alla gatta. Non voglio interferire con i piani di questa madre per i suoi piccoli. Ho visto la ragnatela di graffi che ha lasciato sulla pelle dello sceriffo: la gatta ha le sue idee.

Asphodel Oletsky

Accanto alle patate sepolte, sotto le mollette storte delle stampe di Allfrey, con i bordi arricciati dall'aria fresca della cantina, mi sono inginocchiata e ho atteso. Da qualche parte nella semioscurità, lo zio ascoltava attentamente il brusio della radio a onde corte. Nessun altro sembrava rendersi conto del dramma che si stava consumando proprio lì, sotto il tavolo con i vassoi e le pozioni di Allfrey. La gatta si è alzata e si è sgranchita, la bocca spalancata in uno sbadiglio che sembrava una piccola caverna dentro una caverna. Mi sembrava di vedere i gattini che si dimenavano dentro di lei. Era quasi ora.

Mamma, dove sei?
Sei ancora…?
Da qualche parte?

Sai, se sincronizzi il respiro con la cosa che ti tiene il fiato sul collo, poi smetti quasi di sentirla. Ho lottato così tanto per non pensarci, a quella *cosa*. L'assenza di mia madre, che si espande fino a riempire ogni spazio e l'intero futuro. Giorno e notte. Ogni minuto, da quando mi hanno detto che era morta. Nella dispensa, mentre aspettavo che passasse la tempesta, ho imparato una lezione, un'idea che sembra ovvia ma che per me è stata sconvolgente: una cosa fa meno male se la tieni vicina, invece di continuare a respingerla.

«Mamma, aiutami a non aver paura. È un momento che devo ricordare. È una parte della mia vita».

Allora mi ci sono immersa. Ho smesso di opporre resistenza. Mi è passato attraverso con un brivido e mi è sgorgato dagli occhi. Il cordoglio, anche se è un termine che suona inadeguato. L'amore, immagino. «Mi ricordo di te», ho detto, rivolgendomi a tutte le madri nella mia mente, nascoste e in attesa che le trovassi dietro l'unica foto scattata dal medico legale. Il dolore mi ha inondata, come se non avesse fondo: stava per annegarmi. Accanto a me c'era l'Antidoto, mi sono lasciata cadere tra le sue braccia e le ho permesso di cullarmi, ondeggiavamo come se stessimo ballando. Forse avrei dovuto sentirmi in imbarazzo, ma non era più così. Dentro di me è scoppiato un temporale e ho pianto fino al delirio, fino a sentirmi affamata, assetata e debole, svuotando gli occhi sul vestito dell'Antidoto... che poi era il vestito giallo di mia nonna, mi sono detta. Le mani dello zio e di Cleo Allfrey mi hanno toccato la base del collo, le spalle e le guance, così ho capito che non ero sola con quel dolore.

«Pensi che tua madre vorrebbe che vendicassi la sua morte?», mi ha chiesto Allfrey, dopo che ho ripreso a respirare normalmente. «Che trovassi chi l'ha uccisa?»

«Non voglio passare la vita a dare la caccia all'assassino di mia madre», ho risposto. «Che razza di vita sarebbe? Lei non c'è più e uccidere il colpevole non la riporterà in vita».

Solo quando l'ho detto, ho sentito che lei non se n'era andata. Dentro di me è sorto un piccolo sole, riscaldandomi le ossa dall'interno. Come il sole sulle pietre che risveglia il verde, e fa spuntare piccoli fiori bianchi. *Mamma. Sei tu?* Non c'era risposta, solo il calore che si diffondeva. Un calore molto potente. Ancora non so come descriverlo.

Quando mi sono calmata, Allfrey mi ha consegnato una stampa in bianco e nero. Non brillava né ondeggiava come le sue fotografie del futuro. Era opaca e immobile. Rispetto ad alcune delle sue foto, sembrava molto ordinaria. Ho riconosciuto la mia stanza nella casa di zio Harp.

«L'ho scattata l'altro giorno», ha detto. «Stavo provando i flash nella camera da letto. Quella non sei tu, vero?»

Ho scosso la testa.

«Grazie, Cleo».

Ero troppo felice per dire altro. Sì, era la nostra stanza. Ho riconosciuto il viso di mia madre, anche se è stata una vera sorpresa. Sembrava più piccola di me: dieci o undici anni. Le guance conservavano la rotondità dell'infanzia. Aveva gli occhi distanziati, come zio Harp, una massa di capelli spettinati e le sopracciglia folte. Se la Terra si fosse inclinata sul proprio asse dopo un'eclissi, lasciando uscire il sole, non mi avrebbe stupito più del ritratto di Lada Oletsky realizzato da Allfrey.

«Zio», ho detto. «Guarda chi ha trovato Cleo».

Tutti si sono radunati intorno alla fotografia. Sopra la dispensa, la botola vibrava. In superficie infuriavano la pioggia e i tuoni. Ci *somigliavamo*. Non in modo evidente, ma c'era qualcosa nella mandibola, nell'esplosione selvaggia dei capelli sulla sua figura minuta. Non c'era nulla di artificiale nel ritratto di Allfrey. Mia madre, che allora aveva dieci anni, era seduta vicino alla finestra e disegnava con il dito sul vetro.

Cara mamma, come mai sono così sicura che tu sia con me? A volte dubito di Dio, ma mai di te.

La gatta

Mi manca il sole. Ho preparato un letto per noi in un angolo caldo e buio. È un piacere starmene sdraiata sulla pancia, lasciandomi divorare dai miei figli. Il sollievo che provo, quando il latte sgorga da me e riempie le bocche calde dei piccoli, è indescrivibile, sia nel vostro linguaggio che nel mio.

Potreste continuare a pensare che noi gatti siamo personaggi secondari nei vostri drammi umani, invece che anime in corpi a quattro zampe con un proprio destino avvincente. *Animale addomesticato*: un'espressione che detesto. Chi ama veramente un gatto deve ammettere che si tratta di un amore tra pari, che non cade dall'alto come la pioggia o la pietà.

Qualche idiota sentimentale, immaginandomi mentre allatto i cuccioli appena nati nella dispensa, dirà che «tutto mi è stato restituito». Non illudetevi, questi cuccioli non sono i miei figli morti. Quella perdita è irreversibile.

Lo spaventapasseri

I ricordi sono arrivati veloci. Li ho visti addensarsi all'orizzonte: il profilo scheletrico e piumato della mia vita. La grandine cadeva furiosa e obliqua sulla prateria, e in quei frammenti di specchio ho intravisto scene che riconoscevo. Sono affiorate a raffiche. Grandi blocchi di tempo hanno cominciato a cadere dentro di me: i miei fratelli maggiori che facevano la lotta nella neve fresca dietro la chiesa. Il paralume viola scuro in casa di nonna Alba, che secondo mio padre assomigliava alla biancheria intima di una prostituta, ma che per me aveva il colore della sicurezza e della pace. Un'intera colonia di cani della prateria che si era parata davanti a me e mia sorella, in un pomeriggio caldo, mentre tornavamo a casa da scuola. Il pugno nodoso di papà che copriva il mio mentre mi insegnava a usare il cambio. Il giorno del nostro matrimonio in un luglio profumato di finocchio. La notte della pioggia di meteoriti su Valentine, io e Sara che eravamo saliti sul tetto per guardare la lunga scia di stelle che attraversava la pianura. Un piccolo viso che, sbadigliando, si rifletteva nelle pupille di mia madre. Il mio viso. Avevo una vita. Una vita straordinaria e ordinaria. Riconosco la donna che attraversa il terreno incolto. Porta con sé qualcosa che sembra una grande lacrima di metallo. Una goccia di pioggia verde. Ancora prima che mi raggiunga, sento una porta che si apre…

L'Antidoto / Lo spaventapasseri

Quando ho sentito il vento calmarsi, circa un'ora prima dell'alba, mi sono ritrovata ad arrampicarmi sulla scala per uscire. Non ricordo di averlo deciso. Harp, Cleo e Dell dormivano. La gatta aveva appena partorito ed era distesa in un angolo della dispensa, esausta, a guardarmi con gli occhi vitrei mentre allattava i suoi piccoli. Mi muovevo con la strana certezza dei sogni.

Continuava a piovere a dirotto, con raffiche che soffiavano da est. Mi sono voltata e non riuscivo a credere ai miei occhi: la casa di Harp era stata distrutta, divelta dalle fondamenta. Le finestre erano state spazzate via, il tetto era sfondato. Qualunque fosse l'incantesimo che aveva protetto questa terra, si era decisamente rotto. Anche se un attimo dopo mi è venuto in mente che forse non era vero: eravamo tutti vivi, no? La macchina fotografica di Cleo era andata in frantumi; casa Oletsky era stata schiacciata dal pugno del cielo; io non avevo più un lavoro; non ci sarebbe stato nessun raccolto a giugno.

Ma non avevamo forse ricevuto un po' di misericordia la sera prima? La declinazione più recente di questa strana fortuna. Lo sceriffo non si vedeva da nessuna parte. Noi respiravamo ancora. Molte delle stampe di Allfrey erano appese ad asciugare nella dispensa, e i negativi erano al sicuro nelle loro scatole. Il cornetto acustico ce l'avevo sotto il braccio ed emanava il suo bagliore smeraldo.

Lo spaventapasseri era in pessime condizioni, sporco e lacero, e stava cadendo dai pali. Ma per qualche miracolo, come noi, era sopravvissuto alla tempesta. Non era stato spazzato via.

Ciò che ho fatto a quel punto mi è sembrato un impulso primordiale, anche se, per quanto ne sapevo, non avevo mai tentato nulla di simile. Ho puntato il cornetto acustico verso il cielo che si stava oscurando. Il ricevitore mi premeva contro il lobo dell'orecchio. Mi sono fermata al centro del campo e ho ascoltato attentamente la tempesta. L'acqua scorreva nell'imbuto, tamburellava direttamente nel mio cervello. Pioggia, pioggia, pioggia. Giù, giù, giù.

Immediatamente, qualcosa ha iniziato a crescere.

Ho appoggiato il corno sul petto dello spaventapasseri, sulla tasca quadrata della tuta, dove si trova il cuore umano. Non saprò mai cosa mi abbia spinto a farlo. Ma chinata lì, davanti al pupazzo, con l'imbuto come uno stetoscopio su quei vestiti laceri, all'improvviso ho sentito un rombo nell'orecchio sinistro. Sembrava di essere sulla traiettoria di una locomotiva, e per poco non ho urlato, lasciando cadere il corno.

Ecco che dalle profondità del mondo sale un vortice di luce. L'acqua turbina verso l'alto. Sento una voce che dice: «Mamma?» Ti riconosco, Figlio mio. In un attimo ho dovuto scoprire più di quanto avrei potuto sostenere in una vita intera: ho visto prima la tua morte, il tuo corpo che sfondava il parabrezza. Ho visto l'auto rifare all'indietro il percorso verso casa tua a Rushville. Il vecchio cane da pastore di famiglia che usciva zoppicando dalla porta aperta e ti leccava la guancia da bambino. Ti ho visto decorare l'albero di Natale con tuo fratello Auggie. Un brivido mi ha percorso ed eri Tu, eri Tu che varcavi la parete di paglia ed entravi nel mio corpo. Facevi le capriole dentro di me, solido ed energico come quando eri nella mia pancia. Non è stato come cadere in trance. Eri vivo, mi attraversavi per andare da qualche altra parte, muovendoti nella direzione opposta a quella che avevi preso quando eri nato, su, su, lontano, come una goccia di rugiada nel suo viaggio verso le nuvole. Eri Tu che mi scuotevi le ossa come rami di betulla, facendomi vibrare le costole. In un attimo, tutto si è intrecciato dentro di me: la tua morte e la tua vita, il peso delle tue sofferenze, una libellula che sfiorava l'acqua d'estate, una lite con tuo fratello, un bacio sul lago, lo sciopero dei contadini a Sioux City, le antilocapre che correvano al tramonto. L'altra madre che ti teneva per mano, in fila per mettere la monetina nel jukebox. Hai avuto una bella vita, una vita dura, breve. Ero così felice di averti trovato qui, nascosto in piena vista, come un ago in un pagliaio, un graffio su un negativo, un riflesso in un occhio. Ho sentito le ginocchia cedere.

Il vento spingeva forte, gonfiandosi contro le ossa del mio viso, martellandomi il petto, le costole, il coccige, la clessidra del bacino, una sinfonia di vento che si abbatteva su di me. Piccolo mio, sei tornato a casa. Ti ho guardato crescere e diventare un uomo. Avevo gli occhi chiusi per ripararmi dalla pioggia e potevo vederti in piedi sulla soglia. Era un miraggio? Non credo. In anni di tentativi, non sono mai riuscita a evocare nella mia immaginazione un viso così bello. Non ho mai visto un volto che amassi di più. O che riconoscessi, con la stessa certezza con cui riconosco il mio. Ho rivisto tuo padre, Giancarlo, nel lungo naso siciliano e negli zigomi alti. Vedo me stessa nei tuoi occhi scuri e nelle labbra carnose. I riccioli corvini della mia giovane nonna. Il cuore a metà delle mie grosse orecchie. A Te stanno così bene, Figlio mio. Non eri affatto come ti immaginavo. Sei un uomo. Sei un ragazzo. Sei il mio bambino perduto. Nel turbine del nostro ricongiungimento mi sono stati mostrati tutti i tuoi volti. Nel vortice, sono affiorati sempre più ricordi che arrivavano dalla tua vita e si intrecciavano con la mia. Non ho mai avuto la possibilità di darti un nome. La donna che ti ha cresciuto e amato ti ha chiamato Benjamin. Fino all'età di dodici anni il tuo soprannome è stato Pulcino. Poi la voce ti è scesa di tre ottave. Sei morto in un incidente d'auto a Rushville, la Domenica Nera. Il vento ti ha portato qui. Hai aspettato che ti trovassi. Sei rimasto.

Piccolo uragano, luminosa costellazione. Il mio bambino. Non è questo il ricongiungimento che sogno da quando avevo quindici anni. È doloroso stringerti e lasciarti andare nello stesso istante. Non sei più perduto. Sento una parte di Te che si muove, espandendosi oltre i miei confini come un germoglio che spunta dal terreno, mentre un'altra parte rimane qui con me. Ho sempre pensato all'anima come a qualcosa di indivisibile, ma ora non ne sono più così sicura. Benvenuto a casa, piccolo mio. Grazie per aver dato una forma al vuoto che mi ero portata dentro, quando non sapevo chi fossi diventato. Grazie per aver riempito il mio cuore con i tuoi giorni, infilando le braccia in queste maniche vuote. Grazie per avermi atteso qui, finché non ti ho trovato. La nostra lunga separazione è finita. Continuerò a conoscerti.

* * *

Sono rimasta a lungo con mio figlio nel campo e, quando siamo stati pronti, ho lasciato cadere il cornetto acustico. In qualche modo, conosco tutte le sue età contemporaneamente: si contraggono ed espandono come le pieghe di una fisarmonica. Non posso dire di capirlo. Ma so che mio figlio ha vissuto, ed è morto. Credo che ora sia libero, e che sappia chi sono.

Ho sentito un rumore dietro di me e, quando mi sono voltata, ho visto la ragazza che usciva dalla porta nel terreno. Stringeva a sé la palla da basket, con un'espressione sconvolta. Si è voltata verso la casa distrutta e ho visto il suo corpo reagire allo shock.

«Mi sa che la stagione è finita».

«Quando il terreno si sarà asciugato», ho detto, «potremo ricominciare ad allenarci per la prossima».

Ci sono molti modi per essere una strega. E ci sono molti modi per essere una madre. Sto ancora imparando quanti.

La ragazza si è lanciata tra le mie braccia, con l'agilità di un leprotto che salta sulle zampe posteriori. Era tutta un guizzare di muscoli e cuore palpitante. Le ho posato le mani sulla schiena e l'ho stretta a me. Dell è così impetuosa. Mi dimentico che è alta poco più di un metro e mezzo. Le sue mani erano strette sulla mia nuca, le mie alla base della sua colonna vertebrale. Siamo rimaste così per diversi minuti, mentre il temporale si intensificava e poi si placava. Dopo una così lunga attesa, la pioggia sembrava un dono violento.

Dell aveva i capelli bagnati sugli occhi. Mi ha permesso di scostarli, sollevando lo sguardo verso di me.

Amare qualcuno non mi sembra un tradimento nei tuoi confronti.

Dell ha spostato lo sguardo da me allo spaventapasseri caduto, che era tornato a essere solo un guscio vuoto.

«Che cosa gli è successo?»

Ho scosso la testa. «Più di quanto possa spiegarti».

Perché scrivere una storia su qualcosa che va oltre le parole? Ci sono molti aspetti meravigliosi di Te che potrei mettere nero su bianco, ma non quello fondamentale.

Coda: ricostruzione

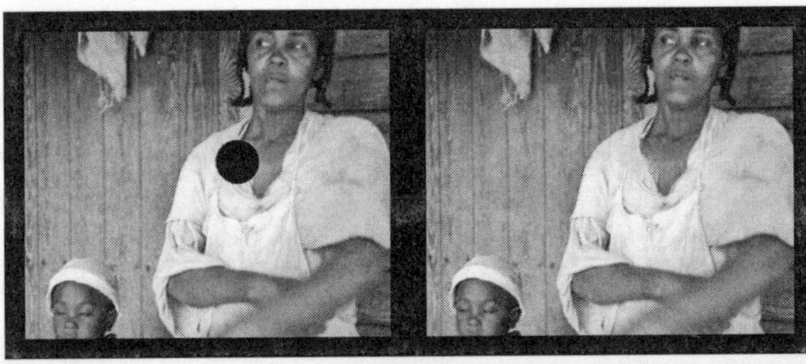

La mattina dopo il nubifragio, ci siamo ritrovati in un mondo completamente cambiato.

All'alba, sono salito sulla scala. Le altre si erano già sparpagliate per valutare i danni causati dalla pioggia e dal tornado. Lo spaventapasseri era riuscito in qualche modo a rimanere in piedi sul palo, ma metà dell'imbottitura era andata persa. Un buco sul petto perdeva paglia nel vento. Ho provato una fitta di dolore per gli animali: sentivo una mucca smarrita che muggiva. Il grano che il tornado non aveva divelto dal terreno era schiacciato e appiattito. La polvere soffiava sui resti della casa, offuscando il sole rosa. Ero di nuovo senza un raccolto. La mia fortuna era finita. Almeno, le grosse nuvole si stavano diradando. Il grande conforto del maltempo è che lo viviamo tutti insieme.

Proprio mentre il sole si liberava dal suolo per sorgere, ho avvertito un formicolio alla base della schiena. Ho avuto l'impressione che l'aria intorno a me si piegasse e ondeggiasse. La temperatura è scesa e ho sentito un sapore salato. La stessa sensazione di quando tornano le gru canadesi, prima come puntini all'orizzonte e poi come uno stormo dalle mille ali, che si staglia contro il sole rosso e infine si posa sui rami dei nostri alberi.

Ho aperto gli occhi e l'ho sentito arrivare: il mio primo ricordo. Avevo sei anni, ed ero a una mattanza delle lepri vicino al fiume Loup. Il babbo mi aveva detto che quegli animali erano dei parassiti che mangiavano tutto il nostro foraggio. L'intera città si era riunita per liberarsi delle lepri. «Capirai quando sarai più grande», mi aveva promesso, ma poi aveva bruciato la ricevuta e mi aveva tolto quella possibilità. Ecco che il ricordo tornava, travolgendomi: l'inseguimento frenetico. La follia dei bastoni che colpivano, le grida delle lepri. Il bastone era sempre stato nella mia mano. Avevo solo dimenticato che era lì.

A poco a poco, sento qualcosa che mi sostiene, che mi tira fuori dal recinto e mi porta alla luce del mattino. *Puoi metter-*

lo giù ora, sospira mio padre dentro di me. Non voglio più vivere così, in preda al panico, colpendo alla cieca per difendere la casella in cui sono nato, ripetendomi che è necessario. Mi chiedo quali altri ricordi stiano tornando alla gente di Uz. Mi chiedo cosa potrebbe succedere dopo una tale ricostruzione. Siamo di nuovo sazi di giorni.

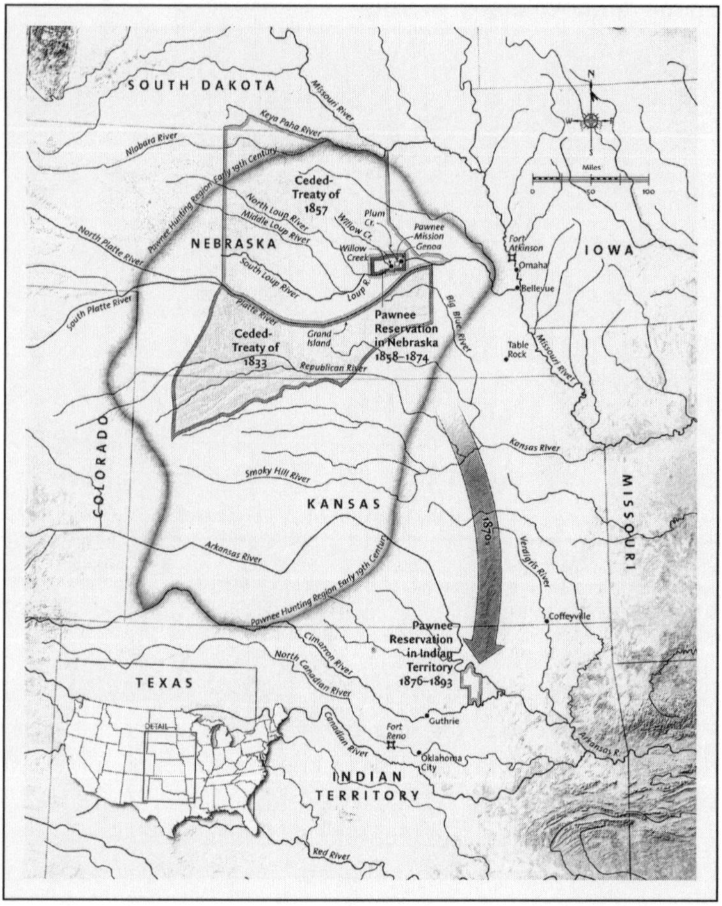
SOUTH DAKOTA
Missouri River
Keya Paha River
Niobara River
Pawnee Hunting Region Early 19th Century
Ceded-
Treaty of
1857
North Loup River
Middle Loup River
Willow Cr.
Plum Cr.
Pawnee Mission
Genoa
Willow Creek
North Platte River
NEBRASKA
South Loup River
Loup R.
South Platte River
Platte River
Ceded-
Treaty of
1833
Grand Island
Pawnee
Reservation
in Nebraska
1858–1874
Republican River
Big Blue River
Fort Atkinson
Omaha
Bellevue
IOWA
Table Rock
Missouri River
Miles
0
50
100
N
S
W
E
COLORADO
Kansas River
Smoky Hill River
KANSAS
MISSOURI
1870s
Verdigris River
Arkansas River
Pawnee Hunting Region Early 19th Century
Coffeyville
Pawnee
Reservation
in Indian
Territory
1876–1893
Cimarron River
North Canadian River
TEXAS
DETAIL
Guthrie
Canadian River
Fort Reno
Oklahoma City
Arkansas R.
INDIAN
TERRITORY
Red River

Riconoscimento della terra perduta

con James Riding In

L'Antidoto utilizza materiali di fantasia per far luce sulle lacune nella memoria privata e collettiva, sulle omissioni volontarie tramandate di generazione in generazione e sui falsi miti che sono stati alimentati dal governo degli Stati Uniti e dai coloni bianchi per giustificare i crimini contro i cittadini delle Nazioni Native e il furto delle loro terre. Uno dei più distruttivi è il mito della *terra nullius*. Molto prima dell'arrivo dei colonizzatori europei, decine di Nazioni Native cacciavano e coltivavano nelle Grandi Pianure. Sebbene Uz, nel Nebraska, sia una città immaginaria, tutti gli americani non indigeni del nostro paese vivono sulla terra natale degli indiani d'America.

Questo romanzo è ambientato tra il diciannovesimo secolo e l'inizio del ventesimo, nelle terre natali dei Pawnee, nelle Pianure Centrali tra i fiumi Platte e Republican, in quello che oggi è il Nebraska. La Confederazione Pawnee, allora come oggi, era composta da quattro nazioni autonome: i Chaui, i Kitkehahki, i Pitahawirata e gli Skidi. I Pawnee hanno un profondo legame spirituale e culturale con la loro terra. La loro presenza nelle Pianure precede di almeno un millennio l'arrivo dei colonizzatori stranieri nelle Americhe nel 1492.

Vivendo in villaggi permanenti di capanne di fango lungo i fiumi Platte, Loup e Republican e i loro affluenti, i Pawnee seguivano un ciclo stagionale di attività cerimoniali e di sussistenza. Piantavano mais, fagioli e zucche nei pressi dei fiumi. Ogni anno organizzavano due battute di caccia al bisonte, coprendo una vasta area e vivendo nei tepee. Le loro pratiche architettoniche, venatorie e agricole erano radicate nelle loro credenze spirituali, e riflettevano una pratica millenaria di tutela dell'ecosistema della prateria.

I Pawnee amavano il loro stile di vita e non volevano perderlo. Avevano stretto un patto con il loro creatore, Tirawahut, che imponeva loro di vivere e pregare in un certo modo in cambio dei doni della vita, tra cui il mais e i bisonti. Con l'avanzata verso ovest degli Stati Uniti, che nel primo Ottocento si spinse fino alle Pianure Centrali, i Pawnee furono coinvolti in una lotta senza precedenti per difendere la loro amata indipendenza, la loro terra e la loro cultura da avversità soverchianti. Si ritrovarono a combattere contro altre Nazioni Native – spinte verso ovest dall'espansione europea e americana che invadeva i loro territori di caccia – mentre subivano drammatiche perdite a causa del vaiolo, del colera e di malattie mortali diffuse dai coloni emigrati. I viaggiatori bianchi in rotta verso il Pacifico nord-occidentale e la California massacravano i bisonti per divertimento e per nutrirsi, distruggevano i raccolti e il legname e inquinavano l'acqua. Indeboliti dall'assalto, i Pawnee persero gran parte delle loro terre natali nel Nebraska e nel Kansas con i trattati del 1833, 1848 e 1857, e caddero gradualmente sotto il dominio federale come tribù sotto custodia. Secondo i termini dell'ultimo trattato, i Pawnee conservarono la proprietà di una riserva di ventiquattro chilometri per settanta con terreno fertile e legname lungo i corsi d'acqua. In cambio della terra, il governo federale istituì scuole, fattorie e un'agenzia della riserva vicino a Genoa.

Nel frattempo, il Kansas-Nebraska Act del 1854 rese disponibili milioni di ettari di terreni nativi ceduti al governo degli Stati Uniti perché fossero colonizzati dai cittadini americani, che ottennero i titoli di proprietà principalmente grazie al Preemption Act del 1841 e all'Homestead Act del 1862. I coloni costruirono fattorie, ranch, città e paesi disseminati in tutto il territorio, in luoghi cruciali per le attività economiche dei Pawnee, trasformando la campagna per conformarla alla vita rurale dei bianchi americani. La riserva dei Pawnee divenne ben presto un'enclave culturale contesa, circondata da coloni aggressivi, tra cui molti intenzionati a ottenere un ambiente libero dagli indiani tramite lo sterminio o la rimozione.

Ciononostante, nel 1864 i Pawnee strinsero un'alleanza militare con il governo federale. Centinaia dei loro uomini migliori combatterono in unità speciali dell'esercito statunitense note come Pawnee Scouts. Sebbene il coraggio e le gesta eroiche dei Pawnee Scouts rendessero la vita più sicura per i coloni, e proteggessero la costruzione della ferrovia transcontinentale, in effetti l'alleanza non migliorò i rapporti dei Pawnee con i coloni assetati di terra. Sopraffatti e demoralizzati dall'intensificarsi della pressione dei coloni e dalle iniziative federali di etnocidio, i Pawnee, ormai allo stremo, accettarono una piccola riserva nel Territorio Indiano nel disperato tentativo di preservare la loro cultura e sfuggire ai coloni bianchi.

Il trasferimento nella riserva di Black Bear Creek ebbe conseguenze devastanti per i Pawnee. Malaria, cattive condizioni di salute, disperazione e fame presto causarono la morte di centinaia di persone. Alla fine del 1890, la loro popolazione era scesa a meno di settecento individui, che vivevano sotto il pesante giogo del dominio statunitense. Nel contempo, i legislatori federali intensificarono la campagna di americanizzazione degli indiani, ricorrendo a misure coercitive di assimilazione volte a cancellare le lingue, le culture e la libertà dei nativi. Quella campagna genocida prendeva di mira soprattutto i bambini per sottoporli a una trasformazione culturale in collegi all'interno e all'esterno delle riserve. Gli scolari venivano strappati con la forza alle loro famiglie e comunità dai funzionari governativi, spesso venivano mandati in scuole a centinaia di chilometri da casa e puniti duramente quando parlavano la loro lingua nativa. Nel 1884, la Genoa U.S. Indian Industrial School di Genoa, nel Nebraska, iniziò la sua attività in un edificio con un'unica aula che gli Stati Uniti avevano originariamente costruito nella riserva dei Pawnee, come parte degli obblighi previsti dal trattato, e che in seguito divenne un campus di 260 ettari che rimase in funzione per cinquant'anni. Sono poche le famiglie di nativi americani che non hanno almeno un parente che ha frequentato una di queste scuole e, ancora oggi, le famiglie di nativi americani convivono con l'eredità di questi istituti.

Nel 1887, il Congresso rispose alle incessanti richieste dei coloni di avere accesso ad altre terre della riserva promulgando il famigerato Dawes Allotment Act. Questa legge divideva le riserve in lotti individuali di dimensioni comprese tra 80 e 160 acri – 32 e 64 ettari – per accelerare l'assimilazione dei nativi nella società statunitense come agricoltori e manovali. Inoltre, aprì le cosiddette «terre in eccedenza» delle riserve all'insediamento dei non indiani. Tra il 1887 e il 1934, il Dawes Act privò le Nazioni Native e i loro cittadini di trentasei milioni di ettari.

Nonostante tutte le avversità, la nazione Pawnee ha dimostrato una notevole capacità di resilienza. Nel corso della storia, il popolo Pawnee non ha mai acconsentito a rinunciare al proprio stile di vita tradizionale. Le politiche genocidarie ed etnocidarie degli Stati Uniti hanno inflitto danni considerevoli alla cultura Pawnee, senza tuttavia distruggerla. Oggi, il numero dei membri della tribù è superiore a 3200 e i Pawnee sono presenti in tutte le zone degli Stati Uniti, così come in paesi stranieri, e svolgono attività di ogni tipo. I Pawnee sono molto orgogliosi del loro patrimonio. Continuando a guardare con riverenza e rispetto alle terre ancestrali delle Pianure

Centrali, si sforzano di superare le conseguenze di un passato distruttivo. La nazione Pawnee sta vivendo un vivace movimento di rinascita linguistica e culturale, pur con scarse risorse finanziarie. Di recente, i suoi cittadini hanno costruito una capanna di fango, la prima dopo molti anni, sul terreno dell'ex collegio indiano nella riserva Pawnee in Oklahoma. Hanno anche istituito la loro biblioteca digitale, il portale Mukurtu e il progetto della biblioteca di ricerca, grazie a finanziamenti federali che sono stati un elemento fondamentale di questa iniziativa. Questo progetto fornirà ai Pawnee, e ad altri, informazioni preziose sulla storia e la cultura della loro tribù. Ciò comporta collaborazioni con archivi e un laborioso processo di raccolta, di creazione di metadati e di digitalizzazione di una grande quantità di materiali, tra cui trattati, documenti governativi, mappe, registrazioni, fotografie, casi giudiziari, testimonianze dirette, studi accademici, manoscritti inediti, articoli di giornale e opere di narrativa.

Con la fine dei finanziamenti del progetto nel 2024, il lavoro continua grazie all'impegno di volontari dediti alla causa. Il portale Mukurtu, ancora in fase di costruzione, è accessibile all'indirizzo https://mukurtu.pawneenation.org. Per ulteriori informazioni su come sostenere questo progetto, contattare mukurtuportalinfo@gmail.com.

* * *

James Riding In è cittadino della nazione Pawnee, storico, marito, padre, nonno, veterano disabile della Marina in Vietnam, e professore in pensione dell'Arizona State University, dove ha co-fondato e diretto il Dipartimento di studi indiano-americani. È presidente fondatore del Pawnee Nation College Board of Trustees, ex redattore di *Wicazo Sa Review: A Journal of Native American Studies*, e direttore del progetto della Pawnee Nation's Digital Library, della Research Library e del portale online Mukurtu.

Questa fotografia mostra una capanna di fango di recente costruzione, situata vicino all'ex dormitorio maschile del defunto collegio indiano nella riserva Pawnee, in Oklahoma. La capanna simboleggia la resilienza culturale del popolo Pawnee, la sua capacità di resistere e di sopravvivere alle dannose politiche federali di etnocidio e assimilazione coercitiva. Fotografo: James Riding In, 22 aprile 2023.

Nota dell'autrice

L'Antidoto si apre e si chiude con due eventi meteorologici estremi che si sono verificati a pochi mesi di distanza l'uno dall'altro, nelle Pianure colpite dalla siccità del 1935: la tempesta di sabbia della Domenica Nera e l'esondazione del Republican River, che vide questo fiume tranquillo raccogliere sessanta centimetri di pioggia in ventiquattro ore. Per la maggior parte, gli eventi storici descritti in questo romanzo seguono fedelmente la cronologia reale. Tuttavia, in alcuni casi, ho modificato le date per adattarle a un arco temporale compresso:

- La Resettlement Administration (Agenzia per il Reinsediamento), un'agenzia federale del New Deal, è stata creata il 1° maggio 1935. I primi fotografi assunti dalla Sezione Storica dell'agenzia hanno iniziato a lavorare all'inizio dell'estate del 1935.
- Il documentario di Pare Lorentz, sponsorizzato dal governo, *The Plow That Broke the Plains* [*L'aratro che*

distrusse le pianure], è stato distribuito il 10 maggio 1936.

- L'iconica fotografia di Arthur Rothstein, *Farmer and sons walking in the face of a dust storm* [*Contadino e figli che camminano di fronte a una tempesta di sabbia*], fu scattata nell'aprile 1936.

Durante le ricerche per *L'Antidoto*, ho visitato due istituzioni dell'era progressista nel Nebraska orientale che operavano nello stesso periodo, a un centinaio di chilometri l'una dall'altra: la Genoa U.S. Indian Industrial School e la Milford Industrial Home.

Negli Stati Uniti esistevano più di 523 collegi federali indiani finanziati dal governo e spesso gestiti dalla chiesa. Queste istituzioni erano state progettate per spezzare i legami dei bambini indigeni con le loro famiglie, nazioni, lingue, cerimonie e credenze, con le loro culture e terre natali. Tra il 1884 e il 1934, alla Genoa U.S. Indian Industrial School erano iscritti più di 4300 bambini, provenienti da oltre quaranta Nazioni Native. Oggi, il Genoa Indian School Digital Reconciliation Project è dedicato ai discendenti di questi scolari e alle loro comunità, che sono sopravvissute e hanno perseverato nonostante il tentativo del governo degli Stati Uniti di sradicare le culture e le sovranità indigene. Per saperne di più e per sostenere il Genoa Indian School Digital Reconciliation Project, visitate il sito https://genoaindianschool.org.

La Milford Industrial Home for Unwed Mothers (Casa per madri nubili di Milford) è stata in attività dal 1889 al 1954. È stata la prima istituzione statale di questo tipo nel paese. Parte della missione originale della Casa era «facilitare le adozioni», e si stima che vi siano nati fino a quattromila bambini. Diversi anni fa, mentre stavo scrivendo questo romanzo, ho contattato Broc Anderson, uno storico specializzato in Lakota e Nebraska, che mi ha fatto conoscere la storia di Zintkála Nuni, conosciuta anche come Lost Bird (Uccello

Perduto), una bambina sopravvissuta al massacro di Wounded Knee che fu rapita alla sua famiglia Lakota dal generale Leonard Colby. Ho scoperto che Zintkála Nuni era stata imprigionata nella stessa Casa del Nebraska in cui avevo ambientato «La storia dell'Antidoto». I fatti biografici della prima infanzia di Zintkála Nuni, comprese le date della sua detenzione alla Milford Industrial Home e la nascita del suo bambino morto, provengono da lettere pubblicate e fonti secondarie. I personaggi, i dialoghi e le scene che si svolgono all'interno di questa versione romanzata della Casa di Milford sono frutto della mia immaginazione.

Spero di essere riuscita a rendere giustizia alle qualità che traspaiono dalle lettere di Zintkála Nuni e dai fatti noti della sua vita, ma vi prego di non confondere il personaggio di queste pagine con la donna reale conosciuta da molti come Lost Bird. Lei vive nei cuori e nei ricordi dei suoi parenti e del popolo Lakota.

Diversi altri personaggi di questo romanzo condividono nomi ed elementi biografici con personaggi storici reali, tra cui Roy Stryker, Dorothea Lange, Arthur Rothstein, Asa Hill ed Elvira Platt. Questo romanzo è frutto di un atto creativo, a sua volta basato su ricerche e conversazioni che ho condotto, ma è fondamentalmente un'opera di finzione.

Roy Stryker era una figura complessa che guidò un progetto fotografico senza precedenti finanziato dal governo, creando un ricco archivio di immagini della vita americana tra il 1935 e il 1944. La mia corrispondenza immaginaria è stata ispirata da telegrammi, promemoria, «copioni fotografici» e lettere reali tra Roy Stryker e i suoi fotografi sul campo, tra cui Dorothea Lange, Walker Evans, Marion Post Wolcott e Gordon Parks.

La collezione raccolta dalla Sezione Storica è composta da 175.000 negativi e diapositive in bianco e nero, 1610 diapositive a colori e circa 107.000 stampe fotografiche in bianco e nero, la maggior parte delle quali realizzate dai negativi e dalle diapositive. Grazie ai recenti sforzi di digitalizzazione, è possibile consultare online un archivio ombra di negativi non stampati e perforati, disponibile sul sito web della Biblioteca del Congresso: https://www.loc.gov/pictures/collection/fsa/.

Le immagini perforate del progetto dell'Agenzia per il Reinsediamento sono state inserite per dare un'idea degli obiettivi e delle ambizioni del progetto di fotografia documentaria, nonché della cura artistica e del calcolo politico che hanno plasmato l'archivio e la comprensione della Dust Bowl da parte del pubblico. Queste fotografie non intendono rappresentare alcun personaggio del romanzo. Le persone ritratte nelle immagini hanno i propri nomi, le proprie famiglie e storie, che non si sono svolte in questo Nebraska immaginario.

La Graflex Speed Graphic è un modello reale di macchina fotografica, molto apprezzata dai fotoreporter e utilizzata da diversi fotografi sul campo nell'era del New Deal. A quanto mi risulta, non esiste una macchina fotografica quantistica. L'unica tecnologia simile che conosco è quella di cui siamo dotati alla nascita: l'occhio interiore che può vedere oltre la durata della nostra vita. Una memoria lunga e un'immaginazione che lo è ancora di più.

Mentre scrivevo e revisionavo *L'Antidoto*, ho lasciato uno spazio tra parentesi con una frase ottimistica: [**fotografia provocatoriamente bella di un futuro da inserire in seguito**]. Ho lasciato quello spazio aperto nel corso delle varie bozze, aspettando che emergesse la visione finale. Alla fine ho consegnato il manoscritto con la sensazione di aver fallito, di non essere riuscita a evocare qualcosa di necessario, qualcosa di vitale che questo libro voleva che condividessi. Ora vedo quello spazio in modo un po' diverso. Se *L'Antidoto* mi ha insegnato qualcosa, è che non posso immaginare un futuro da sola. Il copriobiettivo è stato tolto, la macchina fotografica è puntata verso l'orizzonte. C'è ancora così tanto da vedere.

Ringraziamenti

Scrivere *L'Antidoto* è stata un'esperienza profondamente collaborativa e sono davvero grata alle tante persone gentili e brillanti che mi hanno aiutata lungo il percorso. Scrivere un romanzo sulle lacune nella memoria delle persone, pur essendo consapevole delle molte lacune nella mia comprensione, è stato un esercizio di umiltà. Grazie a tutti per aver risposto con pazienza alle mie mille domande, per aver segnalato gli errori e per aver condiviso le vostre conoscenze e, in alcuni casi, i vostri legami profondamente personali con la gente, i luoghi e gli eventi che hanno ispirato questo romanzo. Grazie per avermi aiutato a vedere e immaginare molto oltre ciò che avrei mai potuto fare da sola. Questo libro, in una forma o nell'altra, mi ha accompagnata per quasi un terzo della mia vita. Non avrei potuto scriverlo senza tutti voi.

Grazie, James Riding In, per aver risposto alla mia telefonata senza preavviso anni fa, per la tua straordinaria gentilezza e generosità verso una sconosciuta, per la tua erudizione vivace e illuminante e per aver condiviso con me la tua profonda conoscenza della cultura e della storia dei Pawnee. Grazie per aver ispirato me e tanti altri con il tuo impegno per la giustizia e la verità, e per il tuo lavoro costante a difesa della sovranità, dell'autodeterminazione, delle culture, delle terre natali, dei luoghi sacri, dei diritti di rimpatrio e di sepoltura e dei diritti umani degli indiani d'America. La nostra amicizia ha cambiato in meglio questo libro e la mia vita.

Grazie, Electa Leigh Hare, per i mille modi in cui coltivi i semi del cambiamento e per avermi fatto conoscere il fantastico lavoro della Pawnee Seed Preservation Society. Sono davvero grata di essere tua amica. Electa, James, Ida, Tawali e Signy: grazie per avermi inclusa in un viaggio così significativo nella terra natale dei Pawnee in Nebraska, e per aver condiviso con me tante risate. Ida, un ringraziamento speciale per la tua pazienza nel sopportare il mio modo terrificante di guidare lungo la «Country Road Z». Conoscere la tua famiglia è stato uno dei doni più grandi che la scrittura di questo libro mi abbia fatto.

Grazie a Judi M. gaiashkibos, Margaret Jacobs, Susana Grajales Geliga e ai membri del Genoa Indian School Digital Reconciliation Project per avermi invitata a essere testimone del vostro importante lavoro.

Grazie a Nancy e Jerry Carlson, Kirk Budd, Richard e Cherrie Beam-Calloway per aver condiviso le vostre conoscenze storiche e le storie delle vostre famiglie, e per la gentilezza nei confronti di una visitatrice.

Broc Anderson, grazie per l'amicizia e l'incoraggiamento, per le conversazioni illuminanti e per il tuo prezioso contributo a «La storia dell'Antidoto». Grazie per avermi aiutata a comprendere meglio il passato e il presente della nazione Lakota e degli Stati Uniti in quella che è diventata la parte nordoccidentale del Nebraska, e per l'impegno con cui lavori a globalizzare la storia.

Grazie, Denise Walker, per avermi parlato della complessa storia di DeWitty/Audacious.

Grazie, Mimi Casteel, per avermi aiutata a immaginare come potrebbe essere un futuro verde e come arrivarci, per avermi dato lezioni sul cambiamento sociale e sull'ecologia del suolo, e per il tuo impegno nella ricostruzione dei nostri terreni e nel ripristino dell'equilibrio degli ecosistemi. Grazie per aver condiviso la tua convinzione che «passare dall'agricoltura convenzionale a quella rigenerativa sui terreni coltivati è lo strumento più potente che l'umanità ha a disposizione per invertire il cambiamento climatico», per aver insegnato a me e a molte altre persone che risultati si possono ottenere quando terreni sani, ricchi di biodiversità e con radici vive immagazzinano acqua e carbonio nel sottosuolo, e per il tuo impegno nel trasformare il settore agricolo su scala globale, finché siamo ancora in tempo.

Grazie, Andrew Moore, per essere sceso con me in questa camera oscura immaginaria e avermi aiutata a mescolare gli ingredienti chimici, per aver condiviso le tue conoscenze e la tua creatività, per le tue annotazioni estremamente utili e per le tue fotografie intime e panoramiche che lasciano senza fiato.

Grazie a Marie Howe per avermi concesso di utilizzare alcuni versi di «Gretel, from a sudden clearing» come epigrafe di questo libro, e a Michael J. Bennett per avermi permesso di condividere le immagini tratte da «Countering Stryker's Punch: Algorithmically Filling the Black Hole» nel capitolo di coda.

Sono immensamente grata a Hannah Holleman, il cui lavoro in *Dust Bowls of Empire: Imperialism, Environmental Politics, and the Injustice of «Green» Capitalism* ha arricchito la mia comprensione della crisi globale dell'erosione del suolo, causata dall'espansione capitalista coloniale, e della continua «decimazione delle terre basata sul dominio delle persone», non solo nelle Pianure colpite dalla siccità, ma in tutto il mondo, e non solo negli anni Trenta, ma tuttora.

Rebecca Clarren, grazie per la tua gentilezza, il tuo sostegno e per aver tracciato un percorso verso il risarcimento materiale e la riparazione. Il tuo lavoro mi ha aiutata a capire che aspettare la leadership federale in materia di risarcimenti e restituzioni significa «ritardare a tempo indeterminato l'attesa della giustizia».

Alla mia incredibile agente, Denise Shannon, e alla mia brillante editor, Jordan Pavlin: mi ci vorrebbe un altro romanzo solo per iniziare a esprimere la mia gratitudine nei vostri confronti. Grazie per aver creduto in me e in questo romanzo fin dall'inizio. Grazie per aver aiutato me e questo libro in mille modi diversi.

Kaveh Akbar, grazie per essere stato un amico meraviglioso sia per me che per questo romanzo, e per il dono delle tue osservazioni illuminanti. Grazie a Morgan Talty, Ellis Ludwig-Leone, Rivka Galchen, Dinaw Mengestu, Tommy Orange, Lauren Groff e Nana Kwame Adjei-Brenyah per la generosità e perspicacia delle vostre prime reazioni al mio romanzo, e per avermi dato la fiducia necessaria a metterlo nelle mani dei lettori.

Grazie alle numerose istituzioni che mi hanno offerto un sostegno che mi ha cambiato la vita, tra cui la Fondazione Guggenheim e la Fondazione MacArthur. Un ringraziamento speciale a Mary Ellen von der Heyden e al Cullman Center.

Grazie a Emily Reardon, Emily Murphy, Kathleen Fridella, Cassandra Pappas, Kathryn Ricigliano, John Gall, Izzy Meyers, John Ingold, Susan M.S. Brown, Maggie Carr, Alisa Garrison, Tess Rossi e al fantastico team della Knopf. Grazie anche a Rose Tomaszewska, Molly Slight, Asia Choudry, Priya Roy, Katrina Northern e a tutto lo staff di Chatto & Windus.

Allison M. Long, grazie per aver trovato e condiviso fonti davvero preziose, che hanno cambiato il corso di questa storia, e per le nostre conversazioni stimolanti. Bea Crook, grazie per avermi ospitata nella tua splendida casa. Emily Chenoweth, grazie per avermi tirata fuori da un momento difficile, per avermi incoraggiata e per la magia profonda della nostra amicizia. Lori Pollock, grazie per avermi aiutata ad ascoltare meglio.

Carey McHugh, Christina Rumpf e Cowbird Creative, grazie per avermi aiutata a organizzare il mio tornado di immagini e fonti in un sito web dal design accattivante.

Un abbraccio enorme e un grazie di cuore ai miei amici e alla mia famiglia, per gli anni di amore e incoraggiamento.

Tony Perez, questo libro non esisterebbe senza di te. Grazie per essere stato con me quando mi sentivo persa in mezzo alla polvere, per avermi aiutata a trovare la strada verso il finale, per aver dedicato così tanto del tuo tempo, della tua energia, della tua attenzione e della tua creatività a questa storia, e per le tue brillanti revisioni di ogni stesura del nostro romanzo. Grazie per il tuo amore che resiste a tutte le intemperie.

Oscar e Ada, vi amo tantissimo. Grazie per aver reso questa terra un paradiso per la vostra mamma. Grazie per tutto quello che mi aiutate a imparare, e a ricordare.

Sono tantissimi i libri, gli articoli, le fotografie e i film che hanno influenzato non solo il mio pensiero, ma anche i personaggi, i dettagli e la trama di questo romanzo. Alcuni sono riportati di seguito, e ai relativi autori va la mia gratitudine:

Native Historians Write Back: Decolonizing American Indian History, a cura di Susan A. Miller e James Riding In

Nation to Nation: Treaties Between the United States and American Indian Nations, a cura di Suzan Shown Harjo

«Six Pawnee Crania: The Historical and Contemporary Significance Associated with the Massacre and Decapitation of Pawnee Indians in 1869», di James Riding In, in *American Indian Culture and Research Journal*, vol. 16, n. 2 (1992), pp. 101-19

The Pawnee Seed Preservation Society Revive Ancient Ties to Ancestors | Seed Warriors, regia di Rebekka Schlichting

Return of the Pawnees, regia di Charles «Boots» Kennedye

Violence Over the Land: Indians and Empires in the Early American West, di Ned Blackhawk

Like a Loaded Weapon: The Rehnquist Court, Indian Rights, and the Legal History of Racism in America, di Robert A. Williams Jr.
Lost Bird of Wounded Knee: Spirit of the Lakota, di Renée Sansom Flood
The Lost Traveler, di Sanora Babb
Lakota Nation vs. United States, regia di Jesse Short Bull e Laura Tomaselli
Ghostly Matters: Haunting and the Sociological Imagination e *The Hawthorn Archive: Letters from the Utopian Margins*, di Avery F. Gordon
Dust Bowls of Empire: Imperialism, Environmental Politics, and the Injustice of «Green» Capitalism, di Hannah Holleman
The Likes of Us: America in the Eyes of the Farm Security Administration, di Stu Cohen
A Choice of Weapons, di Gordon Parks
The Learning Tree, regia di Gordon Parks
Fields of Vision, Library of Congress (serie in nove volumi)
Daring to Look: Dorothea Lange's Photographs & Reports from the Field, di Anne Whiston Spirn
The Cost of Free Land: Jews, Lakota, and an American Inheritance, di Rebecca Clarren
After One Hundred Winters: In Search of Reconciliation on America's Stolen Lands, di Margaret D. Jacobs
The Homesteader, di Oscar Micheaux
Farming the Dust Bowl, di Lawrence Svobida
Dust Bowl Diary, di Ann Marie Low
Dirt Meridian, di Andrew Moore, con Doug Dean
Dust Bowl Girls: A Team's Quest for Basketball Glory, di Lydia Reeder
Il libro di Giobbe

Un resoconto più completo della vera storia del processo contro Yellow Sun, citato in «Il deposito di Tomasz Oletsky», è disponibile in «The United States v. Yellow Sun et al. (The

Pawnee People): A Case Study of Institutional and Societal Racism and U.S. Justice in Nebraska from the 1850s to 1870s» di James Riding In, pubblicato per la prima volta nella *Wicazo Sa Review*, vol. 17, n. 1 (primavera 2002) e antologizzato in *Native Historians Write Back: Decolonizing American Indian History*, a cura di Susan A. Miller e James Riding In.

È inoltre possibile trovare queste e altre fotografie, documenti e fonti supplementari relative a *L'Antidoto*, nonché ulteriori informazioni su alcune delle persone sopra elencate e sui modi per sostenere il loro lavoro, all'indirizzo karenrussell-author.com.

Crediti fotografici

p. 9 *Rabbit Drive in Western Kansas*, 1934 o 1935, Potter, Kansas State Historical Society.

p. 11 [Foto senza titolo, forse correlata a: *Homesteader's children. Penderlea Homesteads, North Carolina*] Fotografo: Carl Mydans. Library of Congress, Sezione stampe e fotografie, Farm Security Administration/Office of War Information, negativi in bianco e nero.

p. 30 [Foto senza titolo, forse correlata a: *Mr. Tronson, farmer near Wheelock, North Dakota*] Fotografo: Russell Lee. Library of Congress, Sezione stampe e fotografie, Farm Security Administration/Office of War Information, negativi in bianco e nero.

p. 34 *Scarecrow, North Carolina*. Fotografo: John Vachon. Library of Congress, Sezione stampe e fotografie, Farm Security Administration/Office of War Information, negativi in bianco e nero.

p. 127 Cartolina illustrata dei due edifici principali della Nebraska Industrial Home, Milford, Nebraska, Nebraska State Historical Society.

p. 143 *The bleached skull of a steer on the dry sun-baked earth of the South Dakota Badlands*. Fotografo: Arthur Rothstein. Library of Congress, Sezione stampe e fotografie, Farm Security Administration/Office of War Information, negativi in bianco e nero.

p. 196 [Foto senza titolo, forse correlata a: *Transients clearing land. Prince George's County, Maryland*] Fotografo: Carl Mydans. Library of Congress, Sezione stampe e fotografie, Farm Security Administration/Office of War Information, negativi in bianco e nero.

p. 196 [Immagine senza titolo, fotografo sconosciuto. Scattata tra il 1935 e il 1942.] Library of Congress, Sezione stampe e fotografie, Farm Security Administration/Office of War Information, negativi in bianco e nero.

p. 196 [Foto senza titolo, forse correlata a: *Girl picking cranberries, Burlington County, New Jersey*] Fotografo: Arthur Rothstein. Library of Congress, Sezione stampe e fotografie, Farm Security Administration/Office of War Information, negativi in bianco e nero.

p. 196 [Foto senza titolo, forse correlata a: *Young Indian mother and baby, blueberry camp, near Little Fork, Minnesota*] Fotografo: Russell Lee. Library of Congress, Sezione stampe e fotografie, Farm Security Administration/Office of War Information, negativi in bianco e nero.

p. 201 *Farmer and sons walking in the face of a dust storm, Cimarron County, Oklahoma*. Fotografo: Arthur Rothstein. Library of Congress, Sezione stampe e fotografie, Farm Security Administration/Office of War Information, negativi in bianco e nero.

p. 238 Macchina fotografica dello studio di H.C. Anderson. Collezione dello Smithsonian National Museum of African American History and Culture.

p. 309 Fattoria di Hans Ehlers, dispensa interrata, F Street, Papillon 18 Damsite, Millard, contea di Douglas, Nebraska, 1933. Fotografo: Harry Weddington. Library of Congress, Sezione stampe e fotografie, Historic American Buildings Survey.

p. 331 [Foto senza titolo, forse correlata a: *Pupil in rural school. Williams County, North Dakota*] Fotografo: Russell Lee. Library of Congress, Sezione stampe e fotografie, Farm Security Administration/Office of War Information, negativi in bianco e nero.

p. 343 Un uomo in piedi su un enorme mucchio di teschi di bisonte; un altro uomo davanti al mucchio con un piede appoggiato su un teschio di bisonte; una gabbia rudimentale alla base del mucchio. Sul retro è scritto a mano: «C.D. 1892 Glueworks, ufficio sulla 1ª St., lavora a Rougeville, Michigan». Per gentile concessione della Burton Historical Collection, Detroit Public Library.

p. 347 Studenti Pawnee nella loro scuola-convitto nella riserva, contea di Nance, Nebraska, 1871 circa. Per gentile concessione della Pawnee Nation of Oklahoma.

p. 371 *Homesteader George Barnes and his children in front of their sod house in Custer County, Nebraska*. Fotografo: Solomon D. Butcher, contea di Custer, Nebraska, 1887.

p. 371 Capanna Pawnee. Kansas State Historical Society, per gentile concessione della Pawnee Nation of Oklahoma.

p. 373 [Foto senza titolo, forse correlata a: *Planting locust root cutting, Natchez Trace Project, near Lexington, Tennessee*] Fotografo: Carl Mydans. Library of Congress, Sezione stampe e fotografie, Farm Security Administration/Office of War Information, negativi in bianco e nero.

p. 505 *Cat and her kittens, Canyon County, Idaho*. Fotografo: Russell Lee. Library of Congress, Sezione stampe e fotografie, Farm Security Administration/Office of War Information, negativi in bianco e nero.

p. 513 Immagini tratte da «Countering Stryker's Punch: Algorithmically Filling the Black Hole» (https://journal.code4lib.org/articles/12542) di Michael J. Bennett. L'articolo è concesso in licenza CC BY 3.0 US (https://creativecommons.org/licenses/by/3.0/us/). © Michael J. Bennett, 2017.

p. 516 Mappa delle terre dei Pawnee, tratta da *Nation to Nation: Treaties Between the United States and American Indian Nations* (National Museum of the American Indian and Smithsonian Books, 2014). © Smithsonian Institution.

p. 522 *Recently built Pawnee mud lodge next to defunct Pawnee Indian boarding school on the Pawnee reservation*, Oklahoma, 2023. Fotografo: James Riding In.

Indice

Dal 2011 pubblichiamo libri in traduzione dallo spagnolo latinoamericano e dall'inglese, finora suddivisi nelle collane SUR e BIG SUR. Una diversa provenienza linguistica e geografica che, col passare degli anni, in casa editrice abbiamo ritenuto meno sostanziale rispetto agli elementi che i nostri libri hanno invece in comune: narrazioni avvincenti e originali, approfondita ricerca stilistica, forte radicamento nella contemporaneità. Soprattutto, cerchiamo libri che affrontino tematiche decisive per una letteratura civile e che siano al centro di un dibattito vivo: dall'identità di genere al razzismo, dai femminismi alle preoccupazioni ambientali, dal ripudio della guerra alla riflessione sulla creatività artistica; l'ineludibilità dei temi relativi al corpo, alle radici, alla violenza di genere. Tutto questo accomuna i libri SUR ancor più che la lingua o il paese di origine. Ed è dunque il motivo che ci ha spinti, a fine 2024, a unificare le due collane in un progetto comune con una nuova identità grafica: collezione SUR.

In un'epoca in cui un algoritmo prova costantemente a imporci prodotti culturali che si assomigliano, siamo guidati dall'ambizione che ogni libro che scegliamo di pubblicare non somigli a nient'altro. Uniamo la ricerca di nuovissime voci, che traduciamo per la prima volta in italiano, alla pubblicazione di classici ritrovati. Il catalogo di SUR conta oggi circa duecento titoli, che vi invitiamo a scoprire: la buona letteratura non ha mai una data di scadenza.

Lavorano in casa editrice gli editor Dario Matrone, Martina Testa, Giulia Zavagna; in redazione c'è Chiara Gualandrini; alla comunicazione Maria Galeano e Margherita Carlotti; Selena Daveri ed Eleonora Capparella alla direzione commerciale; Paola Chiarbonello all'amministrazione; Marco Cassini è l'editore; il progetto grafico è di Livia Massaccesi e Leonardo Magrelli. Il logo di SUR è stato disegnato da Riccardo Falcinelli, così come la gabbia grafica degli interni. La promozione è curata da Alpha Lyr e la distribuzione da Ali.

collezione SUR

1. Eduardo Galeano *Il libro degli abbracci* (Uruguay)
2. Bernardine Evaristo *Ragazza, donna, altro* (Regno Unito)
3. Adolfo Bioy Casares *L'invenzione di Morel* (Argentina)
4. Adam Mansbach *Il Golem di Brooklyn* (Stati Uniti)
5. Andrés Felipe Solano *Gloria* (Colombia)
6. Nick Cave *E l'asina vide l'angelo* (Australia)
7. Martin MacInnes *Ascensione* (Regno Unito)
8. Ira Levin *Rosemary's Baby* (Stati Uniti)
9. Susana Chávez Castillo *Prima tempesta* (Messico)
10. Oakley Hall *Warlock* (Stati Uniti)
11. Oakley Hall *Bad Lands* (Stati Uniti)
12. Rebecca Kauffman *La casa dei Gunner* (Stati Uniti)
13. Laurie Colwin *Felici tutti i giorni* (Stati Uniti)
14. Colson Whitehead *La ferrovia sotterranea* (Stati Uniti)
15. Cristina Peri Rossi *Il Museo degli sforzi inutili* (Uruguay)
16. Lawrence Ferlinghetti *Fotografie del mondo perduto* (Stati Uniti)
17. Ali Smith *Hotel world* (Regno Unito)
18. Salomé Esper *La seconda venuta di Hilda Bustamante* (Argentina)
19. Suzan-Lori Parks *La fortuna dei Beede* (Stati Uniti)
20. Ali Millar *Ava Anna Ada* (Regno Unito)
21. Julio Cortázar *Animalia* (Argentina)
22. Laia Jufresa *Umami* (Messico)
23. Ursula K. Le Guin *I sogni si spiegano da soli. Immaginazione, utopia, femminismo* (Stati Uniti)
24. Leila Guerriero *La chiamata. Storia di una donna argentina* (Argentina)
25. Marge Piercy *Donna sul filo del tempo* (Stati Uniti)
26. Jessica Anthony *Il colpo segreto* (Stati Uniti)
27. Hubert Selby Jr. *Ultima uscita per Brooklyn* (Stati Uniti)
28. Charles Simmons *Acqua di mare* (Stati Uniti)
29. Alia Trabucco Zerán *Quando le donne uccidono. Quattro storie vere* (Cile)
30. Camila Sosa Villada *Le cattive* (Argentina)
31. Rebecca Kauffman *Vengo io da te* (Stati Uniti)
32. Catherine Lacey *Nessuno scompare davvero* (Stati Uniti)
33. Ali Smith *Gliff* (Regno Unito)
34. Camila Sosa Villada *Scene da una domesticazione* (Argentina)

35. Cristina Rivera Garza *Terrestre* (Messico)
36. Karen Russell *L'Antidoto* (Stati Uniti)
37. Gabriel Abreu *Triste non è la parola giusta* (Brasile)

di prossima pubblicazione:

Charles Bukowski *Tutto il giorno alle corse dei cavalli e tutta la notte alla macchina da scrivere* (Stati Uniti)
Juan Carlos Onetti *Tutti i racconti* (Uruguay)

FSC
MISTO
Carta
FSC® C129194

finito di stampare nel settembre 2025
presso Print On Web Srl – Isola del Liri (Fr)
per conto delle edizioni SUR

ristampa	anno
8 7 6 5 4 3 2 1 0	2025 2026 2027 2028